韦敏 著

长江出版传媒　长江文艺出版社

图书在版编目（CIP）数据

丛台别 / 韦敏著. -- 武汉：长江文艺出版社，2024.9
ISBN 978-7-5702-3168-3

Ⅰ.①丛… Ⅱ.①韦… Ⅲ.①长篇小说－中国－当代 Ⅳ.①I247.5

中国国家版本馆CIP数据核字(2024)第029044号

丛台别
CONGTAIBIE

责任编辑：王洪智　　　　　　　　　责任校对：毛季慧
封面设计：胡冰倩　　　　　　　　　责任印制：邱　莉　胡丽平

出版：长江出版传媒　长江文艺出版社
地址：武汉市雄楚大街268号　　邮编：430070
发行：长江文艺出版社
http://www.cjlap.com
印刷：武汉中科兴业印务有限公司

开本：710毫米×1000毫米　　1/16　　印张：30.75
版次：2024年9月第1版　　　　　　2024年9月第1次印刷
字数：580千字

定价：52.00元

版权所有，盗版必究（举报电话：027—87679308　87679310）
（图书出现印装问题，本社负责调换）

> 新肉是用旧刀叉吃的①。
>
> ——题记

---

① ［德］布莱希特. 致后代：布莱希特诗选［M］. 黄灿然 译，南京：译林出版社，2018：368.

引　语

这些天来，程米粒总会从梦中惊醒。很奇怪她总是会梦到两个女人，江淼和邰玉。在梦里头，她们依然都还是30年前的样子，面目是那么清晰和熟悉——江淼还是那个风风火火的文化记者，有双异于常人的大眼睛；邰玉则是刚从舞台上下来，卸了妆就赶过来和加夜班赶稿的江淼米粒一起吃宵夜；这三个武汉女人像亲姐妹似的不分彼此，在路边那歪歪倒倒的酒桌前快乐地说笑着。吃宵夜的地方在老汉口的吉庆街，梦里的那条街还没有被武汉作家池莉写到小说里去，更不是被所谓的"城市更新"的概念改造后的不古不今不俗不雅的夹生模样。它还是原生态的，在市井烟火的路边，绽放出各种小摊小铺。新鲜的食材水灵灵地清洗过，摆在路边的货架上，食客们看菜点菜，老练的厨子爆油过火，转头菜就炒熟了摆在桌前。那个举着根黄瓜当话筒、沿着每张桌子来讲黄段子讨赏钱的"吉庆天王"和把木质香烟盒挂在胸前的失学男孩围着她们的桌子转啊转，发辫没梳通、头发打了结的小女孩捧着一把不那么娇艳的玫瑰也绕过来了，看她们仨都是女的，估计是不会买手里的玫瑰花来相互意思的，悻悻地绕来又绕去地找下一桌……她们每个人的面前都有一瓶奇怪的酒，邰玉给它们都取上了名字，叫作"太平酒""龙凤酒"和"通宵酒"。这些名字来自她刚演完的一出戏。酒也像戏里的道具那样，永远喝不完也永远喝不醉。

当这三个女生在米粒的这个梦里说了些什么有意思的话的时候，仿佛存在于另一个意识里的米粒就听到了一个声音说，快醒来，快点儿，记下这些话，不然就什么都没有了……然后，两个米粒一起使劲，做梦的米粒就醒了。醒过来的米粒没能记住梦里的那些事，那些话。梦里到底说了什么做了什么，为什么会梦到，像谜一样。她只记住了那三瓶酒的名字，太平酒，龙凤酒，通宵酒……为了这些名字，她便想起了邰玉演的许多戏。好像戏和梦一样，混淆了许多故事原本存在的时间。

时间是贪婪的，带走了美好的故事，还吞噬了所有的细节。不过，有些细节会被细心的读书人捡起来，放进他们的文字里。有些文字会被能歌善舞的艺术家演出来，变成了戏剧。只有人生是注定了以死亡为终点，但戏剧的结局，是一场又一场告别。告别之后，故事还在继续……

一

我要讲述的是几代武汉女人的故事，更确切地说，是一群生活在六渡桥的武汉女人的人生。

就从彭一方说起吧。如果把我要讲的这个故事当成是一台戏的话，彭一方显然算不上是这个故事里的主角，有时候她的存在甚至就像是舞台上的一个背景，或者是一段来历不详的话外音。但她确切地贯穿了故事中每个人物的起承转合。

彭一方在六渡桥的前进四路上出生长大。在她的少儿时代，有大汉口和大上海齐名的说法。大汉口的核心就是六渡桥。不光是武汉人，就连所有来过武汉或者慕名想来武汉的人都知道，一个六渡桥就能定义中国大城市的全部繁华、喧嚣和丰富。

彭一方出生的那会儿还是以民国来纪年，她的外公王校长在教她做自我介绍时曾点着她的小鼻头说道："乖啊，你是民国30年生人。"彭一方费了好大的劲也无法理解"生人"在这种语境下表述的是个什么意思。外公说的是黄陂话，"生人""圣人""僧人"在黄陂腔里都是同一个发音，这就更是加大了刚开始学说话的彭一方在会文会意时的难度了。王校长在六渡桥的前进四路开了一家私塾，人前人后都是一副极严肃的道学模样。他的学生要是学习不努力是要挨戒尺的板子的，就连他的亲外孙女彭一方，见了他也总像是老鼠见了猫。彭一方会在背后偷偷地学着外公的黄陂腔作为笑话来讲，但若是见到了从黄陂到汉口来的老家亲戚，她一定是会字正腔圆地去说武汉话。因为，市井里的武汉人都认为，腔调就代表了出身。

武汉是个很奇特的城市，人们说到她，通常会说到"九省通衢""武汉三镇"，意思是她是整个中国的交通枢纽的核心，同时又是由三个历史文化重镇——汉口、汉阳、武昌——组成。武汉并不是个真正意义上的世界知名城市，很多外国人根本就没听说过她，就算是有些老外对中国有些了解，话题中谈到"武汉"，还是会把汉口、武昌单独拿出来说。不怪人家，连武汉人自己都认为，这明明就是三个有板有眼有说法的城市嘛，哪里是一市辖三"镇"呢？你到中国其他地方看看，有几个叫作"市"的行政区域能跟这"三镇"中的任何之一相提并论？生生地把这三个城市捆绑在一起，从它们中间各挑一个字出来就命名了一个巨无霸的城市，但核心凝聚力又没明确。所以，老武汉人的眼界里，有明确的鄙视链，汉口的瞧不起武昌汉阳的，说那是乡里；武昌的瞧不起汉口汉阳的，说他们没文化；汉阳的知道自己被汉口武昌都瞧不起，就喜欢去说洋务运动和汉阳兵工厂，说"晴川历历汉阳树、芳草萋萋鹦鹉洲"——哪个"乡里"是湖广总督来坐镇的？哪个识字的不知道崔颢的这两句诗说的就是汉阳的文化？

武汉是历史名城，三镇里的武昌和汉阳都有着超过1800年的历史，汉口的繁华期虽然要短暂许多，但也有500多年的荣光记载。尽管过去一两个世纪里，武汉是中国的教育重镇，普通话的普及自然在武汉做得非常到位，但武汉人在一起都不会去说普通话，不是他们不会说，是大家约定俗成地瞧不起那些在武汉老乡们面前还要故意拽普通话的，地道的方言是他们"人以群分"的祖传密码，也是这三镇千百年历史荣耀的现代见证。从彭一方记事起，他们就见不得武汉人无事生非地讲普通话，发展到彭一方的女儿程米粒他们这一辈"70后"，武汉腔的重要性就更是深入到骨髓里了。在程米粒他们看来，要是听到有武汉人说普通话，是一个人自己讲，那就是在"掰"普通话，瞎掰的意思，讲的那也是"弯管子话"，做作得很；要是两个人互相讲，那就是"鬼搞""穷拽""吊妖"地各种装腔作势，是两个"外码（外地的乡下人）"在装精、做戏，程米粒他们会暗自唱一句儿歌送给这些人——"乡里伢，喝糖茶，打个臭屁屙蛤蟆"。

在程米粒他们看来，只有不会说武汉话的所谓武汉人，才跟真正的武汉人讲普通话。为什么不会说呢？因为他们想标榜自己是武汉的，但实际上可能来自武汉周边的三郊四县或者是更遥远一些的"卫星城市"。所谓卫星城市，就是以武汉为恒星，像卫星一样环绕着她的那些小县城小市镇。20世纪60年代左右，三郊四县都逐渐地并入武汉了，卫星城市的说法也换成了"环武汉城市圈"或者"环武汉经济带"，真正领导着这个经济体量和城市规模总有些参差的城市的，早就不再是土生土长的武汉土著了。无论是省政府所在地——武昌，还是市政府所在地——汉口，里面进进出出的拥有各种头衔的大小人物们，台上台下，都不说武汉话了。但在民间的烟火气中穿行的老武汉人，街坊邻里的一见上面，还是会一上来就鼻音边音不分地"一鹅，你过鸟早冇（您吃早点了吗）"地亲热地打着招呼，如同地下党接头，对上正宗的方言暗号。这种暗号里蕴含着的骄傲，估计有点类似那些在皇城脚下讲着一口儿话音的京片子，用世袭的卷着舌头的腔调，来怀念和感恩着老祖宗们让他们诞生在这片土地上。

武汉三镇以长江和汉江分江区隔，汉江是长江的支流；汉口在江北，武昌是江南；至于汉阳嘛，住在汉阳以外的武汉人习惯说那是个"腰子圪"，就是个城市边缘上的不起眼的角落。武汉人里面，住汉口的是最"玩味（有品位）"最"杠赛（顶端）"的，傲视三镇里的其他地区。六渡桥是大汉口的中心。如果说汉口是武汉人鄙视链的上峰，那么，生活在六渡桥，绝对就是这条鄙视链的顶端。而住老武汉人的说法里，光讲六渡桥，这个概念也太大太笼统。六渡桥跟汉口的两条主要交通标志——主街中山大道和与之平行的京汉铁路——沾了边，中山大道在民国之前是叫作"后城马路"的。这两条路线都跟长江的堤岸平行，从江堤一路向北往岸上走，先是沿江大道，然后是中山大道，再就是京汉铁路，新中国成立后，又平行地延展了下去，有了解放大道、建设大道、发展大道……仿佛从这些街道的名称就能看到时代在这个城市里留下的痕迹：先是纪念国父有"中山"，然后就是中国共产党开天辟地得"解放"，之后在小平同志南方谈话的平行时期大搞"建设"，再往后就是抓经济、促"发展"……名叫"解放""建设"和"发展"的这些个宽广的康庄大道，都是在仰望着六渡桥最鼎盛时期的经济成就和娱乐生活，用了超过半个世纪、几代人的血汗才实现的，所以，对于真正怀念着"六渡桥"的老武汉人来说，他们心里惦记的那一块与祖辈承袭相关的荣耀，发生在自民国时代开始就蓬勃着的繁华，以日复一日的平常节奏，把紧挨着中山大道两侧的那些有模有样的联排楼房或者欧式高楼当作是记忆的河床，流水般地烙印着。

在旧时的大汉口，沿江大道旁基本上都是租界区，发生在那里的故事属于洋人买办和大资本家，那里盖的那些大宅子和镶边的老汉口里份，都是深宅大院的高尚住宅；这些人不在老武汉的鄙视链的任何区间，因为他们的生活根本就是在天上，不在人间。从江边往岸上方向走，到了中山大道两旁，住的就是小资本家和小老板，他们有点家财家产，但还要持续劳作，只有这样，自己的财富和地位才能一点点地靠近江边的那些豪宅和豪宅里的主人。这些人的故事，被念叨和被传颂的最多；除了他们在世时的自我表扬和相互捧场外，他们在不懈劳动时也不懈地传宗接代，所以，不管后代怎么瞎折腾，反正基数大，只要有一个出息了，家族的故事就能传下去。这些人也喜欢跟后代唠叨那些旧日里不寻常的辉煌，待他们的后代成长起来后，总有个把会记事的，能写能讲，于是，就有了六渡桥的各种传说。

所有属于六渡桥的骄傲，延展至京汉铁路为止。1949年以前，铁路以里是生活区，铁路之外是菜地和坟场。所以，老汉口的鄙视链是有两条分界线的，就像整个中国以秦岭、黄河为分界那样——第一条界线是正街（中山大道），以天堂和人间的财富悬殊，区分了大富大贵和小富小康；第二条界线是京汉铁路，以铁轨的枕木，区分了人间和地狱。"京汉"这条由张之洞主持修建的铁路的汉口路段，贴着老汉口的城墙铺道，原先名叫"卢汉"，起点就是著名的卢沟桥事变的发生地。这条跟李鸿章、袁世凯、盛宣怀、詹天佑这些响当当的名字连在一起的铁路，光在汉口就有4站——刘家庙、大智门、循礼门和玉带门，繁华得紧，把沿着古驿道要走27天的北平到武昌的运输路线，缩短到了36小时，货运能力更是提升了上千倍，所谓"火车一响，黄金万两"，最开始就是用来形容这段交通与财富的紧密关联度。

顺着这条铁路来到汉口的人们，一定要去六渡桥看看，否则的话，就意味着你没到过大汉口。

到了20世纪末，所有因京汉铁路而生的辉煌都彻底地变成了黑白照片里的记忆。它先是被拆成了一条大马路，为了纪念历史，马路的名字就叫"京汉大道"；没几年又给挖了重修，上面架起了武汉的第一条轻轨线路。六渡桥的痕迹，从地面到地图，就被这么折腾着修来修去给抹掉了。像程米粒这种生在那场叫作文化的革命的红旗下、从小却被熏陶着小市民般的六渡桥优越感的子弟们，居然还没走出中年，就见证了繁华归于废墟。

比六渡桥这个地域所蕴含的各种衍生概念消逝得更早一些的，是六渡桥的老房子。彭一方和程米粒这母女两代人，在那样的老房子里被孕育、出生、成长，她们没有看到过它们如何被修建，却亲历见证了它们如何被推平——20世纪90年代中期的一个平淡无奇的夏日里，只用半天的时间，这条活了七八十年的老街，带着它们见证的所有往事与记忆，被两台推土车给铲成了一堆老木头和碎砖瓦。从此之后，它们彻底地变成了程米粒记忆里演绎那些故事的大舞台。

活在程米粒记忆里的那条街，街名叫"前进四路"，米粒的祖宅占据了这条街上从80到88的数字区间中的全部双号门牌。"8"，是中国人喜欢的一个吉利数字，米粒家拥有这些门牌纯属巧合。巧合就意味着它能带来幸运，或者也可以理解成它无关幸运与否。想要什么样的结论，纯粹依存于主观意愿。而儿时活在那些门牌下的米粒，暂时还没想到那么多。米粒记得，老宅子的门牌是绿底上面刷着白字的——在老汉口看门牌就能识方向，若是绿底白色就是南北走向，蓝底白字即为东西向。现在的武汉是找不到这些有意思有典故的门牌了，没关系，Google或者百度一下那一片的地图，你仍然可以清晰地看到，跟前进四路垂直的有两条街道，南边叫民主一街，北边叫自治街；从前的前进四路80号到88号，正好是分别挨着民主一街和自治街的路头路尾——为什么程米粒如此深切地怀念这里呢，因为当年的前进四路位于这两条人行通道之间的小半条街，整段整片的绿底白字门牌所代表的门户，都曾经是米粒外婆的家业。外婆姓王，二十世纪二三十年代，前进四路的王家，算是有点小显赫的。据说，到1972年程米粒出生那一天，外婆买的喜糖用桶装，沿着一整条街满撒，见人就抓一把递过去，也不管人家问不问，一边递糖一边自言自语地说，"同喜同喜"——那一天，整个前进四路的甜蜜都是因为他们王家新添了个小外孙女，这是王家孙辈的第一个。

武汉到底属于南方还是北方，体感的定义和理论上的划分是不一样的。我们习惯性地认为武汉是南方城市，但在语言学范畴中，武汉方言就属于北方方言，而且，她的地域文化，也有不少北方的讲究。比如说，南北朝向称作"路"，东西朝向称作"街"。20世纪20年代，程米粒的曾祖辈——也就是老街坊们还记得的"王校长"——就在前进四路和民主一街的纵横交叉路口，以南北纵向，始建了一长排两层楼的联排别墅，一直盖到自治街为止。据说那时候从上海和江南过来了好几家营造厂（也就是我们现在所说的建筑公司），他们的脑子灵光，生意做得活，可以先盖房子后付钱，从黄陂迁过来的老王家就在铁路以里、尽量靠近中山大道的地段，买下了这么一大片地，盖起了自家的联排组屋。说不好是先有路、后盖房，还是因为这么盖了房子，也就围绕着房子周边，有了路。总之，房子漂漂亮亮地盖起来了，黄陂的老王家就在六渡桥扎下了根。按说，依照这里的地理位置和人口密集程度，它们应该有个更有历史文化沉淀的名字，就好像不远处的"一元路""二曜路""三阳路""四唯路""五福路""六合路"，或者"花楼街""吉庆街""玉带街"那样，能让人听出来那些融合了儒家文化沉淀的老城市的讲究，还寄予着老百姓的喜头。但是没有，米粒无比怀念的这路、这街，打从它跟米粒的祖辈扯上了关系起，就是这么很有新思想、新动力的名字——"前进""民主"，而且以排序来看，纵横交错、数字编号。叫"前进"的有五条路，平行的街巷，统一地充满了革命的精气神。与之垂直的叫"民主"的道路，编号是"一街"，按说后面也还要类推着跟上二三四五六序号的，事实上却是到了"一街"就给打住了——"民主"之名，只有一街，别无分号。

  王家祖宅就在"前进"着的五条街中的前进四路上占了5个街牌号，每个独立的门牌号码都是独门独院的，有各自的入户门厅和后门小道，木制的两层楼结构。一楼一进门的敞阔空间叫"堂屋"，就是前厅，是迎宾待客的场所，空间铺排着的这种格局多少有些旧时的奢华遗风在里面。有前厅堂屋对外，自然也有后厅自用，前厅和后厅以厨房相隔。一楼有前门和后门，供不同需要时的进出自由，这是旧时大家庭必然的设计周到。平时人都在家的时候，前后门就都敞开着，穿堂风呼呼地过，舒服得让人会怀疑民国时的汉口人家在夏天里都是开了门就能避暑。一楼紧挨着厨房的就是楼梯，带转弯的楼梯上到二楼。楼上就是卧室了，大大小小的几间房子，都是单间的卧室和起居室，以实诚的厚木板相隔；结构绝对稳固，但隔音效果约等于无。所有的卧室门口都有连通的走廊。主人房在走廊的尽头，却是临街的，最大最方正，有高大的对开的镶满小方块的磨砂玻璃的大木门；厚厚的磨砂玻璃中由内而外地透露着雪花状的图案，有了这些雪花的遮挡，溜进窗子的阳光就算是烈日似火，进了屋也能变得柔和驯良。如果把门都打开，就是能看得到前进四路街景的大阳台。阳台的栏杆和地板都是厚实承重的粗长大木头，料是好料，所谓栋梁；但年头久了，这些托载着祖宅的木板从地到天都斑驳地展现着不堪重负的沧桑。梅雨季节一来，屋子里就泛起一股仿佛来自远古时代的霉腐之气——而米粒的整个童年和少年时代，则像朽木上的青苔一样，游刃有余地旺盛滋长在这片老木头圈画的地域中。

米粒的曾外祖公旧时是湖北黄陂的私塾先生，长年累月地教书育人、攒了点本钱后，就随着黄陂人进汉口的大部队迁徙，把新家连同养家糊口的生意，都安顿在了前进四路。1949 年前的那一二十年里，整条街的街坊都把米粒的曾外祖公喊成是"王校长"，这半条街的双层联排组屋，就是王校长开办的私塾——"国正小学"的校舍。很长一段时间，王校长都在正居中的那间堂屋门口同时挂上了学校的招牌和青天白日旗，给了人们一个把私塾当官办学校的错觉。

王校长把房子建成这样，一是为了开门办学，不同的门号、不同的单间便于不同年级的教学安排；二是为了自己的孩子长大了后分家方便，米粒的外婆他们这一辈一共姊妹四人，所以一人一号，加上王校长他们老两口占上一个门号，公平公正公开。王校长有两儿两女，就像约好了似的，单数生的是女儿，双数生的是儿子。他给孩子们取名有点儿文化人的小讲究，女儿和儿子的名字分别以"芳""华"结尾，而他们的中间名则来自"诗书礼艺"，这样的寓意，读过他私塾的人都能领悟得出。

1949 年之后，王校长抢先关掉了他的国正小学，楼下空出来的门厅和楼上闲置的房间就租给了各式各样的小生意人。很快，政府对王家的这排祖宅进行了改造。说具体点，就是在房产充公前、给王校长夫妇和他的长女王诗芳夫妇各留了一间有阳台的主卧室。那些祖宅里，一个门号只有楼上最大的一间是带阳台的主卧——这种安排就让老王家的两代人，住在了两个不同的门号里，后来还真歪打正着地在"落实政策"时帮了米粒她妈彭一方的不少忙。能达成这样的结果，估计王诗芳在私下里是跟公家派出的经办人打过人情牌的。王诗芳就是程米粒的外婆。王诗芳的弟弟妹妹们都考上了大学，去北京、去南京，奔更远大的前程去了，只有她这个长女留在了武汉。之前是为了帮衬父亲打理着"国正小学"，更重要的一点是，她在六渡桥结了婚，又生养了女儿，前进四路是她的大家和小家的共同的根。

房子充公了之后，公家对王宅原有的布局做了调整，联排大屋的楼上空间里用夹板加了不少隔断和房门，这样就能住进去更多的家庭。住进去的家庭又陆陆续续地添丁添口，于是房子里又有了新的隔断、阁楼，房子外面搭起了"偏刷"（"偏刷"应该是来自建筑词汇"偏厦"，指的是就着房屋侧面墙壁加盖的小房，在武汉话里就延伸成了那些在主体建筑外自行搭建的各式各样的简陋建筑，音作"偏刷"），阳台被挡板封成了小屋……没过几年，曾经是整整齐齐的五连排的二层带阳台带梭门的洋房，就变成了墙体里外都是烟熏火燎的油腻，黏糊糊地闪耀着沥青般乌亮的光泽。

老王家祖宅对面，就是武汉市第一中学，和所有城市里以"第一"来命名的学校一样，这座始建于1931年的武汉历史最悠久的公立中学，后来就是六渡桥一带乃至整个武汉市的文教地标，但这个地标，比王家的老宅晚建了上十年。王家的隔壁，是武汉汉剧院，占用的是王家大宅前庭后院的空地。汉剧，是从湖北民间兴起的一种地方戏曲表现形式，以黄冈话和黄陂话作为唱白唱腔的基础，也就是后来人们提到传统戏曲时所说的"皮黄声腔"；它的全盛时期在清代。到了民国，被正式定名为"汉剧"。汉剧在武汉三镇有着广泛的群众基础。1960年周总理设家宴招待了汉剧表演名家陈伯华之后，很快，武汉市就在六渡桥这个"戏窝子"里选址新建了这个振兴地方剧种的基地，政府给汉剧院盖房子的时候就贴着老王家的院墙建。新中国成立后由政府兴建的房子，盖好后连地带天都是政府的。

前进四路80号到88号，经历了自建自住、部分出租、没收充公、落实政策……里面住的人家从米粒的曾外祖一辈，发展到后来的林林总总的"72家房客"，再到米粒出生后家族回归、重新在这里生根，没等到小小的米粒这把生米被煮成熟饭，米粒还在，房子没了——夹在两个人行通道之间的一大片联排组屋，在20世纪90年代中期全面拆净后，就只剩下了和汉剧院共享的那一面墙。当然，这些老房子早在拆迁之前，除了情感上的牵扯和记忆里的氤氲之外，和米粒已没有任何实质上的关联了。

在程米粒的记忆里，家门口那两条相互垂直的马路——"前进四路"和"民主一街"的画面感，——车来车往，人来人去，争、抢、让、退，纷乱中透着旺盛的人气和斗志。大大小小的摩擦、争执，武汉人最具地方风味的吵街骂娘、扎堆围观，还有婆婆妈妈像聚众集会似的搅在一起说三道四——长在六渡桥前进四路的米粒与生俱来地习惯得很。从她开始学说话起，外婆就抱着她沿着前进四路一长条的街道慢悠悠地走走逛逛，看街灯看风景看行人，天天像在看大戏。走到和前进四路垂直的中山大道路口时，祖孙俩就会停下来，站在路边看热闹。街边最显眼的店铺就是老字号的品芳照相馆，外婆总会在那里站一下，指着橱窗里的照片教米粒认人学称呼，戴着白色大檐帽的是"警察叔叔"，罩着施工安全帽的是"工人师傅"，架着眼镜的就是"老师"，穿着西装婚纱并排站在假布景的公馆楼梯前面的则是"新郎新姑娘"。有些黑白照片被照相馆里的师傅们给着了色，腮颊和嘴唇红得很突兀，外婆就会点着橱窗说，这是彩色照片，它们被上了色，就像是人给化上了妆。当了一辈子小学老师的王诗芳在履行外婆这个身份时，调动了她所有的体力和脑力的资源，轻言细语而又不厌其烦地跟米粒说着话。想到自己年轻时，也是会化妆的，比这些彩色照片上的妆容要好看得多，这么一想，王诗芳心里也会悄悄地臭美一下。

站在灯火阑珊处，祖孙俩要过马路往江边走了，外婆又会先指着路灯车灯和霓虹灯，再有节奏地拍拍被抱在怀里的米粒的小屁股，一字一顿地唱起民谣："红灯，绿灯，哥哥姐姐下农村"。米粒跟着鹦鹉学舌，不会说长句子，只能重复每句话的最后几个字，"灯，灯，下农村"。外婆就夸奖说，我的乖孙孙啊，说得真好，说完又打着拍子道，"红灯，绿灯，爹爹婆婆下农村"；米粒听不出其中的变化，还是跟着重复那几个关键字，"灯，灯，下农村"……在那个不论是身强体壮的哥哥姐姐、还是老弱病残的爹爹婆婆都争先恐后地迎着灯火、下乡返乡的年代里，米粒吹着六渡桥的东西南北风就见风长地开始记事了。米粒喜欢跟她的外婆在一起，外婆更是走哪里都带着她的小米粒。汉口有俗话，"宁可做生活（干苦力），不要引肉砣（带小孩）"，意思是，管这种学走学说话的婴孩，比出重体力做事还要劳神费力。外婆王诗芳不这么看，她说，天晓得是我在逗伢，还是伢在撩我，有小米粒陪我，时间过得真是快……

王诗芳见证和启蒙着米粒每一天的成长，一边引着她小和尚念经似的背诵着《将进酒》，一边又拍着巴掌教一句顺口溜，"汽车汽车我不怕，我跟汽车打一架"……她会变着法子寓教于乐，行云流水地教米粒背诗背儿歌背乘法口诀；即便是很枯燥的东西，外婆总有办法让小米粒喜欢上、并且记得住。哪怕是站在阳台上看楼下的车来车往，她也会指着汽车的车牌号码来教米粒来认数字和记数字；在这样的训练下，米粒的记性能有多好呢，有时看到一辆车车尾的号牌，她就能马上指出来说，这辆车昨天也从这里经过了……

米粒好像天生就应该降临在这样一个男声、女声、铃铛声、大喇叭声、粗的、细的、亮的、哑的，各种声源永远交织在一起，谁也不输给谁的世界中。她身边总有她最依赖的外婆陪伴着，用她能理解和接受的说法再来解释和描画一遍。讲完之后，外婆也会要求米粒再重复一次，每当此时，外婆就会跟米粒做起"点窝窝"的游戏来，一手托起米粒的小手，另一只手的食指在小手的肉窝中轻轻地叩击，嘴里哼唱着："点点窝窝，油油拖拖，猫猫吃饭，老鼠唱歌。唱的什么歌？唱的是……"就这样，自然而然地把生肖属鼠的米粒的话给引了出来。

被六渡桥的市井烟火熏陶又被外婆"雅俗共赏"地调教着的小米粒，慢慢也有着自己对六渡桥的理解了。比如，每天的任何一个时段，只要推开门、竖起耳朵，就一定能捡到几句"什么什么养的"之类的典型汉骂；像米粒这种在六渡桥见过人情练达大文章的孩子们，从小就耳闻目染着人体那些隐秘器官的各种学名和别名，对"什么什么养的"这种段位，早就不痛不痒了。而在米粒的嘴里，她则是诗情画意地把这句汉骂谐音演绎成"斑马养的"——虽然她不敢把自己的这个小发明小创意告诉外婆，但同住前进四路的其他同龄小孩子尽人皆知、并因此对她钦佩不已。

在孩子们的意识里，所谓"与天斗，与地斗，与人斗，其乐无穷"口号的交响乐版本就应该是前进四路这个样子。否则，武汉的空气中，如果只有四季连绵不断的阴雨，那岂不是太寂寞冷清？当然，前进四路上还有更吸引米粒的两个声音——被埋没在市井叫嚣中、但米粒能分辨得出的两个声音，一个是路对面的"一中"里学生的琅琅读书声，一个是家后面的汉剧院里的各种唱腔唱调。这些声音在光阴中慢慢沉淀下去，成了她未来人生的铺垫。

米粒打记事起就认识江淼。她是王家祖宅的房客的女儿。或者不能说是房客，他们就是主人。二十世纪的六七十年代有相当长的一阵子，武汉城区内掀起了"换房潮"，不管你住的是你们自家的私房，还是各种原因各种来历但到现在就归你们家在住的有墙有顶有门的空间，都一样算作是房源，就可以相互交换；不管你出于何种目的想换房，有人愿换，你就能合理合法地接手过来，过程甚至简单到双方在纸上写好了各自地址，交换一下小纸条，没有异议就算是成交；到房管所登个记，然后就能搬家了。这种换房的交易中不涉及金钱，不涉及面积，不涉及地段，两相情愿就行。在那个年代，也没有什么相关的法律法规，反正双方认账、政府承认，这就是铁板钉钉了。老王家的这些老房子在六渡桥啊，多好的地段啊；对面又是江北最好的中学武汉一中呢，孩子上学近啊；能辗转着换到了王家的联排房中楼上楼下的一间，那也是需要有点运气或者有点背景的，就比如说像江淼她爸这样的。

江家住在前进四路的路尾，就是紧挨着自治街的那个拐角处。那个年代，住在一条街上的街坊邻里，迟早都会彼此知根知底。六渡桥的婆婆们喜欢在交头接耳中调查各家各户的户口，这种"包打听"的活计简直就像是她们的主业。她们对于这种能充分调动脸部所有器官功能的活计投入了无比巨大的热情——那些看到的、听到的、闻到的，全部汇总组合，再放到脑子里搅拌一下后，传输到嘴边，把接近真相或者远离真相的真人真事，用唇舌继续挖掘和传播下去，直到分撒着播种在前进四路的街头巷尾。她们远比几十年后的"北京朝阳区群众"来得更早、更自发自觉，也更全面细致。

于是，住在前进四路的街坊们都知道了，江淼的父亲是个退伍军人，北方人的长相身高，北方人的口音，随部队南下后留在了武汉，转业后就在区环卫所当了所长。虽然他手下的兵从荷枪实弹的战士变成了一群收垃圾的清洁工，手上的武器也就是手推肩拉的平板垃圾车，但在所有人家都是用木桶和痰盂来盛放屎尿、然后集中倾倒到公共厕所的下河斗的年代里，江所长管理着一整个区的公共厕所和下河斗，就意味着全区民众的排泄问题都掌握在他的手中，这权限就很了不得了。江所长总爱穿着他洗褪了色的军装，浑身上下也很有一副军人的派头，加上有阵子市面上放的某部热门电影里面有个膀大腰圆的反面形象叫"汤司令",乍一听起来,跟江司令的发音也很像,所以街坊邻里都以玩笑般的口吻亲热地喊他是"江司令",久而久之,连单位上的人也都跟着这么个叫法来喊他了。江淼的妈妈齐师傅是附近的一所中学校办工厂的仓库保管员,据说年轻时特别好看,她在读高中的时候被学校挑出来到当地驻军进行汇报演出,还在台上跳着舞、就被江司令给一见钟情上了。她高中一毕业就嫁给了比她要大十几岁的江司令,做了一件在当时看起来是非常光荣的事——成为军属,之后就夫唱妇随地安分过着小日子。大家喊她"齐师傅"也是尊称。在那个徒弟熬到出师几乎就像媳妇熬成婆的时代里,年纪轻轻的小齐做的这份保管登记的工作也没什么技术含量,喊她作"师傅",给足了江司令面子。

　　江司令本来年纪就大,加上还有些老相,跟齐师傅一起走在街上,看起来不像夫妻,更像是父女。也许正是因为他们有了这样的年龄差,江司令是很宠爱齐师傅的,就连米粒都记得,当年他俩饭后在前进四路上并肩行走时,个头魁梧的江司令总会把手搭在娇小玲珑的齐师傅的肩头上。邻居私底下议论时也说,"看他俩好的,好得就像个皮绊(念作'判'音)。"在武汉话里,"皮绊"不是个好词,意思近乎奸夫淫妇,它蕴含了两层含义,一是非婚姻关系,二是有性关系,但语气上略微含蓄和带点儿幽默感;也正因为含蓄和幽默,它的使用场景甚至可以是自我批注,比如某已婚男带着一个和自己有亲密关系的女性参加狐朋狗友的聚会,如果他文化程度不高,他就很有可能会跟大家介绍说,这是我的皮绊;而大家也都心领神会地喊上一声"嫂子"或"弟妹",表示欢迎。江淼的父母当然不是皮绊,但江司令是二婚。江司令在北方的老家娶过亲、生过子,至于和齐师傅结婚时有没有和老家的媳妇离婚,从来没有人考证过,街坊们眼见的是,江司令和齐师傅就像两个没有老家的人,就连过年,他们一家也都是待在前进四路的家里头。米粒后来在齐师傅的葬礼上看到过有个跟江司令一样高大一样眉眼的北方壮年出现,不动声色地帮忙做一些搬运扛送的体力活。当时,江淼抽空过来悄悄告诉米粒说:"那是我哥。"米粒有些惊悚,一下子没反应过来——她印象中江淼的哥哥就是江磊,而在那个时间里,江磊是绝对不可能出现的。好在江淼又补充说道:"刚从老家赶过来的。"米粒这才会过意来——那个壮年是江淼同父异母的兄长,是江司令在老家的大儿子。也就是那一次吧,他静悄悄地来了,又静悄悄地走了,连齐师傅的骨灰上山之后的答谢酒都没喝。江家的这对亲兄妹,除了拥有相同的姓氏,似乎再没有任何交集。

　　江司令和齐师傅生养了一儿一女,大的是儿子,叫江磊;小的是女儿,叫江淼。两个孩子的"条子(武汉话里指'身材')"都踏了江司令的代,瘦高个儿,"模子(武汉话里指'脸蛋')"就随了齐师傅的模样,放在人群中,标致出众。

江家两口子大概是有些重男轻女的，江磊小时候常常会骑在父亲的肩头，被江司令一路扛着，从前进四路走好几里地，一直走到江边，吹够了江风再回来，路上一定还会买点好吃的；只要到了三伏天，齐师傅也会牵着江磊的小手穿过曲曲扭扭的里份和巷道，去到中山大道上，排上很长很长的队，买一杯冰透心了的"老万成"酸梅汤。江磊江淼兄妹俩，相隔了三岁，掐着年份正好是三年困难时期的起始和结束。按说，江淼出生的时候整个社会的供应条件都在转好，但是，街坊们眼见的是，轮到他家能吃上一顿红烧排骨时，大块儿带着肉的直排，永远都会先被母亲夹到哥哥的碗里头。武汉靠着长江汉水，一年四季都有便宜的鲜鱼供应，齐师傅有道拿手家常菜叫"糍粑鱼"，每次出锅前她趁着最热的火候用陈醋一炝锅，腾起来的鲜鱼的余香，能从前进四路的自治街这头飘到民主一街那一边去。每回做糍粑鱼，齐师傅都会把鱼肚那一片的大块鱼肉事先夹到江磊的饭碗里，那个部位的鱼肉剔除了大刺之后就没有小刺了，吃起来简单。江淼看在眼里，懂事地跟母亲说："妈妈，我最喜欢吃你做的糍粑鱼了，我最会'吮（念 xio 音）'鱼刺的。"齐师傅把这事拿出来跟六渡桥的婆婆们当笑话来讲，但听故事的人都有些暗地里心疼着江淼。婆婆们私下里议论说，齐师傅也是不容易，母凭子贵，要不是因为生了个江磊，她在心里总会跟江司令留在老家的那对母子来争宠。也难怪吧，十几岁的她就跟江司令结了婚，年纪小小的，心眼也大不到哪里去。

米粒记不得自己小时候有没有跟着江磊哥哥一起玩过，毕竟隔着十来岁的年龄差，他们应该不会玩到一块儿，就算江磊的妹妹江淼，跟米粒也相隔了 9 岁，哪怕互相之间没有代沟，估计那时候的他们也不愿意带着米粒这种恨不得还穿着开裆裤的小屁孩玩。虽然见了面都喊得上名字，算是熟人，但直到米粒和江淼成为报社同事后，她俩因为共过"患难"，才成为真正意义上的朋友。

米粒总记得江淼住在前进四路时的样子，高挑、苗条、鹅蛋脸、皮肤白皙，有双大于常人尺寸比例的大眼睛。江淼的眼睛让米粒记忆格外深刻，那黑溜溜的眼珠子大得简直都让眼眶兜不住。江淼对于自己的外形容貌的优势也从来自信，甚或是站在一个比客观现实还要高的位置上俯瞰所有的同性物种。事实上，这世界基本上不会有自恃美貌而不自知的人，因为他们从小到大，只要遇到一次能以美貌去交换平常人所要付出的加倍努力的情形，他们就深谙其道，这种自信既不分种群，也无关性别，甚至可以在进化论中找到理论依据。所以，那些非要去说不觉得自己好看的言语，并不是掩耳盗铃，而是故意要气煞旁人。像江淼这种受过高等教育的美女，她们的显摆则更多是不经意间的言语流露——有一次，江淼在感叹年龄不饶人时就跟米粒说道，我愿意拿我的所有本钱来交换你的这份年轻。米粒当时就听懂了，这个"本钱"指的是什么啊，论大学文凭，米粒比江淼要强那么一丢丢；论专业技能，米粒比江淼也算半斤八两；所以，除了指的是江淼的美貌，还能是其他什么吗？

　　江淼一家人的故事，经常会不经意地出现在前进四路街坊们的谈资里。起先，是江司令和齐师傅的年龄差和恩爱行，后来就是他们家的重男轻女，再后来是江磊的意外溺亡，往后又是江淼的离经叛道……人们对这个家庭开始有多八卦，后来就有多同情；尤其是当齐师傅被送进了"六角亭"之后，人们对这个家庭的所有八卦的钻研和分享都会以无比真切的叹息来收尾。"进了六角亭"，在武汉话里就指代着人发了疯，因为六角亭这个地理位置，有着武汉市第一家精神病医院。"六角亭"和"六渡桥"一样，是老武汉人意识里的一个虚拟社区空间，落实在地图地标上的，就是顺道街和游艺路垂直包围着的那一片地段。沿着跟前进四路垂直的自治街，顺着江流的上行方向平行走，过三四个街口后，自治街就换了个名字叫顺道街，精神病医院的后门就开在顺道街上。游艺路上的是精神病院的正大门，它的斜对面望过去，就是老的武汉市公安局。米粒小时候，"六角亭"这个代号绝对是汉口的孩子们的噩梦，他们都知道，无论是被送进精神病院还是被抓进公安局，进去了就是另外一个世界。

　　等到米粒大学毕业后分配到了报社的文艺副刊部、并且跟江淼成了同一间大办公室的同事时，她才发觉，江淼这个人简直就是个故事会，她和她的家庭，永远有挖掘不尽的故事和素材。那时，江淼已经跟她父亲极力反对的恋爱对象沈学庆结了婚，而婚后的沈学庆也因为被老丈人给穿小鞋、一气之下砸了铁饭碗，从身披大红花的全省劳动模范变成了在江汉路开游艺机场的个体户；江淼的母亲——齐师傅的疯病越来越严重，不吃药她就发病，吃了药她就发傻，无论吃药还是不吃药，她只认得两个人——江司令和江淼，而她所有的时间都在等着她的儿子江磊游完泳回家。她每天都会问老伴，磊磊怎么还没回？买个酸梅汤要买那么久啊？——1978年的夏天，18岁的江磊在汉江边的集家嘴附近跟小伙伴们一起游野泳时出了意外淹死了，他临出门时还专门带了个有盖子的大玻璃瓶，他跟齐师傅打招呼说，等我游完泳回来我给你带一满瓶老万成的酸梅汤来降温啊……齐师傅的记忆，从此就属于了那瓶永远也等不到的酸梅汤，停留在了那个夏天里。

二

　　彭一方的父亲和丈夫，也就是程米粒的外公和爸爸，他俩都是上门女婿。
　　彭一方的祖籍也是湖北黄陂。黄陂对于整个大汉口的影响之大，几乎可以认为黄陂精神就是老汉口流淌的血液，黄陂腔才是最原始最古老的汉口话的正宗。汉口租界里有一条最有名最繁华的街叫作"黎黄陂路"，为的就是纪念来自黄陂、至死都一口黄陂话的民国大总统黎元洪，因为这个亲民的总统喜欢被身边的人喊作是"黎黄陂"。据说当年辛亥革命后在武昌建立了中华民国，大家在开会讨论定哪种中国方言为民国官话的时候，就是一票之差，北京话险胜黄陂话。试想，要是没有了那一票，今天举国上下、大江南北的所有人都讲着黄陂话，那该是多么欢喜和有戏曲场景感的景象啊。

　　黄陂的彭氏家族是做买卖的出身，他们迁到汉口来的时间比王家要更早一些，所以他们住的花楼街是在中山大道靠近江堤的那一边——就是更奢华更豪阔的那一边。清朝的秀才叶调元在他的《汉口竹枝词》里描述江边的这一带就说过居民的成分多为生意人，"此地从来无土著，九分商贾一分民。"彭家沿江开了两家旅社，一家叫长江旅馆，一家叫国民栈。这两个旅社的规模都不小，每家都有大几十间客房。因为有旅社垫底，彭家也顺便做点其他的小生意小买卖，虽然挣的都是辛苦钱，但流水还是丰厚的。抗日战争开始后，国民栈一度被国民政府征用为荣军疗养所，住满了从战场上受伤撤回的战士。客栈虽然被官军征用，但房钱还是照付的，而且政府买单的生意，比每天接待散客、还要逐个收钱来得更稳定，也更有脸面，所以，彭氏在汉口的黄陂商圈里既算是先富起来的那一部分，也是有些社会影响力的。彭家在程米粒外公的那一辈，也有姊妹四个，也是两男两女，不过，这四姊妹来自一个带着女儿的鳏夫和一个带着俩儿子的寡妇的重新组合家庭，所以，他们中间有同父同母、同父异母和同母异父的，也有从生理学意义上来说既不同父也不同母的；最后盘点下来，只有老幺彭明珍跟上面的哥哥姐姐都有血缘关系。

　　程米粒的外公叫彭启文，排行第三，上面有个没有血亲的姐姐和一个同父同母的胞兄，下面还有个同母异父的妹妹。这么复杂的家庭树生长在当时的六渡桥人家中不算什么稀奇事，那时候有钱人还能纳妾养小，一大家子人的血脉有不同的分丫也正常。

　　彭启文和王诗芳的婚姻本是黄陂老乡的媒妁之言，因为两人都个子高，大家就预先评判说他俩看起来会很"般配"；结果相亲见了一面，举止大方得体、面貌清秀聪慧、身高一米七几的王诗芳在彭启文眼里岂止是般配，他就认定了非她不娶，哪怕是入赘，哪怕是从六渡桥的鄙视链的上峰往下走，他都心甘情愿。旧时的家族基本上都是长子护家的，父母看到二儿子启文这么任性地下定决心要跟王诗芳结婚，也就依了他。

　　在老人们的眼里，彭家的四个孩子，都有些任性。大女儿明慧嫁了个国民党的军需官，过了几年风光日子后，1949年前后任性地坚持要带着孩子随军，撤到了大西北，之后一辈子在陕西山区过着隐姓埋名的生活；大儿子启杰仗着父母有点本钱，于是任性地花钱，吃喝嫖赌一样不少，自己染上了梅毒不说，还传给了老婆和初生的儿子，一辈子的孽债和悔恨；二儿子启文不仅是为了心爱的只见了一次的姑娘，任性地结婚，而且还瞒着爹妈，参加了地下党，黄陂的彭家那时是跟国民政府走得近的，奔的是主流社会，虽然汉口沦陷后彭老大人拒绝了汪伪政府的邀约，但老先生到底是个生意人，除了和气生财之外，保命要紧的原则高于一切，要是他事先知道启文的革命梦，也许结局就会不一样了；老四是幺女，叫明珍，她出生得晚，跟启文哥哥最亲，比米粒的母亲彭一方（就是明珍二哥彭启文的女儿）也只不过大个5岁的光景，这父女俩都是明珍的好伙伴；明珍在新中国成立后考上了广州的卫生学校，毕业后就留在了羊城，也是任性不听劝地嫁给了同一家医院的一位外科医生——嫁给医生本来是件好事，但明珍嫁的这一位，儿时因为小儿麻痹症没得到及时医治而瘸了腿，而且家里还有不少在海外在香港的亲戚——这些补充说明放在20世纪60年代初的中国，都是些要让人摇头的麻烦事。

按说，彭家虽是黄陂的货郎起家，但到了汉口后的家境比王家要高出许多，开枝散叶的面也更广，从祖国的大西北到香港边上的华南都去播了种，行当也从旅馆经营扩展到了军队、教育、医疗和其他社会事务，几乎涵盖了大部分的城市阶层；可就是因为彭家的第二代人散（sǎn，念第三声）得太广，彭老大人夫妇过世得也早，家也就慢慢地散（sàn，念第四声）了。

1940年，不到20岁的彭启文就这么果断坚决地和同龄的王诗芳成了亲，从中山大道繁华一侧的花楼街，搬到了中山大道落后一边的前进四路，成了上门女婿。这个让儿子变成了赘婿的婚姻对于家底殷实的彭家而言，总有些不情不愿的勉强；不光是有些阶层下行的意味，更像是弄丢了一脉子嗣。到他们拜堂成亲那一天，碰巧赶上了诗芳来例假不能圆房，启文的母亲对这桩婚事的不满就连着新账旧账一起算，坚决要求退婚，她说，老规矩早就说了，"骑马拜堂，家破人亡"。启文坚决不依，说如果今天不让他娶，他明天天亮就出家。——多么坚定的爱情啊，估计连他自己也想不到，这么坚定的爱情搁到他这一辈子里，居然也做不到从一而终。

一年后他们生下了彭一方。作为女婿，彭启文有父辈的家底撑腰，所以虽是"上门"，但算不得"入赘"，他跟王诗芳生的孩子也就还是跟着他姓了彭。事实上，无论王家还是彭家，都没有人对这个新出生的婴儿的姓氏有过多的纠结，启文的这个"彭"姓也是随了他妈改嫁后的夫姓，他亲爹本姓张；到了一方这一辈，孩子姓什么就更不代表什么传宗接代的使命了。这个孩子身上，凝聚的就是两家人和两代人的牵挂和爱护。启文给女儿取名，用的是《诗经》里"所谓伊人，在水一方"的典故。当然,他的小心思里,"方"和"芳"同音,老婆叫诗芳,是个大芳;女儿叫一方,就是个小方——小诗芳。他是深爱着这两个女人的。那时候他还不知道,一方会是他们唯一的孩子;他也不知道,有了一方之后,他跟王诗芳真的就过起了在水一方的生活。

新婚后的彭启文和王诗芳,先是全力以赴地帮着王校长办学,从教书到教务,他们勤快得很。小日子还没过上两年,彭启文说找了个在南京的报馆的当差,然后就心急火燎地把老婆女儿留在了前进四路,自己乘船去了金陵府。对此,启文的岳父王校长是有些遗憾的,毕竟少了个得力的帮手,还是自家最可靠最信任的长女婿,长得一表人才、口才也好,代表国正小学的形象,拿得出手;但是一想到启文也是当爹的人了,想为老婆孩子奔个更远大的前程也有道理,自己不也是从黄陂迁到汉口了吗,女婿想把好日子从汉口过到南京去——这么有抱负有追求,不该也不能阻拦啊。直到新中国成立后大家才知道,启文去南京,其实是组织上的安排。他的口风够紧,连最疼爱的老婆,他都没透露。在南京,启文正式公开地加入了国民党,还见到了何香凝。米粒小的时候听外公说到这个名字时很不以为意,就像大人念叨的许多陈芝麻烂谷子一样,左耳朵进、右耳朵出,但家里有一张外公跟何女士的合影,这就让米粒印象深刻了。等到上中学后学习中国近现代史,米粒才恍然大悟,一贯谦恭低调的外公在提到这个名字的时候,心里该有多么翻江倒海啊。新中国成立后,最早一批在武汉成立的各个区政府,被派去坐镇的要么是军管代表,要么就是曾经的地下党——没参过军、还是国民党党员的彭启文就这样因为自己的革命身份,成了汉阳区政府的一名科长。

在老汉口人的眼界里,虽然汉口汉阳就隔了个汉江,但两地的贫富悬殊,简直比江这边的京汉铁路分界线还要明显。武汉的内湖多,湖里野生的乌龟王八也多,老汉口人说话打比方,都喜欢沾点有地域特色的说头,动不动就拿乌龟王八来说事;所以,在他们的嘴里,汉阳就是个穷得连乌龟都不会去那里下蛋的地方。乌龟王八不去,但彭启文得去,他是有使命感的人啊,每天都坐着那种木划子的渡船,从汉口的六渡桥,划到江对岸的汉阳去上班。每逢刮风下雨,不是他有可能会上班迟到,就是王诗芳在家惦记着江面会不会封船,或者船行到江心会不会给翻掉。那时候"国正小学"早就关张了,王诗芳在新中国成立后的第一次军管代表上门普查登记时填写的职业是小学老师,于是,等六渡桥建起了前进四路小学,她就成了"前四小"的第一批教师。每天过个马路就能到单位上班,下了班还能赶回来给父母和丈夫女儿做晚饭,她的心思不在工作上,全在为身边的亲人们操心着急。

为了不让老婆总那么提心吊胆,彭启文就在离上班的地方不远的月湖边上租了房。上班的那六天,他就住汉阳,等到星期六下班后才回六渡桥团聚;到星期一一大清早，又慌忙急忙地乘着木划子到江对岸的汉阳上班去。那时候，长江汉水上一座大桥都没有，汉口汉阳隔着条汉江就是守着天堑遥望。启文诗芳这小两口，虽然生活在一个城市里，却也过着两地分居的生活。这样的日子过了大半年，两口子一合计，不能总这么有家不像个家啊，以前不能团聚是为了革命，现在革命的胜利果实都结了好几年了，还分着住算什么事儿啊？本来王诗芳都计划着干脆搬到汉阳一起住得了，像她这种小学老师在汉阳属于紧缺人才，饭碗也不用担心，结果就赶上了1954年夏天武汉暴雨洪涝发大水，彭启文在月湖湖边租的房子给淹得连房顶都找不见了。雨情最厉害的那几天正好是上初中的彭一方放暑假，她跑到月湖的出租屋陪着父亲住了几天。彭启文早上冒雨去上班时，见姑娘还躺在床上睡着懒觉，就没有惊动她，悄悄地出门，卷起裤腿蹚着水走到办公室。很快，他就和所有在职在岗的公务员一道，被安排到了汉江防汛第一线。洪水来势凶猛，到了午后，和汉江相连通的月湖水就把半个汉阳给淹没了，水位线达到了百年以来的最高点。那时他想到了还困在出租屋里的彭一方，赶回去看时，连房子带人，都没了踪影。彭启文吓得魂都没有了，急急忙忙赶回六渡桥，结果王诗芳又不在家。人在遇到天灾时最怕又摊上人祸，那一刻彭启文就下定决心，等这次水灾结束了，一家人不能再这么隔着江过着家不像个家的日子了，全家人平平安安比什么都重要。到了晚上，王诗芳领着彭一方回到了前进四路。原来，当发现洪水开始涌进了屋子后，彭一方就赶紧跑到了大马路上，遇到戴着红袖章的搜救人员，她就被带到了汉阳区的临时收容站。在收容站里，工作人员问她，你还有亲人吗？她就把国民栈的电话号码报了出来，工作人员打了这个号码找到了彭一方的奶奶，奶奶就雇了木划子过来把她接回了汉口的国民栈。

人只有在经历了惊吓后才会做出某些不符合惯性的决定，就这样，彭启文在洪峰退去、汛情结束后，正式向组织申请调换了工作，回到汉口，回到六渡桥。

米粒的外公彭启文在退休前是汉口的一所中学的校长，同时还是政协里的民革主委；他这个校长，可比他的岳父王校长，要正当名分得多了。他这一辈子，为党工作，但一辈子都是地下党。

米粒的母亲彭一方，民国30年在前进四路的"国正小学"里出生，能跑会跳了就喜欢在王校长的各个教室里钻来钻去；为了不影响教学秩序，母亲王诗芳有时候就会把小一方送到大马路对面的开着客栈旅馆的爷爷奶奶那里，有时候是长江旅馆，有时候是国民栈，反正那两处都是房间多、房客多、有用人，正好可以让小一方四处欢跑。结果，一方的成长史中就多了不少离奇的怪事。

爷爷奶奶开的长江旅馆里有房客抽着水烟的鸦片，抽完了之后的烟枪随手放在了床上，一岁多的一方觉得好奇就拿起来看，晃了晃发现里面有水，就对着嘴喝了两口尝一尝。鸦片水喝不死人，但还是有些毒性的，何况还是一个一岁多的婴孩呢？喝了它的小一方很快就昏睡了，睡梦中不停地打嗝，折腾了一晚上，还怎么都晃不醒。爷爷奶奶外公外婆还有母亲，都吓得不轻，守了她一晚上，以为这孩子可能就醒不过来了。睡了一天一夜后，彭一方又活了过来，大家才算松了口气。

等到一方三四岁的时候，又遇到了一个在阳光明媚中却做着噩梦的日子——史书帮她记载了那一天，是 1944 年 12 月 18 日——当时她正蹲在国民栈的门口看地上的蚂蚁搬家，就正好碰上了空袭。美军轰炸机以打击日军为由，在汉口市区的中高空投下了 500 吨燃烧弹，以无差别的方式轰炸了从汉江河岸到京汉铁路间超过 15 平方公里的城区。大量燃烧弹投下后，整个六渡桥片区乃至汉口的大部分核心街区全部陷入了火海。当时，有一颗燃烧弹就落在国民栈的正门口。国民栈没被烧被炸，但旁边的木头房子给点燃了。瞬间爆炸的气浪带起来的瓦砾和玻璃碎碴四处飞溅，其中的一片，就砸到了一方的脚上。一方右脚的小脚指头当时就给劈断了。庆幸的是，彭家的国民栈里面常年有医护值班，人们当即就找到了断趾并给彭一方缝合了上去。此后的余生，米粒的母亲彭一方无论任何季节任何时候出门都会穿上袜子再穿鞋，因为她的右脚小脚趾有着无法磨灭的断趾愈合后的疤痕和异形。她不想让人看到这些与众不同的东西，但她身体上的这种自带历史记忆的畸形烙印，恰恰就是她见过大风大浪后大难不死的见证和勋章。

老人们都说彭一方这孩子命大也命硬，如果生在了古代，不是领兵挂帅的穆桂英，就是替父从军的花木兰。不知道老人们的这种预言真的是彭一方的命数，还是她从小就被这样的老话给洗了脑，总之从少年到成年，彭一方作为王诗芳的独女、王校长的长外孙女、彭王两家孙辈里的第一个大学生，她秉承着祖父气质里那份崇尚礼义的情怀，血脉中流淌着父辈那份任性的遗传，看似逍遥而又消极地活着平淡的人生；事实上，她矢志不渝地活得坚硬又锋利，把岁月如刀锋般切割到她身上的所有伤痕，都不遗余力地给还了回去，甚至还想着要把那些伤疤打造成盔甲，作为她最珍视的礼物交给女儿程米粒。综观她风风火火的人生，如果真要用舞台戏剧人物来类比，与其说她像穆桂英或者花木兰，还不如说她就是一个现代版的佘太君，只要她出场，往那九龙口一站一亮相，不怒而威的气场，就横扫一切牛鬼蛇神。

我们常会在评价一个人的人缘时把他的秉性和地缘连在一起，于是就有了接地气这种言传意会的说法。生长在六渡桥的人们，自然也是接上了六渡桥的地气。作为"天下四聚"之一的汉口之核心区，六渡桥自民国起就繁华丰富，不光有六门广货铺、民众乐园、剧场影院、中西餐厅这类娱乐休闲场所，也有票号当铺这类金融机构，甚至连国民政府的所在地也一度设在六渡桥。（清刘献廷在《广阳杂记》中写道："天下有四聚：北则京师，南则佛山，东则苏州，西则汉口。然东海之滨，苏州而外，更有芜湖、扬州、江宁、杭州以分其势；西则惟汉口耳。"——注）1926 年 9 月，北伐军占领了汉口，很快，国民党中央党部和国民政府由广州迁到武汉，六渡桥的南洋烟草大楼就成为国民政府的办公地点，国民党中央执行委员和国民政府委员临时联席会议（简称"党政联席会议"）即设在此楼。1927 年 3 月，国民党二届三中全会在这里举行，毛泽东、董必武和宋庆龄、孙科共同出现在了大会闭幕的合影中，国共合作由此开始。新中国成立后，毛主席设宴招待金日成的璇宫饭店，也在六渡桥的前进四路的侧街上。

当大人物们从身边擦肩而过的时候，小人物们日复一日地过着自己的小日子。就像他们也许并不怎么关心咫尺之遥的南洋大楼里聚集了多少达官贵人策划着改变了世界，但他们愿意省吃俭用买张戏票到南洋隔壁的民众乐园去看一场梅兰芳的《宇宙锋》——戏里的悲欢，更能牵动他们的泪腺。而戏外的生活，除了养家糊口，再多一点追求，就是送孩子读书上学，图谋一种更美好的人生可能。

当然，作为汉口核心的六渡桥，学校也不少。教育本来就是串联政治和文化的桥梁。光看前进四路，有米粒他们祖辈王家开的国正小学，对面就是武汉一中；一中是公立男中，在米粒他们家祖业靠近自治街的房子背后，是来自意大利修道院柏博爱修女创立的圣约瑟女子中学，后来叫作武汉 19 中。也许是当时人们对洋人的教会修道院有偏见，也许是温饱都没够上的老百姓对女孩子上学读书有偏见，总之，彭一方从小就听街坊们说，圣约瑟女中不能去，里面的那些洋修女都是女流氓，正经女孩子在那里都要学坏的。等到彭一方上中学的年纪，武汉早就解放了，圣约瑟女中也被市政府统一接管，按照某种并未公开的原则，把它按照数字编号改名成了 19 女中。但前进四路的人们对圣约瑟的成见还在，所以，彭一方被父母安排着，舍近求远地到十几里地开外的武汉 17 女中读书——17 中的前身是汉口市长吴国桢在 1933 年亲自督办、由国民政府组建的公立女子职业学校，到 1949 年 5 月，又成为中共华中局接管的第一所女校。

彭一方念高中、读大学，都是在武汉，一路看起来算是顺利和正常，但是放在当年来看，"文革"前的一个女大学毕业生，还是很稀罕的，含金量极高。她 1962 年珞珈大学毕业的时候，武汉正在筹建一批新的中学，彭一方和后来成为她丈夫的程志伟，就都成了"红锋中学"的创始教师团队。那个批次成立的中小学，取的名字全都闪耀着革命的光芒——红星、红锋、先锋、七一、井冈山、起义、胜利、育红、红领巾——光看校名，就能从中间找到中国近现代史中有关中共党史的许多关键词；还顺便把一些老字号的学校——比如袁隆平的母校、和北大同年创立的"博

019

学书院"的名号,也给替换成充满革命斗志的"反帝中学"。那时离那场文化的革命还有几年的时间,但是,革命的铺垫,已经漫天遍地。

彭一方不是那种有革命精神的闯将,事实上,外祖父开办的私塾——"国正小学"以前在学校招牌上挂过青天白日旗这事,是有人在背后说闲话的,所以,从外公王校长到母亲王诗芳,都一再提醒彭一方,在外面要少说话、不惹事,害人之心不可有,防人之心不可无,那么我们也千万不能去做那种冲在前面去害别人的人。人老了,嘴碎心细,唠叨的都是悟了大半辈子的生活哲理。彭一方在这件事情上听了家里老人们的话,当了一辈子的所谓逍遥派。在她的三观里,母亲王诗芳是王家的长女,自己是母亲的独生女,所以,做好独女长孙看家护院,这才是她的本分。能做好这件事就不简单了,哪还能分心去心忧天下?

也就是这样的三观,让彭一方在该结婚的年纪,嫁给了她觉得自己应该嫁的人。米粒的爸爸程志伟,档案上写着祖籍湖北黄冈,是家中的独子,爷爷程少斋是团风码头上的一名搬运工,是扛着一根扁担就背负了全世界的那种彻底的无产阶级劳动者。从档案上看,这身世既简单又合乎大势;从实际情况看,志伟虽个头不高,但浓眉大眼,写得一手好书法好文章,情书更是写得感人;从人才人品上,他好学上进,悟性强,说得一口流利的武汉话,听不出半点外乡人的口音;从交往结果看,他在武汉无亲无故,是个能入赘的女婿;从长远看,虽然他来自乡下,但没有兄弟姐妹,也不会有接济不完的穷亲戚——跟这样的人结婚,是适合搭伴过日子的。

彭一方就这样以做选择题找标准答案的心态决定了自己的婚姻,在几个追求者中,接受了各方面条件并不是最好的程志伟。地地道道的六渡桥长大的姑娘呀、还是珞珈大学这种名牌大学的毕业生彭一方,嫁给了码头挑夫的后代、从黄冈乡下考学出来的师范学院毕业生程志伟。他俩准备结婚的时候,连程志伟的内衣内裤都是丈母娘王诗芳在家里踩着缝纫机给他做的——他即将成为彭家的上门女婿,这是件在各种妥协平衡后、皆大欢喜的事。

为什么会说这小两口结婚是"各种妥协平衡之后的皆大欢喜"呢?这也是有些戏剧化的故事了——

那一年,中国发生了件大事,"文革"开始了;而彭一方的小家在那一年也发生了件大事,程志伟跳了楼。

程志伟是从红锋中学的四楼办公室上跳下去的。那些年,武汉到处都种的是法国梧桐树——它们不挑成长条件,耐热耐寒,成材成林速度快,一两年时间就能长出张牙舞爪的四处绿荫;志伟跳下来的时候就被一棵高大的法国梧桐给绊住了,他不仅没摔死,摔晕了醒过来一检查,连伤筋动骨断骨头的大伤都没有,就是落下了轻微脑震荡和只要变天就会腰疼的毛病。

——程志伟跳楼的直接原因是彭一方扇了他耳光，而彭一方动手，是因为志伟欺骗了她。

一个在档案里说了假话的男人，又在现实中说了真话，这样的故事放在1966年就是要家破人亡的。红锋中学的第一张大字报就是揭发程志伟的，而且，在他的名字上，被人用红色毛笔打了个大叉，一下子就被定性成了人民的对立面。

原来，积极要求入党的程志伟，为了向组织表忠心表赤诚，就在向党交心的思想汇报里坦承了自己的家世：他有一个在国民党当军官的亲生父亲，亲生母亲曾程氏是来自杭州的大家闺秀，底下还有个弟弟程志强。1949年，国民党兵败如山倒、各部都在节节朝着台湾撤退，程父却舍不得武汉的娇妻幼子，就故意误机、没有随大部队撤离到广西后再逃亡台湾。之后，程父在武汉被抓，很快就被通知说死在了牢里，死因不详。曾程氏拖着一大一小两个儿子，好不容易去到了羁押程父的监狱后，活不见人、死不见尸、没有任何遗物；只好在即将走出监狱大门口的时候，弯腰从地上捡了些小石头带了回家，想着说这些石子们陪伴过自己丈夫的最后时光，留个纪念吧。曾经是大小姐、后来是军官太太的曾程氏，自此变成了被人痛打的落水狗。她带着两个儿子——程志伟和程志强——母子三人几乎要流落街头，连最基本的吃住都成问题。为了讨一条活路，曾程氏只好把大儿子过继给了在黄冈老家团风镇的志伟的亲大伯程少斋，年仅3岁的小儿子志强就带在自己身边。黄冈是中国有名的将军县，从这里走出来的国共两个部队的将军都数不胜数。常年的饥荒和战乱中，无论是否情愿，在黄冈老家只要有儿子的人家，一定就是军属。大伯程少斋是程家长子，便没有参军，留在老家尽孝，本本分分地出着体力，当了一辈子的码头上的挑夫。他膝下无子，待志伟视如己出。曾程氏依然在汉口生活，为生活所迫送走了长子志伟后，就带着幼子栖居在集家嘴码头旁的一个杭州老乡的难民群里。集家嘴是汉口当时最大的货运和轮渡码头，曾程氏和其他老乡一道，每天清早天不亮时在码头上批发些上游的农民运过来的新鲜蔬菜，然后挑到六渡桥的菜市场里去贩卖，一分一毫地挣着辛苦钱来养活母子俩。志伟在11岁那年失去了父亲，离开了母亲和弟弟，告别了大汉口的一切；然后，他在穷乡僻壤里拼命地读书考学，重新回到了武汉上大学——这一切的动力就是为了能够离开乡下、回到汉口，为了能和母亲偷偷地再多见几面。

当彭一方和红锋中学的其他同事一起在围观中看到这张控诉程志伟"隐瞒身世、欺骗组织"的大字报时，她这才恍然大悟，为什么像他这样一个从团风考出来的"乡里伢"，能说得一口如此流利的武汉话——汉口，原本就是他的家。人生如戏，充满了想说的和不得不说的谎言，彭一方就是这样一点点被生活教会了如何坚定地去做一个真实的自己——只有远离政治，不跟风，不站队，读着自己的圣贤书、过好自己的小日子，才能永远地避免任何身不由己和事与愿违。但站在大字报的红叉叉跟前，她还是愤怒的，甚至出离愤怒。她懊恼，沮丧，想骂人想打人想杀人的心思都有。

程志伟的身世并不是让彭一方愤怒和懊恼的根本原因。在老汉口人的生活圈子里，谁家没个跟国民党沾边的亲戚呢；说到祖父、外祖父，那更是跟国民党有着许多千丝万缕的关系。让彭一方愤怒和懊恼的是，自己被欺骗了，一个自己把终身都要托付了的对象，居然不跟她说实话。在彭一方看来，你走出去可以高谈阔论家国天下，但关起门来就该做好为人的本分。什么是本分，就是要从对身边的人忠诚老实开始，要对长辈行孝，要对后人呵护，要有一份体面的工作让自己在社会上站得住脚，尤其要对伴侣坦诚和忠实——这些就是每个人每一天的实实在在的生活，只有先做到了这些才能去谈那些虚无缥缈的形而上。彭一方对自己的要求不高，能做到这些就够了，但正因为到此为止，所以，她有她的原则和底线，那就是，不欺己，不欺人，不欺世。在彭一方看来，程志伟连这三个"不"字的最低底线都不及格。

1966年的那个午后，已经跟程志伟谈婚论嫁的彭一方看到了红锋中学的这第一张大字报后，第一反应就是找到志伟，二话不说，狠狠地扇了他一耳光。被自己信仰的东西给批判了之后又被自己挚爱的女人给掌掴，年轻的志伟当时就绝望了，转头，他就从身后的办公室的窗口跳了下去。他俩的这个恋爱谈得足够热烈而又应情应景，乃至和整个时代的节奏一样，热烈得血肉模糊；而在清洗掉了当年的血污之后，剩下的几十年，她认为她对他有恩，他也感念她在暴怒之后还信守承诺给了他一个家，两人被柔软的任性和柔缓的韧性给紧紧地包裹在一起。这样组成的一个家，起先是纠缠，缠得久了就变得扭曲；直到突然有一天，撕开掉层层叠叠的岁月屏障，他俩那些如同淋了狗血般的生活，又再次变得稀里糊涂了起来。

程志伟和彭一方注定要成为一家人，先是志伟任性地翻身跳窗；接下来的故事里，一方也跟着任性了下去。她去医院探视了摔昏过去的程志伟，大家都以为他们会从此划清界限，但彭一方没有那样做——志伟躺在病床的时候她没有，志伟出院回家后她依然没有。她怪他骗人，扇了他耳光；他挨了她打，于是跳了楼。她在差点没了命的他床前感叹失而复得的真情，他躺在病床上想的是，都能为她死、那更要为她好好活——这两人算是扯不清楚了。那么好吧，皮慢慢扯，账慢慢算，只要命还在，未来日子还很长。

在彭家和王家的所有长辈都劝彭一方离开程志伟的时候，她没有听；她像彭家的长辈们一样，固执任性地走了自己的路。她说这是她自己选定的丈夫，选了就得认账。彭启文和王诗芳在彭一方的婚姻这事上,也没有拿出家长的威仪来横加干涉和奋力拆散,毕竟他俩年轻时为了彼此也是拿出过豁出去的胆量和勇气的。他们点到为止地提醒了一方,看到女儿心意已决,也就提心吊胆地一边祝福着,一边操办着婚事去了。

年轻时唐突而饱满的情爱拯救了程志伟,铸就了他们的婚姻,但经年累月的残垣断壁与姹紫嫣红,迟早会在不动声色的徐徐前行中,剥开生活的内核。终有一天他们会停下来细想,所谓情爱,不过是他们阅历磨砺后的伤疤,嘲笑着彼此间的苟活于世。1966年那笔没算清楚的烂账,拖拖拉拉几十年,本以为早就一笔勾销了,其实,烂账总还在那里。时过境迁后,程志伟和彭一方婚姻中的疤,大到连他们的女儿程米粒都看得见。疤痕时时刻刻都在提醒着从前的旧账。于是,他们撕扯着,彼此生疼——生活中清晰地呈现着相互折磨的长痛和短痛。

但是,日子总是细水长流的,疼痛挤压着心里的委屈,迟早都会变成褶皱,年轮般陈列于眉头眼角。40年后,小彭变成了老彭。变老这事,并不让她疼——她老他也老了——她疼的是变老了之后他变得不那么听话了。于是,彭一方这个看起来逍遥的快活人,活得就像一出节奏略慢的大戏,看起来平凡普通,却是在婚姻内外、铿锵着任性了一辈子。

回到1966年发生在汉口的故事——

程志伟的纵身一跃,算是让大字报事件画了个句号,给了他一个新生。

好死不如赖活着,这是程志伟跳楼的那一瞬间的强烈追求。老天爷大概是听到了他的心声,所以,他活了下来,而且,在接下来几十年的婚姻生活里,活得老实卑微得有些窝囊。时隔数年后,志伟跟母亲曾程氏抱怨自己婚姻中的诸多不如意,曾程氏长叹了一口气,说道:"也许我们老程家的男人都是绕不过女人这道坎的吧……你看你爸,为了我,连命也丢了;你为了一方,也差点丢了命……人吧,有时候活该认命的啊……"

程志伟可不愿意认命。事实上,他不认命也是有理由的。就连跳楼这事,他也能从临近丧事的程度转变成喜事,这哪是命数这种名词可以解释的呢?那张逼得他跳楼的大字报,不光没给他的人生带来灾难性的毁灭,反倒因祸得福地让他不敢认的亲娘和小弟都见了光。他可以正大光明地去探视生母、关照小弟了。

程志伟的养父养母依然还在湖北黄冈的团风乡下当着码头上的挑夫农妇。程志伟婚后的第一个春节,带着"新姑娘(武汉话里的新媳妇)"彭一方,回团风过年。

程父程母为了迎接新媳妇,在他们回来的头一天,跑到镇上唯一的一家旅社借了床盖的被子和垫的棉絮,他们还专门挑的是大红牡丹图案的被面,寓意着花开富贵——这是他们力所能及的喜庆。志伟的养父程少斋把养在后院的大母猪杀了一头。猪头留了下来作为年饭的摆盘,猪肉是卖了些、又腌了些;新鲜的猪肚子就全熬成了白滟滟的浓汤。

程志伟他们下了船、进家门的第一顿午餐就是猪肚子汤煮的新鲜豆丝。

豆丝是湖北农家主食里的上品,属于要花时间花精力的"功夫活"。把黄豆、绿豆先用水隔夜泡好,再用石磨加水、磨成白色豆浆后,在大锅里用蘸水的油快速且均匀地摊成一块大饼,起锅,切成手指宽的丝丝缕缕的条状,名曰"豆丝"。新鲜的湿豆丝是乳白色的,出锅时被热气激发出来的豆香,质朴而又醇厚。将其加入高汤中,既能浸透羹汤的美味,又始终葆有豆丝绵长清香的口感。有些喜欢糊汤的,就多用文火煮上半个时辰,豆丝全化到汤汁里。端起碗来送到嘴边,吸吸唆唆地就喝到了肚子里。闻了香、品了味,那是连筷子都用不上就能享受到的快感。湖北的乡下,只有逢年过节才会隆重地做一回豆丝。开工一趟不容易,人们就兴师动众地还做些糯米糍粑,石碾、石磨、石锤全都上阵,敲敲打打地,全是迎新的节奏声响,又折腾,又快乐。之后,会把这些精品主食留下少量用于过年待客,剩下的就和腊鱼腊肉一道晒干了、再阴存着,留备在接下来的一年中,细水长流地偶尔打打牙祭。晒干后的豆丝紧缩成了不规则的扭曲状,颜色就晦暗得多。"干豆丝"煮出来后依然有着豆制品清香的风味,但显然不如"湿豆丝"那么透彻的香美。

为了款待从汉口来过年的儿子媳妇,程父程母掐着时间点为他们端上了最新鲜的湿豆丝。乡下烧菜用的是那种烧柴火的大土灶,盛饭盛菜都是用的海口且纵深的老陶碗,热气腾腾地添一碗咕噜咕噜鼓着泡的糊汤豆丝,看起来黑乎乎,其实碗里端的都是楚乡中家家户户过年才备齐的美食家当。

老人家向难得回一次乡的晚辈们朴实地示着好。盛到碗里的说是豆丝,其实除了面上的那一层,底下垫着的可全是厚厚的猪肚条。虽然彭一方从小在汉口长大,家境也不错,但以这样的堆头来吃猪肚,她也是头一回。公公婆婆的赤诚,她是扎扎实实地领受到了。

程家老宅的堂屋里,除了摆上了一张八仙桌和几张条凳椅,还有一副巨大的实木棺材。土砖垒起来的房子,跨了门槛进堂屋,左右各有卧房;和堂屋一墙之隔的就是厨房,共享着前后门的过道。这样的平房老屋,空间算不得矮,也算通透,但墙面和地面都是泥糊的,看起来就是黑乎乎的,加上头上悬着的吊灯也不怎么亮,堂屋里的棺材乍一看就很有些惊悚了。棺材靠墙摆着,占据了堂屋将近三分之一的面积;无论是其规模、还是其用途指向,对于第一次进门的彭一方来说,都格外地触目惊心。彭一方端着猪肚子豆丝碗落座前犹豫了一下,最后选在了可以背靠棺材的那张条凳坐了下去。想着有一副棺材在背后，彭一方吃着暖乎乎到有些烫嘴的豆丝，但后背却感觉飕飕地冒着寒气。

在从汉口出发的船上，程志伟跟她提前打过预防针，说到过棺材这事。他说，在团风乡下，能给自己的身后事提前准备上一副好棺木，这是有福气的家庭；而且，棺材还谐音着升官发财，算是吉祥符。老宅里摆的这副棺材，是程父专门请的老木匠定制的。志伟说他是看着它从木板怎么变成棺材的样子，所以一点也不害怕，从前当孩子的时候还喜欢躺在里面睡一下，冬暖夏凉的感觉，仿佛就像家里的另外一张床。

彭一方有心理准备，知道会看到棺材；但当她切切实实就挨着棺材坐下时，还是觉得很突然、很意外、很紧张。大过年的，她就这么在昏暗的老宅里度过了新婚之后的第一个春节，每天从睡房中出来第一眼看到的就是那副大棺材。

结婚前，当彭一方知道了程志伟有个当了国民党军官的生父时，她的感情是复杂的；但反复思量后得出的结论是，好歹嫁过去的程家也曾经是有身份有地位过的，算是门当户对了。再当她踏进团风老宅的门槛、睁眼闭眼都是那副厚重的大棺材杵着，她重新意识到，自己是"下嫁"了。两个人的家庭背景，真的是相差太大了。

下嫁也就下嫁了吧，图的是程志伟；只要他领情就好——彭一方在心里说服了自己。

在团风住了几天后回汉口，老人家给程志伟准备了一根扁担来挑行李。他们给彭一方的父母、曾程氏母子和程志伟两口子各准备了一份沉甸甸的年货，有腊肉腊鱼，豆丝糍粑，肉圆鱼糕，还有新鲜鸡蛋和鲜活的母鸡。一直在大城市里生活的彭一方看到三只肥硕的母鸡被绑了腿塞到大大的竹篓筐里又是飞又叫的，有些被惊吓到，说是这一路又是船又是车的，活鸡不好带，要不就算了吧。程父坚持说，好带好带，我送你们上船，到了船上以后扔在角落里，随它叫唤，它们跑不掉也死不了的。程父还叮嘱说，这些都是母鸡，你们要是有地方，也可以养起来，它能天天跟你下蛋；要是不想养，就杀了煨汤，大补，吃了母鸡，来年我们就抱孙子了。

程志伟从团风回到汉口，不歇气地就赶着带上彭一方、提着团风的老母鸡，去给他的生母曾程氏拜年。

曾程氏一直跟小弟程志强住。这对母子也不是志伟的负担。就像老话说的那样，穷人家的孩子早当家，志强在念完初中后进了技校，之后直接参加了工作，成了位于汉阳的武汉国棉一厂的一名大客车驾驶员。在知识分子是臭老九、工人才是老大哥的时代里，像志强这种技术工，在社会上挺起来的腰杆要比他哥直。但此前兄弟俩一个在团风、一个在汉口，当哥的志伟总觉得亏欠了小弟不少；志强却不这么看。他一上班分到宿舍后就把母亲接了过去。曾经穿着锦绣绸缎住公馆的曾程氏，在带着幼子挤住了十几年的江边窝棚后，终于幸福地住进了小儿子单位分配的、狭小但齐整、且终于有了门锁的砖房里。好事成双的是，也是在这一年里，曾程氏只敢偷偷摸摸地去看的心心念念的大儿子志伟结了婚，而后者又恭恭敬敬地带着新娶的知识分子媳妇过来探望她。因为志伟的生父在家排行老三，出于对历史和事实的尊重，彭一方跟着志伟拜见曾程氏时，就按照黄冈老家的习俗喊她是"三娘"，等米粒出生后，就随了米粒的口，喊作是"三嬢"。"嬢"，在武汉话里念 tái，就是奶奶的意思；三嬢，就是指的大家族里三房的奶奶。

在这个新组成的两代人的职业都是教师的大家庭里，彼此之间对外人来称乎其他家人时，不说"我爸我妈""我岳父岳母"或者"我女儿女婿"这类通称，而是称作"彭校长""王老师""程老师"和"彭老师"，这样的尊称再加上些亲热的语气，走哪里都仿佛带着书香。

程志伟真切地从岳父岳母那里感受到了知识型父母的关爱。王诗芳用来给程志伟缝衣服的那台上海产的"蝴蝶牌"缝纫机是市面上的紧俏货，不便宜，她是人托人，才在小两口结婚前不久买回来的。在用它给程志伟他们缝制了衣物和床品之后，就把它当成嫁妆，交给了彭一方。老丈人彭启文还跟程志伟开玩笑说，我们都是王家的上门女婿，以后你有委屈就找我。但志伟从这句话里没有听出来体恤和统一战线的味道，倒是感觉出王家的血脉才是这个隐形的家族的实际控制人——接力棒从王校长传给了王诗芳，现在又交到了彭一方手里。

三

成年后的米粒有次悄悄地翻腾家里的压箱底，看到了一张发黄皱褶的光绪丁丑年（1877年）手绘的老湖北汉口镇街道图。那张图上，旧日里的汉口就像所有正儿八经的大市镇，栩栩如生地呈现着沙盘般的现实场景：有城墙，城墙里面是画了不同房子图案的地标；有街道，多是方方正正，四通八达；有护城河，而且东南西北四边中，东西方的纵流在南边就不转弯了，直通到长江的支流——汉江天堑。地图上的长江，用一个极精练的文字来表述："水"。护城河跟汉江交汇的地方在上游处，是个大直角的城门"玉带门"，而以玉带门为中心相互垂直的两侧小门就分别叫"大硚口""小硚口"——米粒看到它们时就想象着，曾在这些图画中生活的人们该是多么的有趣和有故事啊。城墙里最多出现的建筑物名词就是"硚""殿"

"庙""寺""码头",那时候的人们,似乎每天都过着在水边、走石硚、求神信佛、拜码头的日子。更让米粒觉得有意思的是,地图上所绘的汉口城墙的那几个关塞要道出口顺江而下分别是玉带门、居仁门、由义门、循礼门、大智门、通济门……现在这些城墙和城门都没有了,但这些"门"里门外发生的故事,还在存活于世的人们的记忆中;比如,米粒父母就职的红锋中学,就在中山大道的尽头一个叫居仁门的地段。20世纪50年代初,武汉市的市政分区,把六渡桥划归在江汉区,而居仁门属于硚口区。"硚"本是个古字,但这个字在临水而居的汉口镇变成了日常生活中的必需,所以,新中国成立后钢筋水泥建起来的长江大桥用的表述文字是木字旁的"桥"字(因为汉字统一),但一处都找不见石硚的硚口区,永远地留下了这个石字旁的"硚"(因为遵史念旧)。

跟六渡桥比起来,硚口虽然位于江水的上游,但属于老汉口鄙视链的下端,老汉口人有句顺口溜,"闭倒眼睛朝前走,闻到臭气是硚口",因为新中国成立前的硚口,是刑场、坟场、菜地和垃圾场,住在这里的不是菜农就是苦力,剩下的就是无家可归的流浪汉,房子也多是简陋的棚户,一派杜甫笔下的茅屋为秋风所破的场景。

新婚的彭一方和程志伟的婚房,其实就是把前进四路的老丈人的主卧室用五夹板隔成了两个刚够放下双人床的小单间,老的小的两代夫妻,各占一边。小两口每天早起,天不亮就在2路电车的六渡桥站挤车到硚口居仁门的红锋中学上班,晚上要管学生上完晚自习之后才能回到前进四路;彭老师当了班主任,动不动还要家访,回到家的时间就更晚了。所以,虽然住家的空间小,但两代人生活的重叠时间不多,相安无事。

彭、程婚后的第二年,彭一方的外公外婆(也就是王校长夫妇)相继去世了。王校长和他的"国正小学"从前进四路彻彻底底地消失殆尽。王诗芳夫妇就搬到了王校长他们以前住的房子里,撤掉了原先自架起来的隔离板,给小两口腾出了一个完整独立的空间。那阵子武汉还是兴换房的,小彭两口子跟老彭两口子商量了之后,就把他俩住的前进四路的房子上交给了红锋中学,换来了学校团结户里的一个单间。小两口虽然把自己住的六渡桥的房子换到了硚口这种臭气熏天的位置,但他俩再也不用每天起早贪黑赶公共汽车了,每天可以多睡那么一两个小时,他们觉得这房子换得值。

和彭一方前后脚时间结婚的同事们都陆陆续续生了孩子,但她的肚子总没有动静。年轻的彭老师是个热心快肠的热闹人,既然政治上不追求进步,那么就在生活上有些追求吧,她追求的就是人群中的存在感,希望自己的同事、学生、学生家长都喜欢她，落得有个好人缘的口碑。看到搭班的任课老师怀孕了，作为班主任的她就买了毛线，抽空给人家肚子里的毛毛织毛衣毛裤毛手套毛袜子，一个色系不够、就再来一个混色的。大家很快就都知道了彭一方心灵手巧，本来是她主动给人织毛衣送人情，到后来就变成了人家买了毛线交给她，她责无旁贷地要完工。一回两回，小彭也不好拒绝，硬着头皮就接了下来，次数多了，她也烦。有一回她就婉拒对方说："我最近比较忙，班上有好几个成绩严重下滑的学生，我要跟他们逐个家访，看看他们的家庭环境，跟他们的父母面对面地讨论一下，把问题找出来。"哪知道对方也是直肠子，说话不绕弯，马上回了一句："不急不急，你先忙完家访再说。也不会总这么忙的，等你闲下来再织也行，反正你有的是时间，你又没孩子牵扯你精力……"最后这句话说者无心，但彭一方却是扎扎实实地给伤到了。"没孩子"，成了好强的她的隐痛。彭一方私下里也会跟程志伟抱怨说："别人家一生就能连着生五六个，拦都拦不住，屋里的孩子多得想往外头甩；就连街上那些要饭的也能搞出个孩子来，我们怎么就连他们也不如呢？"

等到星期天彭程两口子一起回到六渡桥娘家时，有些看着彭一方长大的老街坊碰到了也会问一句："你们怎么还没要个孩子啊？"眼见着都结婚好几年了也没孩子，老人们的碎嘴就又上来了，看起来好心实际上讨厌地凑到跟前跟彭一方建议说："要是生不出来，就去抱一个吧，人活这一辈子，总要有个后啊。"

彭一方多硬气的一个人啊，她一岁时喝鸦片水没被毒死、三四岁时遇到空袭没被炸死，难不成到成年了、快30岁了，还被这些长舌妇的口水给气死？她回到家关起门就跟程志伟约定说："我们说好了，就是一辈子当孤老，也不去抱养别个的伢。不是自己生的，怎么养都不亲……啊呦，想穿一点，没孩子就没孩子呗，中国这么大，中国人这么多，也不独缺我一个怀不怀得上的肚子。"

在彭程结合的这个小家里，两人意见一致的时候就听程老师的，两人意见有分歧时就是彭老师说了算；所以，生孩子还是抱孩子这事，彭老师有了决定，程老师严格执行就是了。再说，程老师的整个青少年时代深切地体会过"亲生"和"收养"的切肤之念，哪怕收养他的是他的亲大伯、待他也不薄，但他做梦都想回到自己的亲娘身边去。在"无后"和"领养"之间要让他来选，他也会站在彭老师一边。

彭老师在家里把斗狠的话这么一说完，得到了程老师毫无保留意见的全面支持后，关于生不生得出孩子这事的旧痛新伤，也就都给放下了。

这世道上的事也是奇怪得很，等你真的无所谓了，惊喜就悄悄地到来了。米粒是父母结婚5年多以后才出生的，准确地说，是在父亲挨了母亲的打给气得跳了楼之后的第6年，她来到了这个世界，成了这个被"欺骗"打上了水印的婚姻的结晶和纽带。人生如长河,有了孩子,这水流终于就有了往下奔腾的方向。米粒的到来,大家都是期盼的。给她取了"米粒"这么个质朴的名字,有点儿小迷信。个头小、因此骨盆也小的母亲彭一方,不怀则已、一怀就怀了个棒槌似的巨婴,分娩的时候难产大出血,差点儿把命给搭上了,为她接生的医生在她的病历单上给女婴标注上了"珍贵婴儿"的字样;所以,给这个来得金贵、又大得出奇的女婴取个不起眼的名字,为的是不惹阎王爷注意,日后好养育。另外,米粒虽小,但它是所有人的生存之本,是江山社稷之本,其使命也是以小见大的。米粒的祖辈父辈里,既有有学问的教育家,也有有信仰的革命家,一个梦寐以求的婴孩的命名,当然充满了爱与希望,以及家学的渊源与传承。

虽然是跟着父亲姓程,但在王家这个母系氏族的故事里,米粒成了众望所归的血脉的延续。在许多老人都期盼着能生个儿子传宗接代的年代里,米粒的女性身份在王家就是嫡传。从米粒喊外公外婆的称呼就能看出来,她喊外公彭启文叫"爹爹",喊外婆王诗芳叫"嬷"——"爹爹"和"嬷"就是武汉人喊爷爷奶奶的称谓,外公外婆在武汉人的嘴里是被喊作"家公爹爹"和"嫁嫁"的。

米粒出生时,王诗芳已经退休了,彭一方休完产假后,王诗芳就巴心巴肝地把米粒带到了自己的身边,一是为了支持小两口继续好好地工作,更重要的是,她认为米粒跟着她能得到更多的关心和宠爱。王诗芳说,当年她生彭一方的时候还要帮父亲王校长照看生意,彭启文又去了南京,那时候他俩年纪都不大,以为趁着年轻奔事业才是当务之急;所以,在一方小时候,他们这当爹妈的管得都不多,没有经验、耐心也不够,现在有了小米粒,她就可以把以前欠一方的,都给还上了。

米粒的整个童年时代,就跟着爹爹嬷一起住在了前进四路上。退休了的王诗芳,日常生活就是快乐地"一末带十杂,烧火带引伢"。"一末带十杂",涵盖的是汉剧表演的十大行当(一末、二净、三生、四旦、五丑、六外、七小、八贴、九夫、十杂),老汉口人用这句话来做俗话的赋比兴,形容的就是老人家在经营家务时的上天入地的全行当一般的辛劳。

从米粒记事起,前进四路自家楼下的堂屋就是别人在用。街里街坊的都熟络,哪怕是租客,聊起天来也"亲热流了"的。估计老话说的"远亲不如近邻",就是这种同在屋檐下的亲近。她家楼下的前厅直接开成了门面,因为面积大,就被隔成了两段,一半租给了炭元铺,一半租给了糨糊铺。从两边都能进门上楼去,只是左边是出售散煤的煤堆,右边是糨糊作坊;一边黑黢黢的,另一边黏糊糊的,糨糊铺里还总弥漫着一种挥之不去的霉馊气息。从任何一边中穿行,米粒都不喜欢。邻居的男孩子们喜欢在煤堆里搞一些恶作剧,有时干脆用煤渣捏成小球当玩具;米粒嫌他们脏，唯恐避之不及，就总是从后门进出，不和前头的人和事打交道。炭元铺和糨糊铺的人都说米粒是个小精怪，从小就清高。他们这么说的理由一方面是米粒很少和他们讲话，另一方面是他们总看到米粒往汉剧院跑，转一圈回来后就能自得其乐有模有样地唱几句，把自己当成了一个小票友，沉浸在自己的表演里。

其实，不光是米粒，只要住在前进四路上的伢们，都喜欢往汉剧院野。汉剧院的门房有个看起来恶狠狠凶巴巴的老头儿，他对熟人毕恭毕敬，但对装疯胡闹的小伢们，没个好脸色，吹胡子瞪眼的，就像画在年画上用来吓鬼的"门神"。有时候小伢们躲在汉剧院的角落里"打撇撇（七八十年代孩子们玩的一种暗牌击打后再亮牌比大小决胜负的纸牌游戏）"，一堆人围成圈翘着屁股埋着头玩得尽了兴，就顾不得周围的动静了。突然听到"门神"在背后大声地"哼"一下吆喝，本来扎着堆的几个小身体，就会立即惊吓得像点了火引的爆竹，一下子就炸开掉，头也不回地飞跑着离开。这些小伢们对汉剧院是熟门熟路的，不管"门神"有多凶，都拦不住他们总要钻进汉剧院里"打闹洋（玩耍嬉戏）"；被"门神"驱赶了多少次，他们就会有"多少+1"次的勇敢再从后门溜回来——汉剧院的后门就是在和米粒祖宅共院墙的那一处焊了扇铁栅栏门。这个后门，直对着米粒祖宅的后门巷道，就是为前进四路的街坊们准备的"方便"之门——剧院里的青年演员，就住在单位的单身宿舍中，饮食起居加排练，根本不需要进出；那些住在院外的老艺术家们，每天上班排戏，犯不着绕道走后门。

"门神"老头儿就住在汉剧院的门房里，三四平方的传达室有个木板隔断，这个连门都没有的隔断的后面就是"门神"睡觉的木板床。虽然"门神"像铁将军般堵着不让小伢们从前门进出，要是在院子里或者练功房看到小伢也会像赶害虫、赶鸭子似的驱逐，但他每天早上5点都会准时地到后门来开锁。后门一开，就意味着所有在前进四路的巷子里玩耍的小伙伴，都可以长驱直入汉剧院里。在孩子们还没睡醒前他就打开了后门，直到整条前进四路都安静得像死掉了一样的深夜他才再去上锁，好像这后门和门锁也是要睡觉的一样，好像只要天亮了"门神"就放出它们去和小伢们一起玩耍一样——"门神"的一脸凶相却配上了这样不哼不哈的暖热心肠，也许这就是那个年代里人与人之间心知肚明的默契和体谅吧。

不光是小屁孩，就连住在前进四路的成年人，每天也是要进出汉剧院几趟的。前进四路的老房子兴建时都没有盖厕所，大家伙儿要方便的话，小便就在家蹲痰盂，大号就要去斜对面民主一街里头的那个公共厕所。公共厕所是前进四路的硬伤，不光是一年四季都味道浓重，恨不得只要天一亮，那个厕所就永远是排队等着上大号的周边居民。你憋得急，急得直跳脚，里面的人却管不上、顾不着，因为他们的这个坑位也是跳着脚憋了半天才等到的，你就多点耐心耗着吧。汉剧院是这一片的高尚处所，不光每层楼都有厕所，蹲坑也多，还有专人打扫，比巷道里的公共厕所好太多了；住在前进四路上的，从家里的后门出，一进汉剧院的后门就是。几步路的工夫，连马路都不用过。因为家家户户都要借用汉剧院的厕所，前进四路的街坊们平时都敬"门神"三分。街坊遇到红白喜事都会跟"门神"多备上一份答谢礼；夏天的晚上乘凉前，男人们会先把竹床搬到街上去，摆到了汉剧院门口，也会恭恭敬敬朝"门神"递上根香烟。"门神"喜欢把街坊敬过来的香烟别在耳朵后头，显得自己是很受人尊敬的样子。

就这样，天长日久的，"门神"每天天不亮就为整条前进四路打开汉剧院的后门。住在这条街上的人们，不上锁地互相照应着。

米粒家教多，脸皮薄，听其他小伢们说"门神"有多可怕，她就小心翼翼地绕过所有可能被"门神"教训的作为。在汉剧院里，就算是有回数地去偷看演员们的排练，米粒也都是躲在犄角旮旯里，就像是个隐形人似的。汉剧院的厕所，是米粒跟汉剧院打交道最多的地方。而她的母亲彭一方，对汉剧院的厕所，则有着更加难以磨灭的记忆——在没出嫁前，她曾在汉剧院的厕所里干过一件惊心动魄的事情。

1966年初夏，全社会上上下下开始"破四旧""立四新"，彭一方见到过一些人被举报抄家后给抓出来批斗的，先是响锣一顿猛敲，然后就地上演批斗大戏；人群被锣声吸引过来组成了包围圈，车辆自觉绕道，更多的行人参与围观。最让小彭触目惊心的一个场景就是一个体体面面的女人居然给当众剃成了阴阳头。她就是大名鼎鼎的汉剧名角陈伯华。

从那以后，这个剃阴阳头的场景成了彭一方夜夜的噩梦，而那些喧天的锣声则是在每个白昼引她通往噩梦的呼唤铃。她每天从居仁门的红锋中学下班后都不敢直接走前进四路的正门回家。她要先以对面的一中院墙为掩体，看看家门口有没有被抄过的痕迹，再环视四周有没有举着铜锣和棒槌的红卫兵，确定太平安全后，才小心翼翼地走向自家大门口。彭一方知道家里有外公王校长传给母亲王诗芳的一些古董字画和玉器玩件，也知道母亲为自己也积攒了从头到脚的全套金饰作为未来的嫁妆，要是这些"四旧"的东西被人抄家给抄出来了，下一个剃成阴阳头游街的就该是她们母女俩了。在彭一方看来，要是阴阳头这事放在她们母女俩身上，那就不是丢不丢人的问题了，那是要送命的。她越想越怕，最后做出了决定，把字画的卷轴抽出来，当柴火扔进灶头里直接烧掉；字画的画幅就用剪刀剪成碎屑，垫在蜂窝煤的炉底，烧一壶开水就能把它们都变成灰烬；至于那些小玉件，就连同所有的黄金首饰，金梗子（金手镯）、金链子、金盖子（金戒指），趁着夜深人静，统统地扔进了汉剧院的二楼女厕所。她怕包裹太大，引人注意，于是就揣在衣服裤子的口袋里，一趟趟地从家里的后门出来，溜进汉剧院的后门去。最后一次，还碰到了"门神"老头儿过来锁门。"门神"跟王诗芳一个年岁，算是彭一方的长辈；都是老街坊了，熟人，就关切地问道："伢啊，怎么了，看你跑进来几趟了，拉肚子了吗？"一方当时吓得魂都快没有了，连声说："是啊，吃东西吃坏肚子了，拉稀。"她说完了就溜，生怕老头儿再问下去，自己收不了场。

自此之后，彭一方的一块心病去掉了，但另一个心病就开始酝酿了。她对自己当时的勇敢和决断从不后悔，舍财免灾、息事宁人的道理对于她这样一个逍遥派来说是立身之本。但是，心里的遗憾还是有的，暴殄天物的自责时刻在她的记忆中反刍。之后的余生，她过得无比的勤俭与朴素。她跟米粒说，我把祖传的富贵都扔进汉剧院的厕所里了，所以，下半辈子必须要节俭地过日子，算是跟祖宗们赔礼了。

祖宗们传下来的钱、财、物，后世可能守不住，还有可能变成祸端；但祖宗们传下来的财富，其实远不止这些看得见的东西。彭一方的外祖父王校长还在黄陂开私塾的时候就给孩子们讲四书五经，《论语·季氏》里的"过庭训"是开学的第一课。王校长用他的黄陂腔给孩子们讲了这样一个故事：

"有一天，孔子站在庭院中，他的儿子孔鲤低着头，快步走过去。孔子拦住他问，你学诗了吗？孔鲤回答说，没有。孔子就教育他，说道，一个人没学诗，怎么会说话？第二天，孔鲤在庭院里又遇到了父亲孔子。孔子又问他说，今天你学礼了吗？孔鲤回答道，没有。孔子再次批评他，说道，你不好好学礼，今后怎么去做人？"

——为什么王校长的私塾能从黄陂开到汉口，关键就是，他教的这些东西，让那些孩子们和他们的家庭都能够受益，所以，远近的乡亲们愿意把自己孩子的未来托付给他。而黄陂的彭家和王家，在"诗"和"礼"的规矩下，从黄陂做着小买卖、开着小私塾起家，慢慢发展到了汉口。到了第二代第三代，赚钱养家是成年后的立身之本，但读书识礼是孩提时代就恪守的家训。无论社会上有什么样的运动，无论世面上倡导什么新的口号，供给孩子念书、念到大学毕业，找一份自食其力的体面工作，不做愧对良心的事情，这是家族的底线。而在这底线之上的其他点缀，大概就是用钱买来的、但别人偷不走的那些形而上的东西了。这些东西，我们习惯称作是"阅历"，其实说简单点儿，就是见了多大的世面，能挡多大的场面；再说具体点儿，落实到王家和彭家的生活日常，就是在温饱和勤读诗书之余，练书法、学音乐、打网球、听戏文——这些到21世纪末才开始在中国大城市的家庭中普及的"素质教育"，就是他们家几代人祖传的"阅历"。后来，社会上的运动一浪跟着一浪翻滚而来，彭一方和程志伟这两口子，一个是无比坚定的不惹事的逍遥派，一个是无比虔诚的入党积极分子，虽然响应号召的热情是不同的酸碱值，但是，不跟时代唱反调这一点是完全一致的。所以，到了他们生养米粒的年代，钢琴啊、网球啊，这些又要花钱又惹麻烦的东西，就像被扔进了汉剧院厕所的玉器和首饰一样，被小两口果断地摒弃掉了；但是，在家练练毛笔字，得空了就听听收音机里的名家唱段，这些爱好就扎扎实实地保留了下来。祖祖辈辈的曾经，就是后来晚辈们的人生起点和模板——看我们这一生，会有很多感兴趣的东西，都不是从书本上学来的，而是祖辈们那些兴趣的延续。

王诗芳还没嫁人时，每逢有新戏上演，王校长就会带着全家人去剧场里看戏。老汉口有着"戏窝子"的热闹，在后城马路介乎于华界和洋界的六渡桥，那方圆半径一公里的区间就是大汉口的娱乐和潮流的地标。大大小小有三十多家专业戏院争奇斗艳，光是"汉口新市场（后来的民众乐园）"一处，就拥有了12个剧场，能同时接纳7000名观众。每到夜幕降临，锣鼓声惊天动地，惊堂木拍得"叭叭"作响。王诗芳念念不忘的是，父亲王校长带着她几乎看遍了所有出现在汉口的戏曲舞台上的"京""汉""楚"顶尖名伶的演出。在王校长的熏陶下，小诗芳爱戏爱到了什么地步呢——她总要提前进场，那是连开场前的打闹台也不愿意错过的。老人们说，戏台是冷的，戏也冷，要先打上几圈的闹台，暖了场，戏就热了。而对于小诗芳来说，从进入戏院的那一瞬间起，她的心就已经把戏捂得滚烫。

民国23年，汉口友谊街上的共和升平楼从旧式舞台，重装后变成了新式剧场，这是汉口的第一家现代化剧场，取名为"汉口大舞台（今天的武汉人民剧场，已成为汉剧院专用剧场）"。新剧场一建成，梅兰芳就在这里演出了整整一个月。正在艺术上升期的他，扮相特别漂亮，登台表演的正是梅兰芳最拿手的代表作——京剧《霸王别姬》。剧场外的水牌红纸金字，梅兰芳三个字横躺着闪闪发光。而同一时间里，前进四路上的"长乐剧场（后来的楚风剧院，现已拆尽）"，陈伯华也正上演着同名的汉剧。坊间都说，这是京汉名角打擂台，百年难遇啊。

王校长二话不说，头一天先带着孩子们去看陈伯华演的虞姬，第二天又买了票去看梅兰芳的戏。梅兰芳的戏票贵，大洋一块五一个人，陈伯华的戏票也不便宜，五毛钱一个人；在人均两毛钱就能下趟馆子大饱口福的年代，能这样舍得花钱又齐齐整整地带着全家老小去听戏的，绝对算是还有些闲情逸致的文化人家。最让王诗芳难忘的是，当他们在剧场里看梅兰芳演的虞姬时，居然就在身边的观众席里看到了陈伯华。那几年，陈伯华顶着"筱牡丹花"的艺名，在汉口是尽人皆知的"头牌"大明星，舞台上，她缠头似锦，风华绝代；舞台下，她走到哪都带着把镂空图案的檀香扇，新潮又时尚。她那翘着兰花指的右手，捏着扇柄轻轻一摇，檀香的悠风和名角的雅致，顷刻间就能把她所在的方寸之地再次变成自带光环的舞台。

那一天的意外邂逅，陈伯华是去看台上的梅兰芳，王诗芳却是看了一晚上台下的陈伯华。其时她俩年纪上不相上下，都是十七八岁，但陈伯华那举手投足的明星范，让当年的诗芳又迷醉又神往。正是因为这次观众席里的偶遇，陈伯华在王诗芳眼里成了无人可以超越的艺术家——她不光戏好，人也好，王诗芳总也记得陈伯华那样聚精会神凝望梅先生表演时的虔诚。

比擂式的虞姬演出过后不久，陈伯华嫁给了大她30多岁的原国民党中将刘骥，王诗芳也嫁给了同龄的彭启文。刘骥曾担任过冯玉祥的参谋长，脱下戎装后又马不停蹄地加入实业救国的阵营，要名头、要资源、要财力，应有尽有。虽然不是正室，但是摆完喜酒后的陈伯华顺从地告别了舞台，走到哪里都被称作是体体面面的刘夫人。

嫁了革命青年彭启文的王诗芳，没有了陈伯华的戏看了，但仍一往情深地热爱着戏剧戏曲。1919年开业的"汉口新市场"在北伐军进入武汉后，被时任中央人民俱乐部主任的李之龙更换成了一个极具革命意味的新名字"血花世界"。虽然像戏文中唱的那样，"城头变幻大王旗"，剧场的名头是新的，戏依然还是老的，而那些像王诗芳般爱戏的观众们，他们每看一次戏，喜爱就多增加了一分。

1949年5月16日，武汉解放，很快就成为全国六大行政区之一——中南区的行政机构驻地。位于原国民党总部旧址南洋大楼隔壁的大舞台被中南军管会接管后，从"血花世界"改名为"民众乐园"大舞台，中南京剧工作团就此成立，成为新中国成立最早的国营剧团之一。刚在民众乐园里连演了21天的京剧大师周信芳，出任了这家剧团的总团长。新秩序的国营剧团取代了跑江湖的班社制，各自挂牌挑班的一众名角大腕荟聚在同一方舞台。老剧场有了新人气，民众乐园天天都是"名角云集，好戏连台"，六渡桥的大小剧场天天都是"群英荟萃，满台生辉"，躬逢其盛的戏迷们感觉天天像在过年。1951年，京剧大师梅兰芳应邀再次来汉，亮相民众乐园。而老王家这次去看大戏的班底就变成了王诗芳、彭一方母女。大芳早早地买好了票，带着小方去民众乐园看了现场；身临其境地观完大师演出全本的《宇宙锋》后，"修本"和"装疯"两出戏就成了大芳小方的一生最爱。

在程米粒还跟着外公外婆住前进四路时，就听王诗芳不止一次地跟她讲过《宇宙锋》的故事。米粒从小就很清楚，"宇宙锋"是剧中的一把宝剑的名字。这出大戏就是围绕着这把宝剑，讲了一个皇权、亲情和正义的故事——

秦二世胡亥执政时，赵高、匡洪同为朝廷重臣，又是儿女亲家。丞相匡洪是秦始皇的得力干将、开国元勋，他手里有把始皇帝亲赐的尚方宝剑——宇宙锋，用这把宝剑，匡洪斩杀了一些祸国殃民的奸臣。独断专权又心狠手辣的赵高害怕自己的野心迟早会暴露，就把女儿赵艳蓉嫁给了匡洪的儿子匡扶。他看到以和亲的方式巴结匡洪也行不通,就派人盗取了匡家的宇宙锋宝剑,持剑行刺胡亥,嫁祸匡洪,但刺杀未遂。秦二世震怒之下,将匡家满门抄斩。匡洪之子匡扶被良将卫鹏的女儿巧凤所救,逃出后同奔华山,聚义抗暴。匡扶的妻子赵艳蓉被父亲赵高接回娘家。赵高这么做的本意是想将她献给胡亥为妃,这样一来,自己就能以皇亲国戚的名义,堂而皇之地攫取当朝太师之位。赵艳蓉既恨父亲诬陷匡家,又恨二世荒淫无道,百般无奈,只好装疯,在朝廷的宫殿之上骂君斥父。胡亥盛怒,降旨问斩。幸亏皇后及时上殿保奏,将赵女带进内宫,延医调养。皇后从赵艳蓉的口中得知匡家蒙冤,于是向胡亥谏言。匡洪得以赦免、官复原职、重获宝剑,被委以护国大任。失算了的赵高篡位心切,举兵造反、闯宫夺玺,逼杀胡亥。危难关头,匡丞相带领华山义军一举扫平叛逆、奸臣尽诛,朝廷终于转危为安……

米粒曾经问过王诗芳,"孃,历史上真的有赵艳蓉这个真人吗?她装疯的故事都是真的吗?"

孃笑着摇摇头,回答说:"历史都是后人写的,有没有这些真人真事其实不重要。我们就是来看故事的。能把故事演得好看,让我们相信它是真的,那就是真的了。"

在看戏的问题上,孃教会了米粒一个字——"信"——你若是信了,它就是真的。

彭一方在11岁的年纪上看了一回梅兰芳演的《宇宙锋》的现场,那晚上就兴奋得睡不着觉,回到家就跟王诗芳说,她也想当京剧演员、要登台唱戏去。每个人年少时都是冲动过的,尤其当她置身在艺术的光彩之下。艺术打动人心,于成人而言,是迷恋;于少年而言,便是献身。王诗芳虽是戏迷,但要她把自己唯一的女儿送到戏班子里去风吹浪打一辈子,这是绝对不可能的事情。她安抚着小一方,人家学戏是要练童子功的,你已经过了那个年纪,来不及了;不过,要想当个小票友的话,妈妈会想办法支持你。①

王诗芳说到做到。彭一方上大学前,被母亲带着经常参加戏曲票友圈"菊社"的聚会和表演,偶尔她也会有备而来地上台唱上几句。她在菊社里拜过师,师傅说她中气足、嗓子亮,以她的声音条件,适合学老旦;于是,个头娇小的女生彭一方,揣摩着端庄做派,憋足了气韵声腔,一开嗓、亮起来的就是浑圆醇厚的老旦的唱段。每次开唱前,她都会有模有式地站在人前,学着正式演出开场前的清场人那

---

① "戏迷"是指因看戏爱戏而入戏到痴迷境地的观众,"票友"是懂戏也唱戏的业余戏曲演员。票友是戏迷中的顶级发烧友。相传清代八旗子弟凭清廷所发"龙票",奔赴各地演唱子弟书、不取报酬地为朝廷宣传,后就在行话中把非职业演员称为"票友"。 ——注

样,清亮地道一声:"雅静一点、雅静一点……"最后那个"点"字,音要拖得长长的,把威风中涵着的嗲味,都在拖音中带出来。于她而言,这就是戏味。

成年之后,时政起伏加上生计周折,"菊社"时有时无,彭一方也再没有赶过菊社的趟儿了。她记得自己年少时的票友的表演,更记得那晚上亲临其境地仰视着梅兰芳的现场;于是,通过收音机、电视机、录像机、VCD,她把那晚上的演出重温了几百遍。从小女生到小妇人再到当母亲,只要一提到梅兰芳,彭一方一定就会讲到《宇宙锋》,就会讲到她在六渡桥的民众乐园里看梅先生现场的那个夜晚,就会兴奋得仍然像当年那个11岁的想献身戏曲的小女生。

等到后来程米粒回到了父母身边,等到后来家里有电视机了,米粒清楚地记得,母亲彭一方最喜欢看的电视节目就是戏剧戏曲的专栏。彭老师在学校里订阅了《广播电视报》,每次她都会提前通读上面刊载的下周节目预告,然后在她喜欢的戏曲节目的播出时间段用红笔打上醒目的记号。那年月里,电视台的制作能力相当有限,电视里播放的栏目就是一遍遍地重播老节目、炒着现饭;但彭老师不介意,她就是喜欢一遍遍地重温那些经典。作为两个毕业班的语文任课老师外加一个班主任,她已经没有时间和精力再如当年般买票去剧场的演出现场当捧场的票友了,但对那些唱段和唱腔的热爱,不断地重温经典就是她陶醉于斯的寄托。如果在那些特别标注出来的时间段里,她既没有晚自习的辅导任务、也不用外出家访,她就会欢天喜地地带着小米粒,提前几分钟守候在电视机前,一如几十年前提前到戏院里等着看打闹台的王诗芳那般,憋着那股蓄势待发的狂热劲,等待着开演。在一阵又一阵地撒满雪花点的屏幕上,彭一方不厌其烦地一遍遍地看那些老的戏曲电影或者舞台录像——那种投入的境界,仿佛这些永远是重影、还时常会有图像被撕扯和断片的屏幕影像,就是年少的她当年在灯火辉煌中凝望的戏曲大舞台。

彭老师在看戏的时候也不忘履行教诲人的职责,给小米粒上着一堂又一堂戏曲文化课。也不管米粒喜不喜欢,每逢看戏,彭老师就像解说员一样把她所看到的所有戏里戏外的细节,点点滴滴地说给米粒听。

"以前的老汉口,就是个戏码头。哪个名家到这里来打一圈,名头马上就会变得更响亮些。最拿叫的当然还是梅兰芳。梅兰芳的戏,我最喜欢《宇宙锋》。整个《宇宙锋》啊,全都是赵艳蓉的戏……梅兰芳演的就是赵艳蓉。

"在这部戏里头,赵艳蓉她不是真疯,是装疯。梅兰芳演得那叫一个好啊,把为了装得像真疯的那种装,全演活了……

"你看,赵艳蓉现在是双手抛袖,来个右转身,马上向里掏左袖,再把水袖反举到肩后,你快看啊,她快步跑进上场门了,这就是装疯前的各种准备铺垫动作啊,多精致啊……这些都是在装疯,你看明白了吗?"

没等米粒回话，沉醉其中的彭一方在梅兰芳开唱前又继续跟米粒描述和剖析着表演的细节：

"你看你看，赵艳蓉现在的样子，头钗落了，鬓发乱了，掖着右披袖，内衬的青褶右袖也露了出来，神神经经的样子，就像个疯子吧？……你再看，她用右手拈左袖，遮住脸了，手开始抖起来，一边抖一边走到小边的台口，又像真疯又像装疯的表情，都在这边走边抖中了……好，转身……过门来了，好好好，开唱啰！……"

彭一方告诉米粒，京剧《宇宙锋》的表演受汉剧的影响很大，其中有些念白甚至就是直接采用的是汉腔。在梅兰芳之后，由陈伯华主演的汉剧《宇宙锋》也被拍成了电影。据说，有了陈伯华演的赵艳蓉之后，晚年的梅兰芳就不怎么再演《宇宙锋》了，他说陈伯华比他演得好……

"要我说，这就是两位大师之间相互抬举，梅兰芳和陈伯华，各演各的赵艳蓉，每个赵艳蓉都好看，我呐，总觉得看不够。"只要是电视台安排了播放时段，彭一方就乐此不疲地看完京剧再看汉剧；看的次数多了，两个剧种间一些细枝末节的彼此借鉴，连米粒都能道出一二来。

那颗热爱戏曲的种子，在一个人丁并不兴旺的家族里，就这么一代一代传了下去。

四

1978年，是整个中国历史的转折点。很多后来在党报党刊上反复出现的新名词都诞生在这一年，"两个凡是""冲破禁区，拨乱反正""知青返乡""十一届三中全会"，这些词汇掀起来的都是惊涛骇浪，但是对于一个6岁的小女孩来说，显然就太深奥了。那一年里，程米粒站在六渡桥的自家阳台上，看到街上似乎一夜之间就有了许多明亮的色彩。女孩子们穿上了颜色鲜艳的花衬衣花裙子，男生则套上了那种可以用来扫地当拖把的喇叭裤。街坊中有人家把收音机的声音调到巨大，隔了几家都还能听到电台里播放的"阿巴拉古，阿巴拉古"的欢快旋律（那是当时最流行的印度电影《流浪者》的主题曲《拉兹之歌》）。程米粒在一天天地长大着，而她眼中的前进四路，却变得越来越年轻了起来。

这一年，在程米粒的身上发生了三件大事：第一件事，她不想去说，因为她始终是抗拒着去面对的；第二件，她上小学了；第三，是她搬离了六渡桥。这几件事之间有没有必然的联系，米粒当时是搞不懂的。她的爹爹嬷和父母，也没打算让她搞明白。

到了6岁就该上小学，这是程米粒成长的必然，而就在这一年的夏天，她的嬃被检查出有胃癌。王诗芳拿到化验单的那天，不巧也是住在前进四路路尾的江家老大江磊溺水身亡的同一天。那一天傍晚，整条前进四路都被齐师傅的号啕声给覆盖住了，一浪一浪地翻滚咆哮着；王诗芳和彭启文则是在那种声嘶力竭而又不堪一击的悲恸中，守着小米粒一道，安静地吃着晚饭。

席间，启文问，你今天拿到的检查结果怎么说？

诗芳平静地回答说，结果不太好，有肿瘤，医生没有说肿瘤是良性还是恶性的，应该是癌症吧。

然后，他们就没有对话了，一起边吃边听着窗外汹涌而来的齐师傅的痛哭声。这世间的悲伤从来都不是孤单的，而那些哭喊，也都有着属于自己的姓名。彭启文和王诗芳，借用了齐师傅的声腔，在各自的心里开始了希望和绝望的较量。

王诗芳是因为暴瘦才想着说要去医院体检的。一个身高一米七几的女人，体重不到80斤，谁看到了都会说这不正常。王诗芳在20多岁的时候查出有子宫癌，摘除了子宫后算是逃过了一劫——这也正是为什么生在那个强调多子多福年代里的彭一方却没有任何弟弟妹妹的根本原因——但，"癌症"这个词，从此就成了在王诗芳的身体里久居的隐痛。这一回，癌细胞在她身体里换了个阵地，自己还能像年轻时那么幸运吗？她心里是期待的，又恐惧着。

也许是癌细胞来势太猛，也许是被确诊后心理防线崩溃，暴瘦的王诗芳变得终日里提不起精神，没有食欲，也没有任何气力。她说她不想去住院，因为医生不建议她动手术，所谓住院也一样是躺着、到点吃药，还不如躺在家里踏实——精神头稍微好一点就还能下楼四处就近地走走，活动一下，比在医院里还是舒坦多了。只是她再也没办法带着她心爱的小米粒去逛民众乐园了。

暑假还没过完，米粒被爸爸妈妈接到了居仁门的中学宿舍里。那时候，红锋中学已经被教育局重新统一编号后有了新的名字，叫武汉市第65中学。开学前，米粒把从学校新领回来的教材和练习簿都带上了去到前进四路给爹爹嬃看，就像每个即将上学的小朋友一样，浑身写满了成为"小学生"的光荣。

王诗芳从米粒手里把她的新课本一本本地接过来后，转身扯下了几张挂在门边的挂历纸。挂历的正面印刷着生旦净末丑的戏剧脸谱扮相，下方是月份日期和阴历阳历的节气表。她把那些挂历翻过面来，当成了米粒的包书纸。

王诗芳一边折着纸一边说："乖孙啊，你是小学生了，是个读书人啦。读书人要爱书。书就是读书人的命根子。你仔细看好嬃是怎么做的，以后自己也要学会包书啊。"

米粒问："为什么不把有画有颜色的一面包在外面呢？"

"你是背着书包带着书去上学的，要专心。包书是为了爱惜书，但你不能让这些包书纸给分了心。"

光滑而又雪白的挂历背面纸，被王诗芳那双纤细的手熟练地翻折着，很快就服帖地成了那些书本的新衣。然后，她跟彭启文说，你给米粒写个封面吧。

彭校长从年轻的时候就写得一手好字，这个练字的习惯几乎成了他们家的传统。在其他同龄的孩子在街上玩打珠子、甩撇撇的时候，身为外公的他只要有空，就会在家里手把手地教米粒把狼毫当玩具，怎么握笔、怎么运腕、怎么横平竖直。

其实就是写上"语文""算术""自然"这么几个字，彭校长仍然是郑重地找来毛笔，在餐桌上摊开了阵势——砚台上研好墨，又找来一张旧报纸在上面练了笔、测试了墨水的深浅后，这才以隶书和小楷、为米粒工工整整地在每本书上写好了书名和米粒的姓名。

彭校长写字的时候是站着的，坐在他对面的王诗芳虚弱而又满意地看着彭校长的每一次提笔、运笔，然后再顺着毛笔抬眼看去，看那个握笔的人。每写好一本，挨着彭校长的米粒就负责轻轻巧巧地把书移开，再递上新的一本封面空白的书。

包书纸上的墨迹还需要些时间风干，写好的书本就有序地摊在餐桌上。米粒跟嬛面对面地坐着，她看到，嬛的脸像面前的包书纸一样的苍白。

看着这些题了书名的教材封面，王诗芳朝米粒有感而发道："以前的书都是竖排的，繁体字，和现在你学的不一样。"

在爹爹和嬛的教导下，米粒已经认得不少汉字了，她就接着嬛的话说道："我喜欢简体字。幸好我现在才上学，笔画少的字，写起来不累。"

王诗芳笑着摸了摸米粒的头，说："可能是我老了吧，我还是喜欢看繁体字，笔画多，看起来稳当。你要知道，老祖宗造字的时候，汉字的每一道横撇竖捺里都代表了些什么。"

彭校长跟着补充道："我身边有些老学究们跟你一样，他们坚决反对汉字简化。他们不光说简体字不好，还说横排版的书也要不得。他们说，读老版书的时候，一段一段从上往下看，读书的样子就是在不断点头。到了现在的新版书，一行一行从左往右看，读书的时候就不停在摇头……"

彭校长的话把米粒逗得哈哈大笑。笑完之后她才意识到，自己的笑声有点孤单。米粒看到，坐在桌子对面的嬛，好像连使劲地笑笑都很艰难。

那天临别前，米粒专门问了嬛，您家是不是不舒服啊？身体不好就要去看医生、去打针吃药啊。

王诗芳回答道，你多回来几趟陪陪嬛，比什么打针吃药都管用。

把米粒送走后的王诗芳本来身体就虚弱得很,加上身边一贯陪伴着的小米粒的欢笑也消失了,她说她觉得最后一点"捞摸(惦记)"也没有了,于是,在米粒离开前进四路的两个礼拜后,她实在忍不住,起床下了地,穿了件女儿一方新买给她的"的确良"花衬衣,硬撑着挤上 2 路电车去了趟硚口。那时候彭启文还不到 60 岁退休的年纪,当着一校之长的他每天忙得屁股都挨不着板凳,自然没办法在白天上班的时候抽时间陪同,何况王诗芳的出行计划就是一时的心血来潮,她也没有事先跟启文打过招呼。

2 路电车在中山大道的居仁门有一站。那时候跑在城市主干道街面上的公共电车头顶上都斜架着两条大"辫子",一路上的电线杆架起来的电车专用电线,就像无形的大手,扯住这两根粗黑的大辫子,让电车顺着电线的路线走。当电车开着到圆形转盘或者某些异形路线时,没掌握好弧度的司机开着开着,就会把车顶上的一条辫子给甩下来。这时,全车的人都看着售票员下车,像表演杂技绝活一样来拉扯辫子复位——先扯下在后车窗玻璃处拴着的牵辫子的粗麻绳,然后用蛮力抓着电车辫子往下压,把脱轨的辫子驯服后,让它能够听话地被麻绳牵着摆动,再左摇右晃地荡秋千般找感觉、找触觉,直到辫子重新回到空中的电线轨道上,像磁铁吸附后那种服帖。接上线后,售票员归位,司机启动,乘客们继续行程。某些时候,城市路面交通的拥堵就来自电车掉了辫子。整个七八十年代,售票员都是公交车上必不可少的核心人物,除了收钱卖票外,他们要管的事很多,处理乘客纠纷、协助抓扒手,还有就是给电车扯辫子……

王诗芳从六渡桥坐车到居仁门,电车开开停停,不出意外地在武胜路大转盘处,就甩下了一条辫子出了轨。全车的乘客们都把注意力放到了下了车的售票员身上,只有王诗芳是个例外。身边那些吵吵嚷嚷的事情已经提不起她的兴趣了,她整个身体的那种静止的情态,简直就像是时间在她的生命里也静止了一般。她盼望能够早点到达目的地,她感觉自己能撑住的气力是越来越短了。

电车终于又开了起来,王诗芳长舒了一口气。到站后,她从电车上下来,直接去了米粒的小学。米粒就读的建乐村小学和 65 中都在马路的一顺边,相隔不到 500 米的距离。建乐村小学就在居仁门电车站的背后。

从上学的第一天起,米粒就和其他同龄的小朋友一样,是自己背着书包上学放学的。那时候校门口也没有等候放学接孩子回家的家长。没到放学的时点,小学的校门是紧锁的。王诗芳就那么孤独的一个人,死抓着校门的铁栏杆,眼巴巴地望着里面的孩子们,等着下课铃响的那一刻。她必须要那样死死地抓住些什么才行,不然,她的身体时刻就像一摊软泥般追寻着地心引力。

终于等到了孩子们下课放学。

终于看到了一群孩子中间的背着小书包的米粒蹦蹦跳跳迎向自己。

王诗芳伸出手过去，牵住了米粒。

一脸惊喜的米粒撒娇地冲她的嬷问道："您家怎么过来了？是给我带什么好吃的东西来了吗？"

在米粒的记忆里，她的嬷，最舍得为她花钱买好吃的好玩的东西。米粒一直觉得妈妈抠门，买什么都嫌贵，但是，嬷从来都有求必应，还常常伴有惊喜——比如说这一次。

王诗芳愣了一下，笑着说："是啊，嬷来带你去吃好东西。"

王诗芳紧紧地握着米粒的小手，缓慢地挪着步子，过了马路，重新坐上了2路电车，坐到了六渡桥这一站。下了车，往回走几十米，转个弯，祖孙俩进到了德华酒楼。这是六渡桥一带最好的餐厅，他家除了宴席之外，最有名的就是手打年糕和酱肉大包。年糕要到过年的年关附近才有，王诗芳就点了大酱肉包、鲜笋包、三鲜包和豆沙包，每样都要了三份，还另外给米粒要了碗桂花糊米酒。"德华"用来接待一楼散客的都是那种方方正正的厚重的大八仙桌，四周摆的也是同样厚重的实木条凳。

点完餐后，王诗芳找了个门口边的桌子旁坐下，米粒乖巧地挨着嬷，祖孙俩紧贴着坐在一条长木椅上。

等餐的时候，米粒四处张望着。她的视线落在了街中心的那尊架在高台之上的孙中山先生的铜制塑像上——武汉人都称它是"铜人像"——这也是六渡桥的地标。以铜人像为核心，从江边面向中山大道的方向正对着的一条大路，名叫三民路，这个名字就来自孙先生的"三民主义"。

"这座铜人像是1933年建成的，揭幕那一天我们都赶过来看了的。那个时候，我跟你差不多大，还是个伢秧子，喜欢看热闹……真快啊，一转眼，都45年过去了……"

王诗芳顺着米粒的视线所及，喃喃地解说着。铜像可以永生，但没有人可以不朽；她嘴里在计算着铜人像的年纪，心里想着的是自己所剩无几的时日。

这时，服务员已经把她们买的包子都上齐了，不重样地摆了四个盘子，外加上青花瓷大碗里的桂花糊米酒，杯盘碗盏错落地堆在面前。

米粒从小就被嬷教会了许多做人行事的规矩，比如，"长辈不上桌，晚辈不落座"，就餐时一定是要大人先落座了小孩子才能坐下来，一定要大人先举了筷子小孩子才能开吃的。嬷曾经教会米粒背诵理解的《弟子规》里说，"或饮食，或坐走。长者先，幼者后"。米粒望着嬷，等着嬷先动筷子。

这一回，嬷艰难地笑着说："乖孙啊，你吃吧，嬷看着你吃。"——王诗芳虚弱得连动动筷子示个意的力气都没有了。

米粒是个懂事的孩子。她看到嬷那么没精神,于是就喝完了桂花糊米酒,找服务员要了油纸的袋子,把包子都装了进去。

"我们回去吧,"米粒跟王诗芳说道,"嬷,您病了,回去睡一下吧。"

"今天的包子买得多,等下你带回去给你爸爸妈妈也吃,他们上班辛苦,你要心疼他们。"嬷嘱咐道,"德华的年糕好吃,花样也多,等到过年的时候,嬷跟爹爹一起带你和爸爸妈妈都来吃。"

米粒牵着嬷的手,回到了她熟悉的前进四路的家。

从德华酒楼到前进四路,民众乐园是必经之道。米粒祖孙俩经过那里的时候,楼下打了围,她们看到有工人在民众乐园的楼顶上探出头来,拉扯起吊着一些大块的挡板。

"好好的民众乐园也开始搭'偏刷'了。"王诗芳说完,叹了口气,摇了摇头。她牵着米粒绕过施工区,走到马路对面去。"这里是汉口最好的戏园子,"王诗芳又补充跟米粒说道,"以前我带你妈妈来这里看过梅兰芳。"

那一天,王诗芳跟米粒说,从来没觉得这条路有这么长。可是,对于王诗芳而言,牵着心爱的外孙女,一步步地走向生命的终点,这本应是一条更长远的路。

王诗芳一进家门就倒下了。从六渡桥到居仁门,再到铜人像,又在民众乐园绕道的这趟行程,用尽了她人生的最后一点气力。

那天之后,嬷就再没有下过床了。

几天后的一个午后,嬷走了。

米粒在下午放学后被妈妈的学生接上后送到了前进四路。

彭一方是在教室里上课时接到的报丧电话,她的姆妈是在家里断的气。彭一方临走前跟她的班长交代了一下,让她帮忙带着放学后的米粒坐公汽赶到前进四路去。那时候的高中生,关键时候都是能当大人来信任和管事的,平时需要出体力活就喊几个身强力壮的男生,需要带信跑个腿的就找个有公交月票的女生,他们都能把任务完成得妥妥当当。

等米粒到了前进四路的老家楼下,正巧遇到了汉口殡仪馆的车停在家里楼下的堂屋门前。那是一辆小小的改造后的面包车,后盖箱已经打开了,里面是一个细长条的黑洞洞的空间。

米粒看到她的嬷躺在担架上被人从屋子里面抬出来,嬷的脸是卡白的,比包书纸还要惨白;两个陌生的戴着黑黑的棉纺手套的工人把嬷和她躺的担架抬到车后边,熟练地往里一推,人和担架都顶了进去,"嘣"一声顶到头了便停住;然后,一个工人麻利地拉下了后盖门。与此同时，米粒听到了母亲彭一方天崩地裂般的哭喊。

米粒看到，母亲趴在那辆面包车的后盖上。看到很多街坊围过来去拉扯她的母亲。看到那两个陌生人坐进了车子前面的驾驶席。看到车子的后车灯亮了。看到装着她的嬺的车子开走……那一刻，米粒很茫然。

那天晚上，米粒和父母都留在了前进四路。很快，街面上出现了第一个花圈。紧接着，两个、三个、四个……花圈先是一字排开的，越来越多了以后就开始摞了起来……来的人也越来越多，叹息声、哭声，甚至还夹杂些说笑的声音……之后，就有亲戚拎着个大包裹过来，从包裹里取出黑袖章和别针，递给每个在场的人，按照男左女右的规矩，让每个人套在自己的手臂上——有的袖章中间缝了个小小的白色圆圈，有的中间缝的是小小的红布。后来又有亲戚拿来了加急冲印的嬺的黑白照片，就挂在米粒和爹爹嬺一起住的那间正房卧室的墙上，取下了原先挂在那里的爹爹嬺的结婚照。新挂上去的照片用的是黑色相框，相框的顶头处有个用黑色绸子扎起来的大花，黑色绸花之下，两匹黑色的绸缎沿着相框的边缘垂下来，看起来就像一朵头饰下梳了两条又黑又亮的大辫子。相框正下方的五屉柜上摆上了祭品和香炉，每个到来的客人都会先过五屉柜这边来，对着嬺的黑白照片烧一炷香再作三个揖——曾经是书香墨香的卧室，变成了檀香熏绕的灵堂。

那晚上的这些场景常常会被米粒突然记起，从暮色到夜色，从遗像到香炉，连穿插其间的声音和气味，都被刻录在她的记忆里。唯一让她觉得恍惚的，就是不间断地人来人往，有些见过，有些不认识。要是换在从前，嬺就会耐心地教米粒该怎么称呼每个人，等人家转过身避讳的时候，嬺再小声跟米粒解释说，她和他们是种什么样的亲戚关系，有些是血亲，有些是姻亲……这一次来的人那么多，只是米粒的身边再没有那个耐心教她怎么喊人家称谓的嬺了……她想到了带走嬺的那辆面包车，又想到了嬺教给她唱的顺口溜——"汽车汽车我不怕，我跟汽车打一架"——她真希望自己能跟那辆有黑洞的面包车去打个架，要是打赢了嬺就回来了，那该多好啊……

天亮之前，米粒终于明白了，世界上最爱自己的那个人，在一个人走了遥远的路、接完米粒放学后，带着米粒吃了最后一次好吃的，然后就被那辆小小的面包车带走了，永远也不会再回来了。

那天之后，只要吃到年糕，米粒就会想到德华酒楼，想到嬺说过的话——德华的年糕是汉口最好的。嬺还答应过她，等到过年了会带上全家一起到德华吃年糕……每次端起盛年糕的碗，米粒就仿佛进入了一次告别，凝聚着和年糕一样黏稠浓厚的思念。德华酒楼门口的那尊自1933年起就竖起来的铜人像始终都在，塑像中的孙先生始终都是英气而睿智的样子;但在铜人像下匆忙地行走和焦虑地生活着的人们,慢慢地成长,快快地老去,悄悄地永别……

那个黑袖章,米粒戴了一个月。属于她的黑袖章上缝的是白色的小圆点。米粒每次看到它的时候,就觉得这个白点像眼泪。

是的,1978年在米粒身上发生的最大的一件事,就是她的嬛去世了。因为嬛的去世,米粒第一次疑惑起来,"死",到底是个动词还是个名词,或者形容词。米粒不知道答案。但她知道的是,以前隐约听到大人们说,每个人都会死的,这一次她知道,死就是能够随时发生在身边的。

王诗芳埋在了汉阳的扁担山,跟自己的父母葬在了一起。扁担山是武汉市区里最大的一片公墓,乘坐公交车过来有一站,名叫"永安堂"。

五

和程米粒一样,邱玉的人生转折,也是发生在1978年。那年夏天,刚满9岁的她被父亲邱汉生带着,从汉阳的晴川阁码头坐上了到对岸集家嘴的轮渡,过江到了汉口。

邱玉到汉口是考学的。邱汉生听人说,汉口戏曲学校汉剧科开始要招娃娃学生了,当家的就是鼎鼎大名的汉剧表演艺术家陈伯华;孩子要是能考进去,学校管吃管住以后还管工作。汉生是汉阳钢厂的锅炉工,四十多岁才有了邱玉这个孩子。邱玉这孩子,人见人爱的灵秀,五官无论是拆开了单看、还是摆在她脸上组合起来让旁人仔细看,都能组成一个"美"字。这么好的一个闺女,他虽然疼爱得很,但毕竟五十岁的人了,又当爹又当妈,精力和财力都有限。如果邱玉能考上这个戏校,跟着名家学唱戏,也算是奔了个好出路;哪怕将来成不了腕儿角儿,现在有国家管吃住,将来国家还管饭碗,就算是万一哪天自己两腿一蹬先走了,女儿的未来也有着落、不用担忧了。虽然邱汉生也觉得,自己的姑娘啥也不懂,光长得好看不能当饭吃,但是,万一这长得好看就被人家相中了呢?邱汉生质朴地相信,考学这事,既不犯法、也不花钱,那就试试看吧。

临出门前,邱汉生帮邱玉挑了件里外都没有打过补丁的衣服,让女儿齐齐整整地穿上后,又拧了把毛巾,给她又抹了个脸。他帮邱玉把头发编成了两条麻花辫。所有他能想到的细节他都再次逐一确认。他也不懂什么叫艺术考试,考前需要做些什么准备,他能想到的无非就是希望自家的女儿让人一眼看上去,能给监考的老师们留个好印象。

面前的女儿，清秀整洁，怎么看都好看。他跟邰玉说，我要是今天管考试的老师，第一个就会录取你，到哪里去找这么水灵的小丫头啊……

邰玉问，考试会考些什么啊？

邰汉生随口答，唱歌，跳舞，再背个诗吧。

邰玉说，我不会唱啊……

邰汉生笑了，说，那你就唱"我爱北京天安门"，这个你会唱吧……

邰玉认真地点点头，接着问，那我背什么诗呢？

邰汉生没读过什么书，在他的脑子里，连"床前明月光"这样的诗句也没留下过任何痕迹，于是，他回道："那你就背——天上九头鸟，地上湖北佬……"

邰玉问，这也算诗吗？

邰汉生答，当然了，肯定算。

邰玉问，爸爸，要是我这次没考上怎么办？

邰汉生想了想，回答道：

"那你就接着回你的小学念书呗……等你念到初中毕业了，我就退休，让你到铁厂来顶职。到时候你到厂里的食堂学个做白案的手艺，到了午饭晚饭的时间就出来给我们大家打饭；或者，当个仓库保管员；要不，我托个人，看看能不能帮忙让你坐到办公室当个出纳……要是能当出纳就好了，有个办公桌，看起来就像是个干部……"

父亲说的都是实话。在邰玉看来，这样的安排挺好的，踏踏实实，比考戏校要看得见摸得着。她都有些巴望着自己最好考不上——

她记得之前不懂事的时候看父亲从江边捞野生甲鱼带回家炖汤给她喝，当父亲提着甲鱼进了汉钢的宿舍大院后，一群比她大不了多少的孩子们就追在父亲屁股后面叫喊着，"世上有三丑，王八戏子吹鼓手……"邰玉记得这句歌谣，也见识过甲鱼的丑陋；在人们的眼里，戏子和王八是并列的。难道父亲不知道这些吗？自己要去汉口考的这所戏曲学校，学出来后不就是要当戏子了吗？那该是多么丑的一件事情啊……

坐在过江轮渡上的邰玉不光对未来一无所知，她对轮渡即将停靠的彼岸，也是惶恐的。她从来没有离开过父亲。如果考上了，父亲说，她将会有一个无比美好的前程；但在她心里，离开了父亲的人生会有多美好，她想象不出来。如果美好就意味着和父亲分开，她宁愿不要。

邰玉所知道的事情，远比父亲以为的要多得多。坐在轮渡上，看脚下的江水一浪接着一浪，心事比浪潮更翻滚，但她什么也没敢说。因为她知道那些爸爸不想让她知道的东西。

"爸爸是最疼我的，爸爸不会给我亏来吃的，爸爸要我去做的一定都是很好的事情……"9岁的邰玉就这样一遍遍地在心里默念着，吹着呼呼作响的江风，倚在父亲的身旁，看他们乘坐的轮渡一点点地从江心移至边岸。

既然父亲那么认真地坚持着要送自己去戏校考着试一试，那就还是听父亲的话吧。

真正让邰玉惶恐的事情发生在进入考场前。那天的见闻，就像是对她即将到来的崭新人生的一种警告。

轮渡靠了岸，破旧的船身像个走不稳路的老人一样，晃晃悠悠地贴着江墩子撞了好几下，才算把整个船体挨上了驳岸。准备下船的人们很快全都聚集到了门边，推推搡搡的，邰汉生赶忙把邰玉揽到怀里，留在栏杆边原地不动，说道：

"我们不急，都要下的，不差这一哈（下）。"

邰玉就听话地站着，看周围的人挤来挤去。

船门还没有开，也不知道凑在门口的人有什么好挤的，好像互相拱着前胸后背，就能把船门拱开一样。守护着女儿的邰汉生顺着邰玉的目光看着人群，不以为然地轻声说了句：

"像是去赶杀场的……"

这时，邰玉突然听到了岸上的堤边有人在尖声高喊：

"快来人啊，淹死人啦，淹死人啦！"

放眼望去，这呼声很快招来了许多许多的人。江堤开阔得很，来多少人看起来都像是黄土泥沙地面上的点缀。这些朝着喊声快速靠近的人们很快分出了阵营，有些停在某处、围成了一个包围圈，更多的是涌向江边，沿着堤岸稀稀拉拉地一字排开，冲着江面、看着热闹。在大家围观的江边，还有些隐隐约约的人和游泳圈在水面上起起伏伏。

邰玉扶着轮渡的栏杆，像是安静极了的观众。本来就紧张得不行的小心脏又突然受到了惊吓，她只能安静地等待后面的发生。她仿佛天生就会察言观色，少说多看，而自己的心思，埋得越深越好。

堤岸边有人下船，有人高喊，有人围观，像是各种走台的演员，给邰玉表演着她看不懂的故事。

直到父亲拍了拍她的头，说："该下船了……"

邰玉斜挎着和她身材不成比例的军用书包，牵着父亲的手，跳过那条随江波起伏着的轮渡和驳岸之间若即若离的缝隙，踏上了岸。她的视线还被那片喊着淹死了人的堤岸处牵引着。

"嗨，淹死的都是会水的，"父亲叹了口气，说道，"只要这长江汉江不盖盖子，每年总是有不少性命就丢在这里了。"说完，父亲看了看邰玉，警惕地补充道："如果会游泳了就总想着要下水，我情愿你永远是个旱鸭子。"

父亲的话，邰玉并不明白其中的深意，但是不要紧，她是个听话乖巧的女儿，听不懂时点个头就好了。

说起汉口戏曲学校，邰玉是进校后才逐渐知道她的历史。学校在新中国成立之初就创立了，第一届的名誉校长是梅兰芳。戏校开办了几年后，就进入了震荡模式，关停后重开，开张了又关停……当政治运动让整个社会忽明忽暗之时，任何文艺形式的存在都像是可以随意按下去又拨回来的开关，演员就是开关牵引着的那个灯泡里的钨丝。只要通上了电，钨丝就能让灯闪亮得耀眼，但要是开关被闭合了，钨丝就是黑暗中的一根暗黑的丝线，它不仅毫无价值，甚至就是一堆碍眼碍事的废物。

到邰玉应考的这一年，是汉口戏校的第三次复办了。那些年里，上头的说法总是变来变去的，唯一不变的就是上行下效的执行力。一纸行政令传达下来，有条件就赶紧上，没有条件的创造条件也要上。汉口戏曲学校复办的这事就属于后者。连校舍的影子都没有，在武汉的三大剧种——京、汉、楚——的戏班子和老戏骨就忙活上了。钨丝通上电了，就想要赶快发光发热啊。

老师哪里来？现成的剧团里有啊。一末带十杂，老戏骨们就愁着没有合适的接班人呢。

校址建哪里？六渡桥的民众乐园就是大汉口的梨园行啊，培养戏剧戏曲接班人，就在民众乐园顶层上盖个顶棚吧。

学生怎么招？就在三四年级的小学生中找苗子，唱戏这事讲童子功，年纪大了还不行。

要招多少人？革命委员会的红头文件上明明白白地写着"500人"……

在邰玉的记忆里，那天和她一样跑去这个尚且还停留在公文纸上的戏曲学校应考的孩子并不多，尤其是女孩子；也许因为这是粉碎四人帮之后戏校复办的第一届，不光是知道消息的人少，就是晓得信息了，下得了决心、舍得送孩子来的爹妈也不多。跟邰玉一起应考的，有好几个女孩子都来自汉剧世家。所以，那一年报考的孩子们，基于这样那样的原因，最后都被录取了。

唱戏这事，只要你不难看，只要你愿意学，只要你吃得苦，其实，成腕成角都是后面发力的劲头。哪怕先天条件有不足，毕竟有十个行当可以选呢：声音不好的，可以演武戏；长相一般的，可以扮丑角……一开始选才，并没有什么太多要去挑挑拣拣的。

到年底建好了临时校舍开学时,邰玉他们就成了汉口戏校汉剧科的第一期学员。名头上,政府高度重视,市领导兼任戏校校长;实际上,还真就是发挥了武汉人民艰苦朴素、修修补补的智慧和勇敢,直接在民众乐园的天台上加了一层"偏刷(偏厦)"——把武钢零七工地的活动工房一拆,搬迁嫁接到民众乐园四楼平台上,汉口戏曲学校的招牌就挂了起来。那一天米粒跟着她的孀途经民众乐园时被迫绕道走,就正好是遇到建筑工人们在加班加点地赶工、盖戏校呢。

进入戏校,上午学文化,下午学戏。戏校的学生都是集体住读的,他们从星期一到星期六的全部时间和空间,都在民众乐园楼顶那个"偏刷"工棚改建的学校里。从醒着到睡着,吃喝拉撒、练功学习,有时候连楼都不需要下。同龄的孩子们认为学生生活很单调,喜欢用"两点一线"来形容从学校到家里的有限活动范围,但对邰玉这些戏班学员们来说,他们的全部童年和少年的生活,连两点都谈不上,就是一个圆点——如同播下的一颗梦想的种子,要在原地使劲地把自己埋到地底深处,也许会在未来的某一天,能从地里开出娇艳的花。

戏校汉剧科的掌门人陈伯华老师是从旧社会的坤班里训练出来的,无论唱念做打,该吃的苦头她一样都没落下;在跟刘骥结婚后,这位曾经的大军阀、后来的大资本家夫君又专门请俄国的芭蕾舞老师、钢琴老师和声乐老师到家里教了她这些西洋艺术,所以,等到她把这些古为今用、洋为中用的艺术形式悟透打通了后,创立了自己的"陈派"表演风格,也对传人有着更严格的基本功的要求。她平时是不到戏校进行日常授课的,能得到她面授的孩子们,都是"掐尖"出来的优等生——能上一次她的课都是被精挑细选过,进了那个课堂就代表着光荣。

为了争得这样一份光荣,邰玉这些孩子们面临的就是日复一日的枯燥且艰辛的练功:跑圆场、涮腰、踢腿、虎跳、小翻、吊嗓子……邰玉是这群孩子里最用功的,练身段、练嗓音、练手型,她练起功来好像身体都不是自己的,疼痛疲累这些感觉身体有,但脑子里没有。她的话不多,总是瞪大了眼睛竖起耳朵听老师讲,听完讲了就自己下场练。

有人说,邰玉的扮相就像是个小陈伯华;眉黛春山、杏面桃腮,简直像是从古画中走出来的模样。还有人说,陈伯华早年是汉剧坤角班"训幼女学社"新化科的第一批,8岁开始学戏;邰玉则是粉碎"四人帮"之后汉剧新科班的第一届,9岁入师门——邰玉就是陈伯华的接班人。

后来证明,那些传言说得没错,陈伯华15岁时以"筱牡丹花"的艺名名噪三镇,邰玉十来岁起,就被老师们领着参加各种大大小小的演出活动了。从唱段到折子戏,虽然她个头小,但气场和排场一点都不小,她亦文亦武,只要被点了名,大大方方地就能上场；一腔一板、一招一式，从眼神到手势，都被陈伯华"以戏带功"地逐一言传身教过。

等到十三四岁了，从赵艳蓉到樊梨花，从王昭君到秦香莲，从杨玉环到穆桂英，陈伯华的拿手戏份，邰玉都能信手拈来。从大师的眼里看，邰玉的戏还嫩得很，但从戏迷的角度说，她这水平放在旧社会，就能撑起一个戏班子了。

——那是后话。

当命运的齿轮转动时，链条上的螺丝早晚都会遇到。话说1978年夏天邰汉生带着邰玉从汉阳坐轮渡过汉口时撞见的那起溺亡事件，主角就是江森的哥哥江磊。江磊出事后，齐师傅一夜之间就垮掉了。她昼夜不休地哭喊，把所有扯劝的人们当成是先害死了江磊又要来加害她的敌人。江司令实在拿她没办法，在街坊们的建议和协助下，只好把齐师傅送到了位于汉口六角亭的精神病医院。

齐师傅在"六角亭"里住了半年。

六

1979年元旦一过，学校就放寒假了。武汉有死了亲人要过"清"年、烧"清"香（也有一说是过新年、烧新香，这里的"清"和"新"，都是指的亲人去世的头一年）的习俗，自家里祭奠的规矩很多，也忌讳在那一年中有亲人去世的人家跟其他人互动，认为身边还是有阴魂不散，会给别人家带来晦气。彭启文跟妹妹彭明珍一向感情很好，明珍从小就是个天不怕地不怕的幺女儿，不信邪不服周的任性；她怕哥哥太难过，就主动提出接他到广州小住一段时间，散散心。那时候的广州是离香港最近的地方，有个家在广州的亲戚要多洋气就有多洋气。明珍夫妇在广州也都是名医，他们邀请彭启文到广州，自然是吃好喝好招待好。彭启文就带上了外孙小米粒同行，既是有个"小拐棍"，也让米粒见见世面。

那一个月的时间里，米粒牵着爹爹彭启文的衣服角，被姑爹、姑奶奶引着，下馆子、喝早茶、逛商店，开了不少洋荤，还鹦鹉学舌地讲起了粤语。直到快要开学了、爹爹打算要回武汉时，就开玩笑逗米粒说："你看，你都会说广东话了，要不，就把你留在广州吧？"

米粒不知是玩笑，以为爹爹的话都当真，马上认真地回应道："那是不是要把我的爸爸妈妈也都接过来啊？"

姑爹就夸米粒说，不枉你爸爸妈妈生你养你一场啊，走到哪里你都惦记着他们。

姑奶奶马上附和道，那当然啊，亲生的就是亲生的啊，哪怕从小都是我哥哥嫂子带大的，还是贴着她的亲爹亲娘啊。

当他们定好日期要买返程票的时候，才发现所有到武汉的火车票早就售罄了。无论是当校长的彭启文，还是刚上一年级的小米粒，他们都必须要及时地返汉，该上班的上班，该上学的上学，他们等不到有票卖的那些个日期了。怎么办呢？彭校长当机立断，那就坐飞机回去吧，机票是好买的。

已经满了6岁的米粒在飞机上要占一个座位，所以得要买成人票。爹爹二话不说，48块钱一张的机票，就爷孙俩一人一张买了下来。1979年的中国民航飞的都是苏联产的小飞机，一路颠簸不说，座位都还是硬板的座椅，飞行体验肯定不好。但米粒一路都兴奋得很，飞机起飞时她问爹爹，我们飞这么高，是离开地球了吗？等到飞机降落时，她又问，天上什么都看不见，我们怎么知道就到家了呢？爹爹回到武汉后就跟彭一方两口子说，你们生的这个丫头真是精怪啊，飞机上其他的乘客都赞许她，说，难怪人们常说"天上九头鸟，地上湖北佬"的，这个武汉的姑娘以后可是不得了，能说会道的，一整个飞机的机舱里，就听见她在不停地作报告。

从广州回到武汉后，米粒又回到了父母的身边。

母亲对米粒的教育和嬷是完全不一样的。父母都是中学老师，基本上每天晚上都要去教室，辅导学生上晚自习。他们外出时，米粒就被反锁在他们家在65中团结户的那间小屋里。倒不是担心有贼人上门，住在学校院子里，安全是可以保证的；父母——主要是母亲彭老师——想要做的是锁住米粒。屋子里有个高脚的搪瓷痰盂，被锁在家里的米粒要是想方便，那个痰盂就是她的临时厕所。

彭老师给米粒布置了各种各样的习题，还有每天雷打不动的毛笔字练习，这些任务多得绝对能够支撑米粒忙乎到父母下了晚自习回家时还在进行时中。家里的抽屉柜子都没有上锁，彭老师临出门前常常会交代一句，你不要闲得无聊、在家里乱翻东西啊，我怎么摆放都有我的规矩，也做了特别的记号；你要是乱翻乱动，被我发现了，就不要怪有先礼后兵啊，我的巴掌可是不长眼睛的，信不信，我能一巴掌"呼（扇）"死你。

回到了父母身边的程米粒，就是一匹在钻空子的本领中绝对训练有素的野马。母亲给她定了许多规矩，殊不知，那些规矩的正反面，却都成了米粒的训练场。尤其是那些母亲强调不许去做的事情，米粒就一定要探个究竟明白。她知道，65中每天的晚自习时间是晚上六点半到八点半，老师们从来都是提前到、最后走的，也就是说，父母从六点出门到九点左右回家，这一趟起码是两个钟头以上的时间。米粒会看着家里的大挂钟，充分掌握好时间点，再小心翼翼地翻箱倒柜。母亲不是说她摆放东西有规矩有记号吗，米粒就从打开抽屉的第一刻开始，牢记这些物件的摆放秩序，不光是记得什么放在上面、什么放在底下，就连抽屉里的拉链小包，她在打开拉链时，都会留心一下原先的拉链扣停留在什么位置上，母亲有没有故意留个缝作为记号。小小年纪的她以这样的谨慎和审慎，把家里的所有秘密都翻了一遍——平时家用的零花钱放在哪里，家里的存折藏在哪里，存折上的数字到底有多少个零……这个家对米粒来说是没有秘密的，不过，精灵古怪的她一直揣着明白装糊涂，而母亲对此竟然毫无察觉。

有一天，晚自习的开始铃刚响过没多久，家里的门锁突然有了响动。米粒吓了一大跳，她下意识地抬头看了看墙上的挂钟，庆幸自己今天没有去打开母亲的抽屉。

米粒看到母亲搀扶着一个大男生进了门。

母亲扶着那个大男生坐到床边，说道："冯春晖，你先在这里靠一下，我去给你冲杯糖水喝。"

在那个年代，糖是要凭票计划供应的，用糖来冲水喝，这是接待贵客才有的礼性。米粒看到母亲从碗柜中取出家里的糖罐，舀了一大勺白糖到玻璃水杯里，然后兑上开水，再用一根筷子搅拌；糖粒在水中一边旋转一边溶化，开水飘出来的热气中就挟裹着了糖的香味。

水杯还在母亲手中时，米粒凑过去，撒娇地说道："妈妈，我也想喝糖水了。"

母亲横了米粒一眼，没有接话。她把糖水杯端到那个倚在床边的大男生身旁，说："你慢慢把这杯糖水喝完，小心烫。等你精神头恢复了，再回教室去。"

母亲说完，冲着米粒说道："这是我的一个学生，今天他没吃晚饭，刚才突然昏倒了。我让他现在就在我们家里休息一下。我回教室去了。"

米粒点点头。母亲扭头就出门了。

等到晚自习结束，母亲带着那个学生的书包回了家。一进门，她就先问道，冯春晖，你感觉还好吗？要不要我送你回家？

那个叫冯春晖的学生也缓过神来了，说："谢谢彭老师，您的一杯糖水让我还了阳。我自己回家，您放心，没问题。"

母亲又叮嘱道："要是回家还有什么不舒服的话，就赶紧去医院看看。我估计你是贫血，饿不得。你们现在正是长身体的年纪，以后可不能随便不吃饭了。"

冯春晖不好意思地笑笑，点点头，从彭老师手上接过他的书包，跟老师道别，回家去了。

把学生送走后,母亲二话没说,径直走到碗柜边,取出糖罐,按照刚才的步骤,又冲了杯腾腾的热气中飘着香气的糖水。米粒都快忘记自己之前跟母亲说想喝糖水这事了,她怀着些感激的心情看着母亲手里的糖水杯,等着把杯子接过来。

结果,母亲把糖水搅拌好后,端到米粒面前让她看了一眼后,就把这杯热腾腾又香喷喷的糖水,缓缓地倒进了高脚痰盂中。

在米粒错愕的眼神中,母亲开口说话道:"今天我不想打你骂你,但我希望能给留下一个深刻的教训。以后,任何时候,家里来客人,你都不许当着客人的面要这要那。我希望你明白,这代表了一个人的家教。今后,如果你胆敢不分场合地开口,胡乱跟我提要求,你就想想今天晚上的这杯倒进痰盂的糖水。"

米粒很想哭却又哭不出来。好像刚才那股从水杯中涌入痰盂里的糖水水柱,提前倾泻了她的伤心泪。这个家带给她的就是天下最苦的中药汤,还有冲好了却倒进痰盂的热糖水。她想离开妈妈的这个家,想重新跟嬷一起住在前进四路上——虽然她已经知道了,前进四路是回不去了,嬷也回不来了。

米粒的爹爹彭启文从广州回武汉后,就一个人孤孤单单地住在了前进四路。卧室墙上正中间的位置上,挂着王诗芳的遗像。他照样正常上班下班,等到回家了天黑了街静了,他就会对着那张照片发愣。人在发愣时,时间就过得特别快,好像一下子就从天黑到了天亮,又好像一下子就从现在回到了几十年前。在墙面的那个位置上,原先挂着的是彭启文和王诗芳的合影,算是他俩的结婚照吧,只是照片中的他们没像其他人那样穿着照相馆租来的婚纱西装,诗芳的怀里也没抱个花球——没有这些形式上的特定标志物,并不代表不具有特定的仪式感——那是 30 多年前他们结婚时在"品芳"照相馆照的。照片中的王诗芳还不到 20 岁,人小鬼大地烫了个大波浪的头,眉眼细长,目光清澈,眼神中和嘴角边一样都有着娇羞而又满足的笑意。她的头侧偏着紧挨着彭启文,启文则是一脸庄重的神情,眼睛瞪得大大的,嘴唇抿得紧紧的。这张照片照了多少年,就在他们家的墙上挂了多少年,照片早就发黄了,但照片里的人还是那样的年轻,好看又耐看。王诗芳病逝后,彭启文按照习俗把家里设为灵堂,原先挂这张结婚照的位置,就换成了诗芳的遗像。

过完年后,有人张罗着给彭启文介绍对象,对方姓姜,是长江航运局的会计。姜会计有两个未成年的孩子,大的是女儿,叫小雪,十来岁,小的是儿子,叫海阔,比米粒大不了两岁。海阔出生没多久姜会计就守了寡,也孤苦伶仃地过了七八年了,看起来是个生活简单的本分人。彭启文就在介绍人的撮合下见了一面,感觉对方人还朴实,说话也通情达理,见完面后就问女儿彭一方的意见。一方这时候能说什么呢,姜会计才 40 岁出头,年纪比彭校长小好多,有儿有女的肯定也顾家能干，想到她如果能照顾好彭校长，那也不该反对啊。在关键时刻的关键问题上，彭一方永远都是这么重事实讲逻辑，只要在关键环节上打完钩叉，认为这个结果最接近标准答案，她就会选。

就这样，王诗芳去世不到一年，姜会计就搬到了前进四路，填了房。

在姜会计搬到前进四路来住的头一天，彭启文把王诗芳的遗像从墙上取了下来，和他俩当时的结婚照一起，都放进了抽屉的最里面。墙面上原先挂照片的地方，就留下了一处明显的四四方方的白色印痕。直到彭一方最后把这栋房子卖掉时，那块白痕还是很突兀地留在墙面正中间，就像是墙后有个密室，而它是通往密室的开关。

如果真有那样一个密室的话，密室里就该装满了王家留在这个老宅的所有故事。

七

哥哥死了，妈妈疯了，住在前进四路上的江淼在经历着这些变故后就迅速地懂事了。一个懂事的孩子能怎么做呢？首先就是好好读书，考上个好大学……江磊去世那年，江淼初中毕业。3年后，她考上了武昌桂子山下的一所重点师范大学。虽然她拿到大学录取通知单时母亲的表情一如既往的平静甚至漠然，但江淼相信，母亲心底里一定是高兴的，在母亲自己的那个世界里，喜悦有着另外的表现形式。

江淼在大三那一年正儿八经地谈上了恋爱。对象沈学庆是父亲手下的一名环卫所清洁工。

沈学庆跟江淼原是初中的同班同学，同学期间，他曾经偷偷地跟江淼写过小纸条。江淼先是装糊涂，直到有一回，江淼的母亲停在前进四路路边的自行车在夜里被人拔了气门芯，搞得齐师傅早上去上班都来不及了，一家人跟着着急，江淼上学也迟了到。当天下午，沈学庆就神不知鬼不觉地帮江淼搞了两个气门芯递过来。"哪来的？""拔的别人的呗！""这样不好吧……""又没有人看见。"——这是江淼和沈学庆的第一次单独对话。江淼当然不会被两颗气门芯就给收买了，但这气门芯确实给沈学庆的小纸条加了不少附加的情感分。初中毕业时正好环卫所招工，沈学庆本来也不怎么爱学习，就没有再去念书，直接去那里上了班。刚上班时他是整个环卫所最年轻的"生模子（新面孔）"，所里的拐子和嫂子们都喜欢拿他开玩笑，"掐"着他搞。沈学庆天性里就是那种眼里有事、心里有主意的聪明人，初来乍到，懂得要服软"服周"的道理，任凭环卫所里的男将糟撒（奚落）他，嫂子们瞎撩

（挑逗）他，他都一笑而过。所里大家不愿意干的脏活累活，他就不挑不拣地都应承了下来。一来二去，他身上的那股子"憨"劲就赢来了大家伙儿的一致好评。在任何一个团体里，只要肯吃亏的人呢，运气总不会太差，加上某一次他不计恶臭地帮住户在下河斗里捞起了不小心掉进去的门钥匙，碰巧环卫系统要推荐个全省的劳模，沈学庆这样的光荣事迹再加上平时的吃苦耐劳和好人缘，就一并四两拨千斤地层层上报，把他送上了五一劳动节的颁奖大会主席台上。

20世纪80年代初的省劳模，会经常被邀请到各企事业单位和中小学校进行专场事迹报告，在相当规模的社会范围内，劳模是绝对耀眼的明星。这时候，有着劳模光环的沈学庆再次跟江淼写了小纸条，还贴上了邮票寄到了在江对岸读书的江淼的大学里。沈学庆虽然只是初中毕业、文化程度不算高，但只要踏踏实实在武汉把初中念完了的人，用些心思写好一封真情实感的情书还是绝对够用的；加上他有劳模的光环，这一次，他的小纸条就彻底地打动了江淼。

等到礼拜六从大学宿舍里回家，江淼一家三口坐在桌边吃晚餐，江淼有点忐忑又有些激动地跟父亲说："我谈恋爱了，对象就是你们所里的沈学庆。"

江淼错判了父亲的反应。她以为江司令会为自己找了个年轻有为的劳模青年而高兴，甚至还会因为沈学庆是自己手下的兵而有些"亲上加亲"、知根知底的满意。谁知江司令听到这个消息后当即就拍了桌子敲了碗。他说了一个词——"混账！"

江淼愣住了。持续吃药的齐师傅也给吓到了。

江司令说："你一个堂堂的名牌大学生，怎么想到要去找个清洁工？"

这句话从身为环卫所所长的父亲嘴里说出来，实在是太让江淼意外了。

"我们全家有多不容易你知道吗？你不要看你妈现在不说话、不表态，你要是让她说心里话，她也不会答应你找沈学庆这样的人！"

"我妈怎么了？我妈不也是年纪轻轻、20岁不到就嫁给你了吗？还是个二婚头。"江淼直接犯冲地顶了回去，"我妈嫁给你就是光荣军属，我跟沈学庆谈个恋爱，就是混账？你这是什么逻辑？！"

"一个没怎么读过书的清洁工，是没有前途的，"江司令答道，"就连你妈妈都是高中毕业，到现在这个年代了，沈学庆还是个初中生，将来你指望他一辈子掏大粪来养你吗？"

"我能凭自己本事考上大学，以后凭自己本事找份工作，为什么要别人来养？你当然瞧不起没读过书的，你不就是因为我妈是高中毕业生，所以你把你老家里那个没读过书的糟糠之妻给废了吗？"江淼毫不示弱地回击道，"你看不起人家初中生，这是你的偏见。沈学庆能当上省劳模，你呢，混了这一辈子混到退休，也混不到他那个水平吧？"

江家父女俩一针顶一线地争吵着，同在餐桌旁的齐师傅就像是个会转头和动眼珠子的木偶，看看丈夫，再看看女儿。终于，她慢悠悠地开口说了一句：

"莫吵了，莫吵了……等一哈（下），磊磊就回来了，你们问问他看。"

齐师傅的一句话，把父女俩心中不断升腾的热焰瞬间就拉到了冰点。她还在等一个死去多年的人回来，为了这个人她变得不死不活的；而江司令和江淼，现在都好好地活着——活着，已经是这个家庭难得的福祉了。干吗还要彼此伤害呢？

江司令是军人做派，说话做事雷厉风行，骨子里也相信下级对上级有着必须服从的天职。他不跟江淼争执了，很快，他在单位上约谈了沈学庆，跟他下达了指令："作为领导，我不同意你跟我女儿处朋友。作为父亲，我坚决反对我女儿跟你谈恋爱。"

沈学庆原本是个任人摆弄的软柿子，他就是因为一直有着低头夹尾巴做人的谦卑才能戴上劳模的大红花；但是，这一次，不仅是胸前的大红花撑起了他的腰杆子，爱情更是赋予了他不管不顾的勇气和力量。

"我相信我们每个人都有恋爱的自由，"沈学庆不卑不亢地回应，"这件事的决定权在江淼手上。"

被江司令给激将了的沈学庆，更加奋勇向前地追求着江淼。趁着大学里放假、学生宿舍里空无旁人，沈学庆在女大学生宿舍的高低床上和江淼又把彼此的交情往前猛推了一大步。当他压在她身上的时候，浑身上下好像有着使不完的力气，他把他想要跟江司令抗争的气力全部抖擞了出来；又好像身后总有一股神秘的力量在使劲地推动着他，在那股力量的推动下，他攻陷了她的城堡，冲进了她的领地，把她和他的未来，牢牢地绑到了一起。在那个年代里，一个女人在婚前交与了自己的身体，被人知道了她就是双破鞋；一个男人侵犯了女人的身体而不娶她，被人知道了他就是流氓。江淼不想当破鞋，沈学庆也没准备去做流氓，他们纠缠在一起的那几分钟对于他们俩一生的意义，不过就是为了冲破父权和上级的樊笼，做一双比翼齐飞的鸟儿。爱情哪怕是一种幻象，都能赋予当事人以对抗全世界的勇敢。

江淼跟沈学庆展开如火如荼的初恋时，程米粒是见过沈学庆的。不过不是在前进四路，是在她的小学毕业典礼上。按照后来的仪式感和流程要求来看，那次活动也谈不上真正意义上的毕业典礼，就是程米粒在建乐村小学参加的最后一次全校的升国旗仪式，升完国旗后，校长宣布，全体五年级学生就毕业了，祝福同学们在未来的中学学习中再接再厉，取得优异成绩，为日后成为祖国建设的栋梁之材打好坚实的基础。同时，为了让孩子们树立正确的人生观，学校专门聘请了全省的劳动模范沈学庆同志来担任学校的校外辅导员，并向毕业生们寄语。

那些年，那些能站在主席台上的人，对于台下的那一双双眼睛来说，都有一种被神化的错觉。沈学庆在台上说了些什么，米粒不记得了，但那天的活动给她留下了一个深刻的印象，就是"要像他那样生活"。米粒的整个学生时代，只要学校组织学生看书、看电影、听报告这类集体活动，活动结束后就一定会被要求写日记、写读后感、写心得体会，而大家似乎约定俗成的一个结论就是——"要像他们那样生活"。看李存葆写的《高山下的花环》后，要像梁三喜这样的烈士那样生活；看杨在葆演的《从奴隶到将军》后，要像罗霄这样的英雄那样生活；听沈学庆讲自己怎么从粪坑里为群众找钥匙，就以后也要像他那样生活……虽然这样的文字有官话套话的嫌疑，但说得多了，大家都习惯了。

程米粒在聆听完沈学庆的寄语后按老师要求写了份毕业感言，她从报纸上抄了一些关于沈学庆的事迹文字后，在文末谈到自己的体会时写道——

> 要是我们每个人都像沈学庆大哥哥这样为人民服务，我们的城市一定会更加整洁，街区一定会更加宽敞，未来一定会更加明亮。我知道，我们生活的这个社会因为有沈学庆大哥哥每天的辛勤工作而变得美好；我还知道，自己在心里许下了一个重要的愿望：等我长大后，也想像大哥哥一样，做一名光荣的环卫所工人，把我的生命奉献给社会的洁净，就像诗词中描写的那样，"金猴奋起千钧棒，玉宇澄清万里埃"。

大概是因为中心思想提炼得顺应时势，篇末的毛主席诗词又引用得恰到好处，米粒的这篇文章在同龄人中显得格外与众不同。文章被学校选中后，就推荐到了团市委的机关报上发表了出来。正因为如此，幼稚而生涩的文字得以铅印了留痕，米粒在成年之后还能穿越时间和空间，在发黄了的报纸油墨中，看到童年时的自己。

在那个年代里，每年三月五日前后，学生们的作文里就会涌现出许多需要被人牵着过马路的盲人老太太和遗落在街边等待孩子们躬身去捡起的螺丝钉，当然，沈学庆这样的劳模也层出不穷，像程米粒这样的孩子，终究还是把沈学庆当成是成长道路上的一道风景，或者，连风景都谈不上，就是一阵风，吹过。米粒想做的是，成为一棵会开花的树。

米粒这些1978年进小学的孩子，是武汉的最后一批小学只用念5年的。小学毕业后，她如愿地考进了武汉一中，生活重心重新回到了前进四路上。这一年，她11岁。

11岁的程米粒不光树立了"要当一名光荣的环卫工人"的远大理想，而且一夜之间就变成了"户主"——武汉市开始清理一些历史遗留问题，各种落实下来的政策，春风般地吹拂到了许多家庭中。该平反的平反，该退赔的退赔，只要能出示相关历史凭证，都能给予一定的说法。米粒的母亲彭一方在各种"求神拜佛"般地疏通关系后，终于把王家在前进四路的祖业，据理力争回了两个门号——就是在20世纪50年代房产充公前，房管所留给王校长夫妇和王诗芳夫妇的那两个主卧室所代表的门号。两个门号就意味着是两栋双层的联排别墅啊，在汉口的中心六渡桥能有这样两套从地面到天空都归你的私房，只要是生活在武汉的人们都能明白它意味着什么。彭一方明白，她的继母姜会计也明白。何况，当时姜会计还带着她的两个孩子跟彭一方的父亲彭校长一起，就住在前进四路上。

彭一方虽然姓彭，但她求爷爷告奶奶追回来的祖业是她的娘家——老王家的，所以，她作为王家的后人，自然分得清里外。但是住在前进四路里的姜会计应该不这么想，她认为这是彭启文在王诗芳死后继承的夫妻共同财产，她作为彭启文现在的妻子，理所当然地拥有着使用权和所有权。

彭一方一向做事果决。当她从房管所所长那里得到准信说是可以落实两个门号给老王家之后，她没跟任何人商量，就做了两个决定：第一，把彭校长和姜会计现在正住着的那个门号的业主写上了程米粒的名字，而且，迅速把米粒的户口从硚口居仁门迁到了这个前进四路的物业上，毫无悬念的，11岁的米粒既是业主、也是户主；第二，把自己的三个舅舅舅妈都喊回了武汉，先带着大家去扁担山给母亲王诗芳上了个坟，接着请大家在铜人像旁边的德华酒楼吃了顿久违的家宴，在家宴上她宣布，落实政策要回来的两套老宅，一套是她母亲王诗芳的，就留给了米粒，另一套算是她为外公王校长讨回来的公道，就平分给三个舅舅舅妈了。彭一方特别强调说，王校长的遗产按说应该是王诗芳姊妹四人来分的，因为自己已经有了份单独的，就不参与这个分配了，舅舅舅妈能多分点儿。舅舅舅妈们一听到侄姑娘彭一方这么慷慨，恭敬不如从命，自然喜出望外地接受了。从那以后，王诗芳的坟头香火总是特别的旺，从过年到清明到中元节到她的生日再到她的忌日，王家"诗书礼艺"辈的弟弟妹妹们总会带着后人们过来扫墓、上香、磕头，感谢大姐教养了彭一方这样一个女儿，让老王家的所有后人都得了这么大的恩惠。

尘埃落定后，彭一方再带着米粒去前进四路看望彭校长和姜会计。那时彭校长已离休，他的身体每况愈下，双腿有不明原因的浮肿；米粒伸出食指在爹爹的小腿上按一下就会凹进去很深的一个肉坑，好久都还不了原。在父亲和继母跟前，彭一方轻描淡写地说到了房子落实下来后的分配，也说到了只有让米粒的户口迁到江汉区的前进四路，她才能跨区从硚口区考到江汉区来念武汉一中。那会儿武汉一中是汉口最好的中学，想进一中，除了考试的分数线之外，户口所在地也是个硬门槛。

彭一方说的这些理由都是真实的，但她打的是最真实的算盘——肥水不流外人田——她没说，可大家都懂。在彭一方的眼里，姜会计从来都是个外人。只有把落实下来的老王家的房产一步到位地落到嫡传的程米粒名下，才不会担心出现任何意外，也可以省却许多麻烦。在这一点上，从没做过生意的彭一方，有着九头鸟一般的直觉的精明。

等彭一方说完，姜会计的脸色就很难看了，她找了个借口带着她的两个孩子出了门，一直到天黑都没回来。彭校长平时在家是不做饭的，姜会计撂了挑子，屋里就成了冷灶。

从那以后，姜会计和彭一方，就公开宣战了。

姜会计想跟彭一方较劲，她唯一的本钱和武器，就是她的现任丈夫彭校长。彭校长原本就是个个性嘹亮、性情温和的人，他的世界里装的有梦，有信仰，有许多虚无的、但很占脑容量的沉甸甸的东西，所以，钱财、房产这些现实而浮华的事件，他从来都不关心。也许正因为他一辈子都没穷过，离了休的工资也是干部的水平，一辈子吃喝是不愁的，所以，女儿把老婆的祖业写上了外孙女的名字，他压根就没觉得这算是个事儿。

当姜会计开始跟他抱怨说，我们住的房子为什么不写我和你的名字，他抬眼就反问了句，谁说你住的房子就该写你的名字了？

姜会计又说，老的还活着，就急急忙忙把家产当遗产来安排，你这个女儿彭一方也真够狠毒的，用这种方式咒你死呢。

彭校长和事佬地笑笑，说，我迟早是要死的，在我活着的时候看她们都安排好了，我挺高兴的。

姜会计见绕了半天也没击中要害，终于憋不住了点题道："难道你就没为我们孤儿寡母的留条后路吗？"

——这一句，把彭校长气到了，他硬生生地顶话道："我还没死呢，你们怎么就成孤儿寡母了呢？"

彭校长的身体本来就不太好，加上姜会计一边软磨硬泡地吵闹，一边动不动以罢工家务为要挟，他的一日三餐得不到基本保障，很快他就病倒住院了。他的公费医疗关系在四官殿的武汉红十字会医院，离集家嘴码头一站地，从前进四路走过去并不算远；但在彭校长住院后，姜会计不仅没去探视，而且在一夜之间，就带着她的俩孩子搬了家。跟彭校长再婚前，姜会计在她的工作单位长江航运局是有宿舍住的，她搬到前进四路时那宿舍也没退回去，所以，这一赌上气之后，原先的宿舍就重新派上了用场。

彭校长第一次住院时，正好是暑假。彭一方是高三毕业班的班主任，暑假是她要家访、要给差生补课的时间，比平时上班还忙。程志伟是学校的科研骨干，假期被市教研室抽调过去做课题，教研室为了统一管理，就专门把老师们安排在军区招待所集中攻关；志伟虽然人在武汉，却相当于在外地出差。于是，11岁的米粒，就成了每天给外公送饭的小交通员。彭一方在家蒸鸡蛋、炒花饭、炖排骨藕汤、熬八宝粥，每天变着花样给养病的父亲做好吃的，饭菜做好后分门别类装进有水银内胆的保温盒里交给米粒，米粒就左右两手开弓，一手提着一个保温饭盒，从居仁门走到长堤街，在江边挤上9路公共汽车坐4站，坐到四官殿站下，再横穿马路，走进医院。人小鬼大的程米粒，在每天这样周而复始的行程中，自我感觉已长成了家族里能够顶天立地的大人。

那个时候，独自在家的程米粒不再被父母反锁在家了。倒也不是因为彭老师终于开始信任了米粒，只是遇到了一个突发事件改变了她的决定。有一天夜晚，彭老师外出到学生家家访，程老师照例到课堂上去辅导学生上晚自习。突然，他从教室窗口看到了外面腾起了滚滚浓烟，他走到教室门口，看到有些人在黑暗中从教工宿舍方向往学校操场上跑。程老师听见有声音在急切地呼喊说"宿舍起火了！"他心里一咯噔，米粒还被反锁在家呢！他急急忙忙地冲下楼就往家里跑，沿途看到同住在团结户里的老老小小们不是已站在操场的空地上，就是在撤离宿舍的过程中。眼见着浓烟越来越沉，空气中弥漫的都是焦煳的味道。有邻居看到程老师，就劝他，别过去了，这火烧起来了蛮骇人，没被烧死也能被烟给呛死，还是快跑。程老师都顾不上回话，他知道浓烟中还有一个被反锁的米粒。他跑进单元门，解开那个只有在外面才打得开的锁，看到了站在窗框上扶着窗栅栏的瘦小的米粒——她应该是那个时候最后一个还在团结户里的人。那一刻那个场景中如同剪影般的小米粒，在程老师的回忆里被形容成了一个困在火灾中的囚徒，还好，他把小"囚徒"给解救了出来。那是场不算大的火灾，就是有人家在生火做饭时想在炒回锅肉的锅中用酒来呛那么一下子，走一通明火让肉的味道更香些，谁知道火焰就窜了出来，跳到了满是油腻的厨房的窗帘上，正好下边又堆了一堆柴火，火就燃旺了。消防站和"救火龙（武汉话里专门用来指代消防车）"就在学校附近，看到浓烟时就做好了准备，一接到报警电话就马上赶了过来，很快就把火给扑灭了。那些年公家盖的楼房都是学着"苏联老大哥"的模板，扎扎实实地用水泥预制板和红砖来砌墙，遇到了火灾还真能扛上一阵子。站在操场上看"救火龙"喷水扑救的时候，程老师把米粒紧紧地搂在怀里说："以后再也不能把你反锁在家了。"等到火灭了之后回去一清点，米粒家完全没有受到任何影响。从那以后，彭老师为米粒配了把房门钥匙，用绳子串起来套在她脖子上。第一次戴上这个钥匙项链时，米粒还觉得挺骄傲的，好像自己就成了个可以管家的"小大人"。

那一年的8月,脖子上挂着房门钥匙的小米粒,不是在医院的病房里,就是在去医院的路上。每回离开时,爹爹都会叮嘱她说,过马路要小心啊,江边的路宽车子少,司机都开得生猛飞快,还没有红绿灯,蛮危险;要不你明天就别来了,天气也太热了。每一次,米粒也会回应说,明天还要来的,天气热,正好可以到您的病房里跟您一起凉快一下,"心静自然凉"。——最后这五个字是以前嬢带着米粒在前进四路的街边乘凉时一边扇着蒲扇一边说的,话说得多了,多到几乎能让米粒相信了,只要说出这五个字,气温就能降下来。

彭校长住了大半个月的医院,做了全面体检,没查出什么大毛病,医生就安排他出了院。出院后回到前进四路,看到空荡荡的屋子,他也觉得空落落的,于是就做了个很想当然的决定——他带着换洗的衣物,住到了姜会计在长航的宿舍里。

也许彭校长这一辈子都不介意做上门的女婿,也许在他脑子里认定结了婚就不要分开,也许他认为姜会计就是跟他扯点小皮、他送把梯子过去让对方有个台阶下了就好……总之,他在出院后就上杆子找姜会计团聚去了。

彭一方闻讯后特别生气,但彭校长是她的亲爹啊,她就是生气也不敢忤逆啊。继母姜会计她是不想见了的,但自己的亲爹还是要照应着。于是,每到星期天,米粒就又成了母亲和爹爹之间的邮递员——她把母亲买给爹爹的礼物送过去,再把爹爹要捎给妈妈的东西带回来。

这样的日子过了几个月,快到过年的时候,米粒提着京果酥糖去铁路外的长航宿舍看爹爹。爹爹悄悄把米粒拉到一边说,米粒啊,你回去问问你妈妈,今年我能到你们家去过年吗?

米粒回到家把话一传达,彭一方二话不说就跑到学校总务处的值班师傅那里借了辆客货两用的三轮车,让程志伟带着米粒,骑到长航宿舍。

米粒在姜会计的家门口把门敲得山响,一边敲一边喊着:"爹爹,是我——我是程米粒——我跟爸爸来接您家啦!"

爹爹打开了门,显然他早已做好了准备,跟米粒父女俩打了个招呼让他们稍等一下,转身就拎了个事先整理好的"上海"牌人造革旅行包,跟着米粒上了三轮车。

那辆三轮车的后车厢里跟两个后车轮平行的位置上方有两排铁焊上去的镂空横梁,正好让祖孙俩可以面对面地坐着。程志伟就在前头使劲地蹬踩,坐在车后的祖孙俩手握着手地看看街景、看看对方,虽然一路颠簸,耳旁的北风凛冽地刮到脸上生疼,但彼此都愉悦且尽兴。

在米粒的记忆里,她第一次坐飞机长途旅行,是跟着爹爹;她第一次坐着三轮车穿越汉口,还是跟着爹爹。最昂贵和最简易的出行,都是爹爹带给她的深刻记忆，而留在她眼里的真正的风景，其实不是舷窗外的云，也不是路边的树，而是坐在她身边的那个人，那个永远一脸慈爱、喜欢喊她是"乖孙孙"的爹爹。

八

1983年那一年的春节，是米粒的孩提时代中唯一一次没有跟父母回团风乡下过年。

在乡下的婆婆去世前，每到大年三十，米粒就要在凌晨被母亲拍醒，迷迷糊糊地自己套上棉衣棉裤，跟着爹妈出门，登上返乡路。夜路总是很黑很长，他们带的行李总是很多很杂。父亲肩背手提，能使上劲的地方都要用来负重提载；母亲的双手也不得闲，有时能腾出手来牵一下米粒，更多时候也是两只手都嫌不够用，拎的、提的、拖拉着的；米粒为了不掉队，只能自己去扯着母亲棉袄的衣边。他们穿过很黑的夜，吹着很冷的风，要走很长的路，搭上很难等到的公交车。最后，小小的米粒才能跌跌撞撞地跟着父母站到江边码头的候船人堆里。所谓舟车劳顿，这还仅仅是个开始。上了船，他们要和带着各种刺鼻味道的返乡人群挤在一起，那些属于人类的体气汗臭、属于牲畜的腥臊腐味都集合在狭窄的船舱中。人和货，就像同类项似的全码着混着。米粒个头小，她通常会被父母夹在中间，人为地为她攒一丝架空的罅隙；不然的话，像她那种不占位置的身子骨，会被挤压得更加不让她去占上哪怕一丁点儿的位置。冬天的江风大，为了遮挡住行船激起的水浪和不时飘起的细雨，船栏杆边都扯下了厚厚的帆布。帆布也是经年累月地不曾更换清洗过，吸附积攒了很久的潮气湿气，黑色霉点放眼即是。在米粒眉眼的那个高度处，正好是帆布挂轴在末梢处打卷的位置，霉斑便连成了线；黑色的霉线也不孤单，朝上慢慢浸开着绿色的苔藓，相互掺杂着，又给米粒的嗅觉带来了更多能嵌进记忆里让她生厌的气息。从汉口到团风，船在江面上要行驶好几个小时，这些杂陈的腐败的味道就从未散去过。

每回谈到过年，听到其他小朋友欢天喜地憧憬着，有压岁钱，有新衣服，可以跑到街上转糯米型糖、转"板龙"；而米粒想到的，就是那走不穿的无尽黑夜的长路，还有，漂在长江上的挥之不去的无尽恶臭。因此，在前进四路上出生的程米粒，非常不愿意下乡"回老家"。

遇到彭老师心情好的时候，就会耐心地教导米粒，回乡里老家过年，这是拜祖宗，说明你没有数典忘祖。可是，在米粒的感觉中，她的祖宗都在前进四路，在扁担山，在汉阳的永安堂。为这事她跟母亲争辩过，结果当然是——她赢不了。

彭老师是个急性子，懒得花很多时间去讲大道理，她照直说："这个乡里，其实我来不来，不重要——我又不姓程。你要明白，这是你爸爸的老家，是'你'的根。所以，我可以不来，但你，必、须、来。"

就这样，米粒的每个农历新年，不得不来……

等到船停了，落了岸，米粒和父母，被早就候着的乡里爹爹迎着，踏上堤岸坑坑洼洼的泥地，高高低低地走到爹爹婆婆住的老宅子里。

又是一轮新的潮湿、晦暗、腥臭。

这里像是米粒到达了另外一个人间：院子里有散养的母鸡闲庭信步，大门口是臭烘烘的猪圈迎来送往；摆在堂屋里的棺材，八仙桌上摆着的牌位；睡房的床边有着让她分辨不清的用来拉尿的木痰盂和用来泡脚的木脚盆，站在窗边就能看到开放式的积肥用的大粪坑；天天顿顿吃的都是带着一股土腥气的糊汤豆丝，爹爹婆婆端菜端饭时，攒满黑污的长指甲伸进了碗沿的汤里面……

一般情况下，米粒喊的"爹爹"，指的就是她的外公彭校长。要是在言谈中同时说到了彭启文和程少斋这两位祖辈，米粒就会特别区分一下——"前进四路的爹爹"和"团风乡里的爹爹"。

王诗芳因为生下了彭一方不久后就切除了子宫，她和彭启文就只有这么一个独种姑娘。彭启文说他不介意，就把一方当儿子姑娘一起养。等到彭一方生了程米粒，又是个独闺女。那时候的计划生育政策上推广的是，"一个不少，两个正好"，程志伟跟随时政跟得紧，就说，"独生子女好，生儿生女都一样。"生下米粒之后，彭一方又怀上过，但程志伟力劝着让彭老师去流了产。去医院前彭老师问，要是打下来的是个男孩，你会不会后悔？程老师的结论坚定得很，说，"把米粒养好就够了，哪怕再生的是个皇帝，我也不要了。"在程老师嘴里这个比"皇帝"还重要的米粒，跟她妈一样，承担了又是女儿又是儿子的家族地位，所以，在称谓上，米粒就没有祖父、外祖父之别，只有两个"爹爹（祖父）"了。

这一回，因为前进四路的爹爹来了，米粒破天荒地不用去陪乡里的爹爹过年了。在这件事情上，米粒特别开心，她恨不得以后每年的春节都能这么过。

遗憾的是，这一回，爹爹也并没有在米粒住的65中宿舍中过年。

彭校长在米粒他们那拥挤不堪的家中只住了一个晚上。那个晚上，米粒跟着母亲住到了学校党办的值班室，把家中唯一的双人床留给了爹爹。

天亮起床后，彭校长还是觉得浑身难受，程志伟就先去街对面的储蓄所里取了些现金带在身上，再次踩着那辆找65中总务处借的三轮车，带着米粒一道，把彭校长送到了附近的同济医院。同济医院并不是彭校长的医疗对口医院，但它是武汉最好的医院。等不及了公费统筹医疗的复杂转院手续，为父亲着急着的彭一方说，自费就自费吧，同济的专家多，看那些疑难杂症，他们更专业。

从居仁门到同济医院不到一公里的路程，就是沿着65中门前的崇仁路一路向北，穿过京汉铁路的铁轨，走到头即是。铁轨是架在一个小山丘状的坡道上。于是，载着祖孙三代人的这辆三轮车先是哼哧哼哧地爬坡，挨到铁轨处变成了平地，然后车子弹跳似的越过一道又一道的铁轨和枕木，每过一道坎儿，车后座的爷俩的屁股就要颠一下，像在做某种游戏般地，增加了欢快的情趣。过完了铁轨，在前头蹬车的父亲就能够歇一下了。接下来的路程一直都是大下坡，坡道略陡且缓长；他们的车子顺着下坡一路地滑行，风更大了，让米粒有飞起来的感觉。对面坐着的外公依旧紧紧地握住她的小手，像是担心身材瘦小的她从车子里飞走了一样。

下坡的路走到头，顶着的正前方就是同济医院的大门。门诊部就在路冲的口子上。彭校长是异常不适才同意自费到同济医院就诊的，但在通往医院的路上，米粒格外欢快；爹爹也因为米粒的笑脸，配合着显出很快乐的样子。

彭校长住院后，米粒就和父母轮班在医院里看护。

有天下午，米粒守在病床边等着爹爹午睡醒来，她闲得无事，看到邻床的病号家属打来热水给病人抹身子，也就学着人家，拿着母亲上午送过来的搪瓷的大圆脸盆跑到开水房，接了大半盆开水后，晃晃悠悠、亦步亦趋地端着它回到了病房。爹爹醒过来时，米粒用手试了试水温，依然有点烫，但若是用来温热毛巾来擦洗身体，这温度就是极舒服的。

米粒说："爹爹，我跟您'抹（擦）'一下身上吧。"

彭校长笑着点点头，说："真好，我开始享我乖孙孙的福了。"

米粒把毛巾浸进热水里，抓出来拧干时，她觉得烫，于是，毛巾就在左右手之间交换着挪位，顺便挤压出毛巾中捎带着的多余的热水。

爹爹说，莫把我的乖孙孙"烫（念 tá 音，第二声）"倒了。

米粒开玩笑地回答说，我是死猪不怕开水烫。

爹爹笑着摇摇头，道："米粒啊，千万不要用这么难听的话来说自己。你要记得，你是爹爹嬷的骄傲。"

米粒一愣。"嬷"这个词，在爹爹跟姜会计再婚后，好像已经很久很久没有当着爹爹的面提起过了。她当然记得她的嬷，记得嬷教她背了那么多的唐诗宋词和民谣，记得嬷在哄她睡觉时把京戏汉剧当催眠曲来唱给她听，记得嬷用挂历纸的背面帮她包书皮，记得嬷最后那天去建乐村小学接她放学、牵着她的手带她去德华酒楼买包子吃……她知道她的嬷睡在江那边的汉阳的一个名叫扁担山的地方，那里的公共汽车站站名叫作永安堂。

彭校长在同济医院住的第5天夜里去世了。死因是心肌梗死。在他人生倒计时的最后两天，同济检查出来他心脏有严重的问题。还没来得及对症下药，米粒的外公就永远地留在了那个大年三十里。

彭校长是干干净净地走的。米粒无意中的一次讨好，就像她从滚烫的水里捞出来的热毛巾一样，变成了外公在这个世界上最后的温暖记忆。

当殡仪馆的车子把彭校长的遗体接走后，彭一方从医院回到65中的家里。她整理父亲几天前睡过一晚的床铺，在床垫下发现了彭校长写给女儿女婿和外孙的一封信。

他已经算到了自己的大限已至。他在信中说，希望身后还是能够和王诗芳埋在一起。

彭校长这样写道——

亲爱的孩子们：

这是我写给你们的第一封信，想来也是最后一封。

思前想后，还是写下些文字留给你们，算是总结，也想跟你们有个交代。

我这一生，爱党爱国，十几岁起投身革命，听从党的安排，为党为国效忠尽力，无愧于心。因为工作，对家庭、对你们，多有疏忽，但请你们相信，我一生清白，两袖清风，无怨无悔。

志伟、一方，你们工作操劳，要注意身体。希望你们互相信任、互相照顾。一方是独女，如果有些娇气的话，志伟你要多担待些。志伟在武汉的亲人也不多，一方你要把他们都当成自己的家人，像你爱我和你母亲一样，善待他们。

米粒还小，我等不到看她长大了。我搞了一辈子的教育，很想偏心地说句悄悄话，米粒是我见过的最聪明的孩子。希望她平安、健康、快乐地成长，做个有理想、有信仰、对社会有贡献的人。只要有信仰和信念，她就会一生都活在明媚的春光里。

我没有什么留给你们。前进四路的房子里还有些家具和衣物，如果小姜他们母子愿意的话，就让他们拿走做个纪念。这几年的工资和积蓄都在小姜那里，就保留这样的既成事实吧。在我身后，如果组织上还有些抚恤金发放的话，也请都留给他们母子三人。

有些老照片放在前进四路的衣柜里，我都整理好了，一一做了标注。如果组织上认为它们有历史文献价值的话，你们就都上交了吧。

我把我跟诗芳的合影放在抽屉的最里面了。是我们结婚时在品芳照相馆的合影。在我跟她的合墓墓碑上，请用上这张照片。

诗芳走了五年了，是时候该我们团聚了。

亲爱的孩子们，请记住，我爱你们。

永别了。

彭启文　泣字

准备彭校长的后事时正好赶上过年，在初六之前，连火葬场的炉子也是不开的。彭校长的遗书也找不到可以复印的地方。彭一方就把任务交给了米粒，让她工工整整地逐份誊抄好，然后分别上交给彭校长生前工作的学校、政协和其他相关部门。米粒从小就跟着爹爹学练毛笔字，爹爹跟她说，写得一手好字，总会派上用场的；后来米粒搬到跟当老师的父母同住后，家里最丰厚的资源就是取之不尽用之不竭的考试卷子，这些毛毛糙糙的吸水后会浸开的废纸就成了米粒练字的纸张。米粒从未想过，自己练出来的一手好字第一次被派上的用场竟然是誊抄爹爹的遗书。她一边抄写，一边默读，抄了几遍之后，她就能够通篇默写下来了。她的钢笔笔筒里灌的是蓝黑色的墨水，但写出来的字迹，慢慢地变成了深蓝浅蓝。

彭校长去世的讣告很快刊登在了这个城市的党报的一角。米粒在报纸上白纸黑字铅印出来的那些关于外公的前置定语中，第一次看到了这样的文字——"优秀的中国共产党党员"。11岁的程米粒还不明白这样的谥号对一个人意味着什么，但从后来的追悼会的隆重程度来看，她隐约知道了，能在死后赢得这样一个评价的人，是被人极其敬重的。

在彭校长的遗体告别仪式上，米粒见到了姜会计。姜会计的脸上写满了忧伤。这忧伤应该是真实的吧，米粒猜想着。那是米粒最后一次见到这个曾被她喊作是"姜奶奶"的人。有些人还活着，但我们就已经知道，今次的见面，会是彼此间此生的诀别。当姜奶奶从前进四路不辞而别时，故事的结局就摆在了那里。

后来，听前进四路有老街坊们议论说，姜会计的面相不好，颧骨那么高，就是典型的克夫相。成年后的米粒回望来看，颧骨高的姜会计也是个苦命的女人。克夫，一定不是她主观所愿。但是，从她那个跳了长江大桥、最后只有个衣冠冢的前夫，到临终前都不愿意再跟她相处的彭校长，在他们和她的故事里，她大概是没有扮演好属于她的那个角色。当事人把细节都带到了尘埃里，她重又回到了孤独，这样的人生，一定是难过的。

彭校长去世后，米粒作为业主和户主的前进四路的房子就彻底空了。

楼下的炭元铺和糨糊铺几年前就退了租、搬离了前进四路。时代的清单中，已不需要它们的存在了。到了20世纪80年代的武汉，谁家里还会买散煤回去自己捏黑煤团子生火呢？谁家里又会提着一个脏兮兮的瓶子去打几两糨糊？他们搬走后，门面中残留着煤炭的黑暗印痕和糨糊精的馊焦味道，冷清清地空着。姜会计跟彭校长同住在前进四路时曾计划过要把楼下重新粉刷收拾一下，说是刷个白就见了新，以后等小雪或者海阔成家后用得上，毕竟前厅后房加起来，也有一两百平方米的面积呢，只当过道就太可惜了。那时候姜会计的孩子们都还小，精力还没顾上来；后来在产权的问题上她又没如意，索性就不提这事了。楼下的门面就那么乌漆麻黑地空了几年。

到底是搬回前进四路去住，还是重新寻找租户，这是在父亲走了后、摆在彭一方面前的紧迫问题。

没有人气的老木头房子颤巍巍的，在彭一方还没有拿下主意前，房产局下达了危房通知单。尽管业主是程米粒，但被那一张危言耸听的纸给吓到的仍然是她的母亲彭一方——彭一方是这个家庭乃至家族的实际控制人。每逢变天、刮个风下个雨的，彭一方就心跳加速，总担心前进四路的老房子会不会来个闪电就给劈垮掉了；垮也就罢了，万一老木头飞出去伤着人了怎么办？万一速度再猛一点、砸死了人出了人命怎么办？前进四路是什么地方？永远人流如织，永远车水马龙，屋里飞出来一根针来都可能扎到人家脑袋、扯一场闹翻天的皮，何况是这么一幢两层楼的危房呢？

彭一方越想越怕，但她是不会被一个"怕"字就给捆住了手脚的人。于是，就急急忙忙地委托房管所帮忙找下家，去把房子给卖了——未雨绸缪总是好过担惊受怕地过日子。

那几年里逢年过节，米粒就要跟着母亲一起，到区房管所的大小领导家中去磕头送礼——想要落实政策时彭老师求人照应，帮忙说几句好话；想要把业主更名成程米粒时彭老师又求人通融，不要太"过细（仔细）"太"结根（纠缠细节）"；等到后来想要卖房子了，彭老师还要去求房管所，那时候的武汉是没有房产中介的，想要买卖私房，房管所本身兼了交易全程所需的全套职能，既是唯一的信息提供方、交易平台和备案处，又是交易过程中的裁判、运动员，运气好的话，还能在房管所里找到一个贴心的教练员，指导你该怎么做。

为了祖上传下来的这套老宅，彭一方操碎心、跑断腿。她牢记着自己曾把祖传的宝贝扔进了汉剧院的厕所里，所以她也不断提醒着自己，前进四路的房子是老祖宗留下来的最后一份大财宝了，可不能又让它们变成了化粪池里的沉淀物。就这样，彭一方为了要回房子、为了守住房子、为了卖掉房子，一趟趟地敲着房管所各个环节负责人的家门。从正的副的所长到大小科长,再到各个股长乃至一些没有"长"但比那些个"长"们资格还老的办事员,她都是谦恭地献上一张无比诚挚的笑脸,然后也不多说什么,强调一下自己的姓名和地址,放下礼物转身就走。

在程米粒的记忆里,母亲彭一方的社交流程就是骑着一辆凤凰牌的28自行车,在车龙头的篓子里和车后座的左右两边,系满了事先分类打包好的各种礼品。彭一方骑上车后,米粒就追着在车后跑几步,跳着坐上后座架;虽然米粒的身材瘦弱,但她跳上车那一瞬间的冲击力,还是会让母亲双手扶着的车把手左右晃荡几下。只要几秒钟的工夫,母亲重新掌握好了平衡;稳步蹬车前进中,米粒用手从背后抱住母亲的腰身——母女俩就这么一路相伴着,沿家沿户地拜下去,从天亮一直忙乎到天黑。每到一家,骑着车的母亲脚一点地,米粒就会意地顺势跳下车,然后帮着母亲把要送给这家人的礼物从车架上解下来。母亲提着东西走进门栋里,米粒就走到车前,扶住凤凰车的龙头,示意着她就是这辆车的主人。自行车是20世纪80年代初中国人家里的大件之一,而上海产的凤凰牌自行车,则是车中极品。彭一方能买到计划供应下的凤凰车,还得亏了她当班主任的身份。她是位认真负责的班主任,几乎每个学生的家庭她都家访过:一是代表学校跟家长们有充分交流,便于对学生的学习进度加强管理和配合;二是通过家访也能了解到不同学生的家庭背景,差的要帮扶,好的则可以稍微利用点班主任的职权来走点后门,比如说买点本该凭票限量供应的粮油米面肉,或者是市场上永远断供的"凤凰""永久"这类的上海名牌自行车。在等母亲从门栋中走出、重新现身前,米粒就骄傲地一直紧握着这辆凤凰牌豪车的把手,既是照看着车,也照看着丁零咣啷挂在车上的那些礼品。

在这样的虔诚下,房管所很快就帮着找到了下家。因为彭一方对那个定义祖宅的"危"字的恐惧胜于一切,所以,一有了下家,连讨价还价的程序都省略了,她就像送了瘟神一样把房契交了出去,换了个一劳永逸的心安。当然,关于如何处置房产,彭老师和程老师也不懂行情,更不知道该怎么讨价还价,他们很实在地相信房管所,也相信彭老师逐一拜求过的那些人。前进四路上下两层楼的几百平的门面加住房,最后换来了六位数的一些现钱。如果不是被那个"危"字给揪了心,这套房产再保存十年后出售,哪怕是拆迁时的市场统一价,彭老师的所得起码也能够在现有数字的小数点前再加上一个零。不过,少了一个充盈着含金量的零,只得到了后来拆迁时的房产市值零头的彭老师已经很满足了——要不是她这么豁出时间、精力、四处赔着笑脸去争取,前进四路这房子恐怕早在30多年前就已经跟她没有什么关系了。新中国成立前有私房的汉口人家比比皆是,但到了粉碎四人帮之后还能落实退还的,凤毛麟角;老房子换来了十几万的新票子,这可是在20世纪80年代啊,那年月万元户都很了不起了,能够有十几万存款的家庭,绝对算得上是"巨贾"大富之家——而这笔钱,把刚从"文革"中缓过神来的彭老师彻底砸醒,她心底里的喜悦,简直就像是得了块从天上掉下来的巨大馅饼。

老王家在前进四路的房子就这样变成了彭一方的存折上的一些数字,那张麻粪纸板作垫的轻薄的手写存折,就是他们数字化了的曾经无比荣耀和风光过的祖业。彭老师很小心地把钱存着,像存有着一种心安的保障。她没想好怎么用这笔钱,于是就放在银行里吃着年息两三分的利,继续过着她极其简朴的生活:一件衣服是"新三年,旧三年,缝缝补补又三年";一双皮鞋买回来就给钉上鞋巴掌,等鞋底磨掉了纹路后再取下旧的,换上一副新巴掌;去菜场买菜,损壳的鸡蛋要便宜几分钱,她家就总是吃那些有缝的蛋……从外表上看,彭一方怎么看都不像是个父亲家里开了几家大旅社、母亲家里有半条街房产的独生女;从细节上说,也无法想象得出,这么个把自己穿小了的裤子绞上个裤边就改装成了女儿的裤装的母亲,80年代初就有着六位数的存款。

彭老师没在家里当着米粒的面谈过卖房子的细节,最后到手的房款也对她保着密,但从小就胆大心细的米粒,早就趁着父母上晚自习不在家的空档,把家里的这些大大小小的秘密都盘点了一遍。为了不露出马脚来,她也一直装着什么都不知道,就做成母亲希望她成为的那个样子。

卖掉了祖宅的米粒一家一切生活照旧。直到米粒11岁了,他们全家依然住在居仁门的中学宿舍里。那是个三居室的团结户,紧凑地塞了三户人家,每家都是一间卧室。团结户里的三家人共享一个四季不通风的蹲坑厕所,以及一垞由水泥砌起来的有三个灶头的暗黑厨房。生火做饭虽然都在那个小厨房里,但碍于面积过于逼仄,三家人基本上是轮流着用;更多时候,是在学校食堂里打饭打菜,回到家顶多冲一碗靠味精来提鲜的番茄鸡蛋汤。

米粒他们一家三口挤睡在同一间卧室里,方寸局促,家具就算一再精简也还是嫌多。房屋的内空并不高,但为了安放他们三口人的生活,彭老师还是请学生家长帮忙在屋子里用钢筋和木板搭了个暗楼——暗楼的一半位置,放的是装着全家换季衣物的两口樟木箱子和几床应季更换的被褥,另一半位置,就是程志伟睡的棕垫绷子床。程志伟因为摔伤过,常年有着腰疾隐患,但也必须每天爬着挂在暗楼横梁边的木梯子、钻到不到一米高的暗楼里上床睡觉。暗楼里除了衣箱和床铺之外,也有流窜的老鼠蟑螂,任你怎么清洁打扫,它们也有的是办法藏身落窝。在武汉这种春夏秋冬都雨水不止的城市,住在一楼的人家里,户户都是与"耗子(老鼠)""灶麻子(蟑螂)"共生的,撞见它们了,除了恶心点儿人,好像也没有什么大碍。米粒母女俩则共睡在暗楼正下方的一张双人床上,连被窝也是共享的。床架是彭一方结婚时的嫁妆,杉木的床框上架一张棕垫,自从用上了第一天,就几乎成了传家宝一样的重要物件。床底下的空间也是满满当当地塞了不少东西，毕竟一家子都是读书人，纸质的书籍、笔记也有不少，这些物什既占地方又压重量，只有床下才放得稳当。家里有台蝴蝶牌的缝纫机，那也是彭一方的嫁妆，这大概是所有家具里最值钱的家当了。平时不需要缝缝补补的时候，缝纫机的机头就收藏折叠到盖板下，铺上花布罩子，看起来就像是张书桌。

即便在这样简陋的环境下，彭老师也对"整洁"这事有着自己的讲究。只要碰到出了太阳的星期天，她就会不厌其烦地把全家的垫絮、盖被、枕头，全都抱到操场上的栏杆上去晒。每回把晒得干崩的这些床品收回房间、重新铺展好的时候，程老师都会夸一句，我们家被彭老师带回了一屋子的太阳味道。米粒被熏陶着，家务事也有样学样。有一回彭老师晒完被子就出门家访了，就留着米粒一个人在家，突然就变了天，电闪雷鸣的，彭老师惦记着自家晒在操场的被子，紧赶慢赶地提前回了家。结果，在操场上她什么也没看到，推门进屋，看到床单被褥都已铺得整整齐齐。那一年的米粒，也就是七八岁的年纪。同住在团结户的老师们说看米粒扛着那些厚被子奔走在操场上踉踉跄跄的样子，就像是一只小猫衔着几只大老鼠。邻居们把心疼米粒的话都说出了口，对比之下，反倒是亲妈彭老师平静得几乎无动于衷。米粒也习惯了，能够不被责骂、不挨打，在她看来就是母亲对自己的褒奖肯定。

九

转眼又过了一年，到了1984年。

15岁的邵玉和12岁的程米粒在这一年里第一次相遇了。

那一年的国庆节前一个礼拜，3000名日本青年组成的访华代表团来到中国，分别到西安、武汉、南京、上海等地进行参观和文化交流。抵达武汉的团队有超过500人的规模。为了体现中日两国人民一衣带水的深情厚谊，武汉的各个文化单位和学校早就把迎接这些日本友人当作一项重要的政治任务认真下达、逐级贯彻落实。邵玉和米粒，分别作为优秀的中专生代表和初中生代表，被团市委抽调到市青少年宫进行接待准备工作的培训和排练。布置给程米粒的事情比较简单——这个写下了立志要当环卫所工人的听话的初中生，在接待日当天代表武汉青少年向日方代表团团长献花；交代给邵玉的任务则是她的本行，她要在交流活动当天在青少年宫的礼堂里进行汉剧表演。汉剧是武汉最有代表性的地方剧种，领导说了，邵玉，那天你的表演就代表我们所有武汉文艺界的门面。

在排练的间隙，邵玉和米粒在青少年宫的公共厕所门口遇到了。市青少年宫是个公园式的综合体，厕所是在景区内独立修建的，从厕所到她们排练的礼堂，还有一段路。她俩上完厕所后，就搭了个伴儿，一起往回走。

"我们全家都是你们汉剧的戏迷，我妈不仅是戏迷，还是票友，动不动就喜欢唱几段，"米粒说，"我知道，武汉的业余汉剧票友有个团体，叫菊社。"——为了表示亲近，米粒直接抛出了"菊社"这个和汉剧的亲密度系数颇高的关键词。

"真的吗？你连菊社也知道啊？"邰玉很诧异地问道。

谈到戏曲，说梨园的多，说菊坛的少；知道汉剧票友会叫菊社的，就更少了。像米粒这个年纪的中学生会喜爱戏曲，还知道这么多内行话，邰玉有些意外。

"我们家以前就住在前进四路，就在你们汉剧院的隔壁。我从一生下来每天就能听到你们演员在汉剧院里吊嗓子。"米粒继续套着近乎地说道，"你们汉剧有个别名叫'二黄'，指的就是唱腔来自黄陂和黄冈话吧。我爸祖籍是黄冈的，我妈的祖籍在黄陂，所以啊，我就是个天生的'二黄'……"

"那你接触汉剧比我还要早些，你对汉剧的了解还真不少。"邰玉说完，问道，"你现在还住在前进四路吗？"

"我们家搬到硚口了，不过，我现在在一中上学，就在汉剧院的正对面。我的生活绕来绕去总围着你们汉剧院。"

"一中是武汉最好的学校呢，我在前进四路上看到你们一中的学生背着书包从学校里走出来，心里就很羡慕。我们现在经常在汉剧院里排练，你以后放学了可以到汉剧院找我玩啊。"邰玉向米粒发出了诚挚的邀请。

"真的啊？"米粒答道，"我知道你们汉剧院的后门在哪里，从小到大，我还从来没被人邀请着从正门进去汉剧院呢。"

"那就说好了，以后你到正门口说你找我，我带你进去。"

这不是成年人之间的客套话，一个15岁的女生跟一个12岁的女生在一起，彼此喜欢上了，一下子就能走得很近。

在米粒的生活里，那年的中日青年联谊活动就是一团异常热闹的过眼云烟。她按照排练的要求在欢迎仪式上圆满完成任务，无非就是走上台，递上花，然后敬个少先队的队礼。虽然这是个有荣誉感的仪式，但实际上全过程中她只需要做好一个哑巴似的机器人，完成好规定动作就行。她那天去台上献花的这个角色，武汉市的任何一名长得不难看的学龄青少年都能胜任；之所以选上她了，不过就是她无意中做了件顺应时政而讨喜的事。那篇给她带来好运的作文并不是她的母亲彭老师授意的，但母亲长期在耳边叨着——写作要有中心思想，思想意境要向往崇高，你看《荔枝蜜》写出了蜜蜂的伟大，《白杨礼赞》讴歌的是平凡里的不平凡——所以，她在听了沈学庆的劳模事迹后抒发了要当环卫工人的中心思想,也还是潜移默化的家教使然。彭老师一直严苛地教育着米粒,显然不会真的期待她将来去当一名环卫工;作为母亲的她并不要求米粒言为心声,但在时代的大气候中,也实实在在地把文以载道的精神填满了她的小脑袋瓜。

那天一大清早,团市委挑选了人数对等的500多名武汉青少年排列成夹道欢迎的阵队,从青少年宫的大门口一直蜿蜒到里面的大礼堂。以锣鼓喧天的欢迎仪式开始,日本客人沿着人墙引导的路线一路往里走,遇到你想交换礼物的武汉青年,就停下来,换礼物,说几句,再继续前行。等所有的日本友人都走到礼堂后,就把他们交给预先候场的邰玉这些演员们,两国的青年演员拿出代表彼此民族传统文化的拿手戏进行切磋;当礼堂大门关上的那一刻,站在室外的本地青年们的接待任务就宣告全部完成。米粒和日本友人的交情,始于当天,也止于当天。但邰玉崭新的舞台人生,是在青少年宫的演出大厅大门关上的那一刻,才刚刚启幕。

那天,邰玉汇报演出的剧目是汉剧名家陈伯华的代表作《二度梅》的唱段。《二度梅》既是汉剧和京剧的传统剧目,也是汉剧中最著名的大戏之一,但在陈伯华之前,只有折子,没有全本;1957年陈伯华东山再起,赴上海巡演,与周信芳等京剧名家切磋后,在上海创作和完成了全本的演出。该剧首次公演,不仅获得了梅兰芳、周信芳等诸多戏曲名家的高度赞许,市面上一票难求,周总理更是点名要求《人民日报》对此破格宣传。于是,时任《人民日报》社长的邓拓亲自执笔社论文章写道:

> 把戏曲叫作传奇,这是从唐朝开始的。然而,我以为古今真正之足以传奇的艺术之一,是现时的汉剧。最重要的原因是在于陈伯华在《二度梅》的表演艺术,真正达到了足以传奇的理想地步。

市文化局领导和汉剧院的艺术家们反复斟酌后,决定在这次中日交流的演出中选用《二度梅》中的唱段。从国内讲政治的角度来看,它有着中国民间戏曲艺术划时代的传奇符号;再从国际文化交流来看,它能充分体现汉剧在唱念做舞方面的丰富性和华丽感。不过,在听戏看戏平时又爱看些文学名著的米粒看来,如果不谈戏剧舞台表演的独特魅力,单看《二度梅》的剧本故事,本质上它就是上半部分融合了梁山伯与祝英台、罗密欧与朱丽叶的爱情悲剧,下半部分加上了神话复活的元素,集合成了一段惜别后的大团圆喜剧——

故事发生在唐肃宗年间。北邦沙陀国南侵,大唐国难当头。一天,朝廷命官陈东初的府中招进一名家奴。府中正吐艳喷香的一株老梅树,忽然就被一阵狂风吹得花落枝折，仿佛预示着有什么冤屈。陈府大小姐陈杏元触景生情，伤怀时得知，这位新来的家奴原是大唐忠臣梅伯高之子梅良玉，因父亲被奸相卢杞陷害，沦落至此。梅陈两家本是至交，杏元和良玉也情投意合，陈父便将女儿许配给了良玉。奸相卢杞得知这一消息后，为拆散姻缘，便上奏唐皇，为解边关之患，封陈杏元为御妹，外嫁沙陀王和亲。出塞之人，都要登临古赵丛台，与亲人告别。尚未完婚的陈杏元与梅良玉，接旨后含泪来到丛台之上，杏元交给良玉一支金钗说："见钗如见杏元。"良玉表示："今生不再娶。"泪别后，陈杏元行至昭君庙前，跳崖自尽。幸得来自昭君的神力所救，她奇迹般地被一老妇人救下并收作义女。转眼，殿试在即，梅良玉应考，金榜题名。他奏明唐皇，不仅为父申了冤，万岁还赐他与御妹杏元喜结良缘。就在他俩完婚之日，陈家那株老梅树花开二度，馨香满园。

汉剧全本《二度梅》分祭梅、骂相、丛台、舍崖、落园、失钗、团圆七幕场景，在剧中，邰玉扮演的是陈杏元。那天，她给来汉的日本观众表演的是剧中最体现唱功和手功的一场折子戏——《丛台别》：

陈杏元坐香辇泪似雨点，
朔风起黄叶落孤雁飞南。
思家乡想爹娘不能得见，
梅公子坐雕鞍珠泪不干。

这段唱，字少腔多，4句40个字，连过门一起却要唱差不多10分钟；特别第一句，用时连过门就接近4分钟，足够铺垫和渲染那种悲天悯人的离愁别绪。唱到第二句，邰玉的眼神和手势形神兼备了起来，"朔风起，黄叶落，孤雁飞南"是西式美声的高音花腔，伴随的手型从左至右地徐徐展动，先是提腕，食指翘起指出，中指与拇指相扣，无名指和小指微屈，形如飞翔的燕子；之后，眼神由远及近，一前一后伸圆双臂，腕力带动手指逐一关节波动，由"飞燕手"演变成"孤雁手"，以手势活灵活现出一只离群的孤雁，拖着软弱无力的双翅，缓缓地飞向茫茫的天际。此时，邰玉的唱做浑然一体，轻盈、纤柔、舒缓和典雅的舞蹈身段，与唱腔的幽怨深沉和低回哀婉交相辉映。

邰玉的表演，从内行看，层次突出，深见功力；给外行看，招式齐全，眼花缭乱。虽然只有15岁，但当邰玉变成了舞台上的陈杏元后，就完全跳脱了她的年纪和阅历。老到娴熟的唱功手功，配上描画在她原本就靓丽的五官上的浓墨重彩，无论形神，都完美地将旦（青衣）贴（花旦）融为了一体。

人群为邰玉的演出献上了经久不息的掌声。观众中有位特别的学者模样的日本长者，入戏入迷到竟然忘记了鼓掌。待表演结束、观众陆续退场时，他专门找到了演出大厅的后台，在侧面的小化妆间里给正在卸妆的邰玉递上了自己的名片。

邰玉看到名片上写着："日本同志社大学 文学部主任 原田夕鹤 教授"。

虽然是名片印的是汉字，邰玉看得懂，但对方是日本客人啊，邰玉可不会说日语。她紧张地四处张望，想找翻译过来。正在手忙脚乱中，突然就听到对方开口说起了汉语："您的表演太精彩了，我希望有机会能邀请您到日本登台表演！"

"啊？您会说汉语？"

"我读书时学过中文，算是半个中国通吧。"

这时，邰玉的领队老师金岳走了过来。化妆间的门是敞开的，从过道上一眼就能看到小邰玉在跟戴着日本团队胸牌的陌生人说话。金老师赶忙过去看个究竟。

"金老师，这是日本大学的教授，"邰玉一半是欣喜、一半是紧张地为彼此介绍道，"这是我们的领队金老师。"

原田教授主动接过了话头，再次双手向金岳递上名片，道："我是这次中日青年交流活动的日方文化顾问，一直致力于日本的古典舞台艺术表现形式的研究。刚才看到的演出曲目让人震撼。我非常期待能把中国和日本的传统戏剧文化融合起来。希望我们有机会能够合作，我一定要尽力促成这件事情。"

看到对方这么诚恳，金老师也跟邰玉一样，在惊喜中有些手足无措起来。

国门刚打开，国人都没有跟"老外"打交道的经验。金老师马上想到了组织原则，他说："如果有机会，我很欢迎您能到我们的剧院来欣赏更多的汉剧曲目。我们武汉汉剧院是个人才辈出的地方。回去后我马上会跟我们院领导汇报，安排您跟领导们之间进行更详细的交流。"

跟邰玉一道向原田教授道别后，金老师看着化妆镜前的小邰玉，那张稚气纯真的脸上带着厚厚的油彩。她一边用棉垫轻抹擦拭，一边瞪大了眼睛问金老师道："您说，我们真能去演日本人的传统戏吗？"

"有什么不能演的，日本人和我们一样，有爱有恨。人间悲欢，都是我们表演的故事，"金老师答道，"要是真的能用汉剧的唱腔来唱日本戏，那可就是我们汉剧事业的又一个有划时代意义的里程碑了。"

"那我们演出的时候要穿日本的那种和服和木拖鞋来表演吗？和服好像没有水袖啊……"邰玉认真地憧憬了起来。

"你这孩子，想得可真远，一下子连服化道这些细节都考虑上了……这事八字还没一撇呢……"金老师笑着点评说，"周总理说了，'外事无小事'。真的想把汉剧跟日本戏扯到一起，可不是件简单的事。"——周总理说的这句"外事无小事"，是为了迎接这趟日本青年访华活动在大会小会上不断强调的政治纲领，金老师作为领队，当然是时刻铭记在心。

那天晚上，戏校破例让本该住校的邰玉可以回家休息两天。为了准备这台汇演万无一失，从连排到彩排，她已经有好几个礼拜天都没有回家了。

回到家里的第一件事，邰玉就把原田教授的那张名片递给父亲看。她特别骄傲地说道：

"这个日本教授说了，以后会让我们去演日本的戏。"

"真的吗？"邰汉生问道，"以后你能去日本吗？"——在1984年的武汉，外国、出国，这些都是普通人家连想都不敢想的名词。

"我也说不好。但是今天的这个原田教授说他一定会努力办成这件事。"

"要是你真能唱戏唱到国外去，那我可是睡着了都会笑醒了呢。"邰汉生也跟邰玉一样憧憬了起来，"以前我还总担心送你去学戏是不是让你受苦了，现在看来，学戏这条路，还真是走对了。"

"爸爸，以后我要是去日本，我就带你上日本；我要是去美国，我也会带你一起到美国。我到哪里都会带上你……"

"你要真有这样的造化，我哪里都不去，就在家里等着你回来，"邰汉生实话实说道，"你呀，就是你们一台戏里的一个小青衣，哪有那大的本事能走哪都把你老爸带着啊……"

"我才不是个小青衣呢……青衣不是汉剧行当的叫法，你姑娘是唱汉剧的，您家说起话来就不能显得太外行了撒……我的行当是'四旦'加'八贴'（汉剧分十大行当，大家所熟知的京剧里的青衣的角色在汉剧行当里叫'四旦'，花旦叫'八贴'——注），学的是师傅陈伯华的路子。师傅的绝活我都要学会学好。我要等她愿意正儿八经收我为徒，当她的入室弟子。她年纪大了，说不定啊，将来我就是她的关门弟子呢……"

也就在这一年，江淼从师范大学毕业后分配到市属的机关报文艺部当记者。那个年代的新闻单位大都是党报、党刊、党的电台电视台，采编一体、制播一体；对外采访拿的是记者证，在单位里考核评级走的是编辑岗。超过500位日本青年访汉，作为一个城市里的年度重大文化交流事件，报社安排了专门版面跟踪报道，采访的任务就交给了刚入职的江淼。她在市青少年宫的事前培训及动员大会上见到了前进四路上的老街坊程米粒，也看到了戏校汉剧科的中专生学员邰玉，但这些还是一字头年纪的小女生在江淼眼里就都还是些小屁孩，她实在提不起要去"作古论今（武汉话里的正儿八经）"地采访她们的兴趣。直到汉剧院领导跟江淼的部门主任提到了要中日合作来排演日本传统剧这事，她才专门抽了一个下午，去拜访了汉剧院的领导和艺术家们，最后在报道文字上，把邰玉演出《丛台别》的事件一笔带过。

原田教授还真是一位说到做到的汉剧戏迷。在3000名日本青年访华的活动结束后，他又专程来到了武汉，拜访了汉剧院，承诺说他就算是要排除万难，也坚决要把汉剧推介到日本。为了兑现他的承诺，他自己动笔翻译日本剧作原著，自掏几十万日元的经费用以改编汉化剧本。那时候，从关西到武汉，路途遥远。从大阪出发，要先乘机飞抵上海，再从上海坐船溯江而上，在汉口港落地；原田教授这么折腾了几个来回之后，时间、精力和经费都扛不起，他索性就在武汉的珞珈大学里应聘了外籍教授，白天在武昌给大学生们讲课教日语，下了课就赶到汉口，和汉剧院的编导们一起研讨编剧和排戏的进程。原田教授从外表上看和普通武汉人没什么区别，但他那种"挖倒脑壳干"的狠劲，和那个时候的大部分武汉人还真不一样。

两年后，邰玉的戏曲中专毕业了，她顺利地分配到了前进四路的汉剧院工作，成了青年实验剧团的一名汉剧演员，主工"四旦"（京剧里的小旦和正旦，也包括刀马旦），也演"八贴"（京剧里的青衣）。她的住所从戏校的集体宿舍搬到了汉剧院二楼的单身宿舍，还是一个圆点圆心式的生活——就在汉剧院的那栋楼里，从周一到周六，每天上到四楼的排练场排戏，结束后回到二楼的宿舍里休息，星期天过江回汉阳陪她的老父亲。

波澜不惊中，邰玉都上班开始领工资了；波澜不惊中，中日汉剧合作的事情还在纸面上缓慢地推进着。

原田教授为汉剧院挑选的合作剧作题材是日本著名的传统净琉璃戏《曾根崎情死》。日本流传至今的有四种古典舞台艺术形式：歌舞伎、能戏、狂言和木偶戏，净琉璃是木偶戏中的一种，又叫作"木偶净琉璃"，或者"人形净琉璃"——"人形"的意思就是木偶或者傀儡，"琉璃"的意思则是一种伴以三味线演奏的戏剧说唱，这个词汇组合的本身就很好地解释了"净琉璃"作为专业的傀儡戏木偶剧的起源和表现形式。

在跟汉剧院的多次往来交道中，原田教授也跟武汉的这些小演员们讲了不少有关日本舞台剧的典故。邰玉懵懵懂懂地记得，"净琉璃"这种吟唱作品的舞台表演形式，其实也是因一段爱情故事而起。传说，在平安时代末期的三河国，有位富翁的女儿叫净琉璃姬，她貌美如花，多才多艺，精通古今诗文乐理，尤善弹琵琶和歌吟。年轻的武士源义经（乳名"牛若丸"），与净琉璃姬邂逅后，两人一见钟情。然而，武士与才女的爱情受制于门户之见，不肯屈服的牛若被人迫害致重伤，气息奄奄地被遗弃在河滩之上，昏迷不醒。净琉璃姬闻讯后，彻夜在滨河岸边哭泣不止，守着情郎以悲吟来倾诉衷肠。她的痴情终于感动了上天，牛若复活，有情人终成眷属。净琉璃姬在唤醒情郎时的吟咏悲歌，在日本就逐渐演变成以她名字来命名的"净琉璃"的舞台剧形式。

原田教授看中了邵玉在汉剧舞台表演中对情感的细腻刻度与丰厚层次的表达，在他看来，从净琉璃戏的起源，到用净琉璃形式来表演的《曾根崎情死》，都和汉剧《丛台别》的"情殇"主题有异曲同工之妙；如果能把一出"三味线"的傀儡说唱戏改编成真人演出的惟妙惟肖的舞台大戏，必将是中日文化交流与融合的创举。

曾根崎是日本关西地区大阪府大阪市北区的町名和地域名，剧作《曾根崎情死》是被誉为"日本的莎士比亚"的近松门左卫门在1703年根据当时发生在曾根崎的真实事件写成。近松既擅长创作宏大叙事的"时代物（历史剧）"，也有描写平民世界的"世话物（现实剧）"，《曾根崎情死》就是世话物的代表。这是一个典型的爱情悲剧故事。油酱店的伙计德兵卫与天满屋的妓女阿初相爱了，可油酱店老板强迫德兵卫与自己的侄女结婚，声称若不答应，则令其限期归还德兵卫继母已经接受的彩礼钱。德兵卫好不容易从继母处讨回这笔钱，却被歹徒九平次骗去。眼看限期已到，德兵卫悲愤交集，走投无路，与恋人阿初在曾根崎的露天神树林中双双殉情。

一台大戏要从无到有地横空出世，光靠一位热血沸腾的日本教授的薪水和他四处游说的口水来推动，显然是捉襟见肘了。在汉剧院上下，中日合作来演一出日本的传统剧这事，起初是上下振奋、心潮澎湃、仿佛指日可待；但日方的资金迟迟无法按需到位，时间一长，慢慢地就有些烟消火熄的意味了。反正剧场里总是有戏要演的，院里也总有戏在排，大家伙儿看上去都很忙，曾根崎的爱情传奇就停留在了已经完成的汉剧剧本阶段，金岳老师主持创作的台本唱词，就都锁在了他的办公室抽屉里。

十

女孩子在一二十岁的年纪上，都是自作聪明地使劲要把人生过得像自己期待的那个样子，用力地去做很多事情，为的就是向某个人或者某些人来证明自己是真的聪明。而邵玉、程米粒和江淼，这三个跟前进四路总是牵扯着的女孩子，如果把她们的人生比喻成一台大戏，在前进四路这幕舞台场景中，出将，入相；演着属于自己的脚本，九龙口处亮个相，每句台词都能听得到心跳的声音。

邵玉正式上班的这一年，程米粒初中毕业了，江淼结婚了。

米粒中考的成绩不错,继续在已经荣升为省重点中学的武汉一中念高中;江淼的父亲坚决反对她跟沈学庆谈恋爱,她一不做二不休,找单位人事科开了介绍信,从家里把户口本偷出来,就跑去民政局跟沈学庆领了结婚证。先是生米煮成熟饭地上了床,然后是先斩后奏地结了婚,当江淼把结婚证摆到父亲江司令的面前时,老江被小江气得连话都说不出来了。他愣了半天,才挤了一个词出来——"滚蛋!"江淼也不示弱,滚就滚;她抓了几件换洗的衣服,扭头就住到了沈学庆家。

一本结婚证,换来的不是父母的祝福,而是被扫地出门,江淼就干干脆脆地以沈学庆媳妇的身份进了婆家的门,理直气壮地不回前进四路的江家过夜了。沈家对这个又是大学毕业生、又是大报记者的媳妇自然是十二万分的满意,沈学庆也是想方设法地讨好着江淼。他们环卫工人基本上是上早班,赶在人们还睡觉的时候拖垃圾,下午下班的时间也相对早一点;于是,每天下午他都在江淼单位旁边的公共汽车站等着接江淼回家。

有一天,他俩一起在报社楼下等公共汽车的时候,江淼说:"我就这么傻呵呵地被你带回家了,我不找你要聘金彩礼钱,但你总归还是欠我一个婚礼的吧。"

沈学庆说:"我能娶到你,是我八百辈子烧高香的福分。我现在是冇得钱,就是我有钱,那也出不起对应着你这个档次的聘礼啊……"

"好话都被你说尽了……"

"你说吧,你想要什么样的婚礼,我就还你那样的。我们家,你说了算。"说完,沈学庆牵住了她的手。

江淼把沈学庆抓住她的手举到双方的视平线的高度,说:"25岁以前,你是个单身汉,就靠这双手当清洁工,把自己干成了劳动模范;现在你25岁了,结了婚;你想过没有,25岁以后,你这双手的责任是要来养活一个家了。"——江淼虽然在婚姻这件事情上跟父亲的态度是决然对立的,但江司令的一些话她还是听进去了。

沈学庆就反问她:"你是嫌弃我一个清洁工养不活你这个大记者了吗?"

江淼也不回避,道:"我要是嫌弃你,就不跟你结婚了;但是,你总不能一辈子就当个扫大街的吧?"

沈学庆答道:"我也想追求进步啊,但我的前程就卡在你老爸手上。提干吧,他不推荐;换岗吧,他不批准。哪怕现在他都退休了,影响力还在,所里的人都知道他跟我有过节,冲他这个老领导的面子,谁也不愿意为了我跟他抹下脸来啊。"

"反正你一个大男将,总要追求点上进吧?"

"追求上进"——江淼的用词说得很委婉,但言下之意的鞭策,用力是很猛的。那个年代,给一个劳模继续追求上进的选择并不多,除了入党、提干之外,好像没有其他的路好走;读在职研究生来给自己镀金的风气也还没有形成,所以,一个被顶头上司给穿了小鞋的劳模,他的上升通道基本上就给堵死了。

"你说怎么搞?"沈学庆反问江淼道,"你是我老婆,又见多识广,我听你的。"

"你不觉得我们应该追求更好一点的生活吗?"江淼答,"要是换作我是你,遇到了这么个把我往死里整的领导,我就横下一条心,此地不留爷,自有留爷处。"

江淼说这话是有底气的,她跟沈学庆的领导江司令的对抗,就是开足马力的混不吝。她和沈学庆结婚,真的就是武汉话里说的那种"连天王老子都不认了",搁在旧社会,那就是私奔。一个清清白白的受过高等教育的黄花大闺女,跟一个体力劳动者私奔,这要放在老剧本里来写,不是双双殉情,就是女方随着男方阶层下行,不以悲剧收场几乎是不可能的。

"你是想让我辞职吗?"沈学庆明知故问。辞职这事,他不是没想过,但真要下定决心、卸下劳模的绶带和大红花,从走到哪里都受人尊敬的青年楷模变成一个没有固定工作的社会闲散人员,他还是没有朝前跨一步的勇气。

"树挪死、人挪活啊,"江淼说,"我支持你。"

就这样,在学历高、见识广的新婚妻子的鼓励下,沈学庆砸掉了自己的铁饭碗。他不是第一个辞职下海的劳模,而且他下海完全是因为肚子里装满了苦水,所以不介意到海里再去呛些海水;但他的这一决定还是在相当范围内换来了不少人的摇头和嘘声。就连前进四路那些平时政治觉悟不怎么高的太婆们都说,"国家辛辛苦苦树了这么个典型,结果二话不说就撂挑子撤人了,哪有这样当榜样的呢?"因为沈学庆是江司令和齐师傅的女婿,太婆们还要追加着点评几句道,"也不晓得齐师傅上辈子是造了什么孽,养个儿子,儿子没了;生个女儿,嫁的个女婿又这么不争气,还亏得江司令以前提拔他啊,完全就是忘恩负义啊……齐师傅现在是脑子不清白,要换在以前她还正常的时候,这些事情砸下来,她也是要气得会被送到'六角亭'的……"好在江淼搬离了前进四路,这些闲话她是听不到的,耳根还清净,一门心思都跟着沈学庆去盘算着如何能"追求更好一点的生活"。几年后,社会上下岗的比下海的人群要多得多了,有些熟人就开始感叹,还是沈学庆眼尖啊,先走了一步就先富了起来,到底还是他当过劳模的眼界高一些,早就看透了铁饭碗也是端不稳的道理。

作为一名曾经走街串巷的清洁工,平时总是任劳任怨又豪爽大气的沈学庆也积攒了些人脉,认了些兄弟。有个六渡桥的"拐子(武汉话里的大哥)"在沈学庆辞职前就跟他建议说,租个场子再租几台老虎机在六渡桥开个街机厅,每天的收入流水就像开印钞机一样。沈学庆回家跟江淼商量,江淼也说不出个所以然来。反正辞了职以后也要谋个营生,有钱赚的事情还是有吸引力的;江淼就提醒了沈学庆两个原则:一是不能干违法的事,一是不要担太大的风险。沈学庆牢记着老婆的最高指示，回过头来就去找了那个拐子，问，开街机厅不犯法吧？拐子说，肯定啊，哪个会提着脑袋去挣钱呢？沈学庆于是接话道，我对这些事情也不在行，干脆我们找几个哥们儿，"敲"个班子搭伙一起干吧，本钱均摊，一人一份。

就这样，劳模沈学庆在他结婚的那一年，辞职，下海，成了街机厅凑份子以后开张的几个股东之一。那一年还没过完，他们的街机厅又开了第二间，都在六渡桥，统一都叫"未来游艺厅"。"未来"这个名号是沈学庆取的，他觉得这名字有点诗意，带点洋气，也具有前瞻性，像是那种科幻电影电视片里的门店。那几年有几部美国的电视系列剧在中国很火，沈学庆就特别喜欢《加里森敢死队》和《大西洋海底来的人》，这两部片子里的人类都好像是活在未来世界里的，一个是超乎于现实的打不死的勇猛，一个是平行于人类的无底线的善良；所以，沈学庆就用"未来"给自己的现在，命了名。

第一间"未来游艺厅"刚开张那会儿，他们凑份子的哥几个都是亲自上阵，当管理员，当保安，当清洁工；租的场子要把租金用到最大化，老虎机也不需要休息，通上电就是永动机，所以，游艺厅都是24小时营业的，尤其是晚上，生意比白天还好，多的是年轻力壮而又无所事事的"夜猫子"在那里"混点"。他们几个股东也就跟着没日没夜地轮岗，个个都辛苦，为的是尽量减少不必要的人工开支，把所有的投资都用在付场租和租机器的费用上——租场地、租机器的钱都要预付，而且一付就是要付半年一年。没想到游艺厅还真是来钱快，开张没几个月后，哥几个就回了本。赚的钱怎么安排呢？几个股东一合计，既然干这一行这么赚钱，现在也有了本钱，那就再搞一个吧，谁也不会嫌钱多扎手啊。等到第二间"未来"店开张了，他们就全面雇人了，反正老虎机吃进去的硬币筹码都在机器里，作为股东的老板们只要保管好钥匙，定时过去打开机器后面的开关，把里面装得盆满钵满的硬币清空点数就好了。

一年下来，沈学庆痛痛快快地完成了他的人生转型。当劳模的时候站在主席台，他的头昂得高高的，讲起话来调子也高；当了老板以后他就窝在黑咕隆咚的游艺厅角落里，时不时地拧开某台老虎机背后的旋钮，把里面装满了的硬币呼啦啦地倒进事先准备好的大桶里。那些硬币扑腾着的撞击声，清脆明亮，比什么豪言壮语都更加动听。每天聆听着这样动听的声音的沈学庆，压在江森身上时的动力也更足了。在男女这种事情上，沈学庆从来都是掌握主动权的那一方。他从不隐藏自己的实力，也不介意让江森见识到他的蛮力。在他看来，一个男人要是在床上都当不了将军，那他还有什么用？合伙开店的那几个兄弟们聚在一起喝靠杯酒，都是体力劳动者出身，谈不了什么风花雪月，多喝了几杯后就开始神吹胡侃，相互抬杠地比拼谁是"一夜几次郎"。口头上的英雄谁都能吹，但沈学庆可是个实在人，跟拐子们一起喝酒时夸下的海口，回到家就惦记着要兑现。反正再也不用去环卫所上班了，反正再也用不着天不亮就起床去扫大街了，劳模的干劲还在啊。

江淼是一结了婚就去上了环。单位里管计划生育的干部，对每个已婚职工的避孕和备孕情况，都是了如指掌的。江淼本来在报社里就是心高气傲的主，裙摆下的那点私房事还要这么被人顶着革命工作的名义来调查记录备案，她打心眼里就很抗拒。再说，她冒天下之大不韪地跟沈学庆结了婚，婚礼都还没办，要孩子这事暂时也没提到议事日程上来。在大家的感觉中，光领证、没办婚礼就是还没打算正式昭告天下，这婚是约等于还没结。就算婚礼这事可以移风易俗地给简化掉，但像她这个年纪的职业女性去生孩子，一般都是两代人说好了分工，小的负责生，老的负责带，但她这边是老妈有病、老爸也指望不上，沈学庆那边兄弟姐妹多，爹妈手头正帮忙带着的几个小的还脱不了糊，要是再添新丁那就完全顾不过来了。为了避免各方面的麻烦，江淼就跟单位里的计生专管员说，我暂时还没有怀孕的打算，就去上环吧。计生专管员负责到底，从帮助预约时间到手术当天陪同，直到确认自己可以在本单位育龄妇女登记表上江淼的名字后放心地做上"上节育环"的备注后，才不再频繁地出现在江淼的眼前。

结婚后的江淼，走上社会是名能独当一面的文化记者，回到家后是个驯夫有术的漂亮娇妻；嫁的夫君既是青梅竹马的恋人，又是从劳模到大款的时代弄潮儿；那几年，她算是春风得意得紧。她和沈学庆两人同出同进，从外形上看是俊男靓女，从实质来说是郎才女貌；关上房门，年轻力壮夜夜笙歌，还没有怀孕之虞……

江淼说的"追求更好一点的生活"目标，貌似很快就要实现了。

那些年武汉街面上跑的基本上都是东欧产的小汽车——苏联的拉达、波兰的菲亚特——都是车身矮矮小小丑丑的，外形方方正正憨憨的；一脚油下去车子没有飞起来，轰轰的噪音能把人顶起来。国产车里出了款红色的夏利，连个车屁股都没有，还要卖十万一台，看起来比东欧车还要丑。江淼在一张老的资料照片里看到了一辆甲壳虫的轿车，外观前凸后翘的，既像玩具模型，又有工业气息；她就把照片带回家跟沈学庆说，如果我们要买车的话，我想要这个样子的，可能会很贵。沈学庆看了一眼，豪气地说道："贵怕什么？我们又不是买不起。再过两年我们就买车。买什么样的，你说了算。最讨人嫌的事情是，现在住的这个地方有车子也开不进来，人住得都吃亏，到哪里再找停车的位置啊。"江淼说："我们报社正在申请要盖宿舍楼，等到分房子的时候按照条件打分，估计我有戏；我们两个这么分工也不错，我好好上班等着有新房子住，你好好挣钱以后买台好车来开。"

十一

江淼已经开始跟沈学庆憧憬着未来要买什么样的汽车了,程米粒还在一中位于前进四路的课堂里,学着她的数理化,准备去挤高考那座独木桥。

在 20 世纪 80 年代,武汉一中这种重点学校基本上贯彻的是"革命要靠人民自觉"的教学方针,仗着本校的师资力量强、生源素质好,课内课外的学习任务都不重,对教学要求的执行和管理也不怎么严厉。加上地处六渡桥,这是多热闹的地方啊,学校的教学楼就紧挨着大门口,从教室出来下楼走几步,就进入汉口最繁华的花花世界了;门房收发室的老师傅只负责问询登记外来人员,不管本校学生进出,因此,一中学生的学习自由度是极高的,也跟其他学校里的同龄"尖子生"们不太一样——他们在课间抽空溜到校外吃碗热干面,再买一瓶老汉口的老酸奶拎回到教室里,趁老师不注意就以课桌为掩体、头枕着胳膊趴在上面,衔着吸管把酸奶喝完;等到下课后提着空瓶子又出校,去找先前的小卖部退回酸奶瓶的押金……程米粒他们的班主任和任课老师也都是涵养极高、脾气极好的长者,有时候看这些孩子们实在是有些太散漫了,就面带笑容地说一句,"你们这一届是我带过的学生中最差的一届。"有些同学的哥哥姐姐们以前也是一中毕业的,他们回家把这话说给哥哥姐姐们听,得到的回复是,"我们当年在一中的时候,老师也是这么说的,你们把这话当成是在夸奖你们就好了……"

武汉一中的学生们有些任性,他们的老师也有些任着他们使性子。形成这种局面的关键还是在于历届学生的高考成绩好——每年的应届毕业生几乎百分之百地能考上大学,再往细节看,考进北大清华路大华工这些名牌大学的,多得要"用撮箕装"。所以,老师们对学生总是慈祥的,在一中老师们的育才理念中,强调的是"润物细无声",而不是"响鼓要重锤"。反倒是像程米粒的母亲彭一方所执教的 65 中这种二类中学,学生来源参差不齐,中考的录取分数线比一类学校要低几十分,为了不让坏的影响到好的,老师们索性就一刀切,整体教学管理就显得比较下力气。而在 65 中的教师队伍中,彭一方老师的治学严谨和作风严厉,那更是名声在外。彭老师严到什么程度了呢?说得高雅一点,就是"严师出高徒";说得高压一点,一字以蔽之,那就是个"狠"字——没有她罩不住的"怀货"生(差生),没有她管不了的调皮伢,没有她治不服的捣蛋鬼,同时,教学成效也是显著的——在她手上,也没有毕不了业的高中生。教育局对一、二类学校的考核标准不一样,一类学校要求的是升学率和名校占比,二类学校要求的是毕业率;在一类学校里,考不上名牌大学是有点难为情的，但在二类学校中，有些孩子能够顺利拿到高中毕业证就是万幸。正因为如此，彭老师的"狠"在 65 中是绝对的褒义词，有不少家长托关系都想让孩子进到彭老师带的班。

尽管彭老师执教多年、魔高一尺道高一丈的经验丰富得也能"用撮箕装"，但是遇到形形色色的调皮捣蛋生，以及他们制造的只有你想不到没有他们办不到的麻烦，人总是有脾气的，着急上火也总是免不了的；天长日久了，彭老师也就养成了不怒而威的气场。这种气场是随身携带的，在学校如此，在家也差不离。为什么说在家"差不离"呢，最重要的一点差距就在于，在学校里，她轻易不会动手和体罚，毕竟那是别人家的孩子；但在自己的家里管教她的独生女儿程米粒，她有两句口头禅——"三天不打，上房揭瓦""家鸡打得团团转，野鸡打得满天飞"。她不介意让外人知道她对米粒的严厉，甚至，只有当大家了解到了这种"爱之深、恨之切"的严厉后、才能更加认同彭老师的"打是亲、骂是爱"的初心。试想，程米粒是她结婚 6 年后才盼来的"珍贵婴儿"，又是一路高分考进重点的公认的好学生，对米粒，她都这么高标准、严要求，那些资质不如米粒、成绩不如米粒、表现不如米粒的，要是再不老实点，就不要怪彭老师在关键时刻发威了！

平时在学校里偶尔任性一下的程米粒，在高一下学期做了件任性而又冲动的事。正是那件事，让她清醒地意识到，不管学校怎么放养，自己始终是被母亲圈养的——在母亲的领地里，任何未经许可的举动，都会让她见识到母亲更为高级的冲动。

1987 年的春节联欢晚会上，英俊帅气的混血歌手费翔以一曲《冬天里的一把火》激情亮相，他载歌载舞的潇洒配上幽蓝深邃的眼神，成了 80 年代中国的第一个真正意义上的偶像。费翔唱完了这把火之后，他立刻就火了，成了全中国的时尚风向标：电视里放的是他的录像，收音机里放的是他的歌声，走大街上商店里放的是他的磁带，街头报亭上的报刊如果有他的照片马上就一抢而光……

过完春节，学生们寒假结束、返校开学，一中的女生们课下都在谈费翔。有位家庭条件还不错的女同学拿着父母给的零花钱，就在六渡桥天桥底下的音像店里买了盘费翔的新专辑《四海一家》。她把磁带一带到教室里，瞬间引起了轰动。磁带的封面以及里面附送的那张费翔侧坐在地上摆出一双大长腿的艺术照，在全班女生中兴奋地传观。

照片传到了米粒手中。她爱不释手地看了又看，然后，问那个买磁带的女生，"这盒磁带多少钱？"

女生很得意地回答说："五块四。"

那时候，在汉口买一碗热干面不到一毛钱，买根冰棍三分钱，买块剁馍五分钱，一张30天内无限次乘车使用的学生公交月票两块钱——五块四，对一个学生来说，可不是笔小钱。

米粒家住硚口，在六渡桥上学，每天早上要早起挤公交车，为了避免上学迟到，一般都是先赶到了学校附近、再吃早点。每天出门前，母亲给米粒一毛钱，这是她的早餐经费。米粒太喜欢这盘费翔的《四海一家》了，于是，她决定省下每天吃早点的钱，积攒够了去把磁带买回来。

五块四，按照一天一毛钱的进度，要攒54天；一周上学6天，所以，米粒是扎扎实实地有9个多礼拜没有一天吃过早餐，才算攒够了这笔"巨款"。当最后一个一毛钱从母亲手里接过来的那天下午，她一放学就径直冲到那家音像店，数着一摞皱巴巴的一毛票子，兴奋地点着柜台里的那张印着费翔笑脸的磁带盒。

音像店老板跟米粒说，你今天运气好，我们刚上的货。费翔的磁带，只要一上市，几天就卖光，补货都补不赢。

米粒满意地笑笑，没有说话。她心里想说的是，我用三个月的早餐才换来的运气，能不好吗？

米粒接过磁带，老板问，要不要拆开试听一下？——那个年代买磁带的习惯，都是当场试听的，如果有质量问题可以当场退换，出了店门，老板就不认账了。

米粒摇头，说，不用了。

老板也跟着附和道，这是原装的带子，质量有保障。我这段时间卖它卖了上千盘了，没一个有质量问题的。

米粒高高兴兴地把磁带放进书包离开了。她没在店里开盒试听，不全是因为信任正版原装，更重要的一点是，她舍不得拆，舍不得看到老板用他那双指甲缝里有黑渍的手把磁带上的玻璃纸撕下来，舍不得自己攒了三个月的早餐钱换来的宝贝上有别人的手印；她想等到回家后自己安静地悄悄地来撕，她不想这磁带、这图片，有任何的划痕和磨损……

那天，绕道六渡桥天桥去买磁带的米粒回到家比平时要晚半个多小时。正赶上母亲晚上也没有晚自习，所以，彭老师就有空来检查和调查米粒回家晚的原因。

母亲问，你今天放学后去干吗了？

米粒支支吾吾地说，没干吗。

母亲马上察觉到有些异样，追问道，没干吗你怎么这么吞吞吐吐的？你肯定有事瞒着我。

米粒企图遮掩地嗫嚅道，真的是没干吗啊。

母亲懒得再跟米粒纠缠，直接说道："你把你的书包拿过来给我看一下。"

"书包里没什么啊。"米粒想到了书包里的磁带,抖抖索索地想搪塞过去。

"既然没什么,那有什么不能给我看的?"

母亲一边反问,一边抢过书包。她打开书包,第一眼就看到了那盒《四海一家》。

"这是什么?"母亲质问道。

"……这是磁带……"米粒知道这不是母亲想要的回答,但她一时紧张得找不到其他的回答。

"我又不瞎,当然知道这是磁带,"母亲说着,一把扯下磁带的外包装纸,"你从哪里搞来的?连包装都没有拆,莫不是偷的别个商店里的吧?"

米粒赶紧摇头辩解说:"不是啊,妈妈,我没有偷东西啊……"

"那你哪来的?"

"是我买的……"

"你怎么会有钱买这种东西呢?"

"是我攒的……我把您每天早上给我过早的钱都攒下来了……"

"你每天早上都没有吃东西吗?"母亲气急败坏地追问道。

米粒的话音未落,母亲一耳光就扇了过来。

"你搞邪了,拿我给你过早的钱去买这种流氓的东西!"母亲咆哮起来,紧跟着又一个耳光扇过来,"你怎么这么不要脸啊,你才几岁啊,就开始想男人了吗?连早餐都不吃,就为了买这个男人的一盒磁带、一张照片?"

米粒惊恐中抽泣了起来,挨打挨骂的委屈,加上磁带被母亲撕扯的心疼,她除了哭,还是哭。

彭老师完全无视米粒的惊恐,继续着她的训诫:

"你现在上高中了,要是分心你就完蛋了。都说姑娘伢学到后来就后劲不足,哪里是后劲不足,分明就是心花了、不想好好学习了!社会上的'牛打鬼(不务正业的年轻人)'们多的是,我当了二十几年的班主任,见多了那些'牛打鬼'们把好学生给拖后腿、拖得最后不像个粮食!你说你肩不能挑、背不能扛的,除了好好读书、考个好大学,你还有什么别的前途吗?你喜欢这个费翔,他能帮你高考加分吗?再说了,你今天喜欢费翔的这个磁带,几个月不吃早餐跑去买了;要是明天费翔又出个什么新板眼,就算你靠一年不过早来攒钱也攒不够,那你怎么办?去偷?去抢?去杀人放火?我告诉你,人就是这么一步步走向深渊的!我要是现在不拦住你,以后就收不了场了!"

彭老师说完,把磁带狠狠地扔到地上,一脚踩了上去。谁知道磁带盒的质量还挺好,一脚没有踩碎;她又重新把磁带盒从地上捡起来。米粒还以为这磁带算是命大，挨了母亲一脚也还能保留下来，哪知母亲把磁带盒拿在手中，翻看了一下后，迅速地打开盒盖，取出里面的磁带丝线来。接着，米粒看到，愤怒的彭老师从磁带上方的空隙中把里面的那根细长的磁带线扯了出来，一下，又一下，再一下……磁带线被母亲的手扯揉成了一堆乱麻后，母亲再次把它们通通扔到了地上，踏上一脚。这一次，磁带盒连同里面的磁带，在脆嘣的一声中，四分五裂。

"我要是不给你个教训，你都不晓得这件事情有多严重！"彭老师继续呵斥道，"我跟你爸爸都是大学生，要是听任你这么胡搞，你过两年肯定考不上好大学，那你以后就废了！人家都说长江后浪推前浪，我们这样掏心掏肺抚养你、教育你、为你好，结果，你把自己盘得连我们都不如！等将来我们老了死了没人管你了，难道你准备到大街上要饭去吗？"

"你给我跪下！"母亲冲米粒吼道，"就跪在这里！"母亲说着，指着地上的磁带盒碎片。"我要让你知道什么叫疼，什么叫心疼！你知道你让我有多失望多心疼吗？我把你当宝贝宠着，结果你却这么不自重，为一个八竿子打不着的男人连早餐都不吃了……你正在长身体，天天不过早，你是在找死吧！"

米粒顺从地跪了下去。膝盖压在磁带盒的碎片残骸上，她的抽泣更厉害了。她想不明白，自己不偷不抢甚至也没有开口找母亲要任何额外的开支，用省吃俭用的钱积攒起来给自己买了份心仪的礼物，这有什么错呢？我哪里让母亲失望了？哪里又让母亲心疼了？买盒磁带怎么就会导致上不了好大学？我喜欢费翔又有什么错？连中央电视台都在宣传的一个名人，怎么就成了母亲眼里的"流氓"？

米粒在磁带的残骸上跪了一个小时。

彭老师在家教训米粒的时候，作为父亲的程老师基本上都不插话多嘴。很早以前，程老师也试图帮米粒辩解两句，结果，彭老师开足火力，父女俩一并收拾，前三皇后五帝的事情都扯到一起来批判，搞得程老师好心帮倒忙，在米粒的身上火上浇油不说，还让自己也无端地引火烧身。人都是吃一堑长一智的。程老师知道彭老师虽然脾气暴躁，教训女儿的招法五花八门，但"凡事有度"这个基本原则还是心里有数的；所以，就让彭老师自己爆发、自己燃烧、自己熄火，这才是他们家息事宁人的捷径。

等到米粒的眼泪哭完了，抽泣声也止住了，彭老师的怒火也燃烧干净了。

程老师终于在旁边扯劝带和，朝彭老师说道："米粒也认错了，就让她起来吧。"

彭老师头也不抬地冲米粒说："起来吧。"

米粒木然地站起身。

彭老师又说："拿个扫帚来，把垃圾扫掉。"

米粒像个木偶似的从门背后取出扫帚，蹲在地上一点点地扒拉着地上七零八落的磁带盒、磁带线、被母亲撕碎的费翔的照片……这些东西她连让音像店老板多摸一下都怕留下了脏的手印和指纹，现在，就成了一堆垃圾。

米粒把垃圾扫干净，然后端着撮垃圾的撮箕走到门外，倒进楼道里的公共垃圾桶。她听到同住在团结户里的邻居在悄声议论——"彭老师又在屋里打伢了"。她低着头赶紧回到房间里，关上门，把扫帚和撮箕放到门背后。

"你过来。"彭老师冲米粒说。

米粒走到母亲跟前。

"知道错了吗？""知道了。"

"错在哪里呢？""我不该分心，去做一些和学习无关的事，还浪费钱。"

"你知道我听说你三个月没吃早餐有多难过吗？""对不起，妈妈，我错了。"

"你马上就15岁了，要懂事啊。你要记得我的话，不要去想那些虚头巴脑的东西，也不要去喜欢什么莫名其妙的男人。""妈妈，对不起，我知道我错了。"

"你要知道，这个费翔，说到底就是个会唱歌的戏子，你喜欢他，对你的前途能有什么帮助啊？""我知道了，妈妈，以后我再也不这样了。"

就事论事的一问一答结束后，彭老师又问米粒道：

"你告诉我，妈妈爱不爱你？"

米粒点头。

"那你说，妈妈爱你，为什么要这么打你？"

"您家是为了我好，我知道。"米粒回答说。

——这样的母女对话，是每次米粒挨完打之后的结束语。

不该去喜欢一个"会唱歌的戏子"，这就是这次主题教育的核心内容——米粒记住了，带着深切的悲凉。

挨完打后的第二天，米粒在午休时间从学校跑出去，到街对面的汉剧院去找了邰玉。

听到门房的师傅在楼下扯着嗓子喊有人找，邰玉穿着宽宽松松的练功服应声，急急忙忙地从楼上的排练场跑下来，一看到米粒，她特别高兴，问道："你今天下午不上课吗？"

米粒有些气鼓鼓地说："我想逃课。"

"那是为什么啊？"邰玉问，"逃课可不是好学生。"

"我就是不想当好学生。"米粒答。

"那好吧，我就成全你一次，"邰玉笑嘻嘻地说，"你肯定遇到什么不顺心的事情了。你跟着我一起，哪怕不当好学生，也坏不到哪里去。既然你把我当个姐姐来找我，我就要对你负责。等下我去跟团里请个假，下午我请你去看场电影吧。"

从第一次跟邰玉打交道开始，她身上展现的那种温情的柔美，以及在言语中能共情的体恤，就让米粒念念不忘。也许，这个从9岁起就开始独自在社会上闯荡的女孩子身上，有着大多数少女所不具备的早熟、敏感、谨慎与宽容。邰玉有一张出众的好看的脸，但那么抢眼的漂亮被她眼神里的清澈给渲染了后，你看她的时候就会觉得她好像是一面镜子，镜子里的自己也跟她一样，清澈着漂亮着好看着。

"我真想有你这么个姐姐。"米粒跟邰玉说。

"那你喊我一声'姐姐'，我答应你一声，这愿望就实现了啊。"邰玉冲米粒笑着说道。

"姐姐——"

"诶——"

那天，就在前进四路上的楚风剧院里，邰玉带着逃课的米粒一起，去看了一部台湾出品的电影，名叫《搭错车》。电影讲的是以收空酒瓶、捡破烂为生的退役老兵哑叔，和他在巷道里捡回的女婴阿美父女俩相依为命的故事。影片中那首《酒干倘卖无》的主题歌是那几年风靡一时的流行曲目。在散场时听到放映场内想起这首歌的时候，米粒看到，邰玉的眼睛湿了——

> 是你抚养我长大
> 陪我说第一句话
> 是你给我一个家
> 让我与你共同拥有它
> 假如你不曾养育我
> 给我温暖的生活
> 假如你不曾保护我
> 我的命运将会是什么……

从楚风剧院看完电影后，两个女孩子重新回到邰玉在汉剧院二楼的单身宿舍里。宿舍房间不大，是用几个旧的办公文件柜并排在一起，把一间有前后两扇门的老办公室隔成了两间小卧室。邰玉住着其中的一间。当隔板用的文件柜只有一人头高，柜顶到天花板之间的空档是通透的。也就是说，两间卧室，能隔断的是目光，声音完全是敞亮的。

"隔壁有人吗？"米粒问。

"有人住。但是现在这个时间点大家都在练功，住隔壁的同事不会待在寝室里。你放心好了，我俩可以说悄悄话，没人听得到。"

米粒点点头。她四下里一望，这卧室明亮洁净，床和被子叠得很工整。房间里的家具都是公家的，尽管斑驳的桌面柜面和椅子看上去很有些年头了，但每件家具上都有油漆标注的统一编号。靠窗户的地方拉了根晾衣服的绳子，有些内衣和毛巾挂在上面。晾衣绳的下面有个洗脸盆架，上下两层，放着两个印着大花大朵的陶瓷脸盆。洗脸盆旁边的地上摆放着四五个塑料开水瓶。

"我真羡慕你，有自己的房间。"米粒说着，顺手拿起桌面上的书来看。放在最上面的是一本《苍茫时分》，下面有几本日语学习的教材，最下面并排放着两本小书，一本是《源氏物语》，一本是《风姿花传》。

米粒知道，《苍茫时分》是日本女演员山口百惠在21岁结婚前写的自传，《源氏物语》是一部由女作家创作的日本古典文学名著。米粒拿起《风姿花传》，问道："这是本什么书啊？"

"这是日本最著名的古代戏剧大师世阿弥在15世纪初写的一本戏剧理论著作。他有个戏剧观点，叫'风姿花传（chuán）'，意思是说，风是无形的，那怎么能让人见到风的姿态呢？就要通过有形的花的舞动来传达。在大师看来，戏剧表演的意义和精髓，就是帮鱼儿认识到水，帮人们认识到风。"

"看不出来你还这么推崇小日本的戏曲啊？"——米粒是故意说"小日本"这个词组的，在国人的民族自信中，日本的文化文字都源自中国，不光国土面积小，人的个头也小，所以，以一个"小"字为这个国家做定语，虚实结合，也包含了不少感情色彩。

邰玉好像不太在意米粒的语气，她平静地回答道："我们剧院一直想排演那部日本的名剧，剧本唱词早就完成了，剧名也定好了，叫《曾根崎殉情》，就在等着看排戏的钱什么时候能够到位。对我们演员来说，遇到了一出全新的大戏，这是几难得的事情啊！我先了解一下日本，对以后的表演总会有帮助的。"

"我特别喜欢山口百惠，"米粒继续翻看着邰玉桌上的书，换了个话题说道，"我有个剪贴簿，就是专门用来搜集报纸上刊登的山口百惠的照片和文章。"

"其他几本书是在图书馆借的，这本《苍茫时分》是我自己买的，上面有很多她的照片。你这么喜欢她，就把这本书借给你回家去看。你不用着急着还给我。"邰玉说。

米粒摇摇头，道："我不能把这些和学习无关的书带回家。要是被我妈发现了我看这种书，是会被暴揍的。"

"你妈这么可怕吗？看书是好事啊，为什么要暴揍你？"

"她会认为这些书都是歪书，会让我的学习分心。"米粒想到了头一天刚挨的打，还有一去不回的费翔，郁闷地说道，"我妈只许我看世界名著。"

"要我说世界名著里也有很多写爱情的，那些个儿女情长，也都爱得要死要活的。你妈就不怕你看它们以后分了心吗？"邰玉说着，笑了起来。

"我妈有她自己的一套理论，正反都是她有理。如果她问我，你明白这些道理在哪里吗，我只用回答说，我知道您是为我好。"米粒无奈地解释道。

"你刚才还说你有一本专门贴山口百惠照片的剪贴簿呢……"邰玉马上找到了米粒话里的瑕疵。

"这个剪贴簿在我学校的抽屉里，我没敢带回家。"

"你呀……你还真是'上有政策、下有对策'呢！"

"没办法啊，她的口头禅总是那句话——我是为了你好……"

"你妈说得没错，她肯定是为你好的，能有个妈妈管着你，是你的福分。"邰玉说，"我从生下来就没见过我妈。"

小女生之间的坦诚来得猝不及防，好像彼此一谈得投缘投机，就一定要交换些秘密。米粒不谙世事，以前没遇到过这种话题，一下子就不知道该怎样继续下去了。这时，她听见邰玉接着说道："据说，我是我爸在街上捡回去的……"

"以前，我妈也是这么说我的……"

——小时候，我们在找父母讨问追寻我们的来路时，大人们为了回避关于"性"的话题的尴尬，基本上都会异口同声地选择说，你是从火车站捡的，从垃圾桶里捡的……人只要长到了上学读书的年纪就会明白，这种话不就是个玩笑吗？

"你妈是在逗你开心，我这事……是真的……"

天啦，这不就是一个现实版的《酒干倘卖无》吗？米粒惊呆了。

"我完全不知道我的亲生父母是谁，他们是干什么的，为什么不要我……"

"啊？真的吗？"米粒问，"这是你爸告诉你的？"

"我爸没说，但他知道我是知道这事的……我们住在钢厂的宿舍里，厂子里的人都在私底下说，连小孩子们都晓得……他们越是做鬼做神地躲着我议论，就越说明了这件事情是真的……在你小时候，你妈跟你讲，说你是从垃圾桶里捡回来的；我的小伙伴们家里也是这么说的，但我爸就从来没这么跟我说过。你们的爹妈会跟你们开这样的玩笑，我爸就不敢，因为，这在我们家，根本就不是个玩笑。我爸还认认真真地告诉我，我在医院里出生，我妈生我的时候难产死掉了……所以，他就一个人把我抱回了家，拼着命要把我养大成人……他愿意这么说，我就这么听吧。我们家里从来没有一张属于'妈妈'的照片，也没有一件'妈妈'穿过的衣服留下来。这说明了什么？……从我知道这件事开始，我就下定决心，一定要好好孝顺我爸，要不是他养我，我可能18年前就死了……"

"你们单位上的人知道吗？"

"应该不知道吧，反正我没有跟任何人提起过，"邰玉道，"就算有人知道了，也不会跟我来谈这事吧？你把我当姐姐，我才告诉你。"

"那你从小到大填表的时候，'母亲'那一栏里，你怎么写的啊？"

"以前都是我爸帮我填的，写的是'病故'，就跟他告诉我的一样……反正也没有人去核实吧，随便写吧……"

"前段时间电视里放山口百惠主演的连续剧《血疑》，把我看得眼泪鼻涕一大把的。我觉得，她在里面演的那个幸子，又幸福，又不幸。当时，感动归感动，心里还是觉得这是电视剧，是假的，"米粒说，"原来，生活中真有这样的事情呀……"（《血疑》是20世纪80年代引进中国的日本剧集，讲的是一个在收养家庭幸福成长的女孩幸子因患白血病而不得不面对自己身世的故事。很多中国观众就是因为这部剧集才知晓和喜爱上山口百惠的。——注）

"是啊，我看这个连续剧的时候就总是联想到我自己……"

听邰玉这么说话，米粒突然想明白了山口百惠的自传《苍茫时分》为什么会被放在邰玉的案头。

米粒和邰玉，生活半径完全不同，也没什么竞争关系，彼此之间就特别容易推心置腹。她们自从分享了不愿告诉身边人的那些秘密后，一下子就更加亲密无间了起来。

中国人无论天南海北都有午休的习惯，对于学校和剧团也一样，上、下午之间的空档有差不多两个小时。学校开学期间，自从第一次进到邰玉的寝室认了个"姐姐"后，不喜欢睡午觉的米粒隔三岔五就会趁着午餐和午休的空档，跑到马路对面的汉剧院去找她的邰玉姐姐。邰玉一看到米粒过来了，就爽爽快快地在食堂里打上双份的饭菜，再端回到寝室里跟米粒一起分着吃。米粒说，我脸皮厚，总找你蹭饭吃；邰玉道，当姐姐的怎么能不管妹妹的饭呢？

在这样密切的交道下，米粒知道了，邰玉在戏校时交了一个男朋友，是同一级的京剧学员，比她大一岁，照片上浓眉大眼的，叫葛军；他们中专毕业那年，葛军考上了中央戏剧学院，去了北京。

米粒问邰玉："为什么你不跟着也去考中戏呢？"

邰玉摇摇头道："你以为我不想啊？老师不批准啊……我们戏校里唱京剧的学员比唱汉剧的多，所以葛军他们想考就能考……"

"他长什么样啊？是不是很帅？"

"吃我们这碗饭的，扮相好是基本条件啊，"邰玉笑了起来，"我们戏校的同学个个都是帅哥，帅哥看多了也就麻木了。我现在对一个男生帅不帅一点都不在乎。"

"有没有他的照片？"米粒又追问。

"戏校的光荣榜上面有他的照片，我手头没有。"她解释说，"你要是想看他，得看他的表演，他在舞台上的那一招一式、一戳一站，身不晃，膀不摇，手里头干净，脚底下清楚，学的就是高盛麟的气派……"

"那以后我去看他的演出现场。"米粒应声道。

邰玉又是摇头。"他去了北京以后就不演戏了，改学导演。"

"那不是可惜了吗？"

"有什么可惜的啊，这叫再上一个新台阶嘛，你懂不懂？"邰玉边说边笑，"去不成北京才叫可惜呢……"

"才不是呢，放走了你去到北京才叫可惜呢，"米粒学着邰玉的腔调顺着话说道，"你懂不懂啊，你是邰玉啊，汉剧传承就指望你来当旗手的，怎么能把你给放走了呢？"

"算了吧，别瞎抬举我了，我掂得清自己的斤两——没那么重要。"邰玉笑眯眯地接过话，解释道，"那次参加考试的名单是老师内定的，我们汉剧科的一个学员都没有……说是要保护地方剧种，不能还没开头就把好不容易培养的这么一丁点儿的青年人才给流失掉了。不过，如果以后还有这样到北京去学习深造的机会，我一定会努力争取的。"

"为的是到北京去找你的情哥哥吗？"米粒嬉皮笑脸地追问道。

"他没那么重要吧，"邰玉一本正经地回答道，"我的意思是，汉剧要真想发扬光大，哪能老是窝在武汉呢？就算是地方戏，那也不能当个总憋在井底的小青蛙啊……你看我们陈伯华老师，她年轻的时候就是总跟梅兰芳、周信芳这些大师们相互托衬的，所以才有今天这样的成就。其实，毕业分配时，葛军也能留在武汉，但他觉得武汉的山头还是太小了。而且，他的个子不高，舞台角色有局限……当时我们考戏校的时候都是些有长开的伢秧子，谁知道自己以后能长几高呢？等到18岁定了型了，就知道自己是不是个'矬子（矮个子）'了……"

"哈哈，你这么背后说他坏话，他要打喷嚏了……"

"哎哟，'打是亲，骂是爱'嘛……不要说他现在是个'矬子'，哪怕以后还长成个'墩子（身材矮小的胖子）'，我也喜欢啊……"邰玉接着说，"我就是喜欢他那种总往上看、想做得更好一点的劲头。他知道自己在舞台上的短板是无法补救的，就干脆连行当都彻底换掉了。"

"那你们将来打算怎么办？"

"这事，还不是要走一步看一步啊，"邰玉无奈地耸了耸肩，说，"我们都还这么年轻，先奔自己的前程吧……"

在冬至那一天的课间休息时分，米粒在教室的走廊里突然看到了邰玉。平时总是她跑到马路对面找邰玉，这还是头一回反过来了。米粒惊喜地迎了过去，喊了声："姐姐，你怎么来了？"

邰玉掩饰不住兴奋的神情，说道："告诉你一个好消息，我们那个日本戏马上就要开始排练了！"

"真的啊？……钱到了吗？"

"是啊，终于啊……一直张罗这事的原田教授找到了日本演剧协会，他们拉到了赞助方。据说是日本最大的百货公司愿意承担我们排练和邀请我们到日本演出的全部费用！我刚接到通知就跑来找你了！第一个就想告诉你！"

"那太好了！……你最近会很忙了吧？要加班排练吧？"

"我就巴不得能够忙起来啊！"邰玉说，"你还要上课，我就不打扰你了……就是想过来告诉你，跟你分享一下。谁要我们隔得近呢？"

"是啊，我们隔得太近了，过个马路就能见面了。"米粒说道。

距离的远近其实是其次的，真正的亲近，是因为她们的心牵扯在一起。

十二

邰玉开始忙着排戏了，米粒就忙着应付各种大大小小的考试。进入高二的首次全市高中联考安排在国庆节后，从学校的科任老师到家里的彭老师都反复给米粒敲着边鼓说，要慎重对待，要夺个高二的开门红。家里是位置又小又挤，光线也不好，但凡大考前，米粒都是在母亲的办公室里备考的。因此，米粒每天在学校上完晚自习后，回到家中又被母亲要求继续在65中的高中组教师的大办公室里再学习一小时。在办公室的正规办公桌上看书写字，白炽灯泡也足够明亮，这是作为教工子弟的程米粒能享受到的一点特权。在这种特权下，彭老师再三强调说，临阵磨枪，不快也光。

联考前两天，米粒在一中下了晚自习回到65中后，就径直上到了教学楼3楼——母亲所在的高中年级组大办公室。彭老师结束了晚自习后还要进行家访，临出门前给米粒留了门、留了灯。米粒一个人坐在偌大的办公室里，把之前的模拟习题又重温了一遍。她觉得有点口渴，就拿起母亲的大茶缸起身，想从放在文件柜上的开水瓶里倒点水来喝。她走到文件柜旁，看到有钥匙挂在柜门上，于是，在好奇心的驱使下，她放下茶缸，弯下腰，打开了柜门朝里看。

柜子里放了几捆贴着封条的厚厚的试卷，封条上明明白白地写着"全市联考试卷机密"的字样。米粒轻轻地把这几捆试卷拿起来翻看，试卷是摞在一起后卷成了筒，封条严严实实地绑住了纸筒，除了能看到封条字样和手写的不同的考试科目的标注外，其他什么都看不见。米粒把厚厚的纸筒放回了原位。正准备关上柜门时，她又看到了一个牛皮纸的档案袋。档案袋上没有贴封条，就是在闭合处用普通的细白麻线缠绕着一个圆形的纸扣，抓住线头逆时针转几圈，档案袋就打开了。

米粒看到，档案袋里有几张纸，按照不同的学科，一科一页，内容就是给老师阅卷评分时使用的本次联考的标准答案。

标准答案！

米粒心一惊，她知道自己无意中开启了一个魔盒。这到底是宝藏还是灾难，她顾不上去想，但里面装着的秘密对她产生了巨大的诱惑。这个诱惑闪烁着炫目的光芒，作为一名应试教育下的学生，这光芒耀眼到足以麻木一个人的正常的理性判断——米粒完全无法拒绝它的吸引。犹豫了一下后，米粒很快做出了决定——她把语文和数学这两门最重要的学科标答纸拿了出来，然后，迅速地回到桌边，在母亲的办公桌上找到一张练习纸，把标答纸上的内容原封原样地全部抄写了下来。誊抄的时候，她的心跳特别快，手也发着抖，好在就是一些ABCD的字母排序、填空的关键词和数字结果，要抄写的内容量很少。她飞速地抄写完，然后把标答纸放回到档案袋中，按照原样还原归位。在不动声色翻阅箱柜这种事情上，米粒通过跟她母亲斗智斗勇中培养出来的老练以及对"保持原样"这件事的精密程度，不仅有着超越她年龄的成熟，甚至于胜过绝大多数的成年人。

米粒的记性好，除了脑子记事快，还因为她有自己的联想记忆法。几岁的时候，她曾在六渡桥跟着嬛一起坐在街边看小汽车。那时候武汉的汽车车牌都是四位数，每过来一辆车，嬛就指着上面的数字教米粒来念，比如"3721"，嬛就随机举例告诉米粒说，你记着啊，3721，说的就是乘法口诀三七二十一，这个车牌很容易记下吧；又比如说"4836"，嬛就又告诉米粒说，这个4836念起来就像是死扒散肉（武汉话里"六"和"肉"是同样的发音——注），就是碗里有一堆很分散的肉，要使劲地来扒拉，才找得见……嬛给她的这些训练后来慢慢成了她在无聊时看风景打发时间的玩法，以至于她对数字的记忆有着天然的敏锐直觉。那天晚上，抄完答案后，米粒就把答案中那些没有关联、没有意义的ABCD字母对应换成了1234的数字，然后，4组数字为一个序列，她自己设定了一套生记硬背的逻辑。不用多久，她就把这几十道选择题的答案全印在了脑子里。

米粒打开过联考标答档案袋这事，谁都没发现。而她背下了考题答案这事，她跟谁也没说。

两天后，全市联考如期举行。米粒到底还是个 15 岁的孩子，虽然她有着超常的观察复位力和联想记忆力，但她还是缺乏沉稳的布局手腕和成熟的藏拙能力。她太渴望成功了，也太想抓住这个事先知道答案的难得机会考个好成绩了，所以，她忽视了很重要的一点——完美的成功是不存在的。米粒在学校算是成绩很好的学生，但她并不是最好的在顶端的那一个，用英文来说可能更直接些，她是 One of Top，但不是 Top One。正因为如此，在这次所有师生都反映说"考得太难"的联考中，她居然考语文和数学时提前交了卷，而且试卷表现上，她的客观题部分，几乎得了满分。为什么是"几乎"呢？因为她也有一两个小错，而神奇的地方是，她连错都错得跟统一印发的标答是一样的。这样完美的巧合，难道不令人生疑吗？

米粒不是没有注意到标答里出现的问题——在写完记忆中的标准答案后，她逐一把题目跟答案复查过，在心里对标答也有过质疑——但在最后，她还是选择了相信印制好的标准答案。她过于相信标答的准确性了，那个跟考卷放在一起的档案袋里的每张纸上的每个字，都代表了权威——在自己的评判和权威相左时，她接受和认同了自己的不完美——还是在答题卡上写上了标答中印错的答案。

联考结束后的第三天，米粒被班主任肖老师喊到了教务处。当她面对教导主任和班主任两双充满质疑而又犀利的目光时，她知道自己遇到了大麻烦。她想不通是哪个环节上泄露了天机，但她知道，老师们发现了她的秘密。

班主任肖老师先开口，他问程米粒道："知道为什么把你请到这里来吗？"

米粒咬紧牙不说话。在这个时候，说多错多。

教导主任接过话头，跟着问："你没有什么要跟我们坦白的吗？"

米粒还是不说话。既然老师们已经知道了，坦白有什么意义呢？该来的已经来了，那就等着接受处罚吧。

老师们始终是平和的，一届又一届的学生们推陈出新地制造着这样那样的麻烦，他们多是在平静的状态下悄无声息地处理完毕。看到米粒这么一副坚硬而又坚定的样子，他们不愠不怒地拿出了家校沟通中的撒手锏："有些事情我想跟你的家长核实一下，看看是什么地方出了问题，或者，是不是有什么误会。"说完，让米粒回到教室。

趁着课间休息，米粒从书包里取出学生月票揣到裤袋，悄无声息地溜出了校门。她从学校出来，穿过民主一街，走进汉寿里，绕过桃源坊，赶去了铜人像的一路电车起点站。六渡桥的大街小巷她早就烂熟于心了，平时上学放学时她多半都是走大路，一路走一路看；但今天，她刻意地去穿行那些蜿蜒拥挤的里巷。她盼望着前路就是一条死胡同，或者那条路突然就无限延展了开来，她可以这么一直一直地走下去，不用回头，也没有尽头。

学校让她请家长——米粒没有胆量回家跟母亲转告这样的消息。她想先去一趟扁担山——想先请她的爹爹嬷。从六渡桥出发，要转好多趟车，花好几个小时的时间，才能最后到达那个叫"永安堂"的地方。这条漫长的路程，要从坐一路电车开始。一路电车的起点站就在铜人像的转盘处。

等车的人们都站在孙先生铜像下的台阶上。米粒和人群一同站在那里。抬眼一看，对面就是"德华酒楼"。这是嬷最后一次带她来买包子的地方。她甚至在酒楼一层的散客就餐区看到了一位年长的祖母正在八仙桌旁给她的小孙子喂食——多像当年的场景啊，米粒跟她的嬷并排地坐在实木的条凳上，餐盘飘着热气，食物扬着酱香，嬷和颜悦色地凝望着她，她端起热乎乎的桂花糊米酒……要是嬷还活着，她一定会请嬷去跟教导主任去见面。米粒有跟嬷去承认错误的勇气，嬷也会相信她有改错的决心。

可惜嬷不在了。铜人像还立在六渡桥，它变成了一个地名，许多份记忆，和无以言表的怀念。当年赶过来看铜人像建成揭幕仪式的那个叫王诗芳的小女生，已经变成了一捧灰，永远安静地躺在了江那边的"永安堂"。

米粒一定要去到那里。那里住着她的爹爹嬷。在明知自己即将被母亲暴揍之前，米粒想去看看他们，或者说，在心底里，她祈求能得到爹爹嬷的原谅和护佑。

米粒从来没有独自搭乘公交去过扁担山公墓。她想，去永安堂要先过江到汉阳，再沿着汉水往上游走；在这样的大方向下，总是能到永安堂的。她甚至想到过，实在到不了，干脆就死掉吧，反正人死了最后也是都要到那里去的。

米粒就这样辗转着找到了永安堂，登上了扁担山。凭着记忆里的方位，在山半腰的坟冢中，她跌跌撞撞地找到了她的爹爹嬷合葬的墓碑。这个15岁的女生，带着一张学生月票，第一次一个人走了无比周折的漫漫长路后，全心全意地拜祭着她的先人。她手里没有香火，没有纸钱，没有任何祭烛和供品，她简简单单而又孤孤单单地站在了爹爹嬷的墓前。她什么也没有说出口，只是蹲下身，用手把脚下的落叶扒开，清理出一片方寸之地后，双膝跪了下去。

米粒认认真真地重重地跟爹爹嬷磕了三个响头。

第一下，轰的一声磕下去，里面装满的是她的歉意，她知道自己错了，请求爹爹嬷原谅；第二下，依然是重重地轰的一下，这是她的祈祷，她希望爹爹嬷在天有灵能保佑她在犯了这样的大错之后不被母亲打死；第三下，她毫不含糊地还是轰的磕到地上，这么沉重的举动，代表的是她沉重的思念，她真的非常非常想念嬷和爹爹——要是他们还活着，无论发生了什么，他们会慢条斯理地教会她做人做事的道理，无论她成功与否，爹爹嬢都不会苛责，而她，也一定会吸取教训，在孰可为孰不可为的准则上牢牢地记住。她太渴望这样的爱了——慈祥、柔和、怜惜、宽容，不会高声呵斥或者反手就是一巴掌；只是，这种爱的方式，都随着爹爹嬢一起，或者埋进了土里，或者升到了天上……

米粒带着扁担山的尘土和祈福回到了家里。在她的记忆里，她删除了如何启齿跟母亲对谈的过程。总之，她如实地说到了文件柜上的钥匙，自己背下了所有的答案，之后在考试时一字不改地按照标答来答题……母亲在震惊中听她讲完了所有之后，居然没有打她！不仅没有动手，连骂她一句都没有！

米粒没有跟父母说她去了扁担山上坟这事，母亲居然也没有追究她为什么晚归。

"你说怎么办？"彭老师问程老师道，"这种大考中作弊，学校会给处分的吧？"

程老师答："真要如此的话，那我们也没有办法啊。"

"你是她爸爸，你怎么能说没有办法呢？你的姑娘遇到了这么大的麻烦，你怎么能不帮她想办法呢？"

彭老师不再说话，沉默了一阵，一声不吭地出了门。留下父女俩面面相觑。

那天晚上，彭老师很晚才回到家里，眼睛红肿着，看得出来她一定是情绪冲动地恸哭过。进门后，她没跟父女俩说她去了哪里，只是叮嘱米粒道：

"明天你正常去上学，我早上有两堂课，上完课以后我就去你学校见你们老师。"

第二天，彭老师是约上了65中的校长一道，去一中负荆请罪的。一中的教导主任看到了兄弟学校的校长亲自过来，于是把分管教学的副校长也叫上，单独打开了会议室，非常正式地沟通交流这次"泄答案"事件。

彭老师把拿到答案和让米粒背答案的全部责任都揽到了自己身上。她当着两边校长的面，痛哭流涕地检讨说，她知道这次全市联考成绩对于各个学校在教育主管部门排名的重要性，也知道各个学校内部还会根据这次考试成绩来调班分班，成绩好的学生会进快班；她作为一名老师、一个班主任，平时在管别人的孩子身上花的时间比在程米粒身上要多，所以在这次联考中，她主动把最重要的两科——语文和数学——的标答拿给了程米粒，希望她考个高分，能进重点班。她说自己上梁不正导致下梁歪，在学校处分程米粒之前她先来接受领导们的批判。

等彭老师诚恳地认完错后，跟她一起过来的65中校长也表态说，我们学校在这次联考中试卷的保密工作管理不当，造成标答外泄，我作为学校的行政负责人有不可推卸的责任，因此也要专程来给一中的同行们当面做出深刻的检讨，并愿意为由此导致的一切后果承担全部责任。

两边的校长见了面，话也都摊开了说——谜底解开了，失职的一方诚恳地认了错，一中这边也就明确表态，我们都是搞教育的，教书是为了育人，不是为了整人。泄露答案这事，确实是件大事情，但是既然当事校方、当事老师都意识到了问题的严重性并且主动来认错，事态的影响面也非常有限，那我们就不声张了，到此为止，下不为例。

学校最后的处理意见是，不把程米粒的考试成绩计入此次联考的计算范围，在最后上报到主管部门的报表文件中，多了一个说明事项：

> 本校高二年级学生中，有一人由于家庭原因，未参加考试。

这些后台的文件和背后的工作，在当年当月，知情人就少之又少；事过境迁后，估计连有些当时在场的知情人也不记得了。但是，彭老师清晰地记得。她对这件事的记忆方式非常特别。有时候，提及与重温，是记忆的呈现；有时候，忽略与回避，是记忆的使然。此后经年，彭老师跟程米粒之间再没有提到过这件让母女俩都无比羞辱的往事。其实，在她心里，她咬牙切齿地记得。那个晚上，她连夜赶到了65中校长家，声泪俱下地说是自己泄露了答案，交给了米粒；恳求校长一定要出面帮她来化解这个麻烦。她几乎都快要跪到地上去恳求了。她说，"如果您不出面，程米粒这一辈子可能就要因为我而给毁掉了。"时任的校长是比彭老师还要晚几年才到65中上班的，之前还以任课老师的身份跟担任班主任的彭老师搭过班子。彭老师一向对后辈提携有加，对她的任课老师也多有关照，有时候老师家里临时有点什么急事，她随时随地换课顶缺、事后第一时间问候，大家平时都很喜欢这个老大姐。彭老师待人真诚，又从不轻易求人，她上门求一回，这面子不能驳。加上彭老师对女儿的严厉在同事中尽人皆知，老师们私下里也是有些同情甚至可怜程米粒的。这一回，所有的交情都攒到了一起来发力，校长也就痛快地答应了彭老师一起到一中去解决问题。彭老师很清楚，堂堂的一所中学的校长亲自上门去认错——姿态决定了一切——这是对米粒闯下的大祸的最佳处理途径。

这一次，彭老师既没打也没骂，事后也没问过程米粒，"你说，妈妈爱不爱你？"母亲对这件事的处理态度，是她对程米粒的一贯教育中的特例。此前和此后，她急了就会骂，一言不合就动手打，"三天不打、上房揭瓦"的家教宗旨，贯彻始终。

半年后，一中作为武汉市的九所省重点中学之一，参加了全省范围内的重点高中联考。在这次考试中，程米粒破天荒地考了个全班总分第一名。当她把考试成绩拿回家后，母亲掩饰不住喜悦地跟父亲说："这一回可是真金白银地靠自己考出来的，人家省重点高中联考，我们这种二类学校连边都挨不上呢。"

父亲应和道："还是要多亏我们彭老师厉害，上次救了米粒一命。要是换是我，除了认栽，一点辙都没有。要是米粒栽到这个阴沟里了，说不定一辈子就毁了啊……"

母亲不屑地看了父亲一眼，道："所以说啊，这个家是不能指望你的。"

父亲跟着附和说："那是那是……还是老话说得好，'门前有车不算富，家有亲娘才是福'，不光是米粒，连我，也是依靠你的。"

母亲继续不以为意地应声说："那是啊，老话总说，'宁跟讨饭的娘，不跟当官的爹'……你们这些大老爷们，看上去人五人六的，喜欢在外头高谈阔论，恨不得明天就要坐登月火箭去拯救地球拯救银河系，实际上呢，都是些绣花枕头，关键时候，连保护自己的姑娘都成问题……只有当妈的，事到临头，为了孩子，是愿意拿命去换的。"

父母之间的谈话，都没有提到那次"标答"事件，但这件事，给他们家每个人的教训和影响，都无比深远。

从那以后，程米粒同学正式从 One of Top，变成了 Top One。

十三

自从齐师傅被诊断成慢性的精神病症，需要长期服药长期照料，且无法彻底治愈后，江司令就把她从"六角亭"接回到了六渡桥。回到前进四路的家里后，江司令对她的陪护几乎就是寸步不离。在外人看来，江司令就像一座房子，齐师傅住在里面，他为她挡风遮雨，给她温暖和安全。以前，她因为小他十几岁，他宠她；后来，她的心理年龄就像永远长不大的孩子，他愈发地宠她。她在闹，他就在一旁赔着笑，迁就和疼爱，都写在他脸上那些被笑容牵扯出来的皱纹里。前进四路上长大的孩子们，如果没有见到齐师傅年轻时跟江司令手牵手的亲热轻松的样子，也一定见过江司令搀扶着齐师傅两人相依为命地行走时的蹒跚步态。从他们两口子身上，是再也看不出老夫少妻的差别了。

江淼被父亲的一句"滚蛋"给呵斥得搬出了家之后，就再没有回到前进四路的娘家去住了。逢年过节，她会一个人去前进四路的老房子里看看她的母亲。齐师傅不过四十来岁的年纪，但看起来比前进四路的那些木头房子还要老，走起路来的样子比前进四路的老房子还要颤颤巍巍。她一如既往地痴痴呆呆地活在自己的世界中，岁月把能在一个女人身上留下的所有痕迹都毫无遗漏地显现在了齐师傅的躯体和举止中——憔悴沧桑、未老先衰、暮气沉沉、蓬头历齿……直至行尸走肉。就像中学课本里那首臧克家的著名诗作中写到的那样，"有的人活着，他已经死了；有的人死了，他还活着"；齐师傅始终放在床头的那张她和江磊在天安门广场前的母子合影，就是这两句诗的现实写照。那还是他们一家三口去北京时拍下的照片，当时江森还没有出生，江司令到北京开会，齐师傅就带着两岁的江磊同行；白天各自活动，晚上他们母子俩能蹭一下江司令的会议住宿。和所有难得到北京来一趟的外地游客一样，齐师傅也带着江磊在天安门广场拍了一张纪念照，背后是威武的城楼上挂着英武的领袖像。这种照片在当时是很光荣的，所以回到武汉后就一直摆放在床头，一摆就摆了一二十年。齐师傅早就和照片中的那个明眸善睐的少妇判若两人，但她始终清楚地知道，照片里就是20多年前的自己。得了病之后，她记得的事情不多，对于那些有限的记忆她有着无限执着的坚持。比如这张床头照，那是谁都不能碰的，如果江司令擦拭床头柜时把相框挪了位置，她马上就会嘟嘟囔囔说，你干吗要去动这个照片呢，摆在原来的位置多好啊。江司令脾气好，马上过来堆起了笑脸说道："这照片给人动过了吗？我怎么没看出来？你说要摆在哪里，我听你的。"

在江森的心里，她一直盼望着能与父亲和解。这个家千疮百孔，能够相互扶助的清醒人，就只有他们两父女了。江森跟沈学庆说，"我的要求很卑微，只要我老爸能收回那个'滚'字，或者，他不想收回也行，他就主动开口跟我说一句，丫头啊，有空常回家看看……可他就是咬紧牙关，屁都不放一个。他认不认你这个女婿那是后话，我是他女儿，他不能连我也不认吧。但我老爸就是做得那么决绝，只要我去前进四路他就扭头闪开，连跟我正面的对视都没有。"

沈学庆安慰江森说："你爸是军人出身，可能军人的脾气都是这么强硬吧。"

江森反驳道："我们在中学课本里还学过课文《谁是最可爱的人》呢，军人哪里强硬啊，明明是最可爱的嘛。"

"要不，我们干点什么'不同款（与众不同）'的'巧板眼（稀奇事）'吧，得要让你爸对我们刮目相看。"

江森和沈学庆便展开了关于"不同款"和"巧板眼"的各种讨论。

沈学庆看到报纸上的新闻说有人骑着自行车跨省游历，就提议说："要不要我们俩骑自行车周游全国啊，这种搞法比较生猛，既能体现我们俩吃苦耐劳、又能显摆我们的夫唱妇随，让你爸这种老派军人看一看，'创造奇迹要靠谁，要靠我，要靠你，要靠我们八十年代的新一辈'……"

听到沈学庆说到兴致处，把劳模的干劲闯劲和劳模发言的气场都拿了出来，还唱起了《年轻的朋友来相会》，江淼也跟着他嬉笑着和唱道："好啊，'愿我们自豪地举起杯、挺胸膛、笑扬眉，光荣属于八十年代的新一辈'……"

沈学庆怕江淼误会了他的诚意，就强调说："我不跟你开玩笑，我们真的可以试一试。你的文笔好，可以走一路写一路。你看看，我俩还没有度过蜜月呢，干脆跟单位打个报告，我们半公半私地连蜜月也一起给办了？"

那阵子，国内的文艺女青年都追捧台湾女作家三毛的浪漫人生，她和荷西的爱情故事简直感天动地；而江淼和沈学庆计划的这次骑行，把生活伴侣、事业伴侣和心灵伴侣全都纠缠在了一起，这何尝又不是个武汉版的三毛与荷西呢？江淼对沈学庆这个前劳模的文青思维方式给予了高度肯定。

很快，两口子缜密地讨论好了行程。起点就从老山前线开始。计划是从中越边境出发，途经云南、贵州、四川、陕西、山西、河北，最后抵达首都北京。这是和平年代里的硝烟之地，正是这里血腥的战火，捍卫了内地民众的人间烟火和节日喜庆的绚丽焰火。

江淼在给报社的请示报告中说写道，拟在报纸上新开一个系列报道专栏，主题是她将骑行穿越南部中国的见闻。在她上报的采访方案中，沈学庆是一个关键人物，他既是她的伴侣，又是骑行伙伴；既是采访活动的发起人，又是行程的经费赞助者。

在等候批复的那些天里，他俩只要有空，就会拿着一幅中国地图来研究，江淼看图说话，沈学庆用笔记录；江淼谈设想，沈学庆管执行；江淼负责衣物食物，沈学庆张罗装备器材。

江淼的请示在报社领导层费了些周章后还是得到了批复。行前，两口子又做了两三个月的准备工作，他们那种忙并幸福着的劲头，好像就是在筹办着他们的婚礼。江淼之前说过他俩还没办过婚礼，沈学庆就建议说，把我们这次的出发仪式当成是咱俩特殊的婚礼吧——这是一个奔向梦想的仪式，它比婚礼更隆重，比蜜月更温馨。

沈学庆专门托人在上海买了两辆骑行的专用自行车，因为配件不好买，他还一口气买了100个刹车片和10个轮胎。收到厚厚一大包包裹时，他跟江淼说，这下踏实了，有备无患啊。江淼就笑他，你一下子买了这么多，哪用得完啊，看起来像个批发打货的二道贩子了。

在六渡桥百货商店，负责生活用品采购的江淼为她和沈学庆两人各买了好多崭新的运动衣和牛仔裤。回到家，轮到沈学庆来笑她了，他说："你以为你不像是个

'打货'的吗？"

江淼跟着笑起来，说，那是啊，物以类聚嘛。

1988年的夏天，对于江淼来说，是个"没有裙子的夏天"，临出发前，她带着沈学庆一道去了趟六渡桥。他俩先是跑到"品芳"照相馆一人照了一张登记照，然后，她让沈学庆在前进四路的路边等着，她独自拿着取相片的收据联单回到了娘家。

江淼进门后跟齐师傅说："姆妈，我要出趟远门，去很多很多的地方，可能要等到过完这个夏天，入秋、天凉了才回来。这张取相片的条子您保管好，我回来后找您要。这张条子很重要，您要记住啊，除了我，谁都不能给啊。"

齐师傅的耳朵不太好，江淼要扯着嗓子大声说。

齐师傅听懂了江淼的话，连连点头示意，又吞吞吐吐地应承说："嗯嗯，记得的，很重要，记得的。"说完，她就把这张薄薄的用印蓝纸复写出来的一式几联的照相馆收据压在了床头柜上那张她跟江磊的合影相框下。这个合影是她最看重的一件宝贝，跟这张照片放在一起，说明她郑重其事、心里有数。

母女俩说话的时候，江司令照例躲闪了。但她们的对话内容，以及齐师傅放在床头的字据，他都听到和见到了。江淼的用心，他也能想到。这算是一次告别，也许也是永别。从中越前线开始的行程，沿途几千公里的跋涉，会不会有天灾，有人祸，谁都无法预测。江淼专程到照相馆去留下的这张登记照，有照片，也有底片；万一她回不来了，这张底片就可以放大作为某种特殊的用途。也许这会是她留在这个世界的最后一张正式的照片，她还是希望把它连同底片放在亲人的手上——几年都不沟通的父女俩，借着他们之间的那位木讷的疯娘，传达着远行前的叮嘱和留言，他们之间的心领神会，早就写在了血脉之中。

当江淼和沈学庆背着行囊、一人一辆自行车从老山前线开始骑车上路时，她憧憬着这是她职业生涯的一个崭新起点。作为在记者中开单车骑行先河的女性先锋，江淼正式出发那一天，她所在的报社为她发布了一块巴掌大的新闻，为她壮行。在这篇新闻报道中，时间when、地点where、人物who、什么事what、为什么why的这五大"W"的新闻要素里，只有一个关键人名，那就是江淼；作为此次骑行活动的金主和护花使者的沈学庆，彻底成了一个隐形人——当他卸下劳动模范的绶带后，他的社会角色就是个体户，家庭角色就是江淼的丈夫——他无条件、无怨言地接受了这种定义。

江淼两口子在6月中旬从武汉出发，等到再从北京坐火车返回到武汉时，就快要过国庆节了。他们在路上风雨兼程地骑行了一百多天,将近一万里路。一路上遇到的艰难险阻和奇闻轶事,江森都用日记的形式记载了下来,每到一地,就及时地用传真或者电报的形式发回到报社。《江城晚报》每周一期的《周末版》文艺副刊上专门为江森新开了一个专栏系列,栏目大标题就叫作《没有裙子的夏天》。

《没有裙子的夏天》这组系列文章,江司令比谁读得都要用心得多。其他读者看的是新颖和猎奇,而他是透过那些新颖和猎奇来确认,孩子们到了哪里、孩子们是否安全、孩子们是否生病、孩子们几时能回来。尽管他骂江森爱上沈学庆是"混账",嫁给沈学庆就"滚蛋",但在心里,他当他们是孩子——只有对着自己的孩子,才会这样下得了狠地去骂啊,这样的狠心里面,其实包裹的都是狠狠的爱啊。

看江森俏皮而轻松地写到他们在滇西泸沽湖畔的"女儿国"里做客,江司令想到的是江森一个现代女性出现在原始母系部落会不会被攻击;看江森劫后重生地描述他们在川西若尔盖草原被牛犊般高大身姿的牧羊巨犬围困、险些被撕成肉泥,江司令吓得一身冷汗、后怕得几晚上都睡不着觉;看江森栩栩如生地再现他们在黄河边的悬崖上迷路、没有食物没有水地等着天亮的场景,江司令找出家里的那本《中国地图册》,翻出陕西山西省境的那一页,一个刻度一个刻度地去找,想知道文章中的悬崖到底在哪里……

买报、读报、剪报,是他在那个夏天的每个星期天里最快乐也最骄傲的事情。买回家的《周末版》,他会把江森的文章整整齐齐地剪下来制成剪报,规规矩矩地贴在专门买的剪贴簿上。像这样的剪贴簿,江司令已经积攒了好几本了,所有江森发表的铅字文章,他都会连同当天的报头一起裁剪下来后粘贴了起来。当齐师傅身体状况和心情都还算好的时候,他就会把这些剪贴簿拿出来,一页一页地翻看着,把里面的文章一句一字地念给齐师傅听。

齐师傅听着听着会突然问一句,为什么念这个?

江司令答:"这是我们姑娘发表的文章啊。"

齐师傅慢悠悠地点点头,然后问:"哦,森森吗?森森放学了吗?"

江司令说:"是森森,她已经不上学了,她上班了。"

齐师傅又慢悠悠地想了想,说:"不上学了啊,不上学怎么就能上班了啊……"

江司令说:"对啊,上班啦。"

齐师傅说:"好啊好啊,上班了……啊,磊磊也该回来了啊,他说他去买个酸梅汤,走了半天了……"

——齐师傅也许不是一个好的交流对象,但她在19岁的时候把她的一生都交给了江司令,他也就把他想说的心里话,也都说给她来听。有过去的老战友过来前进四路探望,看到他任劳任怨地伺候着风烛残年的齐师傅,都很心疼地说,老江啊,你太不容易了，齐师傅也是得亏有你啊，她这一辈子都离不开你的照顾了。江司令笑笑，怜惜地望着痴痴呆呆的老伴，很坦然地回应道："我也习惯了，能照顾她，也是我的福分了，你们想想看，去照顾人总比被人照顾要好得多吧。"

在江森临出发前跟父母告别的第二天，江司令就带着齐师傅去了"品芳"照相馆取回了江森和沈学庆在那里照的两张登记照。照片中的两个年轻人一脸严肃，但眼神中有着倔强和明亮的光芒。江司令又请照相馆里的人用留在照相袋里的底片帮忙扩印了几张。然后，他把江森他们的原始照片放在了齐师傅床头照的相框下，把扩印的照片跟剪贴簿放在了一起。

江司令带着齐师傅去照相馆取照片的那天，正赶上"品芳"在重新布置橱窗。

汉剧院已确定好行程，国庆节后就将到日本进行公演。作为汉剧诞生400年来第一次访日的大事，院里安排全体主创人员前去"品芳"，请专业摄影师来拍摄演职员的戏妆照和生活照。摄影师在给邰玉拍照时，感觉这女孩子的镜头感特别好，整个脸部是360度的美丽无死角，怎么拍都极上镜；于是就给她拍摄了一个系列组照。照片冲洗出来后，照相馆里的所有人都说这模特儿好看，摄影的光影构图也出彩，绝对能代表"品芳"这个老字号的新风貌。照相馆的经理就找到汉剧院跟邰玉商量说："我帮你把这次所有的照片都放大后洗出来送给你，你能不能答应我们选用你的照片放在橱窗里？以前，我们橱窗里放的是你们陈伯华院长的黑白肖像特写照片，这次，想用你的彩色大头照。时代变了嘛，我们照相馆也要体现出我们的进步啊。"听到对方经理把自己跟陈伯华相提并论，邰玉又惊又喜，自己也有跟老师一样呈现于世的机会了，这是莫大的荣耀啊，求之而不得呢；但她马上想到的是，要是自己的照片把陈老师的挤下来了，那是不是不太好呢？看她还在犹豫，经理又说话了，你们陈院长的照片还在我们这一进门的墙上挂着呢，这照片是我们的镇馆之宝；你的照片，我们想摆在临街的大橱窗里。邰玉听懂了，点点头。她听到经理又忙不迭地承诺说，以后只要你来我们"品芳"照相，任何时候都不用花钱，而且，只要你觉得好的照片，我们都给你免费冲洗放大，白送给你。那时候还没有什么肖像权的说法，名人用自己的影响力帮人做宣传，也没有要收广告费的惯例，计划经济下的国有单位嘛，相互扶衬，都是在支持国家建设。像经理这么说话，已经是很有诚意了。邰玉补问了句，要是我带我家里人来拍照呢？经理马上爽快地说道，欢迎欢迎，我们照相馆最擅长拍全家福了。邰玉想到了父亲，想到了等她从日本演出回武汉后能带着父亲一起到品芳照相馆好好拍张合影，想到她要把这张照片放大的照片里的脸跟真人一般大小的尺寸，然后挂在家里的墙上，想到自己不用花钱就能给父亲这样的一个惊喜，就答应经理说，那好吧，那就谢谢师傅了。

很快，有两米见方之巨的那张邰玉的巨幅侧面肖像照制作了出来，被张贴在了"品芳"的街边橱窗上。从那以后，只要逛六渡桥的人，经过中山大道时，都会看到邰玉侧脸凝思、嘴角微笑的那张逆光照。为了照片影像的茸毛感，邰玉在大夏天里被摄影师要求穿了件海马毛的毛衣，她所善舞的深藏的水袖变成了意境朦胧的公主袖，充满了神秘的时尚感。摄影师还给她配了顶白色贝雷帽，小小的帽子倾斜着倚在她茂盛的黑发上，贝雷帽的下方，拖拽着褶皱着的白色的面纱。邰玉用她那能展现飞燕和孤雁神采的手，轻轻捻起面纱的一角，让面纱半遮半掩地挡住她的整个面部。面纱的网格兜住了从邰玉背后投射过来的柔光，像雾一般地把她面部的轮廓由外及里地渲染开去，最后的聚焦就在她那双闪烁的大眼睛里。在这张照片里，她的眼睛在说话，嘴角在倾听，手腕在舞蹈，头发在歌唱。

那天，跟着江司令同去取相片的齐师傅看热闹似的看着几个工人比画了半天才把邰玉的照片最后定位好。

她问身边的江司令，这个女孩子是谁啊？

江司令回答说，是个演员。

齐师傅说，她好漂亮啊。

江司令悄悄凑到齐师傅耳边，轻声但吐字清晰地说道："你以前啊，比她还好看。"

齐师傅听到后，哈哈地笑了起来。她很少大笑，似乎都快忘记了该怎样去笑了，所以，突然笑起来的声音有点古怪。周围有人投来异样的目光。江司令毫不在意地也跟着一起大笑了起来。他们俩看起来就像是两个傻乎乎的老顽童。

十四

为了让改编自日本名著的汉剧《曾根崎殉情》赴日演出，整个汉剧院上下从申请公务护照到最后拿到签证开始买机票，前后折腾了小半年的时间。这些行政事务的流程虽然和演员们无关，但它推进过程中的每个新消息，都能给汉剧院的方寸之地，带来如沐春光般的希望。不断更新的进展，似乎推动着地球都会转动得快一些。

在那些日子里，邰玉过的几乎就是剧中人的日子。她第一次发现，人其实是可以将自我与忘我完全统一起来的，自己所有的时间和生命，好像都属于一个崭新的人物：她扮演的舞台人物是个名叫初娘的艺伎，她也几乎就把自己当成了彻底的初娘。吊嗓子、练功、背台词、排戏——这些就是邰玉睁开眼睛醒来后的全部生活，而她闭上眼睛睡觉的时候，心里也是惦记着戏的，德兵卫这个剧中心上人的人名，也快变成了邰玉的梦中情人。

剧团里排演一场新戏，总是要有A角B角两手准备的，几乎所有的新秀出头，都是在用实力来熬自己的运气——从跑龙套的背景板，上升到当替补队员的B角，再陪练无数个春夏秋冬，直到终于有一天，A角出点什么意外，B角得以上台。但邰玉是幸运的，她第一次作为女主角进行一部大戏的全本演出，亮相的就是这部日本名著《曾根崎殉情》。原田教授是这部大戏的灵魂人物，他从一开始就点名剧中人初娘的扮演者非邰玉莫属，他甚至在任何公开场合都毫不掩饰地表示，是因为有了邰玉，才有了这台戏的诞生。于是，从酝酿之初，这就是部没有B角兜底的大戏，全部的希望和筹码都赋予了19岁的邰玉。

好事是要多磨的，而喜事也常常是结着伴儿的。这一年的国庆节，汉剧院院长陈伯华刚被省政府授予了"艺术大师"的称号，一过完国庆节，武汉汉剧院青年实验剧团的演职员团队，就跟随团长金岳，在汉剧大师陈伯华先生的率队下，按照既定日程，辗转上海，风尘仆仆地奔赴日本大阪。临出发前，武汉当地报纸报道了他们即将赴日公演的新闻。这是汉剧有史以来第一次远渡东瀛，其蕴含的文化使命是多重的。它既是艺术表演的输出，更是文化融合的创举。但武汉的汉剧人对此所承载的艺术梦想，从报纸上的这篇新闻报道上，完全看不出来——属于新戏《曾根崎殉情》出征的是块小小的豆腐块新闻版面。那天的报纸上，还有个更小一些的豆腐块，报道了该报记者江淼作为中国第一个只身骑行、穿越半个中国南部的女记者，圆满完成了"万里走单骑"的系列报道活动，在从老山前线出发、途经六省、行程逾五千公里后，抵达首都，前日从北京平安返回武汉。报纸上的铅字四平八稳，报道出来的新闻简明扼要，而置身于这两则新闻的当事人，他们刚经历过的惊涛骇浪和即将经历的万众瞩目，都被这么看似轻描淡写的几行字给浓缩囊括了。

武汉汉剧院派出的这个平均年龄还不到20岁的演出团队，在关西机场一下飞机，就受到了日本媒体、演剧协会和赞助单位的热烈欢迎。不要说像邰玉这样的十几岁的孩子了，就连陈伯华这种从大风大浪中走过、见过大世面的艺术泰斗，也惊讶于日本各界的隆重盛情和对此次公演的殷殷期许。

汉剧《曾根崎殉情》计划是在日本的大阪、尼崎两城进行公演，为期一个多月。这个爱情故事里的德兵卫和初娘，他们在日本的知名度就像罗密欧与朱丽叶在英国、梁山伯与祝英台在中国，所以，尽管是改变了语种和剧种的演出，但这部戏在日本关西地区有着几百年积淀下来的文化期盼和深厚的观众基础。演出的赞助单位是日本最大的百货公司西武株式会社，在邰玉他们还未抵达大阪前，各种海报和宣传画，早早地就在西武百货和相关合作机构的各个门店中四处悬挂。从搭台唱戏的角度上来看，演出前的各种热场和铺垫，用"万众期待"来形容，也毫不为过。

首演当天，不光是日本的国家级大报《每日新闻》《朝日新闻》《读卖新闻》争相报道，日本国家广播电台电视台 NHK 是现场采访播报，关西电视台还在黄金时段对全剧的表演进行了实况转播。汉剧这种以歌舞演故事的中国传统艺术形式，在它的发源地武汉都式微地快成了小众文艺，却意外地在大阪掀起了文化旋风。它把初娘和德兵卫这个在日本妇孺皆知的爱情悲剧，从日本"净琉璃的三段式"改编为"中国戏剧的分场式"，演绎成了《重逢》《逼婚》《求神》《讨债》《情会》《殉情》六场大戏，不仅观演上毫无阻碍，更是别有韵味地带给观众以全新的视觉体验。日本原著重物哀，绘浮世无情，演凡人无助；而汉剧的改编版则完全不同，即使沉浮中尽是无奈，但悲剧中凝结的情爱，浓烈艳绝，殉情也变成了另一种倔强的生长。舞台上，真爱、错爱与信义之间的矛盾冲突逐步展开，爱而不得的情感铺垫环环相扣，中国风的布景道具和服装造型都是悲剧的渲染与伏笔；纵使观众听不懂唱词，但唱念之间的韵脚回味配以字幕的呈现，让那些读得懂汉字的日本观众，由衷地惊叹折服。

公演第一场，陈伯华大师和原田教授夫妇一道，安静地坐在观众席里，看这出经过他们千锤百炼地打磨的新戏，在故事的发源地粉墨登场。从开场直到剧终，坐在他们身边和身后的日本观众，静静观看，细细品赏，每次换幕时，观众席内就爆发出雷鸣般的掌声。

当演出进行到最后一幕《殉情》时，郜玉饰演的初娘与她的情人德兵卫，身着中国婚庆时的红色嫁衣、红色喜带，以原本是大喜之红的浓烈，来凸显生离死别的悲怆，而寓意幸福结合的红色，指代的却是刎别后流淌的鲜血。

在日剧原著中，剧作家近卫门这样刻画着赴死前的二人心理对白：

  向世界告别，向夜晚告别。
  往死亡之路走去的我们，该比拟为何？
  恰似通往坟场的小径上的霜雪，
  随着向前跨出的每一个步伐消融：
  这场梦中之梦，何其忧伤。

而汉剧编剧在此幕场景下书写的唱词，既承袭了原著的诗意，又升华了对爱情的向往，以中国古典诗词的赋比兴手法高歌吟咏，远处大阪阁的空灵，陪衬着近前的天满楼的孤灯，凄凉与果敢，用"追"和"践"，画龙点睛——

（初娘：）遥望那大阪城阁空杳杳，

（德兵卫：）天满楼红颜薄命灯影摇，
（初娘：）追郎一同殉情死，
（二人合：）极乐仙界践古谣。

紧接着，进入到最后殉情的高潮场面，德兵卫依次表演着"喜带""甩发""跪步""蹉步"的中国传统戏剧手法，把欲杀情人而又于心不忍的内心情感戏，用水袖、舞蹈、身姿、手势和眼神，淋漓尽致而又层次复杂地展现了出来。

此刻，原著体现的是一身白衣的二人在大雪纷飞中的唱白：

（德兵卫：）
啊，你听到那钟声了吗？
预告天将破晓的七声钟响，已经敲过了六下。
最后的那一响，
将会是我们此生听到的最后一声回音。
（初娘：）
它将与解脱之无上幸福唱和……

而在新编汉剧的版本中，面对德兵卫的犹豫不决，身穿大红喜装的初娘在远处大阪阁投射过来的红色灯影下，幽婉而又坚定地唱道：

死又何惧正年少，
樱花散落含千娇。
与郎君，殉情死，
任凭讴歌，任凭讥笑，
结夫妻，
今生不成，喜有明朝。

邵玉吟唱时，花式唱腔的韵致优美而又决绝，水袖与喜带并舞，把初娘对爱情的忠贞和殉情的决心，都纠缠在袖带的飘舞之中。

随即，只听到德兵卫一声惨叫"初娘——"，伴随这最后的悲怆呐喊，他断然地用匕首直刺向自己的胸膛；初娘也抓起匕首，以锋刃刎颈，与情郎殉情自尽，两人"双僵尸"倒地……大阪城外生机盎然的绿界，却是有情人玉殒香消的见证：芳草芊芊，晨钟隐隐，古井幽深，风中悲鸣……

当舞台就此定格后,台下有些观众已泣不成声。

初娘之前的吟唱再度响起,余音绕梁——

> 花萎色衰情未死,
> 古井化作冥府门。
> 亡人九泉结同伴,
> 井边惟余送风声。

剧场空前的宁静与凝重,很快,观众席中响起了长时间的掌声。大幕垂下后,演员们返场,对应着观众经久不息的掌声,谢幕竟长达10分钟之久。

在潮水般澎湃的掌声中,原田教授和陈伯华大师一同走上舞台。原田紧紧地握住了德兵卫的扮演者的双手,陈伯华则是伸出双臂,抱住了邰玉——那个拥抱,像极了喜极而泣的母亲对成才了的女儿的嘉奖,又像是忠诚的艺术殉道者对传人的由衷认同。

原田对全体演职人员说出了他早就准备好的贺词:"今天的这部戏,是东方文学戏剧交流的成功范例。"

陈伯华则是悄悄对邰玉耳语说:"祝贺你。你超过我了。"

一身戏装的邰玉满头大汗而又饱含喜泪地回答恩师道:"您是我一辈子仰视和追随的榜样。"

汉剧《曾根崎殉情》在日本演出的那一个多月里,场场爆满,座无虚席,每晚演出结束后都要几次返场谢幕。演员回到化妆室去卸妆时,还会有戏迷过来送花、送小礼物和讨要合影跟签名。以中国戏曲形式对日本传统剧著进行改编,成了当时关西地区的社会热点话题。

邰玉在下榻的酒店里遇到了一位酒店的工作人员,对方下班后,毕恭毕敬地找来翻译,问她道:"我看到报纸上有专栏文章在讨论你们的演出,有个疑问我想当面请教。既然你们演出的是日本的传统故事,为什么不穿我们的和服?"

邰玉笑着回答说:"我也曾经有过同样的疑问。这是一部把日本故事用中国形式来表演的戏剧,所以,用什么样的布景,穿什么样的衣装,都是为了更好地烘托演出效果,把故事和人物演绎得更加丰满好看。汉服里的水袖,是我们中国戏剧表演中必不可少的舞台道具。再说了,我们中国有个成语叫一衣带水,讲的就是中日两国的友好情谊;汉服和和服,也应该是一衣带水的吧。"

"为什么你们中国戏剧会在最后殉情那场戏里选用红色戏服呢?这出戏本来要

表现的就是以殉情来作为婚礼,您知道吗,在这部戏里,我们日本的传统剧服都是采用一身素白的,这样既隆重正式,又能映射结局的苍白悲惨。"对方又问道。

邰玉礼貌而又专业地继续回答说:"中国的结婚礼服都是大红色的。难道您不觉得以红色戏服、红色喜带和红色的灯光来配合烘托殉情的故事,更有舞台氛围、情绪反差更大、也更具视觉冲击力吗?"

"谢谢您。您真的是中国戏剧文化的使者。透过你们的表演,我们重新认识了初娘和德兵卫的爱情;通过您的解释,我需要重新学习和研究中国的传统文化。"

这个主动上门求教的酒店工作人员,后来持续多年都跟邰玉保持着通信联系。她说,汉剧太迷人了,如果她有机会去中国,她一定要去一趟武汉,她要去汉剧的老家看一出原汁原味的中国戏。——在这位日本友人的眼里,汉剧简直就像是中国的国剧。

因为《曾根崎殉情》一剧在日本公演所带来的被观众追捧和尊崇的热度,几乎给了19岁的邰玉一个错觉,好像自己真的就此一炮而红,成名成腕;自己不仅是戏曲界的一颗最闪亮的明星,甚至还因此拯救和振兴了汉剧。

从9岁开始学戏,到19岁在日本成名——实现这样的跨越,邰玉用了整整十年的时间;仿佛应证了那句老话,"台上一分钟,台下十年功"。这是老人们都知晓的道理。但是,从19岁开始到29岁的十年,又会面临怎样的变化,老话没有剧透,邰玉也不懂得。事实上,邰玉跟我们每个人经历的人生一样,成年之后,我们面对的一个又一个十年,过得远比之前的那个十年要快得多,就好像是为了要走完这漫长的一生,每出戏都要倍速快进,才能到达终点。

十五

邰玉从大阪回到武汉时,武汉已经入冬了。冬天的武汉,天寒地冻到呼吸时嘴里都能带出寒雾。武汉的冬天没有暖气,上个世纪末,连空调、取暖油汀这类替代的设备也是没有的,冬天就是实实在在的冬天的样子,什么如春的感觉,在武汉就是痴人说梦。上学的孩子们想躲避严寒,一是靠门窗紧闭,二是靠聚集人气。只要到冬天就手脚冰凉的米粒贪恋教室里的温暖,课间休息时也留在座位上。她怕冷,甚至连屁股底下坐热了的椅子上的那点温暖,也不舍得浪费掉。

又是一个课间操休息时间,穿着笨重的棉衣棉裤的米粒坐在教室里。这时,她听见门口处有人在喊她的名字。抬头一看,邰玉正喜笑盈腮地站在教室门口望着她。那张笑脸,像是春天的花朵提前盛开了。上一次她们见面还是大半年前在学校的走廊里，邰玉专程过来告诉米粒说要开始排日本戏了；这一次，载誉归来的邰玉又是专门来邀请米粒，让她有空时去汉剧院找她，"我给你从日本带了些小礼物。"邰玉说。

接到邀请的米粒也不客套，带着对邰玉此次出国经历的好奇，当天中午就直接杀到前进四路的马路对面，到汉剧院里找邰玉，连午餐也一并开蹭了。

在寝室里等着邰玉到剧团食堂去打饭的空，米粒看到，屋子的墙面上，一下子多了好多新照片，基本上都和他们这次日本之行有关：有现场实拍的剧照，有邰玉跟陈伯华摆拍的师徒合照，有彩排时的练功情景照，有关西机场欢迎仪式的大合影，还有在电视台接受采访的工作照……每张照片都代表着邰玉见过的大世面，米粒从心底里既羡慕又神往。

当邰玉架着几个层层叠叠的热乎乎的铝饭盒裹着一袭寒气推开门的时候，米粒迎上去，一边接过饭盒一边说：

"我的好姐姐，你现在是大明星了呢！日本怎么样？是不是特别先进啊？"

"是啊，日本这个国家太有趣了，"邰玉掩饰不住兴奋地说道，"快快快，先把饭菜趁热吃了，毛主席教导我们说，革命就是请客吃饭……我们边吃边聊……"

那一天，米粒第一次听人说到"寿司"这个词。以前她只是知道日本人喜欢用紫菜包饭团子吃，一年四季，吃的都是冷干饭。邰玉告诉米粒说，这种日本饭团的名字叫寿司，一定是要腌在醋里面的，古时候的寿司，指的就是用盐和米腌制的咸鱼，所以，寿司在日本古文里就写作是"鮨（すし）"，就是"咸鱼"的意思。邰玉像是很博学的样子，边说边放下筷子找来纸笔把日文写给米粒看，米粒也是虚心得一塌糊涂地凝望着。邰玉又说，日本人的肠胃可真是好啊，什么东西都是生吃，上来一大盘子各种各样的寿司，五颜六色的特别好看，结果送到嘴里一试，饭全是冰冰凉的酸酸甜甜，鱼肉全是生兮兮的还带着海腥……

"那我们这些到哪里都要喝热水的中国胃怎么办啊？"米粒吃着邰玉买来的热菜热饭问道。

"没事啊，还有味噌汤和方便面啊……它们都是热乎的。"邰玉答。

"我跟你说，冷饭生鱼还不算什么稀奇事，我觉得啊，日本最好玩的是它们的马桶。"邰玉接着又说道。

在吃饭的时候讲排泄，这两个对生活充满了好奇的女生彼此都不介意。那一天，米粒第一次听说到"马桶"这个概念，而且，邰玉讲的还不是普通的马桶，是那种智能控制的能电动冲水的马桶。邰玉端着饭盒一边介绍一边比画说："你知道日本人多有趣吗，酒店里的马桶边上有各种各样的开关，当你拉完屎尿之后，就按照上面画的图案按一下开关，屁股下面就有热水喷出来给你清洗……那些图案也特别搞笑,明明白白地画着屁股蛋子的形状和水流的样子,告诉你各种出水的位置,是冲前面,还是冲后面,是长时间冲,还是快速冲……任何时候你按下按键,水都温热的,你想象一下,光着屁股坐在那里方便,突然从下面涌上一汩暖洋洋的水流,那种感觉啊……就是你一坐在它们的马桶上,便会觉得世界都变得无比舒适和美好了……"

邰玉边说边笑,米粒也跟着哈哈地傻笑——能把洗屁股这种上不了台面的事情做得让人心驰神往,对于未曾身临其境的人来说,确实听起来像个笑话。米粒是相信的,尽管有些听晕乎了。在她那个年纪,是连科幻作品里出现的东西也情愿去宁可信其有的。那是在1988年的冬天,虽然她听说过外星人、飞碟、UFO,但她却是连最基本的抽水马桶都没有使用过,突然就听从日本回来的姐姐描绘出这么个智能冲水的马桶,哪怕她无法感受到它的设计、外观和使用功能,但好像被领进了一扇门,门里有一个比她的想象还要绚烂的新世界。对于那时的米粒而言,别说是自动喷水来清洗下体的电动马桶,就是连淋浴的莲蓬喷头,也不常见。她家和大多数的武汉人家一样,春夏秋冬的洗澡,多半是盆浴——冬天,武汉的市面上卖着一种"浴罩",就是超大号的塑料袋,上封口、下开边,用个衣架找个高处挂上就能派上用场,能够笼住盆子里的热气不至于一下子降至室温冰点;遇到夏天,体感上能接受冷水冲淋了,拿个塑料提桶,从户外的水龙头上接满一桶水就从头到脚淋下地,这就是他们遇见的正确的水洗身体的方式。他们还没有走出上厕所蹲坑闻臭的生活现实,邰玉却能够见到和用上一边制造屎尿屁、一边就冲刷殆尽的现代化马桶,米粒对邰玉的艳羡又增加了许多膜拜的成分。

吃完份饭,聊了见闻,邰玉把碗筷放到一边,趴到床底下拖出行李箱来,扯开拉链,从里面取出要送给米粒的礼物来。那是几个粉红色的方方正正的塑料礼品包,上面写的日文字,米粒拿在手里左看右看,还是看不懂。

"这是卫生巾,花王牌的,我告诉你啊,这是日本最好的日用化妆品的牌子。"

那个年代的中国女孩子,还不知道卫生巾为何物。邰玉一边说,一边扯开其中的一包,打开来给米粒介绍说:"这是日本的女孩子在她们'倒霉'的时候用的……"

对于来月经这件事,女人在不同的年龄阶段,有着不同的指代。"月经",是书面的科学术语,鲜有人用于日常对话;"来例假",是通用的比较正式的口语说法;未婚、没有性行为的女孩子,习惯称它是"倒霉",因为它的到来会让女孩子那几天都提不起精神来,就像走了霉运一样;已婚育龄的成年女性,会称它是"来好事",它来了就意味着没有怀孕……无论是"倒霉"也好、"好事"也罢,例假来了,女人们的唯一应对办法就是月经带——自家以细棉布缝制一条宽长的条状布带，两头留有穿绳孔，例假出血时，垫些草纸在布带上兜住，再一并夹在两腿之间，以细绳穿孔，系于腰间。月经带是重复使用的，因为布带的不服帖或者草纸太坚硬，侧漏渗血、擦伤感染，对女人们来说，都是常事。

米粒看到卫生巾时的惊讶，邰玉特别理解——当她在日本第一眼看到它时，也是同样的感受。正因为感同身受，所以，邰玉从日本带回来的行李中，有小半箱全是装的卫生巾带回国。第一次因公出国的十几岁的女孩子，还没有能力去购买大件的电器，也没有买一箱子名牌服装的冲动，除了买些小饰物、土特产之外，卫生巾是邰玉觉得最特别、最有价值，也最能够善待自己的出国的收获了。她一点点撕开外包装，细心地告诉米粒，卫生巾的哪一面需要朝上，粘胶怎么贴在内裤上，护翼怎么折叠起来……在米粒的眼里，那片小小的粉红色的棉质卫生巾，做工精细得就像是件工艺品。

米粒感叹地问道："这个是不是特别贵啊？"

"还好吧，反正我买得起。"邰玉说道，"你知道，像我们戏曲演员，平时要练功，劈叉啊，翻跟斗啊，动作幅度都很大。要是遇到'倒霉'了，真的是很麻烦。这次在日本看到了这么好用的东西，我就想着一定要多买一点，也送给你一些。"

"谢谢好姐姐，你真是我的亲姐姐。"米粒感激地说道。

"我第一次'倒霉'的时候，12岁，当时住在戏校里。之前没有人告诉过我。一下子看到自己流了那么多血，我特别害怕，还以为自己要死了……后来还是我们老师把她的月经带借给了我。说起来，得亏了我的那些老师们，她们对我真是好啊……我总算是知道'倒霉'是怎么回事了，但也没法回家跟我爸爸说。别人家里都有妈妈给做月经带，我没有妈妈啊，就只能等例假完了，把老师借给我的月经带洗干净，然后按照它的样子，自己找块布，学着用针线来手缝……我一边缝一边就想在心里骂人，我真的是特别恨那个把我生下来的人，为什么你要生我、却又不管我。但我骂完了，又还是很想去找到我妈妈，只是，那个那么狠心不要我了的女人，她配被我喊作是妈妈吗……"

听到邰玉又讲回到她自己的身世，米粒就不敢说话了。她很想去安慰邰玉，但又怕自己的社会经验有限，说错了话还适得其反。在米粒的感觉中，邰玉姐姐是个自愈能力极强的女孩子，她能把她的苦难讲出来，就说明她并不害怕再次去面对。

米粒听到邰玉接着说：

"后来我就想，以后我要是有个女儿，我一定要做成是她最好的朋友，在她开始发育时，就告诉她有关女人身体的各种秘密。我要让她相信，我生了她就会对她一辈子负责。以前我还想过以后要给我女儿准备各种颜色的月经带呢，弥补我当年的那些遗憾……那时候我还认为，能有许多崭新的月经带的女孩子就很幸福……现在好了,有卫生巾了……"

听邰玉说完,米粒沉思了一下,然后起身说道,我帮你去洗碗吧。邰玉摇摇头说没事,等下吃晚餐前我直接拿到食堂用热水来洗。米粒也不坚持;在武汉的冬天用冷水来手洗碗筷实在是件很痛苦的事,而且确实也不容易洗干净。她就跟邰玉告辞说:"姐姐,我要回教室上课了。"说完,无比留恋地又看了看摆在面前的那几包粉红色的卫生巾;所有的都留在了邰玉的书桌上,她一包也没有带走。

米粒说:

"我妈妈不许我拿任何人的任何礼物。我要是把你的这些卫生巾带回家,被我妈知道了会挨骂挨打的。我要是'倒霉'了,还是用草纸和月经带,挺好。你从日本回来,带的东西也不多,这些你就都留着自己慢慢用吧。"

邰玉诚挚地看着米粒说:

"真的是专门想着要给你买一些的,你就别跟我客气了。"

"谢谢姐姐。你让我长的这些见识,就已经是非常非常好的礼物了。"

"本来还想着说把我穿小了的一些衣服裤子拿给你的,我看你平时穿衣服那么不讲究,女孩子嘛,还是要适当地穿得漂亮点。我的衣服都是我自己买的,应该比你身上穿的这些要好些。我们刚认识那会儿,你还是个小丫头,瘦瘦精精的一个小麻杆;这几年看着你就着长,都跟我一般高了。估计我俩是差不多的码子。"邰玉说,"听你这么说,我就不好心办坏事、给你找麻烦了。"

"等我明年考上大学了,离开我妈妈,我就也能像你一样,买自己喜欢的东西了。"米粒笑着说完,跟邰玉道别。

从汉剧院出门,回到一中的教室里,米粒一下午的心思都不在课堂上。她还在想邰玉说的泡在醋里的寿司、智能冲水的马桶和本属于她的礼物"卫生巾"。这些碎片化的词汇带给她的联想,远超过事物具象的本身。在此之前,米粒还从未想到过,能拥有一条月经带会被人当成是"幸福"。

从前的邰玉那么低,低到尘埃里去,低到连别人的月经带都会羡慕;现在的邰玉却知道了这么多有趣的事,见识了这么新奇的外面的世界。邰玉的这些变化在那个下午给米粒带来了思想风暴,让她对"离乡"这个理想有了更进一步的目标:我一定要努力去争取出国,去看看一年四季都吃冷寿司的日本人,回到家里怎么用热马桶;世界那么大,一定还有很多匪夷所思的人和事,是等待我们去接近的。我们只有走过去、走进去,才能真正见识到一个大千世界;也许,那些等待着我们的人们,也乐意去教会我们,如何更好地生活。

1988年12月31日,这是一年里的最后一天,学校照例不上课,把时间腾出来让学生们以班级为单位筹备和举办迎新主题班会。程米粒和同学们一道，搬桌子、擦玻璃、画墙报、挂彩旗，一上午的工夫，就把原先规规矩矩的教室布置成了节庆的会场。他们把之前成排成条形的课桌挪了位，以茶话会的形式，将桌椅沿着墙边围成了两个大圈，中间围住的空间就是一个小舞台。每个同学事先都被通知了要准备一个表演节目，或唱或跳或诗朗诵，形式不拘，要的就是到时候参与和助兴，一个都不能少。那年月还没有卡拉OK这种自娱自乐的玩意儿，所以，找乐献丑，都还停留在原始时期；即便如此，毕竟是一年才搞一回的元旦晚会，在青春荷尔蒙的煽风点火下，到最后都能演变成恣意妄为、群魔乱舞。为了烘托这样的节庆氛围，男同学们在四壁的墙面上拉起了彩绳，挂上了女生们自己用手工叠出来的纸灯笼和五彩星星。教室前后的黑板也做成了舞台表演的设计：讲台背后的黑板上用粉笔写着加粗印刷体的班会的主题"明天会更好"，教室后面的黑板则是作为舞台的背景，以行楷镂空字体写了两句口号——

　　挥别戊辰进己巳　　金榜题名在八九

　　大家都知道米粒的毛笔字和粉笔字写得好，所以，上学这么多年，班上的黑板报都是交给她来负责的。迎新班会的前后背景墙，自然也非她莫属。她一上午就是踩在课桌上，跳上跳下地完成着这前后两块黑板的书写和美术设计。米粒喊上了坐在她后面的一个男生帮忙。那男生叫佟彬，长得高高大大的，平时话不多，有时候课下会找米粒借一下课堂笔记抄抄，考完小测验什么的也会主动跟米粒对一下答案，算是彼此都很友好的。在黑板上正式开始写字前，需要画好横线、分配好行间距、字间距比例，通常就是先在黑板的两头用尺子量好点位，再拿一根比黑板的长度还要更长些的梭子线，把粉笔在线上面走一道，之后就找两个人握住沾上了粉笔灰的线头，分别站在黑板的两头，把梭子线贴紧黑板绷直，再喊"一二三"，拉扯绷直的梭子线朝黑板上一弹，一条拉通整个黑板的粉笔直线就"画"了上去。横线就是比着左右两头来弹线，竖线就是拉着上下两点来比画。扯线和弹线的活儿，需要点耐心，也需要两人的行动一致性。米粒和佟彬还算是比较默契的。等两人配合着把前后两块黑板上的横线都画完之后，米粒负责写字，佟彬就一直等在旁边搭帮手，帮着递尺子，换不同颜色的粉笔，帮忙擦掉打底的线条……直到大功告成，他俩的脸上和身上，全都沾满了五颜六色的粉笔灰。

　　佟彬那天穿了件崭新的深灰色的中山装，衣服上的上下四个口袋大得显眼而又正式。这些口袋是衣服的突出部分，如果遇到扬尘或者污渍，就难免沾染上了更多的脏东西。米粒看着佟彬的新中山装上的那些麻麻点点的粉尘，有些歉意地说：

"真是不好意思,把你身上这么挺括的新衣服都搞脏了。"

对方腼腆地笑笑,低着头说:"不要紧,粉笔灰是干的,多拍几下,就都能掸掉了。"说完,用手往自己的衣服上拍打了几下,谁料他手上也都是沾的刚才画线时挂上的粉笔灰,不仅衣服上原来的粉尘没有减少,反倒还多盖上了几个巴掌印。米粒也没多想,走过去,把自己的手笼在袖子里,用胳臂在佟彬的身上拍打了几下,试图帮他搞干净些。

"不用这么麻烦。"佟彬说完,迅速地从中山装的大口袋里掏出一张贺卡递给米粒。米粒有点莫名其妙,还没明白到底是怎么回事,佟彬就已飞快地跑远了。

米粒打开卡片,这就是张普通的新年贺卡,封面是大雪中的雪人图案,点缀着"新年快乐"的字样。翻开卡片的内页,左边简单地写了句:

程米粒,祝你在新年里心想事成,如愿考上你梦想的大学。

没有落款。右边则是抄写了一首汉乐府诗词《上邪》:

我欲与君相知,
长命无绝衰。
山无陵,
江水为竭,
冬雷震震,
夏雨雪,
天地合,
乃敢与君绝!

读完这张贺卡的米粒非常意外。她当然知道佟彬想表达的是什么意思,赶忙从教室里冲出去,想去找到他,把卡片退还回去。她有点被卡片上的文字吓着了。无论是卡片,还是卡片上书写的情意,她都不能接受。但有那么一瞬间,她是欣喜的,居然有男生给自己写情书了——如此抄写着《上邪》这样的诗篇,应该是借诗言志吧。米粒从来没想到过每天坐在自己身后的同班同学居然会对自己有这样的想法,她一直以为,自己除了成绩拿得出手以外,大概没有人会注意到她还是个有着喜怒哀乐、喜欢看琼瑶三毛的女生。

米粒追出教室,没有看到佟彬,于是就顺着楼梯下到一楼,想去操场上找。教学楼一楼的迎宾墙正前方有面巨大的镜子,为的是让每位师生在走进教室前的最后一刻还能正一下衣装。这面镜子是 20 世纪 60 年代的校友们捐赠的，在镜子的下方，还有三行小字：

> 以铜为镜，可以正衣冠；
> 以史为镜，可以知兴替；
> 以人为镜，可以知得失。

米粒停在了这面镜子前。她看到了镜子里的自己——以己为镜，我们会看到些什么呢？她想。

镜子里是个穿着宽宽大大棉袄和同样宽大的直筒毛呢裤的女生，衣裤上都沾染着粉笔灰。镜子里的这个女生看起来是讨男生喜欢的那种类型吗？一贯自信的米粒突然有点自卑了起来。她第一次意识到自己长得不够漂亮，穿得也不够漂亮，从上到下，大概可以用一个词来形容，就是"不修边幅"。

如果我这个样子都有人给我写情书，那我要是打扮得好看一些呢？——没有答案。但突然冒出的这个问题，让程米粒再次审视了一下大镜子前面的自己，随即，她脑子里蹦出了个主意——邰玉能帮我打扮得漂亮些。这样想着，米粒走出校门，去马路对面找邰玉姐姐了。

汉剧院门房的老师傅之前见过米粒几次，这一回只是问了句"你是找邰玉吧"，看米粒点了头，就指了指楼上的练功房说，"她在上面排练呢，你直接过去就行了。"

米粒急急忙忙地跑到了排练大厅，站在门口朝邰玉挥了挥手。邰玉看到了米粒，快步跑了过去。米粒凑到邰玉耳边轻声说："我们班今天有元旦班会。想找你借一身好看点儿的衣服，稍微打扮一下。"

"好啊。"邰玉爽快地答道。

邰玉把自己在接受日本 NHK 国家电视台采访时的那身行头全部平移到了米粒身上：浅粉红的半长粗呢大衣，内衬黑色高领的弹力紧身开司米毛衣，下身是一条深咖啡色的紧腰过膝的百褶开司米喇叭裙，腰间系上了三寸宽的黑色软羊皮皮带，皮带的扣袢是银色哑光的椭圆形金属环，在把腰身束型的同时能把所有的注意力都吸引到扣环的"O"形设计上——这一身简洁大方又有新意的造型看起来就是时装杂志上的明星穿搭。鉴于裙子和毛衣都是收腰的，要的就是展现出身体的自然曲线，邰玉便把自己还没有拆封的全新的肉色羊毛裤袜也贡献了出来，替换掉了米粒原先为了保暖穿在里面的鼓鼓囊囊的秋裤。米粒的纤瘦在衣装的塑造下变成了修长，略显生涩的表情在时髦衣裙的衬托下显得有些孤傲，换装后的丑小鸭就真的像只俏天鹅。从上到下的这身行头，除了参加几次重大场合的出访活动，邰玉平时也是不舍得穿的；毕竟，一件价钱达到三位数的开司米毛衣，抵得上邰玉几个月的工资了。要不是去日本演出有补贴，邰玉还真是拿不出勇气和闲钱去买这么贵的衣裳。一分价钱一分货，这身装扮给任何年轻女孩子穿上，那种洋气劲，走在街上绝对能招来相当高的回头率。

在邰玉的调教下，那天的程米粒不仅穿得靓丽光鲜，脸上还化了妆。打粉底、抹腮红、画眼线、刷眼影、夹睫毛、涂膏液、美目贴……邰玉在米粒的脸上把化妆这事搞得过于复杂和隆重，结果就是，米粒带着这样一身让所有人眼睛一亮的装束回到教室时，所有人都震惊了。这是真正意义上的有备而来，也是名副其实的盛装出场。

作为备战高考前的第一个也是最后一个新年主题班会，在约定好的下午四点钟时，班主任带着所有的任课老师准时悉数到场。老师们整体入座时，为班会特别助兴的双卡收录机里正巧是播放着苏芮的劲歌《跟着感觉走》，歌词中循环唱道的"跟着感觉走，紧抓住梦的手"，踏着老师们行走的节奏，有种特别应景的喜感。班长领头为老师们鼓掌，全班同学跟着全体起立、呼应掌声。老师们见状也鼓起掌来。语数外政史地这六位老师的入场仪式不用彩排也搞得像是迎接外宾般隆重。老师们一改平日里的严肃表情，每个人的脸上都堆满了笑容。

待老师们坐定，兼任语文任课老师的班主任肖老师作为代表讲了开场白：

"同学们，今天你们看到我们，心情是不是和平时不太一样？我能感觉到你们刚才送给我们这些老师的掌声是真心的欢迎。为什么呢，因为今天我们走进教室的时候，两手空空。你们看，我们手里一没有考卷，二没有习题……你们心里是不是在想，只要不拿高考来折磨你们，老师们其实还是蛮可爱的……"

肖老师说到这里的时候，全场都哄笑了起来。

同学们又自发地响起了热烈的掌声，然后，继续听着肖老师的寄语：

"我充分理解你们对考试的抵制的情绪。把高考比喻成是个刺猬，谁抓到它都扎手。你看啊，你们当学生的，觉得高考像是个噩梦，因为它是千军万马挤独木桥，一不小心就会被挤下去，虽然摔是摔不死的，但复读的滋味可能就像是嘴里吞了苍蝇；我们当老师的，没觉得高考是噩梦，但它关系到我们的职业生涯啊，要是哪一届的学生高考考砸了，学校的口碑也就跟着搞砸了，那我们这些带班的老师们，就有可能背上误人子弟的恶名，那不是跳到黄河也洗不清吗；还有你们的父母，他们是最巴望着你们好的，他们生你们养你们一场，不是为了折磨你们，是为了让你们快乐的；他们每天好吃好喝地供养着你们，把你们送进了武汉最好的中学,为的是你们能过得好,希望你们现在好,将来也好,但他们也被高考这道坎给堵了胸口,你们跨不过去,他们也就被跟着堵在这一头……

"所以,在今天这个辞旧迎新的班会上,我还是要跟你们说句你们可能不爱听的大实话——同学们,高考是一道分水岭,你们必须要知道,从它结束的那一刻起,你们光凭自己的努力就能做好一件事情的机会,就越来越少了;不管你是鲤鱼、是金鱼,还是天生的龙王王子,希望你们把握好这个跳龙门的机会……

"请你们记住,你们的名字是从你们一出生起就跟随你们一起的,这是你们人生中最重要的一个代号,这样一个代号,已经伴随你们从小到大、迎来过一次又一次的胜利了,它没有理由不出现在那份万人不可及的通知书上……"

肖老师的话让气氛一下子变得凝重起来,但学生中还是陆续响起了掌声。先是稀稀拉拉的几个人,只用几秒钟的工夫,所有人都跟着响应了起来。老师的寄语里既有让人深思的哲理,但更多的还是鼓舞斗志的祝福,尤其是最后一句话里的双重否定之强烈肯定——"没有理由不出现"——这就是这些一路过关斩将的重点中学学生们最容易被激发和振奋的号角。

待掌声安静了下来,肖老师又接着说道:

"我看到了,你们今天很是花了些气力,把教室大变了个样。这比平时让你们多做几套样题的时候要来劲多了。我跟你们一样,也喜欢过年过节,不喜欢考试做题。但我知道,我们之间是有代沟的;不管这教室怎么变来变去,只要我们在场,你们就总会觉得,教室像考场,我们这些老同志们是监考官,像阎王。你们放心,我们马上就会撤了,把场子完完整整地留给你们。我们也想早点下班,早点回家……(笑)在我们离开前,想跟你们一起做个小游戏——你们看,我带来了60张红色的纸片,请班长发给大家,人手一份。我想请每位同学在上面写一句新年祝福的话,留下自己的名字,然后把它折起来,放到讲台上的这个大盒子里。等所有的同学都写完收集完成后,大家再轮流从盒子里抽取一张,看看自己得到的祝福是什么,这份祝福来自谁。这个游戏就由我们起个头,刚才我们6位老师已经先写好了,我们就先把我们的祝福放进盒子里……"

班主任老师说完后,其他几位老师就依次把自己手里已经完成好的红纸条折上几回后,放进了盒子里。然后,老师们向同学们挥手致意,说道,"我们先撤,你们就尽兴吧",就此离开。

老师们一走,教室里作为气氛担当的双卡录音机再度响起。机器里装的是苏芮的磁带,所以接连播放的歌曲依然是她的声音。这一次,是那首《一样的月光》,苏芮那极有标识度的嘹亮嗓子在空气中呐喊着——

人潮的拥挤，拉开了我们的距离；
沉寂的大地，在静静的夜晚默默地哭泣。
谁能告诉我，
是我们改变了世界，
还是世界改变了我和你……

——这是米粒很喜欢的一首歌。她喜欢苏芮在歌中表达的那种声嘶力竭地跟命运的较真。不管是我们改变了世界，还是世界改变了我们，我们能在这世界上高声歌唱出我们的困惑，这就是难得的勇气和力量。

跟着磁带里的旋律轻声合唱的米粒拿到了红纸后，想了想，又看了看四周，提笔写道：

九头鸟：
　　祝你新年金榜题名，祝你此生前程似锦，祝你始终在梦想中奋力成长，所向披靡。

程米粒

米粒故意把提头写成"九头鸟"，还是花了点小心思的。她实在想不好有什么具体而又妥帖的方式比这个更合适去称呼这么个装在盲盒里的同班同学——写"某同学"？看起来像是公安局的案情通告上的写法。写"亲爱的同学"？肉麻不肉麻啊？写"你好，同学"？好像也不符合标准的书信格式……索性就随意些，称呼对方为"九头鸟"，大家都说"天上九头鸟，地上湖北佬"，按这种说法，班上的每位同学都是武汉土生土长的，是名副其实的"九头鸟"了——这样的称谓，谁抓到了都通用。

米粒看到，大多数的同学都写好了。班长把盒子抱在胸前，沿着围成环形的课桌，逐一收取。班长走到米粒跟前，等她把她的红纸条对折了两次，放进了盲盒。离开时，随口说了句："你今天真好看，完全像是变了个人。"米粒笑了笑，不说话。班长是个很傲慢的男生，平时跟人讨论问题时常说的口头禅是"我的个人观点是——"，一派极有主张又唯我独尊的样子；能从他嘴里得到这样一句夸奖，米粒笑眯眯地收下了，不作回应，免得话说得不对路又被班长把这句话给收了回去。

看着班长忙碌收取祝福纸条的背影，米粒很想知道，等下会是谁得到她的祝福呢？她写下的都是她很想说给自己听的话，得到这份祝福的同学，会喜欢她的想法和她写的语句吗？人家会不会以为她写的"奋力成长""所向披靡"这样的用词太过任性强势？她是个一贯中规中矩的好学生，这些话语似乎暴露了她不为人知的一面，这样做真的合适吗？"九头鸟"这种称谓，可褒可贬，有时候是夸人聪慧，有时候是骂人狡诈，各种理解见仁见智，收到她纸条的同学会不会觉得这样写是种嘲讽？……想来想去，米粒又倏地想到，最后收到纸条的，会不会是给她抄写《上邪》的佟彬呢？如果是这样的巧合的话，那也算彼此有缘了。有过这样的想法，米粒自己也觉得好笑起来——不至于吧？天底下哪有这么巧的事啊？

班长先是以顺时针方向围着课桌收取的纸条，等确认每位同学写的红纸条都扔到盒子里之后，他把盲盒抱在胸前抖了又抖，让里面的纸条能颠倒一下位置，还装模作样地往里面吹了口"神仙"气，然后，以逆时针方向沿着桌边再走一圈，让同学们每人从中摸取一张纸条来。收纸条的时候，米粒是靠前的，等到再抽纸条时，她的次序就靠后了。她看到佟彬从盒子里抽了张纸条，他随意地打开后，快速地看完，然后把纸条放进了口袋里。那时，米粒真想凑过去看一眼，确认一下他抽到的是她写的那张吗？

班长走到了米粒跟前，说："闭上眼睛来抓。"

米粒顺从地闭上了眼睛，摸到一张，取了出来。打开一看，她忍不住笑了起来——纸条上的字迹她再熟悉不过了——

她抽到了自己写的那一张。

望着自己写给自己的话，她有些惊讶，很快又释然了下来。她意识到，世界上也许真的是有巧合的，而所谓巧合，其实就是天意；老天爷就是希望用这种方式让她知道，她这只"九头鸟"会金榜题名，会前程似锦，终有一天，会在自己无限辽阔的梦想中奋力成长，所向披靡。她把纸条小心地折回原来的印痕，放到了自己身穿的郁玉的大衣口袋里。

等所有人都抽取完纸条后，班会就进行到表演节目的环节了。米粒在文艺表演方面总是有些露怯的，没有受过这方面的专门训练，她害怕自己会出丑。于是，她就联合了另外两个女生一起，来了个三人联唱的《春光美》，一人轮着唱一句，唱到主旋律时就齐声合唱，互相补拙。歌目是米粒选的，这是世面上极流行的一首抒情慢歌，歌词里唱的就是在冬季里对春天的展望，正好符合元旦迎新班会的主题；很重要的一点是这首歌的旋律曲调不高，不像苏芮的调子，一般人爬不上去：

> 我们在回忆，说着那冬天，
> 在冬天的山巅，露出春的生机，
> 我们的故事，说着那春天，
> 在春天的好时光，留在我们心里，

我们慢慢说着过去，微风吹过冬的寒意，
我们眼里的春天，有一种神奇。
一遍一遍深情回忆，春天带来真诚友谊，
我们眼里的春天，有一种欢喜……

三人联唱时，米粒因为穿了高跟皮靴，个子最高，就站在了正中间。也正是因为今天的装束给米粒带来的自信，她踏着节拍晃晃悠悠地唱着，比以前任何时候都要舒展自如。在她的感觉里，即将来临的春天，像歌中唱到的那样，"有一种神奇"；而眼下的今天，也像歌中所唱，"有一种欢喜"——那是被人喜爱和自我欣赏的欢喜，是灰姑娘穿上了借来的水晶鞋后变身为公主的欢喜，是九头鸟找到了自己的欢喜。尽管她深知，今天过后的新年，就是高考倒计时了，但是，今天的我是美丽的，今天的我，美丽过。

主题班会从天亮开到了天黑。班干部用班费买来的几大包散装的瓜子水果饼干，在几个小时唇干舌燥的歌唱和聊天过程中，自然而然地被大家伙儿给消灭得干干净净。看到大家也都尽兴得差不多了，班长就宣布，进入今天班会的最后一项——迪斯科舞会，教室里同步播放起了震耳欲聋的背景音乐——《猛士的士高》。米粒看到外面天都黑了，想到母亲总叮咛说的"有钱先还债，无事早归家"的老话，就带上自己的书包，兀自地离开教室。她要先去对面的汉剧院找邰玉，把借着穿的衣服赶紧还给姐姐。

经过汉剧院门房时，看门的老师傅居然问都没问就让米粒进去了。米粒心生诧异，再次感叹这身衣装给人带来的变化。看来，"人以貌相"，还真是亘古不变的真理啊。

米粒去敲了邰玉寝室的门，里面有灯，但没人应门。她抬头看到楼上练功房里还亮着灯光，就径直走上四楼去。排练大厅里，只有邰玉一个人在大镜子前压腿。她安静地定在那里，若有所思的样子，像一幅画。

"还在练功啊？"米粒走过去，说道，"今天是新年除夕夜呢，我看你们剧团都走空了，连门房的老师傅都不'管闲（管事）'了。"

"你吓我一跳。"邰玉收起了腿，笑着问，"你们班会结束了？"

米粒答："我们同学还在教室里'板沙（穷折腾）'，我先溜了出来。要赶紧把借你的衣服还过来啊，'有借有还，再借不难'啊……"

"衣服不着急的，暂时我也穿不到它们头上来……"

"等今天过完了，我就要全力以赴准备高考了。估计在高考前我们是难得再见面了的。今天的班会上，老师一开场就提醒我们不能在千军万马挤独木桥的时候给挤到桥底下去了，"米粒说，"我要收心了，要把你锁到抽屉里，等高考结束后再打开。"

"没关系，你知道的，什么时候我都在这里，你随时都可以过来这边和我分享生活，也可以跟我抱怨委屈……"邰玉牵着米粒的手说着，边说边走到门边，按了墙上的开关，关了灯，再拉着米粒一起从练功房里走出来，关上大门。她指着排练厅的那扇对开的大门说道，"就像这扇门，对于放心的人来说，锁不锁，都没关系。你就记得，我们俩是一伙的，我永远都会站在你这边……"

离开练功房，两个女孩子肩并肩地下了楼。

一进寝室，米粒就迅速而轻巧地把邰玉借给她的衣服，一件件以身体退出的方式小心翼翼而又完完整整地剥离下来，交到邰玉手上。她说："姐姐，太谢谢你了，好啦，衣服都完璧归赵啦。"

"不要这么见外，这些东西你要是喜欢，借走，或者干脆拿走，都没关系的。"

听到邰玉说得这么亲密而又爽快，米粒想起了一件事。她从书包里拿出一张卡片，递到邰玉手上说："这是我今天收到的一张贺卡……我不能把它带回家。能不能拜托你帮忙给保管一下啊……"

"哇，这是情书啊……"邰玉浏览了一下卡片上的文字，问道，"你也喜欢他吗？"

米粒摇了摇头。

邰玉有点不相信地追问道："真的吗？"

"你又不是我妈妈，我为什么要去骗你呀？"

"那你干吗还把这卡片藏着掖着？不喜欢的话，退回去，或者撕掉它。"邰玉说。

"我怕我以后再收不到情书了啊……"米粒支支吾吾地说着自己的心里话。

"拜托啦，像你这么好的女孩子，不会缺人爱的……"邰玉说，"你要学我——我跟葛军吹了，我就跟自己说，没事，你不会缺人爱的。"

米粒一愣，"怎么了？你们分手了吗？"

邰玉点点头。

"为什么啊？"

"不知道，"邰玉脱口而出了这三个字之后，又补了一句道，"他在信里说感觉我们不太合适……但我觉得这不是理由。"

"这当然不是理由啊，他是不是又喜欢上别的女孩子了？中戏美女如云，他是不是挡不住美女的诱惑啊？"米粒义愤填膺地说，"或者……是不是他到了北京，心气就高了，所以，看不上你了啊？"

"不知道。"

邰玉又重复了刚才的那三个字。她的语气很平和，就像是一个不爱管闲事的人在议论别人的事情时想快速地结束这个话题那样。她是那么善于隐藏心事和秘密，连米粒也禁不住要把自己那点小小的秘密，也一并交给她来保管起来。

十六

1989年的春节在程米粒的记忆里，就没有任何过年的感觉。对于他们高三毕业班，学校就没给他们留几天的假期，而这个假期交到她母亲彭一方手里后，就更要掐头去尾了。彭老师要求米粒每天吃过早餐后就在她的高中年级组大办公室上自习，到了午餐和晚餐的时间点她会喊米粒吃饭，吃完饭后继续回办公室看书做题。也就是在除夕那一天算是给她放了一天的假。老程老彭带着米粒去到汉阳跟三孃和叔叔婶婶拜了个年，一起吃了个团年饭，到晚上回家后，彭老师跟米粒说，等一下你可以一起看看春节联欢晚会，但不要熬太晚，明天早上正常七点半起床；最后几个月了，不要功亏一篑。既然母亲这么说了，米粒干脆识相地拿起自己的书包，跟父母打招呼道，春节晚会我就不看了，我去妈妈的办公室复习功课去了。

以平时积攒的课业功底加上这样抱佛脚的虔诚，在春节过后的第一次摸底考试中，米粒不出意外地又是全班第一。成绩出来后，班主任肖老师把米粒喊到办公室告诉她，有几所大学来我们这里要保送生，文科生里面我第一个就考虑到了你。你回去跟你父母商量一下，尽快答复我。

米粒问，都有些什么大学啊？

"珞珈大学，华工，华师，湖大……基本上武汉的好大学都发来了邀请函。你学文科，珞大的文史哲专业在全国都是数一数二的。我看你去念珞大就很不错。"肖老师喜笑颜开地回答说。

"那……这次有外地的大学吗？"米粒又问道。

"有是有，但都不如珞大好啊。以你的成绩，你要是想去外地念书，估计只会盯着北大了吧。"肖老师的回答是善解人意的。

"要是保送的机会里没有北大，那我就自己去考吧。"米粒斩钉截铁地说。她的答案让老师非常吃惊。她解释道——

"我就想去外地上大学。"

"我建议你还是回去好好跟父母商量一下。我们学校每年都有好学生考砸了的情况。跟你一样的，实力摆在那里，本来是想考清华北大，各种主观客观的原因导致高考时临场发挥得不好，最后落得上只够上江大的分数线。"

——肖老师的话说得真诚中肯。他提到的"江大"是江城大学的简称，这是一所武汉市属的大学，在20世纪80年代，它的办学规模不大，创办之初只是针对本市户口的应届高三毕业生来招收些实用型专业的大专生；在重点中学的老师和家长们看来，它和珞大的差距即使不说是有"天渊之别"，那也是隔着几条长江汉水的。

肖老师继续殷切地启发她道："你觉得有必要去冒这个险吗？保送名额在每年都是要抢破头的，我最烦那些走关系走后门来抢保送生资格的。人家大学要的就是好学生，所以我们也应该推荐最好的学生，不然，这保送就变味道了。我是因为你确实优秀，所以第一个来找你谈。你要是被保送了，下个月就能拿到大学的录取通知书，可以少起码四个月的煎熬啊……"

米粒毫不犹豫地回答说："谢谢老师对我的关照……但是，我就是想考北大……"

老师若有所思地点点头，然后又叹了口气，道："你们年轻人啊，还是吃的亏太少了……"

米粒把保送这事就这么悄悄地吞进了肚子里。她和她的外公、母亲和父亲一样，在人生重要的节骨点上，有着想当然的任性。也许他们的这些决定在外人看来和他们一贯的谨慎和循规蹈矩相去甚远，或许正是天长日久积攒起来的被压抑的渴望，让他们总是会在某一个关键的时间点上，爆发出来。

米粒继续按部就班地每天上学放学，看书做题，披星戴月地过着高考倒计时考前冲刺的日子。

直到几天后的一个晚上，彭老师突然问米粒道："你们学校有没有老师同学谈到保送的事情啊？我记得我们学校田老师的孩子就是去年这个时候保送到华师的。"

母亲的提问，让米粒有些始料不及。她支支吾吾地回答说："这个，嗯……我没太在意啊……"

"推荐保送生这么大的事情你不在意吗？"彭老师的语调马上提高了几个声部道，"我明天就到你们学校去问问，看看到底是怎么回事？！"

彭老师说到做到的脾气，米粒自然是再清楚不过了。纸终究是包不住火的。米粒也终究还是没有撒谎的胆子。在以彭老师为核心的家里，米粒的自主空间仅限于报喜不报忧，充其量就是有事也憋着不说，睁着眼睛去说谎的胆量她是没有的。她闪躲着不敢去看母亲的眼睛，低头小声说：

"您不用去学校找老师问，老师跟我说了这事……我说我想自己考……"

"你是脑子进了水、还是吃错了什么药啊？有保送珞大的机会你不要，你以为你是北大清华都要哭着喊着求你去的啊？你知不知道自己的斤两？你要真是那种五百年才出一个的天才，怎么没让我看到你有本事像宁铂那样在12岁的时候考上中科大少年班啊？你能在珞大念书我就心满意足了，像你这样自以为是的丫头片子是不能离开武汉的……要是没有我在身边总是敲打你，都不晓得你会给我捅多大的娄子……就这样，还是防不胜防，我还要时刻准备着给你去当事后诸葛亮，帮你收拾烂摊子……"

当彭老师得知真相后，气得连珠炮似的一串排比句就上来了，以她这个大学毕业生肚子里装的墨水，批判程米粒这种不知天高地厚的还在念高三的黄毛丫头，有的是钝刀子磨皮的损招。在彭老师的直觉里，长期在她管教下的程米粒不应该具备这种擅作主张的胆量和能力；在她的想象中，也实在找不到什么理由会促使米粒放弃保送名牌大学的机会；在她的意识里，她更是从未认识到，自己生养出来的这个从一开始就冠以"珍贵婴儿"的宝贝女儿，愿意以前途来下一个最大的赌注，去博一个可以离开她的未来……

"不行，明天我还是要到你们学校去找老师谈谈……你是乳臭未干、臭不懂事，我们当家长的得要把事情掰回来……你知不知道你给我找了多大的麻烦啊，你怎么就这么不让人省心呢？所以，我说的没错，就必须要把你捆在裤腰带上，时时刻刻看着你！就算是现在这样，让你天天杵在我眼皮子底下，你还是总能生出新的巧板眼来……"

第二天一大清早，彭老师就骑着她的凤凰28型自行车到米粒的学校去了。

母亲跟肖老师谈了些什么，米粒并不清楚。只是那一整天，她的心跳得特别快，任课老师们在课堂上的讲授内容她一个字也没有听进去，好像千军万马都在她的心脏里打架一样；到后来，那片小心脏的战场还不够，丁零咣啷地就杀将到她的脑子里去了，整个大脑都被搅乎得一塌糊涂。

课间休息时，米粒去上厕所，在走廊里看到了班主任肖老师走进办公室的背影。她估摸着，肖老师跟母亲的会面已经结束。她不知道等待她回家的结果会是什么，于是，回到教室后，她扭头跟坐在背后的佟彬——就是在新年贺卡上给她抄写了《上邪》诗篇的那个男同学——说道：

"今天放学后，我们一起走吧。"

佟彬的家就住在六渡桥的铜人像附近，步行着就能回去。他不像米粒那样，每天还需要跑月票坐公交。他不太明白米粒说的"一起走"是个怎样的走法，但是，米粒的邀约，他是乐意接受的。

放学了，同学们陆陆续续离开教室，佟彬就留在座位上。他和米粒一前一后地坐着，等到同班同学走了一大半，米粒回过头跟他简单地说了两个字：

"走啊……"

他俩一前一后地下了楼。米粒走在前面。

站在一楼的那面大镜子前，米粒故意停了一下，让佟彬也一并进了画。他们看到了镜子里的他俩。

米粒冲镜子里的佟彬笑了笑，她通过镜子看到，佟彬低下了头。

自从元旦班会那天佟彬给米粒送过贺卡后，他俩之间再没有说过一句话。反正佟彬坐在米粒的后座，米粒可以完全无视身后这个人的存在。但佟彬不一样啊，每天上学上课他只要一抬头就会看到米粒的后脑勺和背影。这个背影上，仿佛全是烙印着那首他倒背如流的《上邪》。年少的时候，男生喜欢女生，大概都有过那么一种欲言又止但无处不在的惦记吧。自己说过的话，想说的话，还有对方的回应，恐怕有事没事就会在脑子里反刍一遍；碰上投缘的古诗或者流行歌曲的歌词，光记在脑子里还不够，一定是要找个小本本好好地摘抄上去，唯恐忘记。其实，怎么会忘呢？那些诗词歌赋帮他们说出了自己的心声，闭着眼睛也是如数家珍的啊。这种提不起又放不下的心事，算得上是爱情吗？他们都不敢去想。

从一中的大门口出来，他们直接过了马路，蹿进了对面的小巷子。又是从汉寿里绕桃源坊，只有这种曲里拐弯的小巷深处，能掩藏他们的慌张。他俩一前一后地走着，谁也没想好用来打破沉默的话题。

眼看着巷子快要走穿了，佟彬开口问了一句，你有事找我吗？

米粒停了半步，终于跟佟彬并排走到一起。她点点头说："算是吧。"

"什么事？"佟彬谨慎地问道。

"我妈今天到学校来了……"

米粒看上去是答非所问，实际上，双方都能明白这句话意味着什么。佟彬的父母也都是老师。像他们这种教工子弟，最害怕父母跑到学校来。一般来说，只要父母见到了老师，等回家再见子女，就算是不至于怒发冲冠，那情况也好不到哪里去。整个家庭的氛围一定是乌云密布的，随时有可能电闪雷鸣。班主任和任课老师们不会跟家长说什么特别糟糕的差评，一般都是在表扬了该学生至少十来分钟之后，用一个"但是"做转折词，讲上一两分钟的缺点和不足；人无完人嘛，老师想找学生的茬，总是手到擒拿的，最不济，说些"上课打野（开小差）""喜欢小讲话""不是不懂，就是粗心"这一类的通病也行；而且，如果跟家长汇报一个学生的学习情况时只谈优点不讲问题，连老师自己都会觉得这不符合逻辑。就这么个十分之一二的缺点不足，好像就是家长们专门跑到学校要听回来的关键词，回家后就以之为起点对孩子进行训诫，逐渐上纲上线，逐渐升级上火，直到家长们自己触及到燃点，最终实现爆发。

"你没跟你妈说什么吧？"佟彬问。他暗指的是他写的贺卡。

"你觉得呢？"两个十几岁的孩子打着属于他们的哑谜，有些话不点破，但彼此有着高度的默契。米粒的意思就是说，如果换成是你，你是不会说的，对吧？那么，我也一样。

"那她怎么会这个时候跑学校里来啊？"确认了程米粒的母亲突然造访学校和他没什么关联，佟彬算是放下心来，然后，继续关切地询问着。

"学校本来打算保送我上珞大的，但我跟肖老师说，我不要保送，就想自己考。我要去北大。这事被我妈知道了……估计她今天过来，是想帮我要回这个保送生资格的……"

"能保送这该多好啊……你真是饱汉不知饿汉饥啊……"佟彬羡慕地说道。

"不是我不想保送，我只是不想在武汉上大学……"

"你约我就是想说这事？"佟彬问。

"你以为呢？"米粒反问道。

"这算个'么斯事情撒（什么事情呢）'……你妈今天来学校，如果她帮你把这个保送资格要回来了，那就是个好事啊；要是要不回来了，你就自己考呗，反正你之前瞒着你妈，也是准备自己去考的嘛……"

米粒叹了口气，不作声了。佟彬的话听起来没有任何毛病，但这不是她想从他那里听到的安抚。原来，世界上并没有什么感同身受的事情，她的紧张，她的憋屈，她尴尬的处境，他都是无法理解的。通感，对于聆听者而言，就是无感——佟彬确实无法理解米粒，保送这么好的事，她居然会放弃；看起来她是那么害怕父母，但这么大的决定也敢瞒着父母就擅作主张……

"你想考哪所大学？"

沉默了一阵子，米粒问佟彬。

"这种事情，由不得我选吧……我成绩不如你，也不会有什么保送的馅饼从天上掉下来砸到我身上……还不是要到时候看情况看考出来的分数啊。"

佟彬轻声答道。

米粒摇了摇头，心里想说的是，真是没出息，连个高一点儿的目标都不敢给自己设定。古人都说过，求其上者得其中，求其中者得其下，我连珞大的保送生资格都不想要，就是为了背水一战、争口气要去考北大的，你倒好，还没上阵就开始给自己找台阶下了。这些话她没有说出口，但她心里很清楚，听到佟彬这番话之后，自己再不会有第二次去约他一起放学同行了。

佟彬把米粒送到了中山大道上的2路电车站。

车站的背后是一连排的服装店，赶在夏天到来之前，店家就开始卖着些花里胡哨的广式衬衫，男款女款都有，上面印制的图案夸张得像是舞台表演才会穿的戏服。其中有家店里架了个大喇叭，于是，从他家喇叭中发出的声音便垄断了小半条街的听觉世界。佟彬陪着米粒等车的那会儿，喇叭里播放的是市面上正流行的一首《潇洒的走》。唱歌的歌手叫张蔷，前卫得不行，有一头爆炸款的卷发和一腔自带电音效果的爆炸歌喉，用米粒妈妈的话来说，张蔷就是那种一眼看上去就是个"牛打鬼"的样子。她应该比米粒他们大不了几岁，成名大概也就是在十七八岁的年纪上。好像一夜之间，"牛打鬼"张蔷就在全中国火遍了。当父母的似乎都不怎么喜欢张蔷，但也会跟着年轻人一起哼哼着张蔷唱的那些歌。她的歌没什么原创，差不多都是港台舶来的流行曲目，容易上口也容易上头；于是，一个爆炸头加爆炸喉的张蔷，再加上费翔苏芮，以及乘风破浪的《猛士的士高》的旋律，就常年覆盖了整个六渡桥的背景音。

佟彬和米粒就在张蔷那一浪又一浪重复着的撕裂歌声中，想着彼此的心事，也揣度着对方的心思：

　　也许你从来不愿告诉我
　　我也不再想问你为什么
　　夏日风已吹远
　　吹得无影又无踪
　　所以我将会忘记昨夜的你……

张蔷反反复复地扯着嗓子吼叫着，米粒他们要等的 2 路电车却一直没来。下班时间，只有双向对开车道的中山大道，堵车是常态。

米粒冲佟彬说了句，你回去吧，不早了。

佟彬回应说，没事，我陪你等吧。

米粒看了看天，又看了看周围，坚持着说道：

"有这么多人陪着我一起等呢……你回去吧。"

佟彬也不争辩，低着头说了声"再见"，就听话地还是低着头离开。这个连在两人独处时说话都不敢抬头直视程米粒的男同学，一点也没有他抄写的《上邪》诗篇里的那种果敢大气。

米粒看着佟彬低着头过马路的背影，再次对着空气摇了摇头。她在 16 岁时，并不确切地知道自己想要什么样的未来，会跟什么样的人在一起同行同伴；但那个在 2 路电车站等车的傍晚时分，以张蔷那撕裂了空气的歌声作为见证，她确切地知道了，有些人，她是不会去选择的。

爆炸头的张蔷依然还躲在车站背后那个聒噪的大喇叭里，不厌其烦地循环吼叫着——

> 别说爱情，就是你的名和姓
> 除了感情，你都不愿再接近
> 所以我将会忘记你的背影……

保送上大学一事，在彭老师这样懂行、懂事、锲而不舍而又舍得一身剐的周旋下，终获转机。1989年那一届的高考，米粒的同学们交出的答卷差强人意，这一次，是真的应验了老师们之前的那句玩笑话——"你们是我带过的学生中表现最差的一届"。虽然以高考升学率和一本上线率来衡量，一中的这些孩子们还是全员上线，但很多按平时成绩来看完全可以进"北大""武大"的学生，最后只拿到了"湖大""江大"的录取通知书。这对校方和家长们来说，都很受挫败。很难说这到底是一中一贯坚持的"放养"教学法斗不赢应试教育的题海战术，还是因为置身于前进四路的这个校园里的学子们经不起时代"前进"的风浪，单看那一年全国的高考平均录取率所刷新的历史最低，大概也能归结是全社会的大气候使然。而在程米粒的家中，彭老师又多了一份斩钉截铁的论据，"在这种大气候之下，如果不是我当时豁出去了为米粒要回那个保送名额，她还想做什么去北大的梦？估计连珞珈大学也都要做梦才进得去了吧？"

最后返校那天，有同学带去了相机，同学们三三两两地各自组合，跟校园、跟自己的小伙伴们留下了依依不舍的情谊纪念。在那些合影中的米粒，像是温室中没怎么见过阳光的人儿似的，显得比照片中的其他同学要白皙许多。生活里的她，见到了久违的同学们，也感觉到了某些莫名的隔阂。和其他同学那么惊心动魄的临考前的三个月比起来，她的这段人生过得就像张白纸似的。其实，她就是彭老师带到这个世界的一张白纸，上面只能书写彭老师认为值得留下的痕迹。

米粒见到了佟彬。

她问他，准备报哪个大学？

答曰："分数线不够进珞珈大学的，当不成你的同学了。"

米粒笑笑，说："我问的不是这个意思。"

答曰："我知道你是什么意思……我就是觉得，考成这样，挺没意思的……"

米粒耸耸肩，没有接话。

"我可能只能选个好一点的大专来读了，我父母建议我填志愿选警校。"

"以后当警察啊？"米粒笑着问，"那也挺好啊……以后，我们捡到了一分钱，就都跑去交给你就好了……"

看气氛有点尴尬，米粒就故意说了句笑话。"我在马路边，捡到一分钱，把它交到警察叔叔手里边"，这是米粒他们小时候人人都会的歌谣。

"喂，那张卡片，嗯……你明白我意思吧……我是说，你要是没有扔掉它的话，就还给我吧。"佟彬突然低声说道。

米粒当然知道佟彬说的"卡片"指的是什么。他俩之间的这种对话真是天一句地一句的，她有些不明白佟彬在这个时候提到它的意图。是想回收自己说过的话，还是怕生出新的事端？或者说是以要回卡片的名义、再约下一次见面？……自从有过那张卡片，程米粒和佟彬之间的交往就总有些别扭，两人都在闪躲些什么，也都知道原因在哪里。但是，只要佟彬不主动去提，米粒还真没专门去想这回事。

卡片一直都寄放在邰玉那里呢。米粒几乎是不假思索地就回复道：

"对不起，我已经撕掉它了……你放心，它不会给你带来任何麻烦的。"

"我是怕给你惹上麻烦了。"

米粒再次沉默。

"以后，我们可能很难再见面了……"佟彬低着头嗫嚅着，他还停留在自己开启的话题里，"那件事，我一直很后悔——不该给你那张卡片的……既然你已经撕了，就……挺好的。这个，是我昨天晚上写的……你看完以后也撕掉吧……"

说完，佟彬又递过来一封信。和上次一样，没等米粒拆开来看，他就赶紧隐身了。

也和上次一样，佟彬写给米粒的话，依然是没有提头和落款：

　　我慢慢地意识到，有很多事情是我无能为力的。
　　比如说，我那么努力地想考个高分，考上珞大，继续做你的同学，但是，事与愿违。
　　比如说，那天班上的联欢晚会上抽签，我偷偷地抓了两个纸条，给自己多找了一次抓取的机会，就为了想能抽中你放进去的那一个。我想把它当成是你送我的新年礼物，但是，事与愿违。
　　我很在意你，你大概无法想象，那天你邀我下午放学后跟你一起走，对我来说是件多么高兴多么美好的事情。我像守财奴似的珍藏着那个下午和你交往的每一个细节。但我也很清楚，对你而言，我是可有可无的。所以，事与愿违。
　　明天是毕业班一起拍合影的日子。睡不着，盼着早点天亮，早点可以见到你。
　　毕业了，对我来说，许多遗憾。最重要的一点，就是你再也不会和我作为同学了。明天是我们第一次合影、也许也是最后一次。以前，你就坐在我前面，那么近，我却连用手指点一下你后背的勇气都没有。以后，连这个机会也不会再有了。真的很遗憾，我没有珍惜。

如果我们可以重新回到那个课堂里就好了。

但是，也许情况还是会像上次我抽签，哪怕老天爷再给我一次机会，我想要的东西也还是得不到，你也还是不会在意我。

我知道自己不该写这些话，就是写了你也不会在意。但我心里，还是希望你能在意一次的。

读到这些文字，米粒的脑子里突然就蹦出了那天跟佟彬在电车站道别时听到的张蔷的歌声，"别说爱情就是你的名和姓，除了感情你都不愿再接近……"这旋律真是容易上口又上头，不尴不尬地就应了米粒当时的处境。

她把信上的文字又通读了几遍后，迅速地把它们撕成了碎片，握在了手中，转头就扔进了女厕所的坑道里。那些无处收藏的东西，最好的处理方式就是销毁得一干二净。这是米粒在应对她的严母时养成的习惯，那时候的她并没意识到，她在严格家教下对一段虚无感情的抛弃方式，和母亲在浩劫年代对家传祖物的处理方式，如出一辙。

也许这并不是佟彬期待的结果，但是，世间哪有什么惊天地泣鬼神、"乃敢与君绝"的情感呢，芸芸众生，不过都是水往下流、人往高处走。十几岁男生女生间的一些吸引、某些碰撞，被一次高考成绩所拉开的差距就能砸得片甲不留。其实也不是只有高考这一个关隘了，就算此刻大浪淘沙、还能一同前行的，到了下一个关口，谁知道又会遇到怎样的冲涤洗刷、再次分流呢……

从厕所中出来，米粒径直上了三楼，去到了久违的班级教室。自从几个月前她提前拿到大学通知单之后，她就再没有进去过那里了。从今往后，这间教室永远不会再属于他们这一届的学生了。

米粒看到，假期中，教室的门窗都是锁上的。这幢20世纪30年代修建的哥特式建筑，为了提高采光，每间教室的内空都奇高，两边的窗户也是从离地一米的高度起往上设计安装的，每列有八片高的大玻璃，两列一组，从教室的前门排到后门，不同的楼层，四到八组不等；只要站在走廊边，就可以看到室内的全貌。上到三楼，米粒站在自己教室的走廊窗边往里看，看她曾经坐过的课桌板凳，曾经写过的墙报黑板……她清楚地记得，从她的桌椅走到讲台有几步，走到前门有几步，走到背后的板报有几步。这么熟悉的场景，这么清晰的细节，以后就再也不能重置了……

教室明显地被打扫过。他们曾经在这里读书写字听讲的所有痕迹，都被人为地抹拭得干干净净。这是一间空荡荡的等待新生的教室，地面、讲台、桌椅上有着统一的扬尘附着的痕迹。前后的黑板都擦得一字不留。

　　从学校出来，米粒跑到马路对面的汉剧院里去找邰玉。难得出一回门，就要抓紧时间见见好朋友。连米粒自己也没想到，高中都毕业了，居然还没有之前上学的时候自由。

　　邰玉又在排练场里练功，浑身上下汗流浃背的。看到米粒过来，她招呼说，你到我寝室等着，我们一起吃午饭。

　　米粒摇头说不行，自己被母亲严加监管，就是过学校来照个毕业合影的，跑到汉剧院算是抽空"打野（武汉话里说的'做一些计划外的事情'）"，不能久留，马上就得回去了。

　　"你跟你妈说你跟我在一起不行吗？"邰玉问，"你妈不是汉剧、京剧的票友吗？我嘛，好歹也算是个汉剧名角了，你妈应该不会反对你跟我做朋友吧。"

　　"那好，这次我就试试吧。"

　　"你妈就像我们演戏里面的母皇太后……"邰玉说着就笑了起来，然后比画道："那种角色属于行当里的老旦，就是要那么拿腔拿调、器宇轩昂地端着的……"

　　"真被你说中了，以前她当票友唱戏的时候，还真是唱老旦的……她最拿手的就是演佘太君。不过，我既不是太子，也不是公主，又没有出生在将门，她总想用这种母后的威仪来钳制我，就是在拿大炮打蚊子。话说回来，放眼一看，我身边的同学父母都跟我妈半斤八两，可能他们那一代人觉得自己生不逢时，所以拼着老命也要逼孩子听他们的话，好好读书考高分，把他们年轻时没实现的梦想全都强加到我们身上。嗨，他们也不担心用力过猛，最后把我们都逼上梁山……"

　　"你这么在背后说你妈，估计她现在是要不停地打喷嚏了……"

　　"以后你有空去我们家看看吧，你见到的我妈，肯定和你现在听我说的不一样。我妈在人前可和颜悦色了，她就是对我从来不讲客气。"

　　"你是邀请我去你家吗？"

　　"当然啊，请你来我家，我妈肯定欢迎。你是名人啊，上报纸、上电视、品芳照相馆里都有你那么大的照片摆在街上呢……"

　　"真的啊？"邰玉欣喜地问着，看得出来她乐意接受这份邀请。但很快她就又补充说道，"跟你说实话，有时候我也挺自卑的，像你父母那种高级知识分子，会不会瞧不起我们戏曲演员啊。放在旧社会，戏子属于下九流……"

　　这一回轮到米粒笑起来了，她打断邰玉的话说道：

"我的好姐姐啊，你看看你，简直有点神经分裂了，先是劝我说可以打着你的旗号跟我妈请假要自由，现在又说你担心我妈瞧不起你，把你当成戏子……姐姐，挺起胸膛，自信些！你要牢记一点，你是著名的汉剧演员邰玉，500年才出一个的奇才！"

"拜托，汉剧也才400年历史呢……"邰玉虽然是被米粒逗乐了，但还是顺着她的话平静地又清醒地回应道，"我真是羡慕你，能上重点高中，能进重点大学，以后，说不定还要读硕士、读博士……我很清楚，只有像你这样受到系统的高等教育，才能真正在社会上成为受大家尊敬的人……要是有来生的话，我希望我能投胎到一个好人家，从小到大，能够顺顺利利地读书上学，不用八九岁就开始混生活。你看，我这么能吃苦，学戏能学到是班上最好的；要是给我机会，我想，我念书也不会差到哪里去……"

米粒用自己的肩膀去碰了碰邰玉的肩，安慰她道："说什么来生啊，多不吉利啊，我们这辈子也才刚刚开始呢……"

邰玉说："也是啊……事情总是要靠努力争取来的，你看，现在我不也在珞大念书了吗？虽然我这是个'水货'的，但也能七弯八绕算是你的珞大校友了。你记不记得我告诉过你的那个帮我们翻译日本剧本的原田教授？他现在在珞大开办了一个日语进修班，给在职的成人教日文。我就报名交学费去他那里上课了。去年我们的汉剧《曾根崎殉情》在日本公演后，当地的戏迷朋友一直通过各种途径想跟我们取得联系；原田教授转来了好多日本观众的来信，还有一些报纸上刊登的关于我们演出的评论文章。我必须要好好地学好日文，才能把辛辛苦苦积攒起来的这些来自日本的观众缘保留下来。现在，我每个礼拜都要过武昌去珞大上两次课，已经坚持好几个月了……"

"对啊，你这样就很好啊……你不光是到珞大去学日语，以后还可以去参加高考，正儿八经地去考个大学……"米粒鼓励邰玉说。

"我们这种在职上班的人想去参加高考就太难了，单位这一关就不好过，我中专毕业那年不就遇到过一回吗？还有，那些文化课也是想想都觉得可怕……毕竟我们是在该念书的年纪、把你们读书的时间都拿去学戏了。说起来我们汉剧院归文化局管，算是文化人，其实，有没有文化，我们自己心里都有数……除非，我们去报考艺术类的专业院校，文化课单独出题，对我们的要求和你们不一样。不想那么多了，我还是先老老实实地把戏演好再说。手里的饭碗要端稳啊……不过，我有时候也会去想，200年前徽班进京，是汉剧完善和振兴了京剧，汉剧演员中诞生了一批京剧大师；200年后我们汉剧出了国，说不定从我演的这部戏开始，就是当代汉剧的 个新高度呢——这是跟你开玩笑乱说的，人总要有点小野心的，对吧？"

米粒点点头，说道：

"在我看来，青出于蓝，就应该要努力去胜于蓝，这才是社会进步所需要的。任何一种艺术形式要传承，不靠年轻人来迭代更新，怎么传得下去？我就说过，你一定能超过陈伯华。这不是什么野心不野心的事情……毛主席都说了，世界是我们的，也是你们的，但终究还是你们的……"

"你总是能想方设法鼓励我，连毛主席语录都搬出来了，真有你的……你的这些话，我一直都很想听到有人跟我说，但是，除了你，谁也不敢这么说。"

"对啊，在你们汉剧演员的圈子里，陈伯华就是当代汉剧的天花板，谁要是敢说自己超过她了那肯定就是大不敬……我不一样啊，我是个外人，不怕看到皇帝的新装……"

邰玉压低了声音，制止了米粒道：

"你小声点，这可是在我们单位的院子里呢，隔墙有耳。在这个院子里，对陈院长，没人敢直呼其名的。你胆子太大了，这么说话要是让人听到了，我都要吃不了兜着走的……"

"好吧，等我进大学了，你就去珞大找我，我们俩在我的寝室里可以胡言乱语，既不用担心我妈，也不用担心会不会被别人捡了耳朵听到了。我估计啊，在我的同学中，就没有人听说过'陈伯华'这个名字……"

米粒说到这里，意识到自己讲的这句关于汉剧困境和小众现实的大实话可能有那么点"大不敬"，于是马上在言语上煞车，伸出胳膊搂住了邰玉的肩膀，道：

"到那时候，就该轮到我请你吃饭了。我要一点点积攒起跟你的交情，等到你以后成为火遍五大洲四大洋的大明星了，我就能牵着你的衣服角、跟你一起去看世界。我的好姐姐，相信我说的话，你一定会超过你们陈院长的……"

"哎哟，说得我都飘起来了……你这个小丫头，嘴巴可真是甜啊，"邰玉欣喜地说着，用左手点点自己的胸口，然后又伸出手去点着米粒的心窝处，道，"我俩的交情，早就摆在这里了，不需要你请我吃饭，"说完，夹了一块烧排骨送到了米粒的碗里，"我们需要的是相互加油。"

说到交情，米粒想起了一件事，于是问道："你还记不记得我请你帮我保管了一张新年贺卡吗？"

"嘻嘻，当然记得……就是那封写着古诗的求爱信吧？怎么了？你打算拿回去了吗？"

"不是，我是想请你帮我把它撕掉。"米粒说得很干脆。

"怎么了？人家得罪你了？"邰玉问。

"没有结果的事，留它何用？"

米粒想到了两小时前她撕成碎片扔进一中厕所里的那封信，那份果决，就是缘于这样的初衷。

"那就还是放我这里，继续由我帮你保管吧。做人做事，都不要那么绝对嘛。也许，十几年、几十年后你想起来了，看到它，还会觉得很美好呢？反正也就是一张卡片，占不了多大的位置。"

十七

进入大学开始了住读生活的程米粒终于有机会不必日日生活在母亲的监督之下了。

在20世纪那种一周七天中有六天都是工作日的节奏下，住在武汉三镇的人们，隔着长江汉水，想见一面并不容易。电话使用并不普及，学生宿舍一整栋楼都没一部座机，如果有急事，住校生接听电话都是由系办秘书来转告；要想外拨，需要专门跑到校行政楼的机务室去排队。心有牵挂，人们习惯于用鸿雁传书。哪怕同在一城两江的三镇四岸边，一张薄薄的纸上写满厚厚的情谊，规规矩矩叠进信封贴上邮票，等邮差捎着信纸信封再溯江而行，情谊便沾上了阳光雨露和人间烟火，就好似物华天宝地给开光了一般，人情味和世故气，都给敷了上去。

米粒在一封封的信中点点滴滴地告诉邵玉，她被评优了，入党了，恋爱了……说到自己的男朋友——那个高她一个年级的师兄邵风，米粒抑制不住地要把爱情上升到缘分的高度，她这样写道：

> 现在好了，我最好的女性朋友和男性朋友都姓邵，这么小众的一个姓氏居然总是能被我遇到，看来，自从有了邵玉姐姐，我就注定是邵家的人了……等我毕业了结婚了，我跟你就更是亲上加亲了……

邵玉跟米粒回信说，她也入党了。她还写道，感觉每天都缺觉，每天都越来越忙：一会儿是参加全省的调演，一会儿又是下乡扶贫演出，一会儿还要进京汇报演出……

邵玉在每封信里都谈到了她各种得奖的消息，除了什么"青年突击手""三八红旗手"这类政治表现奖，更多的还是专业行当里的荣誉，全市的，全省的，全国的，但凡和戏剧戏曲沾上边的，只要邵玉出场，差不多汉剧类的奖项就非她莫属；就连中国戏剧类的最高奖"梅花奖"，也被二十出头的邵玉唱一出《宇宙锋》里的赵艳蓉的装疯戏后给收入了囊中。这个奖的分量很重，就像电影界的金鸡奖百花奖，或者文学界的茅盾文学奖和鲁迅文学奖，几乎代表了在表演界某个戏种领域里的最高荣誉。不过，在写给米粒的书信中，拿奖拿到手软的她写到这些奖项时，通常就是为了解释为什么最近又要出差……

她俩每次的信件，都是洋洋洒洒写满好几张纸，谈完了工作，再谈生活；关于米粒和邰风的爱情故事，邰玉像个大家长一样地点评道：

> 我亲爱的小妹妹啊，看不出你这么小小年纪就有颗这么恨嫁的心，才刚开始谈朋友，就想到毕业结婚、就当自己是"邰家人"了……小心被爱情冲昏了头啊！
>
> 我是领教过你写情书的厉害的，现在是不是正好派上用场了？
>
> 有机会就带着这个本家弟弟来汉剧院找我玩吧，我也能帮你参谋参谋、鉴别一下，这么大的事情，当姐姐的总要给妹妹把个关。

说到她自己，邰玉依然是用那种看似不经意的口气，简简单单地叙述着：

> 剧团里几场大戏都是我当主角，所以，排戏的任务非常重。
>
> 我们陈院长对我特别器重，经常把我喊到她家跟她一起吃饭。剧团里的人都说，我就像是陈院长的亲闺女。陈院长是膝下无子女，我是个没见过娘的人，要是我跟陈院长真有这样的缘分，就好了。
>
> 我当然明白陈院长为什么对我这么好，她还不是冲着我的戏好啊。所以，我要更努力，更加油。
>
> 我现在真是忙得连日语课也没时间到珞大去上了，只能抽空自学。好在我之前上日语课的时候结识了一帮新朋友，有个叫高强的同学，在市属中心医院当外科医生，要是星期天他不加班，就会抽时间过来辅导我一下……

看到邰玉专门提到了一个叫"高强"的新名字，米粒就特意在回信中问道："那个星期天给你补日语课的高医生，是不是你的男朋友啊？"

邰玉回复道：

> 你提的那个关于高医生的问题，暂时还没有标准答案。我看啊，就等什么时候咱俩都有空了，你带上你的"台风"，我带上我的"医生"，我们互相给鉴定一下吧。

邰玉和米粒总在信里说要找机会聚聚，就像那些生活在异地的两个好朋友通信时末尾总会写的那句话一样。她们若真是分隔在两个城池，一定会创造机会、抓住某个时间见见面，偏偏她俩其实同在一个城市里。所以，总想着说见面容易，就不需要专门安排了吧——那情形就像许多武汉人和黄鹤楼的关系那样，他们常年就住在黄鹤楼下，有的却是一辈子都没有爬上去看看；总觉得哪天心念一动，随时就能过去的，于是，这个"随时"，便是遥遥无期……

就这么牵挂着，却又拖延着，不远不近地住在武昌汉口的这两个好姐妹，在米粒进入大学后，居然有三年的时间，就真没有见过一次面。彼此都忙，这是真的；彼此都没把对方放在最重要的位置上，这也是真的。她们从十几岁跨越到二十岁，眼前的世界是缤纷缭乱的，于是，忙着丰富爱情，寻觅未来，突破自我；忙着写思想汇报，过组织生活，忙着上课考试，排练上戏，适应着日新月异的生活……她们已不像从前，彼此就在那条叫作"前进"的马路的两边，脑子里想到了对方，脚就能够迈出去——都在"前进"的路上，想见的时候，对方就能出现在眼睛里。

直到在大三快结束时，邰风跟米粒提出了分手，她终于放下了手上所有的事情，逃了课，过了江，去找她的邰玉姐姐了。

汉口的前进四路，格局还是老样子，一边是武汉一中，另一边是米粒她们家的祖宅；几年的工夫没见，房子更老了，街道好像变窄了，人多了，车也多了。米粒还在一中念书时，一中就把靠在前进四路的那一排院墙推倒了，改建成了长长一条临街门面的电子元器件专门店。因为地处六渡桥这种黄金地段，这家校办三产逐渐发展成了汉口规模最大、品种最全的电子产品的零配件的专卖店。几年时间里，开在一中院墙边的这家电子店盘活了街对面的老宅子，以前经营着的五花八门的小生意种类就随行就市地自我调整着，等到米粒这次过来一看，这里已经是著名的"汉口电子一条街"了——整条街上清一色地全都卖着各种小电器和元件配件。因为业态统一，商家不愁客源和引流，但同质化的竞争很激烈，那些会做生意和抢生意做的老板们，伺机就把自己的柜台往人行横道上挪，如果城管不出动，他们还会干脆把弹簧折叠床、高低床都架到路面上做成临时展柜，把市面上最俏销的那些产品摆在最显眼的位置上，甚至，单靠移动的床架也不够摆放，干脆就把货品铺在路边，从人行道一直能排列到马路牙子的下水道上头。汉口的生意人就是这么"抄直（实在）"，为了能做成一单是一单，拿出了十二分的诚意，恨不得把所有的存货都码在眼前，就怕你不知道他家有你想要的，就怕错过了每一个路过的买家。在那些一望无际、层层错落的临时展柜，以及东倒西歪停靠着各种自行车、三轮车和被武汉人喊作是"麻木"的电动车的马路旁，如果不仔细辨认，白底黑字的武汉汉剧院的招牌，低调得几乎就被淹没不见了。

汉剧院的铁栅栏大门上了锁，即使是正热闹着的大白天光，看起来也像是与世隔绝的样子。米粒走到跟前，扒着门往里看，一片寂静；她退后了一步，看了看门锁，又看了看招牌，有些疑惑地问了问身旁盯着她在看的一个商铺摊主，"汉剧院没搬家吧？里头还有人在上班吧？"

那人正跷着二郎腿坐在街边抽烟等生意，他对每位从他眼前经过的行人都表示出了关心，大概是不想放过任何一位潜在的购买客户。看到米粒主动跟他问话，就扬了扬头，答道："里头有人……你要想进去，就用点劲晃那个铁锁，再大声喊一嗓子……"

米粒照办了。她大喊了几声"师傅，麻烦开个门"后，才有人从传达室里探出头来。

米粒站在栅栏外说要找邰玉。

穿着跨栏背心的门房师傅这才晃悠悠地叼着根烟，趿着双人字拖，拿着钥匙走过来，给米粒打开了旁边的一扇供行人进出的小门。

门房师傅一边开门一边跟米粒解释说："我们这院子啊，如果有一哈不锁门，马上就有人把车子停进来，遭都遭不走……冇得办法，路太窄了，车子太多了……"

门房师傅把米粒放进门，又迅速地把锁套上，然后跟米粒交代说："等哈你出来我再跟你开门，邰玉就在楼上排练场，你知道是在几楼吧……"

米粒说知道，说完又跟师傅道了声谢，这才径直上到四楼去。上楼的时候米粒想到了自己的小时候，想到了以前住在前进四路时总是偷偷溜到汉剧院来上厕所，现在这种事情是再也没可能发生了。

一进到院子，米粒就听到了熟悉的唱段，那嘹亮的花腔长拖音回旋在整栋楼里。毫无疑问，这是邰玉的拿手好戏《丛台别》，她吟唱的正是悲情恋人陈杏元和梅良玉在丛台一地转送头钗、生死惜别时的唱段——

  在头上取金钗黄金无价，
  它随妹度过了锦绣年华。
  鬓边插枕边横哪分春夏，
  见金钗就如同见了结发。
  愿兄长展雄才鱼龙变化，
  愿兄长去愁眉宝剑出匣……

当米粒突然出现在排练场门口时，邵玉的表演停了下来。她脸上惊喜的表情像戏剧脸谱般夸张。她拖着长腔惊呼道："你——怎么来了？"

米粒冲邵玉笑笑，说，对啊，想你了，就来了。

邵玉又问道："你怎么长这么高了？"

米粒这才注意到，自己好像是比邵玉要高出小半个头了。看来，姊妹俩没见面的这三年，自己还偷偷地长了点儿个头。

"估计我还在青春期呗……"

"嗨，就我不长个儿，"邵玉说，"我看你的青春期比我要长得多……"

看到他们还在排练，米粒赶紧补话说："你先忙，我在旁边等着你……"

"我们排练还要得一会儿……等下我请你吃晚饭。你就还是先去我寝室等我吧，老样子，门没锁。"

米粒点点头，退出排练房。身后《丛台别》的唱段重新响起，余音绕梁。这是米粒第一次见到邵玉时看她表演的曲目，七八年的时间过去了，她还在唱这出戏。

一别三年，米粒重回故地。前进四路变窄了，米粒长得比邵玉高了，冷冷清清的汉剧院，配着清清冷冷的唱腔，好像是这个繁华都市中的世外桃源，在现代的喧嚣中重复习演着几百年前的情爱，一切都还是老样子——邵玉是老样子，排戏的唱段老样子，连邵玉的宿舍不上锁，也是老样子……

邵玉的书桌上稍微有些杂乱，摊满了书本报刊和各种剪报，有图文并茂的热销画刊《大众电影》《大众电视》，有青年人喜闻乐见的《女友》《读者》，也有行业期刊《中国戏剧》等。如果不谈专业上的差别，那个年代女孩子们的生活情趣惊人的统一：要赶时髦，就从影视杂志里学演员怎么穿衣服、怎么摆姿势；要谈情爱，就从《读者》《知音》里看风花雪月……

米粒在书桌旁坐下，把那些期刊归整到一起，然后，把注意力放到了零零散散的各种剪报上。剪报都是和邵玉有关的内容，大大小小的豆腐块，有关于她演出的新闻报道，有对她进行的专题访谈，也有以她为模特的艺术照。报纸印刷的清晰度有限，但即便是那些颗粒粗大的画质，也一样能呈现出邵玉精致的五官。米粒把这些剪报收集到一起，逐一欣赏着，仿佛整理着邵玉这几年的艺术生涯，满心洋溢着作为她朋友的荣耀。这样的人生，放在一个20岁出头的女孩子身上，说是辉煌灿烂，也不为过。米粒不敢去想，如果把那些频繁以铅字形式出现的名字从邵玉换成她程米粒，自己会不会得意扬扬地飘到天上、找不到东南西北。慢慢地，米粒又有些惶惑起来，似乎这些剪报里的邵玉和这间寝室的主人，不是同一个人；和自己正在等的，也不是同一个人。米粒意识到，3年未见，她和邵玉之间还是疏远了不少，书信中可以无话不谈的好姐妹，离开了文字，好像就陌生了起来。邵玉变得越来越有名了，而自己，似乎就是站在那个舞台下仰望着却走不进明星光环里的观众。那感觉，大概就有点像当年十几岁的王诗芳突然在身边的观众席里看到了戏曲大明星陈伯华一样——虽然心里是惊喜的，但脑子里本能地界定了她俩之间的距离。

3年来一直住在大学校园里的米粒，以前不曾留心过这些报纸和报纸上关于邰玉的那些内容，突然看到这些剪报和剪报上的文字，思绪万千。

坐在邰玉的寝室里，米粒想到她曾对自己说过的话——"我总在这里"——话说得没错，她一直在这里。外面的世界变化那么快，米粒自己也经历了许多故事，她的邰风在她的爱情故事里呼啦啦地刮了三年，猛烈地来了又悄无声息地撤了，可邰玉呢，"总在这里"。"这里"到底是哪里呢？是戏剧的舞台，还是始终昏暗的排练场？是这间如旧的宿舍，还是一成不变的生活？

邰玉终于下班了。当她推门进屋时，米粒居然有点手足无措。

看到久违的米粒，邰玉伸出双臂说，我们要拥抱一下。

米粒赶紧迎过去，环抱着邰玉的双肩。她听到邰玉又一次感叹道：

"你这个小丫头，长得可真高了！比我高出好多来呢！我要是有你这么高，我的戏路还能更宽些。"

"就别夸我的个头了，这又不代表我的能耐，只能说喂养我的那些粮食没有被浪费而已，"米粒有些难为情地自我调侃后，又补充说道，"到你这种艺术高度了，还用得着在乎长得高不高吗？你们汉剧的泰斗陈伯华，不是个头也不高吗？"

"嗨，我哪能跟陈院长相提并论呢？你说得对，她是泰斗；有她在，谁都不能抢走她的风头。但其他人就不一样了啊……在我们戏曲界有句行话，叫'一窝旦，吃饱饭'，说的就是每个剧团里头，像我这样唱旦角的女演员都太多了；所以啊，旦角的竞争最激烈。个子不高，就很吃亏，受的局限也大；你还记不记得我们以前开过的玩笑，'矬子'和'墩子'？像我这种矬子要是再一发胖，那就成了个'墩子'，上台的效果肯定不好，估计就要靠边站了……"

"你还怕什么旦角多啊？论成就、论实力、论勤奋，不管以什么标准来看，现在的汉剧院，谁也争不过你啊……"米粒顺势安慰道，"再说，你又不胖，你怕什么？"

"当演员的，怕的事情太多了，吃的就是青春饭。再过几年，我老了，打不了转、翻不了跟斗，就上不了台了，到时候我怎么办？"

"我的好姐姐啊，你也太杞人忧天了吧。你才20来岁，像你们陈伯华，到60岁还在演16岁的小姑娘，你们的青春期才叫长呢……放心好了，你还能红几十年呢！等到我都老成了瘪瘪嘴的老太婆了，在台下还是看的是你在台上演着小丫头的戏……"

"你这个小丫头片子，嘴巴总是这么甜，总把好话都说到心窝子里头了。这几年你不来找我玩，我少听你的多少好话啊！"邰玉笑眯眯地提醒道，"你怎么一个人过来了？我的小本家呢？"

米粒知道，邰玉说的"本家"就指的是邰风。"我们分手了。"这就是米粒今天想来找邰玉倒的苦水；可话都到嘴边了，她突然又咽了下去。关于和邰风的那些事，米粒并不想以"我们分手了"这五个字来开头。她想描述一个相对完整的故事，有很多温暖的和委屈的细节；宣泄一些情绪，可能捎带还会储备一点泪水。这些都需要在一个安静的氛围里、容她整理好起承转合、再以从猿到人的进化过程，娓娓道来。米粒觉得刚一见面、时机不当，索性回避了，说道：

"你别老说我啊，我还想过来看看你的高医生呢！"

"好吧，晚上喊上他一起吃饭。等下我们去吉庆街吃夜市，就在他医院旁边。让他请客……"邰玉说，"我们现在就去医院找他。"

"你们约好了吗？"米粒问。

"没有约……没关系啊，他们当医生的，守班守点，只要他不出差，去他门诊就能找到人。别人想见他，要先买票挂号、再排队等。你就是想把他当大熊猫参观一下，我带你过去，连门票都省了。"

说完，邰玉领着米粒，从汉剧院出门，喊了辆"麻木"（武汉人把改装后安有座椅的人力三轮车通称为"麻木"——注）。

对方听到说是要去中心医院，就出价"一块钱"，邰玉还价"五角"；对方也不坚持，说："五角就五角，今天刚出来，就当是图个开张的。"

六渡桥这种老汉口的老城区，路面窄、巷道多，公共汽车开进来的不多。从前米粒在这里生活时，主要就是靠着两条腿在里弄中间穿行，小孩子们之间还习惯以"搭上11路车过来滴"来戏称自己的步行过程。所谓"11路"，就是比画着那两条麻秆般的细腿。到了90年代，街上逐渐出现"的士"出租车了，"麻木"就应运而生。起初，"的士"还算是稀罕物，路面上跑的车不多，很多时候不想误事就还需要提前跟出租车公司预约才行；相比之下，"麻木"就接地气得多了，尤其像是在六渡桥这种地方，招手即来，从数量到速度，都能完胜"的士"。踩"麻木"的师傅，夏天里就是打着赤膊上阵，他们在巷子里风驰电掣，在主路上也能蛇行般钻空子横冲直撞；那种像是喝醉了酒一般不管不顾的劲头，让汽车、自行车和行人，都要让它们三分。很多踩麻木的人力车夫干完活、挣够一天的钱之后，会去买瓶小二两的"黄鹤楼"牌白酒，哪怕自斟自饮，也要喝个尽兴。在武汉话里，把那种嗜酒如命、逢酒必醉的男人称为"酒麻木"，把人力车唤作是"麻木"，应该是脱身于酒麻木的这个典故了。

　　这是米粒第一次坐这种人力三轮车。在她看来,坐麻木,以肉身穿行在机械车流中,动不动就要贴着公交车的挡板同行,这样的体验,既是开洋荤,也很需要有些勇气。不过,有邰玉领路,米粒也放心。看起来,邰玉在这种市井生活里是轻车熟路的。

　　邰玉心情很好,上车后还跟踩车的师傅聊天说:

　　"师傅,你有点小'黑'啊……别个'的士'起步价才三角钱,你找我们开口要一块钱……你莫把我们当外码(外地人)瞎宰啊。其实我们这段路,也就是个的士起步价的事。"

　　麻木师傅侧着头、扯着嗓子回话道:

　　"我冇宰你们啊……收个五角钱,就是点辛苦钱……怎么能把我们跟'的士'相比呢?我们肯定要比他们贵啊!他们的车子烧的是汽油,我们这是豪华版的,费的是血汗啊……"

　　听到"麻木"师傅的话,邰玉跟米粒挤了挤眼,悄声说:

　　"这些'麻木'几砸实(多厉害)啊,我们要是不努力,连跟他们讲话都说不赢……"

　　"你怎么说起话来跟我妈一样啊……我妈就总说我,你要是不努力,以后连去要饭都抢不赢人家……"

　　米粒一边说,一边学着她母亲彭老师那种一板一眼教训人的口气,煞有介事的样子。

　　"你学得还挺像那么回事啊……看来你是不是投错了行当,你应该来学演戏的……"

　　"好吧,陈杏元坐香辇,泪似雨点;朔风起,黄叶落,孤雁飞南……"

　　米粒随即就哼哼起汉剧的唱腔来。

　　"还真有那么点韵味啊,"邰玉夸赞道,"你这个丫头真是聪明,学什么都来得快……后面的呢?会不会?"

　　"舍不得我国中江山如画,舍不得兄妹们情投意洽。舍不得春生弟挥泪台下,舍不得撇双亲海角天涯……"

　　米粒又挑着《丛台别》里面陈杏元的唱段唱了几句,这段唱词用了四个"舍不得"的排比句,把虽不舍、但又不得不断舍的离愁别绪刻画得淋漓尽致,让米粒尤其印象深刻。其实,这四个"舍不得",何尝又不是因为米粒在邰风这个故事中留不下又挥不去的那些悲鸣呢?

　　傍晚江城的凉风习习地吹拂着,两个女生就这么把头朝后仰着坐在敞篷的"麻木"上，说说唱唱的；头发和衣袖被风吹得飘起来又落下去，和它们的主人一样，都是很逍遥快乐的感觉。

"真不错……你比很多票友都唱得好。找机会你应该登台唱一回。"邰玉夸赞米粒道。

"算了吧，我丢不起那个人……"米粒随口道。话一出口，她就意识到这种说法是有歧义的。她的本意是自谦，觉得自己唱得不好，要是贸然上台会很丢人；但是放在邰玉来想，会不会是觉得米粒在影射登台唱戏这事是丢人的呢？

好在邰玉没怎么在意，米粒也赶紧把注意力引得转了向。

"麻木"曲里拐弯地很快就把她们送到了中心医院门口。邰玉掏钱付了账。

米粒看邰玉给出了一张五元的钞票后，麻木师傅迅速地上车后蹬车离开，于是赶忙提醒邰玉道："怎么这就走了，还要找你钱呢……"

"不用找了，正好。"邰玉答。

"不是说好的五毛钱吗？"

"你个傻丫头，上个大学把你给上傻了……你平时从来不去逛菜场、逛地摊吧？在武汉，跟小商小贩讨价还价，计量单位要乘以十倍才是实价。刚才跟麻木说好的'五角'，就是人民币五块钱啊。"

"你们这么说话，听起来像是在说什么黑话暗语……"

"你记不记得我刚才还说过的士起步价是三毛钱……怎么可能三毛钱就坐一趟的士呢？你就没把我的话打心里过吧？"

米粒心想，咱俩算是两个活宝了，确实，邰玉说的我没有每句都认真听，也幸好是我讲的她也没太在意……算是两个"醒坨（糊涂鬼）"撞到一块儿啦。

"我看啊，你是在大学里头成了书呆子，原先蛮灵光的一个女生，被关苕（傻）了……"邰玉继续嗔怨道，"所以我说，你以后还是要经常出来走走，活动一下，看看周围的世界，不然啊，你连叫个'麻木'都不会……"

米粒赶紧点点头。几个小时前，自己还想当然地为邰玉悲悯，以为她无论是工作还是生活，都被困在了汉剧院，完全跟外面的世界脱节了；结果这倒好，一出门，就高下立见。

进到医院里，邰玉熟门熟路地找到泌尿外科，去到高强的门诊室。里面还有病人在接受问诊治疗。

邰玉站在门口，跟里面的白大褂打了个招呼，说："我们在外面等着啊。"

对方抬头，冲她笑笑，两人的默契就点到为止。

邰玉拉着米粒退出门诊区，她俩坐在了候诊区的椅子上。

"你常来这里吗？"米粒问。

"来过几次。亲戚朋友得个病,有个医院里的熟人帮个忙,那就好办多了。这个高医生也很热心快肠,我带过来的,他都特别关照。他跟各个科室的人都熟,打个招呼就管用,三病两痛的,可以少走好些冤枉路。"

"人家这么热心快肠,恐怕是爱屋及乌了吧,"米粒说完,问道,"你们明确男女朋友的关系了吗?"

"等下你可以直接去问他啊。"邰玉道。

"为什么要问他?我跟他又不熟。"

"你是装傻还是真傻啊?我就是希望你帮忙问一下啊……"

"有没有搞错啊?是他追的你吧?你不是在信里写,他是每个星期天都打着给你补课的名义来找你吗?都这样了,还不敢把话挑明了说?这都什么年代了啊……"

"可能他比较害羞吧……"

"我的好姐姐啊,你是大明星啊,怎么谈个恋爱还搞得像是你在倒追他似的?像你这种条件的,要长相有长相,要名气有名气,论及才华也是响当当的,这要是放在旧社会,你完全可以搞个比武招亲,让那些喜欢你的人先打它个落花流水,你就在旁边先看热闹就好了……"

"我哪有你说的那么俏啊?就怕喜欢我的我瞧不上;我喜欢的,别人又看不上我啊……"

"看你这么患得患失,看来你对这个高医生,是动真格的了。"米粒总结道。

"说真的,他对我挺好的。之前听我说我们总要练手上的功夫,护手很重要,还专门给我拿了一些他们医院里专用的玻璃瓶,要我用这个装上热水来暖手……"

"这个啊,刚才我在你寝室里看到了,就在洗脸架旁边摆成了一排的那些吧……当时我看着就觉得像是医院里的东西……"

"这些瓶子真的挺管用,武汉的冬天冷,白天可以用来暖手,晚上灌了热水睡觉前放被窝里,一晚上都是热乎的……"

"那是啊,就好像整个被窝里都是你这情哥哥的温度呢……你还真是容易满足。"

"我现在离不开它了呢……你知道吧,像我常年练功,膝盖受过不少伤,只要一变天,关节就开始疼。我们很多老演员都有慢性的风湿性关节炎,严重的就上不了台了。我现在正好趁着年轻,每天晚上暖一暖,以后就还能在舞台上多蹦跶几年。"

"就冲这些万能法宝、包治百病的玻璃瓶子,以后啊,我就管你的高医生叫作'玻璃膏(高)'吧。"米粒说笑着,又问道,"你们到哪一步了?"

"你指的是什么啊?"

"打个 kiss 什么的啊,还有……更进一步那个什么什么的啊……"

"什么叫'什么什么的啊'?我看你这个小丫头,人小板眼多,就喜欢打听这些乱七八糟的事情。我没你想象的那么开放……握个手,牵牵手,搂搂抱抱是有的,也就这些了吧……"

米粒心里叹了口气。邰玉的爱情,就像她唱的《丛台别》的唱腔,一句话,十个字,能唱好几分钟;慢悠悠地用一口气拉出一个无比舒缓的音符,腔调有起有落,悲欣的韵致,都在抑扬顿挫里。邰玉和她的初恋葛军是这样,现在遇到了这个高医生,还是这样。可是,就算是戏里的唱腔拉得再长,所有的悲欢离合也会浓缩在两个小时内;邰玉倒好,一个拖腔拖下来,似乎就会一直滑下去……恋爱要是都这么旷日持久地谈下去,中国也用不着计划生育了。在谈情说爱这事上,邰玉可真是有耐心——米粒得出了结论。

等到高强脱下白大褂换成便衣出来跟邰玉她俩打招呼时,外面的天都黑了。站在两个女生面前的高医生,个子高高大大的,身材挺拔瘦俏,眉眼看起来也清秀。

"这是程米粒,我的小妹妹——就是我之前跟你说过的那个保送到珞大的高才生。"

"这是高医生,中心医院的青年名医;他是同济医学院毕业的博士,不过,跟我一起也在你们珞大当过几天的水货同学。"

高强伸出手来跟米粒握手道:"幸会。"米粒以为这是朋友聚会,对这种太过职业化的礼仪缺乏事先的准备,稍微晚了几秒钟才伸手回应,"幸会。"

"你们能不能不要这么正式啊,"站在一边的邰玉打笑道,"又不是接见外宾……你们又是握手、又是'幸会'的,搞得我都紧张起来了。大家都是好朋友,能不能随意一点啊……你知道吗?米粒看到你拿给我的那些玻璃瓶子,就给你取了个外号,叫你'玻璃高'……"

"还不如叫玻璃心呢……是不是有首歌就叫《玻璃心》啊?"高强笑应着。

邰玉马上就接了话头道:"就你这样还是玻璃心啊?我看你是强化玻璃还差不多。"

"我呀,是'高强'化玻璃,"高强继续拿自己的名字开着玩笑,也毫不介意面前这两个女生对他的调侃。他伸手搂了搂邰玉的肩膀,说,"走吧,吃饭去,你们等得饿坏了吧……"

邰玉问:"去哪?"

"吉庆街呗,"高强答,"还是之前的那家,吃他家的蛤蟆。"

听高强的口气,他跟邰玉应该是不止一次地去吃过同一家餐厅的蛤蟆了。

邰玉问米粒:"你没什么忌口的吧?能吃田鸡吧?"

武汉话里,地里的活青蛙被唤作是"蛤蟆",做熟了以后端到饭桌上,就改叫"田鸡",这样就比较像是一道菜的名字了。

还没等米粒回答,高强就抢话道:"你看看你怎么说话的啊,有你这么问话的吗?"

"我说什么啦?"邰玉问。

"你把你刚才说的最后一句话再念念?"高强说。

邰玉顿了一下,估计是想明白了,马上伸手捶了捶高强的胳膊,像是那种小儿女打情骂俏似的说道:"你个流氓……别个米粒还是个学生,你怎么能这么毒害青少年呢?"

——"你个流氓",在武汉话里,是相熟的年轻人之间经常会互相调侃的一种语式,大约也有着文法中"赋比兴"的功用。它所表达的重点不是在"流氓"这两个字的字面意义,而是在于彼此熟稔到可以互相以"流氓"来称呼、开着玩笑也不介意,那就是彻底的亲热和默契。

"我怎么了?我什么都没说啊……"

听着邰玉跟高强的对话,米粒感觉自己就是盏电灯泡,还特别明晃晃的那一种。

等菜上桌的时候,邰玉主动提到了邰风:"下一次过汉口,你一定要把我的'小本家'也一起带过来。"

"我们分手了。"

——终于,米粒还是以这五个字作为故事的开篇。

"哦。"邰玉意外地应承了一声,也不多话,马上问米粒道,"我们要不要点一些啤酒啊?不醉不归?"

——借酒浇愁,这是邰玉给失了恋的米粒的第一个选择。

米粒摇摇头。在她的家教中,无论何时何地何种场景之下,烟酒都是不能沾的。

"正好,我们陈院长也是不许我们剧团里的女孩子喝酒的……那我们吃完饭之后去唱卡拉OK吧……今晚上你就不要回武昌了,等下就住我寝室里,这样我们能玩得尽兴点。几年没见了,你就别急着赶着回学校了……人生嘛,总有办法让自己开心起来的。"邰玉又建议道。

说完,她又对着高医生说道:"今天你是护花使者,要把我们管到底啊。"

高强自然是点头,一副心有灵犀的样子。

就这样,关于和邰风的故事,米粒没有讲,邰玉也不问。当米粒带着恋爱的创伤过江投奔邰玉时，邰玉就像个善解人意的护士。她看一眼你的伤口，帮你止血、为你包扎，然后再给你一个温暖的拥抱。其实，在结局已无法改变的时候，拥抱和陪伴，就是最有力的呵护。

整个晚饭，菜上得不少，邰玉吃进口的却不多，酒杯也不端，跟米粒一样喝着店家提供的免费菊花茶。她总说自己是易胖体质，就是那种喝水都能长肉的，所以一定要管住自己的嘴。邰玉强调说，身材管理也是一个好演员的基本职业素质。她说到做到，严格地控制着饮食，生怕吃多了、吃进去的都长到了身上。他们之所以选择吃蛙肉，根本原因就是蛙肉不光是净瘦肉，还全是肌肉，没有一丝多余的脂肪。

一起吃完蛙肉，三个人又去唱歌，歌厅里有最低消费，高强就点了一份大果盘和一些瓜子花生。邰玉对这些吃的喝的，连碰都没碰。不过，不吃不喝也一点都不影响邰玉的表现力。

邰玉开玩笑说就用一首《玻璃心》开场吧，献给才被命名的"玻璃高"同志。于是，从普通话的《玻璃心》到粤语的《千千阙歌》，从日语的山口百惠主演的《血疑》主题曲《感谢你》，再到英语的《草帽歌》……身边有这么一位专业演员出身的"金嗓子"，米粒和高强就甘当观众听众。每曲终了，米粒就是拼命地鼓掌，高强则是变着花样地夸赞。

高强说："今天晚上最大的收获就是见证了一位国际巨星歌手的实力，我们邰玉到底用了多少种语言来唱歌，这一双手的十个指头来数数，都数不过来啊。"

米粒跟着起哄说："那也可以借用我的手指头……"

邰玉笑纳着夸奖，接着就用肩膀拱着米粒的肩头说："也别就光是我一个人唱啊，你也来一首。"

米粒摆手道，不行不行，在行家面前不敢献丑。

邰玉说："流行歌曲，又不需要你去挑战什么高难唱法，唱的都是些大白话。只要你感情用到位了，那就是行家。"

听邰玉这么说，米粒就点了一首《春光美》，这是她唯一一次在公众面前唱过的歌。虽然只是高三毕业班教室里用课桌围出来的一个小舞台，只有那么四五十个一边嗑瓜子一边看表演的同班同学当观众，但好歹也算是登台表演过了的。既然邰玉说了，流行歌曲唱的都是些让你有共鸣的大白话，这《春光美》里的"有一种神奇"和"有一种欢喜"，还真是寄托了米粒对每一个春天的感情。

曲罢，邰玉鼓励米粒说，再来一首吧。

米粒似乎也在"春光美"中找到了些表演的感觉，有那么点儿自以为是的得意，就顺势又让高强帮忙点了首张艾嘉唱过的《爱的代价》。她在大学广播台里做点歌节目时，这首歌被点中的频率最高，大概是因为在大学生们的生活中，"所有真心的痴心的话"，都能在这首歌中找到共鸣的胸腔。而在米粒去投奔邰玉的那个夜晚，这首歌的每句歌词，也正是都踩在了她的心事上：

  还记得年少时的梦吗？
  像朵永远不凋零的花——

  唱着唱着，米粒就哽咽了起来。邰玉见状，立刻拿起歌厅里的另一个话筒，陪着米粒接着唱了下去：

  走吧，走吧，
  人总要慢慢学会长大……

  一曲终了，高强调动气氛，率先鼓掌。他一边使劲地拍着巴掌，一边说："嗨，我到现在才明白，原来，这是首儿歌——"
  "怎么是儿歌呢？"邰玉问。
  "你们刚才不是不停地在唱，要长大，要长大……"
  高强的话，把沉溺于歌曲伤怀中的米粒一下子就拉了出来，三个人都哈哈大笑了起来。

  从歌厅里走出来，接近子夜时分，街上已经没有什么人迹了。高医生说他先送女士们回汉剧院去。
  依旧喊了辆"麻木"。为了相互照应，就不便叫两辆车了，只能是三个人挤坐在一辆麻木上，邰玉被夹坐在中间。
  回到宿舍后，米粒问，麻木那么挤，刚才你怎么不干脆坐在他腿上啊？
  "那怕不太好吧……"邰玉摇头道。
  那一刻，米粒知道了，面前这个从八九岁就开始住校过集体生活的女生，虽然没有爹妈在身边不断提醒"非礼无视、非礼莫为"一类的训诫，但她对道义礼仪的坚持，远比米粒更加自觉。她站在花花世界的正中央，四面八方的光怪陆离最后都聚焦在她的身上。她大概还分不清哪些是恩典，哪些是诱惑，于是，谨小慎微地保持着她固守的距离，把生命中所有的相遇都徐徐缓缓地试探着，等待某一天的某一个奇迹的出现。她看起来比米粒要穿得时髦、见过大世面、玩得出花样，可实际上，她远没有米粒这种偶尔能冲出一下樊笼的小鸟那样百无禁忌、胆大妄为。在邰玉这样一个孤儿弃儿的成长故事中，生活教会她的许多道理和规矩，远比书本要来得更加深刻。

那个晚上，脑海里萦绕着挥之不去的《爱的代价》的旋律，躺在邰玉身边的米粒还是忍不住讲到了自己跟邰风之间的那些美丽与哀愁。

听米粒唠唠叨叨完，邰玉说："你就该早些过来找我啊，委屈不能全憋在心里啊，"说完又道，"你收到的第一封情书还寄存在我这里呢……对了，那个给你写情诗的同学还有联系吗？"

"没有了。"米粒道。这是一个有关"前任"的话题，无论是被暗恋还是相恋，都是有过交集的"过去式"。谈到这个话题，米粒立刻联想到了邰玉以前的男友，就问道："那你跟葛军还有联系吗？"

"都分手了，还联系什么啊？我没那么贱吧……"黑暗中，邰玉平静地说出了这句不平静的话，"说实话，他让我很受伤。我一直想不通为什么会这样？一封信就把我打发了，连个像样的理由都没有……连当他的面最后再哭一场的机会都不给我……"

"你恨他吗？"

"为什么要恨他呢？你看，我唱的这些戏里头，所有的青梅竹马，要么终成眷属，要么为爱殉情，没有一个跟初恋分开后死缠烂打的。我跟葛军好合好散，如果放到戏里来演，起码也是斯文人该做的事情吧。就像你今天唱的那首歌那样的，人嘛，总要慢慢学会长大……"

"失恋了，就长大了吗？"米粒问。

"也许吧……真正让我觉得自己长大的，是我明白了一个道理，我跟自己说，今后谈恋爱，坚决不再找同行了。"

"那你对自己跟葛军这一段后悔吗？"

"为什么后悔？因为喜欢过他，还是因为被他甩了？……我们陈伯华老师在十几岁的时候也爱上过一个同行，结果对方瞒住了自己有婚约在身的消息。当她知道事情的原委后，觉得自己受骗上当，是连想死的心思都有了，好像每天都过着生不如死的日子一样。可是到后来，她就遇到了她的丈夫刘骥将军——这不也是因祸得福吗？"

"你有没有觉得，你始终活在你的陈伯华老师的影子里？"

"在我们这个行当里，能当我们陈院长的弟子，那是荣耀；能从弟子变成传人，那是莫大的成就；要是真像你说的，能成为陈院长的影子，那就是我的造化了。"

"大家还说你是她女儿呢……"

"还不是句玩笑话啊，哪能当真呢。戏班子里头，师徒永远成不了母女。"邰玉很清醒地回应道。

"陈伯华跟刘将军为什么没生孩子啊?"米粒问道。

——米粒跟邰玉的身份角色不同,所以在说到陈伯华的时候,邰玉的每句话都习惯成自然地尊称为"陈老师""陈院长",而米粒则是像陈述所有公众人物一样,直呼其名。

"阴差阳错就没生吧,我想,这也是陈院长的遗憾。她这一辈子,也就结过这么一次婚。"

"他们结婚的时候,刘骥也是有老婆的吧?"米粒又问道。

"在他们那个年代,有身份的人娶妻纳妾也是常有的事。刘将军比陈院长大几十岁,之前肯定结过婚啊。陈院长当时才十七八吧,比你现在的年纪都小。"

邰玉继续介绍道:"刘将军从前是国民党的高级将领,他的生活水平,绝对不是我们普通人能够想象的。他们结婚前,陈院长虽然在汉口很有名气,但也还是在里份里租房子住的,顶着'筱牡丹花'的艺名,有时候黑社会、地痞流氓上门耍泼,她也只能忍气吞声。结婚后,她成了"刘夫人",跟着刘将军北京、上海、香港的公馆到处住。见识和身份,就和从前完全不一样了。虽然不登台了,但刘将军看她闲不住,就帮她请了钢琴老师、声乐老师、芭蕾舞老师,都是俄罗斯的名家,陈院长因此接受了不少西洋艺术的熏陶。我们当代汉剧的唱腔中融合了西洋声乐的元素,就是从这里开始的。"

"听你这么说,我又想到了《丛台别》里的那个大花腔了……"

"我看你啊,就是掉到《丛台别》的囫子里了……其实,不光是《丛台别》唱段,整个《二度梅》这出戏,是汉剧旦角表演划时代的巨大进步。依我看,如果说陈院长代表了当代汉剧发展的里程碑,《二度梅》就是她事业的里程碑。"

"你是不是特别羡慕陈伯华能嫁给那个老将军啊?"

"羡慕?……没想过。不过你这么一问,我觉得还真是有点儿吧……"

邰玉说着,在黑暗中做了一个深呼吸,接着讲述道:

"据说当年的刘将军经常会带着陈院长参加各种名流聚会,达官贵人的场面上,各路戏曲名角也都能遇到。有时候梅兰芳也会去捧场,唱上几段。抗战时期,梅兰芳为了不登日本人的台,就蓄须明志,但私底下,看在刘将军的面子上,跟刘夫人经常会在一起切磋交流。可以说,婚后隐居的那些年,陈院长即使从'筱牡丹花'变成了'刘夫人',但唱戏这事一点都没耽误。刘将军是爱国将领,新中国成立后,他有很多老朋友都在新的中央政府里担任要职。这时候我们陈院长也养精蓄锐好了,马上东山再起。有这样的丈夫当后盾,再出山时的名头,是连'筱牡丹花'的艺名都不要了,直接换成了她陈伯华的本名,多气派啊!"

"我记得我妈妈跟我说,'文革'的时候看到过陈伯华就在前进四路上被当街批斗，还被剃了阴阳头，样子特别惨。这和她丈夫是国民党旧部的将军这事有关吗？"

"有点名气的演员，在'文革'里面，大概都挨过批斗吧，不光是我们陈院长了……复出登台后，为了安身立命，陈院长很早就跟刘将军离了婚。他们在'文革'之前就分开了。都是有头有脸的人，也是不得已才离的婚，所以，悄悄地就办完了。刘将军后来去了香港，再也没回来过；陈院长一直积极要求进步，很快就入了党。"

"听起来挺可惜的……"米粒感叹道。

"'可惜'又不能当饭吃。像陈院长这样一个从旧社会里走出来的名伶，想在新时代站稳脚跟，必须要划清界限、洗心革面、脱胎换骨啊……"

说完，话题重新回到了邰玉身上，米粒说："还是你这样好，你是生在红旗下、长在新中国的新一代'梅花'啊，这种根红苗正，起点就比你们陈院长要高。"

"我是误打误撞才进到演戏这个行当的。从我生下来，到开始学戏，这些都由不得我。"邰玉道，"婚姻也许是人的第二次出生，我们的陈院长要是没有刘将军，可能也到不了今天的造化。所以，在结婚这件事情上，我要靠自己来把握住这个机会。"

"我看你跟这个'玻璃高'就很合适，年轻又有才华，将来肯定前途无量。"

"是啊，他是医学院毕业的博士，高才生，父母也都是同济医院里的专家，是医学世家啊！多好啊，一家子的高级知识分子。我就是总觉得我们戏曲演员学问不够，所以愿意跟你们这些有学问的人在一起，好像自己也能沾点光吧……不过，我要不是因为学了唱戏、当了演员，也还没机会认识你们呢！"

"哈哈，人们总说，知识能改变命运，我看啊，在你身上，是艺术改变了命运。"

"你这个鬼丫头，总能一两句话就把那些稀松平常的事情里的要点，给提炼和升华了起来。不行，我要找个小本本，把你这些话给记下来……"

"既然你这么肯定我有提炼要点的本事，那我就再补充一句……你说你跟'玻璃高'是从学日语开始，你俩总在一起补习；可我昨天也没看到你们谈到日语学习的事情啊……"

"你这人怎么这么'结根（死脑筋、爱钻牛角尖）'呢？都说了，日语是敲门砖嘛……真是说不赢你！"

听到邰玉这么说，米粒于是问道："那你跟你的'玻璃高'，不会打算说谈一辈子恋爱不结婚吧？"

"谁知道他怎么想的呢？本来还想要你昨晚上帮忙催一下的，你也没顾上……"

"你们俩啊，就剩那一层纸了，谁先捅破，不都是一样的吗？"

"那不一样啊……等到以后我的孩子问起来,妈妈,当年你和爸爸之间到底是谁追谁啊,我总不能跟他们说,是你妈倒追的吧……"

米粒的头枕在邰玉的胳膊上,就像是个撒娇的小妹妹。但她说出来的话可比邰玉要成熟多了:

"你看看你,连孩子提问这么长远的未来都考虑到了,结果呢,现实里却还在谈一个无比漫长的恋爱……你俩都藏着掖着端着憋着,这样搞下去,把全武汉的蛤蟆都吃完了也不解决问题啊……我劝你要这样想,你俩无论谁,早一天开口捅破这层纸,你们的孩子就能早一天生出来……"

"他可能今年下半年要被派到日本去进修……"

"你就不要总是这么畏手畏脚找客观原因了,如果我是你,肯定会抢在他去日本之前把这事给挑明了……毛主席诗词中有句话,叫'一万年太久,只争朝夕'……"

就这样漫无边际地聊到了下半夜,两人都困得快支持不住了。邰玉把胳膊从米粒的头底下抽出来,说:

"我的手都被你枕麻了……很晚了,睡吧,天一亮,我俩该上班的上班,该上学的上学……"

米粒终于沉沉睡去。

第二天一早,米粒是被邰玉端到宿舍里的热干面的芝麻酱香给唤醒的。睁开眼一看,邰玉已买好了早餐,坐在了桌子跟前。

"这么早啊?"米粒问。

"我们每天都要早起练功,习惯了。"邰玉道,"你可以先起来过个早,再接着睡个回笼觉……最近有会演,我马上要上楼去排练了。"

"我也要回学校去了。"米粒迅速地跳下床。

"你下次再来这里,不会又让我等三年吧?"邰玉开玩笑地问着。

"我还等着吃你的喜糖呢……你不会等到三年后才结婚吧?"米粒反问道。说完,她看到邰玉的脸一下子涨得通红。少女的心事,都写在了脸颊上。

"你这个'拐(调皮)'丫头,觉还没怎么睡醒,脑子就转得这么快,说不赢你啊……"邰玉婉转地回避了米粒的提问。

"我一接到你的结婚请柬,马上就会过来报到。"米粒沿着自己之前的话题说,"记着我昨晚上说的话,为了你们的孩子早一天诞生,你不妨变得主动一点点……"

"好吧……你的这话,听起来好像很有道理的样子……我记住了。"邰玉道。

"你这个礼拜天有没有演出活动?要是没安排的话,去我家吧,"米粒收起之前的玩笑,正式地向邰玉发出邀请,"我妈这几年常常念叨你,总说很想请你来我们家坐坐。你知道的,她是你们汉剧的超级票友……"

"好啊,我巴不得呢,你妈算是我们汉剧的知音啊,"邰玉道,"我也想见识一下总被你描绘得凶神恶煞的彭老师……"

米粒临出门,邰玉又喊住了她,从洗脸架边抓了两个玻璃瓶交给米粒,说:"这个你带回去吧,反正我这里多,如果不够用,我还能找高强再要几个……这瓶子还挺实用的,你在学校里,夏天当个凉开水瓶也好……"

"呵呵,那我就不客气了……以后啊,只要我看着这瓶子,就想到你跟你的'玻璃高'……"

米粒也不拒绝邰玉的好意,就这样,拿着两个曾经装过葡萄糖液体的空吊瓶,丁零咣啷地离开了汉剧院。

告别了邰玉姐姐,在从汉口到武昌的返校路上,米粒一直回味着她所看到的邰玉和高强的交往片段。他俩之间的那种眉来眼去的默契,欲说还羞的优柔,让旁观的米粒打心底里羡慕。他们除了没把"喜欢""爱"这样的字眼明明白白地说出来之外,情意都在一颦一笑和偶尔的牵牵手拍拍肩之中了;就算是带点颜色的调笑也恰到好处。双方都不点明,意会的通感尽在不言之中。老戏唱本中的才子与佳人,受制于男女授受不亲的古训,他们之间所能表达的心心念念,也莫过于此吧。从邰玉再想到自己,米粒所经历的两段情爱故事中,爱与不爱,被爱与弃爱,都像是被计时器卡着时间点要完成似的,序幕拉开得太急,节奏进行得又太快,中间还有些莫名其妙的插曲……成长就像是一场表演,渴望着自由发挥的程米粒被推到了生活的舞台上,可她还来不及弄懂老天爷给她的剧本,也压根没有准备好属于她的台词,四周的灯光就全暗淡了下来。而后,出现在她身旁的,要么是佟彬那种绣花枕头般的勇敢,要么是邰风这种来势汹汹、去势匆匆的浓烈,细节、片段、起承转合,全都是眼花缭乱、措手不及的,她震惊于那种新鲜劲儿,又在缤纷中无所适从,静下心来回望,才感觉到似乎少了那么些两情相悦的试探、共同进退的和谐与表里如一的真诚。这应该不是她骨子里所向往的爱情的样子。依稀记得台湾女作家三毛解释过什么是爱——每当她想他,天上就落下一粒沙,然后有了撒哈拉;每当他念她,天上就滴下一颗雨,于是有了太平洋。以前,米粒以为,只有山崩地裂的狂沙和倾盆而泄的暴雨,才能铺卷成沙漠、汇集成汪洋,爱情就是要来得轰轰烈烈、山海皆可平;而我们有生之年的有限生命,想要真爱与深爱,等不及飘飘曳曳、星星点点的积攒。

见识了邰玉和高强在市井中那不急不躁的交往后,米粒领悟到了慢才会有慢热的韵致——这样的情意酝酿出来的喜糖，才会是甜蜜透了心的吧。有些事若是心急，肯定是偷工减料了——根基不实的情爱，自然走不长远，任何风吹草动的撞击，都会变成心碎的声息。

像邰玉姐姐这样的恋爱该多好啊，为什么我遇到的人就不是这样的呢？米粒自问。可能关键原因还是在自己身上。也许是在母亲的管教下被束缚得太紧太牢，所以就满心满意地向往着自主地绽放，只要看到有一道缝里透出来了亮，就当成是自由之光在引领。为了追寻一个可以逃离母亲控制的自由之地，她循着缝隙，追着光源，跑得飞快，却误把自以为是、自不量力和自欺欺人都当作是自由的盟友。透过眼见的邰玉这种自觉自发的为人处世之道，米粒意识到，真正的自由，是带着辨析与质疑的思想，有着接受和拒绝的自由；不是只有反对和抗争赢来的，才叫自由。看到了邰玉跟高强交往的分寸，听到邰玉回答说"那样不太好吧"，米粒比照着看到了自己的莽撞与幼稚：自由如邰玉，是进退自如的——她给自己预留了腾挪的空间，在无法甄别和正确取舍之前，不让自己陷入一个无法自拔的尴尬境地。真正自由的人，一定是自律的。

这样想来，米粒就明白了很多问题。邰风在她心里打上的那个结，也不那么扯得她生疼了。分手也好。漫漫人生，总有不少情深不寿的故事，若不想轻慢自己，不如学学邰玉姐姐唱《丛台别》时的拖腔，把开头结尾之间的距离拉扯得长久些，让自己的未来跟另一个更踏实的好男人重新开始。

这次和邰玉在汉口的见面，邰玉姐姐的现身说法，让米粒拼命朝前冲的节奏自主地减了速；但是，米粒规劝的那一席话，却又无形中推着邰玉快点向前跑。人生就是这样吧，每个人都向往自己不曾经历过的生活，勇闯者受伤后、会反思和珍视那些蕴藏于怯弱之中的智慧，慎行者灵光一现、也会滋生出冒险一试的勇气。

走吧，走吧，人总要慢慢学会长大。

十八

米粒的父亲程志伟调到大学里工作后，很快就评上了教授，于是就把他们住在65中的那间老房子上交给了大学，在大学的统一调配下，换上了一套小两居，地点还在硚口居仁门。虽然并不是新盖的房子，面积也不大，但起码是有了自家独立的厨房和厕所，不用再每天窝在团结户里跟几家人摩肩接踵地过日子了。这就是程米粒跟邰玉所说的"新"家。

因为有了这个独门独户的"新"住处，前两年团风乡下的婆婆去世，彭老师就托在派出所当所长的学生家长帮忙，把乡里爹爹的户口迁到了武汉。"程少斋"的名字前脚刚写上户口簿，彭老师后脚就让程教授赶到团风，把老宅子交给了生产大队，彻彻底底地把老人接到了汉口，跟他们一家三口住在了一起。自此，米粒终于可以不用一想到"过年"，鼻孔里就仿佛闻到了去乡下老宅的那一路上的各种恶臭腥臭腐臭了。

　　这个新家的两居室，虽然比团结户时代是宽裕了不少，但是鉴于调整后的居住人口的数量质量，满打满算四五十平方米的房子给四口人住起来，还是紧张得很。新家的客厅基本上就是个走道，只能放下一张四方餐桌和一个小碗柜，剩下的空间连台电冰箱都搁不下。两间卧室，小的一间摆的是米粒母女同睡的双人床，就是彭老师嫁妆之一的那张上了年纪的床架床垫；床架的两边是贴着墙的，这样能将空间利用最大化，剩下的位置就留给了冰箱和五屉柜。新家里没有搭盖的暗楼了，床铺底下自然就塞满了物件，从换季的衣物到储存的文献文档。另一间稍大一点的卧室，放的是两张新买的单人木板床，程教授和乡里爹爹一人一张。家里依然放不下一张正规的书桌，那台有年头的"蝴蝶牌"缝纫机就隔在父子俩睡的那两张单人床中间，承担着电视柜的使命。彭老师本来踩缝纫机的时间就不多，加上人到中年眼睛开始老花，连穿个针线都要歪着头找上许多个角度才能完成，缝纫机的机头就常年埋在了台板下。程教授在搬家前曾提议过，要不就把缝纫机卖给物资回收公司吧，有多少钱算多少钱，新家新气象，主要是省得费力搬到新家了也还是个占位置的"搁货"。彭老师为这事又把程教授给教训了一顿，她质问他，把这缝纫机交给物资回收公司，那就是当破烂在卖，你是有多缺钱啊？她说这是她的嫁妆，有她父母对她的爱，摆在家里那就是一份念想；彭老师还说，要是按程教授的观点看，所有博物馆里陈列的展品都是些没用的"搁货"，亏得他还是大学教授，怎么能说出这么没感情、没水平、简直是"差火"的混账话。"差火"，在武汉话里属于不带脏字、但段位很高的骂人话语，可以直接从字面上来理解意义，就是说，某人或者某事极其糟糕，已到只差一把火把他/它消灭掉的地步。听到彭老师这么说话定性，程教授当即偃旗息鼓，并且在后来搬家的过程中，成为身体力行来运输这台缝纫机的主要力量。

　　缝纫机能成为摆电视的一张台面，这也算是派上了重要的用场。程教授后来私底下跟米粒抱怨说："每回看到这台缝纫机，我就心里有气，你知道我后来是怎么自我安慰的吗？我就跟自己说，只当是你妈在家里供了一个祖宗牌位的……冲你妈能对乡里爹爹那么好，她多骂我几句狠话我也能认下来。'么办捏（怎么办呢）'，这就是生活……"

　　回到程米粒新家的话题。

在这个新家里,等到下一辈上班的上班、上学的上学后,乡里爹爹就端个椅子坐在缝纫机前,以平视的角度,凑得极近地,像看书一样地看电视。乡里爹爹喜欢看戏听戏,尤其是活跃在湖北乡间地头的地方戏——楚剧,电视里收音机里的楚剧节目他从不错过。家里一直都订阅着《广播电视报》,米粒在留心节目单里的《血疑》《霍元甲》这类热门剧集的预告时,也会帮爹爹把他喜欢的楚剧的播出时间段专门标注出来。也许是楚剧里的那种浓烈铿锵的唱腔比较合着乡里爹爹这种码头工人的胃口吧,电视台里播放的讲陈世美秦香莲故事的楚剧《四下河南》,爹爹一个人在家的时候不知道翻来覆去地看了多少遍。地方戏是要保留住的传统文化,电台电视台总是要播的,但有没有人看、有多少人看,电视台的编辑们也是心知肚明的。所以,这些节目大部分都是在白天播放,正是给像乡里爹爹这种在平日里无事可干的老人们打发时间。错开了人们下班休息时的黄金时段,等到晚辈们快要下班归家的时间点,爹爹会提前把米饭焖上,把生肉生菜择好洗净切整齐,都放在案板上,然后,带上他的小收音机,提着个小板凳坐到路边,一边继续听戏,一边盼望着孩子们归窝。

就这样,米粒的乡里爹爹程少斋晚年在汉口过了两年城里人的日子,真正享受到了"养儿防老"的生活。乡里爹爹跟米粒念叨说,他跟婆婆都是有福气的人,婆婆先走一步就睡上了那口好棺材,他多活了几年就睡在了汉口的楼房里。乡里爹爹还告诉米粒,他离开团风时忘了一件很重要的事,老家那边还有家族祠堂在续家谱,程志伟的名字是早就添了上去,以后要是有机会他要跟记谱的人说一声,把程米粒的名字也写上。爹爹说,以前写家谱都是只写男娃的,现在时代不一样了,男娃女娃都是后人,都要写上去,这也是移风易俗嘛。米粒劝爹爹不要把这事放在心上,进不进家谱,对她而言无所谓。乡里爹爹平时话就不多,知道自己是个文盲也就从不跟读过书的晚辈们顶真,但在这个家谱话题上,他格外地在意,一定要说服米粒认同他的观点。他跟米粒说:"你姓程,是我的孙娃儿,你的名字是写在我的底下的。要是不把你写上去,我的名字下面就空了,那怎么行!"米粒心里明镜似的,她知道如果按资排辈,程少斋是大房,而她程米粒则是三房家的后人,这所谓的家族排名本来就是捏着鼻子哄眼睛的事;再要说是移风易俗,与其把儿女一视同仁地写进家谱,还不如干脆破旧立新、废了族谱这一说呢。树碑立传进家谱,那是功名显赫的少数人的奋斗目标,也在于老祖宗是不是曾经功名显赫过。老程家的祖宗里,没有皇家贵胄,也没听说有个什么像孔子孟子那么需要家族传承的显赫血脉,说到底,家谱这些虚头巴脑的东西,跟她程米粒真没什么关系。米粒虽然这么想,但她把话憋了进去。她知道自己没有必要跟乡里爹爹为这种问题争个是非曲直;何况,爹爹的出发点也是他在意米粒。像他这种几乎是一辈子面朝黄土背朝天的乡下劳动人民，本质上是极度封建守旧和重男轻女的，他一再强调要为米粒在家谱上争个一席之地，不也是他由衷地在向米粒示好吗？

有时候，程米粒在心里会把面前的这个乡里爹爹和已经睡在扁担山上的六渡桥的爹爹拿来对比。她知道他们是截然不同的两种人，过的是两种截然不同的人生。但在她的认知里，她已然懂得，他们对她的爱是不分高下的。对这两个爹爹来说，她都是他们唯一的嫡传血脉、生命延续和希望所在。无论他们身在何方，无论他们以何种方式表达，只要她活着，她就承载着他们的爱与期待。

有一天，乡里爹爹在睡梦中安安静静地跨过了阴阳界，再也没有醒来，享年81岁。武汉早就是不能土葬的，程教授把父亲火化后，也葬在了扁担山。乡里爹爹在扁担山上跟六渡桥的爹爹嬉做了邻居。

骨灰下葬的那一天，程教授专门捎去了乡里爹爹总是随身携带的那部小收音机，和骨灰坛子一起放进了水泥围起来的方方正正的石棺里。放进去之后，彭老师突然又过去把收音机从里面拿了出来。在米粒父女俩疑惑的目光中，彭老师拧开了收音机的开关，确认了是把旋钮的指针调到了"湖北人民广播电台"的播放频段。米粒知道，这是乡里爹爹最喜欢听的电台。彭老师把收音机重新放进石棺时说道："好了，爹爹就不会觉得闷了，他可以继续听他的《四下河南》了。"

乡里爹爹在收音机的陪伴下长眠在扁担山之后，米粒这才离开了家里那张彭老师陪嫁过来的双人床，让彭老师程老师终于有了间属于他俩的卧室、回到了他俩的婚床上，米粒也终于有了自己独立的房间。这一次，缝纫机又换了新的功能，从之前爹爹的电视柜，变成了米粒的书桌。

送走了两边家族里的最后一位老人，米粒的"新"家开始有些新气象了。彭老师终于能够招呼亲朋好友来家里了，吃个便饭串串门，礼尚往来地走动走动。邀请邵玉来家里做客，属于彭老师计划之中的"夙愿"。

转眼就到了星期天早上，邵玉如约到米粒家做客。

这是邵玉第一次上门拜访米粒的父母。遵循着不能空手登门的社交礼仪，她从公交车上下来后，就近在一家水果行里挑了些上好成色的苹果梨子，塞满了一个大塑料网兜，又配上两听菠萝罐头，看起来像是很丰富的礼品的样子，瓶瓶罐罐地提到了米粒家。

彭老师是老票友，小时候还被母亲王诗芳带着去了菊社像模像样地登台表演过。见识过电视里的邵玉，这次看到了真人，就喜不自胜地说道："邵玉，我对你是久仰大名啊。每回去六渡桥，就能在品芳照相馆看到你的大照片，你是名人、是贵客啊！你到我们家来玩，我们高兴都还来不及呢，你还拎么东西啊，真是不应该!"

邰玉谦恭地回应说:"您家千万不要这样说,搞得我都不好意思了……我跟米粒是好朋友,晚辈买点小东西表个心意,您家莫见怪才是啊……"

"以后常来玩,但是千万就不要再破费了。你也还是个伢,让你花钱,我这当长辈的过意不去啊……不过,跟你说句不见外的话,你们要是有什么周末演出的戏票,倒是麻烦你帮我留几张,很久都没有去戏院里头过戏瘾了……"

"那有什么问题呢,我们演出全本戏的时候不多,但平时总有各种折子戏的演出。您家最喜欢看哪一个行当的戏啊?"

"我还是做小姑娘伢的年纪时,在菊社里学过点戏,引我进门的师傅说我的声音条件适合唱老旦,教我学的就是佘太君的唱段……你莫见笑啊,到现在我还能唱一段那个什么'少年人盼的是立功边境,年老人我喜的是一门忠贞'……"

彭老师边说就边跟着摆起架势,唱起了两句。

"您家唱得真好,佘太君的那种将门当家人的韵味蛮传神啊……"

"在你面前唱这些,就是献丑了……不过,做小伢时唱老旦,想起来还是蛮有意思的……要是说看戏,我还是喜欢看你们'旦(花旦)''贴(青衣)'的戏……汉剧里头的'一末带十杂'这十个行当里,我个人认为,'四旦'和'八贴'的表演层次感更加丰富些……"

"这是我的本行……您什么时候得空了,就直接去剧场找我,我引您进去……"

就这样,邰玉和彭老师,以"戏"为话题,一口武汉腔,"您家"长"您家"短的,轻松愉快地越聊越起劲。米粒在一旁,明显地感到了喧宾夺主的氛围。她也不插话,乐得自己的朋友被母亲奉为上宾。

彭老师接着跟邰玉说道:"我们家是寒舍,邀你来也是不把你当外人。等下,你就在我们家一起吃个便饭,你程叔叔一大清早就去菜场买了最新鲜的排骨和筒子骨回来,程叔叔还专门挑了刚上市的新藕;炉子上正在用老铫子煨藕汤……你闻到香味了吗?"

——排骨藕汤,这是最有武汉特色的地方菜,以排骨藕汤来待客,这是武汉家庭的最高礼遇。

"等下的中午饭就不吵扰您了,我们那群在珞大夜校里学日语的老同学约好了聚餐,"邰玉道,"我今天过来认个门,以后少不了会再来吵闹你们……"

"你这个丫头怎么这么客气啊,连顿饭都不吃,"彭老师有点遗憾地说道,"你看,忙上了一大场,排骨汤都煨了两个小时了,专门为你准备的呢……"

邰玉见状,马上笑嘻嘻地回答道:"阿姨,既然您家这么说,那我就不讲客气了:我一进门就闻到了藕汤的香味,正好我今天没过早,一闻到藕汤,我的肚子就开始叽里咕噜地叫起来了……您家能让我现在就尝尝吗?"

彭老师嘴上说着"好好好",人就转身去厨房盛汤了,连背影都写上了心甘情愿的快乐。

邰玉当然能从彭老师的言语中感受到自己所受到的重视。为了不扫长辈们盛情准备的兴头,她就谎称说没吃早餐,这样一来,藕汤的人情也领了,等下提前离开的诉求也能达到了,再说了,她还打算喊上米粒一起去赴约呢,可是不能让彭老师程老师白忙乎一趟。邰玉恰到好处地逢场作戏了一把,趁着彭老师转身去厨房的空,她悄悄地冲米粒挤了挤眼,米粒也回应着同样的动作,心领神会。

很快,彭老师就端过来两碗藕汤,邰玉和米粒,一人一碗:"你们小心点啊,刚出锅的汤,热得很。老话说,'油汤不出气,烫死苕(傻)女婿'……你们尝尝看,排骨煮烂了没有?藕粉不粉?"

邰玉一边吃着一边连连点头,真诚得略带些夸张地连声赞许道:"阿姨,您家煨的这个藕汤太好吃了……我很少在别人家里吃饭,外面餐馆卖的藕汤基本上都是高压锅压出来的,肉啊,藕啊,烂是炖烂了,但没有这种老铫子文火煨出来的藕汤喝起来香。感觉今天这是我这辈子喝到的最好喝的藕汤……"

听到邰玉这么说,米粒低下了头,这种夸到天上去了的溢美之词,她是说不出口的。她窥视着母亲的表情。

彭老师始终满怀着慈祥的笑意看着她俩,对于邰玉的褒奖,她照单全收:"喜欢就好,吃完了我再给你添……锅里有得是。"

邰玉认认真真地喝完了一整碗汤,吃完了里面的所有内容,以空空荡荡的碗底表达了对厨艺的极大认同。

彭老师问,再添一碗?

邰玉答:"谢谢您家,这藕汤确实太好喝了,我心里在说还想要,但肚子在抗议了,肚子说,实在装不下了……"

邰玉的话把彭老师逗得哈哈大笑。接着,彭老师又道:"老话说了,伢们吃东西,是记饿不记饱的。总不能说让你第一次到我们家来吃东西,结果没吃饱给饿着了啊……那样才叫难为情啊……"

"阿姨,您太热情了,搞得我才是难为情呢……"喝完了藕汤,邰玉盘算着自己该撤了,就试探着说道,"我要走了,我们那些日语班的同学还等着我呢。"

"知道你忙,我不耽误你……"

"您太客气了……我还有个小请求,"邰玉继续试探着,"其实我们这些念夜大的,都是些珞大的水货学生,不像米粒,是正宗的。我们这些水货也想沾沾正儿八经名牌大学生的光,所以就希望米粒也能参加……"

"哎哟,你们太抬举她了。你们都是各行各业做出成绩的能人,米粒还是一个在校大学生,她哪里能跟你们比啊?你带着她,能让她多见些世面,这当然好啊……"

临走前,邰玉提出说要跟米粒的父亲程教授打个招呼,彭老师摆摆手道:"你程叔叔不在家,他去公园跳交谊舞去了。每个星期天早上的舞蹈时间,他那是风雨无阻的。今天程叔叔是赶在跳舞前去菜场的早市买了菜,回到家放下东西就去中山公园赶场去了……"

"你们一家都这么有文艺细胞,真是难得啊……"

邰玉好像准备了一肚子的赞扬,随时随地都能抛出来一个,甘甜雨(语)露滋润着,让对方总能心花怒放着永不凋零。就这样,留下了水果礼包、带走了一肚子排骨藕汤的邰玉,在彭老师依依惜别的眼神中,带着米粒离开了家。

走到街上,米粒问:"你的同学会聚餐,我跟着去蹭饭,合适吗?"

"今天的这个饭局,我是主角,我想带谁过去都没问题。"邰玉自信地说道。

"你的'玻璃高'会来的吧?"

"肯定啊……他要是不来,我才不会去呢……他呀,是我在这个日语班上最大的收获……"

十九

日语班的同学们在课外聚会,邰玉还是第一次参加。那群坚持在珞大的日文夜校上课上到结业的同学们,在结业典礼上重逢时,都说很想念肄业了的邰玉,"遍插茱萸少一人"的情境下,就商量着要补一次齐齐整整的聚餐。邰玉在这个日语班上,年纪最小、但名气最大,大家就开玩笑说,就算是一群"水货"的珞大校友,那也是正宗的同班同学,大家要"苟富贵,勿相忘"。同学中有位叫吴峥嵘的老兄,就把这事张罗了起来。

吴峥嵘在省外贸公司当部门主管,场面上大家按照社会上的规矩喊他"吴总",私下里喜欢叫他"吴拐子",显得比较亲热——"拐子"就是武汉话里大哥的意思。喊他"拐子",除了年长些之外,他也确实比较豪爽仗义,就像是个老大哥一样,聚会之前帮忙订场子,有什么需要安排派个车,在他能力范围之下,对大家都很照顾,他也乐得以此来显示一下自己的优越感。

这一次聚会,吴峥嵘专门在硚口找了个刁角馆子"晶威酒家",碰巧还正在米粒家所在的居仁门附近。虽然餐馆的门面不大,招牌更是简易马虎得和吉庆街的大排档差不多,但吴峥嵘介绍说,这家"晶威"是武汉第一家专门吃野生甲鱼的馆子,他接待一些重要关系户才会引他们来这里。

作为聚会的召集人,吴峥嵘提前到了"晶威",他让他带过来的拉达车司机在门口街边停着,一转头就看到了迎面走来的邰玉和程米粒。

"吴总好,"邰玉招呼道,"其他人来了吗?"

"还没有。"

"搞半天我还是第一个,"邰玉笑答,"紧赶慢赶,我还怕迟到了呢。"

吴峥嵘说,以前的聚会你都没参加,这次来早一点,说明你的态度很端正。

"这是我的小妹妹,珞大的高才生程米粒,"坐定下来,邰玉向吴峥嵘和米粒彼此做着介绍,"这位吴总,是我们日语班的财神爷,我们同学都喊他吴拐子。每次搞活动,都是吴拐子做东……"

"被你们喊得亲热流了滴,那我就要像个拐子的样子啊……"吴峥嵘紧挨着邰玉坐下来,继续说道,"刚才你喊我吴总,听得不舒服,还是喊吴拐子好……以后你还是要多跟我们大家打成一片,有什么演出也要多邀请我们大家去看看,我们想去跟你捧场啊,要给我们机会……"

同学们陆续地上了座。看人到得差不多了,有服务员过来问,可以起菜了吗?

吴峥嵘环视了一下桌面上的人头,说道,好。

邰玉明知故问道:"说好要来的都来了吗?"她跟同学们本来来往就不多,和高强的故事,其他人自然也不知晓。邰玉不便点破。

吴峥嵘答:"就缺我们的高医生了,他说了他今天在住院部值班,要晚一点到,让我们不要等他,他肯定会来。"

说话间,过来了两个服务员,一个先端来一个便携式的煤气炉,摆正、点火;另一人把一个巨大的铁锅架在了炉子上。铁锅装得满满当当的,主菜乌龟甲鱼,和各种配菜簇拥在一起,以酱油为底色,上浮着辣椒煮出来的红油。汤汁很快沸腾了起来,咕噜噜地吐着泡,酱香鲜香、裹着花椒胡椒辣椒的味道扑鼻而来,极具侵略性地充斥着大家的嗅觉。服务员用铁铲子翻炒了几下,招呼大家说赶紧开吃,还特意提醒道:"这个汤蛮酽,记得要经常抄一下底,小心奔了锅。"

"高强怎么还没来啊?"邰玉终于憋不住了,朝吴峥嵘说道,"吴拐子,用你的大哥大跟他打个电话吧?"

"来不了的总是比来了的人更让人惦记啊。"吴峥嵘一边感叹着,一边拿起大哥大,拨叫了中心医院的总机。先是转到外科的住院部,接电话的人说高医生去急诊室了;挂断后再次拨医院总机,这次转接急诊室,有人接听了电话后就放下话机,说是去喊高医生,等了半天后得到的答复是,有个急救病人在处理,高医生暂时过不来,需要的话,可以留个话。

吴峥嵘没有留言，直接挂断了电话。

对缺席的人所表达的象征性的礼节做到了位，吴发话道："当个医生真是不容易，估计他那边一时半会还忙不完，我们就不等他了……"说完，他望着邰玉说"你是今天的主人，你发个话吧，我们就开吃，不然，锅都要烧煳了……"

"我怎么成了主人呢？"邰玉问。

"今天的聚会是'迭务（专门）'为你召集的……你莫'黑（吓）'不过……今天这个就是——'你请客，我买单'……也不光是今天了，以后只要你瞧得起，我就是你的钱包；只要你认我这个拐子，所有你请的客，你'搭白（发话）'，我买单。要是跑不赢的话，就是打个'飞的'，我也要赶过来……"

场面上的话，吴峥嵘一套一套的，毕竟是跑业务的专家，看人兑汤的本事炉火纯青。

"你莫'黑（吓）'我啊……你要这么说话，还真是把我'黑哒哒'了……"邰玉马上回应道。在武汉话里，"黑哒哒"，就是吓得昏倒了。吴峥嵘老油条似的开着玩笑，邰玉也顺着他的口气把油条给挡了回去。

"莫哒哒（莫昏倒）了，喝酒喝酒！"

宴席之上，在座的所有人都夸这里的乌龟甲鱼好吃、名不虚传，除了邰玉。好在她一贯有些孤傲和清冷的样子，她的不合群看起来是一种明星的气象。

心里惦记着缺席的高强，邰玉就以晚上有演出要提前准备为由，率先提出了撤席。米粒也顺势说她要赶紧返校了。吴峥嵘见状，赶紧买了单。邰玉和米粒在餐馆门口道别后，坐上了吴峥嵘的拉达车。

车停在了前进四路的路边，坐在副驾驶座位上的吴峥嵘扭头问："要不要跟门房的师傅打个招呼？我让司机把车开进你们院子里……"

邰玉摇头道："不太好吧……院子里开进一辆车，所有人都会盯着看。太招摇了。"

吴峥嵘又问："没打算请我到你寝室里坐坐？"

邰玉的脸上出现了她标志性的柔和却拒人于千里之外的笑容，道："就是个破单身宿舍，有什么好看的？"

吴峥嵘也不坚持，看到邰玉下车，跟她挥手道别。

邰玉走到铁门口，刚想喊门，看到大门上的铁锁是空挂着的，她就熟练地反手伸进铁栅栏里，取下锁，推门进了院子，再把铁锁原样地假扣上。

汉剧院的院子不大，从大门口走到主楼楼梯，也就是二三十米的距离。邰玉慢悠悠地走到楼梯口，突然想到了什么，就站住了，返身往院门口走。来到传达室，还没看到人，她就想当然地朝门房里面跟师傅打招呼说，"我打个电话啊"；也不等师傅回应，她就抓起了电话机。

传达室的墙上贴着一张A3的大纸，上面油印着各个市直机关的电话号码。邰玉抬头看了看，看到了中心医院的总机，然后用手指着那一处，心里默念了两遍后，拨打了那七个数字的号码。

电话接通了。

对方的话务员问，"你要哪里？"

邰玉迟疑着，回答说，先接急诊室吧。

急诊室的分机电话通了半天才有人接听，邰玉跟对方说，麻烦找一下高医生，高强。

对方立即答道，高医生今天不在这里当班。

邰玉又说道，刚才他还在急诊室呢。

对方既不解释，也不纠缠，直接挂断电话掐了线。

站在电话机旁的邰玉有点失落，又有点茫然。她在想要不要再拨一次，或者干脆直接杀到医院去。要是高强不在急诊室，她就去住院部；如果住院部也没人，她还可以去他寝室找。

今天计划着要见他的，要是人没见到，就好像这一天白活了一样。

邰玉呆立在门房的值班室里。她看了看手表，快三点钟了。这个乌龟甲鱼的大餐吃得很是劳神费力花时间，一下子大半天就过完了。晚上六点半还有演出。要是现在赶到医院去，一去一回至少一个多小时。如果再在医院里上上下下转悠地找人，恐怕有点来不及。戏就是天，不能耽误了时间，误了演出。

我这么想见到他，他是不是也和我一样呢？邰玉心里想着，叹了口气。要是他真想见我的话，就算是今天加班，就算是今天有急事，就算是错过了午餐，就算是有一千条一万条理由，他也会在忙完了就过来找我的吧……他要是真的赶不上饭局了，他可以直接来剧院找我啊……邰玉这么想着，走出传达室，朝宿舍走去。在心底里，有一份小小的奢望：要是我一推开寝室的门，他就坐在屋子里等我，那该多好啊……

走到院子里，低着头的邰玉和门房师傅撞了个满怀。

"刚才，我还以为您家在门房里头呢。"邰玉道。

"我上厕所去了，"老师傅说，"有人找你，说是你的什么亲戚，提了一大堆东西过来，在你房间里等着你呢。"

"我的亲戚？男的女的？"邰玉问。

"是个男将，年轻人。"

邰玉一听说是个年轻男人，心里又闪现了之前出现的那一丝奢望。她快步跑上楼，想看看屋子里等她的那人是不是高强。

熟悉邰玉的人都知道，平日里只要她人在武汉，她的寝室总是不上锁的。屋子里的家具都是公家分配的，她也没有什么秘密可藏。生人来访，会在传达室里等她出来接应。熟人来看她，都是直接上楼——或者去排练房，或者去她寝室——熟门熟路的，就像米粒那样。这一回的来人，敢自称是"亲戚"，听起来就仿佛是高强的感觉。在她的生活里，哪还有什么会到单位里来找她的亲戚啊？在邰玉的心里，她把高强当亲人在看了。

邰玉兴致勃勃地推开自己的房门，以为迎接她的会是高大挺拔的意中人；结果，却看到了一个陌生人坐在她的床沿上。

"您家是——"

邰玉站在自己的寝室门口，愣住了。

"你——就是邰玉吧？我姓曹，是专门从黄陂赶过来找你的，"对方看到门开了，就原地站起了身。他说话的口音里带着明显的黄陂腔，"我跟你带了点我们自己家打的糍粑和肉糕……"

"您家跟门房说你是我的亲戚？"

邰玉把来人上下打量了一番，看到他脚边的地面上摆放着一个大蛇皮袋。蛇皮袋的外部有些污渍和水迹，里面看起来装了不少东西，沉甸甸地歪在地上。和蛇皮袋并排陈列的那双脚，穿着老式的军用球鞋，鞋面上也拖泥带水的够脏。邰玉对蛇皮袋里装了些什么并不感冒，只是对眼前发生的这一幕很是诧异；一个不速之客，哪来的勇气敢跟门房说他是自己的亲戚？这门房师傅也太没有眼力劲了，听风就是雨的，人家这么一说就放行，还让他进屋来等。万一要是个小偷怎么办？这事回头可是要好好跟门房师傅数叨一下。邰玉毫不掩饰自己的不满，对于这个陌生人如此不讲礼貌不见外地坐在她床上，她的脸拉得老长。

"我们应该算是亲戚吧……我们也不是亲戚，"来人看出了邰玉眼神里的嫌弃，紧张得不行，说话就更是扭扭捏捏的，言语词不达意，"是这样的……应该说，我是你的……算是'拐子（哥哥）'吧……"

来人吞吞吐吐、支支吾吾地费了好大的功夫，终于把事情说明白了。他说，他们家是黄陂横店的，原本有六个孩子。但是家里实在太穷，老五生下来没多久发了一场高烧就病死了。等到老六生下来，就把她送给了同一个塆子里的乡亲在武汉的老表。那个老表是个老光棍，在汉阳钢厂当工人，端的是铁饭碗，有工资，说是想养个后人、等将来老了能有个后张罗着送个终。他们家看这个老表人很实在，家庭条件也比黄陂乡里要好得多，想着说老六要是跟着他到武汉生活，肯定会比坑在横店强。他们也怕万一老六像老五一样,因为穷都养不活。于是,等到老六一满月,就送到了武汉……

"我是屋里的老四,"来人说道,"算起来,你就是那个老六……"

"是这样啊……"

邰玉不置可否地回应道。

"老娘现在身体不好,病病歪歪的,眼睛都瞎了,随时都可能'夭了锣(去世)'。最近她总念叨说走之前想再见一哈(下)老六……"

邰玉继续不置可否地又"哦"了一声,不接腔,不表态。

来人停顿了一下后,怯生生地抬头看了一眼邰玉,又低下了头。他接下来说的话里面,把第三人称"老六"换成了第二人称"你"——

"把你送走了以后,老娘大病了一场,她想去武汉看你,又怕打扰了你的生活。老娘逢年过节总要送些礼给塆子里的那个乡亲,私底下也'汪倒说(巴望着)'他要是到武汉走亲戚,能把这些东西带些给你。每一回过去,也想打探一哈(下)你的消息,晓得你无病无灾,她也就踏实了。这是她的一个念想吧。前两年,那个乡亲病死了。老娘就开始催我们去找你,托了好些人,这才找到那个老表,就是当年收养了你的那个爹爹……我们这才晓得了,你还是名人。老娘知道后就说,得亏把你送到武汉了……"

"你去找过我爸爸了吗?"邰玉警觉地问。

"是啊……找到汉阳了,他那里不好找……本来还想着说求他带我过来找你的,他冇答应……"

"他为什么要答应你?"邰玉说,"我爸爸只有我这一个独种姑娘,我也没有什么乱七八糟的哥哥姐姐……"

来人更加手足无措起来,望着邰玉,还想说些什么,却听到邰玉直接下了逐客令:

"你可以走了……"

"这些东西……"来人指着脚下那个体积很有些庞大的蛇皮袋,"这些糍粑都是老娘亲手打出来的,肉糕也是她挑的上好的梅子肉自己剁出来的,说是一定要让你都尝一下。塆子里的人都说老娘的糍粑和肉糕是一绝,你尝一哈就晓得了……今天早上天还冇亮我就出门了,赶开往武汉的早班车,转了几趟车才找到这里的。"

"把东西都拎走。我们单位有食堂,我一直都是在食堂里搭伙的。你也看到了,我这房间里哪有炉子啊……开不了伙的……"邰玉毫不领情地说道,"这些东西我用不上,放在屋里卡眼(碍眼)……"

"你看我扛这老远过来,已经很不容易了;你再要我扛回去,磨人啊……你莫

165

嫌弃，这是老娘的一份心啊……"

"一份什么心？过了几十年才想起来看看你们家的老六是死是活？不管我跟你说的这个老六有没有关系，你们看我现在有点出息、就想跟我攀亲戚了？"

"莫这样说吧，我们虽然是乡里的，冇得文化、也冇见过世面，但我们不是坏人……"来人嗫嚅着自辩道，"这些东西都不是什么坏东西，你要是自己不开伙，就送给食堂，让你们单位上的人都尝一尝也行吧……"

"我说了不要了，你就不要'硬栽倒（硬塞着）'给我了吧……当年，你们是不是把我也是像这样硬栽倒送出去的？"邰玉冷眼看着，冷言说着，一点回旋的余地都没有。前一句话她还在嘴硬说——"不管我跟你说的这个老六有没有关系"——到这一句话就变成了"当年你们是怎样把我送出去的"，对于自己的身世，她已经有了答案。

来人迟疑了一下，拖着他提来的蛇皮袋，走出了邰玉的寝室。

在他出门的那一刻，邰玉在身后补了一句，道：

"以后不要再来了，我不想再见到你。"

邰玉听到那人下楼时的沉重的脚步声，等这些脚步声消失后，她推门走到走廊上，扶着栏杆，看着那人虽然年纪不大却有些佝偻有些蹒跚的背影。常年在乡间里农事劳作，腰板都会是这样瘘（躬曲）着的吧？她看到那人拖着蛇皮袋进了传达室，似乎跟门房师傅交涉了些什么，很快，又拖着蛇皮袋走了出来。当那人和他的包裹走出汉剧院的铁门时，她看到门房师傅站在院子里正朝着楼上的方向望着自己。邰玉不想跟他对视，扭头进屋，关上了门。

在屋里，她使劲地扯下了自己的床单，连同搭在床单上的罩布，全都扔在了地上。这是那个人坐过的，上面有他的气味，邰玉恼怒地这样想。扯下它们，肯定是嫌弃——但到底是嫌弃他的脏、他的穷酸，还是嫌弃他的不请自来，邰玉想不明白。她无数次地猜想过自己的身世，无数次地假想过认亲的场景，无数次地幻想着自己的母亲的样子，可当这一个谜底突然地揭晓时，她竟然只有一种感觉——嫌弃——到底是嫌弃对方，还是嫌弃自己，她也没想明白。

以前，邰玉还曾经想过，也许她的父母就是一对冲动的年轻男女，偷食了禁果、爱而不能，所以生下了她、但养不了她；如果是这样，她来到这个世界，也是因为爱得浪漫吧……她幻想着她的父母在扔下她之后无比后悔，像戏剧作品中演绎的那样，万水千山走遍也要寻找她，直到有一天踏破铁鞋，两代人终于相遇。如果是这样，她就算是被遗弃，也是和爱平行的吧……

事实远非如此——简单直接得用一个"穷"字就想涵盖掉一切。一个父母双全的家庭，养活了四个孩子，却把她给送到了别家，就是因为穷。穷，能够算是一种理由吗？过去几十年，中国的家庭，有多少是不穷的呢？接收了她的邰汉生，难道就不穷了吗？现在她出名了，就想来认亲了，要是她比他们还穷、沦落到要饭的地步，他们还会这么巴心巴肝来认她吗？

——一个从小在武汉长大、每天能在单位食堂里吃到价廉物美的热饭热菜的女孩子，就算她是"汉阳"的，就算她的生活区域是武汉三镇的鄙视链的最末端，就算她出自一个锅炉工带大的单亲家庭，就算她穿着打补丁的衣裤长大、为了有口安稳饭吃才去学戏，但她依旧无法想象到农村里真正的"穷"之困顿……

邰玉想到了山口百惠，她是被父亲抛弃的私生女；即便是没有了父亲，她的母亲也还是含辛茹苦地把她带在了身边……邰玉又想到了她的老师陈伯华，陈院长和她的母亲几十年来相依为命；当年陈的父亲抛弃她们母女时，母女俩睡在桥洞底下，哪怕那么艰难，母亲也没把陈伯华给送走……为什么我摊上的这一对父母，他们齐心协力地要把我送人呢？就因为他们穷吗？既然可以养活四个孩子了，再多我一张嘴巴，难道就过不下去了吗？

邰玉有理由相信，她从一生下来就是被嫌弃的。只有被嫌弃了，才会觉得养不活，才会觉得多一张嘴多一双筷子是件大事，才会送走了几十年不闻不问杳无音信……好了，现在我成名了，就来找我了，拎一袋子不值钱的糍粑，讲一番感人的思亲故事……

既然因为穷，就不要我了，那么，这样的穷亲戚，也不如不要。

邰玉这样想着，眼泪滚滚而来。她以为伤心是会悲恸大哭的，这一次居然发现，泉涌般的泪水，原来不一定需要悲号伴奏。望着书桌上的镜子里的自己，她为自己难过。人生充满了谜语，你充满了好奇，想知道谜底，便怀揣着希望去探究。解谜的过程就像是抽签，你想透过一纸签牌看到自己的命运，结果却是不幸的——属于你的，是个下签。邰玉终于明白了，每个谜都是有谜底的，但并不是每一个谜面底下掩藏的，都会是你希望看到的那个答案。早知如此，我情愿永远活在谜语里。

今天真的是奇怪的一天。之前邰玉还在想，今天要是没见到高强，简直是白活了这一天。现在却觉得，要是这一天没有存在过才好。反正高强也是没见到的，而这个不速之客，就可以彻底地从她的记忆中抹去了。就做一个身世成谜的孤儿，填表时母亲那一栏的信息上写着"病故"，一辈子跟着爸爸邰汉生过着亲情胜过血缘的日子，没什么不好的。

邰玉偎在没有床单遮罩的被褥上沉沉睡去，快到五点钟了，她直觉般地醒来。晚上有演出，她是记得的。有人说，人生如戏，对于邰玉来说，她的人生，就是一台接着一台的戏。

上妆，更衣，候场，上台……

今晚的曲目是折子戏《贵妃醉酒》。剧情很简单，唐明皇与杨贵妃约好了要在百花亭摆宴同饮，共度良宵，可唐明皇却临时爽了约，改往梅妃宫里去了，剩得失望的杨贵妃只能在高力士、裴力士两个宦官的陪同下，抑郁不欢地喝得酩酊大醉，说了许多酒话，做出许多醉态。人们普遍认为《贵妃醉酒》是梅兰芳京剧的拿手戏，事实上，这出戏最早是汉剧的代表剧目之一。曾经担任北京京剧团编剧的汪曾祺先生在谈到这出戏时就说过，"梅先生是在京剧舞台上演了一出汉剧"。梅兰芳本人在《舞台生活四十年》中也坦承："最早北京戏班里没有《贵妃醉酒》这出戏。光绪十二年七月间，有一位演花旦的汉戏艺人吴红喜，艺名月月红，到北京搭班演唱，第一天打泡戏，就是《贵妃醉酒》。月月红唱开了头，大家这才跟着也演《贵妃醉酒》了。"梅大师所说的"醉酒"，指的就是这出《贵妃醉酒》。在汉剧里，这本来是一出"四旦"青衣的戏，但"陈派"表演中和京剧"梅派"相互融会贯通，就代入了"八贴"花旦的表演，于是就把优美清亮的唱工技巧和细腻大方的做工之长，更加形神兼备地合二为一了。

《贵妃醉酒》共有两场，酒前和酒后。

第一场是未醉到初醉的戏。伴驾的高力士和裴力士二人先上，"香烟缭绕，娘娘，御驾来也！"这段念白犹如抛砖引玉，贵妃就在帘内念出"摆驾"二字后出场，两个抖袖时身子往下略蹲，态度凝重，仪态大方。

杨贵妃的角色是邱玉的看家戏。在众侍女的簇拥下的一个亮相，让邱玉瞬间入戏——

    海岛冰轮初转腾
    见玉兔，玉兔又早东升
    那冰轮离海岛
    乾坤分外明
    皓月当空
    恰便似嫦娥离月宫
    奴似嫦娥离月宫……

伴随第一句"海岛冰轮初转腾"开腔的，先是邱玉身段的戏。只见舞台上的杨贵妃打开扇子，向前走三个倒步，到"初转腾"时双手拿扇，从左慢慢地转到右边。唱到第二句"见玉兔，玉兔又早东升"，"见"字边唱边起步，转身朝左台角走过去，"玉兔"处左手拿扇平着伸开，右手翻袖扬起，面孔朝左，眼睛略朝上方望去。唱完"兔"字，是胡琴的过门。这时，贵妃横走三步，转身归中间。唱到"升"字，双手斜冲舞台的左角朝上指。方寸舞台，前后几种台步，移步如换景，而在这左右腾挪中，贵妃的御驾便走出了仿若在汪洋大海看日出的气场。

第三句"那冰轮离海岛"，贵妃是横着向下场门的方向退两步，再左手翻袖扬起，右手则是朝着舞台右角的方向上指。到第四句"乾坤分外明"，步位还在原地，变幻的是上半身的表演：一手拿扇，一手用袖，双手同时颤动着由上而下画了一个小圆圈。这个圆圈，圈出的正是第五句的"皓月当空"，而手执空月的贵妃再次从右转身，回归到舞台中间。唱到"空"字时，她双手斜着再次冲右台角方位朝上指，指的姿势跟前面"升"字的指法相仿。这一"升"一"空"，引导着观众望向意象中高远的苍穹。

前五句唱词，既像现实场景的实述，又像诗文吟诵里的起兴，直到第六句"恰便似嫦娥离月宫"，终于点题。此时"恰便似"的身段，跟前面"见玉兔"的做法一样，但方向正好相反，这次的转身是冲着右台角走过去，手的步位、眼的方向，全都是相反的。唱到"宫"字，贵妃正面朝着观众席，手指上扬，唱毕，再次横着走归舞台的中间。紧接着第七句，"奴似嫦娥离月宫"，再次重复强调了"嫦娥离月宫"，贵妃自比为嫦娥，将要离月宫见爱人，自然是满心欢喜。"奴似"时把双手摆在胸前，"嫦娥"时在胸前用双手拿着扇子从左到右画半个小圆圈，这都是用作自比的表示。及至"宫"字，眼见着贵妃右手心朝下，把扇子齐眉平举，左手再正面对外朝上指。之后，合扇、整冠、端带、转身进门，归外场坐，念定场诗——

> 丽质天生难自捐，
> 承欢侍宴酒为年。
> 六宫粉黛三千众，
> 三千宠爱一身专。

此时，高、裴二卿率领宫女在前面为贵妃引路。他们先"双出门"，再"一翻两翻"（二人同时出门，戏曲术语就叫"双出门"。分开两边走了又翻回来，叫作"一翻两翻"——注），杨贵妃跟着出门从左转身。走了半个圆圈，再从右翻回来，面朝观众席，向前上一步。这表示离开了宫院，向百花亭走去了。

从离开宫院起，贵妃唱的八句四平调，就都是描写路上所见的景物。

看当头的月色，贵妃唱道："好一似嫦娥下九重，清清冷冷在那广寒宫。哎哎哎，广寒宫。"她两手抱肩，表示嫦娥在月宫里孤单单、冷清清的意思。不过，此番不是"离月宫"了吗，贵妃唱着清冷的词，想的是温软的事。

经过玉石桥，裴力士念道："启娘娘，来此已是玉石桥。"贵妃念"引路"，高、裴又领着走圆场，这是交代了新场景的代入。此时，贵妃一边唱"玉石桥斜倚栏杆靠"，一边做出向桥上走的身段。她右手撩起水袖，左手微撩起裙子，眼睛朝下看地，缓步拾级上桥。等到她走到了桥中间，微做闪腰的姿态，俯看桥下的鸳鸯和金鱼。

贵妃在桥上时，高力士念道："金色鲤鱼，朝见娘娘。"

贵妃便紧跟着唱道："鸳鸯来戏水，金色鲤鱼水面朝。哎哎哎，水面朝。"同时，把右手拿的扇子，交到了左手上。她先往左转一个身，面朝外；再用左手掐腰，右手扬起，眼往下瞧，表示手倚栏杆，在看桥下的鸳鸯。鸳鸯戏水，鲤鱼泛金，这些唱词都是贵妃在表达即将见到皇上时的憧憬和喜悦，却也是一种伏笔的暗示，反衬着贵妃的形单影只。此时贵妃的表演是欢快的，她再次转身，把左手的扇子交回右手，扬起左手，又对着桥下看了一次金鱼。完成了这些身段动作后，这才微微俯身，作出假扶栏杆的样子，走着下桥的步子。从上桥到下桥，那些只存在于唱词和意象中的鸳鸯、鲤鱼的活动，都要通过贵妃的手眼身步的表演来传达。所以，演员的表演要脉络灵气契合，才能让观众看到那些无中生有的亭台楼阁、小桥流水、鸳鸯游鱼。

为了渲染整体气氛，低头看完了水中的鱼，就要抬头去看长空的雁。高、裴二人同声启禀："娘娘，雁来了"，引出下一个话题。

贵妃此刻唱道："长空雁，雁儿飞，哎呀雁儿呀！雁儿并飞腾。"伴随着"长空雁"的长腔，贵妃右手把扇子打开，齐眉平着举起，左手把水袖往上翻，转身；先停住脚片刻，再开始走云步。《贵妃醉酒》这出戏之所以好看，未醉时的云步善舞，就是功力和焦点之一。先是两足并列，再拿脚尖对来对去，慢慢地横着移动，要边唱边走地绕上半个圆场。走云步时脚如腾云，但上身要平稳，手上的扇子还要做出波浪式的颤动；扇子的舞动既象征着长空飞雁的行列，也传达着贵妃心里盼望着即将与皇上"并飞腾"的澎湃心事。

来到百花亭，进亭坐下，贵妃念道："高裴二卿，圣驾到此，速报我知。"

出场至此，所有的手眼身法步的表演以及唱念戏词的铺垫，都说明了杨贵妃是奉召侍宴而来。她的神情动态，以及一路的触景生情都充满了由衷的期待，为后面闻报说"驾转西宫"后的抑郁怨恨，显现出强烈的对比。

听到皇上不来了的消息之后，贵妃接下来的表演是分了层次的。

她先是站起来用扇子遮面，打背供念："啊呀且住，昨日圣上传旨，命我今日在百花亭摆宴，为何驾转西宫去了。"念到此处，心生怨懑，但稍一沉吟，考虑到自己的身份，担心侍从们窃笑，便强作镇定地念了最末一句"且自由他"。念完，转身吩咐道："高、裴二卿，将酒宴摆下，待娘娘自饮几杯。"此刻，场面上拉牌，杨贵妃再次抖袖，整冠，端带，归内场座。未醉前的戏份告一段落。

戏演到此处，这一句"且自由他"，多像邰玉今天赴宴、却未见高强那失望的心声啊。

紧跟着，杨贵妃在亭子里饮了三次酒，表示了她内心的变化：始则掩袖而饮"太平酒"，继而不掩袖而饮"龙凤酒"，终则随便而饮"通宵酒"。

第一次是裴力士敬酒。他跪在桌子前面的大边上（"大边""小边"是戏曲术语，指的是舞台上的表演区域。从舞台的正中间竖画一条线，左边，也就是上场门那一边被称为"小边"；右边，也就是下场门的一边被称为"大边"，大者为尊。——注），向杨贵妃敬酒。

杨问："敬的什么酒？"裴答："太平酒。"

杨又问："何为太平酒？"裴答："满朝文武所造，名曰太平酒。"

杨念："呈上来！"这时的贵妃还未沾酒，左手持杯，右手用扇子遮着，缓缓地饮下。无人同饮，内心苦闷，又怕宫人窃笑，所以她要强自作态，维持尊严。

第二次是宫女们敬酒。她们跪在桌子前面的中间。

杨问："敬的什么酒？"宫女答："龙凤酒。"

杨问："何为龙凤酒？"宫女答："三宫六院所造，名为龙凤酒。"

和第一次一样，杨念："呈上来！"此时的贵妃，已经酒下愁肠，压不住她满怀愤怨，扇子也不那样认真地挡住了，直接拿起杯来，快速饮下。

到了第三次，这回是高力士敬酒。他跪在桌子前面的小边处。

杨问："敬的什么酒？"高答："通宵酒。"

杨念："呀呀啐，哪个与你们通宵！"和前两次不一样，这一回，贵妃没有直接问"何为通宵酒"，而是来了句"呀呀啐"，责怪高力士出言轻薄。

高答："娘娘不要动怒，此酒乃是满朝文武不分昼夜所造，故而名为通宵酒。"

听到高的解释，杨这才念道："如此呈上来！"

此刻，杨贵妃唱道：

通宵酒，捧金樽，
高、裴二卿殷勤奉啊，
人生在世如春梦，
且自开怀饮几盅。

这时的杨贵妃，酒已过量，不能自持，她双手招呼着高力士，抢过杯来，一饮而尽。

喝完酒后，她低着头，靠在桌上念道："高、裴二卿，娘娘酒还不足，脱了凤衣看大杯伺候！"

此后的表演，是初步的醉态。她先是勉强站起，然后坐下。接着再次支撑着站起，身体向外扑，两手就搭在桌子边，有种欲吐不吐的意思。到了第三次站起，她是慢慢晃着走到桌子的左边，做出酒往上涌的样子。随后，她又转身，扶着桌子的外角，把身子低低地蹲下去，显示酒后无力，实在是支持不住了。于是，她离开桌子，用醉步走到台前，冲下场门一望，再一顿足，做了个换好宫装，准备一醉方休的决定。继而转身，打开扇子，走了几步"云步"，跟跟跄跄地由宫女搀扶下场。

贵妃的第一场戏结束。

在观众的掌声中，第二场戏呼之即出。接下来的表演才是真正的贵妃醉酒，大醉与沉醉。为了呈现出贵妃醉态那丰富的层次，这部分的表演中有戏迷最爱看的"卧鱼闻花"和"衔杯下腰"的身段，总是会让观众们看得眼花缭乱、不断叫好。

郗玉扮演的杨贵妃换好宫装后，是背对着观众出场的。在她出场前，高、裴二人有几句搬花时的对话，用这段对白就交代了新的舞台布景和道具的植入。眼见着换了衣装的杨贵妃在台上倒走了几步，转身两抖袖，又用醉步走了几步。然后，她猛然看到了"大边"处放着的一只空椅子，定神冥想，想到这个椅子原是唐明皇今天过来要坐的地方，睹物思人，百感交集。她记起了皇上的失约是"驾转西宫"，于是，对着椅子用力地抖了一袖，压抑不住的千愁万绪都从那个袖口中抖落了出来。

紧接着，她的视线被高、裴二人搬的那几盆花所吸引。借着几分酒意，便执意要去嗅花——贵妃醉酒里最精彩的身段戏——三次"卧鱼闻花"就此登场。

所谓"卧鱼"，这是戏曲表演里的程式动作，有正、反卧鱼两种。正卧鱼的动作为踏右步，双抖袖，双翻袖，右手高，左手平，右腿往前伸出再往后绕，撇在左腿后，立稳，缓缓下蹲往右卧，背着地，压在右脚上，左手往后背，右手放在胸前。反卧鱼与正卧鱼正好是相反的动作。最具代表性的卧鱼身段就是《贵妃醉酒》里杨贵妃的嗅花动作。

杨贵妃的第一次卧鱼，是在舞台的大边处。贵妃摇晃着醉走到上场门的九龙口附近，双手从右折袖，斜冲着下场门的台口，走上半个圆场后，转身，站定。这时她的上身动作是把左手扬起向外翻袖，右手伸开也作出同样的动作。下身动作是抬左脚，从后面绕到右脚的右边，慢慢往下蹲到地，再用左手翻回来，做出攀花而嗅的样子；嗅完了，还要把花枝放回去，这才慢慢起身来。第二次的卧鱼是在小边处。身段和第一次一样，手脚的部位跟上次刚好相反。到第三次卧鱼，人在舞台当中。身段跟前两次大抵相同，但在用袖子时小有分别，这一次的右手是向里翻，左手则是向外翻。身体要蹲了下去,再来转一个身,像是舞蹈的姿势。做卧鱼这个动作,全然靠的是演员的腰腿功夫。在梅兰芳之前,早期的汉剧《贵妃醉酒》中表演这三个卧鱼,只是蹲下身去,并没有嗅花这段情节。梅兰芳把这出戏做了改良,把单纯显示基本功的卧鱼植入了闻花的场景动态,甚至把小边处的嗅花,改成先露出手去攀花枝,嗅完了花,还加了掐花、扔花等动作。古人形容美女的"沉鱼落雁、闭月羞花",在这出戏里便是以卧鱼嗅花的形式演绎了出来。而在当代汉剧舞台上,又学习借鉴了梅派的表演,让汉剧的贵妃也有了更深层次的表演内涵。

"卧鱼闻花"把观众们带入了一个演出高潮,此潮未退去,"衔杯下腰"又把舞台气氛推向了更高的高潮。

"衔杯"与卧鱼一样,都是戏曲表演的基本功之一,在《贵妃醉酒》中最为典型。这出戏里的衔杯,也是三回。

第一次衔杯时,裴力士跪在大边的台口,杨贵妃坐在小边的椅子上。

裴念道:"奴婢敬酒。"

杨离座转身,站在椅子旁边,左手扶椅背,右手翻袖扬起。见裴敬酒,就面带笑容,抢走几步,到了裴的面前。这样的仪态表示的是喝醉了的人的那种见了酒就喜欢的情态。抢走的那几步是有讲究的:迈步要合着打鼓的点子节拍,步子要小、要密、要快,就像是踏着鼓点的节奏、紧凑地踩在观众的心口上;身子微微摇摆,双手扬起向外翻袖,还要顾及剧中人贵妃的身份,要走得轻松大方。这段表演要求的是,演员不单是唱腔有板眼,身段台步还要有尺寸。快慢的拿捏,就是表演的火候。

到了裴力士的跟前,杨贵妃初次俯身试饮,不料,酒太热,她有些嫌弃,脸上微露怒色退后,那杯酒并未喝下。但她还是抵抗不了美酒的诱惑,到第二次靠近酒杯时,她双手掐腰,正式俯饮。饮毕,她口衔着酒杯不肯放,从左向右转了一个鹞子翻身后,才把杯子放入盘中。

第二次的衔杯,是和高力士过戏。高跪在小边的台口处,杨贵妃坐大边的椅子上。这一段表演时的身段跟第一次衔杯相仿,所不同的是:在抢步的时候,改用朝里双翻袖走过去,而鹞子翻身时,是向右转过去的。

第三次的衔杯,角色位置又变换了。这次是宫女们跪在台的中间,杨贵妃坐小边的椅子上。衔杯是从左向右转身,但不是转一个鹞子翻身,而是先转成一个弧形后,再从右边翻回来。先头两次俯身不饮,是嫌酒热,到第三回衔杯,就应该是她已不胜酒力,实在是喝不下去。所以,这次喝过就进入沉醉的状态了。

高、裴二人见杨贵妃已经沉醉,急得没法,就谎称唐明皇到了,想拿诓驾唤醒贵妃。

高、裴同念："圣驾到！"

杨在蒙眬中唱完倒板"耳边厢又听得驾到百花亭"后站起来，由宫女们搀扶着排成一个一字式的行列，接着唱道："哎哎哎……吓得奴，战兢兢，跌跪在埃尘！"在"哎哎哎"的唱腔时，贵妃左右各走三个醉步。到"吓得奴，战兢兢"，左右再各走两个醉步。到最后，还要走一个醉步，要刚刚合上唱完那句"跌跪在埃尘"。步伐跟着唱腔和过门走，剧中人虽是醉态，但表演者可是一步都不能错的。

杨跪下，念："妾妃接驾来迟，望主恕罪！"

高、裴同念："启娘娘，奴婢乃是诓驾。"

杨念道："呀呀啐！"

大家一齐向右倒，杨唱："这才是酒入愁肠人已醉……"

舞台上邰玉扮演的杨贵妃，衔杯、卧鱼、醉步、舞扇，将繁复的舞蹈动作演绎得举重若轻，舒展自然，流贯着美的线条和韵律。在轻盈的身姿下，她又老练地以声传情，声容并茂地刻画了贵妃的华贵雍容与醉憨失意。

台下掌声和叫好声不断，台上的邰玉已是汗湿沾襟。

演出结束、谢幕完成，邰玉回到舞台背后的化妆间。取下头饰、脱下戏装、坐在化妆镜跟前，她开始一点点地卸下浓妆，莫名的伤感，一丝丝地浮上眉间。

镜子里，身后突然多了一张脸。邰玉一惊，直视着镜子里的那人的一双眼睛——化妆镜的四周亮着灯泡，把映入镜子的人脸照得格外的明亮清晰，眼神里都带着光——在这样的镜面中，吴峥嵘的眉眼虽然谈不上俊俏，但也是耐看的。

"怎么是你？""怎么不能是我呢？"

"你差点'黑倒（吓着）'我了……""我长得有那'黑（吓）'人吗？"

"你专程过来买票看我演出啊？""那肯定啊，不买票进不了场子啊……"

"看不出来啊，你还会喜欢看戏。""喜欢的是看你的戏啊！"

"第一次看汉剧吧？""你演得蛮是那个事啊！简直'听了坨（好到了极致）'！"

"谢谢你来捧场啊！""饿了吧？接你去吃夜宵。"

"去哪里？""想去哪里都行啊……"

演出结束后的空窗期，有人邀请也不好意思拒绝。去哪里呢？邰玉自问。汉口最著名的夜宵圣地是吉庆街，但她不想去那里——那是她跟高强的专属。汉口这么大，宵夜的摊子那么多，吉庆街就留给高强吧。

"你有什么建议呢？""那我们就还是去硚口吧，长堤街附近有一家老鸭粉丝煲炖得特别好……"

"跑到硚口去啊？那么远……""没事啊，我有车……"

"你司机不下班啊？""我让他什么时候下班他才能下班啊……"

"那你这不是资本家在瞎剥削别个啊？""莫鬼扯，我哪里是什么资本家啊，说得黑（吓）死人。今天让他加个晚班，明天早上再轮休，一样的啊……"

"这么晚了，哪里还会专门耐心耐烦地给你炖什么鸭汤啊？""他们家是24小时营业的，厨房里头一年四季都有几十个铫子煨在炉子上，你点个老鸭煲，他们只需要往里头兑点粉丝加点盐就能端出来……"

"我看全武汉的美食都被你吃'高（遍）'了……""到底算不算美食，还需要你鉴定一下再说啊……"

他俩就这样来言去语地说着，吴峥嵘在郜玉身边找了张靠背椅坐下，看她利索地把脸上的妆彩擦拭殆尽。他显得很有耐心的样子，说话的时候眼睛就没离开过她的脸——这是一张怎么看都好看的脸，无论是戏妆还是生活妆，无论是正面还是侧面，当你看到这张容颜时，你一定会感受到造物主的偏心。芸芸众生千姿百态，能既妩媚又端庄如斯，即便是"我见犹怜"的典故出处，也不会比她更加明艳动人了吧。今晚，看过她衔杯，看过她卧鱼，看过她油彩勾勒出的更加美艳的眉眼，就算吴峥嵘是个戏盲，看这些热闹也能看到心动不已。有人说，情人眼里出西施，那是说人们会戴着爱情的滤镜在夸对象；对于真正的西施，即使在仇人看来，也还是西施。郜玉就是这样无可挑剔的好看啊。

郜玉明知道吴峥嵘一直盯着自己在看，但她始终就是一派漫不经心的样子，跟他说着话，眼睛却一直望着镜子里的自己。

今晚心情不好。晚上肯定睡不着觉。有人愿意陪着去吃个宵夜也好。演完了贵妃醉酒，干脆继续痛饮一场吧。就像刚才的戏词里唱的那样，"人生在世如春梦，且自开怀饮几盅。"就真正醉一回吧。一醉方休，一了百了。陈院长平时不许女演员喝酒，但她哪能管到每个人的每时每刻呢？今天就给自己开一回闸好了，看看真正的醉态和演戏时有什么不一样……

郜玉就是这么想的。她连余光都不给身边坐着的人。

镜子里坐着另一个感同身受的自己。身旁坐着快言快语的吴拐子。心里牵肠挂肚地想着高强。还有那个挥之不去的"曹老四"……说是不想再见到他，情愿从来没有见过他，但是，几小时前发生的事情，没法清洗掉的记忆啊……

郜玉又回到了自己的世界里。这个世界开始分层了。以前，她的世界分三层：一个是孤儿郜玉，没找到妈妈之前，她似乎永远是紧张的、怯弱的、长不大的孩子，就像没有根的树，长不高也开不了花；一个是女儿郜玉，她有个平凡得甚至有些平庸的父亲，被生活压得快驼了背，但就算是被压弯了腰，也是把郜玉背在背上的宠爱着她的样子；还有一个是演员邰玉，光彩照人，八面玲珑，把人生和舞台无缝切换着，命和戏，纠缠不清，根在舞台上，活在掌声里。今天"曹老四"的出现，让这个世界又多加了一层，她看到了一个褪褓中的婴儿在厉声啼哭着，那张稚嫩的脸上写着倔强的坚持，虽然不会说话，但她想用哭声制止某些行将发生的事情……这是个还没有来得及取名字的婴儿，她本来是应该叫"老六"的吧。邰玉很想走进那个婴儿的世界里，抱住她，亲吻她，告诉她，不要怕……

吴峥嵘拍了拍邰玉的肩膀，说："走吧，车子在外面等着呢……"

邰玉站起身。

吴峥嵘问："那就老鸭煲吧？"

邰玉换了个腔调，把吴峥嵘的话重复了一遍算作是回答："那就老鸭煲吧……"她把心事埋了下来，明面上总是笑嘻嘻的样子——要么是笑嘻嘻地认同，要么是笑嘻嘻地装傻。

谁知竟然听到吴峥嵘来了句——"呀呀哔！"他那鹦鹉学舌的腔调滑稽得像极了一只学舌的鹦鹉，让邰玉发自内心地笑了起来。

从六渡桥的人民剧场到硚口的长堤街，在路面冷清的夜间，开车也就是一脚油门的工夫。老鸭煲的门面看起来比晶威甲鱼要大，白炽灯明晃晃地亮着，一条街上就他家特别显眼的亮堂。店里的食客不少，侉天的，喝酒的，猜拳的，抬杠的，相当热闹。邰玉跟着吴峥嵘下了车，在店子里找了个靠门边的座位。

"这个'点（时间）'来这里的，都是些回头客，"吴峥嵘落座前先跟邰玉解释了一句，接着就朝着空中高喊了一声道，"老板，半只老鸭煲，多加点粉丝……"

估计老板在后厨，接到了话之后马上回应说："冇得问题，马上上——"

"你是这里的熟客啊？"邰玉问。

"像我们这种人，来过一回，就搞得像是蛮熟的了。跑业务的，冇得这点基本功，那靠什么来混生活啊……"

"像你这样做大生意的，还谈什么混生活啊？车子开着，司机等着……中午吃甲鱼，晚上吃老鸭……毛主席教导我们说，谦虚过分，就是骄傲了啊……"邰玉说着无油无盐的市井话应付着。

说话间，一个差不多像脸盆一样大的煲仔锅，装着热气腾腾的老鸭粉丝，端到了面前的桌子上。

"这么海大的一份？"邰玉有些惊讶地说，"我们两个哪吃得完啊，你点得太多了，浪费就不应该啊……"

"毛主席还教导我们，贪污和浪费都是极大的犯罪。你看看，我好不容易贪污来的东西，你又说我浪费，搞得我好像罪大恶极一样……"鉴于之前邰玉引用了主席语录，吴峥嵘也及时地借用同款语气语式来自嘲，看起来还真是很风趣的样子。

说完，他问："行吟阁？"

——这是武汉本地产的啤酒牌子，价廉物美，以纪念屈原的著名景点东湖行吟阁来命名。

"你中午就喝了不少，晚上还能喝吗？"邰玉问道。

"中午的酒早就醒完了……啤酒，除了占点肚子，不上头的；上两趟厕所，就都放了水。我们先来六瓶？不够再加？"

"好啊……"邰玉应着，她做好了醉酒的打算，舞台上的醉态早就演过许多遍了，现实到底是怎么回事，领教一下也无妨。

吴峥嵘熟练地借着桌角的参差，用手把瓶盖一拍，就启开了酒瓶。他给邰玉倒好了酒送到她面前，说道："本来想买束花过来看你的，后来怕你觉得太绉（做作）了……"

"幸好冇买花，你要是拿束花跑到我的化妆室来，还不晓得我们同事看到了会怎么想呢……"

"随他们怎么想。你怎么总是那么在乎别人的看法啊？"

"你可以这么说，但我不能这么做啊。剧团里头从来不缺是非，我不能把自己也搅到里头了。"

"看不出来你还这么保守啊。"吴峥嵘道，"不是有句话叫，人红是非多吗？这个年头，不要说你这样漂亮又有名气的演员了，就是我们单位的女同事，只要是未婚的，哪个身边不围着几个想上添（套近乎）的？"

"你莫越说越黑（吓）人了，莫黑倒我了啊，"邰玉听出了吴峥嵘话里话外的意思，马上刻意地拉开了他俩之间的距离，"吴总，你是有家有口的人吧？"

"我单身啊，"吴峥嵘随即以调侃的语气反问道，"哪个规定的说像我们这种老同志就必须要有家有口的呢？"

邰玉"噢"了一声，没有接话。她笑纳了吴峥嵘的讨好，但无意打探他的隐私。本意只是想提醒对方注意交往的分寸。任何女孩子，在20来岁的年纪上被人喜欢了，心里总是有些欢喜的，这是她被这个社会承认和喜欢的一种方式；邰玉也不介意多几个人喜欢上自己。但是，莫名其妙地招惹成了"上添"，好像就有些出格了。这样不好。邰玉知道吴峥嵘比自己年长几岁，但是具体是几岁、他的家庭情况是怎样，她并不知情，之前也不屑于去了解。在她看来，跟吴峥嵘就是做过几天在珞大的"水货"同学，真正积攒的交情，算起来大概就是今天从中午到晚上的这两顿饭。他们既没有默契到可以乱开玩笑的地步，也没有熟悉到可以随便打听隐私的程度。她只好端起了酒杯，喝着酒化解着尴尬。

"今天怎么想着要来看我演出？"邰玉问。

吴峥嵘看似答非所问道："我很好奇你们演员过的是什么样的生活，给我讲讲吧。"

"挺枯燥的，排戏、演戏，吃饭，睡觉——就这样了。"

"今天我算是领教了什么叫作'台上一分钟，台下十年功'了，你在舞台上的那些表演，又像舞蹈，又像杂技，太不简单了！"

"吃的就是这碗饭，还不是就得要天天练这些功！"

"感觉你们这碗饭还是青春饭，等到年纪大了，哪还经得起这种把身体像是'叠撒撒（折纸）'一样的折腾啊，"吴峥嵘以一个外行的角度说了句大实话，然后转头问邰玉，"你不会真的想就这么一辈子唱戏吧？"

"我是想唱一辈子的戏啊，"邰玉回答道，"像我们年轻，可以演贵妃醉酒，演穆桂英挂帅，等到以后老了手脚不那么灵活了，也还有不少不需要蹦蹦跳跳弯腰踢腿的戏可以演啊。只是……"吴峥嵘的话让邰玉想到了他们最近打算报考中国戏曲学院的事情，于是，老鸭汤还没进口，她就先倒了一腔苦水出来——

北京有两所以"戏"为名的高等学府，一所是中央戏剧学院，培养话剧相关艺术人才的，俗称"中戏"，邰玉的初恋葛军就是考到了这里，之后彻底改行转到幕后，当了导演；还有一所叫中国戏曲学院，是培养戏曲人才的，简称"国戏"。国戏从北京的戏曲中专改制，早前只招大专生，今年第一次开始招收专本连读的京剧系的脱产生，毕业后是有学士学位证书的。整个汉剧院的青年演员们闻讯后群情激荡，跃跃欲试，都想到北京镀镀金。要是能从汉剧演员变成学京剧的全日制大学生，这不光是打破了不同戏曲表演形式的壁垒，更是演员个人脱胎换骨的改造提升。年初的时候先考专业课，汉剧院里有包括邰玉在内的八个人报考，所有人都毫无例外地过了关。虽然国戏只开了京剧系，但作为京剧的起源之一（戏曲界有一种说法，汉剧是京剧之母——注），汉剧和京剧演员的基本功是完全一样的，专业课对于邰玉们来说，就完全不在话下了。从八九岁就进戏校强化学戏，该吃的苦、该练的功、该学的戏、该上的台，都磨砺了十来年了，专业上绝对过硬。开始，剧院里没把国戏的考试当回事；看到青年演员们都顺利通过了第一关，领导们就紧张起来了。这八个演员里，一末，二净，三生，四旦，六外，八贴，各个行当的都有，如果他们考走了、到北京改学京剧，那汉口前进四路的汉剧院院子里，青年实验剧团基本上就该唱"空城计"了。京剧地处皇城脚下，本来就人才济济；汉剧偏安一隅，小众式微，近年来好不容易刚培养了一批新人，要是这次又被京剧给掐了尖，汉剧院肯定心有不甘啊。个人前程发展和集体荣誉事业，有时候是有重大冲突的。

文化课笔试的时间越来越近，院领导明确表示，为了汉剧的繁荣发展，不会开出介绍信、批准这些演员继续应试。

"……说实话，我想去试试啊……我真的是想当个好的汉剧演员，现在有这么好的机会可以让我去看看外面的世界，为什么要把我们锁住呢？"邰玉无奈地摇了摇头。

"你放心，这事包在我身上了。我认识文化局里的一个副局长，是你们汉剧院的顶头上司，我让他跟你们院里打个招呼。像你这样优秀的演员，有这样好的深造机会，当领导的应该支持啊！他来'搭个白（发话表个态）'，肯定算数！我说了，你喊我一声拐子，那我肯定是要全力以赴来帮衬你！"吴峥嵘把邰玉面前的酒杯斟满，朝她敬酒道，"给我个面子，把这个酒干了！"

"真的啊？那太好了！"邰玉见状，也不犹豫，仰头就把杯中酒一饮而尽。

吴峥嵘又道："今天啊，看你演出，就跟你学到了不少知识，什么'太平酒'啊，'龙凤酒'啊，'通宵酒'啊，听这一回戏，居然发现古人的劝酒词里都是些巧板眼！以后在酒桌上要是碰到了要自罚三杯的时候，我就说，太平酒，龙凤酒，通宵酒……肯定能把别个都搞苕了！"说完，他又跟着邰玉一起干掉了杯中酒。

"你莫喝多了，到头来，就记得这几个酒的名字，不记得我拜托你的事情了啊！"

对于吴峥嵘的保票，邰玉虽然将信将疑，但这种柳暗花明的事情，哪怕就是死马当作活马医，也总是宁可信其有的。吴峥嵘的承诺说到了她的心坎里，但她又害怕自己的满怀期待到头来只是酒桌上的一句妄语。

"不得滴，不得滴！"吴峥嵘道，"这点酒，喝不醉我的。何况，不管我醉不醉，你的事我都当成了天大的事！我说了，你喊我一声拐子，那我肯定是要全力以赴来帮衬你！"

——听到吴峥嵘这句话里自称的"拐子"，邰玉突然就联想到下午在寝室里见到的那个同样自称为"拐子"的男人。都是拐子、是兄长，吴峥嵘是外人，那么，那个姓曹的该算什么呢？可能他连外人都不是，就是一个彻彻底底的陌生人。

那天晚上的老鸭煲，邰玉和吴峥嵘都没怎么吃，"行吟阁"两人倒是喝了不少。想着就是喝倒了喝歪了还有司机在旁边等着，邰玉第一次敞开了肚皮和心扉来痛饮，居然发现自己的酒量还不错。差不多快到下半夜了，邰玉和吴峥嵘才起身离开。虽然两人走起路来都有些晃悠，但头脑是清醒的。走之前，吴峥嵘吩咐店家把没吃完的老鸭煲打了一个大包，说是让司机带回家；结完账后又让老板开张发票出来。他也不避讳邰玉，说："刚才我也说了，好不容易贪污一点点……我的贪污，就仅限于公款吃喝……"

"你能用公款吃喝，那也是你的本事吧。"郐玉心里惦记着还要求吴峥嵘帮忙办事的，嘴上的话明显就比之前说得要温顺和讨好，"多的是人想用公款蹭吃蹭喝，但是没有这样的机会啊……"

"那是，不是我吹的，我差一点也是杰出青年了，"吴峥嵘说，"我们外贸系统评选十大杰出青年，我是第十一名，就差那么一点点……"

郐玉听不出这到底是真话还是玩笑，也懒得去深想了，就亮出了她标志性的瞪大眼睛的惊讶表情，附和道："啊？真的是只差一点点啊……不过没关系，像你这样杰出的青年，不需要那些评比也一样杰出啊！"

吴峥嵘呵呵地喜笑颜开地接纳了郐玉的恭维，打开后车门，用他的拉达车护送着郐玉回到汉剧院。

在车上，郐玉有些反胃，打着啤酒的嗝，之前喝酒说的那些话也一并反刍了上来。要是吴峥嵘真的能帮她拿到考国戏的准考证就好了。她生怕吴峥嵘之前说的是酒话，过了就忘了，临到下车前，又很认真地强调说：

"吴拐子，那我考试的事情就拜托您家了……"

"搭白算数，你的事就是我的事！"

二十

吃完鸭子煲的宵夜之后没过几天，郐玉在剧院党支部会议室参加组织生活。例行的政治学习任务完成后，书记金岳在宣布散会前说了句"郐玉你留一下"。同事们带着狐疑的目光看着郐玉，侧身而过鱼贯着离开，房间里就留下了金书记和郐玉。

"我是你的入党推荐人，你还记得吗？"金书记问道。他起身，给郐玉泡了一杯茶。郐玉双手接过茶杯，心里想，看这个架势，书记是有话要跟自己长谈了。

金书记不仅是郐玉的入党介绍人，几乎可以说是她生命中的贵人。几年前郐玉主演自日本传统剧改编的《曾根崎殉情》，从第一次接洽、汉化剧本落地到最终促成中日合作圆满成功，都是金岳全面主导的。当时，金岳还不是院里的党总支书记。那一年赴日演出，金岳作为青年实验剧团团长带队，既是领队，又像家长，照顾和管教郐玉这些十几岁就走出国门见世面的小演员们；一个多月的巡演，不仅几十号人的差旅行程平安顺利，演出更是取得了空前巨大的成功，说是在中日戏剧文化交流中带来了轰动效应也不为过。正是因为金岳对汉剧院的贡献有目共睹，加上他也是一名老党员，从日本回来后不久，就被文化局党委任命为汉剧院的党总支书记。

"你还记得你在入党申请书中写了些什么吗?"金书记又问。

邰玉有些疑惑地看着书记,不明所以。几年前她得了表演大奖后,金书记主动动员她入党,她还记得书记当时旁敲侧击地说,我们在吸收新党员的问题上,是成熟一个就发展一个;你是不是忘了把你的入党申请书交给我了?邰玉是多精灵古怪的一个女生啊,听话听音,赶快借了本《党章》回到寝室就从里面找了些话,抄抄写写后,第二天就把申请书交到了金书记手上。那是几年前匆忙交差的事情了,当时写的那些文字里的具体细节,哪还能记得清啊!

看到邰玉回答不上来,金书记就直接点题道:"你在申请书里引用了刘少奇主席的一段话——共产党员的党性,就是无产者阶级性最高而集中的表现,就是无产阶级利益最高而集中的表现。你在申请书中表态说,无论你是否入党,都会以一个共产党员的标准来要求自己,时时刻刻牢记着党性原则,直到党组织发展吸收你进入。"

邰玉继续乖巧地点头。

"你知道我为什么把你单独留下来跟你来谈党性吗?"金书记说着,做了一个深呼吸,"昨天,文化局的领导跟我打招呼说,要我同意你去参加中国戏曲学院今年招生的文化课考试。"

邰玉瞪大了眼睛,不说话。看来吴拐子的搭白是兑现了。

"你是托了关系找领导帮你来求情的吧?"金书记道,"你让我很为难。主要领导发了话,点名道姓地说的是你。要是这个时候我还卡你,有点不懂规矩。但是……"

跟上级对话,最怕听到"但是"两个字。只要这两个字出现,前面所有说的话都能理解成是作为安抚情绪来铺垫的废话。就算是吴峥嵘帮了"梗忙(天大的忙)",上级领导也作了指示,可直接领导要还是想卡你,你也没辙。找点借口、找个理由,那都是手到擒来的。邰玉只好静等下文。

金书记接着说道:"我要是给你开了这一个口子,那其他人怎么办呢?你们这一趟,八个人呐!'一末带十杂',基本上是把汉剧院刚培养出来的这一批好苗子给一锅端了啊!要是我对你们一视同仁,那不就是把汉剧院给釜底抽了薪?"

邰玉还是不说话。她等着书记把最后的冷水泼出来。

"我考虑了很久,放,还是不放……不好搞……"书记说着,直视邰玉的眼睛,"我想,干脆还是让你自己来作决定吧。只是,在你作出回答前,我想提醒你一下,你是个共产党员,关键的时候需要跟你讲一讲党性。你在入党申请书中写到过,共产党员是工人阶级的先锋队,党员的党性代表了最高而集中的阶级性。这话搁在我们今天的社会生活中来看，党员的党性就是要有大局观，可以为了集体的最高利益而放弃甚至牺牲自己。剧团目前的情况，你比谁都清楚。汉剧事业，往大了说，可以说得天大地大黑（吓）死人；但要是比起其他剧种，我们有很多实际困难，搞得不好甚至会烟消火熄。谁要是把汉剧院给盘熄了火，我们都担不起这个责任啊……"

听着金书记开始了长篇大论，邰玉心想，刚才是开大会学政治，现在是跟我开小灶讲政治。开大会的时候还能开点小差，现在开小灶，就是怼着我一个，躲都躲不掉啊……

金书记的训话自成逻辑，邰玉很清楚，他讲完大局，就该讲现实了：

"你们这次参加考试的八个人，是汉剧院在粉碎'四人帮'之后刚培养起来的第一批优秀的青年演员；你呢，也是八个人中间唯一的一个党员……邰玉啊，有一说一，从你中专毕业分配到院里来，剧团里最好的机会和荣誉差不多都给你了——十几岁就代表汉剧院到日本演出，还是担纲主演；二十出头就推选你、让你赢得了'梅花奖'。这样的机会和荣誉，院里的很多老同志熬一辈子也熬不到啊……无论是谈党性，还是谈你的个人成就，我相信你都有比普通群众要高得多的眼界和觉悟。所以，我就很诚恳地请求你，这一次，你能不能就体现一下党员的表率作用？"

给我套了这么多高帽子，不就是等着听我亲口把"不去考试"这四个字说出来，金书记就好去跟上级领导复命了吗？邰玉想了想，回应说：

"金书记，您也是搞表演的出身，您家最清楚我们戏曲演员的局限。说实话，汉剧里头出了那么多优秀的表演艺术家，但在社会上能打得出名头的，恐怕只有我们陈院长了。我们有这么多行当，这么多的好演员，但是，从旧社会到新社会，除了我们这一行的小圈子知道外，社会上还有谁真正关心着这个剧种的生死存亡？如果国家能给我们青年演员机会，去接受更高级、更系统的教育，帮助我们打开视野，我想我们汉剧院不应该拒绝吧？陈院长打通了东西方的艺术表演形式，把汉剧推到了一个新的高度，她是有家庭条件帮助她这么做的。我们小一辈的，如果就是在前进四路这个院子里天天练功，不走出去看看、不学点新东西，不要说创新汉剧了，恐怕连老底子都保不住。"邰玉坚定地回答道，"既然您要我自己作决定，那我就实话实说了——我还是想抓住这次机会，去考试，上国戏；我想见见外面的世面。"

金书记又长叹了一口气。

"书记，刚才您提到了党性。我以我的党性来保证，等我学成，一定会回汉剧院来，不辜负院里所有领导对我的栽培，把汉剧发扬光大。我保证，如果我去了国戏上学，团里这边有重大演出任务，我一定会随叫随到。学校是有寒暑假的，只要放假，我就回到剧团，和现在一样，每天在团里上班、练功、演出。"

话说到这个份上了，金书记开了口，道：

"邰玉啊，我是看着你长大的，也看好你的未来。我甚至希望你就代表了我们汉剧的未来。你说得对，汉剧需要走出去，但我更在乎的是——你在走出去之后、还能记得回来。现在，提到汉剧在全社会的影响力，除了我们陈伯华院长，就是你邰玉了。汉剧400年，陈院长可以说是承前启后的最关键的人物，但她早晚也是要交班的，汉剧一定还需要新的传承人。剧团里、社会上，很多双眼睛盯着你，大部分人都对你寄予了厚望，你也是我们汉剧院青年演员的招牌。但是，关于你，也有不同的声音和评价，树大总是招风的……国戏的文化课考试，你肯定没问题。我要是准了你去考试，就相当于是放了你去北京。你这一走，不光你是套着紧箍，就连我，也是一样被你给套住了。过几年等你毕业拿到文凭了，要是不回来，不光是我，所有支持你的人的脸面都挂不住啊……"

"请您家相信我，我不是一个忘恩负义的人。"

"我们都希望你能成为陈院长的接班人……她是我们汉剧的灵魂人物，从她身上我们能学会很多东西。要我说，就是三个字——'活''豁''火'，这也是当代汉剧事业的一个方向……"

到底是领导，私下里谈心性质的说话，也能像大会上的即兴发言那样，随时随地归纳出几点几条几个关键字。邰玉这么想着，瞪大了眼睛认真聆听——

"首先，要活下来；然后，要豁出去；最后，要火起来。"

金书记把"活""豁""火"三个字作出了解释后，又说道：

"从现在来看，我们有国家的财政拨款，汉剧院活下来是没问题的，哪怕是不死不活的样子，国家也会像保护一份文化遗产一样地养着我们。但这是我们想要的吗？不是吧？我是人到中年了，你还正风华正茂，我们每个人的未来都还有几十年的路要走。汉剧从400年前走过来，很不容易，我们也都盼望着通过我们这一代人的努力，还能看到她有再往前走几百年几千年的生命力。所以，今天在这里，你跟我，都是'豁'出去了。你是豁出去了要闯北京，我是豁出去了顶着压力赌一把，赌你几年后还会回汉剧院来。我相信，我们都有一个目标，就是想在我们的有生之年，能看到汉剧重新火起来的那一天……"

"我一定不会让您失望的——"邰玉再次保证道。

"对了，还有一件事，"金书记换了一个话题，说，"前两天，你的……那个哥哥……来单位了……"

听到这里，邰玉神情紧张了起来。她听到金书记继续说道：

"……你的身世，我们都知道……你到戏校来报到上学的第一天，你爸爸就专门来找过我，我当时是你们这个班的辅导员。你爸爸跟我说，你这个伢命苦，从小就没有过过一天有妈妈来疼爱的日子，他把你带大也不容易……你爸爸求我们这些当老师的在生活上能多照顾你一些，在学戏的问题上，也求我们不要对你要求太高、管得太严。我还记得你爸爸当时跟我说的话，他说，好像学戏要想学出来都要脱几层皮，蛮辛苦，他也不晓得你是不是那块学戏的材料，如果你实在学不出来，他求我一定不要逼你，就放你回家算了……你爸爸说，送你来学戏，当然指望你能学得成；但是万一你就不是那块材料的话，他不希望戏没学好，把伢也搞丢了搞废了……"

邰玉一惊。她曾以为自己的故事无人知晓，原来，在她的周围，竟是无人不知晓。

"你爸爸拜托我们不要告诉你这些事，你看，这么多年，我也从来没有跟你提起过，对吧？不过，从你念戏校开始，老师们就对你格外的关照和偏爱。一方面，你确实有天赋，又用功，戏也好；另一方面，作为长辈，我们都晓得你爸爸把你养大不容易，你也蛮懂事，所以，就格外心疼你……"金书记接着说道，"我也没想到这件事会以这种方式说开……你那个哥哥跑到单位来，说是你的亲生母亲身体不好，可能时间也不多了，想见你一面。说是找了你，但你不认他，所以就希望我们组织上出面帮忙协调一下……"

"我为什么要认他们？"邰玉一改之前对话时的谦恭，即便带着哭腔，也要直接把话顶回去，"在他们把我送人的那一刻，那一家人就和我没有任何关系了……亏得他们有脸，一次再次地跑这里来找我?!"

"中国有句话说，血浓于水啊……你们毕竟还是有血缘关系的吧？"

"血缘代表了什么，应该代表的是亲情和爱吧？他们但凡有一点点亲情和爱，当初也不会舍得把我给扔掉吧。生下来了，那就是条命啊……"

"我当时就表了态，我们会把话带到，但这是你们的家事，组织上也不好过多参与。就惟愿你能处理好这些关系……你要有什么实际困难，于公于私，我都愿意帮助你。"

邰玉抹掉了脸上的眼泪，哽咽着说：

"我没什么困难……我到今天才晓得你们都知道我的事情。这么多年，你们没有因此歧视我，还给我额外的关照，我真的很感动。我觉得我爸爸也真的是个蛮了不起的父亲。我只有加倍努力地学戏演戏，才能报答你们。相比之下，那一家子人就太龌龊了——不想要我的时候，就把我当个东西一样甩给别人；现在看我混得比他们强一点，又跑过来说想把我当成是亲人……"

金书记看到邰玉越说越激动，就拦住了她的话，道：

"事情也过了这么多年了，从长远看吧……"

邰玉识相地闭了嘴，定了定神，把脸上的泪水擦干，起身跟书记鞠躬道了谢，离开了支部会议室。

带着和其他人不一样的出生和出身，邰玉比同龄人更加早熟和敏感；经历着人情世故中的炎凉与温暖，她骨子里是有恩必报、有仇难忘的。那个纠缠不休要认亲的"曹老四"和他那一家子人，邰玉简单地把他们归到了"仇人"的范畴。不一定是有着不共戴天的、沾了血腥、连带生死的仇恨的，才叫仇人，在邰玉眼里，给无辜的自己带来了巨大伤害和耻辱的，也是有仇的。要不是邰汉生，她可能活不到今天；要不是自己拼命用功，她也到不了今天。今天的她带着一个弃婴的初始记忆，对曹老四一家是有仇有恨的，她没有能力回击，但她可以选择远离。其实，这也不是她做出的选择，20多年前，她就被抛弃了。远离——早就是她和曹家之间关系的结论。对仇人的计较，对应着对恩人的报答，邰玉心里有一本账。论及恩人，金书记肯定排最前，而吴峥嵘，也该算一个吧。要是没有吴峥嵘的斡旋，进国戏深造的这条路，就彻底给封死了。吴峥嵘为她卖人情，她需要在第一时间答谢。

下午下了班，邰玉跑到传达室拨通了吴峥嵘的大哥大电话。在单位的门房里说话是隔墙有耳的，邰玉就没有多说，只是约他："晚上有没有空一起吃饭？我请客。"

吴峥嵘说："是你约我，我肯定跑都跑不赢的啊，只是不凑巧，今晚约了个客户。"他顿了顿，又道，"你等我跟客户联系一下，看他那边能不能改个时间？我马上回复你。"

邰玉放下电话，坐在传达室里等吴峥嵘的回电。等的时候，她看到了墙上贴的那张油印着市直机关电话号码的A3大纸。她想到了高强。

邰玉找到市中心医院的总机，拨叫了那个号码。接通后，她跟话务员说请转接泌尿外科；再次接通后，她说她找高强高医生。对方回答说，高医生出差了。邰玉问，那他什么时候回来上班呢？对方似乎很忙，背景声音也很嘈杂，没有细说就挂断了电话。

邰玉的心从沸点降到冰点，只用了不到两分钟的工夫。抓起电话时她还有些忐忑，在想要是高强接听时自己的第一句话该怎么说。刚想好措辞，就说有件重要的事情要跟他当面讲；结果，电话那边就说高强出差了。她悻悻地把听筒放回原处。

这时，有位年纪大的同事过来门房，也要借用电话；邰玉笑嘻嘻地跟人家央求说："我在等电话，能不能麻烦您家过一哈再来？"对方点头答应了，问邰玉道："是不是在等男朋友的电话啊？"邰玉笑着摆摆手说："您家莫瞎说，我哪有什么男朋友啊……还指望您家是不是帮我介绍一个呢……"

聊天的过程中，电话铃响了起来，同事退出门房，邰玉直接抓起电话接听。

电话那头正是她在等的吴峥嵘。吴说他把客户推掉了，等邰玉下班后他来接她。

下午五点，精心梳妆打扮过的邰玉走出汉剧院的大门。她站在前进四路的路边，朝着四面八方过来的车辆张望着。她认识吴峥嵘的车，方方正正的棱角，矮矮的车顶，深蓝色的车身。满街跑的都是红色的瘪屁股的夏利，吴峥嵘的蓝色拉达车有拱出来的后盖箱，一眼看去就很显眼，也大气。

邰玉看了半天也没看到拉达车，突然，有一辆崭新的银灰色的桑塔纳2000停在了她的跟前。司机摇下车窗，朝她喊道："喂，上车吧——"

原来是吴峥嵘！

"换车了？司机呢？"邰玉问。

"这是我自己买的车，不是公家的。刚提回来，你看，连车牌都还没来得及上呢。今天，我给你当司机……"

邰玉习惯性地打开后车门，看到罩在后座上的塑料膜都还没来得及扯下来。她关上车门，从车后绕到车身右边，开门坐到了副驾驶的位置上。"这么漂亮的车，"她感叹道，"大款啊……"

"你知道吧，是领导，就坐后座；是朋友，就坐你现在这个位置。"吴峥嵘说。

"一鹅，开个新车就要教我们怎么做人了……"邰玉带着标志性的武汉话的感叹词"一鹅"，随口回应道。

"莫这样说啊……我是看你坐到了副驾驶的位置，心里蛮舒服……"

"你会开车吗？""老司机了。"

"去哪？""听你的。"

"今天你定地方。""那我带你去个好地方，远一点的，正好试个车……你是第一个看到我买了新车的人。"

"真的啊？那我太有福气了！""你刚刚说反了，是我有福气，请你帮我的新车开光啊……"

"先要说好，今天这顿饭，该我请客。""莫（别）那么见外，我说了，任何时候跟你一起吃饭，你请客，我会账。你能主动约我吃饭，就是给足了我面子！"

就这样，礼节性地争执了一下关于今晚这顿饭谁来买单的客套后，吴峥嵘发动了汽车。车子离开了汉剧院的地界，邰玉喜不自胜地说出了原委：

"今天我们书记找我谈话了，说是文化局的领导跟他打了招呼。他同意我去参加中国戏曲学院的文化课考试了!我们全院,他就给我一个人破了例!其他人都歇了菜……我知道是拐子你帮了忙,实在是太感谢了!"

"一鹅——那你马上就是名牌大学生了啊!"吴峥嵘也学着邰玉之前的俏皮语气吹捧道。

"所以,要专门感谢你啊!"邰玉说话的时候,人在椅子上都是兴奋地左摇右晃。

"我在想,这个忙到底帮得对不对,"吴峥嵘突然抛出了一个包袱,"你现在是武汉的著名演员,我们同在一个城市,想见你一回都很不容易。要是以后你去北京了,还成了中国第一批有学士学位的表演艺术家,那我以后是不是就再也见不到你了啊?"

邰玉把玩笑当了真,摇头道:"不会的,我答应我们书记了,学完了就回来,肯定不会留在北京的。"

吴峥嵘问:"那为什么呢?跟北京比起来,武汉的庙'几(多)'小啊……"

邰玉实话实说:"我要是不答应,书记不会放我去考试的……今天书记找我长谈,这这那那的大道理讲了一堆,连党员的先锋模范作用都搬出来讲。估计是局长的面子他不敢驳,所以就好说歹说想劝我主动放弃。我就是不依,所以他才折了个中,让我保证学成后还回来唱汉剧。"

"冇要你当场写个保证书、再按个手印?"吴又开起了玩笑。

"那倒没有……人与人之间,基本的信任还是有的,何况,这么多年来,书记对我恩重如山,我当着他的面说的话,都是要付责任的。"

"你真是个死脑筋!走一步看一步吧。你们书记也够圆滑的,局长发了话,他就找你谈个话,面子里子都给了,再让你做个保证,这是给大家都找台阶……你现在这样答应书记肯定是对的,不然,我的忙都白帮了。但是,话就这么空口一说,等到几年后,你想不想回来、需不需要回来,谁管得了你啊?"

"这样怕不好吧……我们书记为我是担了责任的,我不能祸害他啊……书记今天还跟我总结说了,汉剧发展有三个字——'活''豁''火';他说他是'豁'出去来支持我,就是希望我能带动汉剧事业红火起来。像你这么说,没有等到'火'起来的那一天,倒是先闯了个大'祸'……"

"哎哟,你们是不是古文的唱词背多了,说个大白话都要说得像古人啊?什么'活'啊,'豁'啊,'火'啊,huō,huó,huǒ,huò,我像是跟你在重新学习汉语拼音了。我就干脆帮你把这个音的四个调调凑齐:豁、活、火、祸……问一句啊,每天要都是这么说话,你们累不累啊?"

"不管话要怎么说,但我绝对不能变成那个祸害的'祸'字。"邰玉认真了起来。

吴峥嵘边开车边摇头说：

"你当然不是那个'祸'字啊……就算你以后留在北京了，那又怎么样？你祸害谁了？你莫看我没有上过什么正经的好大学，不过，在社会大学里，我绝对是个高才生。做人做事怎么变通，这里面的学问深奥得很！你要牢记一个道理，这个社会的生存法则就是成王败寇。人在上坡的时候总是要学会低头的，但你要明白，你要是想一直往上爬，肯定是要把一堆人踩在脚底下，不然，你就被别个踩下去了……"

"不至于吧？"

邰玉觉得事情没有吴峥嵘说的那么严重，也不想得罪对方，就用一个简单的反问表明了自己的态度。

"有些道理要是一下子就跟你把结论甩了出来，你可能接受不了。你啊，还太年轻，单纯呐……莫看我只比你大几岁，但是，我比你多活的这几年，生活教会了我太多东西。这个社会复杂得很。以后，我还是要多跟你打打交道，把一些道理慢慢掰开了揉碎了一点点分析给你听，不然啊，我看你就是个糊汤米酒……"

"你是拐子，见多识广，我承认，有时候我蛮'糊机（hù ji，稀里糊涂傻里傻气的意思）'……"

邰玉感觉吴峥嵘有些过分的显摆，但念及他刚帮了自己一个大忙，也就敷衍着恭维下去。

"当拐子的就算见多识广，也要能帮上妹妹才有用啊，"吴峥嵘瞬间就把握了话锋，继续拉近他俩之间的距离，"看来，只要帮你一个小忙，你就能主动给我打电话约我……诶，那我想问问你，还有没有其他的忙要帮啊？最好多说几个，我尽量都完成。这样的话，我这个拐子才当得名副其实……"

吴峥嵘是满嘴跑火车，逮着机会就献殷勤，还不带重复的，邰玉完全应付不过来。她只能以退为进，试着想暂停这样的对话："莫这样说话，你又把我'黑哒哒（吓得昏倒）'了……"

"我说的都是心里话……我很清楚自己的分量。不在你跟前为你做点贡献，我哪能奢望你和我一起吃顿饭啊？"

"你说得我快不认识我自己了……"对于吴峥嵘这种云山雾绕的吹捧，邰玉自愧弗如，接不上话，只有自我解嘲。

"就怕你以后去了北京，真的就不认识我们这些武汉的'腰子旮旯（黑暗角落）'里的下里巴人了，"吴峥嵘一鼓作气地接着说道，"所以，现在每次跟你吃饭见面的机会，我都要牢牢抓住，都要非常珍惜……"

车子从汉口开到武昌,过了长江汉江上的两座大桥,开开停停地一路见证了武汉三镇主城区在下班高峰期的车流拥堵后,开进了珞珈大学的校园里。

邰玉问,我们是去大学食堂吗?

吴峥嵘摇头说,校园里车少,路好走,我们从这里头穿出去,去东湖的风光村;那一带沿着湖边的大半条街都是吃鱼的餐馆,很有特色,我们这么抄近走,距离短很多。

邰玉又问,我们不是学校里的人,为了吃顿饭从校园里借道抄近路,这怕不太好吧?

吴答,有什么不好,学校也是公共空间,都不是岔进岔出的吗?

邰玉不说话了。她侧脸看着身旁的吴峥嵘,找不到一个合适的词语来定义这个"拐子"——在武汉好像就没有他办不成的事,没有他走不通的路,没有他不敢进的门,也没有他不敢拍的胸脯。跟这种人交朋友,除了要多听他的一些啰唆话,好像也没什么别的负担,关键时刻,他还能帮上大忙。

珞珈大学是被东湖包围着的,"桑塔纳"穿过珞大、从后门驶出后,就行驶在一望无垠的没有路灯的湖滨道路上。路的左手边是东湖水,右手边是珞大的院墙,沿途栽有茂盛的参天大树,白天时遍布着遮阳防晒的林荫,晚上看起来就有些黑黢黢了。车灯是夜晚这条路上的唯一照明。没有车辆通行时,这条夜路就是依山傍水的伊甸园,无边无际的黑暗能够纵容和包容所有的激情。随着车灯的移动,邰玉看到了一对又一对仿若连体婴儿般的情侣,或站或坐或拥吻或缓步前行,一帧帧的热恋景象虽稍纵即逝,但又被同款场景不断更新叠加着,各种无所顾忌的浪漫和开放让邰玉都有些不好意思多看了。她和吴峥嵘并排地在汽车前排坐着,自己眼见即景,吴拐子应该也是尽收眼底。他俩并不是那种特殊意义的男女朋友的关系,一同置身在这样的场景下,要多尴尬就有多尴尬。

这些情侣应该都是珞大里面的学生吧——邰玉想——他们还没有参加工作,不需要对自己的饭碗和饭票负责,所以有整块的时间读书学习或者恋爱。说心里话,她是羡慕他们的。想着自己马上也要变成和他们一样了,邰玉又在尴尬中有着些许说不出口的憧憬和向往。

看到前方逐渐明亮了起来,吴峥嵘减低了车速,经过了一棵路中间的粗壮的歪脖子树,眼前变得灯火通明。"到风光村了",他说。邰玉看到,路的左手边是各式各样的船屋,右手边是一家挨着一家的餐馆。道路的两边隔几米就站着一个男人,都在朝他们挥手。吴峥嵘不予理睬,轻车熟路地开过去,找了一块空地停好车,跟邰玉说:"走,我们上船去吃。"

吴峥嵘引着邰玉上了一条名为"江南好"的大船,与其说是船,确切地说,是在湖上搭建的船形建筑物。路的右手边的那些餐馆在各自的湖岸线边都有对应的水上餐厅，餐厅规模还不小，两层甚至三层楼的都有。"江南好"的招牌是手写体的行草，他家是这一片船屋中看起来规模最大、楼层最高的，不光是招牌上的霓虹闪烁得耀眼，每一层船体都用灯光勾出了轮廓，看起来气派得有些浮夸。

吴峥嵘带着邰玉径直上了三楼，边走边说："你晓得我为什么选这家吗？说起来好笑。我第一次经过这里的时候看他家的招牌，一晃眼把三个字看成了四个字——'江南女子'，我觉得这个名字取得好。进来之后发现，他家的调调也对我的胃口……"

邰玉"噢"地应承着，跟着吴在三楼的一个靠窗的座位坐下。她满眼新奇地望向窗外，视野之下，都是波光粼粼的湖面，倒映着远处的月光星光、神秘深邃；近处的餐厅招牌，流光溢彩。围绕着船体的，是一大片的荷花，荷叶蔓延着在湖面铺开，荷花或盛开或含苞，在绵延的荷叶上随意地点缀着，与月色相互映衬，几乎难辨真假。这种景致情调，她还是第一次见到。

"没来过吧？"吴峥嵘得意地问道。

"是啊，很有特点。"尽管这里的氛围美好得让人有些意外，但邰玉也是见过大世面的，并没有在言语中显示出喜形于色的浅薄。

"他们家取名'江南好'，是借用古诗词里的词牌名字，本来蛮文气的，结果碰到了我这样一个俗人，看成了'江南女子'，你说是不是有点滑稽？"

"你是不是以为这个'江南女子'就类似那种'怡红院'什么的啊？"邰玉就势开了个小玩笑。

"你莫想歪了撒……我冇得这邪癖吧？"吴峥嵘接着道，"你莫看这里的环境蛮大气，但菜式接地气，以后你要想吃鱼餐就来这里，又新鲜又便宜。你是头一回来，今天我就做主来安排几个菜，让你感受一下。"

吴峥嵘说完，喊来服务员，连菜单都不用看，就点完了菜——凉菜是凉拌马齿苋，热菜是鱼籽豆腐、红烧鱼泡、鱼桥（鳝鱼）蹦蹦（田鸡），蔬菜是荷塘三宝（新鲜的莲子、菱角和藕带），再加一个鱼头鱼丸汤。

邰玉看了看邻桌摆上来的餐盘都是大碗大钵子，分量很大，就问道，我们就两个人，你是不是点得太多了？吴答，每样都尝个鲜，不多。

邰玉说，我们陈院长要求我尽量做到过午不食，只有这样才能保持体型，当演员的，就是靠脸靠身材吃饭的。

吴安慰她说，没关系的，不在乎今天这一顿，何况，吃鱼不会长肉。

邰玉又说，早知道是来这里，我们刚才从珞大过的时候，绕一脚去把程米粒接过来就好了，她就在珞大上学，应该让她也感受一下。

吴开着玩笑道，难道每次我跟你吃个饭都要你这个妹妹来见证一下吗？你想想看，我们要是接上她了，菜是不嫌多了，但是，人是不是有点多了呢？

邰玉听完，做了个鬼脸，佯装着问，刚才你说什么啊？

吴答，没听见就算了，好话只说一遍。

服务员又问，你们点什么酒水呢？

吴峥嵘看了邰玉一眼，问："你定？"

邰玉摇摇头。

吴峥嵘转头看向服务员说："我要三瓶酒。"

邰玉诧异地望着吴峥嵘，而服务员则是赶紧拿着笔准备记在菜单上。

只听得吴峥嵘说道："一瓶太平酒，一瓶龙凤酒，一瓶通宵酒……"

吴峥嵘的话还没说完，邰玉就打笑道："你莫开这种玩笑了，别个服务员听不懂你的玩笑……"

吴峥嵘挥了挥手示意服务员可以离开了，然后朝邰玉说："你懂就好。"

湖边的农家馆子，上菜速度快，一转眼的工夫，凉菜热菜和汤，就都堆满了一桌子。吴峥嵘说这条街的每家馆子他都尝过，相比之下，这一家他最喜欢。邰玉看着面前满桌子的菜，凉菜是紫色的，蔬菜浅黄色，鱼籽豆腐是红色的，鱼桥蹦蹦是酱色的，摆在中间的鱼丸汤，简直就是用脸盆装的，雪白的一大锅，又稠又酽。且不说这些食材有些刁角的讲究，成菜过程也费工费料，凑齐了不容易；单看它们堆成小山的分量、这色彩明艳的摆盘，也让人赞不绝口。

邰玉夸吴，"你真是个美食家啊，之前还以为你是深耕硚口，今天才晓得，整个武汉三镇，都是你的地界。"

"那是啊，都说武汉人'讲胃口（讲义气）'，胃口要么样来讲呢？肯定是先要有个好胃口啊。你刚才有个词说得蛮好——深耕，我就是个深耕武汉三镇的标准吃货，扎扎实实地吃遍武汉的每一家好馆子。"

——吴峥嵘又耍上了他用武汉话来讲俏皮话的本事，把"胃口"一个字的本意和引申义都用上了，毫不掩饰自己作为一个有实力的"吃货"的自豪感。

"以前总觉得，正儿八经地请客要去'德华''老通城'，现在我知道了……"

还没等邰玉说出结论，吴峥嵘就抢过话头说："请客之前，要先问一哈吴拐子，去哪里才好……"

说完，两人都哈哈大笑起来。

"江南好"的这顿鱼宴自然是吴峥嵘主动去结账的。看着桌子上剩了那么多大鱼大肉的好菜，邰玉心疼地说，真是浪费啊，我们俩完全吃不动这些东西啊。

吴峥嵘照例找餐馆老板开出了发票，他把发票塞进口袋里说道：

"无所谓的，账要找公家来报，但肠胃是自己的，悠着点吃，是对自己负责。你不是还总记着要减肥吗？其实你又不肥。"

邰玉笑了，说，等到肥起来的时候就太迟了。望着一桌子的菜肴，她想到上次吃鸭子煲时吴峥嵘还打了包，就问道："要不要找老板要几个饭盒、打个包带走？今天剩下的太多了。"

吴摆摆手说，给谁啊？上一次打包是因为有司机在，这一回就你跟我，哪个还回去吃这些现菜现饭？

邰玉建议说，要不，给米粒送过去？她们这些大学生，平时吃不到什么好东西的。

吴又摆摆手，道，她们的学生宿舍里又没有冰箱，这些鱼餐营养成分高，特别容易馊，冷了也很腥，隔了夜完全没法吃，你好心送过去到明天也还是变成了一堆垃圾。

邰玉只好耸耸肩，无可奈何地用遗憾的眼神跟那些几乎都没怎么动过的餐盘告别。

看着邰玉眼里的那种神情，吴又说道："你的这日子，也过得太仔细了，没想到你这么会过生活啊。哪个要是娶了你回家，那真是几辈子修来的福分啊……"

邰玉笑笑，不接话了。这顿饭的来言去语总是充满了暧昧的气息，邰玉当然听得懂，但她并不打算接茬。

从风光村出来，吴峥嵘开车从武昌到汉口，要把邰玉送回汉剧院。车子开在大桥上的时候，他把车窗摇了下来。夜风汨汨地吹着面颊，飕飕的凉，甚至刮得脸上有些隐隐的疼。邰玉的一头秀发被风吹得直往眼睛里挤，她的眼睛都快睁不开了，于是问道，"要不要把窗户关上？"吴说："这才叫兜风啊，就是把风都兜到你身边来啊。"邰玉尴尬地笑道："冇看出来，你还蛮浪漫啊。"吴答："哪个跟你在一起，都会变得很浪漫的。"邰玉听到了，又是一愣，接不上话的时候就直接来上一句，"你莫把我黑哒哒了啊……"

疾驰的桑塔纳穿过武汉三镇，在夜间似乎也就是一脚油门的工夫。很快就到了前进四路。这一次，吴峥嵘主动地把车停在了汉剧院门口，跟邰玉道别；而邰玉也主动地问了一句，"要不要进去坐坐？"

"知道你说的是客套话，"吴笑答，"不过，你愿意跟我客套一下，也说明我们俩的关系有进步了……"

邰玉连忙解释道："你怎么把人都想得那么复杂啊？我是真心邀请你。"

吴摇摇头，朝邰玉挥手道："那我就心领了……以后再找机会吧。"

邰玉又是略带尴尬地耸肩笑笑。

站在前进四路街边，目送吴拐子开着他的新车远去。邰玉敲开剧院的铁门，裹着夜色回到自己的寝室。她端着脸盆，把洗漱用品都放了进去，开门去楼梯间的公共厕所洗浴。走道里的灯可能跳泡有些问题，忽明忽暗的，厕所里也是常年的让人昏昏欲睡的暗沉的黄光。走在这样黑不溜秋的地方，邰玉止不住会想到两小时前风光村的灯光璀璨。简直是天差地别。我还是我，终究要回到这里。不论吴拐子怎么挖空心思地带我去见识灯红酒绿，我终究要回到这样的生活中。可能有些汉剧演员的一辈子，都纠结在舞台的光鲜和生活的黯淡中，就像今天的我这样。好在我可以去北京了，未来会变得有些不一样了。还是多亏了吴拐子。邰玉一边用冷水冲淋着，一边思忖着。

吴拐子为什么要帮我？为什么要对我这么好？邰玉从来没有自问自答过这样的问题。在她看来，也许算物以类聚，也许算彼此投缘。总之，他喜欢她，这是他俩都心知肚明的事情；他讨好她，这是摆在桌面从不回避的事情——他甚至不惜自我贬损、自我嘲弄来表达他对她的追。但他没有追求她，至少，并没有像喜欢和讨好一样，明摆着做出来、说出来。她以为他是不会或者不敢去追求自己的，毕竟他们隔着好几岁的年龄差，毕竟像他自己所说的，他觉得他是配不上她的——他把自己说得多卑微啊，连请她吃饭、为她付账都当成是她给予他的恩典。邰玉当然知道这都是些玩笑话，但玩笑说得多了，也好像是借着玩笑在说心里话吧？

邰玉愿意相信，自己这么美，在这么美好的年纪上，值得被许多人仰视。在她看来，吴拐子单纯地单向地仰慕她，倾尽全力地帮助她，而她，如他所愿地陪着他，吃吃饭、聊聊天、开车兜兜风，就是她对他的答谢了。她单纯地以为，在欣赏她喜欢她的那些人眼里，她所付出的时间，笑容，声音，恭维，哪怕是客套，都是他们所渴望的礼物。她以这些人的掌声和仰视作为台阶，一步一步，奔向更远大的前程——

她需要更洪亮的掌声，更虔诚的膜拜，她也相信自己有这样的底气。

在她的前程里，只有一个人是她想牵着手一同走下去的，那人，是她的"玻璃高"。

二十一

世上没有不透风的墙。

邰玉作为汉剧院特批的独苗进京考学，在她出发成行的那一天，剧院上下就尽人皆知了。当时跟邰玉一起通过了专业课考试的其他七个小伙伴自然是不满的，有人抱怨，总不能汉剧院里所有的好处都被她一个人占尽了吧？便有人揶揄说，谁要她上面有人呢？又有人调侃说，冇得办法啊，人家长得比你漂亮，无论她做什么，都能靠她一张脸'平趟（踩遍）'天下，这是老天爷要赏她饭吃。要是听到武汉人之间议论谁比谁长得漂亮，有时候还不一定真就是在谈外貌，就比如说在汉剧院的青年演员中，男生个个都英俊，女生人人都漂亮，原本他们就是靠脸进的行当，才端这个饭碗的。武汉人说的"别人长得比你漂亮"这句话，要结合上下文来理解，很多时候，它的意思不过就是针对着一些明摆着的不公平，发出一句嘲讽的感叹：就像是美貌是天生的一样，人家能得到你得不到的待遇，这也是人家的命数。在邰玉能拿到赴京通行证这事上，就属于其他人只能在背后说些风凉话的情况。还有人幸灾乐祸道，你看看她到毕业的时候还回不回来吧，我们汉剧就总是给别个京剧垫底，200年前徽班进京，汉剧成就了京剧，现在邰玉进京，京剧又在掏汉剧的好苗子。

民愤是有通感的，一旦投诉的声音整齐划一，状子就告到了院长陈伯华那里。陈院长还是几十年一贯制的悠悠地摇着她的檀香扇，悠悠地说了句："院里有统一的安排，今后会分期分批送大家出去进修。"等邰玉从北京考完试回来，陈院长把她喊到了家里，跟她说，"有些同事对你的意见很大，我都替你挡了回去。"邰玉马上表态说，"我知道您对我恩重如山。如果我能去北京，我一定会好好学戏，既不能浪费这么难得的机会，更不能给您丢脸。"陈院长追问道："还有呢？"邰玉答："您放心，我一定不会离开汉剧院的。"

拿到国戏录取通知单的那天正好是中秋节。邰玉之所以放假期间也待在剧院里，主要是因为剧团里有为期一周的中秋演出，每晚上都有她的重头戏。公共文化娱乐只有在节假日才能获得大众的参与。一拆开国戏寄来的挂号信，邰玉连午饭都顾不上吃了，找门房师傅借了他的自行车，径直就蹬着车赶到了中心医院。

从汉剧院到中心医院，路程很近，骑车的这一路上，秋风习习，吹得邰玉的心里也应着季节，秋高气爽着。这段时间，她跟高强总是各种错过。先是高强去外地参加学术会议，后来是邰玉送戏下乡又走了几天，等邰玉回到武汉了，高强又被派到北京进行出国前的封闭培训，接着邰玉又参加国戏的考试……想着马上就能见到他，邰玉的心里是喜上加喜的。

进到医院，锁好自行车后，邰玉就先去了高强的寝室，敲门没人应。跑到外科的住院部，值班护士说今天高医生不当班。她借用住院部的分机电话拨了急诊室，那边也说高医生不在。邰玉悻悻地放下电话，心想，他应该是回家跟父母一起过中秋节了吧,如果不是为了工作为了生计,谁会在这样重要的时刻舍弃与家人的陪伴呢?邰玉心头涌上了一份期盼——渴望成为他的家人的期盼。

犹豫了片刻,邰玉找值班前台要了纸笔,站在护士站柜台边的角落里,写下了一段话。然后,把纸条对折好揣进口袋,又去了高强的寝室。再次敲门不应后,她把纸条从门缝里塞了进去。

纸条上这样写着:

高强,专程来找你,结果没见着。有好消息告诉你。请尽快来找我好吗?如果我不在汉剧院,就是去楚风剧场演出了,你直接到剧场来。

盼!!!

邰玉

邰玉专门在最后打上了三个大大的惊叹号,希望引起高强的高度重视。可是,从回到汉剧院就开始等,一直等到上场演出,再等到表演结束,等到卸妆回剧院……她都没有看到她在等的人。

越是见不到,就越是想见到。邰玉躺在寝室的木板床上,翻来覆去地睡不着。夜深人静时,脑子里是最天马行空的。邰玉先是快乐地幻想着自己即将成为大学生,成为一名高级知识分子了,那她和高强之间的门第差距就会缩小不少。也许,他会向她挑明甚至跟她求婚的吧,就算他不主动,她来主动也没关系啊,反正不论谁主动,都是为了成为一家人,这没什么不好,她也觉得自己配得上他。以前还担心,如果他带她回家,他的父母会不会对她挑这挑那,会不会嫌弃她只是个中专生,现在好了,实打实的大学生了……想完了美好的愿景和各种美好的细节,接着她又悲观地回到现实里。他俩老是错过,老是见不到面,长此以往,不会说在她到北京上学前,都找不到一次见面的机会吧?她想到了米粒那晚上躺在这张床上说过的话——"要赶紧啊,要趁早啊,要尽快啊"——看来米粒说得真对,很多事情是经不起一拖再拖的。如果下一次见到,一定要……

就这样颠三倒四地假设着,一夜未眠。天亮了,邰玉洗漱完后走出了剧院。估计高强现在不会来;如果他是过节回了家,不到上班的时候,他是看不到她留在他寝室里的纸条的。邰玉要回趟家,把好消息赶快告诉父亲。在她的生命里,老爸邰汉生是最重要的人。

等下见到老爸,他一定是惊喜的。以后要是去北京上学了,回家陪老爸的时间会更少了。现在还是中秋节假期,要好好陪老爸吃顿团圆饭。老爸已经退休了,本来就闲得慌,看到别人家里这几天热热闹闹地团聚,他心里一定也盼着有人陪伴吧……想到晚上还有演出，邰玉决定回到家就把老爸带出去，趁中午饭的时间，父女俩在外头找家好馆子好好搓一顿，既是过节，也是庆祝。生活需要仪式感，就快去快回吧。

邰玉过了马路，站在前进四路的汉剧院对面的路边，准备招手叫一辆"的士"。她的工资水平还达不到出门就叫出租车的消费实力，"打的（坐的士）"，也只是着急时的偶尔为之，为了以金钱换时间。

清晨的路边，既等不到的士，也看不到麻木，整个城市似乎都还沉浸于节庆的松弛状态，在月圆下团聚的亢奋中没有苏醒。邰玉有点失落。早知道这样，还不如直接走到中山大道上去坐公共汽车呢，再像这样空等下去，花在"等"这个字上面的时间，就算坐公交也都能坐到汉阳了，还省钱。

正想着，迎面有辆"的士"开了过来，邰玉刚想挥手，就看到车顶还亮着红灯。路面上跑着的出租车，头顶着绿灯，就说明是空车，如果灯是红的，说明车内有乘客。邰玉看着这辆载着客人的出租车迎面缓缓开来。让她意外的是，车子开到她对面的汉剧院门口就停住了。出租司机眼尖，大老远就看到了在马路对面招手的邰玉，车内的乘客还在付账、没来得及下车，他就赶紧翻起了示意牌，车顶的灯光瞬间转为绿色。邰玉一喜，等不及的士车调头，赶忙冲过马路，想抢着坐上这辆车，边走还边喊：

"的士，等一下——"

跑到马路中间时，邰玉看到了车上下来的那个人。那个高大的、挺拔的身影，就是她心心念念的"玻璃高"啊！

高强也看到了邰玉，示意她别动，然后大步朝她走过来。的士司机刚听到邰玉的呼唤，还在等她上车，看到这一幕就扯着嗓子问了句："走不走啊？"

邰玉还没说话，高强帮她回答说："不走。"说完，走到邰玉边上，搂着她的肩膀，一齐从马路中间走回了汉剧院的这边。

"怎么这么早？"邰玉问。

"今天我值班。昨天我轮休，就回家了。早上从家里带了些东西到寝室，一进门就看到了你的纸条。赶紧过来找你，等下还要回去上班。"

"这么匆匆忙忙啊？"邰玉又问。

"幸好我赶得快，你看，要是稍微再晚一点，你就坐上车走了……"

"我是准备回家看我爸爸的……"邰玉解释道。

"告诉我，什么好消息啊？"

"先卖个关子，进寝室再说……"

邰玉和高强就这么高高兴兴地说着话，高高兴兴地上了楼，高高兴兴地开了门。一进屋，邰玉想着打开抽屉把录取通知书拿给高强看，谁知高强拉住了她，一把把她拥入怀中。幸福来得太突然，邰玉一下子有些蒙了。

"你知道我看到你的留言条是什么感觉吗？"高强问。

邰玉摇头，等他的答案。这样提问的人，一定是自带标准答案的。不用任何人抢答，只要多一点点耐心，马上就能知道谜底——

"我从来没想到过你会这么在乎我。"

"有吗？"邰玉的问话里有着掩饰不住的窃喜。

"你还记得你写的那些话吗，还打了三个大惊叹号，就是生怕我找不到你……"

"是吗？"邰玉继续窃喜地反问着。

"既然说好了等我，为什么又准备回去看你爸爸？你就不担心让我扑个空啊？"

"我没想过你会这么一大清早过来……这么近的路，还打'的士'……"

"看到你写的大惊叹号，就想到了那是你握着的小拳头，好像我要是不照办的话，那拳头就要砸到我身上来了……"

"我哪有三个拳头啊？"邰玉娇嗔地回应着。

高强不说话了，用嘴堵住了她的嘴。

一切就像邰玉期待的那样美好。

那个吻很热烈，似乎是他们认识的这几年来积攒的所有热情都喷薄于这一刻；那个吻也很漫长，一如他们彼此欢喜、心心相印的被拉长成许多年的所有美好时光。他们总是相互吸引着，又试探着，明明就近在咫尺，却总是停在了那咫尺之隔。他们俩，只要有一个人再多一点点勇敢，前进一点点的距离，这个吻，就可以提前实现……邰玉昨天写下的那三个惊叹号，也许真像高强形容的"小拳头"吧——比邰玉的两个拳头还要多出的那一个，就是他俩一直欠缺的那一点点勇气。而这三个触目惊心的惊叹号，还似乎提前为这份迟到的胶着作出了预言般的标注——事实上，这个沉默的深吻，远比惊叹号还要惊心动魄。

吻过之后，依然拥抱着邰玉的高强说道："我要去上班了，你现在还可以去找你爸爸。等我下班后再来找你。"

"晚上我有演出，你来看吗？"

"我可能赶不及……就等你演出完了后，我们一起宵夜吧，"高强问，"你还没告诉我是什么好消息呢？"

"我被中国戏曲学院录取了！京剧系，本科！"

"真的啊？太好了！那……要不要喊上你的朋友们一起庆祝下？"

"你指的什么朋友啊？"邰玉说着摇了摇头，"因为到国戏去上学这件事，估计我在汉剧院快要变得没有朋友了……"

"那就叫上你那个叫米粒的小朋友吧——上一次我们一起宵夜、一起唱卡拉OK的,她还给我取了个'玻璃高'的外号的?"

"今天就算了吧,来不及了。现在大家都在过节。"邰玉道,"今天晚上,就我俩吧……"

高强点头,又抱住邰玉亲了亲,开门告辞。

看着高强离去的背影,邰玉还有点没缓过神来,原本还在设计着各种铺垫、暗示、场景,看看如何能抓住机会、捅破隔在他俩之间的那层纸,结果,得来全不费工夫——用一张真实的纸捅破了那层无形的纸,真好。今天可真是个好日子,回去带给老爸的好消息又加了一条了——我有男朋友了,还是个外科医生呢!

那一整天的时间,邰玉都是神采奕奕的,那股子说不出来的得意劲,外人看上去就是目中无人。明知道剧院里的同事们对自己有意见,邰玉也顾不上小心翼翼地去察言观色了——我马上就要到北京的国戏上大学了。你们知道了就知道了吧,事情就是这样了。你们在背后议论我就议论吧,我也管不住每个人的嘴啊。我有高强,他会陪我面对所有的赞许和责难。终究是要走自己的路,让你们说去吧……要不是因为高强的意外出现,要不是因为那个温暖甜蜜的深吻,邰玉大概也不会如此的坦然与释然。

邰玉赶回汉阳的家里,说是要带老爸出去吃饭;邰汉生坚决不依,说:"花那个冤枉钱干什么,你想吃什么老爸马上就去菜场里买。"

邰玉说:"过节嘛,在外面吃饭才有过节的氛围啊。"

老爸道:"也不晓得我还能活几年,现在好手好脚的,能给宝贝闺女做饭,做一回是一回。"

邰玉拗不过老爸,就依从着挽着老父亲的胳膊去了集贸市场,鱼啊肉啊买了一大堆,还坚持要抢着付账。老爸问:"你在家不就是只吃一顿吗,买这么多也吃不完啊。"邰玉就说:"陪您家逛一回菜场,本来就不是只买这一顿的菜,您家在家慢慢吃。"

一进家门,邰汉生就撸起袖子下了厨。他从来没有让邰玉做过生火做饭的活。以前上班忙,他就带着邰玉吃职工食堂,虽然粗茶淡饭,但也都是热饭热菜;后来邰玉上戏校住读了,难得回一次家的时候,邰汉生一定要认真地烧几道菜给宝贝闺女吃。他总搬出武汉的老话说,伢们是记吃不记打的。"你老爸就这样一点'哈撒(能力)',给不了你什么富贵的生活,但是,让你少吃点苦,尽量不受累,是我总想要做到的。养个姑娘嘛,不就是你先心疼她,以后等她长大了再心疼你吗?"

邰玉告诉父亲,自己考上了北京的大学。

邰汉生没有露出格外惊诧的表情,他平静地望着女儿说,"丫头啊,我就知道你做得到。"说完,就老泪纵横了起来,"伢啊,你不告诉我,但我心里清楚得很,你能走到今天,该是吃了几多的苦啊……"

一句话,把邰玉的眼泪也说了出来。她憋着泪,笑着说:

"您家莫想多了,我还好,冇(没)走么斯(什么)冤枉路……"

接着,她又告诉了老爸,自己交了个男朋友,下次找时间把他带回家让老爸看看。

"好好好,只要你喜欢,我就肯定喜欢。我就巴不得你们赶紧结婚、添个伢,趁我老骨头还行,还能帮点忙,带一哈我的孙娃子,多活一年是一年……别的地方我想帮忙估计也只会跟你帮倒忙了……"

邰汉生说出了自己的心里话,在邰玉成家的问题上,他不关心细节,就关心结果。

"看您家说到哪里去了?您家怎么会跟我帮倒忙呢?"邰玉跟老爸撒起了娇,开玩笑地又问道,"叫你找个婆婆的呢?找到了冇?"

"哎哟,我都这把年纪了,还找个'么斯(什么)'婆婆啊?"邰汉生摇摇头说,"大半截身子都埋到土里了,还要去想找个婆婆……要真是找了,都不晓得这样的两个老东西在一起,到底是哪个在照顾哪个?我有你,就够了……你说我是上辈子积了么样的大恩大德,才有你这样好的一个姑娘啊……"

邰玉笑着没有接话。她突然就想到了那个"曹老四",想到了曹老四讲的关于自己身世的故事,想到了从曹老四嘴里说出来的、老爸要"抱个孩子养着,以后给自己养老送终"……也许曹老四说的都是事实,遗弃了自己的生母没有那么坏,收养了自己的老爸也没有那么高尚,不过都是些小人物在拮据困顿的境遇下打着自己的小算盘,希望自己能活得稍微舒心点儿——在一个生育了五个孩子的家庭里,她成了累赘;在无儿无女的老光棍眼里,她成了份念想。但是,面前这个满脸褶子的老人,全心全意地惟愿她好、掏心掏肺地养了她二十多年,始终执念着"我有你,就够了"——这样好的父亲,这样亲的家人,这才是自己上辈子积德修来的福分吧……

见过"曹老四"之后,邰玉也回过几次家。每次她都想从父亲的言谈举止中探寻到曹老四跟父亲相见的细节,但父亲表现得很平常,丝毫没有跟邰玉谈到这个话题的打算。邰玉想好了,只要老爸提出来,她就会坚定地告诉他,她把曹老四轰了出去。既然老爸不提,邰玉自然就缄默着,就像她的身世,似乎世人都知道了,老爸也一定知道她知道,但老爸愿意掩耳盗铃地回避着,那就这样继续下去吧。曹老四说过,老爸不愿意带着他去汉剧院找邰玉;那么,邰玉也不会背着老爸去认什么亲爹亲娘——这是相依为命的父女俩比血缘来得更深厚的默契。

晚上演出结束，卸了妆的邰玉走出剧场。她知道场外有人等着她。在剧场门口的路灯下，她看到路边有辆自行车，高强就倚着车身，静候在那里。他一大半屁股坐在自行车的后座上，一只脚点地，和自行车的后支架相辅相成地支撑着。高强的双手把玩着魔方，时而看看魔方，时而又看看剧场的门口。路灯正好从他头顶上投下光来，把人和车勾勒成了一幅剪影般的轮廓，安宁祥和。

邰玉手里捧着一束花，这是今晚她的一个戏迷献给她的。看到玩着魔方的高强，她走过去把花举起来递给了他，问道："等多久了？"

高强起身站好，接过花，愣了一下，又把花还给了邰玉。"这么漂亮的花，只有你这么漂亮的人才配得上。"说着，他把魔方扔进车前面的车篓里，腾出左手搂住邰玉的肩膀，再伸出右手去扶自行车的龙头，就势挑起右脚，蹬开了自行车的支架。

"还好，等了一会儿，没事，再多等会儿也行。"他说。

"你总是这样苕等（傻等），都跟你说过好多次了，你可以直接到后台去啊——跟门口收票的师傅说你是我朋友，他们会放你进去的。"邰玉说着，把高强退回来的花也放进了车篓子里，做好了随身上车的准备，"像这样站在街边，看起来有点苕（傻）。"

"跟你一起，我愿意当你的陪衬。能衬得你聪明伶俐，我显得苕就苕点吧。"

"你就不想进去看看我怎么演戏的吗？"

"戏都是假的，我就不看了。我看你的真人……"高强说着，拍拍邰玉的肩膀，指着自行车的前杠问道，"要不要坐前头啊？"

高强不是第一次在演出结束后来接邰玉去吃夜宵了——每回都是这样在剧场外等着、玩着魔方打发时间，每回都是骑车带着邰玉奔向吉庆街，每回都是他先骑上车、邰玉再追几步跳着坐在后座板上……今晚，高强主动提出，让邰玉坐在前面的横梁上，邰玉当然明白这意味着什么。她笑嘻嘻地往前跨上半步，高强把她托起，她就顺势溜到了前杠上。身材瘦小、从小就练功的邰玉，身体柔韧得像条鱼。高强也上了车，两个人的上半身一下子就贴到了一起。邰玉仰头看他，他就俯身吻了她。世间所有的爱情故事里，两个人之间的距离只有〇和一的跨越，没有一次和一百次的区别，只要亲过一次，就会有无数次……只要接受了一次，就意味着可以、甚至期待着还能接受无数次……

在骑车的进程中，车龙头总是有点左摇右摆；毕竟在前杠上坐着的是个成人，高强要在双臂包围住邰玉后才能扶住龙头，控制起来自然费些周折。只有热恋的人们才会选择这样的骑行方式——它除了能体现亲密和亲热之外，实在是太不方便了（确实也不安全），不过，恋人们需要的，不就是想尽一切办法地亲密和亲热吗？

"吉庆街？""吉庆街。"

"老地方？""老地方。"

"吃蛤蟆？""吃蛤蟆。"

"不想有点变化？""不想有点变化。"

——高强简单地问着，邰玉也就简单地答着。一问一答，就是声调的差别。他们看起来就像是一个完全的整体，他问的，就是她想要的。就好像他知道她就是喜欢这样，他才这样提问；就好像她对他所提出的一切，都言为心声地认同。以前她曾经问过，为什么你总喜欢吃同样的东西？他的回答是，肠胃忠诚的人，才会感情忠诚啊！

他俩骑着车，晃晃悠悠地穿着老街老巷，她贴着他的胸，几乎能听到他心跳的声音。车子摇摇摆摆地前行中，她再次仰头看他的脸，顺势又看看天——他的脸和今晚的月色一样，越看越好看。

邰玉感慨地说："你看天上的月亮啊，那么亮，那么圆……"

他答："是啊，李白曾经在一首诗里写到过，'少时不识月，唤作白玉盘'，估计说的就是今晚这样的月亮。"

"是吗？"邰玉有点没听懂。

"他说，小时候他不认识月亮，就把月亮喊成是一个大大的白色的玉盘。李白把月亮当成了玉，我呢，是直接把你这块玉给抱到了怀里。"

她故意皱了一下眉头，连鼻尖都跟着耸了起来，娇嗔道："不喜欢你们这样说话，好像是故意在我面前显摆你们多有文化……"

"你们？这个'们'字指的还有谁？"

"还能有谁？程米粒啊……早上你不是还惦记着说要喊她一起吃饭的吗？她平时说话的时候，也爱动不动甩出一两句古诗来，搞得我又羡慕又嫉妒……"

"估计我们都是小时候被爹妈逼着要背古诗的。"高强说。

"你知道吗，我小时候我爸教我背诗背的是什么？——'天上九头鸟，地上湖北佬'……"邰玉继续撒着娇说道，"所以啊，像我长到现在，看到今天这样的夜晚，就只会说——嗯，今天的月亮很圆，十五的月亮十六圆……"

"你说得很好啊，"高强尽量伏低身子，好把脸贴着邰玉的脸，他说，"你知道为什么会这样吗，因为昨天是八月十五，你没看到月亮，今天啊，是老天爷专门给你补上一课……"

那晚上的月光给了邰玉一个错觉，她真是被老天爷偏爱的。那晚上的故事也给了邰玉一个错觉，她真是被高强无限宠爱的。她记得他背那首李白的诗的时候，就把月亮比喻成了她。她以为她真的是他眼里的那个最圆的月亮，而自己真是遇到了最爱的人。她以为，此去经年，便是良辰美景……

邰玉跟高强在吉庆街吃完宵夜，就又坐到了他的自行车的前杠上。

他没有问她，直接骑着车回到了医院宿舍——他知道她不会反对。

他牵着她的手，带她进了他的寝室——他知道她不会拒绝。

那天晚上，邰玉没有回到汉剧院的宿舍。

当她躺在高强的臂弯中时，她憧憬着，也许她很快就再也不需要那间隔断的宿舍了……

二十二

邰玉离汉赴京求学的那一天，高强为她送行。十一月的武汉已经很冷了，想到北京的气温会更低，她就围上了米粒的妈妈送给她的羊毛围巾，穿上了她在日本巡演期间接受日本 NHK 国家电视台专访时穿的那件浅粉色的半长粗呢大衣。这件衣服她穿的次数很少，一是价钱贵，平时舍不得穿，另外，也是觉得只有重要的场合才需要这样隆重而昂贵的服装。一转眼就在衣柜里攒了六七年，再拿出来套在身上，依然成色新，样式也不过时。

当火车缓慢开动时，她抽起车窗玻璃，站在窗边跟高强挥手致意，直到车速越来越快，距离越来越远，凛洌的寒风不断涌进车厢，她才拉下窗户，坐了下来。她感到有点冷，把手伸到了大衣口袋里，突然就摸到了里面有一张折叠起来的纸片。她掏出来打开，看到上面有几行好看的字：

九头鸟：

　　祝你新年金榜题名，祝你此生前程似锦，祝你始终在梦想中奋力成长，所向披靡。

程米粒

邰玉暗自里笑了起来。

她喜欢这张纸条上的每句话。她在想这张纸条的来历。她想起了几年前的一个新年除夕，米粒曾经找她借穿过这件大衣去参加学校的元旦晚会，那天，她还帮程米粒化了妆，打扮得就像是个要出嫁的新姑娘似的。估计这纸条是那天米粒要写给谁的没送出去，不小心就留在衣服口袋里了。

——纸条中所写的这个"九头鸟"指的是谁呢？邰玉当然不知道。但是没关系啊，邰玉想到了自己，自己不就是只地地道道的九头鸟吗？这张纸条上的每个字，对她邰玉也都适用啊。隔着几年的时光再来看这张纸条上写的那些话，既像祝福，又像是预言。

邰玉想起了她的小伙伴程米粒，想到一周前再次应邀到米粒家吃饭时，彭老师又专门提前用老铫子煨了一大锅排骨藕汤。彭老师跟邰玉说，上一回你来我家吃饭，那时候藕才刚刚上市，想买点粉藕不容易；现在这个季节，就是最好的喝藕汤的时候了，你尝尝，是不是比上次的还要好喝些？——彭老师记得邰玉曾夸奖过她的藕汤是"全世界最好喝的"，所以，用隆重的武汉藕汤来为邰玉饯行，是把她当作自家人的一种仪式。邰玉脖子上围着的毛围巾也是彭老师跑到汉正街去买了毛线回来后赶着亲手编织的，她跟邰玉说："现在，你是中国最优秀的戏曲演员，将来，你一定会成为中国戏剧界的传奇。丫头啊，我把你也当成是自己的姑娘，就像米粒一样。我以你为荣。"

带着用家乡的暖意打包好的行囊，邰玉奔赴了寒冷的北方。留在武汉的程米粒，在这一年大学毕业，分配到江城晚报，当上了一名新闻工作者。她被分配到了报社的文化副刊部，正好和曾经的老街坊江淼在同一个部门。

米粒的办公桌就在编辑部的门口，报社内线的分机电话和部门的外线直拨都摆在她的桌子上。在她没来报到前，这张桌子是空着没人坐的——这是个不讨喜的位置，自带属性地配上了传达室的岗位职责。而且，两部电话一摆，剩下的桌面空间就很有限了。米粒坐在这里，不光要负责收发文件传递口信，每当有人从办公室进出时还都会下意识地把你的所作所为扫视一遍，就跟你在考试时监考官总站在身后的那种感觉。之前，这张办公桌除了摆放着电话机之外，另外的用处就是同事们午休时会在这里打"双升"的扑克牌游戏。米粒来了，桌子有了主人，电话机还在原处，"双升"的战场换到了其他的办公室里。

虽然和江淼是老街坊，但在这种开放性的编辑部场所里，米粒压根就不敢跟她套近乎。在编辑部里，江淼一派我行我素的样子，散发着肉眼可见的傲慢。除了坐在自己的办公桌前，编稿写作；就是起身倒茶水、打电话。除了必需的工作上的沟通外，她跟办公室里的其他同事都没什么交集。只要江淼到办公室了，那部外线的直拨电话基本上就成了她的私人专线。她要打电话时，就把话机从米粒的桌上拿走，扯着弹簧线拉到自己的办公桌上；离开办公室前，再顺手把电话放回到米粒的桌子上。来来去去，她不跟米粒打任何招呼，眼里似乎就从来没有存在过米粒这样一个坐在门口的大活人。

部门主任叫郑英英，二十世纪五十年代生人，个子不高，保养得不错，外形上比实际年龄看起来要小很多。她的长相算得上出众，一双大眼睛配上几层褶子的双眼皮，眼眶还是欧式的那种下陷的感觉，摆在巴掌大的鹅蛋脸上，乍一看，像个混血美人。郑英英在编辑部的大办公室隔壁有间独立的小屋，大班桌配上沙发茶几，虽然屋子不大，但这就是个领导的配置。郑主任每天都会跑到编辑部的大办公室巡视，要看不到江淼，就会问一句，"江淼呢？"仿佛过来这边首先就是为了来查江淼的岗似的。

程米粒上班的主要任务是处理自由来稿和读者来信。在这些琐碎的杂事中，她察言观色地在编辑部里的每位老师脸上都看到了一个虽隐形得透彻、但却烙印得深刻的"不喜勿扰"的标签。

有个星期五，米粒接到总编室的电话，说是新一期的《周末版》的校样出来了，通知责编来取。当时办公室里只有米粒一人，她怕误事，就赶紧去了总编室取回了打印稿。看任务单上面写着本期责任编辑是江淼，米粒就把文件放到了江淼的办公桌上。

临到快下班时，其他同事都走了，江淼才踏着高跟鞋声势隆重地进到办公室。看到了桌子上的校样稿，江淼扭头问米粒："你晚上有事吗？"还没等到回答，她又说："没事的话，就留下来帮忙一起校对吧。"

米粒嘴上说着"好"，身体已经移步到江淼的办公桌旁了。

"你先拿过去一校，你校完了之后我再看。"江淼抬头看了她一眼，又问道，"编辑的标注符号你都会用的吧？红笔你有吗？"

米粒站在江淼身旁，点点头，拿着校样回到自己的办公桌旁。她先给家里拨了个电话，告诉母亲，今天不回家吃晚饭，要加班搞校对，可能要搞到很晚。

等米粒挂断电话后，江淼说了句客套话："你父母都还好吧？"

米粒会意地抬头朝她笑笑，这是在叙旧呢。她懂。

"谢谢您家关心，我爸调到大学里了，搞的还是老本行，研究中学语文的教学法；我妈还在65中……"米粒答完后又问，"你妈妈还好吧？"

"还不是老样子，就那个鬼样子……"

家家有本难念的经，米粒不追问。她低头开始了校对，逐字逐句地通读文稿。

办公室里只有她俩，不说话的时候屋子里就静得出奇。米粒听到江淼又问了句："你还住在前进四路吗？"于是就笑着答道："看来我们是都搬出去了。"

"我父母还住在前进四路，我被他们放逐了……"江淼说完，似乎感觉到有些不妥，就补充道，"我结婚了，就搬出去住了。"

"我知道啊，"米粒答，"您爱人叫沈学庆，以前还是很有名的省劳模呢！"

"你怎么知道的？"

"你们都是名人，大家都知道啊……"米粒答，"以前，您爱人还到我们学校去做过报告……几年前，你们俩骑自行车穿越了大半个中国，写了系列文章《没有裙子的夏天》。我们家订了晚报的《周末版》，我妈妈把只要有你的连载文章的报纸，都专门给攒起来留给我们全家人通读……认识的人写的东西，读起来都觉得很亲切……"

"嗨，莫提那些了……好汉不提当年勇。"江淼笑笑，摆了摆头。

"你是我们的骄傲啊。"米粒脱口而出地赞许道，说完后她也有些诧异，自己什么时候学得这么会说恭维话了呢？

"鬼的骄傲，"江淼又摆了摆头，"我只是活得比较随意一些而已，不像其他有些人，每天喜欢鬼扯、鬼作、鬼搞。"

在武汉话里，"鬼"是个常用字，以"鬼"来做主语或者定语，通常都是用来形容人和事的不靠谱。要是像江淼这样，一句话三四个"鬼"字一气呵成，就很有点玩世不恭的口气了。米粒没有接话，埋着头继续捉虫读文章、挑错去了。这是她第一次校对，她格外谨慎认真。

天黑了下来，米粒还在看校对稿，江淼忙完了自己的事，望了米粒一眼，说道："看你这个校对的速度，估计等我们搞完三校是要熬夜了。校对仔细点，不是坏事。我不催你。今天晚上就舍命陪君子一回吧……"

"谢谢您了。"米粒说。

自己被江淼拉了差，结果还变成了她在迁就自己——"舍命陪君子"——米粒暗自折服于江淼的逻辑。可能每个人在初入职场都是要经历这样一个被歧视被压榨的过程吧，才会有后续人到中年时各自成精的表演；我们在今后的日子里长成什么样的形状，和我们面对过什么样的压力以及如何去抗压，都是息息相关的。米粒很清楚自己的角色，从她所坐的办公室的位置，到各位老师对她的态度，再到江淼此刻的言语，对于心思缜密而又敏感的她来说，她什么都懂；但她更清楚地知道，这些都算不得什么，自己的肩膀虽小，别人能熬过来，自己也能扛得住。

一校完成后，米粒把校样送到打印车间。回到办公室里等二校文稿时，江淼跟米粒说道："搞校对是当编辑的基本功。以前我带了个来报社的实习生，他特别认真，搞校对的时候趴在办公桌上，眼睛就像在捉虫。和你这次一样，我让他先一校二校搞完后交给我，结果我拿到手的稿子一看，里面有句话写的是，'我一辈子就写了五千多字的道德文章，却登峰造极'，看得我莫名其妙。你猜是怎么回事啊？

看了原稿才搞明白，人家的原文是，'老子一辈子就写了五千多字的道德文章'……"

米粒忍不住地跟着江淼哈哈大笑了起来。能不笑吗？遥想那个能在校对中把文章中的"老子"改成"我"的实习生，虽然文学常识的基本功差得不是一点半点，但也还真是个懂礼貌的仔细人呢……

"国家规定的出版物容错率是万分之一，我们是党报，要求更高一些，容错率是万分之二，"江淼以科普般的姿态跟米粒介绍着报纸编辑的基本常识，"像我们报纸，平时是四开四版，内文全部用小五号字来排版，一整版就是一万字左右的容量。这个周末版的开本不一样，八开十六版，版面小一半，一版顶多能装下五千字的文字内容吧，要是再配点图片，字数就更少了；所以，校对一定要过细，两个版才允许你错一个半字，还包括标点符号在内……"

米粒记住了这个"万分之二"。从二校到三校的过程中，她在脑子里不断提醒自己，不光"万二"，最好连"万一"都不要出错。

直到米粒完成了三校，江淼才接过校样，在米粒的基础上通读全稿。她校稿的速度很快，最后改了一处，就是按照正规出版时的"单字不成行"的要求，在某句话里多加了一个"的"字，将排版作了顺移。

"可以出清样了，"江淼说，"今天辛苦你了，这一回的校对费，都归你。"

"那怎么好意思呢……"米粒感觉很突然，本能地表示了推辞。

"没多少钱，本来校对费就是象征性的一点补贴，"江淼道，"这次基本上都是你干的活，你应该得到的……"

二十三

听说这一期的江城晚报《周末版》是米粒负责的副刊版校对，彭老师一早就上街在报刊亭买了份刚上架的报纸。程教授拿过还散发着油墨香的报纸先睹为快。报纸头版最下一行是编辑名录，那一溜的名字中，程米粒作为校对之一，排在了末尾。

程教授翻到了副刊的版面，突然，他惊呼了一声："糟糕！"

米粒凑过去，看到父亲手指的一处是个大标题——"走进×××"——这是郑英英作为晚报特约记者对于国家广电部周副部长的专访文章。文章占了整版，通篇谈到的都是周副部长的文艺情怀和对武汉的往事回忆。作者的手稿标题是"走近×××"，结果打字车间录入时，把"走近"错打成了"走进"。作者本意的"走近"，既凸显了采访者和部级领导之间的客观近距离，又表明了采访过程的循序渐进。你要走"近"一个人可以，但是，如何会走"进"呢？

"这个错可就太不应该了，"程教授说道，"你们报社层层校对，怎么搞到最后，大标题错得这么显眼，就没有一个人给看出来？"

米粒的手脚一下子就软了下来。报纸已经在全市范围内发送了下去，一定有很多很多人都看到这个错误了。还不是正文里面的小五号字的错误，是明晃晃的二号字的大标题啊，还是大篇幅特稿啊！完了完了，我这上班第一个月，还在试用期，犯这么大的错误，会不会影响到转正，是不是一不小心砸了自己的铁饭碗，还真是不好说呢……

"怎么办？"程教授望着彭老师问道。

"这一回，我也帮不了她了。"彭老师摇了摇头，叹了口气，对米粒说道，"这一期的责任编辑是江淼吧，你赶紧联系她……跟她说点好话，看她能不能多担待点。"

米粒翻出单位发的通讯录，呼叫了江淼的 BP 机。江淼很快就回复了。

米粒做好了负荆请罪的准备，谁知江淼快人快语道："总编室一大清早就跟我打电话了。不是什么大事，你就放心好了。报社是三校三审，真要查处的话，排在你前面有一堆人……"

"大标题出错啊……"米粒还是放心不下，追问着。

"我在外面，现在蛮忙。"江淼说完，就挂断了电话。

等到星期一上班时，米粒有意去得很早，既然责罚不可避免，那就主动去面对，早完早了。彭老师常在嘴边教导米粒做人的一句话就是——"伸手不打笑脸人"——只要你先把姿态放低，主动投诚，就算其他人想为难你，多少也会有所收敛，毕竟面对的都还是些受过教育的文化人，做事总归会是有分寸、讲道理的。

到了办公室，放下背包，米粒就抢先去到卫生间，拿到了那一层楼里唯一的拖把，把编辑部的地来来回回地拖了两遍，确保地面上干干净净。接着，她又把所有人的办公桌用湿抹布擦拭了一遍。做完这些，看编辑部的其他老师还没来，她又拿起四个开水瓶跑到一楼的开水房，把瓶子里隔了夜的温暾水都换成了滚烫的煎开水。开水瓶的水银胆有些年头了，把瓶子里原先囤着的旧水一口气抽倒出来的时候，连带着一起倾泻出了不少乳黄色的水垢，米粒索性又用开水先把几个瓶胆都仔细冲刷了几遍。她边做边想，这要多少年的积累，才能生出这么多的水垢啊！

目之所及的所有能做的事情都做遍了，米粒这才坐到自己的桌边，开始给读者写回信。

星期一上午有部门例会，下午是报社的编务会。报社有通勤的班车，人家在周一上班的时间点都比较统一——唯独从不坐班车的江淼是个例外。等编辑部都各就各位后，郑主任照例到大办公室里打了个转，然后问了句："江淼呢？"看大家不接茬，又看了看江淼的办公桌上没有放置她标志性的墨镜，心里有了数，回到自己的独立办公室。

郑主任离开后，编辑部里的同事们一边用米粒打来的新开水泡着茶，一边讨论起关于如何"走进"一位领导的话题了——

"你说也是神奇啊，这么大字号的错别字，居然能够层层过关，都不晓得那一天值班的所有人是不是闯到鬼了？"有人说。

"这一回是江淼当的责任编辑，她总是'不同款（和大家不一样）'的嘛。这种事情要摊在我们身上那是怪事，被她遇到了，那就是见怪不怪了。"

"你说，出了这么大的错，社里会怎么收场啊？"

"哎哟，你是闲得慌吗？当事人不急，你瞎为她操什么心……"

编辑老师们天一句地一句地议论着，一点也不回避米粒。至于上个星期五的深夜里，米粒陪着江淼一起加班校对这事，同事们似乎并不知晓。

这时，门外响起了铿锵的高跟鞋踩踏木地板的脚步声。大家知道，那个位于舆论中心的当事人马上就要出现了，就安静了下来。

跟江淼前后脚进大办公室的，就是部门主任郑英英。江淼刚把墨镜放在办公桌上，就听到郑主任跟她交代道："江淼，你到我办公室来一下。"

编辑部办公室的门大敞着，隔壁郑主任办公室里的对话这边都能听得一清二楚——

"你把门关一下……""就这么打开吧，通风。"

"你知道我为什么喊你来吧？""不知道……"

——郑英英和江淼的开场白就有一股火药味。"同行相轻"，是文人之间微妙关系的泛指；倘若是有点实权和有点才华的两个漂亮女文人碰撞在一起，爆发出了个性四射的火花，而她们又做不到彼此欣赏助力，那么，一定会彼此助燃，战火腾升，硝烟四起。

"我刚接到通知说，下午全社的编务会的首要任务就是要讨论对这一期报纸上的重大失误的处理意见。我是版面的部门负责人，编委会要我先拿一个解决方案。你呢，是这件事的具体责任人。我想听听你的意见。"郑英英的语气听起来很严肃。

"我能有什么意见呢？这个错误，不是可大可小的吗？"江淼的回答不卑不亢，"如果想简化处理，就把它算成是万分之二的差错，法不责众吧。我们这几个当班的编辑，从上到下，每个人交一份检讨，认个错，下不为例。要是想严肃处理，我也不推卸责任，处罚嘛，上下一致就行。我的这份，我认账。"

"总编室说这次校对是程米粒和你一起搞的?"郑英英问道。

"是啊,她主动加班,帮我的忙……这个事跟她没什么关系,责任在我。"

"怎么能说没有关系呢?只要牵涉到了,那就脱不开干系啊!"郑英英换了个口气说道,"你写个情况说明,我负责跟编委会去解释。这个校对失误的主要责任,你俩一人一半……"郑英英说着,起身要去关门。

"你不用老想着要关门啊……怕你说的话被人听到了吗?你是我们的主任,是部门领导,你应该到隔壁大办公室当大家的面去说才对啊。"

"我是好心,想着说本着实事求是的原则想办法能让你减轻点处罚……"郑英英解释着。

"你什么意思啊?别个小程是才上班没几天的一个小丫头,好事你不带着她玩,出了点篓子你就好意思把人家往死里整啊?你看我不顺眼,抓到我的小辫子了就想跟我算一回总账,我认栽。人家程米粒又没得罪你,拿她堵枪眼,你也太不地道了吧?"江淼的语气很生硬,硬杠着帮米粒扛担子。

"我这不是在跟你讨论吗?先征求你的意见,这是尊重你。请你也尊重我。对于小程,我的考虑是,一个人不论参加工作的时间长短,只要在这个岗位上,就要学会对自己做的事情负责。'吃一堑、长一智',年轻的时候栽了跟头,爬起来也容易……"

"你要说这事必须要程米粒来接受处罚,那我这就去把她也喊过来,大家三人抵六面,一起摊开了谈。你跟我在这里,偷偷摸摸地讨论着怎么拿一个'生模子(行业里的新手)'垫背,真是让我开眼……我看,你是连我这种普通群众的觉悟都不如……"

听到江淼阴阳怪气的口气,郑英英也毫不客气地道:"你怎么是普通群众呢,你是我们报社的明星记者啊……"

江淼不服软,直接顶了过去:"郑主任,这个时候说这种风凉话就没意思了。我是不是明星记者这不重要,但你我都很清楚,给我穿的小鞋拜你所赐,现在又跟我谈什么尊重啊,实事求是啊……何必呢?"

"江淼,我警告你!请注意你说话的语气!"

"我不抢你主任的位置,端的这个饭碗也不是你给的,你这么声嘶力竭地警告我什么?!"江淼直怼着郑英英道,"倒是我要警告你,如果你想借这次的校对失误来小题大做,我奉陪到底!"

江淼跟郑英英争执的那十几分钟,整个楼道变成了舞台,除了她俩,其他所有人都是观众。多么难得的一次内心碰撞啊,两个在报社里自带话题的武汉女人,在激情澎湃的言语互殴后,满地撒下的都是人家日后的谈资。没有人注意到,那个静悄悄的门边的角落里，还有个从手脚到内心都在颤抖着的尚在试用期待转正的小编辑程米粒。江淼和郑英英的对话，平添了她更多的惊慌。在她俩的争吵中，所有人都知道了，程米粒是校对的责任人之一；所有人也都听出来了，江淼在保护着程米粒——但江淼自己都是个过江的泥菩萨。米粒诚惶诚恐地祈祷着，如果我这次能够平安过关，多半是江老师帮我扛下了担子，就冲这份真情实感，以后江老师让我干什么，我都听她的。

午餐的时间，同事们在食堂里议论纷纷，基本上都是折服于江淼的直肠子和腰杆子。江淼和郑英英的互相不对付，报社上下尽人皆知；在报社里敢于挑战郑英英的，恐怕就只有江淼了。

和江淼不同，郑英英有张漂亮脸蛋，以前还真是就靠这张脸吃饭的。她是文艺兵出身，就在东湖边的南望山脚下的武汉军区胜利文工团当舞蹈演员。70年代中期，她先是进了武汉军区旗下的军校镀了第一层金，后来又以工农兵学员的身份念了地方上的大学，毕业后就分配到了报社的文艺副刊部。

郑英英在文艺研究和编辑专业上有没有几把刷子不好定论，但在体制内如何顺着规则往上钻，绝对在行，也有推手在挺她。郑英英比江淼年长不到十岁，在副刊部主任的位置上却已坐了好几年。"副"刊部的"郑（正）"主任，这个"官职"的行政级别到底是正科还是副处，各种说法都有，不过，报社的业务岗，不管级别怎么贴靠公务员序列，那也就是圈子里面自我陶醉一下而已，没什么实权。对于郑来说，她只需要这个意味着权力的级别就好了，就像她跟江淼争执时反复提到的那个词——"尊重"——她在乎的是对应这种级别的精神文明。在她的生活里，她经常提到的"我家那一位"，是真正有实权的——她爱人最早也在武汉军区，转业后辗转了几个部门，后来就当上了市里的某个局的正局长。这位局长在十堰是位重量级的人物。报社内外，跟她打交道时都会多加几分刻意，要么是想巴结她，对她要多讨好几分；就算不指着跟她套近乎的，在跟她有冲突时多少也会寒她几分，总怕真把她惹烦了。她想打击报复的话，还真是有"通天"的本事。至于郑英英本人，抑或是她的爱人，甚或她的公公，跟过去曾在十堰工作过的领导人是否依然保持着密切亲热的交往，其实已经不重要了——大家根本没有机会去真正了解上层的权力运行体系和游戏规则，只要确认了郑英英有着能够接触到这个体系的直接通道，这就足够大家据此展开无限想象、并以此推演着，为郑英英罩上能量威猛的社交光环。

在郑英英的周遭中，唯一不把她当回事的，只有江淼。

江淼也并不是一开始就这么明目张胆地跟郑英英抗衡的，只是在一堆阿谀的声音中，如果有一个人保持了沉默，她就成了很显眼的异类。她俩之间到底有多大的争端，好像也都摆不上台面。直到两年前报社分房子这事。因为福利分房供不应求，社里就采用了打分制和各部门指标上限相结合。文艺副刊部够分房资格的有4人，但摊派下来的指标只有两个。郑英英作为部门主任大笔一挥，把按照评分排在第一名的江淼给圈了出去。理由是，"江淼现在有房子住，她又没有生孩子，我们还是优先考虑三代同堂的困难同志"。话是在理，但江淼觉得不公。她找郑英英质问，郑保证下次社里再分房子优先考虑江淼，"你这次作出的牺牲我们都记得"，还说，"说不定你过两年添了呀，那你分房子的理由就更充分了"。话里话外的冷嘲热讽，江淼记了仇。

那天下午的报社编务会，郑英英没有参加。她请假说家里有点急事，委托部门的副主任代为到会。她的回避，看起来是她站得高，也躲得远——无论社里怎么下结论，都不会给江淼落下话柄，好像是自己在报社领导面前怎么使了绊子才让她受罚。

编务会照例是先布置本周的各部门工作，只是在最后的20分钟，谈到了"走进领导"这个让报社领导面子上挂不住的校对失误。总编说，鉴于这个失误的严重性，社里的处理意见有三条：一、对所有责任人通报批评；二、扣除所有责任人的校对费和夜班补助；三、对所有责任人作出每人罚款100元的处罚，款项直接从下个月工资中扣除。

干了校对的活却拿不到校对的钱，还要罚款100元，这样的经济处罚在当时来看不能算不严厉。毕竟，那年头，虽然编辑记者的收入在铁饭碗中算是高的，但一个副高职称的新闻编辑的月工资也到不了四位数；像程米粒这种刚从大学毕业的，满打满算一个月的工资拿到手还不到400块。米粒自然也是受罚的责任人之一。但是，罚点钱就能过关，这和米粒预先假设的弄丢饭碗的结局比起来，实在是虚惊一场了。

临到下班前，江淼和米粒在厕所里碰到了。
江淼问："你晚上有没有空？我想请你吃个饭。你跟你妈打个电话请个假。"
米粒点点头。
江淼问："去吉庆街吧？"
米粒又点点头。
之后，江淼和米粒故意在下班时间过了还都留在办公室里，直到看到报社的通勤车从院子里开走，江淼起身招呼道："走——"
米粒跟着站起身。
江淼走到米粒跟前时，把两张伍拾元的纸钞塞到她手里。米粒惊诧地看着江森，江森摆摆手，笑着解释说："这一回是我拉了你的差。你跟我帮了忙，怎么还能让你被罚钱呢？嗨，算你运气不好，被我拖下了水。今天晚上请你吃饭，算是给你压个惊。"

"江老师，这怎么好呢？您家太客气了……"

"我没有跟你讲客气，欠了你的人情，这是我应该还的。哪有找你帮了忙，没有报酬不说、却还让你倒贴的道理，"江森坚持着说道，"我俩不扯了，你把钱收好……还有，你以后不要喊我江老师，听起来别扭，就喊我江森。"

"那怎么行啊……您家是前辈，哪能直呼名字呢？"米粒跟江森说话，一直用武汉口语里的敬称，称呼她是"您家"。

"你不要一口一声什么老师啊，前辈啊，说得我好像很老了一样，我有那么老吗？我是学师范的，我们大部分同学毕业后都去当老师了。我就不想当老师，你想啊，我要是一毕业就上讲台，20岁出头、年纪轻轻就要被人天天喊成'老师'，本来不老的，都会很快就被人给喊老了……"

她俩说着话就出了电梯，正对着的就是一楼的布告墙。这面布告墙上，除了张贴各种通报公告外，每天印刷出版的崭新报纸会张贴出来，约定俗成地是提供给各部门的编辑记者在上面批注找茬，以期深度地交流提高。这种评报，并不是针对万分之二容错率的校对标注，旨在体现新闻工作者的钻研求实的职业精神（当然，评报栏里找出的各种错误也为容错率的定性定量作出了不可磨灭的贡献）。这些标注，不仅有批评和自我批评，也包括了表扬和自我表扬，还有一些基于已刊登内容的延伸解释，各种笔迹，各种风格，读起来是很有意思的。那个年代，白纸黑字的铅印纸媒几乎担当了引导社会舆论的全部职能，从业人员的使命感和职业技能的专业性要求，不光体现在每个礼拜雷打不动的政治学习和组织生活活动里，也能从布告墙上的每天评报中看出编辑记者们的视野、实力和功底。

关于这次校对失误的处理意见的公文已经在布告墙上贴出来了，米粒凑过去细看了一下，一堆人的名字列在那里。这样被点名可不是件体面的事。有趣的是，同在布告墙上张贴《周末版》报纸，竟然没有任何一笔一画去圈出那个谁都看得到的校对失误，"走进"领导，就那么明晃晃地在墙上错印着——每个人都能意识到的错，已经不需要任何标注了。

江森个子高，拍了下米粒的肩膀，安慰道："我早就跟你说过了的吧，不是什么大事，天塌不下来的……等到明天新报纸贴出来，把旧的撕掉，这些就都过去了……"

二十四

  武汉作家池莉曾写过，"吉庆街的白天，像死了一样"，但是，一到晚上，这短短的不到200米长的小街就在霓虹下的炊烟里彻底地鲜活了过来。程米粒成为吉庆街常客的那一年里，它还没有被池莉写到小说里去，卖臭干子和鸭脖子的虚构人物来双扬也还没有成为武汉"九头鸟"的美丽代言人。吉庆街那十米宽的街面上，原生态地在路边绽放着各种小摊小铺。一些勤快的夫妻档、父子兵，等到天快黑了，就纷纷从家里抬出了竹床，占着行人的过道，摆放在自家门面屋的地盘上。竹床上搁着的菜篓子里盛着凉面、米粉、米饭、鸡蛋，还有自家卤好的牛肉牛杂、猪肚肥肠、鸡胗鸭脖等，竖插个齐腰高的手写大招牌，"芳芳""明明""歪歪""小妹""绝味"……这些烂俗的名称就成了这条街的新门牌。家家户户的排档从内容到形式都相当接近，但家家户户也都标榜着"祖传秘制""好吃过瘾"。这些招牌的后边再立个齐人高的临时台架，新鲜的蔬菜食材水灵灵地清洗过，分门别类地，一层一层摆在台架上的塑料箩筐里。生一个小煤炉，支几个小桌小凳，简易的圆桌和塑料板凳连绵排开；看摊子的既是老板，又是大厨，还身兼迎宾、服务员等多重职责；有生意的时候老板们各忙各的，等客人的空档就串着站在摊子跟前聊些家常打发时间，碰到客人点些自家没有的食材配料，还会到隔壁借上一把菜；来来往往，一整条街的营生，都像是一家子人的台面。慢慢地，食客就位了，卖唱的、拉琴的、杂耍的、卖花的、卖烟的、讲黄段子的、擦鞋的，也从四面八方冒了出来。他们围着"靠杯酒"的桌子椅子一张张地转悠，锲而不舍地征询着食客，等着用他们的"才艺"换几个赏钱——虽然赶不上旧时代大酒楼里唱堂会的排场，但一条街转下来，每张桌子都有点这样那样的"艺术"消费，这些卖艺卖货人也能在脖子上挂着的拉链包里塞满了红的绿的各种颜色的纸钞。

  江淼领着米粒径直来到吉庆街上一家有空调的餐厅。进门前，江淼说道："虽然这里都是些夜市大排档，但也有高低之分；我不喜欢吃个饭还要吃得满头大汗的那种样子，一点斯文形象都没有了，哪怕是在吉庆街。武汉的夏天这么热，这条街上的排档大都不舍得开空调，估计就是舍不得那点电费。你说，连个电费都出不起的老板，他会舍得给顾客用好油好食材吗？"

  米粒点头，这次是发自内心地钦佩江淼的生活哲学。

  进了店里，选定了桌子，江淼连坐都没坐一下，就又走回到街上，要要拉拉地站着点完菜，才重新回到空调屋子中，拉着一直站在桌边的米粒，坐下来。

江森点的以青菜为主，看似清淡，但口味厚重。武汉的炒菜师傅，喜咸辣，善点醋，葱姜蒜辣齐活，再用花椒加猪油爆炒，这样出锅的菜，连带着炉子上冒出来的油烟都是开胃的。说话间，菜就上齐了——酸辣红菜薹、蒜炒竹叶菜、醋熘滑藕片，外加一道红烧糍粑鱼。店家都是用大海碗盛菜的，不管食客的人数多少、饭量大小，开店的实诚首先体现在饭菜的分量上，一视同仁。如果单看堆头，估计这几道菜能管上一桌子十来个人的米饭配菜了。

在举起筷子前，米粒礼节性地赞许道："您家真会点菜，每道菜都是我喜欢的。"

"我们都是六渡桥长大的，口味应该差不多。"江森招呼说，"莫客气啊，动筷子啊……"

"你尝一哈这个糍粑鱼。"看米粒还呆坐着，江森就又说道。糍粑鱼，是一道有着浓厚湖北乡土气息的鄂系传统家常菜，一般是在过年备年货时把草鱼或者是鲤鱼的鱼身切成片状，腌渍、晾干后冷藏，可以存放数月，等到烹饪时随取随用，油煎酱爆，醋熏红烧。

"我妈以前特别会做这道菜，她做出来的味道，特别香。我还记得我小时候，两块糍粑鱼就能咽完一大碗米饭。"

江森说着，夹了两大块鱼到米粒的碗里。话题谈到江森的母亲，米粒也不便接话，就用埋着头吃鱼来掩饰自己的无措。

"我妈挺不容易的，其实，我老爸更不容易。我爸爸以前脾气很不好，没什么耐心跟你讲道理，说话嗓门也大，现在啊，被我妈磨得一点脾气都没有了……"江森长叹了一口气。

这时，有位抱着个吉他的中年人走到她们桌边，问，点首歌吧？

米粒直摇头。她想到上回跟邰玉和高强来吉庆街吃蛤蟆时，也有人这么围着他们的饭桌问要不要点歌，邰玉坚决地拒绝说，我们是来吃饭的，不是来看演出的。那一天，好像就是这个抱着吉他的中年人，前前后后跑过来问了几次，都被他们挡开了。

米粒摇头时，江森也挥着手回应道："不需要。"

来人不依不饶，说："这样吧，看你们两个都是美女，我就免费跟你们唱一首吧。"说完，来人就弹着自己的吉他唱了起来。他唱的是首流行歌曲，叫《爱情鸟》，不过，在他的唱词中，爱情鸟被改成了武汉的说法，叫"爱情麻雀"。麻雀是鸟类的一种，但在武汉话里，"麻雀"这两个字通常有着其他的引申含义，比如说，杀麻雀，就是指的打麻将；再比如说，市井里都爱用麻雀来象形指代男性下半身的某个特定器官，如果用了后一个"雀"字的叠字，那就是明白无误的特指了，这是连刚学会走路的婴儿都懂的叫法。《爱情鸟》的歌，唱着唱着就从"爱情麻雀"变成了"爱情雀雀"，柏拉图的情爱就彻底滑向了动作片的轨道；一首欢快的情歌，在这位"爱情麻雀"先生演绎后，每一句歌词听起来都像是些带着颜色的内涵段子。米粒和江淼听着听着实在是忍不住大笑了起来。

歌毕，"爱情麻雀"先生跟她俩鞠躬。这时，江淼从钱包里掏出了十块钱，递了过去。

"谢谢美女了。我再送你们一首？"抱着吉他的"爱情麻雀"先生问道。

"差不多就行了，今天就这样了吧。"江淼在市井中进退自如的控盘能力，米粒叹为观止。

等身边清静了下来，江淼问米粒："你有男朋友吗？"

这问题问得米粒措手不及。她赶紧摇头。

江淼笑了起来，道："你看你被你妈妈管的，连个恋爱都不敢谈……"

"那也不至于吧，可能……"米粒犹豫了一下，接着才把话说完，"可能，缘分还没有到吧……"

"嗨，你看你，都二十几岁了还不谈个男朋友，你这人生，该是少了多少快乐啊……我像你这么大的时候，早就和沈学庆私订终身了。"

米粒耸耸肩，她不好回应，就赶紧夹了一筷子红菜薹塞到嘴里作为搪塞。江淼指代的这个"快乐"是什么，她就算懂，也必须要装傻啊，女孩子嘛，矜持在任何时候都是必需的护身符。

"我听说您爱人在六渡桥这边开了家游戏厅？"米粒顺着江淼的话问道。

"开了两家，是跟几个兄弟合伙的，平时都是请人在管，他们几个出钱的就坐在家里数钱。那不是他的主业。"

"那您爱人现在的主业是什么啊？"

"他呀？说得好听点，是沈总……要是跟你'抄直（坦白）'说，就是个个体户，还是'晃晃'的那一种……"

"晃晃"，在武汉话里说的是那种游手好闲、四处拆白的人。

江淼继续点评道："今天这里'晃'一下，明天说不定还出个差，跑到外地再去晃……美其名曰，看一下市场行情啊，找一下投资机会啊，见一下合作伙伴啊……说穿了就漏水，就是开了一堆皮包公司，碰到机会就当一回二道贩子，挣点差价……你想啊，开个游艺厅，既不动脑子、也不占精力，他们这些大老爷们也闲不住，手里抓一堆现金愁得慌，间或就做点贸易，钢材啊，塑料原料什么啊，几个人搭伙一起干，反正赚了赔了都有个伴吧。这些年，钱是挣了一些，人也蛮辛苦……"

"您家们都太谦虚了……沈大哥就是那种始终站在时代潮头的人。我还记得我小学毕业的时候,您爱人过来给我们全校作专场报告,他口才真好……"

"我还以为他过去的那些光辉事迹早就没有人记得了,你还真是个有心人啊,"说到这里,江淼好像想起了什么,就问米粒道,"我现在有个差事,你愿不愿意跟我一起做?"

米粒不说话,瞪大眼睛抬起头望着对面的江淼,等着她往下说——

"广州有两家大的唱片公司想推出他们的原创歌手,就找到我,请我帮他们在武汉做些宣传活动,我正好缺个帮手。"

"您是说让我做您的帮手吗?"米粒问。

"是啊,"江淼答,"像我们这种文化记者,资源都是就手现成的……"

米粒"哦"了一下。上班以来的这段时间她也在逐渐熟悉自己就职的这家官方媒体的工作流程,他们这些文艺副刊部的编辑记者们确实比较清闲,平日版一个礼拜才一个四开版面的容量,周末版也就是四个八开的版面,编发的稿件没有时效性,还有很多人情稿排着队想见报,组稿约稿编稿,都很轻松。除了每周一的例会、一个月轮班一次的校对之外,其他时间完全可以自由支配。

"唱片公司需要什么样的宣传活动呢?"米粒问。

"很简单,就是安排他们的歌手在电台电视台做些访谈,有机会参加一下省里市里的各种文艺晚会,再帮他组织些小型的商业演出……"

"这么有意思啊?"米粒新鲜又好奇地问,"这是不是就是人们说的'走穴'啊?"

"走穴,是指那些歌手们到处串场子,我们做的事情,应该算'经纪人'吧,"江淼道,"上个礼拜,北京也有公司找到我了,也跟我推荐了几个新人,拜托我关照……"

"您家为什么会想到我呢?"米粒问。

"突然想到了,也就随口一问。我呢,想折腾点事,需要有个帮手……我挺喜欢你,好像你也不讨厌我吧,你要是愿意的话,我们搭个班子,挣的钱就二一添作五……"

"那……我回去跟我爸爸妈妈商量一下吧……"米粒心里是愿意的,脱口而出这样的回答,是她的本能。

"这种事情,你要是回家去跟老同志们说,他们肯定一万个反对。他们那个年代过来的人,遇到没见过的事就喜欢七想八想,不想到把自己黑(吓)死决不罢休;老一辈是被生活给磨得'服了周(服软)',他们的生活哲学是上头没说可以做的事就都不能做。到我们这一辈,时代不一样了,我觉得吧,只要是法律上没说不能做的，我们本着与人为善的态度，就都可以试试看。"

江淼一向做人做事敢作敢当，虽说武汉女人都泼辣，但能泼辣大胆到江淼这个段位的，也不多见。

"您跟唱片公司做的这些事，编辑部里其他人知道吗？"米粒谨慎地又问道。

"有什么必要让他们知道？"江淼的眼神中露出了一丝不屑的样子，道，"你不要看办公室里那些人每天上起班来都要死不活的样子，一出了单位，个个就都活蹦乱跳的，哎哟，每个人都有自己的小九九，鱼有鱼路、虾有虾路呗……我跟你说的这事不勉强……你千万不要以为吃了我一顿饭，就跟我怎么怎么样了。两码事。"

米粒想到了上午在办公室里偷听到江淼跟郑英英的对话时自己内心里的祈祷允诺，江淼那么本能地保护着我，这样的前辈，有什么理由不追随她呢？于是说道："江老师，谢谢您这么看重我……我听您的……"

"说了不要喊我老师的呢？"

"我在办公室里喊每个编辑都是喊老师的，如果喊您是直接叫名字，就有点奇怪啊……"

"你还真是个人精啊……"

二十五

吉庆街聚餐后的第三天中午，米粒在办公室里编稿，就听见江淼冲她喊道："小程啊，忙不忙？"

米粒马上放下手头的工作，边答话边起身："您家是有什么事情需要我来做？"

"北京的一个歌手来武汉了，叫冷堃，他刚在中国音乐电视金曲榜中获奖，今天在市电视台参加国庆文艺晚会的录像……"

"是不是唱那首《天海蓝》的电视剧插曲的冷堃？"米粒轻声问道。

"对，就是他，"江淼朝米粒笑笑，说，"看来找你是找对了……你不忙的话，那现在就跟我一起过去看看吧。"

米粒回到座位上，收拾着自己办公桌上的文件，问江淼："那我们等下还回来吗？"

"说不准，这次市台搞得蛮隆重，来的名人不少，到时候我们见机行事吧……"

"我需要带些什么呢？"

"我带了采访机，你就带上你的脑袋瓜就够了……"

江淼的话既是说给米粒听的，也相当于是给办公室的其他同事都打了个招呼。

老编辑带着一个新来的小记者跑采访，这是编辑部的套数了，通常都是老编辑揽的私活，小记者负责写稿，美其名曰"老带新"，实际上是"一人为私，两人为公"，相伴着外出，行动自由，内部要是查岗查哨查考勤，彼此还能互为见证。小同志们借机会长长见识练练笔，老同志们能偷点懒还乐得不用自己爬格子；反正内部写的这些时令稿，走过场、撑版面，没什么技术含量又帮不了评职称，至于稿费，更是低得几乎可以忽略不计，老的也根本就不在乎。

米粒跟着江淼走出办公室。她记得在吉庆街上吃晚饭时江淼说的所有的事。江淼没有细说，她便也不多话，比江淼慢半步，紧跟着。

在报社门口，江淼拦了辆"的士"。上车后，她告诉米粒，这次市电视台晚会的几个歌手都是她请来的，正好趁这个机会带上米粒都认识一下。

"写冷堃的稿子你用点心，这小伙子嗓音条件太好了，而且他是学古典音乐出身的，将来肯定前途无量。"江淼道，"不像有些唱民歌的歌手，靠那么一两首晚会爆红的歌曲走遍全中国，恨不得一首歌就能养她们一辈子。不是我对她们有偏见，她们就没好好念过几天书，谈创作，她们没参与；谈文化，不见得懂；肚子里根本就没装进什么墨水，脑子里头不就是一堆糨糊啊？"

赶到了电视台，江淼让米粒先去化妆间找找冷堃，她上楼跟台里的熟人打个招呼。晚会的录像还没开始，演播厅大门敞开，摄制人员在各自机位前严阵以待，导演导播忙前忙后强调细节；歌舞表演的群众演员化好了浓妆，三三两两进进出出。

米粒走到演播厅的化妆间门口，正想从打开的门缝处先看看，有位个子高高大大的小伙子从里面走了出来。米粒一眼就认出了，这是她今天要采访的对象——歌手冷堃——他和米粒从电视屏幕上看到的样子完全一样。

冷堃疾步走出，米粒来不及多想，就追了上去，跟着喊了声："冷堃——"

被喊的人停住了，回头寻找声音的来源。

程米粒跟上去，说道："是我——我是……"

还没等米粒做完自我介绍，冷堃笑着说："你能稍等一下吗？容我先去上个厕所……"

米粒尴尬地笑着点头，站在了原地。

很快，冷堃回来了，因为之前有了那么几句对话，他看到米粒就像看到了熟人一样打招呼说："诶——"

米粒自我介绍道："我是……"

"冷堃准备——"米粒的话刚说两个字，就被后台催场的工作人员给打断了。

冷堃闻声，看看米粒，摊开双手，做出了一个无可奈何的表情。"对不起……"

米粒笑着摇摇头，说："没关系。"

冷堃进场后，米粒就在化妆间门口的休息椅上坐下来。她顺手取了份晚会的节目单，边看边等。

在节目单上，米粒意外地看到了邰玉的名字——她的表演曲目是汉剧折子戏《穆桂英挂帅》。在武汉本地的大型文艺演出中，汉剧总是有一席之地的。有汉剧的地方就有邰玉，这一点，米粒一点都不意外——邰玉从15岁起就撑起了整个汉剧新生代的门面。

看到有邰玉的剧目，米粒就起身朝化妆间走过去。说不定能遇见邰玉，那就跟她打个招呼吧。

挂帅这场戏，穆桂英的行头是戴帅盔、穿红靠、冠上插翎、外罩袭蟒、四面靠旗、左手执剑，如此英武浓烈的装束在人群中非常显眼；米粒看一眼就能认定，邰玉不在这里。考虑到这次来的任务是采访冷堃，米粒就没有刻意再去找邰玉了。

等江淼来到演播厅时，正式录像已经开始了。冷堃的演唱是晚会的第一个节目。他的音域辽阔悠远，加上录像的时候是对着原声磁带的音效对口型，内外混响震耳欲聋，即使隔着演播厅的隔音墙，依然能听到音响中传送出来的浑厚的低音。

"你怎么不进去呢？"江淼问米粒。

"等您家啊……"

"进去看看现场，感受一下啊……"江淼拉着米粒，准备进演播厅。

说话间，冷堃从后台出来了，正朝化妆间这边走过来。

"这是冷堃吧？"江淼悄声问。

"您不认识他？"米粒有点诧异，也用同样小的声音悄悄地反问道。

江淼摇摇头，笑了，悄悄说："没见过。"然后，大声喊道："冷堃——"

冷堃走到她俩跟前，看了米粒，又看到了她身旁的江淼，说道："哟，变魔术呢，这一回一下就变成俩了？"

"我是江城晚报的江淼，之前，我们通过电话……这是我同事，程米粒。"江淼一边介绍着，一边跟冷堃握着手。

米粒有点紧张，不知道自己该不该也把手伸出去。

"哟，不握一下？"看米粒呆立的样子，冷堃跟江淼握完手后，朝她开玩笑道。

看到对方这么大大方方的，米粒也就大方了起来，伸出手去，说："握就握一下吧……"

"是要做采访吗？"冷堃主动问道。

"随便聊聊吧。"江淼答。

"就在这里聊，还是回酒店？"冷堃又问，"咱找个吃饭的地方，边吃边聊？我请你们。挑个地方，最好是有你们武汉地方特色的……"

要说地方特色，米粒马上就想到了吉庆街。果不其然，江淼也是一样的思路。于是，前两天她俩刚去吉庆街的热度还没消退，现在又续上了。

"你要先等这边跟你结完账吗？"江淼问。她指的是制作组跟冷堃支付演出报酬的事。

"没事，我带了个小弟，他会安排的。"

"你过来一趟还带助手啊，排场不小，"江淼道，"电视台给你的钱够不够你给你的小弟买机票啊……"

"嗨，都是兄弟，谈什么钱啊……"

"你俩稍等我一下，导演在那边，我过去打个招呼。"江淼说着走开了，留下米粒和冷堃。

两人站在原地对望着，冷堃又问："刚才说你叫什么来着？"

"程米粒，路程的程，大米的那个米粒。"

"这名字取得好。"冷堃道，"你——实习的？"

米粒听到这话，愣住了。问："怎么这么问？"

"哦，看来是说错了，抱歉啊，"冷堃笑着解释说，"你看着太年轻。"

"我属鼠的，"米粒说，"您呢？"

"我？属猴。"冷堃答得爽快。

米粒盘算了一下，中国的生肖从猴到鼠，差4岁，于是道："那也很年轻啊……"

"嗨，显老，显老。"说完，冷堃笑了起来，米粒也跟着笑了。

"你俩谁写稿啊？"冷堃又问道。

"我啊……怎么了？怕我写不好？"

"哪里……是你写，我就踏实了。"

"为什么啊？"米粒有点纳闷。

"不为什么，直觉。"冷堃说完，接着问道，"想问我些啥？"

"现在就开始了？"米粒问，"不是说边吃边聊吗？"

"我这不紧张着吗，你先告诉我问题，我还有时间考虑一下……一早上起来赶飞机，忙乎到现在，啥东西都没吃，胃缺肉，脑缺氧……"

江淼风风火火地回来了，三个人一起走出电视台大院，打了辆出租车。到了吉庆街，冷堃提出要坐摆在街边的台子，说这样接地气。他不挑店家，选了紧挨着马路牙子边的一张小小的四方桌；桌子旁边配的塑料板凳有白有红的，颜色都不一致，冷堃也不计较，抓了一张凳子就坐了上去。江淼就坐在了跟冷堃垂直紧挨的另一张塑料椅上，靠得近，方便说话。米粒自觉地坐在了冷堃的对面，保留着必要的距离。

照例是江淼去点菜,这回她点了牛杂大拼盘的卤菜,加上回锅牛肉、爆炒鸭胗、酸辣红菜薹,以及她挚爱的充满怀旧情怀的红烧糍粑鱼。肉菜为主,个个都有湖北菜的特色,依然重口味。

江淼点菜的时候,冷堃指着摆在竹床上的菜篓子里的那一根根细长又打着弯的红色肉棍,问米粒道:"那啥玩意?"

米粒瞥了一眼,答:"鸭脖子。"

"我说呢,刚才吓我一跳,看那形状,还以为是那啥啥……我心说,你们武汉人还真猛啊,吃这玩意儿都这么直接地整根儿地动家伙啊。但转念一想,不对啊,要真是那啥棍啥鞭的,到哪儿一下子找这么多根啊,煮熟了都还不带变形儿的啊……"

冷堃的话让米粒一下子脸红了起来。

"哟,你一小姑娘,我不该这么说话……我一俗人……"

江淼点完菜回来,米粒说:"冷老师刚才问到鸭脖子了,您刚才点了吗?"

江淼摇头,望着冷堃问:"您没吃过吧,这是武汉特产,特别辣。来点尝尝?"

冷堃直摆手,说:"别……看着都怪吓人的,不敢。"

江淼也不坚持,说:"这里的饭菜分量大,我点了不少了,先吃着再说。"

等到他们仨就此坐定,那些卖唱的卖艺的卖花的就都拥过来了。冷堃看着新鲜热闹,来者不拒地都笑纳了。除了上一回米粒她俩听过的"爱情麻雀",整个吉庆街的"四大天王"这回在他们的桌边都齐活了。先是创作型歌手"老通城",把武汉的名胜景点都用吉他伴奏唱了出来;接着是印度歌唱将"拉兹",将流行了几十年的《流浪者之歌》变成了带着黄陂腔调的"阿巴拉古";再就是手持黄瓜当话筒来讲笑话的胖子,人称会讲黄段子的"黄瓜",最后"麻雀"赶过来,演唱了他的保留曲目——《爱情鸟》。每个人都是唱演俱佳地放声说唱,既各有所长,又都包裹着浓厚的汉味市井气,冷堃几杯啤酒下肚,把他们的戏谑演出当作了下酒菜,笑得前仰后合,他感叹说:"这才叫表演,人才啊,都是人才!"

"四大天王"们在随身携带的歌单上明码实价地标着"每首歌10元",但冷堃还是坚持一人一张50元的绿票子。对方说要找钱,冷堃说:"您就别自贬身价了,就冲您的这些表演,我给的这点儿啊,只少不多……"

江淼在旁边轻声说:"你可别搅乱了市场行情……"

"他妈的狗屁行情,都是端同一个饭碗的,咱就不能自己把自己个儿看得稍微重点儿吗?"

听到冷堃这么说,江淼冲米粒挤了挤眼睛,米粒赶紧救场补了句:"冷老师,您还真是雅俗共赏呢。"

"你们文人啊，动不动就丢个词儿出来，定义这个、定义那个。这样不好。雅俗共赏？你说说看，什么叫雅？什么叫俗？梅兰芳唱堂会的时候算是雅还是俗？像我们这些靠卖艺混生活的，没熬到在春节联欢晚会上亮相那份上，还不是要天天串歌厅赶场？这么辛苦地谋生，你说算是雅还是俗？"

米粒心里惦记着采访写稿的事，但她意识到冷堃完全不受人左右，估摸着要正儿八经地采访怕是没戏了。索性夹了块糍粑鱼，认认真真地理着鱼刺，安安静静地下着饭。

吉庆街的路边摊，都是些苍蝇小馆，来来去去的蚊蝇比来来往往的食客要多得多。之前江森选择有空调的室内，那些纱门纱窗还能隔绝不少飞虫的入侵。这一回坐在了街上，他们在吃肉，同时又给蚊虫当肉吃。尤其是穿着裙子和凉鞋的程米粒，从胳膊到小腿再到脚背，全都暴露成了蚊子的餐盘，浑身上下都被蚊子咬得红肿起来。

"老板，你这里蚊子太多了。"当店老板抽空到他们桌前询问饭菜可合胃口时，米粒见机抱怨道。

店老板一听，马上堆起了笑脸赔着不是，转头就到里屋里提了个便携式的驱蚊灯放到了米粒的脚边。那是盏紫色的荧光灯，利用光源和声波吸引飞虫过来后瞬间用强电将它们电死。驱蚊灯往米粒身边一摆，就听着噼里啪啦的小虫子们触电的声音。

米粒以为自己有了驱蚊灯金刚罩的保护后，情况会稍微好点，结果很快她就看到一只有着大长腿的花蚊子叮在了自己的小腿肚子上，花蚊子吸血吸得全力以赴又全神贯注，无视了周围环境的凶险——米粒使劲在小腿肚上一拍后再看，花蚊子从立体被拍成了平面，陈列在一片血斑中。

"武汉女人，厉害！"冷堃见状，感叹了一句。

米粒不好意思地笑了笑，又看了看脚下的驱蚊灯，这才发现被电死在灯下的多是些飞蛾，于是，摇头道："蚊子太聪明了，不上圈套。只有那些傻蛾子才往灯里撞。"

"是啊，蚊子要吸血，是循着肉香。只有飞蛾才喜光，爱扑火。我记得有首很著名的什么诗，还写过这个……"冷堃又说道。

"哦，您说的是那首冯乃超的《残烛》吧？——焰光的背后有朦胧的情爱，焰光的核心有青色的悲哀。我愿效灯蛾的无知，委身作情热火化的尘埃……"

说到诗词歌赋，这就是程米粒的主业了，本来在大学里就是学中文的出身，加上这首诗又是她那个年纪小资女生的心头好，她张口就背了出来。

"真有你的，"冷堃竖起了大拇指，"就说你们这些文化人有文化吧，脑子就跟大百科全书似的……"

江淼又冲米粒挤了挤眼，那眼神里装满了欣赏和偏爱，和冷堃的话语相得益彰。在冷堃和江淼的双重肯定下，米粒也有些佩服自己了——前一秒钟还是费力拍死蚊子留下一摊血红的女猛将，后一秒钟就变成了风花雪月如数家珍的女词人，汉口六渡桥里养出来的女孩子，就是这么既接地气又有灵气。

"宋代著名诗人范仲淹还写过一首名为《咏蚊》的诗——饱去樱桃重，饥来柳絮轻。但知离此去，不用问前程。他说，吸饱了人血的蚊子，鼓着红彤彤的肚子，就像一颗熟透了的红樱桃……"

说到自己的强项了，之前一直少言寡语的米粒继续发挥着特长说道。

"嗨，真是服了你，连这么刁钻的典故都能信口就来！你还别说，把蚊子形容是樱桃，这个比喻虽然有点那啥，但闭上眼一想，还真有那么点意思……嗨，看我这人嘴没遮拦的，刚才还说你乱丢词，我他妈就是一俗人，你还真是大雅呢！跟着你，我都变得好像有文化了。算我刚才说错话了，我收回啊。"

那晚上，冷堃的酒喝了不少，醉是没醉，但人是晕乎的，走亢奋路线的晕乎。结完账，他们仨一齐朝中山大道方向走——只有到了主干道上才能打到出租车。冷堃边走边跟江淼说："谢谢您啊，这次安排了邀请我来武汉演出。我的电话号码是×××××××××，知道这个号码的人不多，下次再有好事儿的话，您呐，就直接给我打电话……"

冷不丁听到走着路的冷堃这么呼啦啦地就把自己的手机号码报出来了，江淼有些措手不及。米粒跟在一旁，迅速地就把这几个数字给默背了下来，然后冲江淼使了个眼色，点点头，意思是，您放心好了，我记住了。

这时，有车顶上是绿灯的放空出租车开过来了。

江淼问米粒："你俩都住在汉口，就辛苦你先把冷老师送回酒店你再回家，行吗？"

米粒点点头。

江淼转头跟冷堃说："我家住武昌，有点远，就让小程送您回去，你们住的地方隔得近。"

冷堃说："没事，走不丢的，谢谢啦。"

这一次，米粒主动坐在了的士车的前排。冷堃坐在车后。

司机一边发动车，一边问："去哪？"

冷堃冲米粒道："你告诉师傅，你家怎么走。"

米粒说:"我先送您回去啊。"

冷堃道:"扯!我一大老爷们跟你一小姑娘,哪有你送我的道理?!"

就这样,的士车朝米粒家住的硚口居仁门的方向开。

冷堃问米粒:"写我的文章是你来写吧?"

米粒说是。这问题他今晚反反复复问过好几遍了,看来真是有些喝多了。

冷堃又问:"今晚上啥正事儿都没聊,你有写的吗?"

米粒说:"试试看吧。"

冷堃笑了,说:"就知道你行!我就喜欢你这样儿的!"

一句话,把米粒吓得一激灵,正好的士车开到了居仁门,在路边停下来。

米粒准备下车时,回头跟冷堃说了声:"冷老师再见。"

冷堃朝她挥了挥手,说:"扯!骂我呢?我算你哪门子老师啊?"

米粒下了车,借着路灯的光亮看到,冷堃又笑着追了句话:"到北京一定要找我。"

米粒点点头。回到家,熬着夜开始了写作。

二十六

写冷堃的采访稿是程米粒到报社上班以来的第一篇文稿,为了展现开门红,她趁着周末时间几易其稿,星期一的一大清早赶早到了办公室,想尽快交给江淼审阅。

米粒放下自己的背包,正提着水瓶准备给办公室打开水,办公桌上的电话机响了。

是江淼打来的电话,她找的就是米粒。她让米粒帮忙转告郑英英,母亲病危住院,今天的部门例会参加不了了,还要请几天假。

米粒很想问问她写的冷堃的采访稿该怎么办,但她脱口而出的只是关切,道:"齐伯伯什么病啊?"

"我妈昨天下午突然昏迷了,我爸喊了救护车送她到医院。她现在还在重症病房输氧观察。具体情况还不清楚,等下会开始做各种检查。我跟沈学庆都在医院……"

"在哪家医院?"

"红十字会医院……我今天一天都会在这里。"

"那我下班后过来……"

放下电话，米粒看了看摆在桌上的自己誊抄好的那份采访稿。出于礼貌，她在文章上署的是江淼和她两个人的联名，江淼的名字还特意摆在了前头。

看到郑英英来上班了，程米粒就起身拿上文章，走进了隔壁的主任办公室。郑站在办公桌边还没坐下，就看到了已站在门口的米粒。

"郑主任，江老师刚才打电话说跟您请假，她母亲病危住院了。"

米粒边说边走到郑的办公桌对面站住。他们副刊编辑部只有江淼一个姓江的，所以，这个"江老师"指的是谁，郑很清楚。

"哦，知道了。"

"上个礼拜，江老师带着我一起采访了冷垄，这是写的采访稿。"米粒说完，把誊抄好的稿件双手呈到郑的面前。

"放在桌上吧。"郑没有伸手去接，只是冷淡地又问了一句，"你跟江淼很熟吗？"

"我们以前是街坊，都住在前进四路。"

"难怪呢……我还在想，江淼那么难缠的一个人，你怎么会跟她走那么近……"郑英英朝米粒笑了笑，说，"她身上刺多……唉，有才华的人嘛，总是格外有个性的。"

听到郑主任这说话的口气，结合到上个礼拜一爆发的报社上下众所周知的"郑江舌战"，米粒很清楚地懂得，郑这是在提醒米粒不要随便站队。她回答道："其实……也谈不上很近吧……我刚到编辑部来，要学的东西很多，所以，像校对啊，采访啊，只要是有机会、有老师愿意带着我，我都希望能够多参与，多学习。"

"那好啊，你肯学，锻炼的机会总是有的。"

"那太好了……"

虽然郑主任说的是句无油无盐的空话，但米粒还是表示出了极大的兴致和渴望。以她所受的教育，上级的每句话到她这里，都需要积极回应。她虽然年轻，但是官大一级压死人的道理也还是明白的。江淼在报社的底子比自己深厚多了，也还是硌硬着郑英英总爱给她穿小鞋；像自己这种刚来上班的"伢秧子（小字辈的新手）"，要是再不放绵巧点，以后就该是生活在上级扔过来的小鞋堆里了。出了报社门，她想跟江淼怎么交往都行，反正"将在外"嘛；但现在是在单位里，还就在郑主任的办公室中，不示弱不示好，那可不就是自讨苦吃吗？——米粒看似谦恭地说完这四个字后，她预测的是，接下来就该是郑主任说，你可以离开了。

事情却和她想象的有点不一样——

"这样吧，我看你这段时间处理读者来信也蛮用心的，要不，你就在我们周末版的副刊上开个'读者来信'的专栏吧？每次挑选 封有意思的来信，把它和你的回信一起刊登出来；让编读之间的往来具化成一篇有意思的问答形式的文稿。就像是以前的那种知心姐姐回答读者提问的感觉，不过呢，过去的那种提问回答，就是一问、一答、一句话，我们这个呢，就来点新意，每次选定一个专门的主题，篇幅一千字左右吧，最好能切中社会上的某些热点话题，你年轻，这方面肯定比我们老同志们有优势。"

"好啊，那我马上就去准备……"米粒高兴地说着，走出了主任办公室。她的高兴是发自内心的，才上班一个多月，就能有个属于自己的栏目，这简直是太让她意外了。

——至于郑主任的这个提议到底是突发奇想地提携新人呢，还是在知晓米粒跟江淼的旧交情之后有意来拉拢她？米粒可没想那么多。

下班前，米粒跟家里打了个电话，告诉母亲说单位上有事，可能要晚点回家，让母亲不要等她一起吃晚饭了。一下班，她就直奔红十字会医院。这家医院她熟，以前她外公的公费医疗对口医院就是这里。外公住院时，米粒每天都去那里给外公送饭送汤，医院的布局，她闭着眼睛都不会走错。

在重症病房，米粒再次见到了久违的老街坊——垂垂老矣的江司令和昏迷不醒的齐师傅。齐师傅裸露着上身，粘贴在她身上的各种管线交错着，把她的生命体征传导给床边的那些仪器，再用不同颜色的数字标识呈现出来。床头高处有悬挂的吊瓶缓慢地点滴着液体，顺着细管输进齐师傅左臂的静脉中。她的面色苍白，裸露的肌肤也是苍白的，连最该呈现出血色的嘴唇，也是干枯和卡白的。病床上的她，呼吸平缓得几乎看不出有什么起伏——如果这是米粒来看护的病人，她觉得自己需要时常把手指放到病人的鼻孔边才能确认是否仍有呼吸在发生。江司令紧挨着病床坐着，佝偻着背，满是灰白头发的脑袋低得很下，把脸压得简直快要埋进病床上的被褥中。如果不是因为江淼在床尾的椅子上坐着，米粒都无法辨认出来这就是她曾经熟悉的江伯伯和齐伯母。她记忆中的江氏夫妇，似乎就应该还是那副齐师傅小鸟依人般挽着高大的江司令在前进四路散步的背影——脑海中之所以始终能浮现出那么清晰的场景，因为那是她第一次亲眼看到男人和女人在公众面前可以做出如此亲热的样子。

米粒一进门，江司令听到了动静，就抬头看了看。米粒悄声招呼道："江伯伯好——我是程米粒。"

"哦，米粒啊，"江司令应了一声，"都长这么大了……嗨，还辛苦你专门跑来一趟……"

米粒礼貌地微笑了一下，说："应该的。"然后，站在了江淼身旁。她俯下身子小声问江淼道："那……要不要让江伯伯回去休息一下？我在医院里陪你一起守着……"

江淼点点头，朝着病床边的父亲说道："爸爸，你回去睡一下吧……"

江司令抬眼看了看床尾处的两个女孩子，又把目光转向身边的齐师傅，道："没事，我就在这里……你妈不认得别人，她要是醒了看不到我，会着急的……"

"还不知道她什么时候醒呢……我妈这病，估计不是一两天的事，您家还是回家休息一下吧，我们换个班。您家也年纪大了，莫搞得您家也倒下了……"

江司令想了想，站起身。他走到床角边时，拍了拍江淼的肩膀："那就拜托你们了……你妈还从来没有离开过我……"

"您家就放心好了，晚上睡一觉，明天早上再来。"江淼说。

望着江司令打开病房房门后离去的背影，江淼叹了口气，又说道："嗨，我爸这些年，也太不容易了……我妈就是他生活的全部。他们过的那叫什么日子啊……我妈是总想回到过去，回到没把我哥搞丢的那些年里；我爸就总是在现实生活中陪着她去过那种过去和未来都搞不清楚的日子。结果，我这么一个大活人，他们就都不管不顾了。只有现在有麻烦了，才想起原来还有个女儿女婿……"

"这些年，也多亏了你爸啊……"米粒说完又问道，"现在医院这边有什么检查结果出来了吗？"

江淼摇摇头，说，还是没找到病因。

"我一下班就急急忙忙赶过来了，也没顾上给齐伯伯买什么营养品……主要是也不知道齐伯伯到底得的是什么病，该买些什么才好。"米粒跟江淼解释着。

"你跟我讲那个客气做什么？"江淼说着，想到了单位上的事，就问米粒，"你今天帮我跟郑英英请假，她说什么了吗？"

"没有……她就说她知道了，"米粒答，"我没告诉她我要来医院找你。"

"那是啊，跟她就是公事公办，冇得么斯其他的废话好讲。而且，你就是跟她说了你要过来，估计她也会装马虎……她那种人，是连个不花钱的过嘴话都懒得讲一句的，'屁得有瘾（武汉话专用词，用来形容一个人小气抠门得一塌糊涂）'……"

米粒没有接话。江淼说得也对，不该说的"废话"就是要少说，祸从口出的跟头一不小心就会栽倒。米粒意识清醒地牢记着千万不能做一个背后说人是非的长舌妇，也提醒着自己不要搅到江淼和郑英英的斗争旋涡中。因此，郑主任今天说的要她准备新开"读者来信"专栏的事，她也没告诉江淼。

"冷堃的采访稿你都写好了吗？"江淼又问。

"写好了……"米粒实话实说，"本来想先请您审阅的，您今天没上班，我怕耽误了就错过了这一期,稿子就直接交给郑主任了。"

"也行……就是个应付交差的事……"

这时,沈学庆提着一大袋子食物走进了病房。江淼跟米粒介绍说:"这是沈学庆,你说你认识他的。"米粒紧跟着就喊了声"沈大哥好"。沈学庆有点纳闷地看着她俩,江淼补充介绍道:"这是我同事程米粒,也是我以前的老街坊,之前跟你说过的。她说你还到他们学校跟他们做过报告……"

"那是哪个年月的事情了啊……"沈学庆感叹道,"说起来丢人……"

"江老师,沈大哥,你们都是我们武汉人的骄傲啊……"米粒说。

"怎么听着这辈分有点乱了呢?"沈学庆望着江淼,问道,"你是她师傅,我是她大哥……好像我跟你错着一辈了?"还没等到回话,沈又问道,"你爸走了?"

江淼答:"刚走,我让他回去睡一觉,明天再来。"

沈于是道:"走了就好,他在这里我都不敢进门……"

江淼跟着说:"闯到鬼了吧,说得好像你多怕他一样……"

"你们屋(家)里的人,我个个都怕……"沈学庆说完,朝着米粒招呼道,"你俩先吃点东西。"

江淼问沈学庆:"那你呢?"

"我刚在外面吃了碗牛肉粉,"沈答,"我买了些饼干点心方便面,你们就都将就点吃点儿吧。"

"你老人家今天不准备去'杀麻雀(打麻将)'了?"江淼又问道。

"那就是个'混点(打发时间)'的事……今天要陪丈母娘,这是大事啊……"

"哦,你还记得你是个有丈母娘的人啊……我以为你打牌打得昏天黑地都不晓得自己是谁了呢……"

米粒在病房里当着这小两口的"电灯泡",有些难为情。她主动提出帮江淼去泡一碗方便面,以此回避躲闪一下。谁知江淼拦住了她,说道:"你来看我妈,是个'客便(客人)',哪有让你来照顾我的道理?这不是还有个长工在旁边吗?别个是'劳模',最会劳动的。"

沈学庆听到江淼这么说,马上起身,从塑料袋里拿出了两碗方便面,准备去门外的开水房。江淼见状,道:"我不饿,你就帮小程泡一碗吧。"

程米粒听到江淼这么说,赶紧接话道:"我本来就不饿,您家就不要管我了……"

"天也不早了,你就回家吧。"江淼说完,想起了什么,抓过挂在椅子背后的手提包,从里面取出一个信封来,数了数里面的大团结,然后从里面抽出三张,递给米粒道,"这是给冷堃安排这次演出的报酬,一共是500元,你还写了稿子,就多分一点给你。"

"那怎么好呢?"第一次拿这样的钱,米粒还有些不好意思。

"这有什么啊,说好的嘛。"

"之前说的也是一人一半啊,何况,这次我什么都没做呢……而且,今天我过来看齐伯伯,都没准备什么礼物带过来……"

"不扯了,就这样,"江淼把大团结塞到米粒的手中,说道,"要真是对半分,我们一人250元,那这不是在骂人吗?"

米粒腼腆地笑了笑,也不再推辞,收下了钱。

从医院出来,米粒看了看时间还早,联想到几天前在国庆晚会的节目单上看到的邰玉的名字,就径直朝前进四路的汉剧院方向走去。

在剧院门口的传达室里,她跟门房老师傅说:"我找邰玉。"

对方回应说:"刚看到她好像跟一个男将一起出去了。"

听到这样的回应,米粒可以断定邰玉是回武汉了,只是不确定那个"男将"是不是"玻璃高"。米粒就又问道:"邰玉最近在剧场有演出吗?"

对方摇头说:"这个我就不清楚了,你可以到前面的楚风剧场去看看门口告示牌上写的演出时间表,上面有演员的名字。"

米粒追问道,那她晚上会回院里来住的吧?

对方笑了起来,说道:"我又不是太平洋的警察,哪里会管这么宽啊?"

听到门房老师傅这么说,米粒也跟着笑了起来,说道:"我等明天上班后跟她打电话吧。"

离开汉剧院,米粒就紧赶慢赶地坐上了回家的2路电车。到家推开门,看到了家里有客人。

"这就是您家的姑娘吧?就是那个保送上大学的天才?一鹅,都长成大姑娘了啊……亭亭玉立了啊……"

程米粒还没弄明白来人是谁,对方就自来熟地打起了招呼。对方的表情和语气都有些夸张。

"米粒啊,这是冯春晖,我教的78届的学生。他现在是硚商百货公司的经理了!"彭老师眉开眼笑地跟米粒介绍着来客。

"冯经理好。"米粒应声说。硚商百货公司,这是米粒他们所住的硚口区里最大的一家国营百货,在计划经济时代,能在那里上班都是一种荣耀,很多计划供应的物资,还要辗转找关系托人找到那里的工作人员才能买得到手。眼前的这位冯经理,是硚商百货的最高管理层,这绝对算是个实权派的人物,难怪母亲说话的声调都格外高昂些。

米粒悄悄地上下打量着来人。彭老师则继续他们之前的话题。她的言谈既是说给冯的回忆，好像也是在帮助刚进门的米粒快速认识这个客人——"你莫说啊，我当时带你们班的时候就觉得你跟其他学生有那么点不一样。你虽然年纪小，但精怪得很。你的眼睛里有事，不像有些伢们，就是个进了水的木鱼脑袋，敲都敲不响；还有的伢，就稍微'强那么一篾片（强一点点）'，但也'呆得像根蜡烛——不点不亮'。你呀，待人接物会察言观色，就是能当领导的材料……"

"您家过奖了……我们家里伢们多，条件不好，所以从小就比较乖巧些，这还不是应了那句老话——'穷人家的孩子早当家'啊……我到现在都特别感激您家，我总记得，当年我做学生的时候，有一次因为没有吃晚饭搞得低血糖，在晚自习的时候昏倒了，您家还专门把我带回家，给我冲了杯糖水……"

"哎哟，这种事你还记那么清楚……我当你们的班主任，把你们都当成是我自己的伢了……这算得是什么啊……"

哦，这位冯经理原来就是当年的"糖水事件"的主人公……彭老师是真的不记得了吗？这事可真是让程米粒印象深刻啊。冯经理记住的是这件事里沉淀下来的彭老师母爱般的师恩，这是故事的前半段；可程米粒记住的是后半段。那一次，刚满6岁的米粒看到糖水也馋了，就当着冯春晖的面找母亲也想要一杯来喝。结果，母亲下完晚自习，不动声色地冲完了糖水，在米粒的注视下，把满满一杯热气腾腾的喷香的糖水全都倒进了痰盂中——彭老师希望米粒牢牢记住，永远不能不分场合地当着外人的面，找母亲提任何条件……之前，米粒未曾记得糖水事件的当事人是谁，但她对那杯本该喝进自己的肚子里、却被倒进痰盂的糖水，记得刻骨铭心。这一次，故事完整了，当事人也还了原。

"您家跟我冲的那杯糖水，我一辈子都会牢记。那个年代，我们家穷，糖也是凭票供应的，连我妈妈都舍不得这样跟我冲一大杯糖水喝……所以，我就跟自己说，以后一定要找机会报答您家……"

"你这样说就见外了……"

"这是我的心里话。我总想着要报恩。这一次，我们商场准备搞扩建，就内部集资，搞一个两年的定期，定下来的年利息是24%。这个事一确认下来，我第一个就想到了要跟您家说。您看啊，这么高的利息，到哪里找啊……银行里存个活期才百分之零点几的年息，就算是死期（定期），也就是百分之三四就打破天了，国债也不外乎就是这个标准了吧……"

"那真的是比国债要高不少呢……我们想买国债都是有限额的……"彭老师点头道。

"您家看，我们是国营单位，现在是因为想扩大规模才决定集资，有区政府财政为我们担保。上面的领导也说了，我们是试点，要是搞得好，还可以推广我们的经验。这也是摸着石头过河吧，所以，这一开始的第一回，集资的规模有限制……"

"这太好了，硚商百货，我们都了解……你又是商场的经理，那有么斯（什么）好怀疑的……"彭老师接连点头应和着，又问道，"我能不能还喊上几个同事一起啊？"

"这个事情您家自己把握，我会都看在您的面子上来安排。"冯经理道，"您家就尽快答复我，我好来调度配额……"

"好好好，我明天上班就落实……"

"您最好还是私底下来问……主要是这次的额度不多，要是搞得太张扬了，大家都想参与，人都过来找我，那我也不好办啊……您家晓得的，硚口这种腰子旮（主城区的边角）位置，人际圈子就这么大，绕来绕去，都是些熟人……只有您，我是无条件要保障的；对于其他人，厚此薄彼的事情我也不好办，您家也莫让我为难……"

"晓得晓得……那真是太感谢你了……"

等彭老师出门送冯经理，米粒才敢跟父亲程教授说，自己还没有吃晚饭。程教授马上跑到厨房，煤气炉上的两个灶头一起开火，一边烧水准备下面条，一边倒油摊煎鸡蛋；他边忙乎边唠叨说："怎么搞的，这么晚了还不吃饭，才上班当个小编辑就这么辛苦吗？"

米粒敷衍着说完"还好"，就问程教授道："刚才那个硚商百货的冯经理说的集资这事，妈妈会参与吗？"

"我看这架势，肯定是会的……就不晓得你妈准备搞多少了……"

"24%的利息，算起来蛮'黑（吓）'人啊，存一万块钱进去，一年就有2400呢，都抵得上一个人上班的工资了……"米粒感叹说。

面条下好了，米粒端着大汤碗开吃，母亲这才回到家。

"送个客送这么久啊？"程教授问。

"嗨，这个世界就这么小。我把冯春晖送到街口，结果又遇到了个熟人，区政府办公室的，也是我学生。就站在一起，多聊了两句……"彭老师回应道。

"你是我们家的外交家。"程教授带着点模棱两可的口气点评道。

"要说跟人打交道的水平，这个冯春晖还真是不简单，"彭老师没有去揣测程教授的话语，只是接着自己的话头说道，"我还真是没看出来冯春晖有这么大的能量。他做人蛮灵光，但学习不行。高中毕业后，连个大专都没有考上，顶职去硚商百货当了个售货员,结果,混了这十几年,居然就混到了商场的一把手……人还真是不能貌相啊,当学生的时候他蛮不起眼,但现在啊,他绝对是他们那一届同学中间混得最好的。"

"你不是说他们家以前家庭条件不好的吗?"程问。

彭毫不回避地回答道:"他的爹妈是不行啊,但他找的个老婆屋里有背景啊,据说他的老丈人是副市长级别的领导,大官啊……能找到这样有后台的老亲爷屋里,那也是他的本事啊。这个伢还要往上走的,就凭他这么念旧这么懂得感恩,他的未来就不可限量。"

"他刚才说的那个集资,你准备还喊谁一起参与啊?"程又问道。

"嗨,那就是一说……我说我想多喊几个同事,只是不想让其他人知道我们家有这么多钱啊……做人还是要谨慎些才好,哪能随便露财呢?"

"那你准备拿多少呢?"

"20万吧……"

这个数字,彭老师说得非常轻松,米粒听得无比震惊。她知道母亲有钱,但母亲现在一下子能拿得出这么多钱,她还是觉得有些意外。

"要存这么多吗?"程教授心存质疑地反问道。

"年息24%呢,确实比银行高太多了,20万存他们那里,一年光利息就有4万多了,抵我们全家人几年的工资。在硔商存两年以后取出来,又多了差不多将近10万块啊……挣这种钱又不犯法,我挣得心安理得啊。我明天就去银行把家里所有的存款都拿出来……把钱交给冯春晖,我放心。"

"老话说,不要把所有的鸡蛋都放在一个篮子里……"

程教授还是试探着想提醒彭老师一下,不要头脑发热就倾囊而尽。

"你就光晓得跟我泼冷水!你说说看,你也当了几十年的老师了,从中学老师当到大学教授,说起来桃李满天下,可你教的那些学生中间,有没有一个像冯春晖这样讲良心的?他都毕业这么多年了,逢年过节都还总记得过来看我,每次来,也从来都不是空巴掌上门。就凭他总说记得我对他的那杯糖水的好,我就一万个放心。"

程教授不说话了。米粒一直都不插话。她看看母亲,再看看父亲,心里盘算着那几个数字——20万的存款,24%的年息,4万8的年收入……以她站在1993年的阅历上,她交不上像冯春晖这样的社会朋友,也攒不起像彭老师这样的丰厚积蓄,她无法对这件事给出任何判断和意见。当然,她的母亲彭老师也压根没想过要征求她的什么看法。米粒只是知道,家里的财政大权从来都是母亲控制着;她也知道,他们家主要的存款来源都是母亲祖辈的遗传;她更知道,无论家里有多少钱,那些都不过是些存折上的数字，节俭的母亲永远都不会去动用那些不是用自己劳动换来的金钱。母亲就是爱钱，就是喜爱攒钱，就是喜欢夜深人静的时候从抽屉最底层找出那张马粪纸做成的银行存折，认认真真地数数，认认真真地一看再看……钱能带给她的，不是挥霍与享乐，而是一种心安和踏实——在祖辈和父辈的辉煌绚烂与跌宕起伏都灰飞烟灭后，还能说服自己去相信的、一种有退路、有保障、有底气的生存状态——母亲需要在这种心态下过着理直气壮的朴实生活。既然这一次有她如此得意的门生冯春晖带来的这么难得的高息机会，那么，母亲夜里清点过无数次的那些数字很快就会飞速地裂变成更巨大的金额，这么好的事情，会给母亲带来更从容的心安和更稳定的踏实。那就由她去做呗。

"以后，你每个月的工资都交给我，我给你攒起来。"米粒吃完面收碗的时候，彭老师朝她说道，"我就专门拿个小本子，把你交给我的钱都跟你记下来，就像你爸一样……你爸爸这几年在外面讲课作报告的酬劳和他挣的稿费我也是专门用个笔记本单另记下来了……那个本子就是我们家庭银行的存折……"

"我说怎么家里一口气能拿出这么多钱来，原来还有老爸的功劳在里面……"米粒感叹道。

"要我说啊，我们家的银行就叫作'彭老师银行'……米粒你是不知道啊，我在外面不管拿多少获奖证书，都比不上让你妈在她的那个小本本上又记下一笔新账目来得有成就感啊——"程教授跟着说。

彭老师有点不高兴了，横了程教授一眼道："听你这话说的，好像我很贪财一样。"

程教授马上纠正说："我们家彭老师绝对不贪财，她呀，就是喜欢把家里所有的钱都管着，等到夜晚再悄悄地算算账……彭老师的心算能力为什么那么好啊，就是在家里管钱给锻炼出来的。"

"你们放心好了，你们给我的钱都不是糊涂账。"彭老师只当程教授说的都是玩笑话，等这些戏谑的言语从左耳朵进、右耳朵出来后，她拿回了主动权，继续以话事人的口吻承诺说，"是的，我就是这个家的银行，但我只是帮你们代管。"

"嗨，要是去类比别个银行的话，我们家的这个'彭老师银行'啊，也蛮有特色。这里啊，就只有存款的自由……"程教授顺着彭老师的比喻说道，"我提个小建议啊，能不能不要把家里所有的钱都放到砾商百货那边，还是留一点放在真正的银行里……要是万一那边出了什么情况呢？"

"你说能出什么情况吧？砾商这么大的国营商场，又是政府财政担保，你说会有什么意外？你不是最相信党相信政府的吗？"彭老师的反问，怼得程教授无话可说，"你们两个姓程的，总把我当对立面、当假想敌，好像只有你们长了脑子会思考……你们不要搞错了,我是大风大浪里过来的,心底里比你们谁都更加谨慎小心……"

看父女俩都没有说话,彭老师又跟米粒补了一句道:"等你以后要成家了,你交给我的所有钱我都会一次性还给你,也算是你的嫁妆。"

彭老师的话音刚落,米粒就从自己的钱包里把江淼刚给她的300元现金交到了母亲手上。她半遮半掩地说,这是部门刚分到的奖金。她知道,要是把这笔钱的来路一五一十地说给母亲听,一定会给自己找来麻烦,那就编个理由好了。

彭老师很诧异地感叹道,还是报社的福利好啊,你看,我们当老师的做死做活、写教案、改作业、家访、加班,一年到头,拿的就是那点死工资,总说是要跟公务员序列靠齐、给我们涨工资,也是雷声大雨点小,到现在也没见到钱的影子;我看呐,就真是涨了,那又能涨几个钱啊?还是你们报社好……

彭老师接过钱,又抽出100元交还到米粒手上,说道,你身上总要留点现金应急吧。

米粒把钱收起来,说了声:"谢谢妈妈。"

二十七

第二天一大清早,米粒赶早到了办公室,第一件事情就记挂着往汉剧院跟邰玉拨个电话。两个女孩子有一阵子没听到彼此的声音了,自然免不了在电话里彼此亲热地道一下思念。

邰玉说:"昨天听门房的爹爹说有个女生来找我,我马上就想到了是你。除了你,还有谁会那么惦记我啊?"

米粒道:"上个礼拜,我去电视台采访一名参加国庆晚会录像的歌手,看到了节目单上有你的名字。我就知道你偷偷跑回来了。回来了,也不打个招呼……"

"这次我是临时决定回武汉来参加国庆录像的,"邰玉故意压低了声音道,"我跟电视台文艺部的导演熟,他是专门把这个机会留给我的……你晓得的,武汉还是我的主场,这个阵地要保住……"

"你下一次再有这样的重大演出,一定提前通知我,我争取申报个选题来给你安排专访……武汉本地的党报党刊来宣传本地的戏曲文化,这是最合适不过的了。现在我待的这个部门,正好是报社宣传文艺界的窗口。我们算是近水楼台了……"说完,米粒问道,"晚上有没有空,我给你接风啊……"

邰玉答,来不及了,今天下午的火车回北京,学校那边国庆期间也有演出安排。她又专门解释说，国庆前后从武汉进出北京的 K 37、K 38 次快车的车票特别难买，这次还是找了神通广大的吴峥嵘帮忙才买到票的，昨天晚上吴拐子过来送票，也说是要接风，所以就一起吃了个晚饭，不巧就让米粒扑了空。

"你是重色轻友啊。"米粒打笑道。

"有没有搞错啊，跟那个吴拐子，算是哪门子的'色'啊……"

邰玉在电话里说着说着就笑了起来，隔着听筒，米粒都能想象到邰玉笑的样子。

"你的'玻璃高'呢?"米粒问。

"他被派去日本做访问学者了，要到明年一月份才能回来。"

"那也快回了啊……"米粒说道，"我就先预约一下，等到下一次你俩都回武汉了，我要请你们吃饭。我现在也是拿工资的人了，你们得要让我表现一下啊……"

说话间，米粒从敞开的办公室房门处看到了郑英英掏出钥匙正要开门。她就很快地把对话收了尾，跟邰玉道了声"祝你一路平安"后，挂断了电话。紧跟着，她起身拿上头一天熬夜写的那份关于"读者来信"专栏的版面计划书走进了隔壁的主任办公室。

看到米粒进屋，郑主任先开了腔："小程啊，那篇采访稿我看了，不错；就发在这一期的《周末版》上。"

"谢谢您。"

"这有什么好谢的，我们端的就是这个饭碗，写稿发稿，每天不就是干这个吗?"郑主任坐在座位上，隔着一张写字桌，略微抬起了头，望着站在桌前的米粒又说道，"稿子是你写的吧? 我建议署你一个人的名就好了。谁执笔，谁署名。把江淼的名字也带上，有点不伦不类。"

郑主任的话在情在理，既然上级这么安排，米粒照做就是了。听主任说完采访稿的安排，她又双手把写好的栏目计划书呈到郑主任的眼前。这一次，郑主任没有冷冰冰地说"放在桌上"，而是把稿纸接了过去。她快速地浏览了文字内容，然后笑着跟米粒说道："你还真是把事情当事来做啊……没想到昨天就这么灵光一现的主张，你马上就深化落实了……"

"我妈总跟我说笨鸟先飞的道理……"米粒轻声回应着。

"没觉得你笨啊……"郑主任还是微抬着头，看着米粒的眼神温和了许多，说，"我喜欢你这种勤快劲……真是巴不得副刊部的个个编辑都能像你这样说风就是雨就好了。这个新栏目就从下周开始吧。"

米粒点头准备告辞，刚一转身就听到郑主任问："昨天江淼打电话过来请假时，有没有说她妈妈住哪个医院?"

米粒停住，站在门口转身道："说了……好像是——"

米粒故意没有流畅地说出医院名字。还没等米粒把话说完，郑主任就抢了她的话道："下午麻烦你去医院看看她母亲的情况吧，就算是代表我的……你在医院门口买个水果礼包，记得开张发票，回来我跟你签字，这是部门慰问家属的费用，我签了字你就可以找财务处报销……"

"我代表您？"米粒问。

"是。我手头事情比较多，就请你帮忙跑个腿吧……你俩好像关系也不错，你办这事最合适……"

"好，我记住了。"

在报社食堂吃完午饭，米粒就直奔红十字会医院了。她记着郑主任交代的要在医院门口的商店里买水果礼包，还可以公款报销，就挑了个卖相不错的水果花篮，苹果梨香蕉橙子，各种水果一应俱全，还有透明玻璃纸包裹着，外扎着红色的蝴蝶结彩带；这种探视病人的礼包，不光看相喜庆，价钱也讨喜，88元——很多店家就喜欢这样的定价，好像有了数字8就能带来财喜暴发、病人立马康复似的，而且8越多就越吉利——要不是因为想着可以单位上报销，米粒才不会去买这种为了讨喜和迎彩头、而要额外为迷信和包装去多支付附加价值的礼品。正好口袋里还有母亲昨晚上退还给她的一张"大团结"，米粒掏出钱来付了账。

拿到店家的找零后，米粒想起了找老板要发票。店家说，我们的税务发票刚好用完了，开张收据可以吗？米粒问，是能报销的收据吗？店家答，这要看你们单位管得严不严了，我们的收据没有税务局的章，但有我们商店自己刻的章子，你看，就是这样的，都是工商局和公安局备案了的，是合法的公章。米粒想了想，估计这种收据报社财务是不认的，算了，也不纠结报不报销了，就只当是她自己买来探望齐师傅的，就冲江淼对自己这么关照，花点钱买点慰问品探视江母也是应该的，不能报销也无所谓吧。于是，米粒就跟老板说，算了，我不要收据了。说完，高高兴兴地提着大花篮朝医院里走了。

齐师傅还在重症室。米粒赶到病房的时候，江家父女俩都在。

江淼看到米粒，问，你请假了？又指着米粒手里的水果花篮，说，"你花这些冤枉钱做什么？我妈还昏迷着呢，她又吃不了……"

米粒知道这是江淼的客气，也就穿过她的话语，走到墙边，把花篮礼包放在病房的一角，看它稳稳当当地站在地上，感觉大红的蝴蝶结好像给苍白的病房增加了些亮色。之后，米粒走到齐师傅的病床边，轻声朝父女俩说道："就是些水果，你跟江伯伯可以吃啊……照顾病人最辛苦了，您家们也要补充点营养……"

"我们还好，我刚过来。昨天晚上是沈学庆在这里熬夜守点的。我爸今天早上6点不到就赶过来了，他总是放心不下我妈。医生说我妈这样一时半会儿还醒不过来，她现在身边离不了人；护士也要我们做好打持久战的准备，建议请个护工搭个手。要有护工的话，我跟我爸就能够稍微轻省点……"

听到江淼的话，江司令马上表态说："我说了，不请护工。你们要是工作忙就忙你们的，你妈这边有我在就行了。这么多年，都是我守着她的……"

江司令说话的时候，江淼冲米粒使了个眼色。米粒会意地岔开话题道："今天早上郑主任专门找我问起你妈妈住院的事，是她要我在上班时间过来医院这边的，说是代表她表示一下慰问。"

"这花篮是她送的？"江淼敏感地指着地上的水果礼包问道。

"不是。是我自己买的。"米粒肯定地回答道。她心里想的是，幸亏刚才没要发票，不然的话，现在说话腰杆子都不硬。夹在郑英英和江淼之间的日子，可真是处处都有坑啊。

"嗨，一句不花钱的问候，这就是郑英英的为人。她要真是关心下属，要你做什么代表啊，自己过来一趟很难吗？"

看到江淼和米粒在讲单位上的事，江司令就提出说他到楼下走走，活动一下筋骨。江淼劝父亲回去歇歇，江司令摇着头走出了病房。

江淼把两把靠背椅搬到了一起，她和米粒就都挨着齐师傅的病床边坐下。显示血氧、心跳和血压等体征数据的仪器就在江淼的右手边，米粒坐在江淼的左手边。仪器上的数字变换着，伴随着轻微的有节奏的嘀嘀声。米粒侧头看江淼时，监测仪上的彩色数字就是她的头像背景。

江淼小声地跟米粒说道，这个星期本来还有两个广州的歌手要过来，现在也都顾不上了，到手的快钱也捞不到了。她笑着说："我就巴不得你赶快出师，能够独当一面，这样的话，我这边就是被占住了、也没关系呀……"

"我哪里能出师啊？充其量能做个您的替身就不错了……"

米粒说着，突然看到了显示器的上端亮起了红灯，紧跟着，嘀嘀声变成了刺耳的长音。江淼也扭头去看，同时，她站起身，冲到门口大喊："医生！护士！快来啊！出事了！！！"

很快，有位护士跑了过来，她看到了显示器上的红灯，马上摁下了病房内的红色按钮，一下子，整层楼都响起了啸叫声，就像是火警或者盗警的紧急呼唤声，急促而又尖厉，让所有耳闻的人都会警觉起来。似乎就是一眨眼的工夫，病房内拥进了好几位医生护士。为了不碍事，米粒闪躲着退出了房间，站到了走廊里。她看到了屋内的忙乱，想到了说是要在楼下活动一下的江司令，于是，赶紧冲下楼去找。

江司令一个人坐在医院花圃边沿上的一角,若有所思地仰望着天。米粒一看到他就跑过去,说道:"您赶快上楼去看看,齐师傅好像遇到麻烦了……"正发着呆的江司令一听到这话,立刻激灵了起来,跟着米粒就开跑。

当他们赶到病房时,站在病床边的一位医生神情肃穆地朝江司令摇了摇头。

江司令看了看医生,又看了看站在床尾的江淼,然后,他奔到病床前,望着躺在上面的齐师傅,谁也没料到,就看到他"扑通"一下双腿跪了下去,头朝着齐师傅的方向,重重地磕到了地上。他的头挨着地,双手陪伴在头两侧,头和双手摊在地上的造型就像是统帅和忠诚的卫士,一并肃穆地矗立在某个凝重的场景中。老人家从头到膝盖的身体部分,蜷曲成拱形架在地面上,一动不动,空气也因此变得更加的沉重和压抑。

旁观的人们意外地看着江司令磕头的举动,都有些不知所措;似乎过了好几分钟,江司令都没有新的动静,江淼这才想到走过去搀扶父亲起身。曾经高大魁梧的江司令在那一刻赢弱虚脱得就像被人抽去了筋骨一样,似乎只有膝盖才是他身体的支撑点。他没有哭,没有眼泪,没有任何言语,也没有一丝力气。他抬起了头,依然还是跪在齐师傅的床前,把诀别做成了膜拜的仪式。

江淼和另一位医生一道使着劲架着,才把江司令扶到椅子上坐下。米粒看到,江司令的脸上,老泪纵横地爬满了一脸。

江淼问:"爸爸,您家还好吧?"

江司令问:"人就走了?"

——这是米粒成年后第一次如此切近地面对死亡。死亡原来可以是如此的突然和平静。就在两个女人的聊天中,就在一个仪器上亮起了红灯时,死亡就发生了。而躺在病床上的齐师傅,却是那样的平静,在红灯未亮和闪亮之间,她看上去没有任何变化。她始终就像在熟睡一样。事实上,几天前,她就是这种熟睡的姿态了。如果这种姿态就是死亡呈现出来的样子,那么,真正的死亡到底是从哪一刻发生的呢?米粒突然意识到,如果形容一个过世的故人的仪态——"像睡着了一样"——这绝对不是一个好的比喻。因为它混淆了睡去和死去的概念。因为它会把每次熟睡都关联到死亡。如此平静的死亡,带来的忧伤似乎也是平静的,而在这平静之下的暗流涌动,其实是抽走所有人精气神的恐慌。死亡是什么?死亡在哪里?死亡从哪一刻发生?不论我们是否有答案,死亡就在这里,死亡就在身旁。

齐师傅的遗体被推送到了太平间。当所有人都从病房中撤出时,米粒几小时前刚提来的那个水果花篮还一派喜庆而又不合时宜地站在病房的角落里。玻璃纸的包装完好无损,蝴蝶结的彩带红得亮眼。

临出门前,江淼环视了一下病房,她看到了那个花篮,就冲米粒说:"要不,你带回去吧……"

米粒摇摇头。她不想再碰它了。这个花篮曾经因为88元的定价被赋予了吉利的寓意，而今，又因为见证了一次生离死别而沾染上了死亡的气息。米粒本能地想远离这样的记忆。这是一个未曾拆封的礼包，谁喜欢谁就拿走吧。对于不知情的人们来说，它仅仅是个漂亮的花篮，也依然还是个漂亮的花篮。

晚上，米粒陪着江淼在前进四路为刚刚去世的齐师傅守夜。她又回到了这条曾经无比熟悉的老街上，回到了灵堂守夜的旧场景中。这一片原属于米粒曾外祖家的老房子，依然还是老木头的老胳膊老腿支撑着，身经这么多年的风吹雨打，"危房"更加的斑驳，却依然屹立着没垮。说是这条街要拆的消息在市面上流传了很久，但始终没有具体的行动。这里的老住户们都巴望着早拆早迁早有个说法。他们和时间抗衡着，盼着每挨过一天兴许就能再多换一些好的拆迁条件。他们又巴望着早一点尘埃落定，因为不远处的武汉展览馆都是说拆就拆，连这种苏联帮忙援建的曾经无比辉煌又无比坚固的武汉地标都能被炸成废墟、夷为平地，前进四路的这些朽木般的老宅为何还迟迟没有动静?！坚守在前进四路的老人们都指望着原地拆房重建，畅想着老房子拆尽了、几年后这条街全都新建成高楼大厦，然后，他们在有生之年还能搬回来住，还是住在六渡桥，还是汉口的核心地段，而房子换了新，仿佛人生也见了新一般。但是，那都还是纸上谈兵的梦，老街老房老人，依然是前进四路的现状。

江家的老屋是楼上的那种在原设计上属于主卧的带着阳台的大房子，许多年前，米粒的嬢的灵堂，也是在完全相同格局的屋子里。和米粒的老宅不一样，江淼家的阳台给封闭了起来，边角余料的木板拼凑着，中间的位置以栏杆托底，架了扇对开的木框窗，阳台就变成了"偏刷"的一间小房。这样的隔断自然挡了光源，房间就不如米粒他们老宅那样亮堂，看起来就有些狭小逼仄了。穿过布置成灵堂的房间，米粒熟门熟路地再次走到阳台处，站在窗边看脚下的前进四路。从前她住在前进四路时，总喜欢把自己作成一幅阳台上的风景那样来看阳台外的景色。自己是凝固的，街道是活络的。米粒喜欢住在这样的老房子里，有楼梯，有阳台，可以扶手的木头栏杆，窗户是日式的、连成一片的小格子——老房子的大门要用厚重的长木棍架起来才关得上，每次看到那根实诚的木棍从墙边站立的样子变成了在门栓上横躺，她就知道，爹爹嬢，还有她小米粒，就都在家里了。这是她记忆中完美的"家"的样子，温暖、慈爱、朴素、坚实。如果爹爹嬢还在，她就还会住在这条老街上，就永远不需要长大，也不会总想着要离开"家"……

回不去的老宅，回不来的老祖宗，还有回不了的童年……嬢最先离开。米粒想到了许多年前在前进四路为嬷守夜的场景。她想到我们身边的每一条街每一幢楼每天都在不期而遇着各种死亡。想到了我们终究有一天也会变成灵堂里墙上那张遗像的主人公。想到了没有所谓遥不可及的未来，死亡才是未来的终点呈现。想到了死亡不是将要到来的东西，而是随时都可能发生的事情……

现在她明白了死亡意味着什么，但她还是无法接受，一个个曾经鲜活的生命都要归于尘土——我们恐惧死亡，也许是因为我们还没有准备好和这个世界告别。我们见证着死亡，但同样没有准备好该怎样和这个似睡非睡却永不再醒来的亲人告别。

米粒又想到了团风老宅子里的那副巨大的棺材，想到了父亲在乡里爹爹的坟里放进了那台旧旧的小小的收音机，想到了母亲还专门把收音机的波段调到了爹爹最爱听的楚剧的频道上……她好像既明白又困惑，生和死之间，到底什么是界限。经历的这些生离死别让米粒看到了，生与死，有时候是纠缠错节的，就像活着的时候天天眼见着棺材，就像死去之后还等着接收《四下河南》的电波。我们需要的是一些仪式来告别，还需要一些场景来怀念。正因为如此，多年之后，米粒还是总会不经意地就想到江司令在听闻齐师傅去世的消息后轰然跪拜的瞬间，那种面对诀别时的无声的悲恸，每每想起，就会被再次震撼。

在江森的这个老家里，米粒看到了摆在齐师傅床头的那张她跟江磊在北京天安门广场上的合影。照片中的母子俩，笑得那样无忧无虑，那时的他们一定以为可以这样欢欢笑笑地过完平凡的一生——江磊会长大成人，会娶妻生子，齐师傅会从漂亮的妈妈变成喜悦的婆婆再变成慈祥的奶奶……那时候，他们一定对未来有许多的期许。他们不会想到，在自己所剩不长的余生中，永远都无法成为自己想要成为的那种成年人，过不上自己期待的那种简单人生。挂在灵堂里的齐师傅的遗像和这张旧照对望着，两张照片之间的距离，就是齐师傅的一生。以前读鲁迅的《祝福》，米粒没法真切地理解祥林嫂的那种绝望。守在这静夜里的灵堂中，凝望着这两张黑白照片，米粒终于悟到了什么叫作"亲手造成孤独，又放在嘴里去咀嚼的人的一生"……少时读了那么多文学作品，有时候会以为编出来的故事是荒诞的，而在缓慢而笨拙的成年路上一路走来后才发觉，现实远比创作要略胜一筹。

在老屋布置成的崭新灵堂里，米粒读懂了这许多年中住在齐师傅心底里的哀伤——思念一个不在场的亲人，每天都和照片里的人一起生活……她从不承认母子永别，因为她舍不得跟她刚满18岁的儿子道别——在齐师傅的世界里，她心爱的江磊就是出门去买老万成的酸梅汤了……

从今往后，她终于可以和她心爱的儿子团聚了。也许，从1978年的夏天开始，在那个哭声把整条前进四路都铺满了的夜晚,她就在等这一天的到来……

这一天,武汉已进入深秋。

朔风起,黄叶落,孤雁南飞……

二十八

据说亲人去世的第一个夜晚,最亲近的家人一定是要在家里守夜的,而且要越热闹越好,为的是要让即将升天的亲人能在最后一次回家告别时很快就能找到家门。沈学庆在市井中混得熟络,平时婚丧嫁娶的事情参加得不少,这些七七八八的规矩他摸得着门道。知道丈母娘去世的消息后,他马上就叫了几个小兄弟过来帮忙照应着,跑腿、看场子、打下手,个个都勤快得很。那些兄弟们一看就是社会上的老油条,等到天一黑,就呼啦啦地搞来一张麻将桌架在人行道上,再从屋子里扯了根长电线拖上电插座板,接上了好几盏几百瓦的大灯泡,在街边摆起了架势、打起麻将来。

等沈学庆进到屋里,江淼问,你找来的那些人怎么这么吵?大半夜的,搞得一条街都不清静。

沈答,要的就是不清静啊!

江淼抱怨道,那也不能这么吆五喝六地打牌吧,这是在办丧事啊,他们搞得像是在过年一样……你小心把派出所的警察招来了,说你们是在聚众赌博。

沈说,要是不打牌,哪个扛得住熬一整个通宵啊?未必别个派出所的人家里办丧事就不打麻将熬夜啊?将心比心好不好?

江淼捶了下沈的后背,道,你看看你的这个鬼样子,还有你交的这些狐朋狗友,都是这种境界,好像全世界的人离了麻将就活不下去了。

沈说:"人嘛,总是要有点'捞摸(惦记)'的啊……"

米粒在前进四路江家的老屋里,一直陪着江淼到天亮。

说起来也真是奇怪,江淼在报社工作了七八年的时间了,这一回在她母亲的灵堂里陪着她的,居然是这个刚大学毕业分来才一个多月的新同事。江司令窝在家里的单人沙发上发着愣,隔两个时辰就走到遗像前上炷香。江家父女又回到了先前那种没有交言的状态中。齐师傅则是一脸慈祥地被挂在墙上看着她在这个世界上的亲人们。这么些年,她总是少言寡语的,他们一家三口齐聚在前进四路的老房子里时,几乎就没什么话说,仿佛十几年前这屋子就是灵堂里的这种冷清了。

天亮后,米粒赶回家先沈了个澡,换了身干净衣服准备上班。

彭老师听说齐师傅去世了，问米粒："都是老街坊了，我要不要过去表示一下？"

米粒摇摇头说："你们八百年都不联系了，现在就不必了吧。"

彭老师摇头道："话不是这么说的，这世上除了生死，其他都是不管闲的小事。以前可以不来往，现在人都走了，去送份祭烛、上炷香，还是需要的。再说了，礼性都是做给活人看的，江司令这么多年照顾齐师傅也受了不少罪，就算是照顾一个废人，那也是他生活的一部分。现在，齐师傅不在了，江司令还是需要有人陪他说几句话的。"

米粒也不坚持，就依着彭老师的话回应道："那您就自己看着办吧，反正你们老一辈是老一辈的交情。"

"你这是什么话啊？你的意思是说，老一辈有老一辈的交情，你们年轻人也有年轻人的交情？你跟江淼现在交情很深吗？"

米粒知道自己又一不小心点了炮，赶紧换了话题，问，爸爸一大清早又去跳舞了？

彭老师叹了口气，答道："是啊，现在你爸跳舞的劲头足得很啊。我们同事都在提醒我，跳交谊舞都是有固定舞伴的，搂着抱着贴着脸跳，要我提防着点，不要跳着跳着把人给跳跑了，到时候后悔都来不及了……"

"您要是这么不喜欢老爸去公园跳舞，就跟他明说好了，让他换一种锻炼身体的方式……"

"你以为我没有说过吗？我旁敲侧击跟他说过好几次了，建议他学习慢跑，建议他走路健身，我还跟他买了练习太极的书……这个意思还不明确吗？"

"您就不要跟他绕弯子了，有话直说呗，藏着掖着多累啊……"米粒跟母亲总结道，"再说了，在我们家，您做了决定的事情，谁敢说一个'不'字呢？"

"你这说的是什么话啊？你们都这么怕我吗？"

"您就只当我什么都没说的吧，我上班去了。"

江淼母亲过世的消息，编辑部里的所有人都知道了。有人出面说大家凑个份子钱吧，等一下买点祭烛送过去。武汉人还是按照老习惯把办丧事时送的礼物称为"祭烛"，实际上早已不是买什么祭奠用的香火蜡烛了，大多是买一些床上用品之类的东西，床单被面毛巾毯什么的，实惠实用，毕竟送礼也是送给活人收的。办公室里的人跟着招呼就响应了起来，有人出20，有人拿50。在米粒印象中，现在武汉市面上的行情是结个婚或者有小孩考上了好大学，亲戚之间相送的礼包至少都是以500元为计数单位的，米粒有些纳闷，死了亲人这种事情总该比结婚考学要更重大些吧,同事们怎么会出手这么小气呢?在中国人的礼尚往来中,金钱是一种最简单直接又最能衡量人情世故的表现形式,所有量化了的金额,都能体现出礼义的厚薄。这些道理,就连米粒这种才从大学象牙塔里走出来的小年轻都懂,编辑部里这些老同志们又怎么会不明白?

  负责收钱的老师走到米粒跟前,米粒想了想,面子上的事情就还是随大流吧,大家就是走个过场,自己也没必要显得格外与众不同;于是,就掏了20块钱交上去——这个数字比较符合她刚参加工作的身份,万一以后其他同事有类似家事,她也一样可以照此办理。

  米粒下班后再次出现在江家时,前进四路和顺道街垂直的那个拐角路口已经摆上了不少祭奠的花圈。花圈的多少代表着一个人生前的人气和死后的哀荣。写在花圈飘带的"敬挽"字样之上的单位,有江司令退休前的环卫所、齐师傅工作过的中学和两家各路亲朋好友,以齐师傅15年疯疯癫癫的状态看,在她过身后,还有这样层层叠叠的花圈为她送行,也是一种体面了。

  米粒从花圈旁侧身进门上了楼,先去齐师傅的遗像前上了一炷香之后,转头跟江淼打了招呼。

  江淼说,沈学庆今天忙出忙进地把医院的死亡证明、派出所下户口这些事都办完了,火葬场那边也联系好了,明天火化上山。"沈学庆找了熟人,把我妈排在明天的第一个。计划是我们明早5点前就都赶到汉口殡仪馆,简单跟遗体道个别,也不搞什么仪式了,火化了后直接上扁担山。"

  "那么早啊?"

  "都说是有清早上山的规矩,要在午饭前入土为安;这些事我也不懂,都是沈学庆在张罗,"江淼道,"这两天也辛苦你了。明天你就不要来了,太早了……"

  说话间,有个高个子的壮年男子走了过来,江淼就向米粒介绍道:"这是我哥……"

  ——这四个字让米粒毫无准备,她本能地想到了江磊,情不自禁地就浑身打了个冷战。好在江淼马上紧跟着说道:

  "我哥是今天早上专门从老家赶过来的。我爸现在状态很不好,迷迷瞪瞪的,又不肯休息一下,非要硬撑着去见每一个过来上香的人。不过,有我哥和沈学庆两个男将在旁边陪着,应该没问题。"

  这是米粒第一次、也是最后一次见到这个被江淼称作是"我哥"的男人,在那种特殊的场合下,米粒甚至还没来得及过问他的姓名。他是江司令在老家和前妻生育的长子,也是老江唯一活着的儿子。在老江如泥沙般瘫软着的这个时候,小江成了支撑父亲的不可或缺的来自血脉的力量。他突然地出现又很快地消逝,只是为了在江家这个重要的事件中，承担起一个成年男人的责任。米粒对江淼的这个大哥哥有点好奇：这许多年来，他与江司令后组建的这个新家有来往吗？他对齐师傅又是怎样的一种感情？不管答案是什么，此刻他出现了——在齐师傅的葬礼上，他以至亲晚辈的身份，披麻戴孝，成了这个人丁并不兴旺的家族的晚辈担当。这样想着，米粒又多看了他两眼，这个戴着黑袖章的黝黑朴实的中年男人，让她心生敬意。

"你妈刚才也来过了，还送了祭烛。"

米粒顺着江淼所指，看到墙角的一个大的木质衣箱上擩着有好多精美包装的床上用品，估计彭老师送的祭品也躺在其中。

"你妈还真是讲礼性，过来送礼，还陪着我老爸说了半天的话，说着说着两位老同志就跟着一起痛哭流涕……能像你妈那样记得我妈好的人，还真是不多了。你妈走了后，我爸就说，还是老街坊，有点真感情。"

听到江淼这么讲，米粒"哦"了一声，没有接话。她想到母亲早上说的那句话——"在这世上，除了生死，其他都是不管闲的小事"——在生死这种事情的处理上，母亲身上的人情味，办公室同仁的走过场，都是多么直白的人性啊。

"你赶紧回去吧，代我谢谢你妈妈啊。"江淼说着，拍了拍米粒的肩膀。

自从哥哥江磊溺亡后，江淼就开启了与母亲的漫长的告别。15年了，她主动或者被动地与父辈、与前进四路的老房子做出了选择——留下，或者离开；短暂造访，与长久隔离——母亲曾经是她和前进四路这间老屋的唯一牵扯；形式上，她去看望疯疯癫癫的母亲；事实上，因为母亲还在，倔强的她才有那么一个逢年过节要回前进四路一趟的理由。每个人都有一脉相承的过去和割舍不掉的亲情，能在年节之时有个回得去的娘家，证明生命是有来路的。母亲在江淼生命里的意义早已从一个肉身幻化成了一种寄托，或者说是符号更为确切——和后来挂在墙上的那张黑白照片实际上没有什么本质的区别。有时候她会想到，父亲和母亲，终归还是一类人，他们都活在自己的想当然中间，为自己深爱的人，为留住深爱的过去，可以放逐一切现在和未来——母亲为了留住记忆里的江磊，斩断了与这个带给她不幸的悲惨世界的一切纠缠，彻底卸下了抚育江淼的责任；父亲为了守候白日梦中的母亲，强迫自己也沉陷于深不见底的记忆沼泽，屏蔽了生龙活虎的人间。

江司令希望在儿子江磊墓地的附近为齐师傅选个合墓，他要留一半的空间给未来也会装进那个骨灰盒的自己。墓地是沈学庆最后选定付的钱，在扁担山的一处靠山面水的高地，和江磊墓同属一个片区，但地势要稍微高一些，母子之间隔着几十米的海拔差。墓碑是以女儿女婿的名义立的，齐师傅的名字以"故显妣"的上缀立在了左边，右边对应的"显考"的位置上，则为江司令留有着那份大家都心知肚明的空白。

按武汉的习俗，新坟立好后第七天，最亲近的家人要到扁担山上"复山"，察看新坟新碑的完成度。江淼就包了一天的出租车，陪父亲"上山"。预约的出租车先从武昌汉阳门把江淼接上，然后准时地开到了前进四路上。

江淼就坐在车里边等着，直到看父亲提着大包小包地从楼上下来。

江淼问，这么多行李？

江司令答，这趟出远门，走了，就不回来了。

在把行李装到出租车的后盖箱时，江淼下了车，走过去想搭把手。

江司令拦住了她，说："你搬不动的。"言辞是冷的，话语很平静，呆站在一旁的江淼搞不清，父亲说出口的这五个字，到底是因为瞧不起她而明摆着的拒绝，还是怕重物压到了她的心疼。

行李安置好，父女俩坐进出租车，一前一后，朝扁担山的方向出发了。江淼坐在前排的司机副驾驶座位上，和坐在后座的父亲一路无话。正好，武汉的出租车要求要在前后排的座位之间焊上防止抢劫出租车司机的铁栅栏，这个栅栏就成了区隔他们父女俩的一个客观理由。

在扁担山上拜谒时，好巧不巧，竟然碰到了一位江司令老战友的夫人——她是给过世的老伴在忌日的周年来上香的。江司令跟过去的老战友平时联系得不多，碰上了家属，也就停下来聊了几句，不过就是说些相互安慰和互道珍重的场面话而已；彼此都有些伤感，自然也就惜言如金。就算这么寥寥无几的几句对话，也比他跟江淼之间的交流要多得多。

从扁担山上下来，江淼就直接让出租车司机开车到了火车站，按照既定安排，送江司令回了北方的老家。老江在跟齐师傅再婚后就没有回去过了，这么多年，前妻和儿子，他是没有主动和他们走动的；这个在前进四路的所有街坊嘴里的"天底下少有的重情义的男人"，在老家人的评价中，也许就是个抛妻弃子的陈世美一般的"渣男"。人生就是这么矛盾着，倘若用我们自己的矛来攻击我们自己的盾，不会有胜负，只会让我们无奈地看到生活的艰辛和抉择的意义。

老江此次的返乡之行到底有什么具体的计划，江淼也不便多问。她把父亲送上了火车，临别前说了句，"住得好就多住几天，要是住不惯的话就赶快回来。回来前告诉我一声，我到车站来接您家。"

也不知道是老江尚未走出丧妻之痛，还是他依然无法在父女的隔阂中破冰，他跟江淼道别时，只是点了点头，憋了一肚子的叮嘱，却是一个字都没有说出口。她对他，于他对她，似乎看起来都是一样的——父女之间，无话可说。

从丈母娘急救住院到最后入土为安，那几天时间里沈学庆是最忙的一个，他几乎没怎么睡过觉。要花钱的地方他爽快地付账，各种社会关系他能用的、能找的、能扯上边的，全都使上了劲；在人前谈到老江时也是毕恭毕敬地喊着"我爸""我老丈人"，但真正独处时，他跟他的老丈人还是连正面对视一下的机会都尽量回避掉。连江家父女俩都无话可说，何况他这个从没被老江看得入眼的女婿呢？送老江去火车站这事，他本想陪同，但被江淼给否决了。等到江淼送完江司令后从火车站回到家，沈学庆问，一切可顺利？

江淼回答说，还行吧，就那个样子，你又不是不知道，我爸跟我没话好说。

说完，江淼想到了老江在扁担山上的偶遇，就补充道："我爸今天还在扁担山碰到了一个熟人，他们之间倒是说了些话。"

沈学庆一听，当即问道："啊，在扁担山还能碰到熟人？是走在地上的，还是从地底下钻出来的啊？"

沈学庆的话一下子就把江淼给逗乐了，本来总觉着堵在胸口的那股子和老江之间较着劲的闷气，就被这话给驱走了。

二十九

郑英英交给程米粒的"读者来信"专栏开了张，栏目取名叫《江城夜悄悄话》。米粒给自己取了个笔名叫"晓边"，谐音"小编"，意思就是小编辑一枚。米粒年纪轻，思想活跃，没什么经验，但也不受条条框框的限制，对这个栏目就是放心大胆地用心完成，发表出来的给读者的回信中常常会有些精心考量的汉味俏皮话。比如说人小题大做就是"拿个痱子当个包"，说人得寸进尺就是"给你点阳光你就灿烂"；说有些事让人难受，她不说浑身起了鸡皮疙瘩，而是说"汗毛排队、细胞打鼓"；说男人在家妻管严，就像是"丫鬟揣着钥匙串，当家不做主"……《江城夜悄悄话》的版面不大，但这些接地气的行文使得专栏可读性很强，从开版第一期起，就在报社一楼的内部评报栏中得到了众多褒奖的眉批。有人写道，这个《悄悄话》是悄悄地给报社带来了一股新风。米粒写的那些俏皮话尤为点睛，总被人用红笔波浪线专门画出来，提醒大家必读。还有其他部门的老编辑到他们副刊部的大办公室来串门，专门问一句谁是新来的"晓边"；米粒就坐在门口的桌子上，听到部门里面其他老师回应着指向自己时，她只是红着脸朝来人点点头，说，"我叫程米粒，是个小编辑——'晓边'是我瞎起的一个名字。"在那些前辈编辑的面前，米粒说话说得小心翼翼，连"笔名"这样貌似有抬高自己行文水平嫌疑的用词，都回避掉了。

报社的副刊编辑是不需要坐班的。刚上班的头一个月，米粒是"新开的茅厕"，规规矩矩地每天在办公室里守点上下班，就像是部门里的管收发的小门房。自从跟江淼接上了歌手的文宣线，又被郑英英派了新栏目，她的作息就变成了上班时间准点、下班时间不定。只要在门口看到隔壁的郑主任背着包、锁了门、溜了号，米粒也就给自己放了马。要是江淼一声招呼，她一分钟内就能收拾好自己桌上的公文，然后起身走人。据说郑主任这两年在市委党校上了一个学马克思主义文艺理论的在职研究生班，为了混学历，每周有两个下午要去党校听课，也快要得偿所愿、文凭到手了。摸清了部门老大的这个日程表，米粒在公私兼顾的前提下，"打野摄虾子（抽空挣外快）"的行动时间就更充裕了。

自从和江淼搭上了班子，程米粒仿佛走进了一个崭新的文艺圈。这是一个声色犬马的人际关系网，当红的艺人，有钱的商人，以各种演出和晚会为契机彼此结识，歌手们在台上假唱、在生活中真演，嬉笑怒骂，各取所需，逢场作戏，尽情绽放。米粒是江淼的小跟班，很多时候更像是她身旁的陪衬，以生涩的朴实、木讷的安静，映衬着江淼光彩照人的打扮和口若悬河的谈吐，有点类似红花喜欢捎带上绿叶来衬托的意味。事实上，她俩的默契说是花与茎的关系更为确切——江淼是千姿百态、招蜂引蝶的鲜花，米粒是扎根土壤、输导水分的枝茎——前者负责联络和整合各种资源，后者就负责执笔，撰写的内容从专访到串词到文案策划，只要需要有文字配合的场合，她都能随时上阵，立等可取。到这时候，米粒发现，小时候背诵的那些古诗底子就能派上大用场了，她脱稿的文字中总是会信手拈来地点缀几句古典诗词，拿到她文章的人看到诗词中的生僻字都不一定念得准读音，但这也不影响总体观感——能配上古诗就是雅趣别致，出现了不认识的字就是学问深邃。江淼带着米粒认识的社交圈，很快就都记住她了——"年轻不起眼，话少人灵光"——这十个字就是大家对她的统一认知。江淼也乐得身边有这么个能干实事还不抢风头的小伙伴，有些跟她俩打交道的人不记得程米粒的姓名，提到她的时候会跟江淼说，就是你上次带来一起吃饭的那个报社同事，看起来瘦瘦精精的，人不可貌相啊，一肚子的诗文墨水。

江淼对米粒不错，只要一起出马参加活动，是新闻发布会的，车马费全都归米粒；是唱片公司的茶水钱，或者是联系演出的提成，名义上是两人二一添作五，实际分配时要是遇到了不好拆分的零头，她也总是凑成整数给米粒，只多不少。每次多给时，她就会念叨一句，"这些钱还不够沈学庆一把麻将牌的输赢"，既显出她对数目的多少无所谓的样子，又顺便炫耀了一下挣的这些都是散碎细银，家里还有个实打实的金矿。米粒拿了钱回到家就交给母亲，彭老师总是当即就在笔记本上的"彭老师银行"记下日期和金额，好像真的是在家庭银行中存款记账一样。

快到年底了,江淼告诉米粒,《电视月刊》杂志社搞了一个全国"十佳"电视演员的评比活动,新年除夕那一天要在北京的体育馆举办颁奖晚会。武汉航空公司是这次活动的赞助单位,参加颁奖晚会的记者和工作人员只要选乘武航的航班,全部免费。

江淼说:"我找组委会搞到了两张颁奖晚会的记者证和内场演出票的请柬,你我一人一张。我们这一趟去北京,坐飞机是免票,住宿是会务组统包,等你到了北京就知道,什么才是真正的文化圈。"

"这么难得的一趟机会,您就直接喊上了我,要不要先跟郑主任请示一下?"

"这种机会,靠的都是每个人自己的人脉资源,又不是报社摊派的福利。我找来的机会,带上我愿意带的人,不找社里多要一分钱的补贴,哪里还需要郑英英的首肯?"

第一次出公差就到北京,米粒特别激动。她悄悄地计划上了,这趟北京之行一定要见的人是邰玉,"他乡遇故知",想起来就挺诗意。如果时间有富余的话,再约一下冷垫,她记得他嘱咐过——"到了北京要找我"。这么想着,她找出两份刊发了她写冷垫采访稿的《周末版》报纸,如果能见面,这应该算是个有意义的见面礼吧。

"电视十佳"会务组给江淼和程米粒安排的住宿是广播电视系统的内部招待所,就在部委大院内,一视同仁的两人间。

进屋后,江淼随手把行李箱放倒在床和案台之间的过道上,脱下外套就进了卫生间。米粒原以为江淼就是去上个厕所,直到听到了渐渐沥沥的冲水声才明白过来,这是在洗澡呢。武汉的冬天和北方一样会下雪,但没有北方的公共供暖。能在有暖气的房间里洗个热水澡,这也算是武汉人在冬天里去北方出差的福利了。

米粒想到江淼在飞机上说今晚她有应酬,就拿起电话呼叫了邰玉的 BP 机。邰玉很快就回了电话,她说她正好下午没有课,"我坐地铁过来很快,你等着我啊,晚上我请你们吃饭。"

江淼洗澡的时间可不算短。好不容易遇到了不花钱的热水,冲淋的配置也比家里要强得多,换谁,这会儿都会在热气腾腾下洗个尽兴。等米粒的电话都打完了,江淼还霸占着卫生间。米粒有点内急,就站在卫浴门外敲门道:"江老师,我想上个厕所。"

"进来上啊,我没反锁……"江淼在里面应声说,"都是女的,你怕什么?"

米粒腼腆地拧开门锁,坐在马桶上,连头都不敢抬。

"你怎么像个小媳妇啊?又不是没去过集体大澡堂……说你没见过男人脱光了

什么样儿我信，难不成你还没见过女人不穿衣服什么样子吗？！"

江森隔着淋浴的玻璃隔断看着马桶上的米粒，她这没遮没掩的形象和言辞倒是相得益彰得很。

听到江森这么说，米粒勇敢地抬起头，正视着隔断那边的江森，看到了她玲珑有致的身体曲线。米粒夸赞江森道："您家身材真好。"

江森顺口就回了句："再怎么好也是过了30奔四张的人了……要我说，如果能让我回到你现在这个年纪，我可真是愿意拿我这副皮囊来跟你换啊……有句老话叫'掉了毛的凤凰不如鸡'，当我过了30岁之后，就越来越深切地感受到这句话的内涵了……"

哈哈，莫不是说在江老师的心里，她就是凤凰、我就是鸡？米粒暗地里自嘲地联想完，自嘲地在心里一笑而过。

江森洗完澡后又开始描眉画眼，还没化完妆，邰玉就赶到招待所这边，她热情地邀请道："晚上我请你们吃饭。北京新开了一家'九头鸟'餐厅，老板就是武汉人，全是地道的武汉家常菜，生意特别好，稍微去得晚一点还要排队叫号，等着翻台子。他乡见老乡，我就请你们吃点家乡菜……"

邰玉的话还没有说完，江森就打断道："有没有搞错啊，要是想喝排骨藕汤，想吃热干面，我们还需要专门坐飞机跑到北京来吗？武汉随便找个路边摊也会比北京的餐馆做得好啊……"

房间里虽然有着充足的暖气，但氛围一下子冰冷了下来。江森见状就补救道："邰玉，你别介意啊，我这人性子直，喜欢说大实话。你们等下想去哪里吃饭你们就过去，我晚上有安排了……"

"你要是不喜欢去'九头鸟'餐厅，那，我们就换一家也行啊……"

"米粒知道的，我这次来北京，差不多每天的饭局都排好了。朋友多，没办法……"江森道，"你不是说那个什么'九头鸟'去晚了还等不到座位吗？你们赶紧！等下我朋友开车过来招待所这边接我，我就不跟你们掺和了……"

"九头鸟"餐厅在东三环亮马河边上的一条侧街上。在这个被林立的高楼包围住了的巷子深处，九头鸟餐厅的招牌透过跳跃的霓虹跳进了米粒的眼帘。

邰玉做主点了两道菜——蛋白烧肉和酸辣红菜薹，一报菜名就知道这是真正的"九头鸟"的吃法。本来还要点份銚子煨的排骨藕汤，听服务员说北京的菜市场上买不到新鲜的"粉藕（武汉人专门用来煨汤的一种莲藕，入口粉腻，能扯出丝来——注）"，就换成了筒子骨海带汤，也是武汉的传统风味。主食理所当然是热干面。对武汉人来说，一日三餐，一年四季，可以餐餐顿顿热干面，既可口，又管饱。这热干面到了京城，依然还是粗壮的碱面半生不熟有咬劲，依然还是冒着热气的面条淋上芝麻酱再撒点小葱花，但在家乡被堆成山的堆头变成了铺碗底的菲薄分量，看起来不像是主食，倒成了点心。能点到心的乡情乡菜，就算没有酒水，对米粒和邰玉来说，也能大快朵颐了。

邰玉有过午不食的习惯，所以她只是象征性地为了陪客，动了动筷子。米粒倒是敞开肚子放开了吃，在邰玉面前，她是一点都不见外的：一是菜盘分量足，不吃白不吃，也到了吃饭的时间点，嘴巴和肚子都很配合；二是想到吃不完也无法打包，就尽量不要浪费掉。武汉人喜欢说一句，"来都来了，不多这一口"，意思就是说，使劲地撑到肚子里，才不冤枉大老远来这里一趟。

想着邰玉还要坐地铁再转公交车返校，米粒和邰玉的这顿晚餐也就吃得既充实又迅速。两人在地铁站前分了手，说好了以后只要有机会就常聚，互通有无。米粒回到招待所，屋子里黑洞洞的，没人。于是，趁着江淼还没回来，赶紧给冷堃打了个电话。

"是冷堃老师吗？我是程米粒，我到北京了。"

"是吗？欢迎啊！来干吗？住哪？吃了没？"

"我跟江淼老师一起过来的，参加这一届的全国'电视十佳'的颁奖晚会。"

"那不是后天的事吗？那台晚会我也要去的。嗨，还是唱那首《天海蓝》……"

"真的啊？太好了！"

"你俩现在在一起？"

"没有。江老师去见她的老朋友了，我一个人在招待所。"

"那挺好……我过来接你？"

"现在太晚了，明天吧。要是明天江老师还让我自由活动的话，我就去找您。"

"说好了，就明天。"冷堃的话说得不容置疑，把电话挂断得也不容置疑。

差不多都快到转钟时分，江淼才带着一身的酒气回来了。米粒已经睡下，但她为江淼留着灯。江淼进屋看到了亮光就问米粒道："还没睡啊？"不等米粒答话，她又接着说道："北京的这帮兄弟们可真是扎堆啊，先是一拨人说天冷要吃火锅，就带着我去东来顺吃涮羊肉；吃到中途，又招呼来了一帮人，说吃火锅太俗，要再开第二场，来个雅致点儿的，就开着车转场去吃淮扬菜。吃到人家餐厅快打烊了，还不尽兴，说有一帮兄弟赶不过来吃饭，就约着在酒吧里坐坐。人家这么热情，我也不好驳他们的面子啊，到了人家的地头，可不是就得要客随主便嘛，于是就又去了酒吧……他们说，北京的文艺圈，是在晚上12点以后才浮出水面的……幸亏今天没带你过去。要是碰到这样的场面，你怎么办？你这种没酒量的小丫头片子，接了杯子，能把你灌得六亲不认，不接杯子，就是扫了大家的兴……"

"是啊，我哪有什么酒量，根本就不能喝酒。"米粒实话实说地回应道。

江淼问米粒："你今天跟邰玉还是去了那个什么'九头鸟'？好吃吗？"

"还行……我跟邰玉嘛，吃饭是次要的，主要是聚聚……"米粒讨巧地做了一个不得罪江淼的回答。

"看来这家餐馆不怎么样……就冲挑个什么'九头鸟'就可以看出，邰玉为人处世的能力，在现代社会里，已经被淘汰了。"话题转到了邰玉身上，江淼继续道，"鬼叫她挑错了行当了呢？戏曲演员，早就过了他们能够风光的那个时代……现在还有多少人知道汉剧啊？就算她到北京来进修又怎么样？回去还不是得要唱那些没人听的东西……"

"还是有不少人喜欢汉剧的……"米粒为邰玉和汉剧申辩道。

"有多少人？你信不信我们现在上街做个随机调查，听说过'汉剧'的恐怕都凤毛麟角，更不要说喜欢汉剧的了。像我这种吃文化饭的人都不喜欢，就不要说普通老百姓了。"

"所以说，汉剧需要振兴啊……"

"靠谁啊？靠邰玉？连陈伯华当年曾经那么大红大紫，也没翻起多大的水花，就凭邰玉这种小年轻，她能有这种本事啊？"江淼趁着酒劲说，"汉剧就不是那种一听就能让人喜欢上的艺术。当然了，不光是汉剧，所有的民间戏曲我都不喜欢。文化局送到报社来的京汉楚还有黄梅戏的演出赠券，我从来都不碰。现在都什么时代了啊，社会上宣扬的是'深圳速度'，动不动就强调一下——'时间就是金钱'，谁还喜欢看这种半天憋不出一个屁来的节奏和演出啊？"

"我觉得汉剧还是挺好听的。"米粒轻言细语地反驳了江淼。

"你只能代表你自己。说实话，在你这个年纪，却喜欢看戏听戏，我觉得你是个异类。"江淼怼米粒也是毫不留情，"多的是文人文豪不喜欢听戏。几十年前梅兰芳最火的时候，我们的民族魂鲁迅先生说男人喜欢看梅，是因为他扮演的是女人；女人喜欢兰芳，因为他是男人扮的……"

"我读鲁迅的作品还真没注意到有这么一处呢……"米粒尴尬地回应着，心里惦记着，下次回武汉，一定要到图书馆去查一下这方面的文献。

"你不知道吧，鲁迅还专门以'张沛'这个笔名，在《中华日报》上写了篇关于梅兰芳的述评文章，遣词造句的那个劲道，比我现在跟你说的这些大实话要刻薄多了。他说，'梅兰芳不是生，是旦，不是皇家的供奉，是俗人的宠儿……'还说什么——梅兰芳'先前是做戏的，后来火了却成了戏都为他而做'……"

"哦……"

"不光是这个，就连我们中学语文课本里面那篇著名的从《呐喊》一书中选读的《社戏》，里面也有大段描写京戏的不敬之词，什么'中国戏是大敲，大叫，大跳，使看客头昏脑涨，很不适于剧场'，甚至具化到说什么京戏就是'在台上冬冬喤喤的敲打，红红绿绿的晃荡'，所以才使他醒悟到为什么在剧场里是'不适于生存了'。这些文字在《社戏》被放进教材之前先都给删掉了……等我们回武汉以后，我把那段原文找给你看看你就知道了……"

江森兴致勃勃地从邰玉讲到了梅兰芳，接着还能联系到鲁迅，这种用冷门文学常识来串联起名人八卦的本事，看来还真是被酒精给激发出来的。

"我之所以跟你讲这些，可能还是喝多了点……喝多了会胡说，但说的都是真话。我一点都不看好邰玉。客观事实摆在这里，她要还想往上冲，要么改行，从唱戏改到演电影电视剧，要么就嫁个好夫君，像她师傅陈伯华那样嫁个将军，或者，像港姐朱玲玲那样嫁个巨有钱的豪门之后也行，再不然，像新凤霞那样，嫁给一个大剧作家也好，你看，唱黄梅戏、演过严凤英的马兰不是也嫁给了写《文化苦旅》的大师余秋雨吗？"

"邰玉现在有个男朋友，叫高强，是个医生；人家是同济医学院的博士毕业，现在又在日本进修，很厉害的。"米粒道。

"嫁个医生，也未必就好，说到底她不过就是个有点小名气的戏子，别个医生是不是就看上了她的那点色相都说不准，穷酸知识分子有时候最难缠。"江森点评说，"邰玉干的是靠脸吃饭的行当，趁年轻还能风光个几年，老了以后也就是个到处唱堂会的命。她要是精明点，就得要像那些出了名的前辈那样，赶紧给自己找个好的下家……女人啊，最大的智慧就是看看手里现在有的，再想想还能抓到些什么别的。"

"……您当年怎么会决定嫁给沈大哥的呢？"米粒就势问道。

"沈学庆是我的初中同班同学。我跟邰玉的情况不一样。我又不指望靠婚姻来给自己的未来打鸡血，所以，像沈学庆这么个青梅竹马的男人来追我，知根知底，对我也言听计从，我就嫁了……我们家的情况你也晓得，我哥死了以后，我屋里就不像个家的样子了，有时候回到家看到那种死气沉沉的样子就觉得，我们住的那条前进四路，就像是个埋着活人的扁担山。我需要有个男人把我从那个鬼地方带出来。嫁给了沈学庆，我就踏实了。"江森对于自己饱受争议的婚姻一点也不回避遮掩，又道，"你知道沈学庆最开始打动我的地方是什么吗？——他太帅了啊！你知道吗，女人好色和男人贪财一样，这是天性……"

面对江森的坦白，米粒无言以对。她俩的生活阅历和年龄阶段的差异导致这个话题没法继续下去。米粒的心里惦记着和冷堃的约定，就想探听一下明天的安排，于是换了个话题问道:"我们明天是怎么计划的?"

"白天你自由活动。我们晚上回来同居啊……"

听到江淼开玩笑地说到"同居"这个词,米粒跟着笑了起来。

三十

天亮以后,在招待所餐厅里吃完了自助早餐,米粒抢先江淼一步回到房间,给冷垦打了电话。接到米粒的电话后半小时,冷垦就带着小弟开车到招待所来接上米粒。

米粒记得特别清楚,那是一辆黑色的"红旗"轿车,看起来又敞亮又气派。车标是迎风招展的红旗造型,毛体的"红旗"二字旷逸洒脱地镶嵌在车头。不要说这是程米粒第一次坐这个牌子的轿车了,就是连见到,也是第一次。程米粒这么个刚参加工作的小记者,哪挨得上这种边呢?管他冷垦是掏钱买的,还是临时租的,抑或是借的朋友的车,反正米粒算是开了眼——原来,在北京当个歌手可以这么豪阔啊。像冷垦这种说有名也有名、说没名也不一定很多人知道的,都能有这种坐红旗牌轿车的排场了,那么,那些响当当的名人,岂不是靠几首歌就能赚出一座金山银山?

冷垦给米粒开了门,然后,两人都坐在了后座。

"想吃点啥?"冷垦问,"这里可没有你们武汉的吉庆街……"

冷垦说完,就拍了拍前排的小弟的座椅后背,冲他说道:"那天你是没过去……你知道他们武汉的那夜市有多生猛吗,你在这边吃着,一拨一拨的民间艺人就围过来,各种表演啊……"

"得,那就跟咱北京这边儿的唱堂会似的吧?"小弟一边开车一边回应道。

"那可跟堂会不一样……那个个儿都是人精,拿根黄瓜当话筒,把那谁唱的《爱情鸟》改成了'爱情麻雀',仔细一听歌词,比那黄瓜还要黄……"

"哟,可着劲儿地讲黄段子啊……"小弟继续迎合着冷垦。

"嗨,不说这些了,跟文人一起,咱要文明点儿……"冷垦冲米粒看了一眼,又把之前的问题问了一遍:"想吃点啥?"

"听你安排……"

"行,那就去'顺峰'吧。"

知道了去处,小弟就把握着方向盘朝"顺峰"开过去。

"到北京还适应吧?"冷垦问。

没等米粒回答，他又接着说道："嗨，我这问的算哪门子问题吧，纯粹就是没话找话。"

米粒笑了笑，说道："北京挺好。"

"瞧你的这回答，跟我还真是半斤八两了，都不着调，说了跟没说一样。"

米粒又笑了起来，道："你是非要字字珠玑、句句啼血那样，才叫说话着调吗？"

"你说啥来着？"

米粒也不知道冷堃这问话是因为他真没听清，还是故意反问，就耸了耸肩又摇了摇头。她听到冷堃朝前座正在开车的小弟说道："我就跟你说过吧，这回是遇到能人了，人家是正儿八经的大记者，一肚子的才学。话就那么随口一说，咱都接不住……"

听到冷堃"接不住"的自嘲后，轮到米粒接不住了，她只好挤出些笑容来掩饰自己的无措。

冷堃接着又跟小弟说道："你知道吗，我俩吃个大排档，结果她一巴掌就拍死了一只血蚊子，完了马上背了首那谁范仲淹写蚊子的诗，说喝饱了血的蚊子的肚子像是个红樱桃——真应景啊。这才华，这才气，我可真是服了……"

冷堃跟开车的小弟说完后，拍拍米粒的肩，朝她道："说真心话，挺服你的。"

米粒瞪大了眼睛，"哦"了一声。可能"哦"的动静大了，冷堃迅速地把搭在米粒肩膀上的手给收了回去。

就这么"不着调"地聊着又沉默着，他们坐的红旗车就绕了半个北三环，抵达了目的地。等到车停下来，米粒才注意到，"顺峰"是家开在展览馆里头的粤菜餐馆。顺峰有自家专用的车道，正入口处有个拱顶骑楼覆盖的圆形花台，引导车辆进入后下客，穿着燕尾服的门童在花台边恭候迎宾。

冷堃的红旗车一停定，门童就已小跑过来站了左边的后车门旁。坐在左后座的冷堃先下了车。米粒本来想挪一下身子也顺着从开着的车门下去，孰料门童迅速关上左车门后又赶紧快跑绕着车尾到了右边，给米粒开了右车门。门童把手搁在门框上，为米粒遮挡着，以免她的头磕到了门上。米粒有些受宠若惊地下了车。

门童关上车门后，小弟驾驶着红旗车绝尘而去。

"就我俩？"米粒问冷堃。

"是。"

"你的小弟呢？"

"他不跟我们掺和……我让他回去了。"

"他是你亲弟弟吗？"

"在我们北方人看来，能称兄道弟的，都是亲兄弟。"

两人一边聊着，一边跟随领座员坐到了一张小圆桌前。领座的小姐穿着高开衩的黑旗袍，见到冷堃时问了句："您是冷先生吧？"冷堃点头。

米粒诧异道："你是这里的常客啊？"

冷堃摇头说："嗨，就是提前订了个座，留了个姓氏和电话。"怕米粒误会，又补了句，"真不是常来，遇到有重要的客人，才会带他过来……"

米粒脸上笑着，心里想着是，哦，看来我算是重要的客人了。

服务员先给米粒拉开座椅，待米粒坐下后，又把相邻的座位靠背椅给冷堃拉开。紧跟着，拿来厚厚的两大本皮质封面的菜单，先后递到米粒和冷堃手上。

"喜欢啥，就点。"冷堃道。

米粒像翻阅画册般打开菜谱，印制在铜版纸上的每道菜都配着实物照，比照片更吸引米粒的是菜谱上的价格。每道菜都是三位数的标价，似乎是明晃晃地在提示着米粒，都是些你吃不起的玩意啊。

"你请客都是这种伙食标准啊？"端着摊开的菜单大书的米粒朝冷堃问道，还没等回答，她接着说道，"你吓着我了。"

"嗨……还不是想跟你显摆一下呗。"

米粒合上菜单，望着冷堃道："那……你就做主点菜吧。"

"你这孩子是有点傻吧，看图点菜都不会？"

米粒摇摇头。

"我教你一招。以后再遇到今天这种情况，你就在菜单里找后面跟着的阿拉伯数字最大的那些点两样……价钱贵的东西自然稀罕啊，那样点菜，会显得你比较有品位……"

米粒还是摇摇头。

看米粒接连摇头，冷堃笑着说道："嗨……我就喜欢你这样儿的……"

"我就喜欢你这样儿的"——这是米粒第二次听到冷堃说这句话了。她很想问一句，我是哪样儿的呢？但她没敢问出口。

冷堃喊来服务员。看起来他是顺峰的常客了，麻利地报着菜名：头盘是凉拌裙边、老醋蜇头，热菜是黑椒和牛、鲍汁鹅掌、扇贝西兰花、西芹百合，主食点的是鱼翅捞饭。点完菜，冷堃又补了句，"中午我们就不要酒水了，泡壶普洱吧。等下要是菜不够的话，再加……"

"我们就两人，你是不是点得太多了？"米粒问。

"你吃的时候就知道他家菜的分量了……我还怕点得不够，你吃不饱呢。"

米粒客气道："今天让你破费了。"

冷堃笑问道："骂我呢？"

"怎么会？"

"听你话的意思好像我请不起似的……"

"不是说你们北方人都是心直口快的吗？我说了句大实话，结果被你瞎猜……"

"嗨……算我想多了吧……"

米粒从背包里取出她专门带出来的两份刊有冷堃采访稿的报纸，递给身旁的冷堃。

"我看过了，写得真好。我就知道你行。"冷堃说完，把报纸又退回给米粒，道："我没带包，你先帮我收着，等下回到车上你再交给我。"

米粒遵嘱照办。

两人吃完，冷堃掏出信用卡买单。当冷堃在银行回单上签字确认时，米粒瞥了一眼上面的数字。两人吃一顿午餐花了四位数，这对米粒来说，还是平生头一回经历。

"这是北京最贵的餐厅吗？"米粒问道。

"差不多吧……"

"服务挺好……"米粒感叹道。

"所以他们敢收15%的服务费啊……"

听冷堃说到服务费，米粒又暗自一惊，菜钱就已经贵得惊人，难道这么高的价格不是包括了餐厅的各种服务吗？怎么还要额外再收服务费呢？难怪江淼说要到北京见世面啊！到底是北京，这种做生意的招数要是放在武汉，店家早就该关门了。

从顺峰出门，冷堃说："我今天一天都留给你了……咱找个地儿说会儿话吧。"

"那……带我去看看你的录音棚吧。"米粒提议道。

"我哪有什么录音棚？要录歌的时候，临时租。"

"那……带我去看看你的办公室？"

"拉倒吧你，我哪有什么办公室啊，你在骂人吧？"

"那……邀请我去你家参观一下？"

"下一次吧。等我把屋子收拾好了，一定请你。"

"那……你请我看场电影吧。"

"还非要搞得像是那么回事……"

"什么意思啊？"

"你这人就这样，非要人把话说白吗？"

"什么话啊？"

"就是……就是——我挺喜欢你的。昨晚上接了你的电话，我就跟刚子说，明天要早起啊，我要带你去见见你嫂子……"

"谁是你嫂子啊？"

"你傻啊？我是跟刚子说的'你嫂子'……刚子喊我是喊哥的，所以，我喜欢的女人，他就得喊她嫂子。"

"我是你嫂子？"米粒情急之下有点脑短路。

"扯！刚子喊我哥，你是他嫂子……你能不能别绕了啊……饶了我吧。"

米粒这次是听明白了——她笑了笑，笑纳了这个"嫂子"的称谓，也笑纳了"嫂子"这个指代中包含的所有寓意。北方人称的这种直白、透彻与婉转、迂回纠缠在一起，刚从武汉飞过来的米粒还真是需要适应一下。不过，以她的聪明头脑，一旦被领进了这种北方语系的思维轨道，也是瞬间就能触类旁通的。"嫂子"这称谓，竟然能同时装下冷堃的怯弱与勇敢，米粒听懂了之后，心里特别温暖。

她没想好怎么应对这个话题，于是重新问道："去看电影？"

"听你的。"冷堃笑得有点尴尬，然后伸出手臂，搂住了米粒的肩膀。

那天看的电影叫什么名字，程米粒完全不记得了。进电影院之前，她猜想着在接下来的一个多小时的黑暗中的相处会发生些什么，那些可以想见的细节让她有些期待，又有些抗拒。一场有备而来的恋爱就这样自然地发生了，她知道黑暗中有一千种表现亲密和亲昵的方式，但她不知道他搂住她肩膀的那只手还会做些什么，也不知道经历了这一个多小时之后他和她的未来会走向哪里。米粒记得在他俩有限的交往中，冷堃总挂在嘴边的那句话——"我就喜欢你这样儿的"，她因此期待着一些美好的可能；却又恐惧着他所说的"喜欢"，会不会演变成另外一种的不堪——毕竟，黑暗中的手，随时可能变成一辆超速行驶的车。她还没有准备好，至少她希望在这场电影的映衬下，她和他的交往，是平稳的。某一瞬间，她甚至意外地想到了她在大学时的男友邰风，想到了冷堃和邰风。两人似乎有很多的共性——他们都是才子，是那种让米粒无法抗拒的才华横溢。在米粒有限的社交中，他们都是罕见的，米粒稀罕着他们——也许她对才子天生就缺乏免疫力吧。从小读了那么多诗书，听了那么多戏文，使她对才子佳人的故事充满了幻想和神往。想来都有美好的开头，但她和邰风的故事，已然结束；米粒不希望自己的下一个开始，又变成了和另一个邰风的故事。她揣度着冷堃在自己人生中的定位，甚至开始想象着属于他俩的长久的未来。

黑暗的剧场里，在冷堃的陪伴下，米粒的眼睛望着屏幕，余光投在冷堃身上，脑子里胡思乱想着。所思所想，和荧幕上放映的影片一样，不着痕迹。

在那天的影院中，他搂住她肩膀的那只手一直就没有放下来，甚至都没有挪过地方。往上些，他可以抚摸到她的脸颊；往下点，他可以揽触到她的腰肢……可他的手哪里都没有去，就像她的肩头抹了粘胶一般。一场电影的时间，她被他搂住，倚在他的肩头，听得到他的呼吸和心跳。但他除了呼吸和心跳，没有发出任何其他的声音。这部他俩都不记得名字的电影，成全了一种恋爱的过程，短暂而经典。他们没有因此走得更近，甚至，连借着黑暗彼此试探的勇气，都没有敢拿出来。这种慢悠悠的启程，也许正是那时的程米粒所一直期盼的。她曾经向往过邰玉和高强的那种默契，而冷堃的这份黑暗中的沉静，似乎暗合了她的期待。她喜欢他在镜头前那种从容得有些傲慢的姿态，喜欢他跟她说话时那种短平快的爽朗劲，喜欢他磁性的声线所表达的所有心意，最重要的是，她喜欢他跟她说——"我就喜欢你这样儿的"。

从电影院里出来，天都快黑了。

冷堃问："晚饭想吃什么？"

米粒答："给什么吃什么呗。"

冷堃笑了起来，说："你这孩子，好养活。"

米粒跟着补了一句："是啊，我可以天天顿顿吃热干面，在武汉，一块钱就能买一大碗了。"

冷堃顺着她的话建议道："北京难得找到地道的热干面了，要不，我带你去吃东北的猪肉炖粉条吧，路边摊啊，没意见吧？"

米粒摇头开着玩笑说，"你中午请我吃那么贵的顺峰，我有意见也没敢提啊。"

就这样调侃着，米粒跟着冷堃来到了路边的一家热气腾腾的东北菜馆。门口挂着的挡风用的厚塑料透明门帘，在铝合金玻璃门的背后，一缕一缕地垂下来，上面留着油手的指纹印记和泛黄的油污。冷堃抢先半步，帮米粒拉开门后又赶紧把门帘撑起来迎她进去，陪她面对面地坐在了门边的一张木桌前。

依然是冷堃做主点菜，拍黄瓜、酱猪手、鱼皮冻和哈尔滨红肠是凉菜，主菜是一大锅的东北乱炖。

点完菜后，冷堃问米粒："你喝酒吗？"

米粒摇头。

冷堃说："跟我不用装，想喝就喝。"

米粒解释说："我不是装，是真的不能喝酒。我们全家都是滴酒不沾的。"

冷堃点头道："你这孩子真好，连酒钱也省了。"

米粒说："你想喝你点啊。"

冷堃道："今天陪你，我也不喝。"

店家摆在桌子上的餐具是那种把杯盘碗碟都塑封在一起的组合套装，等着上菜时，冷堃就熟练地拿起筷子，把塑封的那层薄膜戳破。他戳完自己面前的那一套餐具后，递给米粒，转手拿起米粒面前的另一套塑封住的，准备继续再戳。

米粒拦住了他，说道："这一套就留给我吧，我喜欢听到筷子把塑料膜戳破的那一声脆响。"

——"为什么？"

"因为，很有搞了破坏之后的那种成就感。"

——"嗨，你这孩子……你又让我接不上话了。"

"我错了……我改，行吗？"

——"别……我就喜欢你这样儿的。"

"我是哪样儿的？"

——"你刚才不说了吗？搞破坏的那一种……"

"不就是平时不敢搞破坏吗，所以才抓住点机会，就不放过啊……"

——"嗨，我就喜欢你这样儿的……"

在和米粒的交往中，"我就喜欢你这样儿的"，几乎就变成了冷堃的口头禅。除了冷堃，再也没有其他人对她说过同样的话。这样直接却又含蓄的夸赞，既是冷堃的标志，也成了她越来越喜欢他的重要理由。

很快，冷菜热菜就都上了桌。冷堃想从铁锅乱炖菜中夹出红薯粉丝递到米粒的碗里，结果，粉丝太滑溜，总也夹不住。米粒看着那些在冷堃的筷子间游走的粉丝，又看到了冷堃身后的那一缕缕带着油污的塑料厚门帘，说道："你知道吗，在我们武汉话里，把这种需要炖很久才熟的红薯粉丝叫'苕粉'。你看，你背后的门帘，像不像加大加厚版的苕粉？"

"据说你们武汉人说一个人傻就说他很'苕'。是不是在你这种聪明人眼里，看什么都觉得那都是些'苕'啊？"冷堃问。

"我没这个意思。"米粒否认道。

"没事，你就真是这么想的，也行。谁叫咱比不上你们文化人呢？"

"你让我没话说了。"

本来，话说到这个份上，气氛变得有些僵持了，他俩就算是有些默契，终究不过是第三顿饭加一场不明所以的电影的交情，彼此的脾性并不算了解。他们能面对面地坐下，中午吃海鲜、下午看电影、晚上吃苕粉，不过是因为心里有对方，但是，真还算不得懂得对方。

冷堃往米粒的碗里夹了些菜之后，换了个话题道："喂，要不，你来北京吧……"

冷堃的这种说话天一句地一句的套数，米粒还真有些跟不上。她惊愕地看着对面的他，既是不清楚该怎么回答才好，也有些怀疑自己是不是听错了。

"说真的，你来北京发展吧。这地儿适合你。"冷垫又重复着强调了一次。

"我在武汉有工作啊……"

"像你这样的，到北京来，还怕找不到工作吗？"

"我还真是怕呢……"

"你怕什么啊？北京是咱中国最有文化的地方，像你这样的文化人，不来北京多可惜啊。"

米粒摇了摇头，实话实说："其实，我一直想来北京。高三考大学那时就想到北京来。但是，来不了啊……"

"嗨，办法总有，就看你决心多大……"

"我要是在大学毕业那会儿想好了就来北京，就能把工作啊、户口啊这些问题都解决掉，现在这时候，过了这村就没那个店儿了啦……"

"嗨，户口这事儿，算多大的事儿啊？多的是'北漂'的年轻人，连我自己在内，就没谁像你这么多瞻前顾后的……"

"我妈就我一个女儿，她想把我留在她身边……"米粒道出了实情，"你知道吗，我这人啊，天不怕地不怕，就怕我妈妈……"

"你妈有什么好怕的？她生你养你一场，肯定希望你有更远大的前程吧？你来北京，这不是明摆着比武汉要更好吗？"

"以后你要是有机会见到我妈，你就知道我怕她什么了……"米粒说着，后半句话到了嘴边又咽了下去，她本还想说的是——"我妈浑身上下都让我害怕"。

"说真心话，你应该来北京。大道理你肯定都懂。好好想想吧……"冷垫没有过多地展开论述他的观点，但他对结论的强调是不容置疑的。

东北菜重油重口味，吃菜时多聊了一会儿天，大锅炖菜上的浮油就慢慢地沿着碗壁结了霜，盘子碟子都摆在眼前，但实在是有点不好下筷子了。毕竟是北京的冬天。菜剩了一大桌，话也似乎还没说完。冷垫见状道："这菜没法吃了，要不，咱再换个地儿喝酒去？"

米粒说："不用了，我也吃饱了。你明天还要演出呢，也该早点回去休息了吧？"

"嗨，这演出的事，就不跟每天吃饭喝水一样平常吗？以前我唱歌厅的时候，天天都是赶夜场，都还是真唱，不是晚会上对口型的那种，扯着嗓子唱多晚都没事儿，反正，晚上熬着，白天补觉呗……"

"这习惯可不好……"米粒说着摇了摇头。

"嗨，人跟人不一样呗……"冷垫自嘲地笑笑，道，"要不是因为陪的是你，换个其他人试试看,那还不可着劲儿要猛吃猛喝干到深夜啊?"

"就冲喝酒这一点,我就担心我在北京混不下去。"

"像你这样儿的,又不喝酒、又不应酬的,习惯多好啊,你以为每天那么酒囊饭袋的是什么好事儿啊?"

"听你夸我,我都找不到北了。"

"北京这地儿啊,不用找北。你来,就是奔着北来的。"

"是吗?"

"不是啊?"

"我觉得不是。"

"那就是奔着我来的,行吗?"

米粒望着冷垫,笑而不答。冷垫的这句问话听起来就像是一个才子佳人故事的开题。

在这个北京的寒冬里,冷垫的出现,还有他的那些话,那些建议,对米粒而言,几乎就像屋子里的暖气一般,成为了一种美好的必须与必然。是的,那么温暖和美好,还差一点点,就是她心里期盼的那种"共赴未来"的爱情了。但是,差的是哪一点点呢?她一时又说不上来。她需要些时间找到答案,而对面的这个会唱情歌的年轻人,似乎也不急于听到她的回答。

从东北菜小饭馆出来,冷垫问:"真的打算这个点儿就回去了?"

米粒点头道:"这一趟,我跟江淼老师一起出差,我年轻,资历浅,最好是赶在江老师之前回到房间比较好。"

冷垫不置可否地笑笑,说:"你这孩子,脑子里想的事儿可真多。"说完顿了顿,又说道,"跟你说的来北京发展的这事儿,是正经事儿,你要放在脑子里。"

米粒点头。他俩站在了路边,冷垫准备招手打车送米粒回招待所。

"我打个车,先送你回招待所……"

米粒道:"上一回在武汉,你坐出租车送我回去,这一次到北京了,又是这样。"

冷垫说:"嗨,咱还没开始呢,你就开始回忆总结起来了。"

"这叫继往开来啊……"米粒狡辩道。

"你这孩子,反应真快。中国所有的成语和诗词都住在你脑子里了……"

"之前没好意思说,你数数看,今天前前后后,你喊了我多少遍'孩子'?"

"嗨,这是表扬你呢……看你那么规规矩矩的样子,走哪里、干啥事儿都像个乖孩子……"冷垫笑着拍了拍米粒的肩膀,问她,"诶,你说,咱这场景,能配个什么古诗古词应个景儿啊?"

261

"嗯——"米粒仰着头望了望天，答："明月如霜，好风如水，清景无限……"

"哟，你这孩子，还真说来就来啊……"

"又不是我临时想出来的，这是苏轼的《永遇乐·彭城夜宿燕子楼》里的名句啊……"

"嗨，我就喜欢你这样儿的，挑一句名家诗词应景都不用过脑子的……"

"要不，你到武汉来吧？"听到冷堃再次说到"就喜欢你这样儿的"，米粒觉得他和她的未来越看越有可能会绑在一起。想到冷堃之前让她到北京来发展的建议，她就换了个支点解释道："真的，你来武汉吧……你看人家苏东坡，什么《前赤壁赋》《后赤壁赋》，什么'大江东去'，都是他在湖北的时候写出来的……我们武汉是风水宝地，物华天宝，人杰地灵，你来了肯定会大有作为。"

"别瞎掰扯了……这都哪跟哪儿啊？"冷堃完全不接招，米粒就无话可说了。

迎面来了辆黄色"面的"。

冷堃问："上不上？"

米粒说："当然上啊。"

"怕你嫌弃啊，"冷堃边说，边帮米粒拉开"面的"的车门，两人弓着身子低着头，一前一后地上了车。面的很有些破旧，座椅上的海绵坐垫已经快被磨平了，座位硬邦邦的，两人就像是坐在刚才东北小饭馆的那种木条椅上。

"要不是跟你，这会儿我就去坐地铁了。"米粒的回答更实在。

"那哪成啊，你要是来了北京，可不能让你受委屈了。"冷堃紧挨着米粒坐下。

"可我没觉得这有什么好委屈的啊……"米粒反问道，"你以为我是什么啊？"

车开了，冷堃没有回答米粒的提问，只是再次伸手搭在她的肩膀上。米粒顺势把头倚靠了过去，两人又回到了之前看电影的那种状态里。在完全没有减震的颠簸的"面的"车厢里，他俩安静地相互依靠着，车窗外，首都的夜景灯火通明；车窗里，两个年轻人有着同样通明的心事。

"你在北京待几天？"

"不知道，我听江老师的安排。"

"有空的话，就给我打电话。"冷堃说完，想到了什么，又补充道，"我把刚子的电话也给你，找到他就能找到我。"

"好啊……"米粒点点头。

"这两天你要是想去北京什么地儿走走逛逛，你就直接跟刚子打电话，让他开车带你去，去哪儿都成。"

"那你呢？"米粒问。

"我？我就去坐地铁呗……"冷堃说着，自己笑了起来。

"我要是……到时候想请你陪着我，行吗？"米粒犹豫了一下，问道。

"成啊……"

听到冷堃的回答那么爽快，米粒又问道："还有什么要嘱咐我的？"

冷堃摇摇头，搂着米粒的那只手捏了捏米粒的肩膀，两人相视一笑。那样的氛围里，米粒以为他还会再说些什么——比如说出明明白白的那三个字，或者再有什么表示——比如亲吻她的脸，她做好了迎接所有发生的准备。在长安街流淌的灯火中，在狭促颠簸的面的里，无论他说什么或者做什么，她相信那都是美好的进程。但是，没有，什么都没有，就像之前两人在电影院里那样，一路上，他们安静着，呼吸着，相处着，回避着对方的目光，时光和面的一同前行着。他说她是个规规矩矩的"乖孩子"，于是，他也对应着规规矩矩地当着她的好伙伴。

把米粒送到目的地之后，冷堃拍拍前排的司机座椅后靠背，说："咱接着开，该送我了。"

米粒站在面的车边跟冷堃挥手道别，两人异口同声地说道："明天见。"

明天是怎样的一种相见，两人都还没想好。这一整天的时间里，他们似乎聊了很多，但每个话题，却都没有答案。关于明天的见面，关于接下来几天是否还会见面，关于她会不会听从他的建议做个"北漂"，关于他俩有没有共同的未来……这些问题对于米粒的人生考卷来说，都算是"拔高题"了，她以为考试的时间很长，自己可以慢慢地去思量。从小到大，在任何一场考试中，米粒都是不敢提前交卷的，哪怕她胸有成竹。

目送冷堃的面的远去，米粒这才发现，早上专门带出门准备送给冷堃的那一期报纸，还在她的背包里。

也好，留在下一次。米粒想。

三十一

"电视十佳"的颁奖典礼那天，米粒和江淼在后台见到了冷堃，大家都很忙乱，彼此也就是客套地打了个招呼，米粒故作镇定，但又掩饰不住慌张，索性赶快溜之大吉。典礼之后，她跟着江淼在北京又逗留了三天，每天的日程都安排得满满当当。这几天里，江淼不见外地走哪儿都带上米粒，就像旧时的大户人家里的大小姐出门见客，从来都会捎上自己的贴身丫鬟。要说收获，肯定不能算少，但米粒总觉得差点儿什么。临别北京前的最后一个夜晚，米粒为了避开江淼，专程跑到招待所楼下，用大堂经理的值班座机跟冷堃打了个告别的电话。

冷堃那边一听就是一群人在喝酒，吵吵闹闹的背景音让米粒听话和说话都很艰难。冷堃说："给我五秒钟，我换个地儿跟你好好说话。"

"怎么见完一面了，就没信儿了呢？"等背景音清静了下来，冷堃在电话那头直接上来就问。

"这几天跟着江淼老师，一堆事情一件赶一件的，完全走不开。"

"哦……你现在有空了？"

"我们明天就回武汉了，跟你说一声。"

"这么快？"

"出来这一趟，前前后后加起来也快一个星期了。还要回去上班呢！"

"嗨，你的工作重要！"

"对不起，这次就没时间找你了……"

"你的工作重要……我不重要……"

"生气了？"

"没呢……"

"没生气就好。"

"你这不扯淡吗？我等了你三天电话，结果你打个电话过来就是说明天走人了……"

——刚说完"没生气"的冷堃，到下一句话就是"扯淡"加国骂了，米粒隔着电话听筒都能听得到他的怨气。

"我也没办法……"米粒申辩着，"我也想找你啊，只是……"

"要不，你现在过来？"

"现在？"

"对啊，你在招待所是吧？我让刚子开车来接你。"

"那怕不好吧？"

"得，不想见就不见了。"

"我不是那个意思……我是说……"

"别绕来绕去了，你就发个话，要刚子出来接你，还是不要？"

"……还是等下次吧……今天已经有点晚了……"

米粒还在嗫嚅着，电话那边就挂了线。

人都要走了，为什么就不能好好说会儿话呢？就算这次见不了面了，难道就不能好好地道个别吗？——米粒觉得有点委屈。她放下听筒，从大堂经理的大班桌前的扶手椅中起身，沮丧地回到房间。

没过多久，房间里的电话响了起来。江淼和米粒面面相觑，她们都很诧异这么晚了怎么还会有电话打进来。"你接——"江淼朝着米粒说。在她看来，这多半就是个骚扰电话，或者就是总机转接错了线，让米粒应付一下就完了。

米粒听话地拿起了听筒。里面传来了前台值班服务员的声音，道："请问您是程米粒女士吗？我们前台这边有位先生过来找您，说是有东西要交给您，麻烦您下楼来一趟。"

内线电话音效特别清晰，听筒里的声音很大，屋子里的两人都听得清清楚楚。放下电话，米粒赶紧跳出了被子，把衣裤整整齐齐地穿上了。在江淼不解的注视下，她拿着房卡走了出去。

米粒猜到了来人一定和冷堃有关，她在北京没什么故交旧识的"先生"会给她这种"惊喜"。但她不确定的是，来人到底是冷堃还是刚子，也不清楚到底要给她什么东西。

当电梯下到一楼，她还没出电梯门，就看到站在大堂正中间的冷堃。

"还没睡吧？"冷堃迎上来问。

米粒摇摇头算是回答，然后接着问："你说有东西要交给我？"

"嗨，找个理由见见你呗……刚子都明白的道理，你不懂啊？"

"我下楼来见你，江淼是知道的。不过，我和你……她不知道。"

米粒在"我和你"之后顿了顿，她一时想不出合适的词语来界定她和他的关系，于是就支吾了，这份省略，冷堃当然明白。

"你想怎么跟她说？"冷堃问。

"这个……"米粒有些迟疑，想了片刻后，说："你能不能还是给我个什么东西，我等下上去的时候好跟她有个交代？"

"都这会儿了，我啥都没准备啊……不过，我车上有酒，就拿两瓶茅台给你带上去吧……车就停在院子里，刚子在车上。咱过去拿……"

冷堃说着，拉上米粒就朝招待所的旋转门走过去。

走到旋转门前，冷堃拽上了米粒，他俩前胸贴后背地挤在了一片门扇中。旋转门不是自动的，要有人推才会转。他俩停在门扇里头的时候，她听见紧贴在身后的他耳语道："跟我走吧……"

米粒一愣，扭头问："去哪？"

"去我家……"

"现在？"

"嗯……"

"江淼在楼上等着我呢……"

"她又不是你妈，还管得上你？"

265

"不行啊……"

当米粒轻言细语而又斩钉截铁地拒绝了之后，冷堃推了推旋转门里面的扶手，他俩顺着门扇的转向，从室内到室外。

院子里的停车场也是空空荡荡的，只有一辆车亮着明晃晃的前灯。还是那辆米粒之前坐过的"红旗"，米粒认识。

他俩就像什么都没发生过一样走到车跟前，刚子看到他俩，赶紧开门下车。冷堃朝刚子说了句，"打开后盖箱"，然后就径直走到了车后。

米粒也跟了过去。在有些凌乱的车后盖箱里，米粒看到了好几个装酒的纸箱子。冷堃伸手取"茅台"的时候，米粒瞥见还有一个纸箱子上写着"二锅头"的字样。

"你还有二锅头啊？"米粒问。她知道"红星"二锅头是北京的特产，也知道二锅头和茅台的价钱比就像是乒乓球和篮球的差距。

"是……天天都喝，我这车里，最不缺的就是酒了，要啥有啥。"

"那就给我两瓶二锅头吧……本来这就是个说法，等下对付江森老师用的。茅台太贵了……"

"你这孩子，送礼哪有送二锅头的？装都装不像……"

"没事，就这样，听我的。"米粒说完，看冷堃不好意思的样子，就自己动手，从二锅头的纸箱子里抓出了两个酒瓶。

他俩再次回到了招待所的旋转门前。这一次，还没有走进门扇，他就又轻声问了句："要不……你上去打个招呼再下来？"

米粒的心跳得飞快，她在脑子里计算着再次拒绝后会带来什么样的后果。"喝了不少酒吧？"她问道。

"放心……说的不是醉话。"他答道，"跟我走吧……"

"真的不行啊……"

米粒的话音未完，耳边就飘来一声叹息。她抬头看了看冷堃，这个穿着皮夹克的声音极好听的男人，连叹息声也仿佛是带着磁性的。就像金属躲不开磁铁，米粒觉得自己也逃不掉这种磁性。她踮起脚尖，凑过身去，迅速地亲了亲他的脸颊。

他有些意外地问她："这……算啥啊？"

"你觉得呢？"米粒反问道。

"要是……像我觉得的那样……你就别上去了……"他又坚持了一次。

"不好……"米粒也坚持着。

他俩的对话就像是弹簧——这边拉一下，那边弹回去；再拉一下，再弹回去。

"你这孩子……"冷堃叹了口气。

"你说过你喜欢我这样儿的,对吧?"米粒问。

"你打个电话我就过来找你,还不够吗?"冷墅答。

"下次吧……我进去了。"

米粒说完,一手抓着那两瓶"二锅头",一手推了推旋转门。

米粒带着那两瓶临时救场用的"二锅头"回到了房间。不出意料地,江淼问:"是谁啊?"

"冷墅。"

在电梯里的时候米粒就想好了,跟江淼就要实话实说是见到了冷墅。如果你想掩饰一个巨大的秘密,最好是在不重要的细节上能不说谎就不说谎。只有这样,才不容易让人起疑。至于冷墅为什么过来,为什么送她二锅头,她也想好了自圆其说的借口。

"猜到是他了……这么晚了,他就专门跑过来送你两瓶二锅头?"江淼有些嗤之以鼻——这种口气,也在米粒的预料中。

"您还记得吗,上一次我们在武汉吃吉庆街,吃完之后您让我'打的'送冷墅回酒店……在的士上,我们聊到了北京有什么特产,他说,最有名的可能就是二锅头了。当时我就随口说了句,好像在武汉的市面上没见到过有卖'二锅头'的……他说那好,下次给你带点正宗的。没想到这话,还被他真给记住了。刚才他带了一箱子的二锅头过来。我跟他说,一句玩笑话,哪用这么当真,这么一大箱酒,我也扛不动啊。不过,看他挺认真的,我就拿了两瓶,算是礼貌吧。"

"奇怪啊,他为什么会专门过来送你两瓶二锅头啊?他知道我俩是一起出差的,怎么没说也送我点什么呢?"沉默了一阵子,还在看着电视的江淼冷不丁又问了一句:"他是不是喜欢上你了啊?"

江淼的直觉加上她的阅历世故,说出来的话让米粒一惊。"怎么可能?"米粒当即就非常干脆地否认了。

"也是啊,你妈对你管那么严,期望值那么高,你怎么会去跟个唱流行歌曲的搞不清白?"

"那倒不是……唱歌的也没什么不好啊……"

看着米粒吞吞吐吐的样子,江淼口无遮拦地笑道:"你要是真喜欢这个冷墅,勇敢点,把他给收了……"

米粒没有接话。江淼用的那个"收",充满了她一以贯之的霸气。江淼是自恃有本钱的,喜欢的人,想做的事,她会努力地尽收囊中。而程米粒不一样,她还在小心地经营着每件事;喜欢的人,想做的事,都是不确定的。她知道自己没有想

"收"就收的底气。

既然收不下，那就放长线吧。

从北京回到武汉后，米粒几乎是每天都会找机会跟冷堃通话。只要瞅着办公室没人，她就用摆在她桌上的座机电话拨打着北京的长途。那会儿的手机还属于奢侈品，移动通信公司对于手机的收费贵得离谱，双向收费，漫游收费，语音留言、来电显示收费……米粒给冷堃打手机电话，她这边算是长途，不便宜，好在是公家认账；但冷堃那一头，接听也是要收费的，不仅不比武汉拨过去的长途便宜，而且，老式的"大哥大"电池极不经用，要是连续说上一二十分钟，整个"大哥大"的机身就热得滚烫，真是有被"电话粥"给煲热了的功效。有一次，冷堃在通话的中途感叹道："这个破'摩托罗拉（这是第一代的老式模拟信号手机的品牌——注）'，不贴在耳边吧，听不清；贴上了吧，热得像他妈烤肉的铁板，耳朵都快给烤熟了……"米粒闻言赶紧问："你旁边有座机电话吗，告诉我号码，我打给你。"冷堃说不用，换来换去的，麻烦。米粒坚持说："换成座机了，你接听电话就不花钱了啊。"冷堃笑了起来，说："你这孩子，真会过日子，以后啊，咱的日子，踏实……"当米粒听到冷堃说"咱"这个字的时候，她的心里就又会欢喜一下。武汉人是不说"咱"的，只说"你的""我的"或者"我们的"，而北方人的一个"咱"字，不仅指的是"我们"，而且，你中有我，我中有你，理解成有多亲密都行。

米粒对冷堃的声音有着天然的辨识力，只用听筒里一声"喂"的出现，她就知道对方是谁。要是是冷堃，她就直说："嘿，是我。"有时候冷堃在录音或者在演出，接听的就会是刚子。一听那一头的声音不对，米粒就会问一句"是刚子吧？"对方也马上讨巧地回一句："哟，是嫂子啊……我哥在忙，您稍等一下，我去喊他……"要是冷堃忙得一时接不了电话，刚子就会跟米粒多聊上两句，比如，"嫂子，您什么时候再来北京啊？来之前言语一声，到时候我去机场接您……"或者，"嫂子，我哥总跟我说起您，说您是他认识的人里面最有才的……"刚子的嘴，甜得像是抹了蜜一样，那份亲热劲，米粒相信一定是来自冷堃的言传身教。米粒从小到大，第一次、也是唯一一次被人喊作"嫂子"，就是出自冷堃的小弟——刚子之口。武汉话里，"嫂子"是偶尔会带着些贬义的中性词，一般指代的是结了婚的女人，有时候也会用来形容一个女人年纪大，或者是有些风骚。在米粒20岁出头的时候，如果有哪个武汉人当面把她唤作是"嫂子"，她会很是愤愤然地表示不满甚至记仇，但是，冷堃说的，他让刚子喊她叫"嫂子"，米粒就当成是个给他俩的爱情指明了方向的称谓，听刚子喊一声"嫂子"，就好像听了一回爱的告白。

在跟冷堃相处着遥望着的那些日子里，米粒第一次开始用普通话、用北方人的言语习惯来思考问题。米粒的生活日常，除了多了份关于"咱"的未来期待和成了"嫂子"的小秘密之外，一切照旧。

三十二

12月的最后一天下午，办公室里的其他人都早早地下班回家了。只剩程米粒这种职场新人来站好最后一班工作岗。米粒也乐得独自留守。确认了编辑部里的所有人都走空了之后，她正准备给冷堃打电话时，听到背后有人敲门。办公室的门在上班时间从来都是打开的，米粒很诧异地扭头去看。

"请问，晓边老师在吗？"

来人看起来还是个学生的样子，眉眼里写满了谨小慎微的紧张。她注意到了程米粒，也看到了办公室里除了米粒之外再没有其他会喘气的，怯生生地解释说：

"我是晓边老师的一个读者，这一次专程过来，想认识她。"

来人手里还拿着一份《江城晚报》，她扬了扬手中的报纸，接着说道：

"我给你们报纸的副刊投过稿，是一篇散文，写我自己高考落榜后两次复读的感受。这是我第一次跟报社投稿。我的写作水平也不行，投稿之后没看到文章见报，也没收到回信，就以为是你们这些编辑老师看不上我写的东西，顺手把我的文章扔进了垃圾桶。本来没抱什么希望的，结果，上个星期我在晓边老师的《江城夜悄悄话》的栏目里看到了我写的东西，老师还专门给我写了封很长的回信，一并都刊登了出来。看到这期报纸，我简直都要喜疯了。我从来没想到过自己的文字能变成铅字发表，更不会想到一个大编辑还会专门为我那么认真地回复开导……"

米粒一边听一边想着，要不要告诉这个女生，自己就是这个"晓边"。但当她听到对方一口一声地尊称"老师"，认为晓边是"大编辑"，她又把到了嗓子眼的话给压了下去。她可不希望毁掉自己以"晓边"这个笔名树立起的老编辑形象，毕竟，面前就是位忠实的崇拜者，万一她知道这个"晓边"就是个在副刊编辑部里资历最浅、还没有正式转正的小编辑，会不会特别失望？

米粒当然记得这个自由来稿的女生。之所以会把她的投稿特别摘选出来作为一期的读者来信来解读，就是因为这个女孩子写的文字太灰暗。文章中说她两次高考失利后迫于家庭的压力再次复读，但是前途未卜，又害怕失败，寻死的心思每天都有。原文就是：

> 想死的念头无处不在，明年七月又要第二次进入的考场就像个火坑，与其

到那个时候又跳一次，还不如现在就找个高楼，向下纵身一跃，那样就一了百了，多美好啊。

米粒把这篇文章改编成了读者来信，成了她上一期专栏的一个话题——她选中这篇文章就是看中了字里行间透露的绝望。

在刊发出来的回信中，米粒既没有去灌什么"就算高考落榜，也会行行出状元"的心灵鸡汤，也没有明说"你都已经在复读了，明年七月不进考场那不是胡闹吗"的简单道理，她的立足点是在先要拦住文字中弥漫着的那份"一了百了"的冲动。动笔前，米粒甚至有种"救人一命、胜造七级浮屠"的使命感。

她这样写道：

关于失败是成功之母的大道理，我们可以举出许许多多；那些经历过巨大挫折后取得卓越成就的名人，我们也能列出长长一串熟悉的名字。我想，这些话，这些事，你一定听过很多遍了，但它们并没有真正影响到你。不然，你也不会给我写这封信了。

谁没有过那种"道理都懂，可就是指导不了行动"的时候呢？我试图理解你，也很想帮你找到症结在哪儿。

前几天，我在报社的院子里散步，看到了一幅平常的画面——在冬天的脚步声中，树枝干枯、花朵凋零，而墙边的小草，却依然一簇簇、一丛丛地茂盛地长得极好。我突然就想到了你，想到了该跟你说的话：

每一棵小草，都是朝着天空、朝着太阳向上生长的，所以，它们的生命，异常顽强。就连小草都是向上的，我们生而为人，不应该总想着向下一跃啊……

且让我用植物来比喻我们这一生吧。

我们出生时是颗种子，无论将来是长成参天大树，还是青青小草，我们都要破土、发芽、生长；无论面临的是阳光甘露，还是暴风雨雪，我们都要努力地向上。大树自有大树的伟岸，小草也有小草的青翠。

我不赞成把考上名牌大学说成是什么金榜题名，也不认同把哪里的高考第一名说成是什么状元。古时的金榜说的不是高考榜，而是入职榜；古时候的状元更意味着等待他的就是那些能够拿到最高俸禄的工作岗位。那是久经考验后的成名、成家、成为公认的栋梁之材的境地。而今时的高考，只是人生的第一关，就像种子要破土。

你是特别的，也许是因为你生在了特别的土壤，也许是因为你有着特别的外壳，所以，你要经历三次的四季更替，才真正准备破土发芽。加油啊，我的朋友，请相信，无论未来长出的是草、是树、还是花，你会看见太阳，你要看见太阳——那才是真正美好的景象！"

"我一看到这期报纸就激动得不行，好几天晚上都睡不着觉。我觉得晓边老师是最懂得我的人，她写得太好了！真的找不到合适的语言来表达我对她的仰慕和感激。我现在是高三复读，平时白天晚上都要上课，只有今天下午学校给我们放了半天假，我就带来了这几年我写的全部日记想送给她……也许可以为她提供些新的素材吧。这些日记我从来没有给别人看过……"

女孩子说完，就从书包里掏出几大本锦绣缎面的日记本来。

米粒看着面前的这个小女生，又看了看她手里的那几本日记。还是让这个"晓边"神秘些好，她想，有些时候，幻象也许比真相更有鼓舞人心的价值。

"如果我帮你转交给她，你放心吗？"米粒问道。

"你们这些在报社里工作的老师都是无冕之王，我当然放心。"

"那我跟你拿个档案袋装着吧，"米粒想着，既然要装，就装得彻底些；将心比心，人家送来的日记是给"晓边"老师的，如果晓边人不在，可不就是要帮她封存好吗？"你看，我用胶布封上了……"

"太感谢您了……你们这些老师都这么好……"

"你要不要再写张留言条？"

"不了……麻烦您转告晓边老师，我会给她写信的……"女孩子说着，又问了一句："我很想知道，晓边老师是男的还是女的？"

"是个女编辑。"米粒简单地回答道。

"我就猜到她是位女老师，就像是那种特别体己知心的阿姨……"

米粒听到女孩子这么说，会意地笑了笑，点了点头。如果按照上学读书的年级来推算，自己比这个女生恐怕也就大个两三岁而已，一下子就被这么比自己个子还高的女生喊成了"阿姨"……米粒想，这应该是夸奖吧。

看着女孩子转身离去的背影，米粒再次对自己的工作有了种自我振奋的使命感。彭老师总说，在报社上班，稳定，体面；而这小半年的职场实践，让米粒切身体会到了稳定之中的恐慌（校对失误被通报批评），以及体面之上的成就感（比如今天接待的这位小访客）。她也感受到那个女孩子形容的"喜疯"了的情绪——米粒从来没敢去想自己在这么年轻的时候竟然就会变成别人的偶像。

送走了访客，米粒拨打了冷堃的电话。她跟他说："新年快乐啊。"

冷堃问道："嗨，乐什么乐啊，光顾着忙了。"

米粒道："忙就是快乐啊，被人需要、被人惦记就是快乐啊。"

冷堃说："你这话是说谁的呢？"

米粒答："说咱俩啊……"

挂断电话前，米粒问："新年了，有什么话想跟我说？"

冷堃道："你呀，说的比我唱的好听。"

米粒有点小撒娇意味地坚持要他说点什么："找你讨句祝福那么难吗？"

冷堃想了想，说："那就争取咱早一点见上面吧，有话当面说。"

和冷堃说话，没有风花雪月，没有你侬我侬，他的语式永远简单直接，内容永远清晰明确。米粒只能自己在冷堃的只言片语中去找寻或者想象那些她所期待的情意——比如这个"咱"字。也许，不把情啊爱啊放在嘴边，这才是成年人的爱情式。无论是刚子喊她"嫂子"，还是那个读者访客说她是"阿姨"，米粒知道自己都是在朝成熟的人生阶段大步迈进了。但她偶尔回忆起和冷堃相处的细节时又会想到，他见她的第一面，他说她看起来像是个实习生。那就容我带着一张实习生的脸，去做一些成年人的事吧——米粒这样寄语着自己。

三十三

过完元旦一上班，米粒在办公室里就接到了邰玉的电话。她说她马上要回武汉，参加省电视台的春节联欢晚会的录制。这一次她要表演的是戏曲大连唱，把汉剧、京剧、昆曲都串到一起来演了不说，还会亮一嗓子通俗歌曲的唱段，围绕的都是迎春的主题。导演有意去尝试几种不同的传统戏曲间的交融，也想打通古典戏曲与现代通俗歌曲的表现形式之间的壁垒。邰玉正好趁机展现出她跨戏种的全能演艺才华。

邰玉说，"这回的演出，不像是以前那些演得烂熟于心的老戏。戏是我挑的，有京剧《红娘》里的红娘唱段，汉剧《墙头马上》的李倩君唱段和昆曲《牡丹亭》里的杜丽娘唱段，剧种不同，但演的都是春天的戏，挺有意思的。我要提前回来准备，参加排练。导演准备让我的这个节目来压轴。"

米粒是个家传熏陶的小戏迷，她当然懂得"压轴"的分量。在戏曲界，所谓压轴戏，指的是一大场折子戏演出的倒数第二个剧目。旧时的梨园，一场演出有时候要耗上好几个小时，演到最后一出，是送客戏，被称为是"大轴"，而倒数第二的，则用来"压轴"。因表演时间过长，观众不等终场即纷纷离座，因此，戏班常常会把剧目的重点放在压轴戏上。演压轴戏的，一般都是戏班里挂头牌的名角儿。

米粒在电话里夸赞邰玉道:"哦!厉害啊!我看你是有三头六臂,来展示你的'四功五法'了!"

——"四功五法",指的是戏曲演员的唱、做、念、打这四种表演功夫和手、眼、身、法、步五种技术方法的合称,这既是戏曲演员的基本功,也是需要优秀的传承人在戏曲舞台上不断探索提升的艺术追求。

"这一回的演出,我要拿出来的不是三头六臂,是千变万化。"邰玉喜不自胜地补充道,"这个学期我们在大学里专门学的就是昆曲表演。昆曲的那种雅趣和空灵,让我在排练和研磨中看到了戏曲的另一种高贵。昆曲有600年的历史,京剧才200年,汉剧是夹在昆曲和京剧中间的——400年;我现在慢慢能够'酝(深度地体会琢磨)'出汉剧在昆曲这种老剧种和京剧之间的那种承前启后的味道了……等回头你看到我的表演后会发现,我现在的'四功五法',又有新的进步……"

"什么样的进步?能够飞檐走壁、靠意念来唱唱词了吗?"米粒开起了玩笑。

"你个鬼丫头,又开始瞎撩我了……"

邰玉笑应道:"我说的进步,指的是我才'酝'出来的那种通透的感觉。我在揣摩昆曲的表演时,常常会拿它来和汉剧的招式做类比,最近就好像触摸到了一种诗意般的幻觉。我们在'国戏'的班里刚排演了《牡丹亭》。这是一出讲'梦'的经典戏,从惊梦到寻梦,'三生锦绣般'的那个春梦故事,'惊觉相思不露,原来只因已入骨'……这种诗意,它本身就是有生命、有故事、有细节的;而我的表演,看起来是模仿着吴侬软语、一唱三叹,其实啊,是被那种诗意牵引着,去追随它想让我看到的无限可能……"

"你慢点说,我要去拿个小本本,把你说的这些话给记下来。"

米粒继续开着玩笑。以前碰到米粒高谈阔论的时候,邰玉也会开着这样的玩笑,说是要找本子找笔,记下这些灵光一现的奇思妙想。在好朋友跟前,这样的玩笑,代表的都是真诚的肯定。

邰玉的话匣子打开了,她接着说道:"传统戏曲,就是'一桌两椅','景随人移';舞台布景很单调。能吸引人的,一定是演员的表演层次的丰富性。好的演员,优秀的艺术家,他在舞台上的'四功五法'里,就一定要有千变万化。我们陈院长的'陈派'表演,就是定义了她所发现和创造的那些变化。以前我总是仰望陈院长,觉得我一辈子追随她、模仿她都不够,她就是我的'学无止境';现在我有点明白了什么叫真正的表演,我不仅仅是要跟着陈院长去学她的四功五法,还要在她为我们展示的那么美好的舞台表演的基础上,再用自己的悟性,把她的成就发扬光大下去。"

"这就对了啊,我一直在鼓励你,青出于蓝要胜于蓝啊!"米粒说,"你回武汉来表演，正好也让你们陈院长看到你的进步。"

"我总是在说，武汉才是我的主战场嘛……我们汉剧院的同事们还总担心我留在北京不回来了。我比哪个都更清楚，喜欢汉剧、喜欢我的人，基本上都集中在武汉。"邰玉在电话里回应道，"我要把这个阵地牢牢地守好，不能放弃在这里的任何一个重要的大型演出。"

米粒一听到"大型演出"这四个字就来劲了，心里想的是看看有没有机会牵个线，给冷垫也安排个节目。这样，他就能顺理成章地来武汉了，那个"争取咱早点见面"的新年祝愿也就能马上兑现。但是，这台《闹新春》的演出她没听江淼提起过。

于是，米粒问邰玉，这台晚会的大轴戏是什么？你能不能搞到演出的节目单？

"我现在手头没有，不过，等我回武汉了，这些事都好办，"邰玉解释道，"我跟晚会的导演熟啊……"

"导演是谁？"米粒追问。

邰玉笑了笑，停顿了一下，轻声说道——

"葛军。"

起先，米粒没有注意到这个名字有什么特别。她的第一反应是看这人我认不认识，能不能直接跟他说上话。那一刻她满脑子里想的都是怎么才能帮冷垫争取到演出的机会。几个月来江淼带着米粒认识了武汉文艺界的不少人，虽然和那些人的交情都不深，但混个脸熟，彼此也都能叫出名字来。米粒在头脑里正过滤着各种人名的信息，倒是邰玉在电话那头的停顿加沉默，给了她一个提醒，她这才想到这个"葛军"是谁——这是个早有耳闻的名字呢——他是邰玉的初恋男友，两人以前在汉口戏校是同一届的同学，一个是汉剧科的，一个学京剧；后来葛军去北京学了导演，两人断了线。

"哦？他回武汉了？"

"对啊，去年底回来的。听说还是电视台的领导专门到北京把他动员回来的。"

"你俩真有趣，你在武汉的时候他跑北京了，现在你到北京了，他又回来了。难怪省台的春节晚会上给你重头戏！走后门了吧？什么情况啊？"米粒说笑着。

"就凭我邰玉这个名字，我在武汉演汉剧，还需要走什么后门吗？"

"好吧，你不走后门，那就帮我走个后门呗……等你回武汉了，一定带着我认识一下葛大导演，久仰大名了这么多年呢……"米粒想认识葛军，其实是有着自己的小算盘。

"行啊……不过你要答应我，当着葛军的面可不要胡说八道……"邰玉很认真地一再叮嘱着。

"放心吧，我知道你有'玻璃高'……我想的是找机会跟葛军做个访谈。"

米粒这么说，一则，她在报社的文艺副刊当编辑，戏曲文化是他们的采编内容；二则，以采访写稿见报作为敲门砖，邰玉帮忙约见葛军的理由就更充分了。

米粒又道："葛军也是学京剧的出身，对舞台、对表演、对电视艺术这种新媒体怎么更好地推介传统戏曲，他肯定有自己独到的想法。你呢，要是谈到戏曲创新、戏曲突围和戏曲新秀，在武汉的戏圈子里肯定你是首选啊……刚才又听你说了那么多'通透'的艺术感悟……你是'国戏'里的尖子，他是'中戏'里的人才，说得'绉（故弄玄虚的文气）'一点，你俩都在北京镀了金，是从武汉走出去的戏曲艺术界里孜孜不倦的探索者……"

"别给我扣这么高的帽子了，我除了唱戏、懂戏和揣摩戏，别的也不会啊……"邰玉说，"再跟你强调一下，现在我跟葛军也就是普通的工作关系，顶多算是个老同学。我不想再提我跟他以前的那些事情了，没意思……"

"好吧，你赶紧回来吧。"米粒道。

"下周就回……"

放下电话，米粒就赶紧给冷垫拨了电话。尽管还没见到葛军，但她觉得，凭着邰玉的引荐，加上冷垫本人的实力，安排冷垫在省台春节联欢晚会上演出这事肯定有戏。说不定还能安排上最后的大轴戏呢……米粒想让冷垫提前做点准备。

"嘿，是我，"这是米粒跟冷垫之间的一贯的开场白，"我们这边的省电视台在筹备今年的春节联欢晚会，我有朋友认识晚会的导演，要不要我跟导演推荐你？"

"你跟这导演熟吗？"冷垫直接问道。

"不算熟吧……"米粒支支吾吾地回答说，"不过……"

"那就算了，费劲……"

还没等米粒解释清楚她跟葛军之间这种熟也不熟的关系，冷垫就抢先拒绝了。

"可是……我在找机会让你来武汉啊……你不是说了吗，要争取早点见面……"

"嗨，你这孩子，脑袋瓜转的……"

每当冷垫把米粒说成是"孩子"，米粒就会意地懂得，他是在赞许着她呢——不过，这种赞许，有时候是因为她的才气，有时候是因为她的认真，也有时候，因为她那份自以为是的执着，但冷垫看着觉得是傻气。

"那……除了这个演出，暂时我也没有别的资源来邀请你啊……"

"到武汉，只要是你正式邀请的，我肯定来……瞎费什么劲，去整什么晚会啊……"

"真的？"米粒感觉很意外。

"你是真的邀请我来吗?"

"当然啊……"

"咱都想见面,那就赶紧。"

冷堃说到做到,买了机票一个人就来到武汉。他定的是飞武汉的早班飞机,头天晚上跟哥们儿喝酒喝到凌晨,就索性不睡觉了,赶早往机场候着,踏实。飞机落地的时候,武汉的早点摊子都还热乎着。

王家墩机场在汉口,米粒先带着冷堃吃了碗热干面。米粒问冷堃:"有什么计划?"冷堃说:"全听你的。"米粒说:"那我就带你三镇一日游吧。"

两人打车从汉口到武昌。从汉水过长江,要经过两座大桥,在两座桥的连接处,米粒指着桥下的一处飞檐斗拱的院墙说:"那就是古琴台,就是传说中的俞伯牙和钟子期高山流水、以琴会知音的地方。"

车子开得快,眼前的建筑一晃而过,冷堃不明所以地回望着附和道:"哦,知音呐……"

第一站,他俩停在了黄鹤楼下。米粒说:"这楼是 1984 年重建的,新不新、旧不旧的,我们就不往上爬了。"

冷堃说:"嗯,听你的。"

沿着院墙绕了一圈黄鹤楼,楼底下就是阅马场和武昌红楼。阅马场如今只是一个地名。米粒告诉冷堃,这个名字的本身就是历史,之所以叫"阅马场",因为张之洞当年搞"洋务运动"时校兵检阅新军就在这里。

阅马场旧址上的老建筑物——红楼,还是红砖红墙,修旧如旧地保留着"中华民国"军政府鄂军都督府的原貌。门口对称地飘扬着两面红色的"铁血十八星"旗帜,迎风招展,旗面的红色比红楼还要鲜红。

米粒又介绍说:"这儿,就是打响辛亥革命第一枪的地方,里面咱也不进去了,你就站在这里设身处地地冥想一下当年的枪炮声和志士们的铁血精神吧。"

冷堃笑了起来,说:"瞧你这填鸭式的教学,讲了这么多,讲完了以后就全靠我站在这里那里,看一下门楼、看一下招牌,剩下的,就跟个傻子似的想象……问题是,人的想象力可不是说来就能来的。"

米粒答:"那你就联想记忆啊……以前我外婆教我的,想记住一个东西,就把相关的什么人和事一起记,你就忘不了了……"

"好吧……那我就记着,武汉的这这那那啥啥啥的,都挺有文化、挺有历史的。嗯,这些都是你教的……你呢,我是记得的;但你教的这些,我还是没学会……"

"无所谓吧,反正这些都写在历史里了。当时在场的人都死了,那些真实的细节有谁是真的见过啊,不也都是当小说剧本在写的吗,靠大家来联想……"

说笑着，他俩重新打车，去了东湖。两人沿着湖边走到了湖心的行吟阁。对着湖心广场中央的屈原塑像，米粒又讲了一段《楚辞天问》的典故，顺便背了段《九歌·国殇》。

冷堃睁大了眼睛听完之后，似笑非笑地感叹道："没辙，学问这玩意儿，就杵在这儿了，靠想象，还真想不出啥来。你真行……刚才我就听到了什么什么'兮'，别的，就啥都没记住……"

米粒笑了起来，说："这不就跟你上一回领我去'顺峰'吃饭一样，都算是'显摆'呗。我这显摆，你记住了'兮、兮、兮'；你那显摆，我就记住了——贵、贵、贵！"

"你这显摆，我喜欢。"

冷堃点了点米粒的大脑门，又跟着她一起坐上了湖边的小木船。

船工用一双木桨使劲地摇啊摇，把他俩送到了湖对面的磨山。

两人绕着磨山脚下修建的仿古建筑群——"楚城"，又是爬山，又是爬楼梯的，冷堃有点气喘，问："这地儿就没个摆渡车啥的吗？"

米粒说："摆渡车让你看的是热闹，靠脚走才能看到这里面的门道。"

"那你早说啊，我就穿双老头布鞋过来了，"冷堃说着，有点无奈地看着自己脚上的那双皮鞋。"那鞋啊，走起路来才轻快。"

"没事儿，我又不是带你爬雪山、过草地的，就咱走的这点路，皮鞋穿不坏。"米粒笑应着。

"那好，这回，咱就慢慢儿地走，细细地看，不走马观花了。"冷堃应承道。

"还是接着看热闹。"说完，米粒就指着半山腰的一块巨大的《离骚》的诗文碑刻告诉冷堃，"你看，这是毛主席20岁的时候在湖南第一师范学校时的楷书作品。你走近些再看看，写得好吧？"

"嗨，书法这玩意儿，我哪懂啊？……不过，这字儿倒是写得挺工整，和平时看的毛主席的题词不一样。这每个字儿，咱都能看得懂。"

"是啊，平时我们看到的毛体字都是行草。这个，是楷书。楷书就是工工整整、一笔一画的。所有人练字，都要从规规矩矩写好楷书开始。小时候我妈让我学写毛笔字，也是练楷书。我学的是柳体。"

"你说，你从小就学这学那，学到现在，学了这么多年，这种显摆，谁赶得上啊？"冷堃看得目不暇接，听得云山雾绕，赞许都是由衷的。他问米粒："武汉人都像你这么有学问吗？"

米粒答："有句话叫，'惟楚有才'，你一定听说过的，对吧？"

冷堃点点头："嗯……有点儿印象……不过，关于你们湖北人，最著名的那句还是,'天上九头鸟,地上湖北佬'……你看看你脑袋瓜儿的,估计里面就长了九个头吧……"

他们不歇气地又去了省博物馆,这一回是进到里面去看了。看了曾侯乙墓里出土的古编钟,听一曲编钟以金石之声演奏的贝多芬的《欢乐颂》,米粒说:"你是搞音乐的,我想你会喜欢这些老祖宗们的好东西。"

冷堃笑应着:"行,咱就按你的套数来。等你下一次到北京,就带你去十三陵……"

最后,两人来到了米粒的母校珞珈大学。珞大坐落于东湖边的珞珈山上,比其学术高度更为闻名的是校园内建筑与景致的美不胜收。一进校门,米粒就带着冷堃去到了一年多以前她还在这里求学时住的桂园。桂园位于珞珈山脚,园区种满了桂花树,是珞大文科生最为集中的宿舍群落;每年秋天,满园桂香,沁人心脾的幽香,能穿透一个人一辈子的记忆。珞大文史哲法等学科的几千名本科生都在这里作息。桂园内,每幢宿舍楼门口的小路最后都连接到通往珞珈山上的"幸福坡"之路——"幸福坡"皆因那些恋爱中的大学生们踏路上山去谈情说爱而得名。

再从桂园沿着幸福坡的大路上行两三百米,行至文理学部教学楼处,即见一广场,广场正中,矗立着一尊巨型的鲲鹏展翅的雕塑。米粒带着冷堃走到雕塑正前方,朗读碑身上的文字道——

北溟深广,鲲翼垂天,云搏九万,水击三千。

读完后,她直接为冷堃解释道:"这些话,来自庄子的《逍遥游》。讲的是,北方的大海里有一种很大的鱼,它的名字叫作鲲。后来,为了飞向南方的大海,这种鱼的鱼鳍就长成了翅膀,变成了鸟,从水里飞到天上,人们给它新取的名字叫作鹏。我们平时用的成语'鲲鹏展翅',就是来自这个典故。鲲鹏环绕着旋风飞上了九万里的高空,展开的翅膀就像天边的云;它用翅膀拍打水面,能激起绵延三千里的浪涛……"

"所以,像你们这些读书时天天从这个广场前经过的大学生们,就都想着说自己将来也要变成这种能飞九万里高的大鸟——鲲鹏……"

"我没这个野心,"米粒笑道,"再说,体力也不够。"

"你已经是九头鸟了,很不错了……"

鲲鹏广场的右侧是"宋卿体育馆",因其得黎元洪后人捐资十万元而建,故以黎元洪之字"宋卿"命为馆名作为纪念。"这个体育馆,既能写进中国建筑史,也能写进中国现代史,"站在鲲鹏广场上,从塑像转身,面对着宋卿馆,米粒特别自豪地告诉冷垄，"1938年，国民党的临时全国代表大会就是在这里召开的。那次大会推举了蒋介石为国民党总裁，并号召全中国的军民团结起来，一致抗日。等一下我再带你往前走一点的那个大操场，就是蒋介石检阅即将奔赴抗日前线的黄埔军校士官们的校场。不过呢，它现在的名字叫'九一二操场'，因为，在1958年的9月12日那一天，毛主席在那个操场上接见了武汉的大学生代表们……有意思吧？"

就这样，从宋卿馆走到老斋舍，又从"六一纪念亭"到"九一二操场"，100年来这所大学和中国历史紧密相连的各种典故，米粒滔滔不绝地讲给冷垄听。

——这是米粒的家乡，她的城池，她的母校。装在脑子里的那些古往今来，她都想倾倒出来跟他分享。这里面，有她全部的骄傲，也是她舍不得离弃这片故土的理由。只是，要说的东西太多，嘴跟不上脑子。米粒说起话来，语速很快；紧赶慢赶地，生怕漏掉了任何一处她记得的精彩。

两人并肩走在珞大那条著名的樱花大道上，天渐渐地黑了，米粒这才主动地去挽起了冷垄的胳膊，小心翼翼地。冷垄很自然地接受了，就像是再正常不过的样子。偌大的校园里，和他们相遇的、在他们身后的，都是些和他俩一样的相互依偎着同行的情侣。

"嗨，听你说了这么多的文化，我在这校园里，就光看到了恋爱的文化。"冷垄说完，问道："你在大学念书时，交过男朋友吗？"

米粒的脑子反应快，马上反问说："你在音乐学院上学时，女朋友是谁啊？"

——都是不太好直接回答的问题，米粒这么机巧地一怼，两人相视而笑。

冷垄说："咱也都别扯那些了，反正，你知道我现在的女朋友是谁。"

米粒明知故问："是谁啊？"

冷垄看了她一眼，也佯装无知地摇了摇头。

米粒本来期待着冷垄直接说一句，"就是你啊"，可他什么也没说。她也只好在心里自我宽慰着："成熟的恋爱，大概都不是那种整天挂在嘴边甜得发齁的。"

那天的晚餐，米粒带着冷垄再次折腾着穿过长江，从武昌到汉口，去吉庆街吃。长江大桥上的夜灯，把桥身和江面都映射得灯火辉煌。冷垄感叹说："你们这武汉三镇的，真大，走哪里都是主城区。"

米粒说："那你就来武汉吧。"

冷垄笑道："这不是来了吗？"

米粒知道冷垄在偷换概念，心里想着的是他说让她去北京，他是不会轻易改变主意的。

三十四

  冬天的武汉是那种透到骨髓里的湿冷——不是武汉的每个冬天都会下雪,但是这里的每个冬夜都能让路面冻得结上冰凌。在吉庆街的饮食文化中,所有牵挂这里的食客都具备着"一不怕热,二不怕冻"的好(念第四声)吃精神。就是说,三伏天要不怕汗水流成了长江,三九天要不怕被东南西北的冷风吹得像个苕货,这才是武汉吃货的基本素质。夏天接近40度的气温下,来吉庆街宵夜,该吃吃、该喝喝,汗水滴进了酒水里,正好多一份滋味;冬天能让地面结冰的零下严寒中,临街喝靠杯酒的桌椅板凳,依然密密麻麻地像夏天一样地全都摆了出来——连那些没有生命没有念想的桌子椅子都不惧严寒,何况是心心念念就惦记着那些家里烧不出来的家常菜味道的食客们呢?!

  一入冬,街上好多门面的门口就支起了烧烤的支架,火炭烧烤滋起来的青烟,把吉庆街缭绕得有着生生不息的烟火气。不光是桌椅一年到头只要天黑了就出摊,吉庆街的那几个民间艺人——"四大天王"——也是风雨无阻、四季无歇地在烟火气中天天来上班。

  冷堃说过,想到武汉他就惦记起吉庆街,惦记起在这里演出的那几个"角儿"。

  那天晚上,冷堃没有因为米粒不沾酒就奉陪到底了。这样的冬天里,以酒暖身、以酒助兴、"无酒不成席",才是冷堃这种北方汉子的生活日常。他以民间艺人的演出当下酒菜,独自一个人就干掉了一斤一瓶的"黄鹤楼"。在武汉,"黄鹤楼"这三个字,不光指的是那座崔颢题过诗的著名建筑,它就是个遍地的物件都想沾点它的彩头的"驰名商标"。最著名的还是以此命名的烟和酒,因为烟酒这两种东西能给男人带来实实在在的能上头的愉悦。这些叫着"黄鹤楼"姓名的玩意儿,其大众影响力甚至不亚于那座仿古复建后的建筑本身。

  在吉庆街的夜市上,冷堃接着地气地喝着黄鹤楼的白酒,听着黄陂腔的黄段子,再来一包黄鹤楼的平装烟……如果他不开腔,他那沉溺于吉庆街这"三黄"特产而喝得面红耳赤的尊容,就像是武汉本地的"酒麻木"。

  吃得尽兴,闹得够劲,喝得半醺,冷堃问米粒:"今晚咱住哪?"米粒答:"江汉饭店。"冷堃说:"咱撒?"米粒答:"好。"

  江汉饭店名声在外,这家二十世纪初由法国人投资修建的豪华宾馆,就在京汉铁路大智门火车站附近的领事街上,早前的名字叫"德明饭店"。据说,取名"德明",来源于英语单词 Terminus 的音译,意思就是终点站。顾名思义,就像大智门火车站是京汉铁路的终点站，德明饭店就是四海旅客的 Terminus。这里曾经接待过的旅客中排满了如雷贯耳的名字，就连国共两党于 1946 年 1 月签署的停战协议，也是在德明饭店中进行的。1949 年以前，几乎所有造访武汉的中外文化名人都会选择在这里下榻：史沫特莱、加加林、陈嘉庚、梅兰芳、程砚秋、韩素音、徐悲鸿、齐白石、关山月……几十年之后，老汉口的繁华之地添加了不少新名胜，而德明饭店，作为武汉的文化地标，依然是让老百姓们仰视的神秘的存在。光是从它门口经过，就能感受到浓郁的法兰西的文艺风情，也能让人想象到里面的奢华。那种奢华，大概就是你所无法表达的高度，因为你从未领教过。

从吉庆街到江汉饭店，也就是一两里地的距离，差不多就是你走到大路上准备打出租车的路程，就已经走完了一半。正常步行速度，十来分钟就够了。

米粒问："走过去？"

冷堃说："你的地儿，你说了算。"

米粒又问："你喝了这么多酒，没事儿吧？"

冷堃站住，把米粒的身子掰转，面朝着自己，然后，低下头，深吻。在只有路灯相伴的街道上，在只有寒风见证的冬夜里，这个迟到的亲吻，终于不期而至。

米粒一惊。这份突然降临的温情，和冷堃身上那比温情还要浓烈得多的酒气，都让她毫无防备。她闭上眼睛，任由他把这个吻无限地持续下去。那会儿她心里在想，我们想见面，是不是就都在等待着这样的时刻？从一早上见面到现在，十多个小时过去了，为什么不早点儿……

一个吻结束，他搂着她，继续朝前走。

"你以前说过一句那谁的诗，叫'明月如霜，好风似水'……"

冷堃说着，米粒接着话头，连了上去，道："是，'清景无限'。"说完，又问："全背下来了？"

"嗨，还不是你教多少，我就学多少呗……"冷堃说，"瞧你这装了九个头的大脑袋瓜儿，里面塞了多少学问啊……"

"我小时候比现在还要瘦，浑身上下最显眼的就是长了个大脑袋。我外婆看我这豆芽菜的模样，就教我唱儿歌，'大头大头，下雨不愁，别个有伞，我有大头'……"

"啥意思啊？"

"就是说我的脑袋太大了，下雨天的时候可以当伞用……这个儿歌要用武汉话来唱就更有味道……"

说着话。走着路。走了几步，他会突然又停下来，重新再来吻一次。好像每次都如同初恋般热烈奔涌，又好像是多年的恋人 般自然而然。

他问:"诶,干吗一亲你你就闭眼了?怕看到我长得丑吗?"

她反问:"你是睁着眼的啊?"

他摇头。

她回答:"知道为什么亲吻的时候要闭上双眼?因为,我们彼此都太闪耀……"

他说:"瞧你这孩子,说的话这么文绉绉的,每句话都那么讲究,我喜欢。"

她没告诉他,这是借用了歌德的话,写在《格言诗》里的。她不敢说得太多。她怕他会说,"你动不动就抛出来一句名人名言,我又接不住了……"

那时候,她把自己的未来和他串到了一起。他的闪耀吸引着她,而她却担心,也许他是畏光的,她要小心地藏住一部分的自己。

米粒跟冷堃,在静寂幽渺的中山大道上走走停停。行走的时候,冷堃很有些晃晃悠悠,米粒挽着他,既像是亲热,又是份依托;停下的时候,他们拥吻,两人贴在了一起,像路边的一尊轮廓模糊的雕塑。冬夜里,寒风更加凛冽起来,在这毫无遮挡物的街道上,它们似乎开心地赛着跑,谁得了冠军,谁就能长驱直入地从他俩的鼻孔直接钻进肺里去;那些跑得慢一些的冷风,就带着汉水江畔特有的湿气流窜着,盘旋着,似乎憋着一股不甘示弱的力量;冷风刮到了脸上,就像是隐形的刀锋。

"冷不冷?"冷堃问。

"当然冷,快冻死了。"

他俩似乎已经很熟了,在冷堃身边,米粒也不用遮遮掩掩地说什么客套话了。

"我把外套脱给你?"

"不用了,你脱了,你也冷。"

"又不是脱光,怕什么?"冷堃开着玩笑。

"啊?你说什么?"米粒明知故问地装着傻。

要是以她本身的调皮劲,她很有可能会接茬说,"就是脱光了也没什么好怕的,兵来将挡,水来土掩",但是,她把这份调侃生生地给憋了回去。对于有些你特别在意的人,普通的玩笑和恣意的放肆,不太适用。

"没啥……"

冷堃说着,伸出胳膊紧紧地把个头瘦小的米粒搂进了怀里。

米粒从来没有这么晚走在汉口的大马路上,也从来没想到过在自己最熟悉的生活半径里会跟冷堃如游神般夜行。路两边的门窗里都是黑灯瞎火的,路灯也鬼影般影影绰绰。要是没有冷堃的陪伴,米粒决然不会去想着要领教这样的夜晚,更别说在这样的场景下创造些什么胆大妄为出来。这夜色,苏东坡说它是"清景无限",其实,现实里的冷夜,别说是"无限"了,连一丁点儿的自然美也不存在。

他壮了她的胆，他的那些小心的试探她都明白，但在这样又黑又冷的夜路上，情话和带些颜色的笑话，似乎都有些多余。

记得不久前在北京相遇时，冷堃还反问过，咱总不至于两人就在大街上吹西北风吧？

这一次，他俩齐全地回答了这个问题，而且，不光是西北风，是四面八方的冷风，都给吹了个遍。

从吉庆街到江汉饭店，两人不知摸着黑走了多久，也不清楚具体的时辰，停停走走着，总算是到达了目的地。这条原本很短的路程，却被两人背着宋词、唱着儿歌走出了那样悠远的距离。

江汉饭店是一座典型的哥特式的法式建筑：三层的砖木结构，覆斗形的铁瓦屋面，花纹凸浮的外墙与圆形的老虎窗，看起来都代表了雍容和优雅。正门是向街心凸出的门斗，主入口有两对雪白凹槽的爱奥尼双柱拱券门廊，彰显着大半个世纪前的审美与华贵。

武汉的历史文物建筑像江汉饭店这样几十年来一直保存完好的不多。它们有的被日本人、美国人或者自己人给炸平了；有的扛不起一场意外，一把来历不明的大火就给烧光了；剩下来的，有的是多少年风吹、日晒、雨打，疏于养护，门口挂满了七七八八的大招牌，外立面又是裂纹、青苔，老旧凋敝得不行；还有一些早就从原本在天上的公馆变成了回归大地的民居，一栋大宅子里塞进了好几十户人家：实诚厚重的木地板被众人踩踏着磨秃、磨陷了进去，飞檐走壁、精雕细刻的墙饰被烟火油腻熏得只剩下黑魆魆的狰狞，张牙舞爪着；高高的内空正好适合加层，家家户户都有着在有限空间中寻找立体延伸，把单门独户改造成许多个隔断和夹层的才能。只留下临街的墙面上的某一处，挂一块不显眼的招牌，昭示着这是一幢"历史文物建筑"。在老汉口这样的"文物建筑群"中，难得有江汉饭店这一处，除了改掉了原来法国人取的"德明饭店"的名号，什么都没有变，连用途也都从始至终地保留着一开始的定位。

两人从门廊拾级而上，脚下踩着的楼梯每一层台阶都有着精致的雕花。

"这地儿不错。"走进大堂，冷堃评价道。大堂里开足了暖气，把他俩刚从街面上带进来的寒气，顷刻就镇压了下去。

"金日成、赫鲁晓夫、胡志明、戴高乐，所有的中国人民的老朋友们来武汉，都在这里住过，当然不错啊。"

"那你也住一次？……今晚，不回去了吧？"

冷堃犹豫了一下，还是把想说的愿望说出了口来。

这是他第二次提出这样的请求了。是他继上次在北京那句"跟我走吧"被拒绝后，重新再拿出勇气，也是思量加酒精的共同成果。"瞧，这儿多暖和啊……"紧跟着，冷垫望着脸冻得通红的米粒，说了个温暖的理由。

"那怎么行？酒店也不允许啊……"米粒马上回绝了。她看到酒店前台的服务员正望着他俩，于是赶紧说道："很晚了，你先去办入住手续吧……"

"这是涉外酒店吧？"冷垫又问。

"对啊……怎么了？"

"是涉外酒店，登记入住就不会找咱要结婚证啊……"

"你开什么玩笑啊……我妈还在家等着呢！"

"那……你给你妈打个电话说一声……"

"说什么？"

"说你今晚加班，不回去了……"

"怎么可能？我从来没有过加班加到要过夜的。我又不是新闻时政版的编辑，哪里会有熬夜赶稿子等发排的可能啊？"

"那就说来了一个老朋友？"

"真的不行。"

"那……我陪你去跟你妈请假？"

"你疯了啊？"

"嗨，你这孩子啊……"冷垫说着，朝前台走过去，给米粒留了个委屈的背影。他调动了自己全部的热情，却依然没有在这个铺垫了一路的温情后，挽留住近在咫尺的女孩子。在冷垫眼里，程米粒真的是个乖孩子，顺从和听话就像是她骨血里的中枢神经——在家听妈妈的话，晚上要回家；跟同事出差，晚上要集合；哪怕是像他这样远道的专程为她而来，哪怕他俩走了一路，亲了一路，她也不会破例。他仿佛看到了米粒头上有个紧箍，牵连着不远不近处那个拥有咒语、法力无边的母亲。

其实，这一次，米粒是心甘情愿地留在了母亲为她画地为牢的世界里。她想不走弯路地去谈一场水到渠成的恋爱，直到——和喜欢自己、自己也喜欢的这个男人——结婚。世间真的是有捷径的，不走弯路的前程，那就是捷径。

米粒想好了，只要冷垫开口说娶，她就马上嫁，一刻都不耽误地全都应承下来。她做好了跟他浪迹天涯的准备。在她的梦想里，如果未来是把母亲的紧箍换成他为她戴上的花冠，哪怕就是用树枝扎成的简单圆环，她也会欢天喜地地去接受。

米粒决定了，在没有结婚前，一定不和冷垫去碰那件要是写到小说中需要用省略号或者是标注此处删掉多少多少字的那种事。

冷垫拿到了房卡，回到米粒身边。"跟我上楼吧……"他第三次提出请求。

"很晚了，我要回家了，"米粒坚持着说道，"明天早上我来找你，我们一起吃早餐。"说完，米粒笑着跟他挥了挥手，转身朝门口走去。

"唉，这夜晚还没过完呢，想什么早餐的事儿啊？"冷堃又叹了口气。上一次他俩在北京的招待所里分别，她还踮起脚亲了他一下；这一次在武汉，她是连这个过程也省略了。

等米粒回到家时才注意到，已经是凌晨快三点了。当她用钥匙先打开防盗门，再打开房门时，钥匙串的撞击声还有扭动门锁的叮咣响，在这样静寂的夜晚格外响亮。

屋里的顶灯几乎就是在米粒踏进家门的那一瞬间亮了起来。她吓得一惊，看到母亲穿着睡衣从卧室走出来，站在了客厅中央。

"您家还有睡啊？""你搞么斯搞这么晚啊？"——母女俩的问话几乎是同时说出口的。

"等了你一晚上。"彭老师又说，"你看看现在几点了。"

米粒没敢直视母亲的目光，低着头进屋蹲下身换了拖鞋，也顺便稳了一下自己的情绪，这才回答道："我不是跟您家打电话说过了吗，今天临时被拉了个差，帮我们另外一个同事搞校对去了……"

"真的吗？"彭老师问道，"我怎么感觉不太对呢？今天我的眼皮子就一直在跳，所以睡不着，总觉得你是不是出了什么事。"

"我能出什么事呢？您家看，我这不是好手好脚地回来了吗？"

"你也赶快睡觉吧，我在你的被子里放了热水袋……"

彭老师说完，回到了自己的卧室。

天亮了。米粒洗漱完毕，准备出门。她把上次带到北京却没有交到冷堃手上的那两份报纸装进了包里。前两天知道冷堃要过来时，她就把这两张报纸专门放在了桌子上，生怕自己这次又忘记了给。

米粒打车到了江汉饭店，径直上了楼，走到冷堃的房间门口敲了门。

里面传出那个熟悉的声音问："谁——"

米粒大声地回答道："我！"

房门打开了，冷堃还是睡眼惺忪的样子。他开了门就扭头又回到了床上，把被子蒙住了头，好像觉还没睡醒。

"起床了！"米粒跟着走到他床前，一边大声地喊，一边掀他的被子。她那副神情，就像他俩是两个要去玩办家家的小伙伴，她打逗着他，想他赶紧起床下地能陪着自己做游戏。

被掀掉了被子的冷堃睁开眼睛看着米粒,说:"再睡一会儿。"对比着她被清晨的阳光梳洗过的语气声调,冷堃的超重低音简直有点像是梦呓。

米粒朝他耸了耸肩,叹了口气,不置可否。

冷堃和她对望着。

她看到他拍了拍床上那处挨着枕头边的位置,跟着说了句:

"过来,到这儿来。"

——"这儿"是哪儿,米粒当然清楚。又进入他俩之间的尴尬模式中。一个是锲而不舍而又婉转矜持地请求着,一个是坚定不移却又留有余地地拒绝着。就像是面对着一个活结,他总想打开,她总是收紧;但那个结,原本就是他俩一起扎出来的。

"这样不好。"

米粒站在原地,没有顺着他的指向在床边坐下来。他俩都知道,他是真的在恳求,而她却不是真的在拒绝。如果她怕他,想躲着他,大可不必一大清早就来敲他的房门,站在他的床边。把自己置身于这样暧昧的境地,不是她"艺高人胆大",只是她信任他,也想靠近他。

米粒换了个声调也换了个话题,道:"不是说好了今天一起吃早点的吗……你要见识一下武汉人'过早'的内容有多么丰富……再不起来,人家早点摊子都撤了……"

"我平时都不吃早点。"冷堃道。

"这样不好,我带你去吃早餐……从今天起,我要你养成好的生活习惯。"

"我不要习惯——我、要、你。"

冷堃把米粒说的最后一句话拆成了两句:我要你,养成好的生活习惯。

米粒想了想,伏下身去,轻轻地亲了亲冷堃的脸,像是幼儿园里的大姐姐安慰着"翘气古怪(偷偷生着闷气不理人)"的小弟弟。亲完之后摸了摸他的脸,说道:"好了,起床刷牙去……我到楼下大堂等你。"说完,她从包里掏出之前没给出去的那两份报纸,放到了冷堃的床头柜上,"这是写你的文章。"

"你这孩子啊——"

听到冷堃这么说,米粒朝他歪着头笑了笑,转身走到门口,打开门走了出去。

从房间走到楼梯口,有着笔直的走廊,地上铺的红地毯特别厚实,踩上去软绵绵的,连脚步的声音也都吸了进去。空气中有着好闻的茉莉香气,幽幽地弥漫着,从脚下到头顶。走廊的内空很高,高得能够勾勒出一种古老的仪式感。这种在武汉的房子中罕见的高度让米粒联想到了她的母校——武汉一中,一中的走廊也是这么高，也是那种有仪式感的庄重、古典和通透。这些都是米粒深藏记忆里的东西。当她记起一件事，或者想起了一个人，这些细节就突然闪现了出来，顺带连那一天的空气的味道也都被唤醒了；记忆被着了色、镶了边，有了氤氲和动静，其中的那些故事自然也就灵动和鲜活了起来。

  冷垫很快下了楼。他俩就像什么都没有发生一样，朝着对方迎了过去。

  冷垫是下午的航班飞回北京，米粒就问道，你要不要现在退房啊？

  冷垫摆摆手说："不急。东西都在楼上，走之前再拿。我找饭店预约了到机场的车，等下就从这里出发。"

  米粒提醒他，过了中午就要多收你一天的房费呢，这里挺贵的。

  冷垫又摆了摆手道，无所谓了。

  出了江汉饭店，走几步就是车站路。和所有火车站前的生活区一样，车站路一整条街就是个餐馆密集、摊铺云集的大市场。尽管大智门火车站早已废弃，旧址早就变成了一处历史景观，但车站路积攒了几十年的人气，依然烟火旺盛。那些早点摊子，热干面、油条是每一家的传统经典，配以炸面窝、欢喜坨、糯米鸡、糖酥饺、汽水包、剁馍、鸡冠饺、糯米包油条……端着大粗瓷碗凑在路边"过早"的武汉人，一般都是找个小桌子小椅子坐下来，左右开弓：右手用筷子夹着热干面，左手还会抓着某一样点心，就像酱香的碱面面条要加些卤牛肉的卤水才提味一样，咬一口点心、嚼一口面条，这才是武汉早点的正确食用方式。为什么很多外地人吃不惯热干面呢，为什么热干面出了武汉吃起来就不那么鲜香了呢，因为他们吃到的就是那一碗有些硬、有些干的孤寡面条，不点卤，不配上个面窝、欢喜坨的热干面，哪里会有武汉的正宗味道呢？

  "昨天带你吃过热干面了，今天我们吃豆皮。"

  米粒拉着冷垫的手，站到了一个架着大铁锅的炉灶前。从饭店大堂一路走过来，他俩都是一前一后差着半步的距离，偶尔擦到了肩膀胳膊，也是很快地又回到了各自走路的状态，彼此都显得有些拘谨。几个小时前就在相同的道路上发生过的那些无比亲近的场景，好像都被夜色给带走了。太阳出来了，城市睡醒了；见证过他们的路灯熄灭了，跟他们嬉戏过的冷风也退场了。被夜色带走的还有他俩的冲动和勇气——一路上，他俩谁都没有刻意地向对方示好。那天之后，他俩的交往一直都是这么端重着，在人前连多走拢一分、肩膀贴着肩膀的靠近都回避掉了。后来米粒想到冷垫的时候，又想起她教过他、而他在那个夜晚也背过的那句诗——明月如霜，好风如水，清景无限。当时，置身于暗夜中的寒冷，米粒没有触碰到那份"清景"所暗含的美好，而在隔着几十年的尘埃风霜后再听到这句话，这才意识到，那份"清景"该有多么难得,也永不再来。

一路上,他俩就那么如影随形地尴尬地走着,直到在早点摊子前站定,米粒这才主动了一下,牵了牵冷堃的手:"到武汉过早不吃豆皮,那简直就像没来过武汉一样。"米粒介绍着。

面前的一锅歪在大铁炉一角的豆皮刚被起锅分完,大师傅就使劲把铁锅一抽、一推,锅又重新稳稳当当地回到火炉正中。他把抓铁铲的油手在围裙上蹭了一下,趁着锅底从温热到爆热之前回火的空档,就开始找对面的食客们逐一收钱。那些之前拿到了豆皮还没付账的、排着队等着下一锅的,都在这个点上来结算。早点摊上的豆皮按"两"计费,就跟热干面一样,二两起步,按需递增。这些早点摊做的都是街坊生意,来的都是回头客,只要看看端上手的豆皮、热干面的堆头,就知道,在武汉,卖早点的小老板们是从来不会投机取巧、缺斤短两的。

"我要四两三鲜的,四两牛肉的。"

米粒边说,冷堃边在一旁付钱。他也不知道要付多少,就掏出了一张红色的大团结。大师傅说,牛肉还要等下一锅。说完看到冷堃递过来的钞票,笑着调侃道:

"一鹅,这大的票子,黑(吓)死个人的,我哪找得开啊?"

米粒赶紧从自己的包里掏了一张20元的纸钞递过去,大师傅麻利地找了零头。他俩站到了一边,给后面排队交钱的人挪出了地方。米粒拿着找零的钞票朝里屋进去,转个身就又端了一盘子"烧梅"出来。烧梅就是北方人说的烧麦,但个头比北方的要大,尺寸赶得上小肉包子。和肉包子不同,武汉的烧梅是菲薄的皮裹着沉甸甸的馅。据说,"烧梅"的这个得名,就是因为它的皮是用走槌擀出的梅花边,里面的馅是开了口的,上锅蒸出来之后,就如同一朵朵绽放的梅花。

看到买了豆皮和烧梅,一张20块钱的票子就能搞定,冷堃有些吃惊:"这么便宜啊?"

"在武汉过个早,能贵到哪里去?"

"你这又是牛肉、又是三鲜、又是这啥烧梅的……"

"这是武汉,不是北京。一般武汉人过个早,一碗两块钱的热干面加上一个五毛钱的面窝,三块钱都不到,绝对能保证你到中午也不会觉得饿。我们这样儿点的,已经是豪华早餐了。"

说完,米粒又拽着冷堃准备去隔壁一家买桂花糊汤米酒。

冷堃站在原地没动,他说:"我想看看豆皮这玩意儿是怎么整的。"

在炉子后面的大师傅听出了冷堃的北方口音,于是就主动地一边开工、一边用着弯管子的武汉普通话介绍起来:

"我屋里的豆皮,不比隔壁的'老通城'差(武汉的老通城酒楼有'豆皮大王'的美誉，坐落在大智路口，毗邻车站路，毛主席每次到武汉，都会亲临老通城，去吃这里的豆皮——注），还比他们便宜。他们是名声打出去了，其实，还不是会店大欺客——宰的就是你们这些听到了老通城的招牌、说风就是雨的外地人……别个说，毛主席都为他们家的豆皮打广告，但是，你觉得你吃到嘴里的豆皮会跟毛主席吃的是一个水准吗？是个苕货都懂这样的道理吧……'识黑的（懂行识货的人）'，都是到我这里来吃豆皮……我做这个豆皮啊，不管接待的是主席还是这每一天来关照我生意的街坊们，用的都是一样的真材实料……"

"您接待主席啊？"冷堃顺着大师傅的话调侃道。

"领导们都忙，暂时还没有时间过来……"大师傅自己都把自己逗乐了，"不过，像我这种童叟无欺的真本事，领导随时想过来，我都经得起检查撒……"

说话间，大师傅把锅底刷了一圈油，端起一桶乳白的浆汁，像泼墨般地沿着锅壁倒了一抽手的分量进去。只见他抓起锅耳朵，把大铁锅提起来一推、一转，浆汁就平平稳稳均均匀匀地在圆形平底的锅面上摊平了。

"做豆皮是有诀窍的。首先，是皮要做得好。就像一个人吧，要皮相好才讨得了好撒……你看我这摊豆皮的浆，里头有豆浆、米浆和鸡蛋。我们家做起来是蛮讲究的，磨豆浆用的豆子是脱壳的绿豆，米是用的精白米，不是那种粳稻米，鸡蛋也是土鸡蛋……"

大师傅是聊天跟干活两不误，那张嘴忙得跟他的那双手不相上下。眼见着米浆很快就被炙火煎得焦脆起来，变成了面皮，大师傅抓起锅边一个大铁碗里的土鸡蛋，土鸡蛋个头不大，他一手握三个，轮番在锅壁一敲，鸡蛋壳裂开，蛋液就坠到了锅中心。他用像是按了快进键的速度，"要拉（手脚利索）"地敲完了三个蛋，一次性地把蛋壳扔进了脚下的大铁桶里。如此再反复一趟，六个鸡蛋就都在锅里碰了头。

不等鸡蛋被煎得成了型，大师傅迅速地用锅铲把鸡蛋戳开、戳散，让金黄的蛋黄蛋白汁都沾上面皮，直接给整张面皮上刷了一层金。紧接着，他双手抓住锅两边的提手，一押、一抖、一颠、一掀，面皮就整张地翻了个面。

"瞧您这手艺，了不得！大师傅啊！"冷堃夸赞道。

"那不是我自吹自擂，有得个上十年的磨练，绝对是把不准我这个力度、火候的！我的这个站功、腰力和臂力，不比那些运动员们差啊……要是我们做豆皮的也能评个职称，我肯定是个做豆皮的教授！"

大师傅说笑着，把锅往火炉边上移了几分，戴上塑料手套，从炉灶边齐腰处的另一个大铁盔子里抓出一坨一坨糯米饭来。他接着讲解道——

"武汉人吃豆皮，吃的是里头的内容。豆皮里头的主料是糯米。糯米管饱啊。

我跟我老婆都是每天早上三点钟就起床开始准备，磨豆浆米浆，把糯米饭蒸熟，还要把豆皮里的臊子炒好备齐。蒸这个糯米，要用木甑子，这样出甑的糯米饭就会带着一同熏蒸过的木头香……"

大师傅从甑子里面抓出来的糯米饭，每颗米粒都独立地散发着铿亮的光泽。他用三根手指轻轻地把米饭压平挤匀，保证面皮的中间部分都承担了两指厚的米饭。紧接着，就从锅边摆成一排的铁碗中，逐一抓出事先准备好的鲜笋丁、卤肉丁、香菇末、干子丁、榨菜丁，一把一把地凌空飞撒，像播种似的，抛入锅中。等这所有的辅料都覆盖在了米饭上，大师傅拿着锅铲，把面皮的四周挑起来，折叠在米饭之上，压平。原先大圆饼似的面皮，铺上糯米再把边沿一折一叠后，就成了四四方方的形状。三两分钟的工夫，大师傅又揪着铁锅的两个耳朵，往怀里一收、往空中一抖、往前方一推，紧接着再使劲一掀，裹着糯米饭的豆皮就在空中来了个筋斗云，之后落定归位，全然翻了个身。此时，裹着鸡蛋的面皮已成焦黄色，点过油的锅底好似给蛋皮抛了光，金灿灿，亮闪闪。大师傅老到地抓起灶台上的一个瓷圆盘，锅铲贴着瓷盘，就像是绘图时铅笔比着直尺那样，瓷盘横着滚一圈，锅铲就跟着切割一轮；瓷盘再竖着滚一转，锅铲又跟着切割一轮。就这样，大师傅三下两下地在一整张豆皮上划出了几条"井"字，切割成许多豆腐干大小的方块。最后，再从炉边的调料碗里揪出一把小葱切出来的葱花，仙女散花似的撒在豆皮上。小葱也在瞬间升华了一锅豆皮的鲜香。这个时候，大师傅就把铁锅彻底挪到炉灶边，离开火源，起锅分配了。

一锅热气腾腾的三鲜豆皮，从下浆到起锅，不过五分钟的时间。第一份出锅的豆皮就递到了冷堃的手上。"这是三鲜的，我马上再做一锅牛肉的，您家先吃着，下一锅马上就好。"大师傅强调着。

出锅的豆皮，一个方块就是一两。米粒要了四两，四个油亮焦脆的蛋皮方块就层层叠叠地码在了白色的瓷盘上。冷堃一手端着烧梅，一手接过豆皮，闻着香时就觉着饿了。正好米粒也端着两碗桂花鸡蛋糊米酒过来，她也一手端一个碗，碗里米酒的高度快齐到了碗沿，米粒走的那几步路，米酒也就顺着碗口晃了一些出来。

他俩就在路边找了个临时摆出摊的小木桌子，桌子边清一色的塑料小马扎，他俩都不见外地坐了上去。木桌也就半米多高，马扎更是矮小，这么坐下来的两个成人一下子矮了一大截，远看就像是陕北人蹲在地上的模样。

碗盏摆上桌，米粒笑问道："感觉不错吧？"

冷堃感叹说："你们武汉人的早餐，看着就觉得费劲。刚才那位豆皮大师傅说了，他们两口子每天都是早上三点钟就开始准备了。"

"你现在明白了吧，为什么我一定要你吃一下武汉的早餐。人家大师傅们这么劳神费力地准备了好几个小时的东西，你要是来了不尝尝，会后悔的。"

"这些老板们挣点钱不容易啊……"

"那肯定啊……武汉人的生活状态和消费水平就是这样子的啊……"

"所以我跟你说，你要到北京去……"

米粒没想到，看着武汉这么琳琅满目的早点摊，冷堃竟然也会弯弯绕绕地扯到这个主题上。她只好认真地回答道：

"想去北京真不是件简单的事……除非……我现在就辞了公职……"

"那就辞了吧，"冷堃停顿了一下，看似轻描淡写地说了六个字——

"大不了，我养你。"

就在大智路油腻的街边和熏黑的小桌小椅子边，"我养你"这三个字横空出世。四周是接地气的早点摊和行色匆匆的过着早的人们，这几个字衬着如此潦草的烟火气为背景，显得格外突兀。听到它的一瞬间，米粒本能地感动了一下——这话有点超出了她的人生规划和爱情想象。她没想到他会这么说。冷堃是第一个如此直接地跟她做出这样的承诺的男人。她也相信他有这个经济实力。她又想到了之前他跟她开玩笑说过的——"你这孩子好养"——看来他是反复掂量过"养"这个字的分量。比起米粒日常吃的热干面、坐的公交车、打长途蹭的是公家的电话，冷堃已经可以用"顺峰""红旗""大哥大"来招待朋友了，到武汉来下榻的也是这个城市最贵的江汉饭店，就算是只住一晚上要付两天的房钱，他也不怎么在乎。虽然冷堃还不那么出名，走在路上还没有人会认出他来，但他在音乐上的执着和他嗓音上的天赋，足够撑得起他未来在歌坛会有着一个前程似锦的舞台。被这样一个男人承诺说"我养你"，在他脱口而出的那一瞬间，她真的是心花怒放。但这幸福感一闪而过后，米粒马上想到的是，我为什么要你来养呢？我又凭什么让你来养？

能被自己心仪的男人"养"起来，对有些女人来说，也许就是圆满，但米粒不是这样的。他愿意去"养"她，这是一份共赴未来的邀约，但这不是她期待的版本。

程米粒想要的，就是明明白白地求婚，认认真真地结婚，长长久久地相伴。她不需要他的供养，她甚至相信，要是真的生活在了一起，以自己的才学，应该还会帮助到他去走向更高远的未来。

米粒想不明白的是，他能让他的小弟喊她嫂子，能接到她的邀约就飞来武汉，能正儿八经地说出"我养你"，他又是个年轻的单身汉，在这样的前提下，他为什么就不能对她直接说上一句——

"嫁给我吧……"

"昨天上了一天的历史课,今天要歇会儿了。"

两人吃完了饱饱撑撑的早餐,冷垫跟米粒这么说道。他的本意是说,要不咱回饭店吧。他没直说,米粒就压根没往这一处去想。

"我还想着说,带你去看看我的老家……"

"你老家离这儿远吗?"看米粒这么说了,冷垫就问道。

"不远,"米粒边说边摇头,"我俩打个出租车过去,也就是个起步价吧。"

"成……那,就带我过去看看。"

米粒带着冷垫到了前进四路。

她本想告诉他,这半条街的老房子曾经都是他们家的祖宅,这里的汉剧院也修在她家祖宅的地基上;她还想告诉他,自己是在这里出生,听着汉剧长大,后来在马路对面的一中上学;她想说的是,这一条不算长的街道,几乎浓缩了从黄陂来的王家、彭家和现在她这个"程"姓父女俩跟武汉的各种渊源,而她所能触及的祖辈——那些她记得名和姓的先人和她最想念的爹爹嬷,都是从这里走向了永生。米粒甚至想让冷垫在那些依然屹立不倒的老房子的斑驳中找到有关她血脉的某些辉煌的痕迹。她很想让他知道,在偌大的曾经骄傲和繁华无比的武汉,在800万人的芸芸众生中,她和她的祖先,并不是那么那么的渺小……但这些话题好像都太大太远了,米粒不知道该从何说起。

于是,当他俩在武汉一中的门口下车后,她只是指着明晃晃的大门说了句:"这是我的母校。"

"第一中学啊?每个城市能叫'第一'的中学,都是了不得的……"冷垫看着一中大门口的巨型黑色大理石背景上镶金的舒同题写的那七个大字——"武汉市第一中学",随口奉承道。

"是啊……我就是从这里被保送到珞珈大学的,"说完,米粒马上意识到这样的表述有"显摆"的成分,赶紧补上了一句道:"还不是沾了学校牌头大的光。"米粒指着离校门不过十步之遥的教学楼又说道:"你看,我们学校的教学楼气派吧?60多年前盖起来的,到现在来看,都很时髦,对吧?这房子在当年是很了不得的,是汉口的地标……"

冷垫看了看楼,又看了看米粒,道:"不用谦虚,就算学校了不得,也不是教出来的每个人都能被保送上大学的吧……挺服你的。"

"所以呢?"

米粒有点俏皮地追问道。她心里希冀着,要是在这样的对话语境中,在母校的大门口,他能把"爱"或者"娶"这样的字眼说出来,那将会很有仪式感。她是在用那种接近于撩拨的暗示的语气提醒他,就像是给他递过去了一个预先准备好的梯子。而他，只用踩上去，就能站到她想要的高度。

"所以什么？"

不知道冷堃是真没有意会到，还是故意地回避着，他把米粒递过来的"梯子"晾在了一边。他俩就像玩着捉迷藏的两个小朋友，虽然是躲着，却又故意地露出一点尾巴，希望对方能够赶快看到。可惜的是，冷堃先丢过来的暗示米粒没接住，米粒后递过去的梯子，冷堃也没瞧着。

米粒有点失落，给自己圆场道："所以——我带你过来这里看看啊。"

"挺好的。"冷堃淡淡地说。

"整个这一片，武汉人喜欢称作是'六渡桥'，它在武汉的地位，大概就像北京的王府井吧。"米粒又补充了一句。

"挺好啊。"冷堃还是淡淡地给出了一个没有任何感情色彩的回应。

这个话题就这样到此为止。这一处米粒想隆重推荐的"景点"，在冷堃那里也就算是礼貌地跟随着——甚至可以说是迁就地奉陪着——到此一游，打卡完成。

几年后，武汉出了个叫"阮成发"的市长；他是土生土长的武汉人，能说一口流利的武汉话。因为他大力推动城市更新改造，民间给了他一个谐音的"满城挖"的外号。在"满城挖"当市长期间，武汉确实给挖了个底朝天，武汉人在经历了好几年的交通不便、生活不便后，用上了过江隧道，坐上了地铁，也有了从北京开过来的"王府井百货"。正如米粒当年向冷堃介绍的那样，那幢拔地而起的"王府井百货大楼"，还真就建在前进四路和中山大道的交会口——那个一整片都被老汉口人叫作六渡桥的地方。

程米粒没有想到过，他们这次专程的前进四路之行，是她最后一次认真地去仰视母校这幢哥特式的老建筑，这里寄放了她的整个中学时代，它们很快就要追随着那些岁月从实体变成虚无；而"汉口电子一条街"所依托的那些原属于他们王家的两层楼的联排老房子，也是她最后一次心无旁骛地面对和凝望着它们苍老的模样。

几个月后，为了适应新时期的教学体量和招生要求，一中决定拓宽教学楼面积，那幢修建于20世纪30年代的老教学楼，因为无关教学的面积太多、教室数量有限，主管部门决定将其全部推倒后在原址上重新规划设计、盖建新楼。又过了几个月，前进四路的拆迁计划终于落实了下来，住户腾退清理，商家另寻新铺。在一个和平时相比并没有显得有什么特别的清晨，这条活了几十年的老街上来了两辆推土机，一群戴着安全帽的工人在街道上绕着那些老宅子拉了胶带打了围。然后，就像老汉口所有的旧城改造项目一样，只用不到半天的工夫，这两台推土机就把前进四路双号门牌的所有门窗、栏杆、墙面给全部推倒掀翻。倒下来的砖瓦朽木，还有大大小小的玻璃碎片、生活垃圾，全都给堆在了路边，连人行道也被压了进去。这些门窗、木头、墙面、砖瓦曾经组成和护佑过的那些空间，都不复存在。而这些建筑垃圾堆积着拱起来的样子，就像是六渡桥的市井中突然新生了一个巨大的坟包。所有凝结和寄存在这些砖瓦灰砂石上的故事，从此都被活埋在这里。

那些废墟在前进四路上堆了一段时间后才被陆续清理干净。

期间有一次，米粒从那里经过，心疼地停下来望了它很久。一边是不复存在的老宅，一边是不复存在的校舍——站在路两边都是废墟的街道上，米粒突然有一种无家可归的伤感。这条路是早就知道要拆的，也原以为许多年前就会拆掉的，甚至很多人是巴望着赶紧拆垮推平、以旧换新的。但是，只要一天没拆，就还有一天的念想；房子还在，就好像那些从前、曾经与往事，都还被这些老房子妥善地收藏着。她在心里遗憾着，竟然没有跟老家、老校，好好地、认真地来一次告别。但是，怎样的告别才算是好好的、认真的呢？她想到了上一次跟冷堃在这条路上蜻蜓点水地停驻。原来，那个被她当成是怀旧的仪式，本质却是诀别。前进四路就像是米粒生活中的一位举足轻重的老者，已是垂垂老矣，仍一息尚存。她曾经常常过来探望。也许某一次的探望，就会是她跟它的最后一面了；但是，不到最后死别的那一刻，谁会知道我们已经见过了此生的最后一面呢？生活，是不会有任何事先写好的剧本的。

米粒和冷堃站在一中的大门口，招手喊停了一辆出租车。她让司机往江边开，说是让冷堃沿着汉口江滩看看江汉关、武汉港和武汉防汛纪念碑。

车子一边开着，米粒一边沿着街景讲述着：江汉关大楼是中国最早的三大海关之一，这座英国洋行设计的建筑，融合了欧洲文艺复兴时期的建筑风格和英国钟楼的建筑形式，是近代中国政治、经济、军事、文化的缩影……而紧挨着江汉关的武汉港码头，是长江国际游轮的母港，因为它的外观像一艘巨型的大船，被誉为是"亚洲第一船"……

出租再往前开两三分钟，就是防汛纪念碑，这是为了纪念1954年长江发大水时的那段特殊记忆。

"那一年整个武汉才150万人口，就有差不多40万人受灾，几千栋房子被水冲垮，我妈差点都被洪水淹死了。"米粒说着，又唯恐冷堃在疾驰而过的车上没看到纪念碑的细节，补充介绍道："这个纪念碑上有天安门广场的图像，还嵌着有毛主席的头像，下面是描绘武汉人防汛抗洪的浮雕，基座正面镌刻着毛主席诗词《水调歌头·游泳》……"

米粒讲得掏心掏肺，冷堃在一旁听着却似乎提不起什么兴趣来。他在北京的日子天天都要从天安门广场前经过，那里有更巨幅的毛主席画像，有更威严的人民英雄纪念碑，有更宏伟的讲述五千年中国渊源的浮雕。他来武汉，不是为了看这些跟他的生活毫不相干的建筑、雕塑和头像的。

"哦，你们武汉的大楼、大事都是跟水有关的。"他嘴里敷衍着应和道，心里也确实在寻找着武汉到底有什么特别的地方。

"是啊，老汉口的文化，就是码头文化。其实，直到今天，这种码头文化在武汉也都是根深蒂固的。"

"嗨，你们这些文化人，生活在码头边上，就非要把码头也定义成一种文化……咱就不能不谈这些了吗？"冷堃小声地揶揄着，紧接着问道："这儿离咱那饭店远吗？"

"不远，转个弯就到了。"

"那就回饭店吧。"冷堃终于把一大清早就想说的话，挤了出来。

跟着冷堃进大堂。跟着冷堃进电梯。跟着冷堃进屋子。他俩一直都是一前一后。进到房间里，关上了门，还是一前一后。

房间已经被打扫过了，洁白的床品熨得平平展展，绷紧着顺着床沿包裹住了整张席梦思。屋子里靠窗边的位置摆着两张单人沙发，中间隔着个胡桃木纹路的茶几。冷堃先走了过去，坐进了其中的一个。米粒尾随着，在另一张沙发中坐下。

"喝点茶？"冷堃问。

"不用了。"

"那就喝点饮料吧。"

冷堃起身，走到房间的小吧台边，打开了吧台底下的冰箱。他得找点什么事做才能掩饰自己的局促。他把他喜欢的这个女孩子领进了他专门为她而来的房间里。这间屋子关上门后可以发生许多故事。昨晚上和大清早没能发生的，现在还能捡起来翻盘。空间仅属于他俩。时间也是。

冷堃从小冰箱里取了一听可乐和一罐啤酒。可乐递给了米粒，送出去之前还帮她扯下了易拉罐的拉环。他回到属于自己的沙发里坐下，拉开他的啤酒，仰头抽了一大口。

大概是啤酒和可乐给了他俩思考的时间，也让他俩把接下来在这间屋子里的交往方向定了个调子。冷堃讲起他正在创作的新歌，讲歌词的来由，讲旋律的设计，说着说着就清唱着哼了起来。他说，他俩第一次在吉庆街吃饭时她背诵的那首冯乃超的诗给了他灵感，他觉得飞蛾扑火的爱情一定能写成一首好歌……

米粒认真地聆听着。他侃侃而谈的音乐梦，是她感兴趣的。这是他的未来，也事关他和她的未来。米粒觉得，这就应该是她想看到的这个她喜欢的男人最好的样子。

科学证明，18 岁到 25 岁，是一个人荷尔蒙分泌最旺盛的年纪。这两个惺惺相惜的年轻人正好都在这个年龄段。但他们的荷尔蒙似乎没有成为大脑里的指南针。他俩默契地把冷堃此次武汉行的最后几个小时变成了一次——独立的、专业的、正式的、没有一句插科打诨的废话的——访谈。他们就那么隔着沙发中间的茶几坐在了各自的沙发里。她看到了他眼里的光。这束光，是他吸引她的理由。

三十五

差不多快到该出发到机场的时间了。米粒提醒冷堃："我们是不是该走了啊？"

冷堃起身，去拿自己的背包。就是在外地住上一天的旅途，他没什么需要携带的行李。空荡荡的背包里装进了米粒带过来的那两张报纸——这是他武汉之行的全部收获。其实，要真只是为了这个背包，走哪儿都能提着，他犯不着再多支付半天一天的房费。他为这个房间预留的那几个小时，原本不是为了畅谈音乐梦想的……

"好啦——走啦——"冷堃背起包，站在了米粒的跟前。

米粒站起，上前一步，面对面，几乎是脸挨着脸地站在冷堃的面前。他伸出手来抱了抱她。拥抱的时间非常短促，伸出去的手很快就收了回来。这个拥抱，就像是任何一种用以友好示意的礼貌的告别。

轮到米粒伸出手，环抱住了他的腰。手就停留在腰间，持续地传导着两个身体的温度。她听得到他的呼吸和心跳，就像那次在黑暗的剧场里看那场记不得名字的电影时的感觉。

他低下头吻了她，然后轻声问："干吗不早点儿？"

她朝他笑笑，答道："下一次吧。"

——她再次说到了"下一次"。

"你说了算。"他答。

他俩的话都说得简洁而又直白，几乎省却了两句话里所有的主谓宾，只留下了定状补。有时候，定语、状语、补语，才是决定着主谓宾的导语。其实，有些事在任何时候想要开始都不算迟，有些事只要你真心想实现，就没有挡得住你的借口。

他俩总是拉扯着，他想前进一步，总差那么一点点；当他要放弃时，她又往前了一点点。他们都在用自己猜度出来的认知看待着彼此交往的分寸。因为牢记着分寸，仿佛连梦做起来，也都是有分寸的。

他俩又是一前一后地出了房门。进电梯。到大堂。退房。

冷塬独自上了饭店安排的去机场的商务车，一辆黑色的奥迪。这个品牌米粒认识，她知道它最大的一个特点就是——"贵"，和冷塬在北京坐的红旗车一样。只不过，红旗代表的是华贵，奥迪是富贵。不管属于哪一种贵，都不是米粒能够消费得起的。

上车前，冷塬亲了亲米粒的脸颊，拍了拍她的脑门。他说起了头一天夜晚米粒跟他说的那首儿歌："大头大头，下雨不愁，别人有伞，你有大头。"

米粒得意地问道："你都学会啦？"

"嗨，瞧你这大脑袋瓜儿的……跟你学啊……嗨，就喜欢你这样儿的……"

车子开走了，米粒看了看后车标，奥迪的那四个圆环丝丝相扣，她把它们想象成是他俩紧握的双手。

看到冷塬坐的奥迪车在院子里的转盘旁转了弯、上了大路，米粒赶紧跟着走出饭店。回到编辑部，她瞅着眼头、抓起话机，拨叫了属于冷塬的那个烂熟于心的手机号码。

"到机场了？"

——"早就到了。"

"干吗呢？"

——"待着。刚才又看了一遍你写我的文章。真好。"

"你搞得我不好意思了……"

——"我会好好收藏起来……你在干吗呢，上班啦？"

"是啊……"

——"那就好好待着吧……"

"还有呢？"

——"那……等你来北京，我带你去'十三陵'。"

"十三陵"的典故，是冷塬在这趟特定的武汉历史文化之行中给米粒随机开的一个小玩笑，彼时用在他俩的道别辞中，既是默契，也像是约定。米粒在冷塬的调侃中听出了温暖的邀约。

放下电话，她的心情格外好，连拆读者来信的信封时脸上都挂着笑。她一边用剪刀剪着信封口，一边在心里反复地默念着冷塬这个名字。他这次来武汉，他俩的关系应该是又朝前迈了一大步。这么慢悠悠地来谈着恋爱，就像一出戏，每个细节里都有故事，每个眼神里都有韵味，每句对白都精雕细琢；而这每个细节、眼神和对白，都是奔着大结局去的。

不管多悠缓的唱腔、多跌宕的周折，一出戏也就是一两个小时就能讲述完一段人生。米粒心里在说，快了，我们的这出戏，大团圆的结局就快要到了。

好心情一直持续到米粒下班回到家。当她推门进屋后，看到彭老师正系着围裙在下厨。屋子里萦绕着美食的香气。米粒径直走到厨房里，问："晚上吃什么好东西啊？"

"我做什么，你就吃什么。"

彭老师这答话的口气有点冲，把米粒刻意套近乎的热情一下子就浇灭了。

米粒意识到了异常，赶紧问道："有什么需要我帮忙的吗？"

"你能够每天按时回家，不要让我操心着急，不跟我添乱，这就是你在帮忙了。"

听到这话，米粒就知道彭老师还在计较着自己昨夜的晚归。她马上讨好道："我知道我错了，以后再要是像昨天那样加班搞得晚，一定及时跟您家打电话。"

"你真的知道你错了吗？"彭老师反问道。

"当然啊……您家不是总说我是小错不断、大错不犯的吗？我——知错就改。"

"你觉得这一次你犯的还是小错吗？"彭老师继续反问道。

听到彭老师一而再、再而三地用反问语气说出这种明显的问责之词，米粒感觉母亲似乎已经抓到了什么确切的把柄。她很有点心虚了起来。

看米粒没有说话，彭老师直接把话挑明了说："是不是冷堃到武汉来了啊？昨天你是去陪他了吧？"

米粒当时就惊呆了。看来，从头一天夜晚彭老师说她的眼皮子老在跳开始，她就是一直在暗示米粒，等着米粒的一句实话。糟糕的是，彭老师用心良苦的提醒，完全被米粒给忽视了。彭老师是怎么知道的呢？难道是他俩在路上游历的时候遇到了彭老师的什么熟人？——不会有这么巧的事情吧。就算是真遇到了母亲的眼线，人家怎么会一眼就认出冷堃来了呢？冷堃的名气有那么大吗？

看到米粒哑口无言的表情，彭老师镇定自若地又补了一句：

"你以为你扯个什么工作的由头就能糊住我了吗？你才上几天的班啊，就想跟你妈斗智斗勇？恐怕你还有得那个水平吧。"

——彭老师连蒙带诈地，就把她的猜测给坐实了。

其实，关于冷堃有没有到武汉来，米粒是不是见过他，这些都是彭老师的推测。她每天都会到米粒的卧室里转一圈，看看床上地上有没有灰尘，需不需要打扫，也看看米粒的书桌上放了些什么东西，或者米粒摆在桌子上的稿纸写了些什么新内容。她总是不动声色地看了，又不动声色地还了原。两天前，她看到书桌上突然出现了两份过期的报纸，打开一看，里面有米粒写冷堃的文章。彭老师看在眼里，却什么也没有说。米粒昨夜的晚归，本来就有些反常，彭老师诈了句"眼皮子老跳"，米粒的回应更是闪烁其词，这就让彭老师加重了怀疑。直到今天下午她下班回家再看米粒的书桌，这两份报纸不见了。把报纸的突然出现和突然消失，联系上米粒昨夜的晚归，彭老师觉得，冷堃一定是个能串起来某种因果关联的关键点。结果，轻轻松松几个反问，米粒就不打自招了。在她们母女的心理战中，米粒的沉默就代表了认账。彭老师恨不得在内心里给自己鼓掌。几十年带高中毕业班的班主任生涯，她早就擅长于从这种涉世不深的"伢秧子（小孩子）"身上诈出真相和实话，"兵不厌诈"绝对是探索真理的制胜法宝。不是她看低这帮小年轻的道行，但最后那句"就想跟你妈斗智斗勇？恐怕你还有得那个水平"，确实就是彭老师的肺腑之言。

看到米粒那副被点中了要害之后的蔫怂样，彭老师继续说道："米粒啊，你也20来岁了，有些正常的社交也是人之常情。你要是跟我实话实说，有朋自远方来，你们一起聚一聚，搞得晚一些回家，我也能理解。这种事有个回数，我不会不批准的啊。"

听到彭老师的这段话，米粒快要跳出胸腔的小心脏又滑溜地回到了身体里，简直有种大难不死的侥幸。不管彭老师是怎么得知冷堃到武汉来见到米粒这事，但从她的语句中可以断定，她并不知道米粒跟冷堃已经走得有多么近、他们的未来可能会走得多么远。大概在母亲看来，米粒跟冷堃，不过就是一大帮子朋友一起山吃海喝地搞到深更半夜罢了。

"我呢，不反对你交一些有水平、有才华的朋友。冷堃的歌确实唱得不错。我就事先提醒你一句，你们做个朋友我不反对，他到武汉来你跟他一起吃个饭我也不反对，但是，你不要跟他走得太近了。"

"嗯。"

"希望你真的能把我的话放在心上……你还记不记得你上高二那一年，为了那个什么费翔，三个月不过早，就为了买他一盒磁带？我当时那么狠心地教训你，你以为我不心疼你吗？我只是想给你一个深刻的教训，让你明白，你未来的人生的路还很长，在这条路上，要是去喜欢一个会唱歌的戏子，是绝对没有前途的！"

"哦。"

听到彭老师又扯出陈年的旧账，要把结了痂的伤口撕开，米粒只好一个"哦"字表明她在听。她当然都听到了，包括那句"会唱歌的戏子"。在彭老师眼里，从费翔到冷堃，都是"会唱歌的戏子"。

彭老师又说道："还跟你说个事，昨天冯春晖来我们家了。就是我那个在硚商百货当经理的学生。他告诉我他马上要调动工作了，调令已经下了，过完春节就到区政府上班。我就说过吧，这个伢有出息，做人又讲情义，今后的仕途还要往上走的。这一回，他又给我送了不少水果来，你看茶几上摆的那些香蕉、苹果和美国提子，都是他送的。你赶紧趁新鲜多吃一点，那个美国提子，市面上都没见过有这么大的……"

米粒看了看茶几上摆出来的几个大果盘，她注意到了彭老师说的"提子"，确实是晶莹剔透、紫气东来的那种水灵。她揪下来一个，仔细看了看，问道："这叫提子？我怎么觉得就是大号的葡萄啊？"

"你懂个鬼！冯春晖专门说了，这个不叫葡萄，叫提子。他刚去过美国考察的。他是见过大世面的……"

米粒不吱声了。在彭老师跟前，她是永远赢不了的。更何况，关于这种大个头的紫色浆果，到底是叫葡萄还是提子，反正都是下嘴吮汁的食物，有什么争执的意义呢？

提到冯春晖，米粒自然就想到了家里的那20万元，于是问道："您存在砳商里面的钱，拿到利息了吗？"

"当然拿到了啊！砳商是按季度支付的。前段时间你去北京时，冯春晖亲自送了过来。月息百分之二，给的利息一分都不少，一万二啊……"

"那就好……"

"想想看真不错啊，20万元在他们那里存三个月就有一万二了，昨天冯春晖过来的时候，我就又给了他一万元，让他追加到我们的本金里去。现在社会上到处都在搞集资、拉存款，我也不'苕（傻）'，除了冯春晖，换成第二个人我都不会这么干的。我是把家里所有的老本都交给了他。反正我跟你爸爸还有你，三个人都有工资，家里也没什么要花大钱的地方，还不如就把闲钱都放在砳商去挣利息。昨天我给冯春晖的这一万块钱就是从他给我的利息中间抽出来的。"

"您是有钱人。"米粒望着彭老师，亦正亦邪地说道。

"你这说的是什么话？我们家里的钱又不是大水淌来的，你要知道，那都是你的老爹爹王校长和你的嬷他们这两辈人一点一点积攒下来的，也是我后来带着你一家一家求爷爷告奶奶才要回来的，再加上你爸爸到处讲课、熬夜写书挣的稿费——你未必不晓得能团圆成今天的这20万元有多么不容易吗？"彭老师横了米粒一眼，道："我为什么这么省吃俭用还巴心巴肝地把钱都交给冯春晖吗，还不是得着机会了，就指望着能让老祖宗的这点老本变得多一点啊……"

三十六

星期天早上，当程米粒睡醒时突然发现已是艳阳高照。居然睡了个懒觉！

米粒的父母多少年来养成了早睡早起的习惯，彭老师每天叫米粒起床的声音简直地动山摇般嘹亮。每到星期天，跟那嘹亮的号角一起召唤米粒的，还有彭老师一大清早就从外面端回来的热气腾腾的热干面。彭老师的口头禅总是这么两句——"快起床，太阳都要晒'倒（着）'屁股了！""再不起来，热干面都要放酣（软）了！面条酣了就不'好七（好吃）'了，那你莫怪我啊！"

——奇怪的是，今天，这一切都没有发生！

米粒穿好衣服后，迅速地在家里转悠了一圈。父母都不在家。她从空气中嗅出了一丝诡异的气息。她一边刷牙洗漱，一边思忖着，家里的这两位老师怎么突然都不见了呢？

米粒知道，每个礼拜天早上，父亲是风雨无阻地会去中山公园跳舞健身的，母亲一般都是在家里洗洗晒晒，反正家里永远有做不完的家务。有时候母亲喊米粒起床时也会问一句，你今天忙不忙？如果米粒说有写作的任务，母亲就不说下文了。如果米粒的回答是"还好"，母亲就会拉着米粒一起干活。母亲彭老师是个计划性极强的人，她要去哪里、要见什么人、为了什么事，事先都会安排好，也会不厌其烦地跟程教授和米粒仔细交代清楚。在这个家里面，母亲临时起意的事件几乎没可能发生。

等到快接近中午饭的时间，父亲先回了。他阴沉着脸，进屋换了双拖鞋，就直接走到卧室里的书桌边。米粒正在自己的房间里读书，听到有动静，就赶紧跑过去跟父亲打了个招呼。

"我妈没跟您一起啊？"米粒问道。

"她呀？"程教授"哼"了一声，反问道。

"你俩怎么啦？"

"你妈今天犯病，她跑到公园里我们的跳舞场去了……"程教授边说边摇头。

"是去学跳舞、还是去砸场子？"米粒半开玩笑地说着。

"她呀？……跑去找我的那个舞伴谈话去了！"

"啊？她们说什么了啊？"

"你妈要我回避。她说这是两个女人之间的对话。"

"听起来像是一句狠话啊……"米粒点评道，"以我妈的脾气，这就是战斗号角了。"

"关键是，我跟人家根本就没什么啊，你妈为什么要这样？这不是对我的不尊重和对人家的羞辱吗？"

"我妈对您去跳舞这事总是提不起又放不下的，不搞到最后她去砸了你们的舞摊子，这都算是好的。"

"我刚才在回家的路上就想好了。事情不能做绝了!如果你妈这么闹完一场后,指望我再不去公园跳舞了,那就是她的妄想!我要告诉她,绝对不可能!大不了,就——离婚!"

"老爸,您也是几十岁的人了,离婚这事,可不是堵着一口气就能随便说的啊!您想想看,我妈为什么要去找您的舞伴?她是为了想跟您离婚分家吗?——不是吧。她就是为了捍卫她的婚姻和家庭才去闹的吧?……可能方式是欠妥的啊……一码归一码,这些道理您不会不明白。您要为了想跟您的那个舞伴继续跳舞,就跟我妈提离婚,连我都会觉得,这里面肯定有鬼。要真是像您刚才说的那样,指天指地,您都觉得您跟您的舞伴之间问心无愧的话,那就好好跟我妈讲道理——扯什么离婚的事啊?"

"问题是,在这件事情上,你妈她不讲道理啊!她要是讲道理,就不会今天冷不防地跑过去来这么一出!你说,她这是把我的老脸往哪里搁啊……"

"还是看她回来以后怎么说吧……"

"米粒啊,这一回,你可一定要答应老爸,不管你妈回来说什么,你都要站在老爸一边,帮你老爸说句公道话。"

"您觉得我说话管用吗?"

"关键时候,还是管用的。"

"老爸,那您要答应我,不管妈妈今天回来说什么,您都不许提离婚。我妈她是个冲动人,您不能跟她一样冲动。"米粒道,"只要您不提离婚这茬,我尽量来帮您圆场和争取继续去跳舞的自由。"

"好……我答应你。"

程教授和程米粒这父女俩,齐心协力地做好了午饭,把热菜热饭都摆在了餐桌上,然后,两人面面相觑地枯坐着,等彭老师回来。

等到饭菜都凉了,家里的门锁终于有了扭动的动静。

米粒一看到母亲进屋,赶紧跑过去,从鞋柜中把彭老师的拖鞋取出来,摆在她的脚边。她讨好地一边接过母亲身上的挎包,一边问道:"饿了吧?我们都在等着您回来一起吃饭呢。"

彭老师看了一眼餐桌上的摆盘,走过去拉开椅子坐下来。她端起饭碗,埋头开吃。程教授和米粒见状,也举起了筷子。一顿饭吃完,三个人一句话都没说。

老同志们有午睡的习惯。吃完午餐,米粒朝父母说道:"你们睡午觉去吧,我来洗碗。"

洗完了碗,米粒想着说要看看邰玉回了武汉没有,于是就给汉剧院打了电话过去。邰玉在电话那一头兴高采烈地说:"我刚回来,前脚进院里,你的电话就追过来了。"邰玉约着米粒说要不要一起吃晚饭,米粒就应承了下来。出门前,她写了张纸条留在餐桌上,告诉父母她去汉剧院了。

下楼的时候她想着,自己这样开溜算不算逃兵——毕竟答应过老爸的,如果彭老师在跳舞这件事情上纠缠不清,米粒要帮老爸撑个腰。她很清楚自己的斤两,也知道这"腰"可不是她想撑就能撑得住的——那就还是算了吧。老一辈之间要扯皮拉筋的,她作为晚辈,还是躲远些好。

米粒坐着2路电车,四站路就到了六渡桥。穿过熟悉的里份,走到了汉剧院,径直上到二楼,她轻敲了房门后随即就推开了虚掩着的门。

邰玉正用抹布在擦着窗户。看到了米粒,打招呼说:"你等我一下,我马上就收工。有一阵子没回来住了,屋里头到处都是灰,我抓紧时间打扫打扫。"

"要我帮忙吗?"

"不用啦……你来了就是客便(客人),你就坐着等我一下就好。"邰玉笑着说,"桌子上有书,看看有没有你喜欢的。都是我这次从北京带回来的。"

米粒注意到,已经收拾整齐的桌面上,码着两摞书。有一摞书的书脊上全都贴着图书馆的馆藏贴,另一摞则全是崭新的书。米粒拿起了其中的一本新书,一看封面,是日文的。

"你太厉害了,开始看日文原版书了。"米粒一边翻看着,一边朝邰玉说道。

"上个月,我的日本老朋友原田教授到北京了——就是帮我们排演了《曾根崎殉情》这部戏的那个原田教授——他来北京参加一个东方文化的研讨会,顺便给我带了这些书,推荐我一定要硬着头皮好好读一读。日文书吧,哪怕你没学过日语,就凭你认识的中国字,也能一半读、一半猜地看下去。"

"我看未必……"米粒摇了摇手里的这本书,说道,"你看这一本吧,书名里头就没一个中文字。倒是作家的名字我认识,樋口一叶。"

"你知道樋口一叶?"

"以前不知道。"米粒说着有点不好意思地笑了笑,实话实说道,"拿起你这本书,我就知道了。"

"你手上的那一本,叫《青梅竹马》。"邰玉回应道,"这个叫樋口一叶的,是一个天才女作家,24岁就得肺结核死了。她在日本特别有名。她的头像还被印在了日本的钞票上。这本《青梅竹马》,据说是她的代表作。"

"噢,我孤陋寡闻了。"米粒道,"听你说的这个书名,估计写的应该是日本版的罗密欧与朱丽叶吧。"

"你们在大学里学文学,难道不学这些日本作家的作品吗?"邰玉反问道。

米粒摇摇头，答道："我们的专业基础课是中国文学，从古代汉语到现当代文学，那是必修的，很多作品不光要通读，还得要精读，有些经典章节甚至要背诵下来。除此之外，其他的课程就都是些选修课。就连中国的民间戏曲这门课，也是选修的范畴，想不想学，全看个人喜好。我对日本文学的兴趣不大，就没选。哎哟，日本从文字到文学到文化，不都是跟中国学的吗？"

"也不是这么绝对的吧……我跟你不一样，我喜欢这些日本的文艺作品。特别是日本女作家的作品。她们特别善于描写细节，把爱情中的那一点点在朝夕相处中朦胧产生的默契写得特别美好。可能就像你说的，这也是跟中国的传统文化一脉相承吧，但是，他们也有他们自己的特点。"还蹲在窗台上的邰玉，一手扶着窗框，一手抓着抹布，把擦玻璃的活计停了下来，认真地跟米粒探讨了起来，"刚才听你说到罗密欧与朱丽叶，他们的故事是一见钟情，见完一面就山盟海誓。但是你看我们中国的梁山伯与祝英台，还有樋口一叶这本小说中的美登利和藤本信如，他们都是细水长流地交往着，连一句喜欢都不敢轻易明说。这种情绪就特别适合我们戏曲舞台的表演，一颦一笑一招一式的，韵味都在里面了。"

邰玉说着，把手里的抹布扔进了脚边的塑料水桶中，小心地从窗架上跳下，朝米粒走了过来。她把还沾了些水的手背在衣服上蹭了蹭，然后拿起桌上的另一本书说道：

"这一本也是原田教授特别推荐要我好好读的。《向着明亮那方》，这是日本另一位很著名的女诗人的诗集，作家的名字叫金子美玲。她也是个天才，遗憾的是，27岁就自杀死掉了。"

"自杀是不是日本作家的共性啊？据我所知，死于自杀的就有太宰治、川端康成、三岛由纪夫……死法还都各有特色，溺水的，煤气中毒的，剖腹的……"米粒说出了她所知道的几个日本男作家的名字，本意是为了粉饰自己作为学文学的科班人却对邰玉说的一个两个的作家名都极度陌生的尴尬。话一讲完，又觉不妥，马上切回到之前的话题："金子美玲也是写爱情的吗？"

"不是，她是写童谣的。原田教授告诉过我，读金子美玲的诗，第一遍你会觉得特别纯真，像是从心底里长出了那些诗句，是可以用来跟小孩子一边拍手、一边吟唱；等你读到第二遍的时候，你就能体会到不一样的心情，就像是成人世界里的寓言故事。原田教授曾经专门用这首《积雪》来做例子分析给我听……"

邰玉一边说着，一边翻到了书中的某一页，用汉语念了出来——

上层的雪，很冷吧，
冰冷的月光照着它。

下层的雪，很重吧，
上百的人压着它。
中间的雪，很孤单吧，
看不见天也看不见地。

"原田教授说，上层的雪的'冷'，其实讲的是高处不胜寒的道理；下层的雪的'重'，讲的是路有冻死骨的社会现实；而中间的雪的'孤单'，是一个文人对社会不公却无能为力的悲哀。有诗意吧？"

"一鹅，去北京读了大学的人，格局就是不一样了啊！上次你在电话里跟我谈昆曲，就开始说什么诗意的通透了，听得我放下电话就去找昆曲《牡丹亭》的磁带来听了，也想找找你说的那种空灵的感觉通透一下；这次一见面，你就直接跟我来谈诗歌了，谈的还是日本的诗歌……我已经跟不上你的悟性了！"米粒笑望着邰玉，有些夸张地说道。

"你少挖苦我！金子美玲的这些诗，都是原田教授教我的，我脑子快，边听边记，就都记下来了。你知道的，我们这些戏曲演员，可能干别的不行，但是背唱词、背对白，绝对是一把好手，这是我们的基本功啊……好不容易学了点儿新东西，就都想跟你分享出来。"邰玉站在米粒身旁，凑到她耳边，悄声又说道："我还要告诉你一个小秘密，原田教授准备邀请我到他们同志社大学去做访问学者；要是快的话，说不定今年就能成行。"

"我的好姐姐，我真是太羡慕你了！难怪你这么辛苦地钻研这些日本文学、日本诗歌、日本戏剧！要是也有人邀请我到日本去游学的话，我肯定昼夜无休、点灯熬蜡、头悬梁锥刺股地学日语、看日文原版书、背诵日本诗歌！"

"拜托你小点声好不好啊？"邰玉拍了下米粒的肩膀，"还没有落实的事情，也就是先跟你悄悄说一声，我们偷着乐一乐。"

"你的'玻璃高'应该快从日本回来了吧？"米粒又问道。

"是啊，下个礼拜吧……他这一走，也走了将近一年了。"

米粒问："等玻璃高回来，我是不是就可以吃到你们的喜糖了？"

"我倒是想啊，但他没主动提，我也不好催呐。"邰玉说。

看到邰玉欲说还休的这个样子，米粒突然觉得她俩在这件事上找到了真正的共鸣，就是今天，此时此刻。经历了和冷堃的这些纠缠，米粒才意识到，于当局者而言，谁先来开这个口，真的很重要。

看到米粒没有接茬，反倒是邰玉提醒道："你怎么不劝我主动些？我还等着你说这话呢……"

"哎哟，'话说三遍是闲言（武汉的一句老话，意思是，如果一句话重复了三遍就有些多余了——注）'撒……"米粒自圆其说道。

邰玉笑着摆摆手，说："莫这样说撒……鼓舞士气的话，还是需要一再重申的。"

"你不需要我鼓舞，"米粒说完，怕邰玉误会，又补充说道，"你在任何时候都是一名勇士。"

"一鹅，你说得我都快不认识我自己了。"邰玉笑纳了米粒的美言，随即问道："晚饭想吃点什么？"

"姐姐你说了算。现在你回武汉算是客人，你想吃什么，我请你。"

"有没有搞错啊？你现在在哪里？你在我的屋里啊！你是我的客人好不好？"

"好……在这间屋子里，你是主，我是客。出了这间房，就变成了你是客人，我是主人。今天你无论如何也要让我请你吃顿饭。"

"好吧，依你。"

"那你想去哪儿呢？"

"我们就不去吉庆街了吧……现在是冬天，那里太冷了。"邰玉想了想，道："要不，我们去德华吃年糕吧。马上就到春节了，他们家的年糕也该上市了。"

六渡桥的德华酒楼做的年糕，是老汉口响当当的名小吃，采用新鲜的糯米手打精制而成。它跟其他的武汉小吃还不太一样，德华的年糕只在每年的年关前个把月才上市，过完春节就下了桥。每天限量供应，一部分摆在窗口，整条地论斤外卖，一部分在店里，切片后或烩汤或爆炒着堂食。德华家的年糕永远都是不隔夜的新鲜，供不应求的紧俏。他家不开分店、不搞代售，你若是惦记着这份口味，无论从武昌汉阳跑多远，都要渡江过河到店堂里才吃得着。外卖更是奇货可居，只有早上那一会儿才买得到，有时候一大清早店子的大门还没打开，门外就有排着队要买年糕的顾客了。住在六渡桥的街坊们，冲着走两步就能吃到新鲜又紧俏的年糕，还能吮一碗原汁原味的烩年糕的高汤，兀自就平添了几分地域优越感。

冬天的武汉，天黑得早。夜色中，米粒挽着邰玉的手；她俩没穿小巷，顺着大路从汉剧院往德华酒楼走。

路不长，正好就是包抄了整个"六渡桥"的地界。她俩一路经过了楚风剧院，门口贴着即将上演的汉剧曲目；经过了品芳照相馆，大橱窗里张贴着邰玉的巨幅大头照；经过了老万成食品店，这里冬天不卖酸梅汤了，临街的柜台新摆上了各种京果和酥糖；经过了民众乐园，这里再次打了围，楼顶上搭出来的汉口戏校早就搬了家，据说是有外商把整个"民众乐园"都给买了下来，要把老的戏园子改成新的大商场；经过了南洋大楼，现在修旧如旧地改成了一家钟表铺子"大华钟表"……

快到德华酒楼的时候，路边有一家小小的不起眼的门面，从外朝里看，黑魆魆的。门头上面挂了个招牌，写的是——"未来游艺厅"。米粒朝那里望了一眼，跟邰玉介绍道："这是江淼的老公开的店。"

邰玉顺势看过去，随口道："听说开这种店都很'来菜（容易挣到钱）'吧，那江淼应该很有钱了。"

米粒应道："是啊。"

邰玉接着说："再有钱又么样呢？你看人家江淼，还是愿意当报社记者。无论哪个社会，有文化总是受人尊敬的。好歹我现在也上大学了，跟你们这种正宗的文化人是彻底地'裹了堆（抱团扎堆）'了……"

米粒想到了江淼评价邰玉的话。江淼曾说过，像邰玉这样的老式艺人，已经被这个时代淘汰了。而身旁的邰玉，那张好看的脸被街边的霓虹灯闪亮得光彩照人。

"如果要我来说，我跟江淼是文化人，但你不一样，你是艺术家，汉剧艺术家。我们从小到大被教育说，知识能改变命运，这是条真理。但自从我成了你的好朋友之后，又看到了另外一条真理，那就是，艺术也能改变命运。"

听到米粒这么定义自己是"汉剧艺术家"，邰玉有些喜形于色，毕竟，米粒算得上是邰玉最体己的知音，她的这句恭维是对邰玉的一份真诚的肯定。

邰玉挽着米粒的手，接着说道："以前你说，艺术能改变一个人的命运，我觉得很有道理。但我不是个勇敢的人，我其实挺害怕改变的。我的优点是认真和认死理。所以，我更愿意相信，艺术就是我的命运。像我这种被我爸爸抱养回来的孩子，因为家里穷才送我去学戏，我能一步一步走到今天，不是改命，这就是我的命数啊！"

米粒懂邰玉的心思。无论是"艺术改变了命运"，还是"艺术就是宿命"，邰玉确实想把自己的人生前程对标在"汉剧艺术家"这个定位上。米粒打心眼里羡慕着这个好姐姐，靠着自己的打拼，学戏、得奖、考学、出国，这么漂亮又这么努力，这么执着又这么坚韧，她还真像是一只无往不胜的九头鸟，天有多高就要飞多高，这多好啊！

两人手牵手地来到了德华酒楼。老店还是老样子，一楼的堂口是供应小吃的散席，侧边有楼梯可以上楼，二楼三楼就是宴席大厅和包间。

米粒客气地问了一句："要不我们上楼点菜吧。"

邰玉马上摆手道："莫'鬼款（胡说八道）'啊，说好了就来吃他们家的年糕的。"

就这样，两人要了两份年糕，一份是汤汤水水煮出来的，一份是腊肉大蒜干炒的。"德华"家的分量从来都给得足，装着汤水年糕的青花瓷碗大得像脸盆，盛着炒年糕的陶土盘子也是又大又凹的。即便是这样，年糕也堆得像是座小山丘。

邰玉说："这么多，我们两个哪吃得完啊。"

米粒笑道："这比北京的'九头鸟'可是要实惠多了啊。还是武汉好吧？"说完这话，米粒的脑子里突然就蹦出了一个名字——冷堃，这是一个总让她禁不住要把北京拿来跟武汉比一比的名字。她把跳出来的这个名字又悄悄地藏了起来，但是嘴角却是掩不住的笑意。这是个想到了就会让她从心里笑起来的名字，他让她看到了一个崭新的未来。

德华酒楼一楼的散台座位不少，但食客众多。吃着小吃快餐的顾客们也没什么忌讳讲究，只要看到有空座位就会一屁股坐下来，毫不介意地拼桌拼着台面。米粒跟邰玉，一人端着一个碗碟站在店堂中间，环视着哪里有空位置。

天寒地冻的，客人们都挤在里面了，只有靠着大门口的一张桌子迎着东南西北风地空着。邰玉跟米粒示意了一下，她俩就走了过去坐下来。

还是那种古旧的实木八仙桌。也还是那种古早的木板的条凳椅。餐馆里常年的烟熏油贴，像是给这些木桌木椅刷了漆、上了蜡，又黑又亮的，有种抛过光的质感。

米粒挨着邰玉坐着，大碗大盘摆在她俩面前；她们商量着先各吃一半，然后再彼此交换。好姐妹就是这样的，共用一套碗碟也不嫌弃，分享彼此吃剩下的饭菜也很自然。

摆在米粒跟前的是汤水年糕，她就把头埋在了像脸盆似的大汤碗里。吃了一大口，满口的滚烫，米粒于是本能地昂起头，想吸进几口冷风给嘴里的年糕降个温。抬头那一刻，她看到了几步之遥处的那尊竖在路中间的中山先生的"铜人像"——

铜像在经年累月的风吹雨打日晒后，愈加的锃亮。孙中山先生的身板永远是那么挺拔，目光如炬。铜像之下那几级台阶上，依然层层叠叠地站着等车过江的民众。以铜人像为圆心，依然辐射着打上了"三民主义"烙印的街道，分别向江滩和城区延伸。

米粒记得，这座铜像自1933年就矗立于此。这是嬷告诉她的。嬷还说过，当时她来这里看铜像落成仪式的热闹时，也还是个"伢秧子"。

米粒又想到嬷最后一次带她来德华吃这里的包子，当时还允诺说，等到过年了，再来吃这里的年糕。

嬷已经走了十几年了。

铜人像还在。

德华酒楼还在。

年糕和包子都还在。

八仙桌和木条凳也还在。

如果它们有生命，它们一定会帮米粒记得她在六渡桥的所有故事吧。

如果说大汉口是个时代的舞台，六渡桥一定就是这个舞台的九龙口。世世代代的武汉人，来来往往，出将入相，他们平凡的或者非凡的人生的每一次亮相，六渡桥都是见证——

迎来，送往，见证，道别。

三十七

从北京回到武汉的邰玉，也是忙得团团转。先是排练录制电视台的《闹新春》晚会，唱汉剧、演京剧、秀昆曲、歌流行，文的武的快的慢的古的今的，全都亮个相，到最后录像的时候自然是光彩照人，也过足了戏瘾，但排练的过程是累得恨不得要脱一层皮。间或还穿插着文化局安排的"送戏下乡"的会演，一个乡镇一个乡镇地巡演着，上妆的时候就是搬个桌椅找面能挡风的墙把化妆镜架起来，田野上的风无遮无挡吹得"呼呼神"的，连化妆镜都站不稳。人就在露天的临时戏台上表演，就算寒碜无所谓，但那些寒冷是货真价实的；要是唱的是一出悲情戏，身抖手抖的身姿都不需要演了，被凛冽的寒风不断扫荡着的身板，想要不抖还需要更大的定力。那些天邰玉的午餐晚餐基本上都是盒饭，不是在大客车上和所有的青年剧团演员一道随着颠簸的道路边晃边吃，就是在电视台的演播厅、排练厅里。和一群叽叽喳喳的群舞演员像西北老农那样蹲角落里来解决。直到大年三十下午，她才终于得了空，赶回到汉阳的家中跟父亲团聚。

邰玉本以为这个春节可以跟高强一起见他父母的，她从北京出发时还专门跑到王府井买了果脯蜜饯和宫廷茯苓饼，这些北京特产都是为了过年上门时做的准备。谁知道高强他们一家腊月二十八就飞去了深圳。

高强有个姐姐，叫高新，也是医生。医科大学毕业后去了深圳，后来就在当地成了家安顿了下来。姐夫也是武汉人。那些年从武汉奔到深圳去的年轻人不少，在大学毕业生中有种说法是，冲着工资高、机会好，不光是"孔雀东南飞"，就算是"麻雀"，也要朝南飞。高强没跟着南飞，一是因为他是家里的独子，二是因为高父在武汉的医界德高望重，留在身边子承父业，能得到的荫翳更多。

深圳的气候比武汉好，尤其是过年那段时间。高新就把父母和小弟都接了过去，说是要让全家人过个温暖的春节。

刚从日本回国的高强，头一年的春节是在日本过的，这一次为了不扫一家人的兴，二话没说就抓紧时间加班调休，把整块的春节节假时间都留了出来。他在临行前陪了邰玉一晚上。他跟她保证说："我爸爸妈妈可能还要在深圳多住一段时间，我在我姐姐那里待到初三就回武汉来。在你回北京上学之前，我白天上班，每天晚上都守着你。"

邰玉笑着答应了，但心里是遗憾的。她一直在等着高强的邀请，等他把她带回家，介绍给他的父母。她可不想和他老是这么"非法同居"地相处着。邰玉也曾经想过，同居这事，为什么非要加上个"非法"这样的定语呢？可是，要让同居合法化，不就是只有结婚这一条路吗？所以，要结婚，要尽快结婚。

邰玉心里是着急的，她盼着要尽快见到高强的父母——这是通往他们结婚的最重要一关。见过父母、得了恩准，就能去领证办事、筹办婚礼了，她人生里最大的一件事情就尘埃落定，可以进到下一关去准备生孩子、当母亲了……春节本是最好的时机。看来，这个春节，她是等不到通过这个关了。那就踏踏实实陪父亲过个欢喜年吧。

为了年三十晚上的那顿年夜饭，邰汉生提前了好多天就开始了准备。普通的鸡鸭鱼肉都还好说，菜场里买好了放冰箱里冻上就行；按照武汉的老规矩，年饭桌上一定还要有事先油炸好的肉圆子、手打的滚水煮的鱼圆子、用莲藕刮出来的藕泥捏成型后上锅蒸的水晶藕圆子，还有混合了新鲜荸荠、鲜豆腐和精瘦肉的珍珠豆腐圆子——这是武汉人家年夜饭上的"四喜圆子"——正宗的武汉话是把肉丸鱼丸说成是肉圆子鱼圆子的，一是因为外形浑圆，另外一条则是寓意了"团团圆圆"。这样一份"四喜圆子"，挑原料、挑配料，考手艺、考耐心；从生到熟，费工、费时、费料。等到最后上桌亮相的，肉圆子是金黄的，用木耳、黄花菜勾芡浇汁，油光顺滑的像是缩小版的狮子头；鱼圆子是雪白的，沉浸在鱼头汤里，加热沸腾后，鱼圆子就像吹了气似的胀大了，给汤水都不留下一丝缝隙；藕圆子要现吃现蒸，荷塘里带出来的灵气裹着人世间的烟火气，圆揪揪地捏紧后，摆在好看的瓷盘上，直接从沸水起蒸，三五分钟就起锅，刚出锅时看相清亮透明得像是翡翠，筷子点一下有弹力、劲道，送入口中则是丝滑香甜；豆腐圆子也是靠"蒸（争）"那一口气，在竹蒸笼上铺一层白纱布，捏好的圆子外面蘸一圈生糯米，摆进蒸笼里时是白色的，等到出锅时就变成了玲珑的乳白，闻起来带着些竹篾的清香，吃进嘴的是猪肉的鲜香，咬下去的是荸荠的爽脆，糯米把所有的香气糅合了起来，主料豆腐仿佛倒成了一份陪衬……邰汉生在备菜上菜的时候坚决不让邰玉来插手，他兴致勃勃地从厨房到客厅跑进跑出地忙乎着，边拾掇边念叨着：

"伢啊，你难得回一趟家，你莫'管闲（插手）'，老爸我就是要让你好好地吃一顿现成的好饭好菜……"

郜玉乖乖地坐在大圆桌旁边，眼见着餐盘越摆越多，她跟父亲说：

"我们就两个人，哪吃得了这么多啊……"

"那还不是要怪你，我准备了这么多，本以为你会把你的那个当医生的男朋友也一起带回来的。不光是他一个人，接他一家人来吃的年饭，都够。"

"他们全家都到深圳他姐姐家过年去了。"

"那就等他从深圳回来再说。随便他几时有空，只要说好了他过来的时间，我就提前做准备。我保证，再搞一桌，水平不比今天的差。"

"您家都这大年纪了，还让您这么辛苦哪行呢？到时候等他来了，就在家里坐坐，您就不用忙乎了，我们可以出去吃饭的……"

"那不行……我未来的女婿伢上门来，怎么连一顿饭都不在屋里吃呢？那绝对不行……"

郜汉生的手脚忙，嘴也忙，继续边做边说：

"你莫老是说我年纪大了，年纪大了也不要紧啊。我现在好手好脚的，就需要多做点事。我准备等过完年就去'补差（退休职工另谋一份退休工资之外的新差事）'。汉阳这边新建了一所民办小学，缺门房师傅，我已经跟他们说好了，过完了正月十五，我就带着铺盖过去上班了。"

"啊？您要去补差？之前也没听您提起过啊？"

"你常年不在武汉，我现在退休了一个人在屋里也蛮闷。在小学里当个门房值班的，白天就是收个信、发个报纸、打个铃，晚上把大门一锁就可以睡个安稳觉，这种差事适合我这种大老粗。有个地方混时间，还能多一份收入，这不是'几好合一好'吗？"

"您何必把自己搞那么辛苦呢？其实，也不缺您这一份收入啊……"

"伢啊，莫这样说，哪里会有不缺钱的时候啊。武汉有句老话说了，'爹有娘有不如自己有，老公有钱也还要伸个手'，这个话啊，就是在说，不管对哪一个，多挣点钱、把钱捏在自己手里头，这都是硬道理。你看看楼下的刘师傅，退了休以后每天闲得发慌，就到处去收旧报纸、捡那些瓶瓶罐罐的破烂，然后呵嗬呀嚯地扛到废品收购站去卖钱。他每天也乐呵呵的，觉得能跟家里的晚辈多点收入就不是个废物。哪个会嫌钱多扎手的呢？我去补差，总比刘师傅那种捡废品要好些吧？你看你现在还没结婚添伢，我正好可以出去打点工攒点钱，等到过两年你结了婚、添了伢，我给他的压岁钱都能多一些……"

"您家可千万不要去捡破烂啊……"郜玉道。

"我晓得，晓得的……我的姑娘是个名人，我女婿伢是名医，我不能跟你们两个脸上抹黑。我就是去补个差,规规矩矩上班。"说到这里,邰汉生又想到了之前的"女婿呀"的话题,于是补充说道,"你放心,如果你要带你男朋友回来,我就请一天假,在屋里等你们来。"

"您莫把自己搞得太累了。"邰玉心疼地跟父亲说。

"这话是我想跟你说的,"邰汉生道,"你看看你,一哈北京一哈武汉,一哈电视台录像一哈到乡里演出,伢啊,还是要注意休息啊。莫把身体搞垮了啊……"

"我还好,有得问题的……"

"你现在年轻,不觉得这么折腾算个事,不要等到老了以后后悔,就来不及了……"

邰汉生摆好了最后一个菜盘子后,终于坐了下来。

邰玉在动筷子之前指了指她放在门口的靠背椅上的那一大包礼品,说道:

"老爸,这些果脯蜜饯都是北京特产,回来之前我专门买的。您就把它们当零食吃。里面的那个茯苓饼是以前慈禧太后最喜欢吃的点心,您一定要好好尝一尝。"

"一鹅——慈禧吃的点心啊,那蛮贵吧?伢啊,你瞎花这些冤枉钱做什么?你又不是不知道,你老爸从来不吃什么零食的……"

邰玉笑了笑,起身从那一大包东西里取出两瓶"二锅头"摆在了饭桌上:

"我当然知道您啊,这个,是您最喜欢的吧——"

邰汉生看到了酒,眉开眼笑了起来。

父女俩的年夜饭,有酒有菜,有鱼有肉,还有四喜圆子,以及它们所寓意的"福禄寿喜"这四喜——这些团团圆圆的现实就是吉祥生活的迹象。从邰玉记事起,她的春节就是这么过的:两个人的春节,一大桌子的菜;过完了这个年,再过下一年。对她来说,过年的意义,就是年复一年地,持续着这样的场景。

邰玉跟父亲边吃边说,边看着电视里的中央台的春节联欢晚会。

邰汉生问:"有你表演的那台晚会是什么时候播?"

邰玉答:"那是湖北台的,明天晚上,大年初一在省台播。"

邰汉生道:"我年纪大了,到点就打瞌睡,'参参神(没精打采直犯困)'的。这些晚会啊,有得你的演出我都懒得看了。什么时候你也能上这个中央台的春节晚会就好了,大年三十,让全国人民都陪我一起听你唱汉剧。"

邰玉笑道:"我都不敢有这样的'巴巴心(痴心妄想)'啊……"

"你看人家唱京剧的每回都能上,为什么汉剧就不能?外面不是宣传说什么'汉剧是京剧之母'吗?"

"这不能比的啊……京剧是国剧,我们汉剧是地方戏……"

"我听那些个京剧的时候,有时候觉得他们唱的好像就是武汉腔啊,还蛮亲切的……"

"是啊,在京剧里,唱歌的'歌',就是念'锅'的音;卖国贼的'贼',就是读'则';脚上穿的鞋子,念作是'孩子'……这些都是我们'二黄'的念法。爸爸你要是多看点京剧的话,你在京剧的《桑园会》里还能听到唱白说,'我晓得';在《草船借箭》里会听到对话问,'么样啊'——这也都是些我们武汉人平常说话的口语。所以,研究戏曲的专家们谈到创新京剧的时候,一说到'徽班进京',就会说,'徽汉融合',说'班曰徽班,调曰汉调',这句话的意思就是说,徽剧的班底,汉剧的腔调。我们汉剧里的这些汉调在北京逐步转变以后,才形成了今天大家听到的京剧的这个样子。"

"听起来是'呛(像)'那回事啊……"父亲应和道。

邰玉接着解释道:

"其实,也不是光京剧学汉剧,我们汉剧也学了其他的戏曲形式,就比如说汉剧《雁荡山》里的吹腔,这个曲调就是完全沿袭了昆曲的声腔,原模原样地全套照搬过来……这都还不是那些角儿在唱戏的时候,唱着唱着,觉得这个好,就搬过来用了;觉得那个也不错,嗯,那就按它的来……总不是那个道理吗,么样能够唱得好听,能让观众喜欢,那就么样来演呗……"

"你说的这些我不懂,我就知道我姑娘的戏唱得好,我就巴不得她能上到中央电视台,让更多的观众看到她的表演。"

"那,除非我改唱京剧……"邰玉就顺着父亲的话说了下去。

邰汉生反问道:"你现在在大学里学的不就是京剧吗?"

"是啊,学的是京剧……但我这是去进修提高,是为了开拓戏路,博采众家之长。可不是为了改行的呀。"

"你要是改唱了京剧,估计你们汉剧院肯定不高兴,你们的陈院长肯定也不高兴……"

"那是啊……学汉剧起家,要是在外头发达了,就不回头了,这样做对我们这个剧种来说,就太不仗义……"

"那……不上春节晚会也没什么大不了的,你可不能对不起你们汉剧院,对不起你们陈院长。"邰汉生说。

"爸爸,大过年的,我们就不谈这么严肃的事情了吧。一听您家说这些,我都变得紧张起来了。"

"伢啊,你老爸没什么文化,也没什么见识,"邰汉生摆摆手,抿了一口酒。"我就是唯愿你好,健健康康的。做人也本本分分的。我晓得你走到今天这个地步不容易,也巴不得你能过得更好。但是,出不出名,上不上中央台,那都是随口一说。作为一名唱戏的演员，你能有现在这样的牌头，我早就是睡着了又笑醒了……我总记得那一年送你去考戏校的时候的那些事。那一天，我们轮渡一下船，就撞见个被淹死的人，当时我还在想，这是不是个不好的兆头啊，这是不是老天爷在提醒我不要送你去唱戏啊……"

"您家怎么还有这种迷信想法啊？"

"还不是怕你遇到了什么意外啊……"

"我会有什么意外呢？"

"你要记得，淹死的都是会水的。你一定要记得老爸的这句话……"

"您家放心，我不会有事的。"邵玉也端起了小酒杯，跟父亲碰了杯，仪式性地吞了一小口。

武汉的冬天是从来没有什么暖气的，室外是什么气温，屋内几乎没差别，人体的冷暖体验度高度统一。从头一年的腊月到新年里的正月过渡的这最后一个夜晚，寒冷可不会因为人类要过年就讲什么礼性。天气冷，邵玉面前的饭菜很快就凉了下来。父女俩本来就是说得多、吃得少，菜一冷，就更不怎么动筷子了。好菜下酒，邵汉生差不多靠一己之力干完了一瓶"二锅头"，等到酒瓶子见了底，看到邵玉也彻底地放下了筷子，他就张罗着把几道菜合到一个盘子里。麻利地收拾完，他端着空盘子进了厨房，转个身，再从厨房里取出了一个竹制的半圆扛罩，直接罩在了桌子上的剩菜上。父女俩热闹的年饭，就这样变成了扛罩里的冷炙。在接下来的几天里，父女俩会慢慢地把它们都塞进肚子里。

邵汉生多年来养成了早睡早起的习惯。他把餐桌简单整理完，就跟邵玉说，我先睡觉了，你慢慢看电视。

邵玉看到父亲走进里屋，就跟着把她拎回来的那些北京特产提了进去。

里屋空间窄小，平日里只有一张单人床、一个床头柜和一个衣柜。房间里有张折叠的弹簧床倚在墙边。每逢周末或者年假，邵汉生就会提前把折叠床支起来，跟单人床垂直地摆放着。邵玉回家时，他睡折叠床，单人床上会换一床干净的卧单，迎接闺女回家。

邵玉进屋后跟父亲说："我睡折叠床吧，您家年纪大了，弹簧床睡得不舒服。"

邵汉生道："睡惯了硬木板床，偶尔换一下，也还好。你说吧，那些有钱人还专门要花大价钱买席梦思睡在弹簧垫子上，我也感受一下……"

邵玉道："那就随您吧。"说着，她绕开两张床的床脚，把她提回来的写有"北京"字样的整个大礼品袋子都堆在了邵汉生的床头柜上，说：

"爸爸，这些东西都有保质期的，您家趁新鲜，赶紧吃，莫糟蹋了。"

邵汉生应道："好好好，以后再莫这样瞎花钱了。"

邰玉回到外屋，接着看电视。

他们家住的这种老式的钢厂宿舍楼，就是照搬着青山红钢城那边武钢宿舍的模板。那时候，学武钢，就是在学先进。这种打着时代烙印的"先进"房型，说是一室一厅，实际上那个所谓的"厅"，比过道大不了多少。"厅"的三面是门，一面是窗，就算是狭促，也是周正通透的狭促。入户大门和厕所门是对着的，夹在中间的就是里屋的房门，这扇门差不多占了那一面墙的三分之一的空间。剩下的墙面，就全挂的是邰玉的照片。摆在最上面父女俩的合影，还是几年前邰玉从日本演出回来后，拽着邰汉生一起去品芳照相馆照的。照片上邰玉的头挨着父亲的头，笑容中带着一丝调皮。邰汉生则是头端得极正、眼瞪得极大、嘴抿得极紧，看起来就极不自然的感觉。邰玉本来还想让摄影师给父亲拍张单人艺术照，邰汉生死活不依，说是对着镜头一动不动太"绉（做作）"了，照出来的样子也失真，拍个合影作纪念就足够了。拍完后，照相馆问照片要放大成什么样的尺寸，邰汉生直说道："就像一本书那么大就很好了，太大了家里也没有地方挂出来。"当时邰玉还悄声劝父亲："反正是免费的，您想放多大都可以。"邰汉生直摇头说："我们不花钱，但别个照相馆还不是要本钱的，起码人家买相纸要花钱吧。我们又'在不着（用不上）'的东西，害别人多花钱，那样不好！"好说歹说，还是让邰汉生多拍了两张登记照，黑白和彩色的，一样一张。拿着照相馆开出来的取像的单据，邰汉生还跟邰玉开玩笑说："这个底片要保管好，等我以后'翘辫子（死）'了，就把这个照片当遗像，'在得着（用得上）'，蛮好。"邰玉嗔怨道："您家怎么这样说话啊，几不吉利啊。等以后我有机会带您出去旅游时，办护照、办通行证、填各种表格，多的是地方需要贴照片呢……"

在这张父女合影的下面，就全是邰玉的照片了。从她九岁时考进汉口戏校拍的第一张汉剧科学员集体照，到她的各种舞台定妆照，她跟陈伯华院长学戏的摆拍照……大小不一、尺寸不一。看得出，这些照片是随着时间的流走不断地添加着上墙；有的照片放在相框中，有的就是直接过塑了用图钉按在墙上。最早的几张黑白照片边角有些泛黄。这些影像，从开始泛黄的记忆到最近的亮丽色彩，讲述的就是一个戏曲新秀成长的故事。从这些照片就能看得出来，在这个家里，谁是真正的主角。

和挂着照片的这一面墙对应着的，就是这个"厅"里的窗户。窗户是老式木框的，三扇窗，每一扇上有三块方方正正的玻璃。木框上的油漆早就看不到本色了，框架很有些残破，窗栓也是摇摇摆摆的。窗子的关合程度并不严实，在这样的冬夜里，总能听到窸窸窣窣的风声从罅隙中渗入。

这种住房的格局在武汉钢铁人的记忆中俯拾即是。甚至在很长一段时间里，这

315

样门窗对开的房子就代表着"南北通透"的敞亮，无论是龟山脚下的汉阳铁厂，还是青山江边的红钢城。门窗齐开时，四季格外分明，冬天的寒潮、夏天的湿热，还有下水道蹲坑泛上来的沼气，搅合着进进出出的人气，毫不打折地全都收纳入户。"咱们工人有力量"，回到家里亮堂堂。住在这样的屋子里，夏天少不了蒲扇，一边摇着扇，一边默念着，"心静自然凉"；冬天在屋子里生个小煤炉，烧一壶开水，热气和湿气，一下子就人造了出来。

在这个三门一窗围出来的门厅里，摆着一张木质四方餐桌、一个简易电视柜和一个单开门的小冰箱，几把方面的老木椅子就塞在桌子下。电视还是14英寸的旧款，武汉本地产的"莺歌"牌，调换频道和音量的旋钮按键都在显示屏的右侧。电视机放在墙角的电视柜上，旁边杵着根叉晒衣物用的长棍叉篙。叉篙摆这里是有专门用途的，有时候邰汉生一个人一边喝着小酒，一边看电视时，需要换台又想偷个懒，不起身，就拿起这个叉篙，捅一下电视机右上方的对应着频道的按键，立马有"劳动创造了人本身"的科技质感。

平时在电视柜的后面还竖插着一张木质的大圆桌面。遇到家里有客人来了，就把桌面从墙边抽出来铺在方桌上。当方桌变成了圆桌之后，在这个"厅"里想活动一下，就要侧着身子找角度了。今晚的年夜饭，菜品多，自然需要圆桌面上台。邰玉就坐在圆桌边，隔着竹扛罩，眼睛看着墙角的电视屏幕。

跟电视柜斜对角线位置的角落里，摆着一个老式煤炉。到了夜里睡觉前，煤炉就封住，熄了火。邰玉看着黑不溜秋、乌眉皂眼的煤炉，心里想着再过两年要在这屋里跟老爸安个空调。这煤炉早该淘汰了，等自己再多挣点钱，要为老爸好好改善一下生活。

窗外的鞭炮声越来越密集了，焰火辐射出来的光亮也忽明忽暗地透过窗户映在了室内的墙壁上。父亲睡在里屋，高强在遥远的深圳，邰玉看着电视屏幕上的唱唱跳跳，有着那么一种想要的快乐都不在自己身边的失落。

快到转钟时，邰玉突然看到父亲裹着外套从里屋里走了出来。她打了声招呼问："您是'起夜（夜里上厕所）'啊？"

邰汉生摆摆手，站定下来说道："伢啊，我想跟你说件事——"

邰玉心里一惊。她直觉地意识到父亲接下来会说到的话题，但她猜不出来父亲的立论会是什么。

"我在想啊，你从北京买回来了这么多东西，我一个人也吃不完，浪费了可惜。要不，你就拿给——"邰汉生说到这里，很是停顿了一下，之后才说，"你就拿一些到乡里，给你那边的爸爸妈妈他们也尝一尝吧……"

邰玉愣住了。父亲就用这么简单的一句话，把所有想说的和不想说的话，就都说了出来。

"我想了很久……你也是这么大的人了，去看看他们吧……就当那是个远房的亲戚，走动一下也好……"

"你是我爸爸，我是你的姑娘啊……"郧玉说着，眼泪就涌了出来。

"你是我的姑娘，这事假不了，别个也抢不走。我相信。"郧汉生接着说："那边，也是你的亲人……以往，是他们有他们的难处……想开一点，这些好的坏的事情，摊在我们爷俩身上，就成了我们的缘分。他们想见你，你就过去看看他们吧……这个话，我要是不说开，就总是会让你为难……"

郧汉生终于把话挑开了说，心里关于郧玉身世的那颗石头就放了下来。二十多年来想守也守不住的秘密，其实早就尽人皆知了，由他亲口跟郧玉开诚布公出来，说到底是给他自己有了个交代，这样一来，反倒一身轻了。现在是郧玉越发尴尬了起来。郧汉生质朴的体谅和厚道，让她更加珍视慈父的恩德和他们之间的父女情缘。父亲让她去跟黄陂的曹家联系上，甚至提出把她从北京难得带回来的礼品都孝敬给曾经遗弃了她的"父母"，客观地说，郧玉自己心里的那道坎还没跨过去。

大年初一的晚上，郧汉生早早地就端坐在电视机前，等着看湖北电视台录播的春节联欢晚会。郧玉表演的节目排在倒数第二个。晚会的节目不少，一个接一个地总没轮到郧玉，把从不熬夜的郧汉生给熬得实在够呛。

郧玉跟父亲说："要不，您去睡觉吧，明天早上还可以看重播。"

郧汉生摆手道："不行，今天晚上是看新鲜，一定要看的，明天的重播也要看。这是我姑娘的演出啊，在电视台里几百万几千万人都在看的，我怎么能不守着看呢？"

终于等到了郧玉出场。

最先是红娘扮相，调皮的红娘踏着青，像个鹦鹉似的叽叽喳喳地唱着京剧唱腔道——

> 春色撩人自消遣，
> 深闺喜得片时闲。
> 香尘芳径过庭院，
> 呖呖鹦鹉巧笑言。

郧汉生看到了字幕上介绍的是"京剧"，就问道："这一段好听，怎么听着和你们汉剧很像啊？"

邰玉答:"京剧和汉剧,本来就是你中有我、我中有你的。"

过门之后,屏幕上的形象换成了《墙头马上》的李倩君,那一段一见钟情的爱情磨难,就在这段吟诵春天的韵律中孕育着发生——

> 陌上春风遍,人间韵事多。
> 庭院飞花絮,池塘泛绿波。
> 春光无限好,美景怎消磨?

"这是汉剧,我听出来了,是我们的黄陂腔,亲切!"邰汉生又点评道。

邰玉为父亲解释道:"这出戏最早是唐代诗人白居易的一首诗,后来被写成了元代的杂曲,再后来啊,就被排成了昆曲,再往后,京剧里面也有这个戏了……这两年,我们陈院长又琢磨着,把它改成了汉剧。原先京剧里的旦角叫李千金,我们陈院长演出的时候,就把她改了个名字,叫李倩君……"

"这名字改来改去的,从李千金到李倩君,我听起来都差不多……"

紧跟着,邰玉又换成了昆曲里的杜丽娘。

> 春光满眼万花妍,
> 三春景致何曾见。
> 玉燕双双绕翠轩,
> 蝶儿飞舞乐绵绵,
> 乐绵绵,
> 万花争吐艳。

唱罢,又跟上了一句昆曲的念白——"春色撩人心欲醉,牡丹亭畔抱花眠"——算是对三个剧种中吟诵的春天的总结。

邰玉的昆曲扮相撤下转场时,屏幕上舞台背景切换成了明媚的现代春光;镜头再次切换后,烫着波浪卷发的邰玉,在五彩射灯中以一身现代装束的公主裙出场。

她手握着话筒,用气声唱起了流行歌曲《春光美》:

> 我们的故事,说着那春天,
> 在春天的好时光,留在我们心里。
> 我们慢慢说着过去,
> 微风吹走冬的寒意。

我们眼里的春天，

有一种神奇……

邰汉生一边看一边连连点头，他夸邰玉说：

"丫头啊，你唱得真是好啊，简直是太好了啊！你把一个春天唱出了这多花样，简直太了不起了！我是不懂艺术的，但我觉得你这个样子，就是别个说的那种了不起的'艺术家'！难怪你能得梅花奖的，这个梅花奖不给你这样的艺术家给谁啊？！"

邰玉知道，父亲的话质朴简单，以他的文化程度，也说不出什么更高级、更丰富或者更具体的夸奖和赞美。邰玉看到，父亲在看完了自己的表演后，那原本已经瞌睡得不行的眼神中闪耀出来的欣喜和荣耀，在她看来，这远胜过世间所有需要被定义和描绘的语句。

这个春节的头三天，邰玉在武汉的家里大门不出、二门不迈地住了几个晚上。父女俩在家看电视、打扑克、下象棋；边玩就边聊些家常琐碎，张家长李家短地好像有说不完的唠叨。但是，关于邰玉到黄陂认亲这事，邰汉生点到为止，父女俩也都不再触碰这个话题。

到了正月初三，邰玉跟父亲一起吃完了晚饭后就打算返回到汉剧院的宿舍。她记得高强说了，他在深圳就待到初三。邰家没安装电话。只有待在汉剧院，她才能让高强有办法找到她。

临出门时，邰汉生提醒邰玉，你从北京带回来的那些点心你就拿走吧，放在家里怕放坏了。

邰玉笑笑摇摇头，道："还是留着您家慢慢吃吧。现在是冬天，东西一时半会儿坏不了的。"

邰汉生犹豫了一下，说："你还是找机会到黄陂去看看吧，这么多年来，第一次见面，总是要带些礼物过去才好……"

邰玉坚持着婉拒道："这件事，以后再说。"

拎着行李箱走到门口，邰玉又想到了父亲说过的过完年就去小学当门房师傅"补差"的事，于是问道："老爸，你真的要出去补差吗？"

邰汉生答："是啊，等过了初八，我就过去。"

"那我要是中途回武汉了，到哪里去找您呢？"

"你把房门钥匙带着。你要是回家了，就到楼下的小卖部用公共电话跟我打个电话，学校离屋里这边不远，我请个假，飒一脚，就回来了。"

"您莫太辛苦自己了……"

"冇得么斯（没什么）辛苦的。我烧了一辈子的锅炉，现在换成了守门房，又不要肩挑，又不要背扛的，这是越干越轻松的差事。像你这种每天要练功的，才是要注意，莫把自己累坏了。记着啊，'淹死的都是会水的'啊——"

"好的，记住啦，"邰玉撒娇地应承完，就道着别，"爸爸，那，我走了。"

"记得早一点把女婿伢带回来给我看看，"邰汉生叮嘱说，"你就争取今年把婚结了，最好是年头结婚、年尾添个伢……"

"哪有那么快的动作啊……"父亲的话说得邰玉有些难为情了。

"快一点好，莫再耽误了……"

三十八

高强是正月初四早上来汉剧院宿舍找邰玉的。

一见面，邰玉嗔怨着："等了你一晚上。"

高强解释说："昨天飞机晚点，到武汉落地的时候都快夜里一点钟了。这个时间点打搅谁都不合适，就不过来跟汉剧院这边的门房师傅找麻烦了。硬是熬到天亮了，再过来。"

听到高强说得这么诚恳，邰玉马上改换了口气问道："那你是不是一晚上就没怎么睡觉啊？"

"还好……"

"那你赶紧先睡一下吧。"邰玉心疼地说。

"去我那边'睡'吧，"高强说着，意味深长地笑了笑，"要抱着你睡，才睡得踏实。"

高强拎过来的提包是 LV 的，邰玉一眼就认了出来，皮革上深褐色底纹的印花图案和品牌 logo 一样，极具辨识度。这是日本人最喜欢的一个法国奢侈品品牌，邰玉在日本巡演时参与的几次重要社交中，接待方代表随身携带的几乎都是 LV 的东西。她买不起 LV，说不出它到底好在哪里，但她懂得这个牌子能彰显一个人身份的尊贵。这是她第一次见到身边这亲近的人用的是这么贵的名牌。

高强看到邰玉在看包，就解释说：

"这是高新送给我的……我姐姐叫高新。去年她去巴黎参加了个国际医疗论坛，抽空就跑到香榭丽舍大道上的 LV 旗舰店给我爸和我一人买了一个经典款。"

"真是亲姐姐。"邰玉轻轻地感叹道。

打开提包，高强取出带给邰玉的各种礼物，不分贵贱地全码在了邰玉的书桌上。这些物件基本上都是在沙头角的中英街上买回来的，属于香港舶来品。那时候，深圳是特区，从武汉过去要办《边境通行证》；而沙头角镇，则是特区里的特区，人在深圳，想要去沙头角，还要有熟人提前先帮着办好《边防特许证》。沙头角镇最具神秘感的地方就是它那条几百米长的小街，街的两侧分属中英两国管制。街面上，一边巡逻的是中国边防部队，另一边则是香港皇家警察。生活在1994年的国人暂时还去不了香港，那么，去趟中英街，就约等于是去半个香港走了一遭；和那些穿着制服的港警擦肩而过，就仿佛是亲临其境地感受到了境外的气息和氛围。那两年市面上的流行歌曲都是文艺小资青年弹着吉他唱的民谣，有一首特别火的曲子叫《我的1997》，写的就是19岁的女生艾敬自弹自唱的盼望1997年到来后可以自由来去的香港梦。在还没有从英国人手里收回对香港实施主权的年月里，靠把香港梦写成歌来唱，都能引起风起云涌的共鸣，把艾敬从路人唱成名人。

高强的姐姐高新在深圳安了家，自然早就是中英街的常客；不光是怎么办证怎么过去是熟门熟路，就连沙头角的几大必买物件中哪一个卖家的性价比更高，她心里也有一笔明细账。在高新的指导下，高强在价廉物美的沙头角，以最价廉物美的方式，囊括了打着中英街烙印的各种"宝贝"：从按一打来卖的整捆力士香皂，到一斤一大包的日本味素，再到幅宽一丈的"港衫"印花面料，还有大包装里套着无数袋小包装的"无花果""老鼠屎"等小零食……采购的时候高强就计划好了下家，每样品类自然都有邰玉的一份。

"去趟中英街，算是开了趟洋荤，再打了批洋货。"高强搂着邰玉的肩膀，指着这些涵盖了吃穿洗用的各种物件，介绍道，"这些'巧板眼'，在中英街上卖得都很便宜，简直就像不要钱的。不过，要用港币才买得到。要不是高新事先帮我准备好了，我也只能'挂一些眼科了（只能看不能碰）'。"

"上次你从日本回来才给我带了那么些化妆品，这次又买这么多……"

"为你买东西的这个过程，是很享受的……"

邰玉不知道高强的话算不算巧言令色，但她看着这摆了一满桌的五花八门，以桌子边上那么显眼的LV包为背景衬托着，马上联想到了自己先前从北京带回来的那些土特产。她在学校放假前挤出时间挤上地铁去为他买这些东西的过程中，也是很享受、很憧憬的。但要是把那些东西和高强送的礼物一比，好像就失去了再去"享受"一次的底气。也许是自己太敏感了，也许生活就是"人比人、气死人"。只是，得亏阴差阳错地，没把那些东西送到高强的父母面前……见惯了大世面、姐弟之间送礼都是送LV的高家人，要是看着她提着那一堆除了一个甜字以外就找不到其他形容词的果脯蜜饯，会怎么看待她？她是不是要找个地缝钻进去?！

高强说着，又从羽绒服的内藏口袋中掏出了一个大红的系着蝴蝶结的礼品封，看起来还有惊喜要亮相。

礼品封里有三个锦绣缎面的小礼包，高强先打开了一个略大些的锦包。小心翼翼地打开束口的按扣，取出一条带着挂坠的项链来，递到邰玉的眼前——

"这是我在中英街的'谢瑞麟'金行里专门给你买的。这个链子叫'三色金'，你看，它的纹路中间有黄金、白金和玫瑰金。放到阳光底下，反光出来的就像一条金光闪闪的彩虹。我去的那一天，这款三色金的水波纹项链，店里的顾客差不多是人手一条。这种项链，配什么衣服裙子都好看。高新自己也是戴着一条三色金的细链子，一年四季都不摘下来的，只是有时候看心情换一下链坠。强偷不跑空路（武汉俗语，意思是'捎带脚'），我就便也给你挑了两个坠子……喏……这一个是花生，据说这是他们家卖得最好的……"

"可能是因为'花生'有别的寓意吧……"

邰玉说着，暗自笑了起来。

看着高强正打开另一个锦缎的首饰袋，她心里想着跟高强开个玩笑，问他——你买的那一个坠子是不是枣子啊？——"枣子"和"花生"，在中国的婚俗文化中，承担了很重要的祝福使命：既要早生贵子，还要花式多生，有儿有女，凑成"好"字。虽然这样想着，但话还是没有问出口。女孩子还是要适当地矜持些才好。

邰玉看到高强从袋子里取出了另外一套链坠——不是一件，是一套——那是一把金钥匙和一颗小金心。

高强说：

"这个叫'开心'……喜欢吗？"

"哇……这太有意思了吧！难怪别个说，要赶时髦就要往南边走，香港的东西就是要'香'一些……这些都是纯金的啊，蛮贵吧？"

"高新说了，去趟沙头角，如果只是买点味精不买点黄金，那才是吃亏上当划不来；只有黄金才保值增值，不冤枉这么折腾地跑一趟。到中英街买金货的一般都是三件套：项链、手链和戒指。高新说，武汉人蛮少戴手链和戒指的，我觉得也是，就没跟你买。"

"你买得已经够多的了……你看到的，我从来都不戴什么首饰的。"

"从中英街一出来我就后悔了，还是应该跟你买个戒指的……毕竟我们去一趟谢瑞麟也不容易。"高强带着些得意劲儿地回应道，"中英街上，金店有好几家，但这家谢瑞麟的牌头最大，买的人最多，结账都要排长队。他家卖的所有黄金首饰都是手工打制的，每件都配有千足纯金的保质证书……"

"哦……"邰玉应承着。她不懂得这些金行的招牌意味着什么，但高强提到的

"戒指",倒是点到了她的心上。她在想的是,如果让她来挑的话,在项链和戒指之间,她肯定会选后者。戒指的寓意,不就是求婚吗?这在他俩的关系中,正是她最为期盼的。所以,高强嘴里的"后悔",也是她心里小小的遗憾。

"没关系,有高新在,我们只要去深圳,就肯定要去中英街的。等下次吧……"高强安慰着邰玉。

高强提到他姐姐高新时都是直呼其名,也许这是他们姐弟俩表示亲昵的一种方式,但放在邰玉身上可不能这样。她遵循着为人处世的礼貌规矩,小心翼翼地问道:

"你买这些金货的时候,你姐姐知道你是买给我的吗?"

"你说呢?"高强的反问,巧妙地绕开了直面回答的尴尬,但又给了邰玉一个疑似默认的错觉。

"这么贵重的礼物,我哪好意思……"邰玉看着项链和链坠,有些迟疑道,"你姐姐会不会觉得我太虚荣了啊?"

"我呢,买得起;你呢,配得上。"还没等邰玉说完,高强就抢话道,"你就先戴这个'开心'吧,我就希望你每天都开开心心的。"

说完,高强把那一套串起了金锁、金钥匙和金心的链坠穿进了三色金的项链上。那双外科医生的手,在任何穿针引线的过程中都纤细灵巧得准确无误。他就手帮邰玉戴在了脖子上,边戴边说:

"以后,就别取下来了。把它当成你的吉祥符。"

"嗯——"邰玉听话地让高强帮她戴上了,答应道,"这就是我的护身符。"

"'谢瑞麟'里的人说了,真金连火都不怕,根本不怕水,不会变色。"

邰玉看着镜子里的自己,又仰头看着高强感慨道:

"我还从来没收到过这么贵重的礼物。"

"你喜欢就好。"高强回应着,"还是你告诉我的,你跟你的小姐妹程米粒给我取了个外号叫'玻璃(膏)高',好像就是在挖苦说我只会送一些不花钱的打点滴用的玻璃瓶子给你当礼物。我第一次听到这个外号时心里一咯噔,当时就在想,这样当男朋友,'几掉底子(有多么没面子)'啊……"

"这种玩笑话你就不要太过细了,"邰玉道,"不管是玻璃瓶还是谢瑞麟,只要是你送的,我都当个宝。"

邰玉在武汉过完了元宵节才返京上学,确切地说,这个寒假,她在高强的单身宿舍里踏踏实实地住了十个晚上。古人说,食、色,性也。这一年的春节,除了高强要轮值当班的时间外,食与色,便是他俩的全部生活。身体里积攒的欲望一旦开了闸,激情就如同泄洪般奔腾不息。他们把年过成了蜜月。住在医院宿舍里有个最便捷的好处就是，医院的职工食堂，年节无休。食堂里定时升腾的炊烟就是给他俩持续战斗力的有效补给。

"你这次在深圳过年，家里人没跟你谈结婚的事情吗？"

离开武汉前的最后一个夜晚，邰玉终于还是憋不住了问高强。

"谈啊……你不晓得在深圳的武汉人有几多啊，我爸爸妈妈的学生在深圳工作的也不少。听说我们来了，就排着队请我们全家吃饭，排不上正餐的就请我们喝早茶，我们每天的日程就好像是从一个饭局赶到另一个饭局。那些老熟人一见面坐下来就喜欢问，结婚了吗？一听我说没有，马上就跟着问，那你有对象吗？还没等我回答，就恨不得要跟我来提亲做媒了。"

"那是啊，你这么一表人才的，还单身，谁见了都觉得是个机会。"邰玉问高强，"那……你有没有找机会跟你父母说到我们的事？"

"我早就跟他们说过我有女朋友了。"

"啊？什么时候说的？你说了我的情况吗？他们怎么说？"邰玉追问道。

"没有说得特别详细……我想，下次带你去见他们，当面介绍你。"

邰玉习惯性地敏感起来，她察觉高强似乎在回避着些什么，于是问道：

"你父母会不会不喜欢我这种职业的？"

——"我喜欢你就行了。"

"光是喜欢，不够。"

——"那……我爱你，够不够？"

"还是不够。"

——"那你还想要什么？"

"你知道我想要什么。"

——"我知道你想要我。"

"你这个人好讨厌啊……尽跟我七扯八拉的。你知道我想听的是什么。"

——"嗯，你说出来我就知道了。"

"难道我不说你就不知道了吗？"

——"是啊……"

高强还在开着玩笑，谁知邰玉的眼泪就掉了下来。

"我跟你相处到今天这个分上，如果你还不知道我想要什么，就太让我失望了！"

"生气了？"高强看到邰玉的眼泪，马上换掉了之前调侃的语气，讨好地问道，"真生气了？"

"不是生气，是难过。"

"我不想让你难过。你看，我都让你把'开心'挂在脖子上呢！"高强说，"我当然知道你想要什么。你心里想要的，我也想要。"

"是吗？"邰玉半信半疑地反问道。

"你以为呢？"高强从表情到语气都严肃了起来，说，"从认识你的第一天起，我就想把你娶回家。你确实很特别，打破了我对演员这个职业的许多成见。你应该能想到，我们医院里年轻女医生、护士那么多，要不是为了和你在一起，在我这个年纪上，儿子都该能打酱油了……为了让我爸爸妈妈能够接受你，我一直都在做各种铺垫准备……"

"是你的父母不愿意接受我吗？"听高强说到这里，邰玉敏感地提问道，"难怪你之前一直都支支吾吾的。"

"凡事总有个过程吧……"高强的回答虽然是避重就轻，但结论的导向是明确的，"他们那种老派的知识分子，脑子里有些根深蒂固的东西。我父母都是医生，养的两个孩子——我和高新——也做了医生。在他们的观念里，我们就是个医生之家，所以，就希望我最好也找个同行……这样比较有共同语言吧……"

"这是借口吧？我就不信在你们家里你父母就只许你跟医生结婚。我就不信你要是找个大学老师或者是个报社记者你父母会反对。恐怕你父母还是瞧不起我是个唱戏的吧？"

憋久了的委屈总有撑不住的时候。当邰玉不管不顾了，一定要倾泻肚子里的苦水时，又恢复了伶牙俐齿的劲头。虽然厚积薄发，但她没敢继续反问的是，要是你父母知道我从小还是个弃婴，是不是会更瞧不起我？要是你父母还知道我在黄陂乡下还有一堆打不湿、又拧不干的穷"亲戚"，是不是会能躲多远就躲多远？！

"你再给我些时间吧……"

"看来我没猜错，"邰玉沉吟了片刻，言辞激烈地追问道，"在你父母看来，他们辛辛苦苦把你养大成人，你怎么能把你前程远大的未来跟一个戏子扯在一起呢？就像你刚才说的，你们在深圳每天都在见各种有身份有学问的人，被别人宠着抬着供着，要是带上了我，那就跌了你们的份，对吧？！"

"你不要这样说话，这对我们所有人都是一种伤害……"

"可这就是事实啊……要是一个人被伤害了，连喊声疼都不允许，那你也太霸道了点吧？"

"我知道你的心里不好受……其实，只要跟我父母谈到这些事情，我的心情也好不到哪里去……"高强喃喃地说着。

"如果你父母一直都是这种态度呢？"

"我也不知道……"

"那……我知道了。"

邵玉说着，伸出双手环到脖子后，摸索着摘下了袢扣，取下了那条套着开心钥匙的三色金项链。她把项链放在了高强的桌子上，一言不发地整理好自己的个人物品后，拿起背包，头也不回地从高强的寝室夺门而出。她的动作快速连贯得没有任何商量和停顿的间隙。

高强紧跟着追了上来。

在单身宿舍狭长的走道上，邵玉甩掉了他过来拉她的手，说：

"在外面，还是不要拉拉扯扯的吧。"

"那就进屋……我们回去好好说。"

"该说的话都说完了。"

"今天是元宵节啊……"高强想着换个话题来给自己找个台阶下，"走，我们到食堂去买点汤圆，一起过节。"

"谢谢，不必了。我不缺这一顿汤圆。"

从医院出来，邵玉招手拦了辆的士。车子一停，她开门就上，使劲关了车门后就跟司机说，"快点走"，那心急火燎的样子加上她的大背包，搞得司机还以为她是从医院溜出来想逃掉住院费似的。

司机也不多问，一脚油门踩下去，车子就疾驰了起来。这时，邵玉才跟司机说，要去"汉剧院"。

一路上邵玉都是神情恍惚的，她对窗外的街道和途经之地完全不曾留意过。结果，等到车停下来，这才发现是在"武汉剧院"的大门口。她缓过神，很诧异地问司机：

"我是要到'汉剧院'，怎么带我来了'武汉剧院'？"

"啊？汉剧院？"司机赶忙赔着小心道，"对不起对不起，听岔了，'汉剧院'和'武汉剧院'，听起来蛮像．'个板马的'，怪我搞混了。您家莫见疑，不是'迭务（故意）'的啊……"

邵玉自怨自艾地叹了口气，来了句，"人要是背时，走哪里都被人欺负。"

司机不知道邵玉意有所指，他扭头透过隔离前排驾驶座和后排乘客之间的铁栅栏，冲邵玉说：

"您家莫这样说啊，我冇欺负您啊。看您家刚才上车时心情不蛮好的样子，也冇敢跟您搭腔多问一哈。这样吧，我马上就送您到汉剧院，这一趟活，我不收您一分钱。"

司机说着，就把打表器一抬，调到了"空车"挡，以示诚意。

邵玉苦笑了一下，道：

"我也有想过要占你的便宜,但是你把我莫名其妙地拉到了武汉剧院,真的让我觉得蛮别扭。大过年的,兆头不好。"

"啊呦,从汉剧院到武汉剧院,就是隔着几百米的事,我要是想黑您家的钱,犯不着这样吧?您是还在过年,我都已经在路上跑了好几天了。像我们开的士的这样累死累活,哪还顾得上谈什么兆头啊……我得帮我自己说句公道话,您家要是一上车就说是去'前进四路'或者是去'电子一条街',我都不会搞错的啊……这年头,哪个还想着要到汉剧院去呢……"

司机边说边踩油门,一个急拐就把车子掉了头,朝汉剧院方向开。邰玉不说话了。的士司机最后的那句话再次点了她的穴——"这年头,哪个还想着要到汉剧院去呢"——也许,这位天天在城市道路上跑江湖的老师傅,说的就是最直白的世道炎凉。没什么人想去汉剧院,也没什么人想要听汉剧,而像她这样的汉剧演员,高强那种高级知识分子的家庭看不上,这也没什么好意外的吧。

邰玉回到了汉剧院。放下背包,看天色还早,她犹豫着是不是再回趟汉阳去陪陪父亲。转念一想,父亲一个人在家,说不定憋不住就已经跑去他要补差的那所小学报到了。这么想完,就下楼走进传达室,给米粒的办公室拨了个电话。

电话接通后,邰玉一下子就听出了对方就是米粒。

"一鹅,元宵节还上班啊?我还在想着说碰碰运气看你在不在呢。"

"我们报社算是好的了,非新闻部门是初八才正式上班。国家法定的春节假期不就是才三天吗?"米粒答,"就算你打我办公室电话没人接,你也可以给我家里打电话找我啊。"

"那我不敢……万一是你妈妈接电话,多尴尬啊……我是晚辈,还没跟你妈拜年呢。"

"有什么尴尬的,真要遇着我妈了,你就跟她说,阿姨啊,我正是要找您家啊,想跟您拜个晚年呢……"米粒在电话里拿腔拿调地以邰玉的身份模拟着通话的情形。

"真是把你'冇得整(没办法)','信了你的邪',"邰玉笑了起来,紧跟着又说道,"我们今天聚一下吧。你什么时候下班?"

"今天不行,我是版面值班。我正在等排字车间送校样过来,所以可以跟你聊会儿天,"米粒说,"等下版面过来了,我就要开始校对了,那要忙到后半夜去了。"

"还想着说元宵节约你一起去五芳斋吃元宵呢。"邰玉道。

——"五芳斋"是汉口的老字号。这原是开在中山大道上兰陵路路段处的专门卖汤圆的一垯小吃店,汤圆包得好吃,名声就越做越大,规模也跟着壮大了起来,后来公私合营,就扩建成了一家顶着卖汤圆的老字号牌头的大型餐馆。如果不是去参加什么宴会，平常百姓提到五芳斋，为的一定是端一碗他家的热汤圆。

"你就跟你的玻璃高一起吃五芳斋吧，我今天不去当你们的电灯泡了。"

"他今天加班。"邰玉搪塞道。

"我说呢，原来是找我填空的啊，"米粒笑答，"那就明天吧，反正五芳斋的口味每天都一样，不在乎是正月十五还是十六。"

"我明天就要回北京了。"邰玉道，"下个月初，我在北京的首都剧场有个人专场的演出。"

"姐姐你太了不起了！这个专场里都演些什么戏啊？"米粒问。

"《打花鼓》，《宇宙锋》和《穆桂英智破天门阵》。"邰玉脱口而出，"汉剧难得有机会在首都有这么大型的演出，拿出来的肯定都是经典好戏绝活啊。"

"这些老剧目你都演了几百上千次了吧？怎么不加上《曾根崎殉情》呢？这个算是新编剧目啊！"米粒又问。

"我的好妹妹啊，这次虽然是我的个人专场，但也只有一个多小时的时间啊。首都剧场啊，能给汉剧这么一个多小时已经很不简单了，哪能把我们所有的好戏都搬上台呢？"邰玉说着，又想起了一件事，便道，"上次你在电话里说想要见见葛军，这一趟回武汉实在是忙得没顾上……"

"这事啊，你不急，人家可等不及了。"米粒在电话里嘻嘻哈哈地笑着说，"葛军找了其他人联系到了我们副刊部，我们部门主任已经跟我派了活，明天就要去跟他做个专访……就是个公事公办的差事，反正他跟你也没什么关系了，我就没有专门再知会你。"

"那就好。"

"什么时候再回来呢？"准备挂断电话前，米粒如常般把话题扯回到玻璃高身上，问道，"你俩打算今年办事吧？"

邰玉迟疑了一下，说："这个嘛……回头我去查一查黄历吧，找个好日子。"

米粒快言快语地跟着道："信这个干吗？我从来不信这些。依我看，只要合我的心意，天天都是好日子。"

邰玉心有不甘，但又不想明说。于是就换了个话题，把矛头对准了米粒："莫光说我了。你自己呢？"

"那我得去查查黄历了……"这一下，轮到米粒不尴不尬了。也许，每个人的故事真的都写在了黄历里。

她俩天一句地一句地闲聊时，街边大喇叭里正播放的音乐电台的新歌榜曲目成为整个夜幕的背景音。邰玉听到了那首艾敬唱的《我的1997》——"1997 快些到吧，我就可以去香港……"这句词反反复复地唱着，唱得她心疼。她想到了那个刚从香港中英街归来的男人，给她在香港的谢瑞麟买了串开心钥匙，然后又把她惹得很不开心。她想要他给她一个琴瑟和鸣、举案齐眉的未来，而他却总是拖拖拉拉、吞吞吐吐。原本应该是他们一起过元宵节的，可一说到关键问题上，连节都是过不下去了。老话说，躲得了初一，躲不过十五，好像这话用在他们修不成正果的爱情上也适用。他和她之间真的有不可逾越的鸿沟吗？

艾敬唱的歌里面，一个沈阳的女孩子爱上了一个香港的男生，麻烦就来了，他可以来沈阳，她却去不了香港。好在他们的故事有个美好的念想，等1997来了香港回归了，就能跨过天堑了。反正大家都年轻，等着等着就还把等待中的渴望唱成了歌。现在已经是1994了，数着日子唱着歌来过，1997不远了。所以，艾敬就抱着那把吉他、不停地哼哼唧唧，似乎是多唱一遍"1997快些到吧"，离"我就可以去香港"的理想就又靠近了一点。

可是邰玉能期盼什么念想呢？她考上了大学，到北京念书，很快就能拿到正儿八经的全日制本科毕业的文学士学位，今年还能去日本的大学进修深造；听说"国戏"还在筹备戏曲的研究生班，要是真开班了，她还准备一鼓作气地研修下去——所有能给自己贴金的机会她都在努力地牢牢抓紧。以前，只是为了自己的前程能再上个台阶；现在，她还有重要的动机，就是为了能够追赶上高强这样的高知教育背景。但她还是跨不过去。她有一个相隔并不远的男朋友，可她没有能当成歌来唱的1997。她甚至连曾经当过她几天护身符的开心钥匙都还给他了。

邰玉很想跟米粒倾诉一下自己的委屈，但那些由来已久的委屈，说出口也找不到真正的出口。用来开心的钥匙也弄丢了。那就还是不说了吧。

和高强在一起的时候，她总是仰视着，又卑微着。她不断努力着，可还是摆脱不掉那种卑微的现实。

所以，这个元宵节，她在他面前任性了一次。

为了成全自己而激将他，会是有效的办法吗？

邰玉不知道。

她只是很想知道，解决问题会有很多种办法，你不去试一试，怎么会知道是有用还是没有用的呢？

三十九

邰玉是从五芳斋走回汉剧院的。

为了对得起那么长的排队时间，两个女孩子趁着端上手的热乎劲儿，一人吃了一大碗的流心黑芝麻汤圆。这是五芳斋的招牌，说是"平安皮包着如意馅"，吃完了以后，这一整年都会平安如意。她俩边吃边油嘴滑舌地自我安慰说，巴心巴肝排了这么长的队才等来的好东西不能浪费，吃完了再去想减肥的事。米粒还打比方，就像是你整理抽屉看到了一个旧本子，左思右想也舍不得扔，其实不是那个本子有多金贵，只是你在上面用心地写下了不少文字——附加价值比东西本身更重要。可那些掺了猪油、桂花和大量白糖的汤圆，虽香甜、但实在太腻人，吃进嘴里了，邰玉就开始自责，这回头得要消耗多少工夫、翻多少跟头，才能拦住它们不长到身上变成肥肉。米粒嬉皮笑脸地说着泄气话道，拦不住的，就像你进了口就拦不住它们进肚子，进了肚子就拦不住它们堆到身上。邰玉摇头说那不行，事在人为，该拦还是要拦，你看我们陈院长几十年如一日地吃得漂（念 piāo 音，第一声）似寡淡的，多有毅力啊，所以她身材保养得那么好，到了六十几岁还能演 16 岁的小丫头。米粒马上反驳说，你们陈院长离婚后这几十年都是单身，这叫清心寡欲，就这，你也打算跟着学吗？看邰玉没有接茬，她又嘻嘻哈哈地补了一句，你还没有结过婚，还是先等你结了再说吧。说完又道，记得代我向你们玻璃高问好啊。邰玉敷衍地笑笑。米粒怕是刚才自己的话没说好，又补充道，我没有说先劝你结婚再离婚的意思啊，你可千万别误会了。邰玉嘴上说着"误会你个鬼呀"，心里着实是不太想提到高强，就主动把话题再扯回到减肥的事情上，说要跟脂肪细胞的扩容来抢时间，现在就要行动起来。她把米粒送上回家的电车后，便走路回汉剧院。

  倒春寒的夜晚，湿冷的风刮在脸上，让人感受到的还是冬天的氛围。两三里的路程，走起来也不算短。邰玉把脖子缩在羊毛围脖里，茸茸的毛线对于渴望躲避风寒的肌肤来说，略微有些扎人。她把手插进大衣口袋中。口袋中有张纸条。她知道那是件什么东西，但她还是把纸条抽出来看了一眼，又迅速地放回了口袋里去——她喜欢那种手掌和纸条在口袋中相互温暖着的感觉。那是许多年前米粒写的一则新年祝语的红纸条，莫名其妙地留在了邰玉的大衣口袋中。自此之后，这件粉红色的羊毛大衣口袋就成了这条祝福的子宫。上面的文字，邰玉早就能倒背如流了——"祝你新年金榜题名，祝你此生前程似锦，祝你始终在梦想中奋力成长，所向披靡。"邰玉很喜欢这些话，她把它们当成了自己的座右铭；连同那个提头的称呼——"九头鸟"，都被她看作是自己的吉祥符。

  又是新的一年了。每过一个新年，邰玉都更加明白一个道理，如果想要这纸条上的每个字都兑现，必然是充满了艰难险阻。就像今天——连两个相爱的人想水到渠成地结个婚都结不成，何谈其他的"所向披靡"？

  沿着中山大道一直往上头走，走到"品芳"照相馆就该拐弯了。右拐弯就到了前进四路。下一个十字路口就是汉剧院。过年期间，照相馆门口挂上了大红灯笼，窗玻璃上贴了大红的福字剪纸贴花。夜幕深重，照相馆早已收工打烊，但店里的灯光还是通明的，橱窗和墙上陈列的那些摄影作品也都醒着。临街的落地玻璃橱窗里还是摆着那张邰玉的巨幅肖像照，几年如一。穿着白色海马毛毛衣、戴着白面纱的邰玉就在大红窗花的后面，若有所思地凝望着远方。邰玉在自己的照片前停了下来。她又想到了高强。她在想，当他每次经过这里看到她的时候，会想到些什么呢？他是开心、幸福、以她为荣，还是……她不敢继续往下想。她怕她会哭。

生活不是舞台，你也不是橱窗里的这个人——邰玉在心里说给自己听。

舞台上的故事都有着千锤百炼后的固定结局，或喜或悲，都是在演戏。台上台下的人，都知道。今天演，明天演，天天演；从陈伯华演到邰玉，从武汉演到北京，始终是一样的唱词，一样的走台，一样的眼神和手势。可是，生活不是舞台啊。没有排练，没有预知，没有任何一个人的人生可以被翻来覆去地重复。

邰玉在清冷中叹了口气。嘴里呼出的气息，轻柔地飘向了橱窗的玻璃，像是要去抚摸橱窗中那张人像里的脸。

邰玉望着橱窗，玻璃镜面上隐约地映着现时的自己，和玻璃后面的照片恍惚着重叠了起来。

到底哪个才是真实的自己？还有，离开了舞台的你，到底是谁呢？

——是在"国戏"里上学的大学生，还是得了"梅花奖"的青年标兵？是跟高强赌气分手的任性女孩，还是徘徊在养父和生母之间的迷茫女儿？

所有这些，都离不开一个"戏"字。自己在生活中踏踏实实过着的这每一天的每时每刻，没有"演"，却还是绕不开"戏"。上的大学是"国戏"，得的奖项是戏曲奖，分手的原因是"戏子"……哪怕自己这样一个弃婴的命运，也像一出蹩脚的戏。这些戏，都是真的啊……

终于走回到汉剧院，敲开了大铁门。

门房师傅裹着军大衣给铁门开锁时跟邰玉说，下午有个男将来找过你，说是给你带了点东西，我帮你收起来了。

"什么人啊？"

邰玉想到了上次从黄陂来的曹老四，又想到了高强——估计非此即彼。

"人家是开车过来的，车都冇熄火，问了一句你在不在。听说你不在，把东西交给我就走了。他说他姓吴，说你晓得他是谁。"

"哦，"邰玉说着，跟在老师傅身后走进门房。

"这又是燕窝、又是花旗西洋参的，都是进口货，大补的啊！"老师傅从里屋把礼包提出来，指着外包装上的文字啧啧赞叹道，"你这朋友出手蛮大方啊，大款啊……"

邰玉没心情接话，接过礼包，说了声"谢谢您家"，就径直上楼了。她知道那是吴峥嵘。他们搞外贸的，逢年过节送的礼品都比较高大上。虽然她不喜欢这些华而不实的东西，但价值摆在那里，她还是领情的。换在以前，她会马上在门房里给吴拐子回个电话道个谢，这是基本的礼貌。现在心情沮丧，也顾不上礼节了。

第二天一早，邰玉就接到了吴峥嵘的电话。他说要是邰玉没有其他安排的话，他就中午过来接她一起吃个饭，然后开车送她去火车站。邰玉想了想，说了句"也行"，就算是答应了下来。

快到中午饭的时间点，吴峥嵘就过来了。门房老师傅昨天就见过他的车和人了，尤其是那些值钱的礼品，更让老师傅记忆深刻；今天一看，是熟人，就直接打开大门放了行，让他把车停进汉剧院的院子里。

吴在门房师傅的指引下，径直上到二楼，敲了邰玉的寝室门。

邰玉已经收拾妥当。为了防尘，她把铺盖全都裹了起来，整整齐齐地卷在床头。窗户关好、插上了栓。行李箱放在了门口。双肩背包就架在了行李箱上。吴峥嵘昨天送来的礼包，大大小小的几个色彩艳丽的大礼盒，摆在晾出来的床板上。

邰玉开门见到是吴峥嵘，有点惊讶。她把吴迎进屋里，但两人只能站在门口。她略带歉意地说：

"你看看，我这里连个坐的地方都没有。"

吴道："冇得关系，我不坐了。我上来就是帮你提行李的。"

"哟，那几不好意思啊……"

邰玉说着客套话。

说话间，吴峥嵘就已把行李箱的拉杆抽出来，准备拖着走了。他问：

"就这一个箱子吧？"

邰玉走到床边，把吴昨天送来的几个礼包提了起来。她说："这些东西你就拿回去吧，我也用不上。这贵的东西，放我这里可就是浪费啊……"

"怎么会呢？燕窝和雪蛤，是我专门买给你的。我看你平时吃饭总是小心得不得了，吃得那么少，那哪行呢？燕窝和雪蛤是给女同志的大补，还能够养颜，你一定要带在身边，天天要记得吃。"

"我哪里用得上这么金贵的补品啊？"邰玉说着就笑了起来。

"你听我的，不得有错。你总把自己搞得那么辛苦，身体可不能搞垮了。吃补品，总比吃药要强上一万倍。你先把这些带到北京去，估计能管上两个月吧。我估计你到清明节前后就又会回武汉来的，到时候，我再给你补货。"

"你这个人情太重了点吧？"邰玉还是有些迟疑。

"我都说了，你喊我拐子，我照顾你——这难道不是应该的吗？莫说那些见外的话。"

"那……那好吧，燕窝这些我就留下了。西洋参什么的，你就拿走吧。我印象中，西洋参应该是给男人吃的吧？"

"你一起都带上，莫跟我讲这个客气。你在北京，总有迎来送往要打点的时候，遇到什么重要的社会关系，你就拿它当个礼品送人吧。这个东西管他男人吃女人吃，反正价值摆在那里，拿得出手。"

"听说，西洋参是壮阳的吧……我要是跟人送这种礼物，会不会被人误会啊？"

"你想得太多了，"吴峥嵘说完，拍了拍邰玉的肩膀，道，"走吧，这些东西都带上。反正我等下会把你送上火车，我负责跟你当搬运。"

邰玉就这样锁上了寝室门，跟着吴峥嵘下了楼，上了他的车。吴开着车在院子里调头时，邰玉抬眼看到，每一层楼的走道上都有人装作若无其事的样子却盯着坐在车里的她和他在看。

"我的同事在悄悄看我们呢，"邰玉说，"说不定他们会以为我是不是傍了个大款呢……"

"我说你啊，每天都活在这么多七想八想中，累不累啊？"

"累也得想啊……做人做事，哪能不瞻前顾后的呢？"

"少想一点，把脑子腾空一点，你会活得比现在要轻松多了。记得拐子我的这句话，有时候人需要过得没心没肺才'吐（念 tǒu，第三声，豁达的意思）态'……"

车子开出了汉剧院。

就在吴峥嵘的车开走没多远、停在中山大道入口要拐弯时，高强的电话打到了汉剧院的门房。

门房老师傅说，你要是再早打来5分钟就好了，邰玉刚刚走了。

高强在电话里问，她是出去办事了吗？等下还会回院里的吧？

老师傅答，不回来了，有人开车来接的她，是拖着行李走的，去北京了。

高强追问道，不是晚上的火车去北京吗？

老师傅在电话这头笑了起来，道，"你们这些年轻人'几摞烈（太啰嗦）'哟，尽跟我这种'不管闲（管不上事）'的人说这些冤枉话，莫为难我了吧……"

"不好意思啊，跟您家添麻烦了。"

——高强本来很想问一下开车过来的人是谁，但当他听到门房老师傅抱怨着他太"撩烈"后，就识趣地跟对方道了个歉，随即就挂断电话。他本来想约上邰玉一起吃中饭为她饯行也顺便缓和一下他俩的关系的，他还想重新为她把那套开心的项链戴回去。

看来，这一切都要另找时机了。

高强电话打过来的那时候，吴峥嵘的车正在前进四路和中山大道交会的十字路口等着红绿灯变颜色后拐弯通行。迎面入眼的就是马路对面那幅陈列在"品芳"照相馆橱窗里邰玉的巨型肖像照片。吴峥嵘看到照片，又看看坐在副驾驶座位上的邰玉，感慨道：

"全武汉市最拿得出手的大美女，现在就坐在我'边厢（身旁）'——"

吴峥嵘的奉承话把邰玉说得有点难为情，她只好用"莫'鬼款（胡说）'"来掩饰。

信号灯变成绿色了，吴峥嵘一边转着方向盘拐弯，一边侧头问邰玉，中午想吃点什么？

邰玉摇摇头，道："你晓得的，我对吃这件事，完全不讲究。"

"人是铁，饭是钢，一顿不吃饿得慌。不好好吃饭可不行。我想想啊……你不是家在汉阳嘛？我带你去个你家旁边的好地方——归元寺的'罗汉斋'。冇吃过吧？……"吴峥嵘道，"正好也顺路。"

从汉剧院出来，上了中山大道到武胜路，就是江汉一桥，下了桥、拐两个弯就到了归元寺。有一辆自己的专车这么开着，就算是武汉是一城两江三镇四岸、大而无边，也就是一脚油的功夫。

坐落在汉阳钟家村附近的归元禅寺，始建于清朝顺治年间，算是中国的佛教圣地之一。寺院离邰玉家不远。话说回来，在改革开放以前，整个汉阳的人口聚集地，也似乎就是那么个巴掌大的地方，分布着国棉一厂、汉阳铁厂、大桥局这几个国有的大单位，跟武昌的辽阔和汉口的繁华比起来，那就是一泡尿就能转三圈的小地方。归元寺、晴川阁、黄兴墓、古琴台，汉阳的这几个能有说头的古迹，都在半径不超过一里地的位置，它们在孩子们的眼里也不是些朝圣般的典籍去处，而是可以捉迷藏、躲猫猫的空间。说到归元寺，邰玉做小姑娘的时候常去那附近转悠，寺门口的奇石店、盆景馆她都进去过，但挂着巨大招牌的"云集斋"素菜馆，她是从没沾过边的。以前总以为那是和尚们的大食堂，想起来就有些讳莫如深，直到这一次吴峥嵘说进去吃饭，她才知道，原来这餐馆是对外营业的。

自然又是吴峥嵘做主点菜。这一次，吴首先就点了个"罗汉斋"，紧跟着，又要了禅食扣肉、手工素鸡、功德牛肉和干煸糍粑鱼。听起来像是鸡鸭鱼肉全活。吴峥嵘点菜的时候,邰玉就不停地摆手,示意到此为止。吴峥嵘也笑着跟邰玉摆手,示意她不要多想。两个人隔着服务员不断摆手,有种孩子气的默契。

等服务员走开后,邰玉轻声说:"我看这里的菜都好贵啊,比真的猪肉牛肉卖得都要贵呢……"

"素菜荤做,全看刀工火候,肯定贵啊,卖的就是奇货可居嘛,"吴峥嵘说:"俗家人专门跑来这里吃饭的,要么是向佛的,要么是向善的,再要么,就是尝个鲜的;他们就当这跟在归元寺里面烧香还愿是一回事。菜卖得贵,很正常啊。食客来这里吃一回斋菜,感觉自己还能积点德。你要是这么想,就不会接受不了了,对吧?"

"真不该点这么多菜,太浪费了。"邰玉坚持道。

斋菜馆的主要食材就是各种各样的豆制品,备菜都是半成品。仿鱼仿肉的功力靠的是形神兼备,刀工造型求形似,煎炒油炸贴神似,勾完芡、摆上盘、着色、上香、入味这么一点缀,送进口中,用舌尖上的嚼劲唤起记忆里与那些菜名关联着的味觉联想。"罗汉斋"是现点的,在开放式的厨房的窗口,摆着各种原料:油炸豆棍、面筋条、豆腐泡、豆腐条、腐竹、素鸡、炸土豆条、藕条、红薯条、榨菜、红枣、胡萝卜、白萝卜、黄瓜、西红柿、丝瓜、木耳、冬菇、玉兰片、鲜笋……五颜六色的,有几十种之多。这些食材被精心地摆成了不同的形状,放在巨大的餐盘中,红绿相映黄镶边,旁边的标签牌上写着"罗汉大汇"。与其说它们是"大汇",其实更像是一朵盛开的美食之花。食客们就根据自己的口味和偏好,择取其中的品种,集成自己独特的"罗汉斋"。

等这份定制款的"罗汉斋"上桌没多久,那些素食荤菜也就前后脚地跟着上了桌。

邰玉笑着说:"我这是在素菜馆里开了一回洋荤。"

吴峥嵘接话说道,"那就说明,我这个拐子当得还是称职的。"

"莫这样说撒,搞得我都不晓得该么样来领情了。"

"只要你心里有我这个拐子,我就心满意足了。"吴峥嵘道,"我在我们家是老幺,上面一堆哥哥姐姐,我还从冇过过真正给别人当'拐子'的瘾。"

"啊?你们家有几个伢啊?"邰玉吃惊地问道。

"说起来你莫笑啊,我上面有6个,这还是说的活到成年的,中间还有夭折了的冇算进去……我们家为中国成为人口大国作了不少贡献啊……"

邰玉"哦"了一声。她一点没觉得这话有什么好笑。突然就想到了自己。想到了曹老四那天到汉剧院来找她时说的那些话,说她本来应该是他们曹家的老六的。

想到这些，她就别有用心地问了一句：

"你们家这么多呀，你爸爸妈妈是么样把你们'引大（抚养教育到成人）'的啊？"

"这养伢的事，有钱冇得钱，都能把伢养大。老话不是说的嘛，伢们是'只愁生、不愁长'的……"

"我看未必吧……"

"我们家以前就住在硚口的长堤街，就是上次带你去吃鸭子煲的附近，那里有个蛮大的菜市场。我小时候，我妈就牵着我在菜场要收摊子的时间去捡一些菜场里卖不出去、或者菜贩子丢了不要的菜叶子菜梗子什么的……拿回家、洗干净了，水煮盐拌，就是我们的饭菜。基本上，我们一家人就是吃着这些剩菜长大的。你莫看我现在到处山吃海喝的好像是个吃货，其实，在我小时候，能吃上一回猪油渣炒出来的'油油饭'，那就相当于是在过年了……"

"那……你们家这么多孩子，你妈就没觉得养不下去养不活？"

——邰玉问的是吴家的情况，心里比照的则是曹家的作为。

"有啊……我们家儿子多，我上头的这6个，前五个都是儿子，接着生了个姑娘，到了我，又是个儿子。儿子多了，家里就不得安生。每次我们在外头惹了祸回来，我妈就会抱怨说，生这多儿子，一个个地都是找她讨债的，烦死她了，她恨不得把我们都甩出去……"

"那她甩了吗？"

"还真甩了……"

"啊？"

"我跟你讲个故事啊——我们家的伢们多，一整条街都知道。那个年代也冇得么斯计划生育这一说，屋里养三四个伢的家庭不少；但像我们家这种养了七张嘴的，还就我们独一家。我们有个街坊在北京有个远方亲戚，两口子都是在机关上班的，说是生不出孩子来，想领养个儿子。街坊就找到了我家。想要领养孩子嘛，肯定是年纪越小越好啊。我是老幺——那就是我了。那一年我七岁，正准备去上小学。我爸爸妈妈听街坊过来说了这事，就说要跟我商量一下。结果，他们一问我，我二话不说就答应了。多好啊，去北京啊，'我爱北京天安门'啊！我那个年纪，没有什么亲情手足情的概念，哥哥们平时对我的好、我都不记得，但他们谁谁在哪件事情上欺负了我、占了我的小便宜，我记得一清二楚，总觉得我小、没能力还击、就被他们'掐得搞（往死里整）'。一听说可以离开武汉、离开他们，我当时高兴都来不及……"

"你到底是在讲故事，还是讲的是真事啊？"

"你听我接着讲撒——我们这边答应了以后，人家两口子就从北京赶过来了，还挺正式的，两个人都来了。为了显得有诚意，专门接了我爸爸妈妈和我到六渡桥的'福庆和'面粉馆去吃牛肉粉。请客选这种地方也蛮有意思吧？估计这是我那个街坊安排的。那些住在长堤街这种贫民窟的，也就只有这种见识了，觉得能到叫得出名字的老字号现点现吃上一碗带腥荤的臊子粉，那就是蛮有排场的了。去'福庆和'之前，我妈跟我千叮咛、万嘱咐，叫我不要多话，免得让别个觉得我讨人嫌；要我注意吃相，不要只顾着吃、就像饿牢里头放出来的。我妈还许着愿、为我画了一张大饼，说是我要跟人家去了北京，那就能住大房子、天天有肉吃。我当时就想啊，为了以后过上天天吃肉的日子，这顿牛肉，我哪怕一口都不沾，那也行啊……"

"看不出来，你小小年纪还这么懂'有舍有得'的道理……"

"那是啊，你不晓得穷人家的孩子想脱贫有几难，我这一被领养走，那就相当于是一步登天了……这种机会一定要好好珍惜啊……"

"后来呢？"

"后来啊……"吴峥嵘说到这里就笑了起来，"也不晓得是'福庆和'的牛肉粉太好吃了呢，还是那两个从北京来的平时也不怎么吃肉，反正他们呼呼啦啦地很快就把他们碗里的汤汤水水都吃完了，只有我，还在拿着筷子一根一根地挑着米粉吃……"

"你这是'装精'、装过了头啊……"

"七岁的伢，哪懂什么分寸呢？要不是我妈事先叮嘱，我肯定是大口吃肉、大碗喝汤啊，不要说面前的那一碗，就是你再给我多一碗，你看我三把两下搞到肚子里也不在话下啊。可我妈都那么强调了要有吃相，慢慢地吃，我就只好装得斯斯文文地磨洋工呗……哪晓得，这一装吧，让人家觉得我好像吃饭有障碍，再一看我黄皮寡瘦的样子，这第一印象就不怎么好……"

"这事就这么黄了？"邰玉追问。

"当时并没有，"吴峥嵘接着说，"人家提出第二天带我去做个体检。他们出钱。这要求合情合理啊，第二天我就被领去了长堤街旁边的普爱医院。我们家以前哪给我们做过什么体检啊……这一过去、一查血，查出来我有乙肝……这就没什么好说的了，人家就托街坊带了话，说领养我的这事，就算了……"

"不是说得肝炎的人都不能好好吃饭的吗？说是连一点荤油味道都闻不得？"

"估计那是指的黄疸肝炎吧？我得的是乙肝。要不是专门抽血检查，根本就看不出来。乙肝也不算是个什么事吧？中国有几亿人都有乙肝吧……像我们家，天天靠捡那些破烂菜叶子吃着过活的，能活下来、很正常；吃出一身的毛病来、也正常。"

"你这也算因祸得福了……"

"什么意思啊？是说我因为有肝炎就没被人领养吗？"

"是啊……能一直跟着爹妈在一起多好啊，何况你还有那么多哥哥姐姐照应着……"

"你这是成年人的腔调，但是在我当时那个年纪上，我可不这么想。当时，我又遗憾、又难过，好像我被这两个北京人给抛弃了一样……你完全想象不出来，在那个时候、我们家那种情况下，我有几（多）想跟着那两个人去北京啊……"

"那你爸爸妈妈怎么说的呢？"

"他们能怎么说？他们一看我得了肝炎，先要想着帮我治病啊。不晓得这事吧，那就装马虎；晓得了，该治病就还是要治啊，花钱也要治。我妈就领着我去同济医院看了专家。人家说这是慢性病，不影响正常学习生活，也没什么特效药。我妈就跟我说，不管这乙肝治不治得好，总之以后就踏踏实实地一家人继续勒紧裤腰带过日子呗。这个事我们家再都没有提起过。"

"挺好啊——"

"是啊，我妈前两年过世之前还跟我念叨说，她觉得这几个孩子里头最对不住的是我——我是唯一一个得了肝炎的孩子。她自责说这一定是她的过失、没把我照顾好；其实，鬼晓得我的哥哥姐姐们有没有乙肝，我看啊，只是他们那个时候没有去体检而已……我妈还说，有件事也让她很内疚——她指的就是要把我给送人的这事。我说，这有什么好内疚的，送得出去、送不出去，对我都不是坏事。我妈说，她就一直担心我误会了，以为是她想抛弃我……我告诉我妈，我怎么会这么不懂事地去想问题呢，我始终相信，她是这个世界上最惟愿我好的人。是她带我来到这个世界上的，不管她做什么，她的出发点肯定都是为我好……"

"你妈妈听了你的这些话，是不是特别感动啊？"

"我妈是那种被生活给磨服了的人，你想想看，一屋里那么多的伢，要生、要养、要操心、要着急，又没有可以依靠的娘家婆家……她能有多感动呢？就算是感动了，她也没什么文化，说不出什么精心组织出来的语句……倒是我自己被感动了……我觉得，我们母子一场，差一点就走散了；但是，我老娘这一辈子看到了我成长的每一天，我也能最后为她送终，这就是我们拆不垮的亲情吧……"

"那你的哥哥姐姐现在都在干吗呢？"

"他们都比我大很多，老三届、新三届的，上山、下乡，'冇么样（没怎么）'正规读过书，就只能是被时代牵着鼻子走。我们家的这个家庭氛围吧，也出不了能沉得心来去读书的人，所以啊，工农兵学商里头，除了没有知识分子，其他的都有。我的拐子们，基本上都是早早地出来混生活。身体好的，参了军，复员之后就当警察；脑子活的，就做点小生意，在汉正街盘个门面；混得差一点的，从乡里返城之后就开个的士。我姐姐嫁了个'武重（武汉重型机床厂）'的机修工，我这个姐夫动手能力特别强，他们结婚时那一房子的家具都是我姐夫自己打出来的……反正，他们都能自己养活自己吧，小日子也滋润，属于比上不足、比下有余的。"

"那你是怎么有现在这个'档（工作单位）'的呢？省外贸公司，这是很多人削尖脑袋都想挤进的地方啊……"邰玉追问道。

"我啊？"吴峥嵘迟疑了一下，把这个问题有点讳莫如深地一笑带过，"我算是走了狗屎运吧……"

邰玉的注意力显然并不在期待吴峥嵘给出什么具体的答案来，她只是起承转合地随口一问，吴峥嵘没有冷场，这话题就继续着无油无盐地给传递下去了。

邰玉礼貌地接着说道："你现在是不是你们家7个伢中间混得最好的？"

"哎哟，这个高帽子戴上了又么样呢？"吴峥嵘说着说着就又笑了起来，"又不是跟那些蛮'幄燥（厉害、有能力）'的人比，我的那几个哥哥姐姐本来放在社会上就都不'像削（成功）'，比他们'强个簐片（稍微强了那么一点点）'，也算不上什么很光荣的事。我不像你，动不动就拿个全国的大奖、动不动就能上个报纸。是个人，走在武汉的中山大道上就能看到你的大照片，这是几风光的人生啊……"

"千万莫这样说。对你爸爸妈妈来说，你就是他们最大的风光了……"邰玉诚恳地说道，"我在想，你妈妈临终前为什么会跟你说那些话……也许就是因为她在心里把她所有的孩子排了个队，结果，是那个差点被她甩出去的老幺，成了她最大的骄傲……"

——邰玉嘴上谈的是吴峥嵘，其实，每个字点评的都是她自己。吴峥嵘不明就里，听到邰玉的这些夸奖就有那么点飘飘然，真以为自己这种"穷人家的孩子"的励志故事，不鸣则已、一鸣惊人。那种被吹捧后的志得意满的样子，就连他夹菜的筷子，也被感染到"嘚罗（得意忘形）"得不行，攫菜时都打滑。

这顿饭，两人吃得都不多。吴峥嵘是顾着讲故事，邰玉则是一边听讲、一边联想着自己。她和吴峥嵘的家世有许多类似的起点，但阴差阳错地，她就告别了原生家庭，成了邰汉生的孩子；而吴峥嵘，是兜兜转转绕了一圈，又给"退"了回去。到底哪一种才是正确的、幸福的人生呢？从吴峥嵘这种当笑话讲开头、但差一点就让她听得流泪的故事来看，她突然意识到，我们能平平安安地活到今天，这大概就是老天爷给我们的人生做出的最好的安排。既然如此，那就应该感谢那个带我们来到这个世界的女人。邰玉想到曹老四之前说过的——"老娘快不行了"，也许，等下次回武汉了，该去黄陂看看她。自己活了这么二十多年，还从来没有过一次喊人"妈妈"的机会。

吴峥嵘起身到前台结账，回来时手里拿了几个打包盒。邰玉看着吴峥嵘手脚麻利地把菜品从盘子里夹到饭盒中，由衷地说了声，"我替我爸爸谢谢你了。"

吴拿着筷子的右手在空中挥了挥，道：

"莫见外——"

在邰玉的指引下，吴峥嵘开着车到了巷道深处的一所小学的正门口。门房值班的邰汉生第一个迎出来。还没等他开口，邰玉就下了车，招呼道：

"爸爸——"

吴峥嵘也跟着下了车，手里提着刚刚打包的饭盒。

"我等下就坐火车去北京了，走之前再过来看您家一哈——"说着，她从吴峥嵘手里把饭盒接过来，交到邰汉生手上。"这是归元寺里的斋菜，给您家带过来尝个鲜。"

邰汉生一边接过饭盒，一边盯着吴峥嵘看。他上上下下地打量了一通，问邰玉道："这是你朋友啊？"

"是啊……"

"好啊，好啊，"邰汉生应着声，朝吴峥嵘道，"我在屋里听邰玉说过你，说了很多回了……"

邰玉知道父亲说岔了，他一定是误把吴峥嵘当成高强了；但也不便纠正他，就抢过话头，说道："对啊，我跟我爸爸把我们在珞大上日语班的几个同学的情况都介绍过……"

邰汉生不明就里，跟着又问："你们当医生的，蛮辛苦吧？"

邰玉只好赶紧介绍说："爸爸，这是省外贸公司的吴总，他是个大能人，关系多，每次我回北京的火车票都是找他帮忙才买得到的。今天正好他有空，就开车送我过来看看您。"

"哎哟，真是不好意思，误会了，误会了，"邰汉生连连点头哈腰地赔着笑，说，"那就谢谢你啊，总这么照顾我们家邰玉啊……"

终于有了吴峥嵘说话的机会，他赶紧说道："应该的，应该的……"

邰汉生既怕尴尬，又怕冷场，就抬起手里提着的饭盒打包袋，找话说道："你们怎么买这多，这我哪吃得完啊……你们花这些冤枉钱做么斯，我这里又没有冰箱，搁不住啊……学校这里有食堂，你们真是不该这么花钱啊……"

邰汉生看着袋子里这6个饭盒层层叠叠的，提议道："丫头啊，要不，你带一半走，等哈晚上在火车上吃……"

邰玉冲父亲笑笑，说："都是拿给您的，您今天尽量趁新鲜吃，实在吃不完的，到明天再热一哈。武汉的夜晚冷，跟放冰箱里的温度也差不多。这些吃的东西，放一晚上，放得住。"

邰汉生有点过意不去地接受了邰玉的提法，之前被他抬起的打包袋，又随着手给垂了下去。

"爸爸，那我就走了啊……您家要注意休息，注意身体，莫把自己累着了……"

邰玉说着，走到"桑塔纳"的副驾驶处，拉开车门。吴峥嵘也紧跟着走到车边。他跟邰汉生告别道：

"叔叔，以后您要在武汉有么事，就找我。邰玉跟我说了的，她在北京的时候，我负责帮您跑腿……"

"这个鬼丫头，说的是么话啊？一点轻重都不晓得！哪能要您家跟我跑腿呢？"邰汉生自谦着说。

"我们走了啊——"

等吴峥嵘掉完车头，邰玉摇下车窗玻璃，挥手跟父亲道别。

"你爸爸是不是把我当你男朋友了啊？"在车上，吴峥嵘问道。

"我还从来没有带一个男将回家给他看过，所以，一见到你，他就觉得你蛮特别……"

——邰玉解释道。她说的是实话。她在心里揣度着，吴峥嵘到底有没有猜到父亲嘴里说的"医生"就是高强。

还在掂量着要是吴直接问起来该如何作答，就听到他说道："有时候，老人家的直觉也蛮对啊……"

"你指的什么直觉？"邰玉问。

"觉得我能成为他女婿的直觉啊……"

"这是个什么话？"邰玉反问。

吴峥嵘知道邰玉听懂了他想表达的意思，于是干脆就递进了一步，提出："那你就考虑一下呗……"

邰玉抿了抿嘴，一时也找不到合适的回答。

索性沉默。

吴峥嵘也不一根筋地纠结在这个话题上，他拧开了车上的收音机。

收音机里正播放着流行歌曲榜，邰玉又听到了那首艾敬唱的《我的1997》。这是一首总能让邰玉有许多悲伤联想的新歌，在这样的背景音乐下，邰玉就更加沉默了。

在接下来的车程中，他俩就以车载音乐做伴，看看江景吹吹江风，两两无言。从汉阳到武昌，好像也就是三首曲子的长度，上个长江大桥再下完桥，就到了武昌站。

到了站前广场，吴峥嵘说他往前开一点，找个地方来停车，停好车了再一起下车。邰玉摆手说不用了，东西不多，她就在这里下车就好了。

吴峥嵘坚持道："说好了的事……等下进去了，我看看能不能找个熟人让你提前进站。"

邰玉说："时间还早，我就在候车室等一下。每次回北京都是这样的。反正也是始发站，大家都能提前进站的。"

"我那个熟人要是在的话，能安排你进软卧休息室……"

"那几不好意思啊，犯不着这么麻烦——"

"你是不是生气了啊？"

"没有啊——"

"没有就好，"吴峥嵘大大咧咧地拍了一下方向盘，道，"要是哪句话惹你不高兴了，你就指出来，我去把它抓回来、再吞到肚子里去……"

邰玉笑着叹了口气，示意吴峥嵘把车靠边，她下了车。

吴峥嵘从后盖箱里先取出大行李箱，接着把那几个礼包提出来，一并架在行李箱上，提绳缠绕着拉杆，妥当地递到邰玉手上。

"真不要我送站？"

"真的。"邰玉歪着头笑笑，道了句谢之后，又说了声"再见"，跟着，头也不回地朝火车站走去。

邰玉走进了开往北京方向的K37次列车的候车室。她看见有一处空着两个座位，就拖着行李走了过去。一个座位给她自己坐，另一个座位，就用来搁放那几个装帧精美的礼包。她把拉杆箱拉到自己的腿边，紧贴着座椅。一切安置妥当了，她看时间还早，就从手提包里取出一本金子美玲的诗集，开始读了起来。

候车室里熙熙攘攘。邰玉只是间或着看一下手表上的时间，再抬头看看大屏幕上有没有更新进站车次的信息，其他时刻，她就全神贯注于她的掌中书了。

"同志，请问我能坐在这个椅子这里吗？"

——邰玉听到有人跟她说话，就抬起了头。

就在抬头的那一瞬间，她就笑了起来。

"你个鬼人！"邰玉道。

站在邰玉面前的吴峥嵘，手里提着一大包东西，里面装着方便面、火腿肠、威化饼干、可乐、娃哈哈……

"你还没吃晚饭呢，"吴峥嵘说，"等下你上车以后，再慢慢吃。"

"你太'过细（做事过于认真细致）'了。"邰玉道。

"刚才，都跟你已经'再见'过了……"

——她说的"再见"，指的是道别。

"所以，我们就再次见面了啊！"吴峥嵘答。

——他把"再见"，变成了再"见"。

四十

自从彭一方到中山公园假山旁的那个跳舞摊子去"巡视"和"约谈"了一次之后，跟程志伟一起跳交谊舞的那个固定舞伴就再没有出现在公园里。彭老师不再当着程氏父女的面数落程教授跳舞这事。程教授依然每周三次的一大清早就风雨无阻地去公园跳舞。这次的约谈事件就像是个化了脓的伤口，在尚未彻底挑破脓包、脓水血水四溢横流之前，表皮就自愈性地闭合了。

当彭老师不在场的时候，程氏父女之间也聊过这个话题。程教授总觉得挺亏欠那个舞伴的，人家一定是被彭一方给教训得颜面全无，所以就再也不想、也不敢去蹚和这一家人有任何关系的浑水，连个当面赔不是的机会都不给程志伟留。"都是要脸的人，"程教授边说边叹气，"就是怕碰到了你妈这种头脑一发热就不怕撕破脸的，招架不住啊。"

米粒在心里也是觉得母亲做得有些过分了，但当她面对着父亲的责难和抱怨时，又忍不住想帮彭老师说两句好话，毕竟，火上浇油这种事，对一个家庭的安定团结没有任何好处。米粒总还是巴望着父母好的，于是就带和道："您不就是想继续跳舞吗，反正妈妈也不拦着您，您就得过且过吧。"

父女俩都觉得彭老师在这件事情的后续处理方式上有些反常，没听到"第二只靴子"落地的声响就总是有些蹊跷的；但眼见着若真能"大事化小、小事化了"，也算是互相都给彼此留了些余地。过日子总是要朝前看的，同在一个屋檐下，能不撕破脸地将就着，那就将就下去了吧。

程教授自然是又换了个新舞伴。第二个星期天再去公园时，他在围观的散客中看到了一个新面孔，给出了邀请，对方也不拒绝，就搭着肩膀搂着腰地下了场。一曲落定，双方找到了默契，之后跳的每一曲也就是这样随机而又稳定地组合了下去。

公园的跳舞摊子算是个微型社团组织，中山公园前前后后有三四个聚集点，不同的舞摊子之间是不互串的。固定的舞摊子里，人们互相都认识。有人张罗着每天带着录音机和大音箱来为大家提供伴奏音乐，约定俗成的，参与跳舞的每人每个月就交5块钱，算是给组织者的一点辛苦费。5块钱就锁定了一个舞摊子的人员构成。来的都是熟客，名义上都是为了锻炼身体，天长日久了，固定的跳舞摊、固定的舞伴，就变成了这群人业余生活中的一份习惯。

程教授跟他的新舞伴，在跳舞摊子中结识，在跳舞过程中交往，每次见着了面时显得很亲切很熟络；跳完舞之后，有的舞伴们还会在摊子散场之后相约着一起去过个早，程教授是连这种超出了跳舞摊子半径的社交也绝缘了，为的就是能够理直气壮地在彭一方母女面前说一句，"不做亏心事，不怕鬼敲门。"不管彭老师怎么看待这事，程教授自认问心无愧。

在彭老师约谈并撵走了程教授的前舞伴之后，有那么小半年的时间里，"中山公园""跳舞""舞伴"这几个词，就是米粒她们家的敏感词。就像海啸前的风平浪静那样，米粒家里太平了一阵子。惹是生非的话题，只要彭老师不碰，对于程氏父女而言就是万幸，他们唯恐避之不及。至于彭老师是否又悄悄地去公园抽查过，父女俩是不太清楚的。反正大家都是"以歪就歪"地将就着，得过且过。

又到了星期天。早起的彭老师从外面买回来了热干面和欢喜坨。当米粒坐在餐桌上开吃时，程教授还在中山公园的跳舞摊子上没回。看米粒端起了碗，彭老师也拉开了一把椅子，坐在了米粒的对面。

彭老师问米粒："你说，要是我也去学着跳交谊舞好不好？"

米粒心想，完了，又开始了。她很清楚，要想从根本上改变母亲对在公园里跳舞这件事的成见是不可能的，于是，赶紧咽下嘴里的热干面，避重就轻地回答道："那你就不要去中山公园跳。"

"我为什么就不能成为你爸爸的舞伴呢？"

看着母亲那么执着又困惑的样子，米粒又想到之前答应过父亲、说要帮他一次的承诺，就说道："在跳舞这件事情上，您就放过我爸爸一次吧。上次您让他出了一回洋相，算是严正警告了。得饶人处且饶人吧。"

"你以为我愿意去盯着他的那些舞伴，一个一个地去找她们谈话啊？"

"我很好奇啊，您去找爸爸的舞伴谈什么啊？"

"也没谈什么，就是做了个自我介绍，然后让对方也做个自我介绍……"

"然后呢？……介绍完，就完了？"

"再就简单聊几句家常呗，还能说什么？我就是去亮个相，给对方提个醒，你们要是好好跳舞呢，我就在旁边好好地看着；你们要是有什么不老实的动作，我也在旁边看着呢！都是几十岁的人了，如果好面子要脸的人，有些话点到为止就够了。"

"确实是够了，"米粒道，"爸爸之前的那个舞伴在您找她谈了话之后就消失了吧？"

"这样做，只是事后诸葛亮。"彭老师叹了口气，回答说，"这些天，我一直在想，解决问题的办法，不能只是治'标'，得要治'本'。我只有把你爸爸往怀里拉，才不会让外人钻空子。不然，遣走了一个，又会有一个新的顶缺，无休无止啊。"

"为了不让我爸爸身边有其他的舞伴、您就自己去学跳舞这种办法，您觉得好吗？您觉得在您成了我爸的固定舞伴之后，你们俩之间的问题就彻底解决了？"米粒反问道。

"我们之间没问题，是你爸爸有问题。"

"那您更加没有必要去学跳舞了。"

"你以为我想学啊？我都这把年纪了，你让我去学一件自己都不感兴趣的事，你以为我愿意啊？你觉得我容易吗？"

"那就别去折腾了啊。在提不起兴趣的事情上浪费时间，还不如拿这些时间去干点别的什么。"

"按你这么说，那……我不去学跳舞了，我去看你爸跳舞——"

"妈妈，我看您在这件事上是彻底走火入魔了……求您就放过我爸，也放过您自己吧……您家就听我一句劝，不要钻进这个死胡同了。爸爸只是去跳个舞，天塌不下来。您看啊，您每天工作上的事情这么忙，难得闲下来，那就在得闲的时候，去——看看书？逛逛街？看场电影？或者，我带您出去吃点儿喝点儿？"

"也好，你现在也在报社上班了，见的世面多，以后你就负责多安排点我们这个家的集体活动吧，增加一点我们家的凝聚力，免得你爸爸老是想着借跳舞的名义到别的女人那里去找温暖。要是有什么好看的电影，我们就一家人一起去看看，武汉有哪些好吃的好玩的地方，我们没去过的，也去转一转感受一下……这也是把你爸爸往我们怀里拉的一个好办法……"

一场未名的风暴，就这样平稳地消散了，米粒继续吃着碗里的热干面。

"我有个学生在市土地局工作，前几天他过来看我，听他说，好像前进四路马上就要拆了。"彭老师继续说道，"现在政府部门已经在跟住户们签拆迁补偿协议了。"

米粒"哦"了一声。在她看来，拆迁补偿这事，和她，以及她们家，扯不上任何关系。走在汉口的老城区，那些歪七扭八地写着"拆"字的院墙随处可见，旧城改造的节奏，把偌大的武汉变成了一个巨无霸的超级工地，到处轰鸣阵阵，到处尘土飞扬。前进四路要拆这事，坊间已经说了很多年，从米粒还在一中念书时就疯传，直到现在，米粒都大学毕业参加工作了，老房子依然岿然不动。前进四路，从老汉口六渡桥的一个市井剪影的地标，逐渐演变成新武汉的一块残败不堪的地疤。原先生活在这里的老街坊，有的去世了，有的随儿女们搬了新家，现在出入在前进四路的，大多是和电子市场有关的店家、买家和租客，人们对这条街的今昔，恐怕是连"物是人非"的感慨都顾不上了。大概，只有和那些老房子还有着白纸黑字红本本的权属关系的人们，还会惦记着写在"拆"字背后的文章吧。米粒对这事，既缺乏来自切身利益的关注，多年以来总听说"狼来了"的那份耐心也早就磨灭殆尽，任由母亲说着，她也就是顺从地听着。

"我一想到前进四路，就总觉得有不少遗憾，"彭老师长叹了口气，接着道："我们这一大家子的几代人，从你的老爹爹开始，在前进四路住了大几十年……后来开枝散叶，子孙们天南海北的，就只剩得你的嬷和我，还在原地，尽心尽力地维持着那个老宅。当年房子被没收充公了那是天命不可违，只要得点机会，你看我就拼了命地也要把祖宅争回来。这是老王家的根啊！说到底，还是我们这个家人丁不旺，而且，从你嬷这一辈开始，就是靠当姑娘的来撑了……"

"既然这么在乎，为什么还要慌忙急急地把它们卖掉？"

"还不是不得已啊……每个人要清楚自己的能力大小，知道自己的斤两。我们家，大事小事都靠我来扛，我很明白，自己只有这么个能力，又没有兄弟姐妹可以帮衬，你爸爸也指望不上……那些都是上了年纪的老房子，充公之后的这么多年来不断被破坏，从来没有被好好养护过，早就'歪歪神（东倒西歪快垮掉）'的了。就算是归还给我们了，就靠我一个人，想让它再见个新气，那是绝对盘不动了啊……我也不想万一房子垮了出了人命，到时候想收场、都收不了场啊。"彭老师又叹了口气，道："要是你早几年出生，早一点成人，我就把这个家交给你来当了……"

"您会指望我？"米粒反问了一句。其实，答案是显而易见的，米粒只是条件反射般地表达了一下自己的感慨。

"没有人可以指望，这就是事实。"彭老师的回答倒是干脆果断，顺便把她的一切主观强势都套上了客观无奈的外衣，"要指望你长成气候再来解决问题，那就是句不负责任的托词。你从小到大，顺风顺水的，大事小事，主心骨都在我身上。你呀，还要经历些磨难后，才能真正当得了这个家。但是话又说回来，我是你妈，怀你、生你、养你这么一大场,几不容易啊……我又唯愿你能够一直顺顺当当地活下去,不想你遇到任何磨难……"

米粒插不上话了,听彭老师继续说——

"房子是该换的换,该卖的卖,我们跟前进四路是不沾边了。但我总还是会经常跑到那里去看一看……到了今天,尘归尘、土归土,老祖宗们都不在了,老房子也要被扒掉了……要说感情,可能我对它的感情最深……也就只剩得那台缝纫机,作为前进四路的纪念了。"

家里的这台"蝴蝶牌"缝纫机是彭老师当年从她爹妈那里得到的一份嫁妆。婚后,为了上班就近,彭程两口子就从前进四路换房到了65中的宿舍;缝纫机是搬家时最重要的家具。从米粒开始记事起,母亲就鲜少把它当缝纫机来用了。小缝小补,彭老师就直接用针线解决;要是锁边牵边这种麻烦事,巷子口就有裁缝铺,收费低廉、做工也专业。彭老师自己都是宁可拿着要改的衣服上街找裁缝,也不愿意架起家里的这台上了年纪的缝纫机。更多的时候,它能发挥作用的,就是一个实诚的铁质支架、加上一张木板台面。程教授说过几次家里位置小、想把闲置不用的缝纫机清除出门,每一次,都被彭老师劈头盖脸地给骂了回去。后来程教授私下里也跟米粒说叨过,你妈把你的老爹爹嬷和爹爹嬷的遗像都留着、塞柜子里,她还算是讲道理,没有说把这些相框都在家里挂出来,让我们每天生活在灵堂里,我就当这个缝纫机是他们王家彭家的祖宗牌位吧,总比装遗像的黑相框看得要好一点;只要你妈高兴,我们就把它供着,"把这尊像殇一般的祭品",供到天荒地老。

要说心里话,米粒也嫌这台缝纫机碍事,她期盼能有一张带抽屉的书桌期盼了很多年。家里就这么几十个平方米大的位置,存下了缝纫机,真正的书桌就进不了门。她能够想象母亲对这台缝纫机的感情,但她无法认同。在她看来,所谓怀旧,重点在"怀",而不是"旧",是通过从前的风物人情和记忆片段来重新审视现在,让人们去明白,到底是如何把生活一天天地过成了今天这个样子。人对故事和故人的记忆、思念,无处不在,我们并不见得需要一个有形的遗物,才能唤起那些深埋在脑海中的往事和旧人。如果说每一宗往事都要用一个具体的物件来承载和寄托,那该需要多么庞大的空间、多么厚重的托底,才能置放下那么多年的那么多故事。——这样可能吗?但母亲就是想要留住这台无用的机器,想要这个说大也确实有些碍眼、说小也确实不怎么值钱的缝纫机陪伴着自己,这是她的一份念想。那就让她,带着它,生活下去呗。

"我们找个星期天一起去趟前进四路吧,赶在前进四路被拆光之前,再去看它一眼。这人吧,年纪大了,就特别爱想一些早前的七七八八,那些我当小伢时的事情都能特别清楚地记得起细节来。每回走在前进四路上,我都会恍惚地觉得,自己好像就还是那个在马路上乱跑乱跳的小伢……那时候，路上跑的车子也不多，每到夏天晚上乘凉了，家家户户都把竹床摆在路边上。我就站在我们家的竹床上开始唱戏，爹爹嬷还有些老街坊们就给我起哄鼓掌；那时我感觉啊，好像整个前进四路就是个大剧场，我的竹床是舞台，我呢，就是一个唱老旦唱得好得不得了的角儿……'少年人盼的是立功边境，年老人我喜的是一门忠贞'……"

彭老师说着说着，还真摇头晃脑地哼了两句。这两句佘太君的京剧唱段大概是彭老师最属意的表演，大概是她小时候当票友跟着师傅学戏时唱到这里曾被刻意褒奖过，所以，她对这段表演总是情不自禁地钟情中意。

"好啊。"对于母亲提议说要去前进四路，米粒应承道。

彭老师自顾自地继续说着："你们在中学的语文课上也学过的，有一种修辞手法叫拟人——我还真想把前进四路当成是一个老人。它老了，我也老了，我们该好好地说声再见了。"

四十一

过完农历甲戌年的春节，前进四路的拆迁工作就正式启动了。武汉一中对面的"电子一条街"的商户商铺，想转行的就清仓甩卖，要挪窝的就张罗着搬家。区政府直接在前进四路上征用了两个腾退的门面作为拆迁工作的现场指挥办公室，跟住户们的各种协商工作，就地解决。

江淼也接到了通知，让她和父亲老江尽快过来办理拆迁所需要的各种手续。还在老家的老江就在长途电话里跟江淼交代说，他就不专程为这件事跑回来了，全权委托江淼代办；至于是要还建的房子还是要拆迁补偿款，只要是江淼拿的主意，他都赞成。

江淼回到家问沈学庆的意见，毕竟人家现在是"沈总""沈董事长"，平时总是坐着飞机满天飞，见多识广。沈学庆不假思索地就回答道：

"肯定是要房子啊，而且，面积要紧着大的户型来要，能要多大，就都要尽量争取。前进四路这种地段，那是在武汉有钱都买不到的好位置啊，以后只会是更加寸土寸金。那些拿了补偿款的，也多半是跑到常青花园、杨汊湖这种腰子坨垯再去买一套面积大一点的房子。你要是想在常青花园买房子，回头我们找时间去看那里的别墅去。前进四路的房子，必须要留着。以后啊，我们可以平时住在前进四路，图个方便；到了星期天，就去常青那边住大别墅。要是这边能买车位，你也先拍两个车位下来，我们俩一人一个，把在武汉市中心的停车问题也解决了。"

江森也觉得沈学庆的话在理。她在武昌的汉阳门憋屈着住了好几年，每天要过江从武昌到汉口上班，交通不便是一方面，那种老旧工厂的职工宿舍日益凸显出来的各种生活不便更是让江森觉得自己每天出门都像是从鸡窝里飞出的金凤凰。一直说是想等单位的福利分房，但郑英英之前给她穿了小鞋，直接就让江森眼见能到手的房子成了别人的新家。看来，靠单位上的"福利"，终究不如靠着祖上有荫——以及，老公有钱——来得简单明快。好了，现在，终于可以重新回到前进四路、回到六渡桥了，这里与日俱增的繁华才是江森心仪的安家之处。

因为江森的户口一直都安在前进四路，结了婚也没有迁走，她就理所当然地代表他们江家的两代业主跟土地储备部门签署了拆迁补偿协议。本着还建面积就高不就低、多出部分补差额的原则，江森又追加了一点钱，换来了将来在前进四路还建时的一套三室一厅的新房子。

去现场指挥部签署拆迁安置协议的那一天，是个礼拜一，沈学庆陪着江森去了前进四路。从武昌的家里动身前，沈学庆事先准备好了两个大行李箱。既然过来了一趟，就顺便收装好老家里的重要物件，完事之后就能一次过地彻底腾退清缴房门钥匙了。

在"拆迁办"里走的流程很顺利，签字画押完，沈学庆就径直提着箱子跟着江森上了楼。

老江在去扁担山给安葬在那里的老伴齐师傅"复山"了之后，就直接坐火车回了老家。自老江离开后，江森也没有再进来这屋子里过。家里还是之前布置的灵堂的样子，遗像、黑纱、挽联，都留在了墙上。家具上蒙了扬尘，天花板的拐角处也结了蜘蛛网。

沈学庆环视四周，说："这么小的一间房，以前你们居然也一家四口挤在这里住了十几年……"

"我们家的这间房是带阳台的，以前是大户人家的主卧，这是前进四路这一片最大的房型了。最开始，阳台是敞开的，我爸爸妈妈生了我之后就把阳台封了，搭成了个'偏刷'，在那里搁了张单人床——"

江森指着卷了铺盖的双人床解释道：

"起先，我妈妈带着我哥哥和我一起，我们母子三个人睡这个大床，我爸爸就睡在阳台上的那张单人床上。过了几年，我哥哥上学了，个子长高长大了，就变成是我爸爸带着我哥哥这两个大个子男生睡大床，我跟我妈瘦瘦小小的，就睡阳台。后来我也长个子了，小床挤不下我跟我妈了，就又换成是我哥哥一个人睡那张单人床，我和我妈回到屋里这张大床上，我爸爸到单位上睡。反正环卫所离我们家也就几步路的事，这个距离你最清楚了，你以前在环卫所上班，也知道我爸爸在他办公室里搁了张折叠床。再后来，我哥哥出事走了，我妈疯了被送到'六角亭'。她在精神病院待的那几个月，我爸爸就让我还是睡大床，他搬回来又去睡阳台了。等把我妈从医院里接回来之后，为了照顾我妈方便，我爸这才跟我妈睡大床，把我换到了阳台上……"

"你们这换来换去的，我听起来都觉得累——"

"是啊，隔几年就换一下。每过一年，屋里住的每个人的尺寸都在变大，但是房子没变。就只能这么折腾了。"江淼朝沈学庆吩咐道，"屋里的这些家具都不要了，我们就紧着带过来的这两个箱子的容量来取舍吧。"

江淼说着，就着手清理抽屉、柜子里的东西。打开家里唯一的那个五屉柜的最上一层，江淼首先看到了几本牛皮纸封面的剪贴簿，最上面一本的扉页上，有父亲老江手写的毛笔字标题——"没有裙子的夏天"。

——这是江淼当年南下单车骑行时刊登连载文章的专栏大标题。江淼的心思，一下子被什么东西给扯着揪了一下。她开始一页一页地翻看下去。第一页，是江淼骑行出发时的豆腐块大小的新闻稿；之后，父亲把江淼的每篇署名文章都剪了报，连同印有文章发表当天日期的报头，一篇文章贴为一页，有序地保存着。江淼数了数，一共16页。那15个星期的晚报周末版的专栏剪辑，对应着江淼那一年骑行的100多天，记载的是三个月里的万里行程和周遭的种种奇闻轶事……父亲以江淼为荣，可他却从未当面告诉她。

这样的剪贴簿有好几本，几乎集齐了这些年所有和江淼有关的署名文章。把剪贴簿取出后，江淼看到，在抽屉里的最下面，是母亲和哥哥在天安门广场的那张合影相框，还有一个大大的品芳照相馆的照片袋。

江淼把剪贴簿和相框递给了身边的沈学庆去装箱，自己腾出手来打开了照片袋。袋子里又套着一个小照片袋，除此之外，就是两张放大了的免冠彩色登记照——两张照片的主题鲜明，湖蓝色的背景衬托着两个面带笑容、眼神明亮的年轻人：一个是江淼，一个是沈学庆。江淼记得，这是他俩1988年在单车骑行出发前专门去照相馆拍摄的，走之前她把取像的单据留给了母亲，想的是万一路上出什么事，他俩还能有张满意的遗像留在这个世界上，和所有人笑容灿烂地告别。后来，他俩平安回到武汉，本来老江和小江就没什么走动，底片和照片也用不上了，就都一直留在了这个老家里。母亲神志不清，肯定不会想着要放大照片，这一定是父亲老江的心意。

江淼很有些意外。在过去的那些年里，他们父女之间，应该就是透过这两张照片的眼神对视，流淌着和热血一样的暖意吧。

"你看——"江淼把那两张放大了的彩色登记照递到沈学庆眼前。

"唉!"沈学庆跟着叹了口气。

江淼问道:"你说,我爸爸还会回来吗?"

"他回来干吗呢?连拆迁这么大的事情都惊动不了他老人家。"沈学庆答。

"要是我爸爸一直都不回来了,明年春节我们去老家看他吧,"江淼说,"我还从来没去过我爸爸的老家呢。"

话说到这里,江淼的眼泪在眼眶里打转,沈学庆想扭转一下气氛,就问道:"你爸爸在乡下老家的那个老婆还在吗?"

"不知道……我们家里从来没谈过这件事。"

"你说,你爸爸现在会不会和那个老太太又生活在一起了?"沈学庆又问。

"我妈妈都已经走了……就当那个老人是我们家在老家的一个什么亲戚吧。"江淼不置可否地回答着。

江淼从前进四路拆迁办赶到报社办公室的时候,编辑部的周一例会已近尾声。江淼进门时,郑英英正在发言,看到了江淼,就停下话来,朝她说道:"终于把你等回来了。"

郑英英的这话让江淼听得很不舒服,碍于这是整个编辑部的工作会议现场,她没有回话,径直走到自己的工位,坐了下来。

"工作上的事情都说完了,现在说一点私事。"郑英英看似平静地继续道,"这是我最后一次在这个办公室里跟大家开编前会了。跟大家汇报一下,我爱人调动了工作,马上就到北京去了。我作为家属嘛,也就跟着一起过去了。上个礼拜五,我这边正式接到了商调函。今天是我在江城晚报上班的最后一天,跟大家做个交接。明天起,我就不过来了,很多事情还要回家去收拾准备。四十岁了,又要改换一个新阵地重新开始。这一回,是从工作到生活,都彻底地大搬迁。计划是下个月初到北京的新单位报到。"

郑主任的一席话让整个编辑部休克了十秒钟。她的保密工作做得可真好,此前,大家没听到任何风声。这个消息,算得上是他们这个非时政部门的最具爆炸性的时政新闻了。

"您家是到哪里高就呢?"有编辑问道。

"还是搞新闻这一行啊,"郑英英故意卖着关子,"去北京嘛,也没什么好挑挑拣拣的,都是国字头的媒体,还能给我个位置,组织关系、户口都正式迁过去。能够这样,我就已经很满意了。"

郑英英话说得轻声细语,但这些充满了神秘感的巨大信息量,让编辑部的气氛再度休克了十秒钟。进京做媒体,组织关系和户口都落地生根——这话是点到不说破,每个听众都可以据此展开各种想象;但是,围绕的核心一定都是由衷佩服这个自称四十岁要重新开始的女人。都是端的新闻这碗饭,但谁要是把自己拿去跟她比,一开始就都输在了起跑线上。

"从地方报走进了中央媒体,这是高升了啊——"有编辑以这种启发式地恭维来套话,等着郑英英补充说明到底是哪家媒体的哪个部门,提升后的具体级别是什么。谁知郑英英就是微笑着"嗯"了一声作为回应,高傲、高冷、居高临下的气场弥漫到了整个编辑部。

"我呢,在离开武汉前,想邀请我们这个编辑部的全体同仁,这个星期天到我家聚一聚,中午就在我家一起吃个便饭。大家同事一场,也是我们之间的缘分。星期天的聚餐,就算是我跟大家辞行了。希望大家都能来——"

编辑们纷纷应答着"好啊,好啊",郑英英看到江淼低着头,就点名问道:"江淼,你这个星期天没有其他的安排吧?"不等江淼的回应,郑英英又强调说:"这个星期天,大家都要来。要是愿意带家属或者带孩子一起的,我也热烈欢迎。我已经预约了市政府接待办'迎宾楼'里的大厨师傅,让他们来我家,按照接待外宾的菜谱来备菜。如果星期天家里有事,就麻烦你们稍微协调一下时间,一定先就着我这边。"

郑英英说完,宣布散会,然后起身,回到隔壁的主任办公室。

当主任就此离场、并将永远离场时,有人提议道:"我们是不是该凑个份子、装个红包啊?"

"凑多少呢?"

"太少了拿不出手吧?"

"就凑个1000块吧,编辑部里不算郑主任一共是8个人,人均摊派125。"

就这样,有零有整地,大家就从钱包里掏钞票了。有男同事说,身边没现金,保证明天会带来。米粒钱包里的现金也不足100块,她就跟着说自己也要等到明天再交钱了。

江淼接了程米粒的话道:"我帮你垫上吧。"说完,从名牌钱包里掏出一沓50元的钞票,数了5张,递到了负责收钱的同事手里,道——

"给你,250。"

这么简短的一句话,又导致了编辑部办公室的十秒钟休克。大家都在猜测江淼所说的这个"250"里面,到底蕴含了多少层寓意。

四十二

每天的晚餐时间就是程米粒一家开家庭会议的时刻。郑英英要调到北京了，星期天要在她家办家宴跟大家道别，这是米粒今天抢先跟父母进行的"新闻播报"。讲完这些，她又找彭老师申领了125元现金，准备还上江淼之前帮她垫付的份子钱。彭老师听完，让米粒自己从家里的开放式抽屉里取200块钱走，米粒正准备说不要那么多，话还没说出口，彭老师发话了："你爸爸今天有两个好消息要告诉你。他们单位分新房子了……"

"真的啊？在哪儿呢？"

程教授边吃边答："还没有定，现在就是想听听你的意见。按照我现在的正教授级别，可以享受到140平方米的福利分房待遇。我们现在住的房子离这个标准差不少，所以，就有两个选择。要么，就用我们现在住的房子置换一套面积达标的新房子，要么，现在住的房子还保留，我们再得一套相当于差额面积的房子。"

"说是140平方米，就是要严丝合缝地数字对应上吗？如果我们选了第二个方案，补给我们的那一套房子加上我们现在的住房面积，谁能保证就不多不少正好是140平方米呢？"米粒追问道。

"是这样的，这个140平方米是福利分房的标准，如果我们到手的房子面积有超出部分，就按照一平方米500块钱来补齐差额。"程教授解释道："我的想法是，最好面积上不多不少。我们大学现在扩招扩建，在汉阳那一片建了个大学城，盖了一批高知楼，里面就有140平方米的户型……我正在跟你妈妈商量，干脆就把我们现在住的这个房子交给学校，换个全新的140平方米的三室一厅。"

等程教授说完，彭老师马上表态道："我同意以房换房，但我不想住到汉阳去。前进四路上长大的老汉口，没有谁会愿意搬到汉阳去……而且，你说的那个大学城，离汉阳的主城区也蛮远，以前我去扁担山的时候，看到过往大学城那边开的专线车……活人住的地方，比扁担山这种埋死人的地方还要远……"

彭老师所说的老汉口的鄙视链原则和一个现代城市的发展进程很难同步，更何况是武汉这种老城文化的积淀深厚、但新城建设的脚步也飞速的城市。

"我们也有很多同事跟你妈妈的看法一样，不愿意住到汉阳去。"程教授的话，明显是针对着米粒在说，"学校这边综合了大家的意见，又给我们提供了一个新的选择。政府正在汉口兴建公务员小区，我们这个新江大是武汉市市属高等教育的招牌嘛，所以，江大的教授也能享受到这个公务员小区的福利分房。不过，这一批公务员小区里的房型只有 100 平方米、120 平方米和 160 平方米的,像我这种要对标到 140 平方米的,就有点麻烦了。"

"不就是补点差价吗,有什么麻烦的?"米粒脱口而出道,"反正我们家有'彭老师银行'……一平方米 500 块,'彭老师银行'里的那些钱一口气至少能买 400 平方米呢,不要说是住家了,就是买了以后拿来当礼堂用都行啊……"米粒想到了彭老师在砾商集资的 20 万,心算一下就能得出置换成响应房产面积的购买力。

"我们在谈正事呢,你少跟我七扯八拉的!"彭老师横了米粒一眼。

米粒虽然嘴上开着玩笑,心里想的还是正事。她问父亲道:"您说的那个公务员小区到底在哪里啊?"

"香港路。"程教授答道。

——香港路,这个听起来很洋气的街名,实际上是条位于汉口边缘的偏僻小街。在汉口,沿着江堤有几条平行的大路,按建成年代和远近距离,依次是:沿江大道、中山大道、京汉大道、解放大道、建设大道……二十世纪八九十年代里,建设大道基本上就是汉口主城区的边界,所以,整个大汉口的居民生活和工业排水的排污渠就围绕着建设大道包抄起来。武汉人给这条绵延了十来里路的又臭又长的污水沟取了个名字,叫"黄孝河"。在大干快上的城市进程中,黄孝河也被重新规划治理成了生活区。那阵子大家都翘首期盼着先香港回归、再澳门回归、最后祖国统一,所以,新城建设中的黄孝河周边,小街也就都打上了时代的烙印,分别有了港澳台的名号。如果说老汉口人有着"三镇"的鄙视链,那就先是对外,嫌弃着汉阳;回到汉口来讲,这种被叫做"香港路""澳门路"的地方,也是一听就会直摇头的。

米粒虽然没怎么去过香港路,但她毕竟在武汉生活了 20 来年,香港路走穿到头到了唐家墩、再过两个红绿灯,就是汉口殡仪馆了,这个地理概念她是很清楚的——她的爹爹嬷都是在那里火化的。听到父亲提到了香港路,米粒自然就想到了汉口殡仪馆;这跟之前父亲提到大学城时母亲第一反应是扁担山,如出一辙。

"我们很多同事都是把旧房子留下,再在香港路的公务员小区里买一套新房子。他们说,从发展的眼光来看,能被选作是公务员宿舍群的地方,肯定差不到哪里去。哪怕就是为了让自己能有个好的居家环境,那些公务员们也有办法把他们住的小区的周边配套搞得又漂亮又方便……"

"那是啊,从殡仪馆旁边的香港路再到扁担山边上的大学城,殡葬服务一条龙啊,什么都替你们考虑到了。"彭老师轻笑道。

米粒没有任何生活经验和阅历能帮她拿出什么好的主张。搬家、买新房这种百年一遇的家庭大事,她就更不敢随便提意见了,万一说错了话、给错了建议,以后每天回家都会是一场灾难。她于是说道："还是你们拿主意吧。我觉得我们现在住在硚口也挺好的，如果能再多分一套房子，管它在哪里，只要是武汉城区的就行。"

"这样也好，我们就再申请一套。等你过两年要谈朋友结婚，也能给你一套让你们自己住的房子。"程教授附和着。

"未必米粒以后找个对象是连个房子都没有的吗？"彭老师又开启了反问质疑的模式。

"当年我不就是这样的吗？"程教授答道。

"未必米粒以后找个人，还会找个像你这样的书呆子？"

看到父母在谈房子的过程中又一不小心地滑到了莫名其妙要吵架的状态，米粒赶紧把主题拉回来，"我们现在谈的不是我该何时何地跟何人结婚吧？"

"米粒啊，我跟你说，你要是以后找丈夫、要真能找个像我这样的书呆子，那也不错啊。"程教授少有地正面与彭老师言语交锋。

这话听起来有点不太像程教授的行事风格。米粒看了一眼母亲，彭老师也少有地没有马上把一盆冷水迎头泼下来。倒是听到彭老师接着程教授的话说："米粒啊，你知道你爸爸今天为什么这么得意吗？分房子是一件大事，还有另外一件大事呢……老程，你自己来表这个功吧——"

"去年底，我被推荐参评首届'曾宪梓教育奖'，就是那个生产'金利来'的香港名牌的大老板，他出资成立了一个教育基金会，在教育部下设了这么个奖，对全国范围内的大中小学的优秀老师进行评比和表彰。今天，结果出来了，我是一等奖……"

程教授说着，又到卧室里把那个大红的获奖证书拿过来递给米粒看。

"真的啊？太好了啊……"

"我除了领回来这本证书，还得了 2000 块钱奖金……"程教授又说。

"那可以买 4 个平方米的新房子了……"米粒顺势就把家里的两大喜事串起来开着玩笑。

"你没回来之前我跟你妈妈商量好了，我想用这个奖金给你买一张好的书桌，把那台缝纫机换掉。"程教授没有理会米粒的插科打诨，认真地沿着他的逻辑把话往下说，"我跟你妈妈说了，之前，她一直不舍得把缝纫机丢掉，也不舍得给你买张正儿八经的书桌；说到底，还是舍不得花钱。她就觉得反正有台缝纫机闲着没用，正好就能顶上书桌的用场。这一回的这笔奖金，本来就是个意外的惊喜；我们干脆就当是只发了证书没发钱的，把钱都花掉。能给你换一张像样的书桌，我觉得这个奖金就更有意义了。教育嘛，本质就是为了传承。我得的教育奖奖金，换成书桌让你好好做个读书人，这就是最好的传承。"

米粒一下子愣住了。父亲得了大奖，虽然嘴上说着"意外"，米粒相信在父亲心里可从来没把这种结果当成是意外。得了奖之后的落脚点，倒真是给了米粒一个意外的惊喜。用这种方式来说服和换取母亲对缝纫机的那份执念，取而代之的是要给米粒一张新的书桌，也亏得父亲的耐心和用心。米粒又想到了父亲念叨过好几次的那句话——大仲马说给小仲马的——"你是我最好的作品"，还真是言为心声。

四十三

郑英英的家就在老汉口的租界里份，离报社也就是步行几分钟的路程。

同事跟米粒介绍郑家地址的时候先是问，黎黄陂路那里有座很大的红房子你知道吗？

米粒点头说当然知道，那个红房子叫"巴公房子"，以前俄国人盖的，是代表老汉口官商大资本家的地标。[1901年前后，俄国王公贵族、茶商巨贾巴普洛夫兄弟在汉口俄租界内原两仪街与三教街（今鄱阳街）交会于黎黄陂路到兰陵路间的三角地带，盖起了一栋等腰三角形的大房子，后人称之为"巴公房子"。巴公房子属近代古典复兴式建筑，其内设房间220间套，总面积超过1万方，1901年始建，于1910年建成，为当时汉口最大的多层豪华公寓楼。整幢公寓楼用红砖砌成、砖木结构，亦被老汉口的人们俗称为"红房子"。该建筑落成时，地下一层、地上三层，廊檐、露台、曲栏、拱券和立柱各显精致，由景明洋行设计，永茂昌、广大昌营造厂营造，对我国近代建筑发展有较深远的影响。因"巴公房子"的第一任主人巴普洛夫为俄国驻汉口第一任总领事，该房屋建成后的剪彩仪式中，时任两湖总督张之洞应邀代表清政府出席。]

同事接着说，红房子是个三角形的建筑，那个尖尖角对着的那条街左手边有个巷子，走进巷子就是他们家了。

米粒问，没有门牌号码的吗？

同事答，应该是有的吧，但你根本不需要记什么门牌，你就记着走到红房子，然后就看到他们家了。很显眼，很好找。

——程米粒抵达郑英英的家才明白，这句"很显眼很好找"意味着什么。同事介绍说的那个"巷子"，其实是为了米粒的理解便利；在路口看起来像巷道、实际上那就是郑英英家的入户通道，或者说，把那个所谓的"巷子"，理解成是郑英英家的院子，更为贴切。

院子的地面是红砖铺地，方方正正的庭院空间。等到后来米粒看到有车停进来才明白,这是郑主任爱人的专用停车位。沿着院墙边摆放了一排花盆,初春时节,花的长势并不茂盛,但花盆都是巨大且考究的青花瓷。花盆站着队,都能形成一种气场。

站在庭院中,迎面是一幢两层小楼。一楼和地面之间有四级台阶的差距。拾级而上、进屋之前,米粒注意到,这些台阶还都是麻石铺出来的考究的半圆形,又别致,又防滑。

为了迎接宾客,楼房的大门是敞开的。米粒站在门口,一眼看到的就是被油漆刷得锃亮的红木地板的走道。她迟疑了一下,犹豫着是不是要脱鞋进门。这时,穿着拖鞋的郑英英迎了出来,亲热地把手搭在米粒肩膀上说,"快进来快进来,不要脱鞋"。

"您的家里这么干净……"

"干净也是为了人来服务的……弄脏了有阿姨打扫。"

去郑英英家之前,米粒一直在想该带点什么礼物。毕竟在中国人的礼仪中,上门拜访、人家还管饭,这是不能空着手去的。尽管编辑部里大家都凑了份子,但红包没有拿在她手上,她就感觉自己还是要再带点什么。米粒坚持还是把自己该出的125元在星期二早上一见到江淼的面就塞给了她。本来这笔钱就代表的是一份人情,要是让江淼来代,就又扯出了一份新人情。母亲还多给了她75元,米粒就掂量着按这个预算来买礼物了。那,买什么好呢?

米粒思量,平常人家送礼都喜欢选烟酒茶,这些郑家肯定都不缺;家务人情中送礼爱送床单床罩几件套,这些米粒也拿不出手。左思右想,米粒就去找了家大的花店,挑选了27枝玫瑰扎成了一个大花束。花店里有红色、黄色和白色的玫瑰,米粒每样都精选了9朵。9这个数字在中文里,既是极言其多,又寓意着长久。米粒买不起歌中唱到的999朵玫瑰,但3个9的数量级,正好在75元的预算内;而且,这样三种颜色的玫瑰一混配,再配以满天星和无忧草点缀,抱在手里既好看又有堆头。米粒相信,这样一大束赏心悦目的玫瑰在盛开的那几天里一定能给郑英英带来好心情。

见面时,米粒把手中的玫瑰交到郑英英手上,对方马上说道:"哇,你这个小丫头怎么这么有心啊!还给我送玫瑰呢!这还是第一次有人给我送这么多的玫瑰花呢!"

米粒心一惊,暗想着郑主任说的话是真是假,但对方脸上的欣喜不是装出来的,米粒就相信这是真话了。

"有个说法叫女人如花,我在编辑部里见您第一眼,就想到了这句话。"米粒恰到好处地把自己送花的动机就提升了一个层次。

郑英英满面春风地接纳了米粒送的花和她说的话，一边引着米粒进屋，一边说道："你还真是准时，欢迎欢迎。来，这边坐——"

米粒看到，郑主任家进门左手边就是一个巨大的会客厅。三件套的组合真皮沙发、大理石的茶几，沙发背后是高大的绿植，窗边悬挂的是落地的窗帘——这些都是在电视里才看得到的待客的排场。

郑英英拉着米粒坐到了中间的那个三人座沙发上，两人紧挨着坐到了一起。

坐定下来，郑又扯着嗓子喊道："张阿姨，有客人来了！你过来帮我把花插到花瓶里！再给我沏壶茶过来——"

"其他人都还没来啊？"米粒看着空荡荡的客厅，诧异地问道。

"估计他们觉得是过来吃顿饭，所以就踩着饭点过来了。你是第一个到的，还是你懂我的心意。我请大家过来吃饭，还不是为了再多见大家一面，好好聚聚啊！"

"让您费心了……"

"以前嘛，大家是同事，又有上下级关系在里面，总有些避讳，交往就不多。现在我调走了，就能像朋友一样地交往了。"

"您始终是我们的上级。"米粒道。

"你真是'灵光（guǎng）'，一张嘴说话，就能哄死人不赔命的那一种。米粒啊，我是很看好你的。做事踏实稳重，做人也绵巧懂事……"

郑英英没有松开拉着米粒过来坐下时握住的手，接着说道："以前，我曾经跟到我们部门来实习的大学生聊过，在任何一个行业里，他们都要学会分辨三种'色'：就是要弄清自己是个什么货色，学会看人眼色，在人群中扮演好属于自己的那份角色。这几条，很多人一辈子都没学会，所以，就算是他有板眼、有能力，也很难出头的……"

"嗯，货色，眼色，角色——我记住了。"

"你不用记，你已经学会了，而且，用得还蛮好。像你这样为人处世，就很讨人喜欢，大家也愿意跟你相处。很多地方，你比江淼都做得好。你不要看江淼比你年长上十岁，但她似乎一直都没有搞明白一个简单的道理：这个世界上，就算你有才华，有闯劲，有勇气，那也不够；你要想混得好、往上走，就还需要有运气和机会。运气是什么？我们都是无神论者，天上没有什么上帝和救世主；要说是一个人运气好，那就是有高人愿意帮着去抬衬他、给他一个施展才华的平台！再说机会。机会是怎么来的，一是要靠自己努力去争取，还有一条更重要，那就是，当机会摆在所有人面前的时候，其他人愿意把机会留给你或者是让给你，再或者是没有人拦着让这个机会交到你手上。要是不会看眼色、还处处跟人摆脸色，像江淼那样待人接物，谁愿意去招惹呢？"

米粒安静地听着，不说话。江淼和郑英英这对欢喜冤家，走哪里都惦记着对方，这也实属难得。大概她俩都太优秀、太势均力敌了，就总想要证明出一个输赢来；哪怕是在暗地里，哪怕就是图个嘴巴上的快活和心里头的安慰。而米粒这个看起来单纯天真、人畜无害的新人，就成了她们以为的没心眼的裁判员，似乎只要给点小恩小惠说点好听的，她就会偏心向自己这一边。这两人都爱在米粒的面前数叨对方的短板，想拉拢米粒，好像米粒站在谁那一边，就代表着谁赢了。

作为一个旁观者，米粒不在乎这种输赢，事实上，在她心里，江淼和郑英英根本就没有过什么真正的你死我活的较量。不过就是两个自我感觉良好、又都有才气有实力的女人，眼里装不下旗鼓相当的对方罢了。而这两位总把对方当成是假想敌的女人，都是米粒的前辈，能得到她们的提携对米粒来说是好事，她当然就只能像个弥勒佛似的、无语笑对那些风凉话，之后，再把所有听到的话给咽进肚子里。

米粒跟郑主任聊天的时候，编辑部的同事们陆陆续续地过来了。等到所有的沙发挤着坐还不够坐的时候，江淼终于姗姗来迟地进了门。江淼戴的墨镜都没还摘下来，就听到郑英英提议道："要不要我带你们参观一下我家？"

大家当然都说好。

都知道郑主任邀的这个饭局的主题是辞行加炫耀，大家也都是带着平时无法兑现和证实的好奇心；主人家既然发话了，那就正好成全了炫耀和猎奇的双方。

郑英英引领着大家边看边说，一楼是客厅、餐厅、书房和客房，楼上是三间卧室，楼上楼下都有厕所。楼上的那间带着椭圆形阳台的是主卧。主卧的面积最大，差不多比另外两间房的总和还要大。在她家，三位女性睡在二楼，她睡主卧，女儿和保姆张阿姨睡在旁边两间房；她爱人睡在楼下的客房。

"他们当领导的，动不动就要加班，搞到深更半夜是常有的事情。我们睡在楼上，就吵不到我们。有时候突发一些紧急情况，夜里回来得太晚，第二天早上又还要正常去上班，秘书司机也就都跟着回来，就让他们睡在客厅书房。服从工作需要嘛。你们看，今天星期天，他也没在家。一大清早，司机又过来把他接走去开什么现场会了。也好，为我们聚餐给清了场……"

借着对家庭格局的介绍，郑英英如实地把自己的家庭生活和家庭关系都呈现了出来，听起来都是些简单的陈述，但"豪宅""高官"这些带着顶级形容词的定义，在场的这些新闻编辑们当然是切身领教了。

"虽然都是在武汉，楼上楼下一隔开，时间作息一错位，我跟我们家那位，经常几天都打不上照面。我姑娘说，就只能在电视台的武汉新闻里看到她爸爸了。以后到了北京就好了。在北京，虽然住不上这么大的房子了，但我们两口子能在家里见着面的机会，肯定要比现在多得多。"

"您住的这个房子，以前应该是某个大资本家的公馆吧？"有同事问。

郑英英不假思索地回答道："这一片，摸错了一处，以前都是公馆。都是些大有来头的地方。你们抬头就能看见的那个红房子，以前的名字叫'巴公房子'，这是俄国沙皇的弟弟巴普洛夫盖的，建成的仪式上，沙皇太子尼古拉带着希腊的亲王一起专程来庆祝。据说，当时中国这边对应接待的就是张之洞。老汉口最有权有势有钱的人，以前都住在这周围。"

"到现在，住的还是这个城市里头最有权有势的人。"有人应和道。

"那倒不见得，"郑英英说："像（巴公房子）这种超级大的公馆，里面有几十间上百间房的，早就分给普通老百姓住了。你们是没有走进去看，那个'红房子'里面，现在东倒西歪、破破烂烂的。倒是我们住的这种小公馆，还能独门独院地保留着……"

"这还算小啊？"有人咬文嚼字地插话问。

"几十年前，放在江边的租界区，住这种房子的只能算是小资本家了。以前，连通整个欧亚大陆的'万里茶道'，就是从黎黄陂路走到头、到江边的那个码头起步的。那些年，恨不得整个欧洲大陆最有钱的茶叶商人都住在老汉口江边的这几条街上。那都是些富可敌国的巨贾啊！都是些请得动、也请得起张之洞这个级别的官员出场的大资本家啊！"

米粒听到有同事发出"啧啧"的惊叹，她心里也是惊叹的。她想到了前进四路，想到了以前跟爹爹孏一起住的那半条街的两层楼房。之前，米粒一直觉得那就算得上是汉口最好地段上的豪宅了，面积大、开阔、两层楼、木地板、通风、雕花玻璃、大阳台……把这些元素跟65中的团结户宿舍比起来，可不就是两个阶层吗？但是，置身郑英英的家中，她才真正领教到，老汉口鄙视链的顶端是在哪里。为什么生活在六渡桥的子弟们会有优越感呢？因为他们眼见的是铁路外的棚户区、菜地，是硚口那边的万人坑、坟场——他们彼此还能看见，还有交集。而在汉口江边生活的这些人，他们的时间都用在了堆砌金山银山之上，用在了跟张之洞、跟俄国皇太子的交往上。平头百姓是见不到他们的，他们也无暇去鄙视任何人。这些人的故事，史书会为他们而写。

在大家的感叹声中，郑英英又说道：

"这也是公房。等我们调走了，这房子也该要上交了。"

乍一听，郑英英很有点视钱财如粪土、不过就是随遇而安、取得也舍得的淡然。米粒却突然想到了母亲彭老师，想到了自己跟彭老师一道为了让前进四路的私房能按政策给落实下来的四处奔波——彭老师可从来没有过郑英英的这种淡定。

人与人是不同的。郑英英离开了这处公馆，下一站到北京，就算住不上人见人羡的四合院,也一定比在座的所有人要住得宽敞舒适得多。她所上交的,是对应着他们的工作而配备的公家的住所。而彭老师面对着的那一份,是祖祖辈辈积积攒攒传递下来的家业,是在时代的大浪中淘下来、最后侥幸留在手中的几颗沙砾。面对着风浪,面对着风险,彭老师怎么可能淡然得起来?她当然要想方设法地守护着,捍卫着。

这顿在郑英英家举办的江城晚报文艺副刊编辑部主任的最后的午餐,米粒是记忆深刻的。不光是米粒,应该是参与的每个人都难以忘怀。菜式是山珍海味、本地佳肴,酒水是茅台五粮液管够,香烟也是市面上不好买到的软中华。一场酒席从暖场到高潮到落幕,有吃撑的,有喝醉的,无论是清醒的还是醉态中,那些陪伴着觥筹交错的话语,全都是对郑英英的花式吹捧。夸她有能力,有才华,有远见,夸她长得美,嫁得好,家和万事兴……总之是想方设法要找到一切对应得上茅台五粮液和软中华这个级别的溢美之词。同事们频频举杯敬酒,酒是一瓶接一瓶地启开,好像这场散伙饭不是郑英英掏钱请的客,而是编辑部自发召集的送行酒。

等到盛菜的餐盘都撤下、换成了以甜点为主的主食和像花圃一样的果盘上桌后,大家知道这顿宴席已接近尾声。江淼率先告辞,很快地,同事们陆陆续续以各种理由离席。米粒想着说长尊有序,也不好抢话,就只得等着,看完编辑部的其他老师们一个个地表演完跟郑主任的依依惜别和无尽祝福。

到最后,餐厅里就只剩下米粒和郑英英了。米粒这个因为礼貌而第一个到场的人,又因为了礼貌,成了最后一个要离场的。她看着面前餐桌上的杯盘狼藉,起身道:"郑主任,今天真是给您添麻烦了,我帮您收拾一下吧——"

在当时的语境下,米粒提出帮忙收拾,其实就是想要撤场子走人的一种客气话,就像是主人若是想逐客,会体面地说一句,欢迎你常来。

米粒就等着郑英英说一句,没事,家里有保姆来收拾,不麻烦你;只要听到这句话,她就可以体体面面地道一句,那好,我就走了。

就在这时,门铃响了。保姆赶过去开门,米粒也跟着郑英英往门口走。

"喔——'稀客(难得的贵客)'啊!夏厅长啊,欢迎欢迎——"

米粒和郑主任还有这位被称作是夏厅长的来客,都站了大门口。

米粒见状,正好说一句:"郑主任,您家有客人来了,那我就回家了。"

郑英英看了看米粒,又看了看客人,像是提问、又更像是决定一样地回应道:

"你现在回家有事吗?要没事的话,就别急着走。这是省广电厅的夏厅长,我的老领导,介绍你们认识一下。"

不要说米粒回了家也没什么重要的事情要做,就算是有,遇到了这样的机会,她也会先留下来看看再说。

米粒就跟着郑主任和夏厅长的身后，再次坐到了客厅里的沙发上。这一次，是夏厅长坐进了正中间的三人沙发，郑英英和程米粒，就一左一右地坐在了茶几边的单人沙发上。

夏厅长把手里提的一个提兜放在了茶几上，朝郑英英说道：

"这是你要的那几部汉剧电影的播出带，《宇宙锋》《留住汉宫春》……我让电视台的人专门把它们转换成了 Betacam 的数字格式，花了点时间。还好，抢在你走之前能给你送过来。电视台现在的录播方式都在慢慢从模拟信号朝数字信号转变，这些数字编辑格式的资料带给你作为今后的栏目素材，肯定没问题。"

郑英英脸上堆着笑，回应说："您家那么客气干什么，还专门跑过来一趟。其实我也不是急着要，您让司机送过来就行了。"

"有人说，老朋友之间，是见一面少一面。我不这么看，我觉得，像我们这种从文工团里就一起共事的老战友，一定要多联系，见一面就多一面。今天正好有点空，刚刚忙完一个接待任务，就赶紧过来见见你。"

"您太谦虚了，您一直都是我的领导。"

"那要看你从哪个角度来看了，"夏厅长道，"你是我招进文工团的，说我是你领导没错；但你的公公，你爱人，在部队里都是我的大领导，我坐在你们家，还是把自己当成是你的战友感觉更亲切。现在，你马上又要去中央台了，我们又都站在了广播电视这一条战线上了。"

夏厅长跟郑英英聊天的时候，米粒安静地听着不插话。

"是啊，我以前也没想到过，自己在40岁以后又会误打误撞到电视圈。我们家那位说要调动到北京就是去年年底定下来的，我说我也想跟着一起过去，谈工作调动就谈了几家。央视正在筹办一个戏曲艺术栏目，问我愿不愿意去。在我们这个年纪上，要么呢，就过点风平浪静的安稳日子，熬到退休；如果想做个折腾到北京的九头鸟，也要量力而行，自己的羽毛自己要爱惜。所以，第一时间想到的就是找您讨教——我跟其他人是半点口风都没有透露。您不一样啊，您既是我的老领导，又是我踏进这个新领域的第一位导师。"

"你对艺术还是很有悟性的。你从一个舞蹈演员改行成一个报社的文艺部编辑，做得就很好啊。现在虽然换了岗位，但只是从文字的界面进入了音像领域，而且，某种程度上来说，又回到了当年你最熟悉的舞台表演的范畴，你肯定会很快适应的。前几天我让你帮忙安排的那个访谈，就是想宣传一下我们省电视台文艺部的一位青年编导……"

郑英英接话道："我记得，那个编导好像是叫葛军，我就是安排我们的小笔杆子程米粒写的……"说话间，她朝米粒看了看，米粒也迅速地微笑着回应。夏厅长并没有太注意到这个插进来的话题，还是继续说着之前的话题：

"这个葛军啊，是个人才，中戏导演系毕业，最早是在汉口戏校里学京剧小生的。他脑子活，有想法，也懂戏，是我专门到北京给拽回来的。回头你要是做到湖北地方戏专题的时候需要帮手，我让他去配合你，随时听你调度。"夏厅长又说道，"我是快要退休的人了，你的事业还蒸蒸日上，只要能帮得上你的，我都会尽力。"

"谢谢老领导，从当年您推荐我作为工农兵学员上大学，到现在我半改行的时候您又这么支持我，真是处处都对我有知遇之恩啊。我想到一句老话说，那些以前帮过你的人，以后也会一直提携你。"

郑英英对夏厅长的这些话说得又谦逊又亲切，米粒边听边学。

"莫这样谦虚，我已经没有能力提携你了，你是我们老'胜利人（解散了的武汉军区胜利文工团的老战友的自称）'里面的骄傲。我也希望看到你将来能变成一个传奇啊……现在这些，只是做了点力所能及的事情，不足挂齿。就指望着有朝一日、在分享你的成功的时候，我也可以清清爽爽地说一句，我这个'老帮（老人家的自称）'，见证了你成长的每一个阶段……"

"现在都是长江后浪推前浪，"郑英英终于说到了米粒，"夏厅长，我跟您介绍一下啊，这个小朋友叫程米粒，是去年刚从珞大毕业分到我们部门来的大学毕业生，您交代的要写葛军的专稿，我就是让她来完成的。她啊，跟我算得上是忘年交……"

米粒赶紧起身说："夏厅长好。"

夏厅长看向郑英英，笑应道："看来，她是你的嫡系部下啊……"

郑英英接着介绍说："这个丫头不错，笔头快，也勤奋……之前您夸奖过的那个读者来信的专栏《江城夜悄悄话》也是小程她一手操办的……"

"是吗？——是你啊？"夏厅长看着米粒说道，"你那个栏目挺有意思，我还真是把每期的读者来信都认真看完的。你挑的那些来信很有代表性，写的回复也有可读性。我们每天都读报，党报党刊总是一板一眼的，也没有办法，承担了喉舌的责任，只能严肃地履行着使命担当。你的那个小栏目，是一个很好的调剂。"

"谢谢您……"

"诶——碰到你了，我倒想起了有个事……我们厅下属的电视台正准备为'上星'招兵买马，你要不要加入进来？"

米粒一愣，话题一转到自己身上，就好像是突然从天上掉下块馅饼；她赶紧问道："请问您家，什么叫'上星'？"

"就是说，电视节目要通过卫星来实现播出。现在我们湖北台的发射信号都还是数字模拟的，只有省内才能收看得到。很快，我们制作的节目内容就会传输上卫星，在全国范围内就都能看到了——这就叫'上星'。"夏厅长介绍道，"我们湖北电视台是全国第一批要上星的省级电视台……"

米粒伺机补问："上星之后，那湖北台的节目是不是就像现在的中央台一样，全国各地都能看到了吗？"

"是这样的，到时候我们的覆盖范围就从全省面向全国了。这是机遇，也是挑战啊……"

"是机遇，也是挑战"——这是程米粒在每次领导发言中都能听到的一句话。没想到在领导们的家常聊天中也少不了这样的口头禅。她心里觉得有趣，但眼神里还是流露着谦恭。她听到夏厅长是这样解释的：

"数字模拟信号需要每个省自建发射塔才能完成信号覆盖，各个省的播出频率在辖区覆盖的范围内就都是垄断的，所以，这么些年来，我们湖北台的收视率绝对有保障，广告客户的忠诚度也非常高。不过，等到各个省的电视节目都可以上星、让全国观众看得到了以后，情况就不一样了——'上星'是把双刃剑。如果我们湖北台的节目做得好、在全国范围内收视率领先，全国各地的企业都会找到我们台来打广告；反过来说，要是我们的节目不好看，观众们都去看其他台的上星节目了，那就连我们本省的广告客户，也要守不住了……"

"现在这个时间点，正是湖北台最需要精兵强将的时候，我觉得你应该试试。"郑英英接过夏厅长的话说道："你看，我都转行到电视圈了……"

米粒被说得动了心。其实不用领导们的劝说，在当年当月，任何一个文字编辑如果能够接到邀约改行去做电视编导，那她肯定都是连跑带跳地就要扑上去、抓到手的。一些后来能成为中央电视台台柱子的新闻人物，都是从纸媒编辑转的岗，还都吃苦耐劳地干了许多个暗无天日的机房编辑工之后，才一步步走到了前台。

米粒的顾虑不是我愿不愿意去，而是我去不去得成。她实话实说道："郑主任，我的情况您是最清楚不过的。我是去年大学毕业、7月份才到报社报到的，工作关系和组织关系在报社都还没有转正呢。"

"也是，要是我还留在报社，我也舍不得放你走。"郑英英说。

"电视台都是公开招聘、竞争上岗的，你在我们的广播电视报上找得到我们的招聘细则。只要你能通过考核，组织关系都是一步到位的。"夏厅长说，"你也知道，电视台是大家削尖脑袋都想往里面挤的地方。你的学历、简历、成果作品，都要准备好。我建议你先往我们厅人事处投递申请，再按规定去参加我们的考试……当然，是我给你发了英雄帖，适当时候我会去敲敲边鼓的。"

"加油吧，小程，"郑英英笑看着米粒，道，"我跟你说过吧，人是需要有运气的。"

四十四

离开了郑英英家,米粒坐着公汽回到自己的家。屋里很安静,程教授独自一人伏案写作。

"我妈去哪儿啦?"米粒问。

"去香港路了,"程教授答道,"睡午觉之前她问我想不想去香港路那边看看那个新建的公务员小区到底是个么情况,我说我懒得去。公家分的房子,给你钥匙了你就搬家,就这么简单的事,还有什么必要多些折腾呢?你妈非要跑过去看看。"

"我妈活得比谁都要仔细些……"

程教授没有顺着米粒的话说下去,抬头问道:"要不要我们现在到家具城去看看?给你选一张书桌?"他朝米粒提问的时候眼神里有光,是那种带着点孩子气的得意和炫耀。

"还是等我妈回来以后一起去吧。"米粒答,"既然她也同意了要买,我们就大大方方地跟她一起去买,免得我们俩跑出去给买回来了,她看了以后又说我们买得不好。不差这一两天的时间。"

"米粒啊,还要告诉你一件事,你千万不要跟你妈讲啊。"尽管家里没有第三个人,程教授还是下意识地压低了声音,故作神秘地说道,"其实,这次那个'曾宪梓教育奖'的一等奖奖金是5000块。我悄悄地留了3000,用你的名字在银行里存了个定期……"

"啊?"米粒吓了一跳。

"你听我解释啊……这笔钱是我一直想存下来的,以前没机会。我没别的歪心思,就是想等到哪一天你三孃走了的时候,她的后事由我来承办——这笔钱就是这个用途。我是三孃亲生的长子,照顾她的时间和机会都不如你志强叔叔多,所以,在最后送你三孃走这件事上,我想做出个长子的样子。"

"就为这件事情,犯得着去藏私房钱吗?到那个时候,您跟妈妈好好商量一下不就行了吗?"

"真到了那个时候,估计你妈妈会说,所有的费用应该是我跟你叔叔我们兄弟俩平摊。按道理讲,她要这样说也没错。我要是跟她争辩,我也说不赢她。你看平时她那么节俭,说实话,我也开不了口找她多要钱。这一回算是老天爷成全我了……我就瞅着这个机会留了手,到时候就不被动了。"

"我妈这人，讲道理还是讲得通的。您看这一次您说要把缝纫机扔掉，妈妈不是也答应了吗？你还不了解她这人吗，虽然脾气不好，但她应该不是眼里只有钱吧？"

"那你说说看，你妈妈眼里有什么呢？有事业？有学问？有你，还是有我？我把我的工资、外快、稿费全部都交给了你妈妈，结果换来的是什么呢？连去跳个舞都是她给我的恩典，想跟我的亲妈存一笔未来的丧葬费都要偷偷摸摸，你说像不像是个笑话？"

"扯远了……本来都是些好事情，怎么说着说着就变了味呢？我看你们俩也'蛮过瘾（很有趣）'，都是三句话就离不开跳舞这事，不至于吧……"

"不是我在背后说你妈的坏话，你妈在我跳舞这件事上的态度让我觉得很屈辱。我吧，在你妈跟前窝囊了一辈子，也得过且过了。但有些事情我还是要坚持的。我想为三孃尽点孝，权衡了很久，又不想把你妈惹毛，就还是偷偷留了一笔钱给你三孃专款专用比较妥当。这事，就这么决定了……"程教授叹了口气，接着道，"只要想到你三孃，我就想到在我11岁的那一年冬天，她牵着我的手去牢里找我的亲生父亲。走了那么远的路，结果什么也没有见到，就只好带了颗小石头回家。你三孃后来就一直守着寡到现在……真的是太不容易了……"

"那个石头还在吗？"米粒问。

"三孃从来没跟我提过这事，我也没问过。这么多年了，那件事就变成了我心里的一颗石头。"

听到这里，米粒若有所思地点点头。

程教授又知会米粒道：

"存单我已经藏起来了，就在书架上的那本老版的繁体字的《论语》里。我把存单夹在了'慎思追远'的那一页……这是我们父女俩的秘密。之所以写你的名字，是以防万一有哪一天被你妈妈发现了，她看到是你的存折而不是我的，事情会简单些……"

到了晚饭时间，程教授接到了彭老师打回来的电话说，她不回来吃饭了。

程教授挂断电话后跟米粒道：

"不晓得你妈妈看完了香港路的房子之后，又岔到哪里去了。"

——在武汉话里，"岔巴子"指的是多嘴多舌、喜欢四处乱窜乱结交的那种人；一个"岔"字，指的就是"岔巴子"这种人的行为做派。对于那种天生外向型的社交达人，从褒义上来说，会说他左右逢源"岔得很"，这个意思大家都能意会；同样，一个"岔"字作动词所代表的贬义，是个武汉人也都听得懂。

等到彭老师风风火火推开家门的时候，程教授和米粒两人都是吃完了晚饭后在自己的书桌前伏案写作了多时。

彭老师一进门就问："你们猜，我今天晚上是跟谁一起吃的饭？"

程教授答："猜不出来。"

"我是跟冯春晖一起的……"

"你不是说'克（去）'香港路看房子的吗？"程教授问。

"是啊，下午我是去香港路的那个公务员小区看了一圈。那里整个就是一个大工地，围了一圈的铁挡板，尘土飞扬的，乱七八糟。打地基的夯桩机都还没有撤，墙还冇砌起来。在工地上看不出个所以然来，我就把整条香港路走穿了、再看了一遍。以前从没有作古论今地到这种腰子旮旯的地方来过。那里路也蛮窄，周边还有不少城中村的房子，也是破破烂烂的，感觉不怎么好……我对到底要不要买这里的房子就蛮犹豫……想了一下，我'一不做、二不休'，'歪了一脚（顺便多走了一段路）'去了趟冯春晖家里。他现在是区政府的公务员，我想听一下他的意见。"

"那他有什么意见呢？"

程教授的口气听起来很平稳，但心里是不满的。自己家里要不要买单位分的新房子这种大事，彭老师却是要找个隔着十万八千里的外人来商量着拿主意。

米粒心里也有一股无名火。她一听到彭老师提到了冯春晖，就有种莫名的反感。彭老师对冯春晖的那种近乎迷信的推崇，总会让米粒想到当年那杯被倒进痰盂的糖水，以及汇聚了他们家几代人全部家当的20万。彭老师似乎觉得20万的信任还不够，还在层层加码，而米粒呢，却像是个外人。

"结果啊，我一见到冯春晖，一提到公务员小区，他就马上劝我说，这个房子要买，最好买最大户型的。他说，香港路以后会建设得很好，十年二十年之后那里绝对是汉口的黄金地段。买房子啊，无论是地段，还是面积，都要从发展的眼光来看。他还举例说，市建委也圈了一块地在盖他们的职工宿舍，叫统建家园。那块地也是在建设大道的外围，就在长江二桥下桥后的延长线上，比现在的香港路还要偏。他说啊，现在的香港路虽然是城中村，但人气还是有的；建委在建的那些宿舍区的周围，还都是些芦苇荡，要几荒就有几荒……冯春晖跟我说了，市建委的那些人该有多精明啊，他们管的就是城市规划和发展建设，武汉以后怎么建、哪里会发展得好，他们不比哪一个都晓得得更多些？所以，跟着这些公务员的步子走，错不了的！……"

"你呀，非要外人说了好，才相信摆在你面前的是个好东西。我之前就跟你说过了，这是武汉市盖的第一个公务员小区，差不到哪里去的……我的话你听不进去，一个外人说了同样的话，你就当成是金科玉律了……"程教授说着，摇了摇头。

彭老师又道:"冯春晖是跟我摆事实讲道理啊,他说的话是有根据的。不像你,就相信你们学校,相信政府,上面说什么你都说好,根本不过脑子想一想:到底好不好,或者,到底好在哪里?你不喜欢在这些事情上动脑子,愿意被上面牵着鼻子走,那我也没有办法。我不一样,我头上长了个脑袋就是为了把事情想得清楚明白的。而且,我们这个家,就两个成年人,有了你这么个不愿意去动脑子的,就剩得只有我去开动脑筋了……"

听到彭老师这样说话,米粒马上举手说了个凑气氛的话,道:

"打断一下,我们家怎么只有两个成年人呢?我不算人头的吗?"

"你呀,长不大——"彭老师笑呵呵地回应道。

一看彭老师的那张笑脸,米粒就知道,母亲今天跟冯春晖一起吃的这顿晚饭是很愉快的,而且,接下来她要说的话,也是会让人愉悦的,至少,在彭老师看来,都是好事,是开心事。

米粒听彭老师接着说道:

"买房子这么大的事情,500块钱一个平方,不是小钱,我要说服了我自己,才敢去掏这个钱。我在冯春晖这里吃了个定心丸。今天晚上,是我主动说要请他吃晚饭的。为什么呢?既然冯春晖也劝我要买香港路的公务员小区,还劝我要越买大越好,那我就要跟他说从硒商提前取款的事情啊。他也晓得,我的钱都交给他了,真到了需要用大钱的时候,我只能找他把钱拿回来……关键是,我跟硒商的集资协议是三年的,这才过了不到一年呢。如果我要提前取钱,那还不是要麻烦他帮忙啊……"

米粒听到这里,内心里简直要欢欣鼓舞起来。之前,她也觉得把这20万的鸡蛋都放在硒商这一个篮子里太不安全,前几天说拿这钱去买400平方米的新房子那话,一半是玩笑,一半是心愿。她就巴不得能瞅这个眼头"就汤下面",把钱取出来就踏实了。她知道自己是说服不了彭老师的,但是冯春晖几句话就四两拨千斤、扭转乾坤了,看来还真是解铃还须系铃人啊。

"其实,我今天去找冯春晖,就是带着两个想法去的。想听听他对香港路的意见,这是其一;想跟他说取钱这件事,就是其二。把两件事放到一起一前一后来谈,我也好开这个口撒……他在说服了我去买房子的同时,也给我想找他帮忙取钱这事安了个推都推不掉的大前提——这不就是一箭双雕吗?"

"还是彭老师厉害!"程教授依然是平稳地说着赞许的话。

米粒紧跟着问道:"那他答应了没有?"

——这个问题的答案,是米粒最关心的。

"肯定啦……冯春晖说了,他明天一上班就跟砾商那边打招呼……他对我求他办的事,肯定是有十分的力,恨不得要使出十二分来。他对我是真的好啊……你看,是我主动说一起吃个饭的,一开始我就特别强调说了,我来做东。就冲他帮我把钱存在砾商挣了那么多利息,我请他吃顿饭也是理所应当的。等到后来我们吃完饭了我准备去结账,服务员告诉我,账单呐,早就被他不作声不作气地给买了……"

彭老师说到冯春晖,总是那种又欣赏又骄傲的神态;所谓"得意门生"这个词,大概就是来源于像彭老师对冯春晖这种门生般的得意之情吧。

"那您跟他说您想取多少出来了吗?"

"我说的是取10万。"说完,彭老师解释道,"冯春晖不是让我能有多大买多大吗,我记得香港路那边最大的面积是160平方米,那我就听他的,赶最大的买。我算了一下,如果我们还保留现在住的这个房子,再要一套160平方米的,加起来我们的住房总面积就是200出头了。你爸爸可以享受到的福利分房面积是140,减掉它,就还有六七十平米需要我们自费。学校不是说一平方米要补交500块吗,我就想啊,回头等钥匙拿到手了,总是要简单装修一下、买点新家具吧……不能这次要交三四万的房款,找一趟冯春晖;下次要装修买材料,再找他帮忙取个三五万;别个现在也是在区政府大楼里上班的干部,又不是还像以前在砾商;哪能每次为了取钱都去麻烦人家呢……"

"那您为什么不干脆一口气把存在砾商的钱都取出来呢?"米粒顺水推舟问,"您也知道,现在找冯春晖开一次口不容易,他也离开砾商了;麻烦他一趟,索性就跟砾商彻底了断了算了……还是把钱存在银行里方便。不用的时候得利息,要用的时候随用随取?"

"你懂个鬼!"彭老师瞪了米粒一眼,道,"钱放在砾商那里,多放一天、就多一天的利息,多存一万、一年就能多得2400……放在银行里才有几个钱的利息啊?冯春晖说砾商从今年起也不搞集资了,我们这批的高息揽存也是空前绝后的。还真是过了这个村、就没有那个店了……"

听到彭老师这么一说,米粒心一惊。在砾商收紧集资这事上,她跟彭老师看问题的角度有点不同,彭老师看到的情况是自己是关闸前的最后一批得高利息的幸运儿,程米粒想到的是闸门关了也许就意味着遇到麻烦了。

米粒就套话道:"冯春晖没说砾商为什么就不搞集资了呢?"

彭老师答:"说是上面不同意他们再用这么高的利息来集资。想想也是啊,他们的利息比银行高出这么多倍,要是一直这么搞下去,老百姓们放在银行的存款还不是都要被他们给搞走了?那不就搞得银行都很为难了吗?"

"您就没有想到过,是不是利息太高了,他们砾商已经背不起了呢?24%的利息啊，他们要卖多少货才能把这个利息挣出来啊？"米粒的分析凭借的是常识和逻辑，不像彭老师，只要谈到硚商就戴上了冯春晖牌滤镜。米粒提醒道，"我劝您赶紧趁着这一趟就把钱都取出来吧，免得多一些麻烦……"

"就你想得多一些！我就说了这个家不能交给你来当吧……你看看你，参加工作才几天的时间啊，就开始对我指手画脚了……你又不懂别个怎么经商的！硚商要真是背不起了，冯春晖肯定会第一时间通知我的。他对我绝对真心，有风险的事情他肯定不会让我沾边的……"

好吧，又是冯春晖——米粒这么想着，无奈地收起了话头，闭上了嘴。

母女的嘴巴官司以彭老师毫无悬念的胜出而收场，附带着又影响了旁观的程教授。看到彭老师坚定的态度，程教授顺势提出了自己的意见："既然这样，那你就不要找硚商取10万这么多了，房子一时半会还盖不好，什么时候交钥匙、什么时候开始装修那都还是蛮遥远的事。说不定等你跟硚商签的三年协议到期了，才正好是我们需要用钱的时候。多放两年，也能多得好多万呢……"

"你终于想通了吧？"彭老师的口气里掩饰不住地得意，"之前你还劝我，不要把所有的鸡蛋都放在同一个篮子里。现在你也相信了吧，能把钱存在硚商，能够赚到年息24%的机会，是可遇不可求的……"

米粒无语。看来刚才彭老师说的那句——"我们这个家，只有两个成年人"——确实就是彭老师和程教授两个成年人的心里话。

晚餐上的家庭会议结束后，一家三口又各忙各地直到"洗了睡"。程米粒一觉睡到天亮。当她梳洗完毕准备出门时，看到彭老师的拖鞋已整整齐齐放在门口的鞋架上。上了年纪的人都有早起的习惯，彭老师每天早上都要赶到65中去管学生的早自习。程教授在大学里不用坐班，他早起后如果不是去中山公园跳舞，就是晨读写作去了。

米粒跟坐在书桌边读书的父亲打了个招呼道，爸爸，我上班去了。

程教授扭头看了米粒一眼，起身走过来，道：

"昨晚上我后来又跟你妈妈商量了一下，我们就买香港路的那个公务员小区里的房子，但不要160平方米那么大的。你妈妈实在是对那个冯春晖太迷信了，人家说什么她就信什么。他建议我们要160平方米的，也就是上嘴唇跟下嘴唇一贴，随口一说；你妈还真当成了圣旨一样。房子这东西吧，够住就行，多了吧，也就是一堆砖瓦灰砂石，我们真不需要那么大的面积。而且，每多一平米就要多出500块钱呢，这个冯春晖把你妈妈的胃口吊得那么高，到头来还不是要我们来认账?！"

"我一直都不喜欢那个冯春晖。"米粒说。

程教授跟着道："我也是。"

"自己家的事情应该自己来安排。"米粒又说道。

"对啊，我就跟你是一样的观点。为什么主心骨要放在别人身上呢？那个冯春晖跟你妈妈鼓动说要我们去买160平方米的，你妈妈就信了。这一回，我偏不信这个邪！我就非要把这个事办回来！我是这个屋里的户主，我们单位让我来挑的房子，要买'几大（多大面积）'，该我说了算！"在彭老师不在家的情况下，程教授才敢偶尔这么激动一下子，摆出一个"户主"的威风。

"我觉得您也不必为了跟我妈妈赌气逞能才去做一个什么决定出来，您是不是这个家里的'户主'，户口本说了算……至于房子的面积大小，不是原则问题。要我看，我也觉得买面积大一点的会比较好。能住得宽敞一点有什么不好呢？房子大了，还能多给您放几个书柜进去，到时候，一进门就是一面墙的书柜，那才是书香门第的感觉呢……"米粒说着，还是跟父亲讲出了自己的一些隐忧，"其实，我是很希望能够趁着买房子的机会，把我们家存在砾商那边的钱都取出来。万一砾商遇到麻烦了呢？我们家可是经不起这种风险的啊……"

"那倒不必，"程教授说，"那么大的商场，每天都生意兴隆的，我们看得见啊。"

"要是等我们都能看得到它垮了，就真来不及了……"

"嗨，我发现啊，我们一家人在谈事情的时候，怎么就很难统一思想、想到一处去呢？昨天晚上我好不容易跟你妈妈达成了一致，到今天，你又翻出了个新水花出来……算了，我跟你妈妈难得一次意见统一，这个事情就到此为止了。"程教授果决地说道，"昨天我们商量好了，就买120平方米的那种户型。你妈妈也答应了。这样一算，我们就只用再补交1万块钱的房款。你妈妈说了，今天早上她就会跟冯春晖打电话说，不取10万那么多了，就取2万块。剩下的钱还是放在砾商……"

米粒不再说话，关上门下了楼。

四十五

米粒总是编辑部最早来上班的，门房师傅每天的报刊邮件投递都是跟她对接，本来她就坐在门口，自然就承担了接电话、收来信、发报纸、带口信的所有传达功能。老师傅开玩笑说，他是报社的传达室总部，程米粒是文艺副刊的支部；加上米粒总是一副客客气气有礼貌的样子，老师傅喊起她名字的时候就总会前面去掉了姓、后面还亲热地带上个"啊"字，就像跟自家的晚辈打招呼一样。老师傅是个热闹人，他还开过玩笑说,全报社的人加起来对他说的"谢谢",都没有米粒一个人说得多。

一大清早,门房师傅又照例敲门,把邮局早班投递过来的信件和部门订阅的报刊送来米粒他们编辑部。米粒照例说着"谢谢您家",起身去接。

门房师傅说:"米粒啊,有你的一封挂号信,你签收一下。"

米粒再次说着"谢谢",接过挂号信,在登记簿上签名。米粒看到那个牛皮纸信封下面是红色印刷体的"中国戏曲学院"的落款,不用猜就知道,肯定是邰玉寄来的。

米粒拆开了信封,里面有两张首都剧场的贵宾券和一封信:

米粒小妹妹:

　　见字如面。

　　从武汉一回到北京,就忙得昏天黑地。也不晓得是不是忙得散了神,还是年纪大了开始有健忘症了,这些天总是丢三落四、忘这忘那的。不过,就算我什么都记不得了,你这个小精怪,我也不会忘的。

　　下个星期天是我在首都剧场的个人专场,之前跟你说过的。信里面装的是那天演出的前排贵宾券。你是我第一个送票的人。我给你寄了两张,一张给你,一张给高强。就麻烦你抽空跑一趟,帮我给他送过去。

　　贵宾券很少,主要是给文化口和新闻口的各级领导还有戏曲界的前辈们准备的。你们一定要来啊,票不能浪费了,位置不能空。这是我在北京登台唱大戏的第一场,要是开演那天在观众席最前面那几排的位置有空座,我就太没面子了。

　　我们北京见!

你的玉姐姐

看着"贵宾券"上的演出日期,米粒意识到,邰玉说的"下个星期天",就是三天后了——挂号信在路上走了一个星期。时间很赶。

邰玉的这场演出,是在陈伯华被授予"艺术大师"称号之后,汉剧新生代第一次在北京以个人专场的形式登台亮相。一个地方戏演员能在首都剧场撑起个人专场的舞台,这当然是武汉文化界的一件大事。米粒完全能以此为由,申请出个公差。

米粒盘算了一下,礼拜六晚上的火车从武汉出发,星期天一早到北京。白天见见冷堃,晚上看邰玉演出,之后住一晚上,天亮后再坐一早发车的火车返回。武汉和北京之间的特快列车是双向对开的,所谓夕发朝至或者朝发夕至,全程都是10来个小时。正常上班的时间一切都不影响。于是,她就拿着邰玉寄来的贵宾券向副主任作了请示,填写了出差申请表,到财务上预支了备用金,顺便去工会找专门负责车船飞机票务的同事把周六出发和下周一返程的火车票也一并预订好了。楼上楼下地跑各种手续，体验的是第一次独自出差的感觉，想着自己打着出公差的名义还能干点私事，米粒心里偷着乐。

到了午餐时间，米粒抽空给冷垫拨打了电话。

"我星期六要到北京出差……"

"啊？这个星期六？过来干吗？"冷垫问完，马上自问自答地来了个否定句，"不是为了我过来的吧……"

"这个星期天，我们武汉有个很优秀的汉剧演员在首都剧场搞个人专场演出，我过来采访，"米粒用正常声音回答完，又重新压低了声音道，"那个演员叫郜玉，是跟我交情很深的一个好姐姐。"

"你订了机票吗？"

"我坐火车。我们出差的报销标准只能是硬卧。"米粒解释道，"上次去北京能坐飞机，是因为有航空公司的赞助。哪能回回都有免费的机票啊？"

"那我给你买吧……坐火车，哼哧哼哧地十几个小时，累！"

"不用了，我就坐火车。报社这边已经帮我订好票了，礼拜六晚上出发，睡一觉就到了。星期天早上六点就能到北京站，什么都不耽误。"

"这一趟，你是一个人过来吗？"冷垫问。

"是啊……"

"那就好，"冷垫接着道，"我都害怕跟你们那谁——那个叫江森的——来抢你了……"

"至于吗？我有那么俏吗？"

"你在北京待几天？"

"武汉这边还有工作，看完星期天晚上的演出，星期一早上就要赶回来。"

"这不是扯吗？就只有星期六星期天两天时间，还都耗在火车的铁轨上了……听我的，就坐飞机过来。我给你买票去……"

"真不用了……我就坐火车，挺好的，夕发朝至，睡一觉就到了。"米粒再次强调着坐火车的便利。

"你这孩子怎么这么固执呢？"冷垫道。

米粒嘻嘻哈哈地回应说："你也不是今天才认识我的。"

"拿你没辙。放着舒坦不要……"说完，冷垫又问，"你订了住的酒店吗？"

"还没呢……"

说实话，米粒也没想好到底这一晚上的住宿该怎么来安排。到北京订旅馆，她还从没干过，报社给的一晚上100块出头的差旅标准估计也很难找到合适的去处。

米粒也想过到时候去邰玉的寝室挤一晚上，反正她们俩挤在一张单人床上开一整晚的恳谈会，这事之前也不是没干过。但是，那晚上邰玉那不是还会有高强过去吗？

"那我来安排吧……"冷堃爽快地说道。

午休时间结束后，办公室里的同事们开始陆续撤退了。米粒看了一下墙上的挂钟，她要赶在医院门诊没结束前才能找到高强。她迅速收拾了一下自己桌上的东西，拿着邰玉的挂号信，出了报社。

到了中心医院，米粒按照之前邰玉领着她走过的路线，上楼，泌尿外科，找高强。结果，沿着那几间诊室转着走了一圈，她既没看到诊室门口贴出的医师名字中有"高强"字样，也没在屋里面的白大褂中看到高强。

米粒只好回到候诊室前的护士台前，问值班分诊的护士说道，请问高强高医生今天当班吗？

"你是谁？"护士问。

一般不挂号直接过来门诊叫着名字找人的，除了朋友，那就是"医闹"——医护人员都怕遇到这种人。前台分诊的护士，算是预防扯皮情况发生的一道挡箭牌吧。

"我不是病人，我是他的朋友。我是报社的。"米粒赶紧解释道。

听到是"朋友"，还是"报社的"，护士写在脸上的警报立马就解除了。她答道："高医生出差了，好像是被卫生局抽调到'底下（基层农村）'帮忙搞培训去了吧。"

"那要搞'几久（多久）'啊？"米粒问道。

"高医生是前天下到'底下'去的，要搞一个星期的帮扶后，才回得来。"

"那您的意思是，他要到下个星期二才回来，是吗？"米粒追问着想确定这个时间准确无误。

"应该是这样的。"

米粒说了声"谢谢"，从泌尿外科的候诊区走了出来。

她又看了一遍邰玉的来信。这要真是等到下个星期二，那可来不及了。

在这种寻人未遇的结果面前，米粒突然有一种疑惑：给高强的演出入场券，邰玉为什么不直接寄给他收呢？

米粒不知道邰玉和高强之间发生了什么，但她察觉出了异样。她又看了一遍邰玉的信。邰玉信里说，贵宾券是很珍贵的，不能出现空位。现在完全联系不上高强，就算辗转找到他了，估计他也走不脱。那这个因为高强无法出现在演出现场而导致的空位，该怎么办？

米粒重新返回到办公室，呼叫了邰玉的 BP 机。米粒跟呼叫总台留言道，高强的票无法送达，请速回电。很快，邰玉的电话就回了过来。

米粒如实地说了她所了解到的高强的情况后，便问邰玉道："那怎么办？"

邰玉反问道："还能怎么办？"

米粒敏感地追问道："你俩还好吧？"

"挺好。"邰玉马上就爽快地回应了。

米粒闻言，就识趣地说："那就好。"

越是简单的回答，往往总是掩藏着复杂的隐情。往往嘴上说着好的事情，实际上反倒问题重重。米粒相信自己的直觉。以前每次谈到"玻璃高"的时候，邰玉总是兴高采烈的，那种"挺好"的状态，是能让邰玉眉飞色舞、连腔调都是带着笑意的。这次不是。这次只有这么两个字——"挺好"。米粒从邰玉说出口的这两个字中感受到了两条信息：挺不好，还不愿意告诉人。

坐在自己的办公桌前，米粒又想到了夏厅长之前说的电视台公开招聘的事情，她找来了报架上装订的《广播电视周报》，把电视台新招栏目编导的招聘公告剪了下来，夹在了工作日志中。

米粒盘算了一下，应聘电视台的截止日期还有两个月，自己正好有充裕的时间准备需要提交的各种资料。多亏了郑主任在夏厅长面前的引荐，不然，她就算是从报纸上看到了这些消息，也是没有勇气去毛遂自荐的，毕竟自己太年轻，没资历，没资源，断断是不敢这山望得那山高的。米粒庆幸自己短暂的职业生涯中积攒到了郑英英这样的人脉，这大概就是俗话说的"贵人"吧。她又想到了郑主任的新工作是在央视搞戏曲节目，对了，要是她愿意提携邰玉，那对邰玉的演艺事业来说，一定有如神助。

这样想着，米粒随即给郑英英家里拨打了电话。

"郑主任好，您家现在准备出发了吧，是不是特别忙啊？"

郑答："肯定啊，不光忙、还乱，千头万绪的。"

米粒问："那……需不需要我过来帮忙搭个手啊？"

郑答："不必不必……你就是个耍笔杆子的小丫头，哪能把你当劳动力来使唤呢？过两天托运行李的时候，我们请了搬运工过来帮忙……"

"您是哪一天出发？"米粒又问。

"星期六的航班。我们人先过去，行李比较多，就交给火车托运，反正也不急，慢慢来吧。最近啊，来来回回还要跑好多趟的……"

"跟您汇报一下，这个星期六我也要去趟北京。武汉汉剧院有个青年演员叫邰玉，礼拜天晚上她在首都剧场有个个人专场演出。报社这边接到了邀请，就安排我为这个活动写个专稿。"

"汉剧是我们武汉的文化名片，有这么个在北京登台亮相的机会也蛮难得……要是时间安排得过来的话，礼拜天晚上我就跟你一起去看一下这个演出吧……也算是我慢慢在走进我的新工作状态……"

——要的就是这个结果！米粒心花怒放地又跟郑英英寒暄了几句后，挂断了电话。

四十六

从报社回到家，还在楼梯口的时候，米粒就看到家里的大门是大敞着的。凑近了看到，客厅里有两个工人正在往她的房里搬书桌。米粒把自己的手提包放在了茶几上，立刻进入状态，准备随时搭手帮忙。

工人们很快就把新的书桌安顿好了。原先被当作书桌使用的那台缝纫机已经从屋里搬了出来，摆在客厅中间。彭老师又招呼他们说，"师傅们，还要麻烦你们把这台缝纫机帮我搬到楼梯口。你们年轻人，胳膊有力，使得上劲，三把两哈搞好了，麻烦你们了啊！"彭老师边说边拿出了一包"红塔山"的香烟递给了其中的一位。

彭老师的要求不过是往下搬半层楼的距离，把缝纫机就放到楼道的拐角处。工人们搭着手搬一下，也就是下楼捎带手的事情。拿了烟的小伙子爽快地一招手，剩下的人就响应着一起"噶了事（上了手）"。

客厅还是小了点，房门口也只有那么大的空间；搬个大件出门时，工人们一腾挪，就把茶几给蹭歪了，米粒放在茶几上的背包就掉在了地上，包里的东西撒了一地。她赶紧把地上的东西都捡起来，钱包、记事本还有邰玉寄过来的挂号信……也顾不上清理，都一股脑地放在了旁边不碍事的餐桌上。米粒跟在工人们的身后，看着他们把缝纫机在拐角处安置妥当，跟师傅们道谢道别后，她又走到缝纫机跟前，把它再次靠墙角顶了顶，确定它不碍事、不挡走道，再才回到家里。

就在米粒在门外张罗着安顿缝纫机的空档，彭老师已经把餐桌收拾好了，饭菜都摆了出来。

进门洗手，准备吃饭。米粒端碗之前问了一句，"我的包呢？"

"放在给你买的新书桌上了。"彭老师指了指米粒的房间。回答完米粒，她又问道，"我看到你包里还有两张邰玉在北京个人专场的演出票？"

"是啊,就是这个礼拜天,在首都剧场的演出。今天刚收到的。我已经跟报社申报了出差的计划,准备到时候过去跟邰玉捧场。"

"邰玉真是不简单,从武汉走出来,能走上北京的舞台。这要放在旧社会,那就是'躺倒(躺着)'的'头牌'啊(在传统戏曲的演出剧场,摆在门口的节目单叫'水牌',最有名的角儿是'头牌',其姓名完整地横排写在第一排,俗称'躺着',这是一种形象的比喻;其次的角儿'二牌'的名字写法是,把姓写在上面中间,名字横向写在姓氏的下面,形成'品'字形,俗称'坐着';再往下,是些竖着写的姓名,这些人就是班社里'站着'的'三牌';一场演出中还有不少龙套演员,他们的名字上不了水牌的,这就是旧时戏曲班社'名角制'结构,也昭示着一名戏曲演员从寂寂无名到成名成家的艰辛历程)……"

"那绝对是这样的。"米粒肯定了母亲的说法,"邰玉的这场演出,肯定是这些年来最好看的一场汉剧大戏。"

彭老师又说道:"我都几十年冇去剧场看过戏了,看戏就要看现场才过瘾,尤其是名家名角的戏;坐在现场里的感受,那叫一个'酽砟子(享受一种沉浸陶醉的氛围)'啊,这是能够'酽(反刍回味)'上一辈子的了……我还记得小时候,你的嬭带我去民众乐园看梅兰芳……"

"你当年看的那些大师都老了,现在是年轻一辈起来了。"米粒顺着母亲的话说道。

"是啊,现在就是要看邰玉他们这一代新人的戏了。想起来我跟汉剧还真是有缘分啊……当学生伢的时候偷偷跑到汉剧院去上个厕所,说不定就能撞见陈伯华;现在年纪大了,当了妈了,结果,汉剧青年演员里头最有名气的头牌,竟然还是我姑娘的好朋友。"

"是啊,她还总惦记着您家给她煨的藕汤……"米粒接话。

话都铺垫到这个分上了,彭老师就把话引到了她的路数上:"我看邰玉给你寄了两张票,还有一张是给谁的啊?"没等米粒回答,彭老师又自问自答说:"我以前也找她要过演出票,这一回,她是不是想到我了啊?"

米粒一愣。这张原本属于高强的贵宾票正好空缺,母亲从小爱戏,把这张票给她确实是就便也是最佳的安排。但是,自己好不容易能去一趟北京,好不容易能瞅着空再见见冷堃,却要带上彭老师这么个佘太君一般的厉害角色……

"这个票是要我转交给她的男朋友高强的。"米粒的脑子转得快,用一个业已过时、但母亲无法证伪的理由婉拒道。

"汉剧在北京的演出,还是邰玉的专场,我真是很想去现场感受一下。说起来,这几年看着邰玉的成长,在我心里,就把她当成自己的伢在看待。她这么有出息、有造化，能够到现场去给她捧场，那是'几（多么）'有面子的事情啊！"彭老师带着点孩子气地跟米粒要求道，"你现在就跟郜玉联系，跟她说我想去看。她有赠券最好，要是没有的话，我自己掏钱买票也没问题。"

"票肯定有。"听到彭老师这样迫切的请求，米粒也不好再阻拦了。如果接受了有母亲同行，票，自然不是问题。

"那好，我明天早上到学校就去调个课，把下个星期一的假给请出来。"几十年后再次到剧场看大戏、还是要专程赶去北京看戏的彭老师，欣喜地憧憬着。

一家人就这么高高兴兴地吃上了晚饭。在米粒说完了她的重点后，彭老师又朝程教授说道："今天一早上我就跟冯春晖打了电话，跟他说我不要取10万那么多，就取2万。冯春晖回答得很干脆，说他会让砺商那边尽快安排，让我等他的消息。"

程教授说，"好。"

"这一回，是你当的家。我是完全按照你的意见来办的啊！"彭老师心情好，对着程教授说话的姿态也是难得的顺从服帖。

听到这里，端着碗筷的米粒看了看父亲，又瞅了瞅母亲；她想到了父亲早上说的那句——"我跟你妈难得的一次意见统一"，好吧，就让他们继续统一下去吧，自己就不要无事生非地去打破这种"难得"了。米粒想，要是这2万能够顺利取出来，那就说明砺商的资金情况还行，就静观其变吧。

吃完饭，一家三口又各忙各的。

米粒趁着父母不注意的空当，给冷垫打个了电话。

冷垫听到米粒行程有变，要带母亲同行，就问道："怎么了？每次到北京来出差，都要带上个紧箍咒啊？"

米粒轻声地笑答："不是啊……我妈是戏迷，听我说这趟是专程到北京看汉剧的，就说这个机会难得，她也一起过来看戏。我妈妈从小就爱戏爱得不得了，梅兰芳到武汉来演出的时候，我妈妈都是要买票去看现场的。"

冷垫说，"也行，我来安排……"

米粒又道："星期天早上你就别去火车站接我了，太早了……辛苦刚子跑一趟，就已经是很麻烦了……"

"也行。那就中午一块儿吃饭吧……第一次见你妈，这事儿要慎重对待。你容我想想，咱找个好地方，又能吃点儿特色，又能安静地说会儿话。"

听到这里，米粒暗想，要安静地说些什么呢？这是打算要提亲的节奏吗？

她没有问出口，只是说道："你千万再别带我们去'顺峰'那种地儿了，贵得吓人，吓得我都不敢好好说话了。"

"那也不能就吃个东北菜的猪肉炖粉条吧？"

"要是在顺峰和东北菜之间来选，可能东北菜还更妥当点……"

第一次独自出差，米粒在火车上的那一觉睡得并不踏实。火车颠簸的巨大声息，周围人此起彼伏的鼾声，间或有列车员过来换票提醒中途到站的乘客下车，再加上心里的惦记，米粒窝在那张并不宽敞的下铺床上，辗转反侧。她凝望着疾驰而过的窗外，从人烟喧杂的灯火街市，一路驶过寂静的河道，广袤的田野，幽深的隧道……她发觉这次乘火车去北京和上次坐飞机的最大不同就在于，十多个小时的行程，不断在提醒着旅人，你是在奔赴着远方。那么遥远的距离，需要这么漫长的时间，再加上这么沉重的黑暗，仿佛天地都是无边无际的；而漫漫旅途的全部意义，都凝结在了抵达的那一刻。时间与空间彼此证明，只有停下来的那个终点，才是你真正奔赴的那一处远方——这个远方对此刻的程米粒意味着什么呢？米粒从来没有像那个夜晚那样觉得自己被庞大的幸福包围着：幸福原来是立体的，二维上看，有不同形状；三维上看，有不同层次；更高维度看，除了空间还有时间；除了过去，还有未来……幸福甚至是自有生命的、自有思想的，有足够的活力能牵引着你，就像能拉动这列火车的蒸汽机……那些幸福啊，既像夜色，漫天遍地；又像空气，吐纳皆是；还像是夜色中的灯光与星光，若隐若现地和自己追逐……睡不着的米粒，好像行囊中装满了此间的小幸，正奔向未来之大幸。

K字打头的列车，是为那个年代的人们能提供的最快捷的出行选择，一是车速快，二是经停少；从武汉到北京，只有信阳、郑州、石家庄等几个大站才会停一下。到了经停的站点，米粒会把脸贴在车窗玻璃上朝外看，夜越来越深了，只有站台上星星点点的人迹，慢慢融汇些跌跌撞撞下车上车的人们。

被幸福激荡着无法入睡的程米粒，看着那些匆匆忙忙出现又匆匆忙忙消失在站台上的人们，猜想着每一位路人登上这列火车的理由，然后，她就会自然而然地想到了冷堃；甚至，有那么一些时刻，她都忽略了自己坐上这趟列车的理由原本是为了去看邰玉的演出。拿着贵宾票去看粉墨登场的邰玉，在舞台圣地般的首都剧场里给武汉的地方戏捧场呐喊，这个可以堂而皇之跟所有人去讲的出公差的由头，完美地掩饰了米粒赴京的那份私心。那个跟她说——"来北京吧，这是个正经事儿"——的人，那个为她描述的——"大不了，我养你"——的未来，是她最有可能和这个她将要抵达的远方永远纠缠在一起的指引与誓言。虽然她暂时不可能在北京扎根，也不会让自己的未来变成另一个人的依附，但是就像他爱说的"我就喜欢你这样儿的"那句话一样，她不也是就喜欢他那样儿的吗？他们俩，一个是说的比唱的好听，另一个唱的比说的好听，多互补啊！既然彼此都是那样地喜欢着，那就可以更勇敢地朝前走啊,让幸福更立体些、更实在些、更世俗些,那就努力把人生过得像这趟千里迢迢的京汉铁路的行程一样,山海皆可逾越,古往皆为今来。而且,临出发前,阴差阳错把本是属于高强的贵宾席换给了彭老师,简直就像是为等着冷堃来向彭老师提亲而成行——谁又能说这不是老天爷在帮米粒、在促成他和她的好事呢?

难得程米粒有着如此理想主义的乐观,能把冷堃话里说的"紧箍咒",想成是共赴未来的"里程碑"。

清晨6点,天还没有亮全。城市里有雾,窗外看起来就像是没睡醒的那种朦胧。列车驶入北京站。火车还没有停稳,米粒就看到了站台上等着迎接她的刚子。

等米粒牵着母亲从车厢走上站台,刚子很快就注意到了,三步并两步地朝她们这边跑了过来,在晨雾中边跑并喊着:"喂——嫂子——"

米粒心一紧。她不知道母亲有没有注意到或者意识到,这个奔跑的青年,以及他嘴里说的那句"嫂子"。她有意侧了个身,挡住了母亲的一部分视线。

"您家睡好了吗?"米粒没话找话地问彭老师,为的是岔开母亲的注意力。

"还行,"彭老师回答道。接着她又问,"你是说冷堃会派司机来接你的吧?"

米粒朝母亲点点头,这才又侧过身去,朝刚子挥了挥手,说:"诶,刚子——这里呢——"

说完,又跟彭老师解释道,刚子是冷堃的助手,他们兄弟相称,其实不能算是司机。米粒强调说,前两次冷堃到武汉来,都是带着刚子的,所以互相就都认识了。

等刚子走到身边,米粒快速而又悄声凑他耳边说道:"在我妈面前,别喊我那啥,就喊名字。"

刚子会意地笑笑,点头时还挤了挤眼睛,那意思是,我懂了,也为刚才喊的那一声"嫂子"抱个歉了。

刚子领着米粒母女俩下到停车场,到了那辆"红旗"车旁边。先为彭老师打开后座的车门,说"阿姨您请";等彭老师坐定、关上车门后,又为米粒拉开前排副驾驶的车门,说道:"我哥不在,您就坐前面吧,咱俩好说话。"

米粒笑笑,在坐进车里的最后一刻又悄声强调说:"记着啊,千万别说那啥啊……"

"成,那我喊您姐。"

车子发动了,行驶上了长安街。彭老师看着车窗外慢慢苏醒着的京城,用普通话说道:"上一次我来北京,还是大串联那一年……"

"是跟我爸爸一起的吗?"米粒也用普通话回应着。米粒觉得有趣,这是她们母女俩平生第一次在对话时不说武汉话的。

"不是,是跟我们一大帮同事过来的,大串联的那时候,我还没跟你爸结婚呢。"

"那你们俩找个时间一起再专程过来看看吧……从您上次来,到现在,也隔了几十年了,北京这几十年的变化该有多大啊……"

"是啊,到时候提前说一声,还是我去接您呐——"刚子自来熟地搭着腔。说完,又道,"我今个儿可是起了个早床,5点钟就跑到火车站来等了。就怕迟到了,让阿姨和我姐等着着急啊……"

"那可真是不好意思了,其实晚点也没事儿,我们会踏踏实实地等着的。"米粒道。

"那哪儿成啊……"刚子回话说,"这是我哥的大事儿啊……我哥昨晚睡得晚,但他临睡前还特别跟我叮嘱说,可千万不要误了来接您的这事儿,要是来晚了让我姐您着急,那我哥可是要跟我急眼了……"

如果没有彭老师在场,这话会让米粒很感动;但是,此刻,后座上还坐着个母皇母太后般的大人物,这话就让米粒很被动了。米粒想着怎么能圆场,怎么能把话头把大家是普通朋友那个方向来引,同时,还要在不能藏着掖着说悄悄话的情况下,再次提醒刚子,说话可得把着点儿口风。米粒道:"如果要是我一个人过来,就不麻烦你了,我出了车站坐个地铁就能满北京城转悠了。主要还是因为这一趟我是跟我妈一起过来的,就辛苦你这么早起床过来接应我们……谢谢你啊,也谢谢你哥了。"

"您跟我啊,就甭谈啥谢不谢的了,多生分啊!您是我姐啊,您来咱北京了,我肯定得管接管送啊,起多早都应该!您要是想谢我哥啊,等下您见到他了,当面儿说去。"

刚子利落地接上了米粒的话。米粒听着,有种有苦难言的难堪。其实,刚子的这口气这语式,放在哪个京片子身上都是正常表达,不过就是把"不用谢、别客气"这六个字用喝着豆汁儿长大的北京人的特有方式讲了出来。但要是以彭老师的尺度来衡量,刚子说的这些话,就显得太过亲近了些。

"我们现在去哪儿?"米粒索性直接公事公办地问了句实在话。

"先去酒店啊,"刚子答,"不远,就快到了。您住的这地儿啊,跟咱这北京站,差不多就是中间横着条长安街,从南到北穿过去就到了。"

"哦——"

米粒不光是对北京城的布局完全没有概念,像她这种在武汉长大的孩子对"东南西北"的方位表述也没有概念。武汉人喜欢拿长江汉水的河道来比画大致方位,

"朝上走"或者"去底下",指的都是顺着江流奔腾入海的方向。要是再往细里说,就是"前后左右"了,老汉口的里份巷道,都是曲里拐弯的,根本没有正南正北一说。对于刚子说的远近、南北,她只能"哦"了。

"我哥给您订的是王府饭店,他说您今个儿晚上要去首都剧场看大戏,王府饭店离得近,都在王府井,走几步就能到。从咱这饭店去故宫,也近……走着过去,说话儿的工夫就能到……"

米粒不再接话。彭老师就在背后,自己说的每句话,都能飘到后座上去。还是少说为佳。虽然米粒不说话,可刚子的嘴闲不住。他可不能让车厢里冷了场,有朋自远方来,坐到一处了,总要有说叨的,这才是北京人迎客的热情。

"我哥昨晚可不是喝酒喝大了才睡得晚,昨儿啊,一整天都是在棚里录歌。他那新专辑不是马上就要发了吗,就在整那专辑的事儿……我哥对主打曲特别上心,别的歌都差不多是一遍过,只有那首《爱的飞蛾》,反反复复录了好多遍,我哥是连每个发音都要求要完美无缺……"说完,刚子问,"车上有歌曲的小样,您要不要听听?"

"好啊……"这个时候,米粒也给不出其他的回答了。

她看着刚子一手扶方向盘一手伸过来准备打开副驾驶座位处的抽屉,就又道:"算了,回头再说吧,你还是专心开车吧。"

车在王府井大街上朝金鱼胡同拐了个弯,眼前的那幢唯一的高楼,就是王府饭店了。

在减速上坡道、驶往饭店的前厅正门时,刚子朝米粒指了指停在酒店大门口的那两台黑色房车,说:"这是劳斯莱斯,全北京城最贵的车。"

米粒顺着刚子指的方向看过去,两台敦敦厚厚的黑色轿车,带着黑色车牌,被铁链圈围着,稳稳当当地歇在饭店门口,不像是要上路的样子,就是一种摆设。她完全不懂车,看不出这车的门道,只是车头站着的那个金光闪闪的展翅的雕塑般的造型,让她感受到了一些特别。晃眼而过,她没认出那到底是个天使、还是只小鸟,但那双展开的翅膀,像她在图片中曾看到过的那个萨摩色雷斯的无头胜利女神雕像,她马上就记住了这款神似胜利女神的车标。

这个缩小版的金灿灿的无头胜利女神状的车标,是这家酒店给米粒留下的第一印象。她并不知道,这家门口停着劳斯莱斯、取名叫"王府"的大饭店,是北京第一家、甚至也是中国最早的五星级酒店。即便如此,就凭着它敢在皇城脚下取名为"王府",旁边不远处就挨着紫禁城,这名号的富贵、地段的稀罕、门脸的豪阔,让还没下车的米粒坐在副驾驶的位置上有些不知所措:这远不是汉口的江汉饭店的排场了，这里真是能够对应着"王府"这两个字含义的去处。

带着母亲住这样的酒店里，要怎么解释才好呢？如果说是自费，彭老师会跳起来问，你疯了吧？这该有多贵啊？如果说是冷堃掏钱，任谁都会想一下，人家为什么？你又凭什么？

"你们先下车，在大堂等我，我停好车就过来。"刚子说。

说话间，门童已过来，先为后座上的彭老师开了车门；待彭老师站定后，他关上后门，紧接着又给米粒拉开了门。看两位女士都下了车，刚子脚下一点油门，就驶开了。

米粒牵着彭老师的手，往酒店里走。

"这么高级的地方，"彭老师四下里看了看，眼里有惊讶，但语气很平静。她问道，"这房费谁出啊？"

米粒心里一咯噔，知母莫如女啊。她想到冷堃之前在电话里说的"到时候你就知道了"，瞧他这关子给卖的，确实是个惊喜，确实符合他的"显摆"，也确实让米粒很有些无所适从。

"冷堃说他帮我安排……可能他认为是他出钱吧……"

米粒谨小慎微地陈述着事实，用不确定的语气表述着，只是想尽量把事实中属于她那部分的信息知情权摘出来。

"从你很小我就告诉过你，无功不受禄……就算是你觉得你帮冷堃写了稿子，但一来北京就让人家这样破费，也不合适吧？凡事总是要有个度的。"彭老师接着说，"先住下来再说吧，要是太贵了，我们就自己出钱。我们不能乱占别人的便宜。"

米粒有种不祥的预感。

停好了车的刚子来到了母女俩身边。他找米粒要了她俩的身份证，然后，就跑去了前台。很快，他回到米粒她们身旁，把两张房卡和身份证一同递过来的同时，问道："要我送你们上去吗？"

米粒摇摇头，又看看手里的两张卡。她注意到，两张房卡外面套着的酒店封套上，明明白白地写着两个不同的房号——刚子为她们开了两间房。可不能让母亲看到了这是两间房的房卡。母女俩一起来逛北京城，有什么必要开两间房呢？如果不是钱多得花不完，那就是还有别的企图呗——这是任何人在看到这两个房间的房卡时都会得出的结论。

米粒悄悄地把两张房卡叠到了一起，回答刚子说："不用麻烦你了，我们自己上楼就行了。"

跟刚子道别，米粒和母亲朝电梯间走去。等电梯的时候，彭老师问道："你们到底是什么关系啊?"

米粒知道,这个"你们",和刚子无关,母亲指的是她和冷塑。"没什么特别的关系啊,好朋友啊……"米粒欲盖弥彰地说着。

电梯到了,彭老师没有再问。走进电梯里,两人都没有说话。

米粒的眼睛盯着电梯的层数显示,小心脏跳得飞快。不能让母亲知道两间房这事,等下找机会把房间退掉一间吧。米粒想。

出了电梯,她看了看手里的那个放在上面的房卡套,朝对应的房号走过去。

进门后,彭老师的第一句话就问:"这么大一间房,就一张床啊?"

米粒看着那张大床,她想到了之前在江汉饭店的房间里看到的,也差不多有这么大。她在生活中还没见过谁家会用这么大的床铺,感觉上,那么大的一张床,能横着睡、竖着睡、斜着睡,怎么睡都行……别说是睡觉了,就是用来翻跟头打滚,也都够用。

"要不要跟服务员说换成个双人间啊?"彭老师又问。

米粒还没有回答,彭老师又自问自答道:"是不是一张床比两张床要便宜些?那就还是算了吧……"

1994年初的中国,住得起和住过这种按照国际标准来评定的五星级酒店的普通中国人还是极少数的,彭老师和米粒自然也不例外。所以,这样的房间一晚上要多少钱,一张大床房和一间双人房到底哪个更贵些,她们没有任何阅历和经验能给出一个正确的答案来。

"这张床这么大,我们娘俩一起睡,完全没问题。"彭老师给出了终极的结论。彭老师的基本出发点是,不给别人添麻烦,就是不给自己找麻烦。

米粒点点头。她认可母亲说的这话,这床够大,母女俩睡够用。但她没敢告诉母亲的是,虽然床够大,其实,也不用我们俩去挤一张床。

书桌上有北京地图。米粒拿着研究了一下,告诉彭老师说,我们旁边就是王府井。彭老师说,那我们出去吃早餐吧。

在彭老师看来,王府井之于北京城,应该就像是六渡桥之于老汉口,那是要什么就能有什么的繁华存在,从物质生活中的衣食住行,到精神文明的剧场书店,一应俱全。而六渡桥的那些给武汉人"过早"的早点摊,就像是在街道的小缝处插进去的针,在天不亮的时候就披星戴月地星星点点摆开阵势,跟随着上班上学的人们的足迹,随处可见。等到城市彻底苏醒了,那些早点摊多半又像是八爪鱼能屈能伸的触角,在车流与人流中全都收了回去,安静地蜷缩起来,等待着下一个黎明的到来。

可北京的王府井还真不是汉口的六渡桥。

米粒和彭老师两人手牵手地顺着王府井大街往长安街方向走了个来回，既没有看到固定的早点铺、也没看到流动的早点摊，倒是看到了许多让彭老师耳熟能详的名号，中国照相、全聚德、盛锡福、同升和……看到那些老字号的时候，米粒是漫不经心的，但当她看到了"麦当劳"这三个字和那个巨大无比的黄色"M"字母时，注意力一下子就被吸引过去了。除开王府井百货大楼这样的独体商厦不论，和大多数的老字号比起来，这家麦当劳餐厅实在是像它招牌广告中推出的那一款汉堡的名号一样，是个"巨无霸"。之前，米粒只在电视上看到过"麦当劳叔叔"的小丑脸、条纹背带裤和红鼻子，上次跟江森来北京出差时，餐餐顿顿不是有人接待安排就是会议餐，也没来得及感受一下武汉人心驰神往的麦当劳和肯德基。正好，今天带着辘辘的饥肠，走到了麦家的门口，那就进去感受一下吧。

米粒不知道，她推门而入的这家麦当劳是全中国的第一家，也是M家族在全球门店最大的一家；700个座位的店面，全世界无出其右。她也不知道，几个月后北京入夏时，这家在麦当劳的商业史上绝无仅有的巨无霸的门店，随着香港人对京城的改造节奏，就彻底变成了历史照片中的一份记忆。

找不到中式早点去处的彭老师，也只好跟着米粒进了麦当劳。

推门而入时，她问米粒，来这里就是吃"汉宝宝"的吧？

"对啊。"米粒答。在武汉话里，"汉堡包"和"汉宝宝"，如果一字一节地来念，完全就是同样的发音。

两人跟着队伍排队点餐。彭老师抬头看着高挂在墙上的灯箱中陈列的菜单和价格。

"啊！原来是'汉堡包'啊！是这么三个字啊！我之前还以为是'汉宝宝'呢！我们同事从深圳回来后说他们专程跑到麦当劳里吃了一回汉宝宝，当时我还是在想啊，你说说看，洋人做的这种包子不包子、面包不面包的东西，为什么要叫个什么'宝宝'的名字呢？听起来就像是个玩具的叫法。第一个字还是个'汉'字。这是跟武汉有什么关系，还是跟中国、跟汉族有什么渊源呢？中国人不就喜欢什么东西前面都加一个'汉'字来定义民族性的吗？就连那个韩国的首都也叫汉城，不也是来源于我们理解的汉族、汉文化的意思吗？第一次听到这个名词的时候我就疑惑，这个'汉宝宝'，难道是中国人专门给它取的名字吗？"

彭老师贴着米粒的耳朵，小声地调笑道。

听到彭老师这样一说，米粒忍俊不禁地笑了起来。难得彭老师也有这样一份充满童心的幽默感。那一天，她们点了巨无霸套餐、麦香鱼套餐、苹果派、香芋派、土豆饼，外加一杯热橙汁、一杯热牛奶。日后回忆起来时，彭老师说，这是她吃得最不好吃又最贵的一顿早餐，菜场里最不值钱的土豆过油炸一下再贴个美国的商标，就以为自己穿上了龙袍，不然的话，怎么就能卖出像宫廷御膳一样的大价钱。

从麦当劳出来，母女俩径直回到饭店的房间里。米粒进门的第一件事就是给郑英英去电："郑主任，演出是晚上8点正式开始，我们7点半在首都剧场的大门口见面。到时候我当面把票交给您，您看行吗？"

郑答应说好。

打完电话，母女俩就在房间里歇了下来。她们都在等冷堃的到来，但谁都没有主动去谈到这个名字。米粒是不知道该怎么讲，彭老师是还没想好怎么问。

彭老师拿起了那张北京市区图，坐在书桌边仔细研究着。没过多久，电话铃声就嘹亮地响了起来，串联着书桌、床头柜、卫生间三处的电话机，整齐划一地鸣叫着。米粒故意绕开母亲，走到稍远一些的床头柜处，拿起了听筒。她说了一声"喂"，对方就确认了身份，直接说道："下来吧，我在门口。"米粒应道："好。"

米粒跟母亲还在大厅的旋转门内，就看到了之前她们下车的地方停着那辆熟悉的红旗车。坐在副驾驶位置上的冷堃也正朝酒店这边盯着看。看到米粒后，他就打开车门下了车。

"阿姨好。"冷堃主动跟彭老师打完招呼，犹豫了两秒钟，还是伸出了右手，跟彭老师礼节性地握了握。

"你就是冷堃啊？和电视上一个样，"彭老师笑容可掬地说道，"我们这次来，给你添麻烦了。"

"嗨，欢迎！"冷堃始终是那种"嗨"字语气词打头的语言风格，话虽不多，但谦恭和礼貌，甚至还有些紧张，都写在了脸上，"应该的！"

三人上车，刚子在驾驶席，冷堃坐前排副驾，米粒母女坐后排。

"我带您去个有特色的地方吃个中饭，"冷堃说完，又朝着彭老师问道，"您没什么忌口的吧？"

"没有。"

"成，那我们就去'金达莱'吧。"

四十七

"金达莱"餐厅，顾名思义就知道是家朝鲜馆子——金达莱是朝鲜的国花。饭馆开在东直门外大街的一条辅道上，离使馆区不远，门脸不大，从招牌到装饰，都不花哨。如果只是路过不细看，就像是一家驻京办的食堂，间或也做点对外营业的生意。

刚子把人送到后就撤了,冷堃他仨被引领着来到之前预定的包房里。因为有过之前吃"顺峰"的经历,这次带着母亲进到这家"金达莱",门口没有铺着像参加盛典般的迎客红毯,进门没有看到流光溢彩的巨型水晶吊灯,也不是走在那种滑溜得一不小心就担心滑倒的大理石地面上,这些都让米粒觉得踏实多了。包房的墙贴壁纸是一面满幅的瀑布风光照;"瀑布"前面有张最多能坐下6个人的实木圆桌,被四张靠背椅围绕。留出上菜和客人进出的通道,包房内也就没什么多余的空间了。

冷堃坚持要让彭老师坐在对着门的主座上,然后,米粒挨着坐在彭老师的左手边。按说,三人进餐,主座落定后,余下的两人应该分布在主座的左右方;鉴于他们仨的这种人物关系,还是让冷堃坐在了米粒的身旁。于是,小包房里的格局,明显就有点一头空、一头挤了。冷堃简单介绍道:

"北京没啥好吃的,都是南来北往的各种大杂烩。我想了想,这一家还算是有点特别。据说是朝鲜大使馆开的。他们在北京开了几家这样的饭馆,端出来的都是正宗的朝鲜饭菜。这里面的厨师、服务员,都是从朝鲜那边精挑细选出来的根红苗正,不光是能说汉语,还都多才多艺。"

"那……我们现在坐在这里,他们把我们当外宾;等到出了这餐馆的门,我们就当他们是外宾了……"彭老师道。

"您这话,总结得好!"冷堃说,"难怪米粒那么能说会道的,听阿姨您这一开口讲话,就知道都打哪儿学来的……"

旁观着的米粒,难得听到冷堃一次说了这么多话,而且还开始使用起主谓宾定状补全套的完整语句,关联词"不光……还……","难怪……就……"这一类的都用上了,感觉冷堃简直是事先写好了剧本,现在就是在背着台词。

服务员进来点菜时,先将茶水和几份味碟摆上了桌;屋子里一下子就飘散着韩式泡菜那股子浓酽的蒜辣的香味。冷堃拿着菜谱看了看,朝服务员说道:"咱也整不明白,您就看着安排一桌吧,就我们这几个人吃的量,把你们拿手的都安排上。"

点完了菜,包房内就安静了下来,空气中除了泡菜味道,还是泡菜味道。冷堃是这顿饭的主人,他主动找了个话题问道:"你们这次过来是看那什么汉剧?汉剧是个什么剧?以前还真没怎么关注过。"

米粒简单介绍道:"汉剧是武汉的地方剧种,发源于湖北,后来在武汉扎了根。200年前徽班进京你知道吧,那个时候京城里的很多剧场,就是徽剧的班底,唱着汉剧的声腔,慢慢地,就形成了京剧。"

"你这意思就是说,汉剧是京剧的祖师爷了?我还真是第一次听说。"冷堃又问。

"在传统戏曲界,确实是有一种'汉剧是京剧之母'的说法……"米粒以科普的姿态回答着冷堃的提问,"不知道你有没有听说过,京剧里面有种说法叫'无腔不学谭',说的就是出生在武昌江夏的京剧大师谭鑫培让湖广音成为了京剧的主流。"

"谭鑫培我当然知道,"冷堃跟着唱出了一句,"谭派经典的《打渔杀家》,昨夜晚吃酒醉和衣而卧……喝酒的老北京都爱这一句……"

"你唱的这句西皮快三眼,就是标准的'湖广音,中州韵',直到今天,这都是京剧基本的语言和音韵规范。"米粒接着说,"谭老板和他的弟子余叔岩,经过他们这么几代湖北人的努力,定型了京剧今天的这个样子。"

"余谭不分家,这话我也听说过。"冷堃似是而非地点点头。"但是,他们和这个汉剧有什么牵扯,还真不清楚……"

当着彭老师的面,冷堃和程米粒两人只能这么正儿八经地谈些正儿八经的话题。等着上菜的间隙,总是要没话找些话说吧,米粒索性就把汉剧和京剧的渊源说得仔细了些:

"你不知道汉剧,这很正常。从1790年徽班进京到今天,这200多年来,京剧作为国粹,越来越发达,在全国遍地开花,汉剧慢慢地又退回到了发源地武汉……除了武汉人,知道它的可能还真不多。就连那些爱京剧的戏迷们,都不一定知道汉剧和京剧的渊源。你看啊,其他一些地方剧种,规模大一点的,像豫剧、黄梅戏、越剧;规模小一些的,像昆戏、秦腔、吕剧,它们都有着特别明显的地方特色和个性色彩,声腔声韵,自成一体,所以,大家还能略知一二。只有汉剧,它和京剧的相似度太高了,差不多就彻底被京剧给盖住了……但是,汉剧有近400年的历史,京剧才200来年,看起来那么相似的两个剧种,你说吧,这算是谁先谁后呢?"

"我还是在想呢,为什么这个剧种叫'汉'剧。好像既能理解成是你们武汉的地方戏,但也能被当成是汉族的剧,对吧?我觉得,一种戏剧,能被人称作是'汉'什么的,那就是很了不起的。我没你那么有文化啊,乱猜乱说——喏,我们写的是汉字,讲的是汉语,这不都是从这个道理来的吗?汉字就是汉族的文字,汉语就是汉族的语言……那这个汉剧呢,那就那个啥……"

冷堃接着米粒的话,说着说着,一下子就梗住了,没能迅速找到接上趟的词。

米粒赶紧救场道:"你的意思是,我们中国人使用的文字叫汉字,说的中国语言叫汉语,要是按这个逻辑来推下去的话,这个叫'汉剧'的剧,哪怕就算不是我们的国剧,也应该也是中国戏曲的代表吧……"

"嗨,这词儿啊,都跑你那边去了……"冷堃有点不好意思地笑了,认可了米粒的说法。

米粒继续说了下去："你的这个逻辑没错。我在大学念的是中文系，学的是中国的语言文学，其实，我们学的专业的全称就是——中国语言文学系的'汉语言文学专业'……很多时候，'汉'这个字，还真是就代表了'中国的汉族'这一层意思。要真按你这么个逻辑来推想汉剧，汉剧可就真走出武汉、面向全国了……"

说到这里，米粒问冷堃："你今晚有没有时间？我带你一起去听一场汉剧吧。"

"你来了，时间就都留给你了。"冷堃说。

米粒听到这话，低下了头。她不敢去看冷堃的表情，更不敢去看母亲的眼神。适合两个人来交流的话，多了一位听众，就多了一些尴尬。

饭菜和主食很快就都上来了。炒菜、石锅、羹汤，食材是牛羊肉、海鲜、豆腐和青菜，基本上都是中国烹饪的套数，只不过是做法粗放了些，分量精致了些，盘盏微缩了点儿。这个墙上贴着20世纪80年代风的墙纸的小包房，桌子上摆着的待客的餐盘，也似乎停留在了80年代。

等到服务员过来确认说，"菜上齐了"，冷堃道："那就上点儿歌吧。"

说完，冷堃告诉米粒，"马上再上来的，才是这里的主菜。"

没过多久，有人敲着门。

冷堃说完请进，三位穿着鲜艳的朝鲜民族服装的年轻女孩就握着铃鼓走了进来。站定后，她们的后背紧贴着墙壁，硬生生在墙与餐桌的狭窄空间中，挤出来一个小舞台。然后，就像是一台小剧场演出似的，中间的女孩子开始报幕道：

"请您欣赏，第一首歌，《我的祖国》……"

接着，三位女孩又唱了首《阿里郎》，这是朝鲜最著名的传统民歌。

"第二首歌，《阿里郎》，请大家欣赏——"

——虽然就是这么间小小的包房，虽然只有这么三位来进餐的观众，但这个报幕员嗓音洪亮，那神态，那眼神，那声音，好像面对的是千人万人座席的大剧场。

领唱的女孩子铃鼓一拍，就像是号令；三个女孩子相视一笑后，就齐声唱了起来。

她们先是用朝鲜语唱了一遍，紧跟着，又唱了汉语的歌词：

> 阿里郎，阿里郎哟！
> 我的郎君翻山过岭，路途遥远，
> 晴天的黑夜里满天星辰，
> 我们的心中也梦想满满！……

三个女孩子拍着铃鼓载歌载舞的样子，给米粒母女留下了深刻的印象。她们的节奏、乐感，还有充满活力的铃鼓，带动着彭老师也跟着她们的歌声一起拍着巴掌打节拍。包房的简陋、无伴奏的简单，都无法折损她们歌唱时的激情和美感。6年后，第27届夏季奥运会在澳大利亚的悉尼举办，开幕式的入场仪式中，朝鲜民主主义人民共和国和大韩民国代表团共同进场，响起的伴奏音乐就是这首《阿里郎》。那时候，米粒和彭老师同坐在电视机前看着实况转播。彭老师听到中文解说介绍道——这是朝鲜族最著名的传统民歌——就冲米粒问道，"那一年，我们在北京的那个朝鲜餐馆，是不是听人唱的就有这首歌？"米粒平静地说，是的。那一刻，可能母亲只是想到了熟悉的旋律，而米粒想到的，是陪她们一起听歌的不再熟悉的那个人。

曲罢，报幕员继续介绍道："今天的最后一首歌，是一首流行歌曲，叫《选择》，送给你们大家。谢谢你们选择来我们这里就餐，也希望你们都能喜欢我们的歌声——"

还是铃鼓开场，还是无伴奏，还是纯唱功。这一次，演唱方式变了花样，成了两人对唱加一人伴舞。虽然包房的面积局促到所有的舞姿除了手上的动作之外只能原地打转，但即便这样，三个女孩子也一点都不含糊。这是米粒平生见过的最小的舞台，之所以被定义成"舞台"，因为她们穿着那么华美的朝服，化了那么雅致的淡妆，唱着那么高亢的歌谣；从歌喉到舞姿，从手势到眼神，都经得起如此零距离的细看和欣赏。她们眼里有光，顺着手在舞动，望着观众在交流，间或着，那束光会投射到远方，就好像不是身处于一个贴着瀑布画墙纸的小房间，而是真的站在一帘奔腾不息的瀑布之前，对着山歌，对着水唱，让声音传播到四面八方。

唱歌的两位女孩子，分饰男女角色，一人轮唱着一句：

　　风起的日子　笑看落花
　　雪舞的时节　举杯向月
　　这样的心情　这样的路
　　(合:) 我们一起走过
　　希望你能爱我到地老到天荒
　　希望你能陪我到海角到天涯……

彭老师应和着气氛，目不转睛地看着演出，手也不停歇地继续随着节拍拍巴掌。米粒见状，在复唱着主旋律的合唱部分"希望你能爱我到地老到天荒"时，悄悄摆动了一下左腿，用膝盖轻轻地碰了碰冷堃的腿。他们俩都规规矩矩地维持着上半身的坐姿,桌面下的那一下轻碰,是米粒在这种场合、这样的歌词的感召下,说给冷堃的悄悄话。米粒觉得这歌来得正是时候,好像就把她想说却说不出来的愿望,淋漓地就全部倾泻了出来。冷堃会意地看了米粒一眼,嘴角笑了起来;笑意迅速地从嘴角跳进了他的眼神里,然后,又不停歇地跑到了米粒的眼睛里。住在青春里的那些目光都是会说话的,传达的都是和青春一样美好的主题:关于爱,关于未来。

三首曲子表演完毕,三位女演员鞠躬致谢,带着她们的铃鼓退出包房。

"她们唱得真好,"彭老师道,"只是,这么小的包房当舞台,委屈她们了。"

"嗨,我们这些卖艺的,只要能得到真诚的掌声,就不觉得委屈。"尽管冷堃跟彭老师对话时已是非常谨小慎微,但一贯的风格,那种带着点幽默感的自嘲,总也是难得藏好的。

"我总觉得,搞演艺事业,局限性还是蛮大的……"

听到冷堃自称为"卖艺的",彭老师也不客气,顺势就把她对"戏子"的偏见,用温文尔雅的方式说了出来。在见到了今天冷堃为米粒预订的酒店客房后,在听到了冷堃和米粒在电话中那样随意简短到只有亲近的人才会使用和接受的语式后,她觉得有必要在这样的饭局上,委婉地讲出自己的立场。

"米粒读高中的时候,特别喜欢费翔,就是在春节联欢晚会上唱《冬天里的一把火》的。她把我给她吃早餐的钱攒起来,跑去买了盒费翔的磁带,被我知道后,给痛打了一顿。我跟刚才那些唱歌的女孩子的爹妈不一样,我是不会同意米粒跟这一行沾边的……"

米粒愣住了。彭老师会在这样的场合下来讲这样一段让她羞辱的往事,她真的是有些无地自容。"我也没那个天赋吧……"米粒只好自嘲说。

彭老师横了米粒一眼,没理睬她的这句反驳,继续对着冷堃说道:"……当然啊,你不一样,你有这个天赋,又有才华,走创作型歌手的道路,未来肯定是前程似锦的。"

——彭老师先抑后扬,话语是滴水不漏,但这种追加上来的"肯定",总有着为了肯定而去肯定的出于礼貌上的敷衍。

无论换了谁,站在冷堃的角度上,听到这样的说辞,都难免会产生对号入座的联想。买盘流行歌曲的磁带就要挨一顿暴打,这样的家庭、这样的母亲,冷堃还真是闻所未闻。再加上他自己就是一名流行歌手……他实在是不好接话,只好换个让自己不怎么难堪的话题,问道:"您坐了一晚上的火车,挺折腾的吧?刚才回房间休息了一下吗?"

"还好,火车上睡了一觉。"彭老师答道,"你给我们订那么好的酒店,真是太破费了……只是，房间里只有一张大床，要能换个双人间就好了……"

听到这里，米粒恨不得变成只鸵鸟，让自己能钻进沙里去，不看、不听，就当她不在场。紧跟着，米粒就听到了，这个没有跟自己对过台词的冷堃说了句实在话："不是让刚子给您开的是两间房吗？"

"是吗？……刚子给了我两张房卡，我没细看……"不管母亲信不信，米粒只能这么说了。不过，话都说到这个分上了，米粒默念着，你就干脆说了吧，告诉我妈妈，你就喜欢我这样儿的，你不是每天都在说这话吗？今天再说一次，说给我妈听。索性都豁出去了吧，穿帮到这个分上，干脆就把场子给砸了算了……你说出来，我就解脱了，而我们俩，也就解放了……总是要有这么一天的吧……

"那你回房间以后再看看房卡……不应该有什么问题的。"冷堃说。

这一定是一顿让彭老师能看到各种漏洞的午餐，米粒觉得，那些漏洞简直比蜂窝煤上的孔还要多。

米粒在装，冷堃在装，彭老师也在装。

米粒装作以为彭老师不知道，冷堃装作自己什么都不知道，彭老师装作就像他们以为的那样，什么都不知道。

"金达莱"餐厅，除了收费标准和北京的商业服务接轨之外，其他方面，还真是像个外派的政府部门。所有的服务人员有着为他们的祖国而服务的使命感，工作时激情澎湃，快打烊了也绝不拖延。米粒母女和冷堃三人，在吃饭听歌说话间就到了下午一点半，服务员过来提醒说，我们的中餐时间两点钟结束。

冷堃用他的"大哥大"给刚子打了个电话，问，在哪？刚子说，在门口呢。冷堃又说，你去把账结了吧。刚子答，已经结完了。

放下电话，冷堃问彭老师，您有什么安排？

彭老师看了看两个年轻人，道："我自己安排，你们忙你们的，不用管我了。"

冷堃问，您打算去哪儿？我们先开车送您过去吧。

彭老师想了想，说，那就把我放在故宫门口吧。

三个人走出"金达莱"上了车。冷堃跟刚子交代说，咱先送阿姨去故宫。

一路上，车里的人都没再说话。快到故宫时，路上开始有点堵，星期天的故宫总是比平时要更热闹些。彭老师看到了城墙，就准备下车。打开车门前，她跟米粒叮嘱道，我们就在剧场里见了。下车前，又跟冷堃道谢说："这一趟真是给你添麻烦了，谢谢你啊。"

"没啥好谢的，小事儿。"冷堃答。

"以后欢迎你到武汉作客。"

就这样，彭老师下了车。当她关上车门的那一刻，米粒感觉到，似乎另一扇门也被关上了。冷堃见到了彭老师，米粒曾经期待着这样的会面能为她和他带来一个崭新的未来，但是，什么都没有发生。或者说，也发生了些什么吧，至少发生了一些能让冷堃相信米粒有多怕她母亲的场面。摆在冷堃眼前的，是一个在这样严格家教下成长的女孩，有一位带着对演艺事业偏见的母亲。看清这些后，他会怎么看、怎么想，米粒不得而知。米粒悲观地想到，也许不是关上了某扇门；而是，从来没有一扇门，为他俩打开过。

"咱回酒店吧？"冷堃从前排扭头过来，望着米粒问。

"好。"

从故宫到王府井，距离很近。他们坐的车很快就到了酒店。

冷堃下车前跟刚子交代说："你就回去吧，抽空歇歇，晚上就不管我了。今个儿早上难为你起那么早。"

刚子爽快地答应说："没事儿啊，为了接嫂子，别说早起，就是一晚上不睡，那也是应该的！"说完，又专门跟米粒打招呼说："走了，嫂子！"

冷堃跟米粒一起走进酒店。冷堃问："你没告诉你妈开的是两间房吗？"

"你说我怎么去说这事儿呢？"米粒反问道。

他俩从电梯出来，开了门锁进了门。

"刚才那顿饭吃得真是辛苦，得歇会儿，"冷堃边走边问，"这房间还行吧？"

米粒看到冷堃径直走到床边有想往床上躺的意图，马上拉住他，又指了指房间里的贵妃榻，说："你要是想躺就躺那儿吧。床是不能碰的。"

"为什么？"

"你说为什么呢？"米粒反问道。

"那你呢？"

"我坐沙发啊。"米粒答。

"过来吧，到我旁边来。"

米粒顺从地坐到了冷堃的身边。他俩一起挤靠在了那张贵妃榻上。冷堃凑在米粒的耳边问："你说，咱俩这算是个什么事儿啊？"

"现在是下午三点，咱七点钟出发去剧场看演出。这中间还有四个小时的时间。可以好好睡个午觉。"

"就这么……"冷堃没有把话说完，兀自地笑了起来。

"还能怎么着？你刚才不是还唱了那句——和衣而卧——吗？"

米粒这么说着，在心里叹了口气。咫尺之遥的那张大床，铺得那么平整，那么完美，就像是她曾经幻想过的他俩的未来。床和他俩之间，隔得那么近，又那么远。这中间，也许隔着京汉铁路，隔着母亲彭老师；也许还隔着一些偏见和误会，也许……还有米粒和冷堃都不愿意去面对和承认的许多东西。那时候，为了不从榻上滚下来，他俩贴得那么紧，就像是黏合成了一个整体，就像是为了彼此间传递着回光返照下的巨大温暖。再往前走一步吗？他们都曾经想过，但是，她不接受，他便不强求。然后，她还真的就睡着了。

到了五点半，冷堃把米粒拍醒，说，外面天都快黑了，你来趟北京，别光顾着就睡觉去了。

米粒从贵妃榻上起身，说："看来，你能给我安全感，让我睡个踏实觉。"

冷堃摆摆手，说："以后要是再听到谁跟我说，他和一个女孩子在酒店房间里和衣而卧、啥也没干、只是睡觉，我肯定信。"

"是吧？因为你见识过了……"

在邰玉的专场开演前，他们要先喂喂肚子。从酒店来到王府井大街，米粒指了指街面上那个巨大显眼的黄色大"M"的招牌说，今天早上我去吃了趟麦当劳。说完，又指了指隔壁的肯德基："我们兵发这里吧……来一趟北京，就把这些洋荤一次开完，回武汉后也能跟人说，什么麦当劳、肯德基的，都去了……"

快到晚饭的餐点了，店里的柜台前排着长队。他俩排了队、领了餐、吃完了上校鸡块和新奥尔良烤翅，手上、嘴上都是油腻腻的。顶着两张油嘴从餐厅里走出来，天已经完全黑了。

"好了，麦当劳、肯德基都尝了，也算不虚此行啊？"冷堃带着点冷嘲热讽的口气开玩笑道，"记得上次在武汉还约定过要带你去十三陵的，要不要等下我们看完演出……"

冷堃的话还没说完，米粒就抢过话头道："你可千万别……"

"我看你今天说到京剧汉剧那阵子头头是道的，感觉你就是天生的喜欢几百年前的东西……怕你留遗憾啊……"冷堃继续打趣她。

"我也并不是很喜欢那些古老的陈旧的东西。古董这类的吧，也就是偶尔看个新鲜劲儿，长点见识。一想到博物馆里的好多东西都是从坟里挖出来的，瘆人。"

"那你说，我们等下要去看的这个400岁的汉剧，算不算古董？"冷堃问。

"不算，"米粒答道，"汉剧算文化，古董算文物。我觉得，界定'文化'和'文物'最大的区别就是，'文化'是活人在传承延续的同时、也不断在前人基础上创新着的事物，'文物'就是死人曾经用过、活人再也不会去用的东西。"

米粒和冷堃走到了首都剧场。

首都剧场是王府井大街上的文艺地标。这幢20世纪50年代建设的独栋建筑，据说曾被编入英国的世界建筑通史，其古朴而又雄伟的气派，日久弥坚。剧场正前方，"北京人民艺术剧院"几个大字浮雕般被巨石托起，这种国宝级殿堂的庄严恢宏让人过目不忘。

今晚这里的主题是邰玉，是汉剧，剧场的大门口就挂出了邰玉穆桂英扮相的巨幅定妆照。海报文字写的是"中国戏曲表演梅花奖得主 邰玉 个人专场"，紧跟着下面还有一行同样显眼的文字："汉剧艺术大师 陈伯华 亲授传人"。

"一个地方戏的演员，能在这里开个人专场，了不起。"冷垫作为演艺圈的一分子，比外行们更加懂得能在"首都剧场"登台亮相的分量。

"我妈说了，这是响当当的躺着的头牌啊。"

"什么躺着坐着的？又在损谁呢？"

说来话长。听到冷垫的问话，米粒摇头，笑而不答。

冷垫指着海报，又说，这个"陈伯华"名头很大啊，梅花奖的得主还要沾着她来贴金呢。

米粒道："那是啊，就像说到京剧就会想到梅兰芳，说到汉剧就必须提到陈伯华。人家可是在十几岁的时候就和梅兰芳在汉口打过擂台的，当时，两人都唱《霸王别姬》这一出，结果是不分伯仲啊。"

——"啥叫'不分伯仲'？"

"就是说，各有千秋。"

——"得，你这倒好，用一个成语来解释另一个成语。"

"怎么想的，就怎么说呗……"

——"好好说话！"

"这个陈伯华啊，很小的年纪上就成名成角了，十七八岁的时候嫁了个国民党的老将军，隐退了好些年。等到新中国成立了，又重新回到了汉剧舞台上，演了一出全本的《宇宙锋》，得了好多奖，还被拍成了电影。这戏以前一直是梅兰芳的拿手戏。据说，梅兰芳看了陈伯华的演出后，公开承认，陈伯华比他演得好，尤其是装疯那一场，简直是开创了艺术的新高度。"

——"要不是听你说，我还真不知道在唱戏这事上，还有能让梅兰芳甘拜下风的时候。"

"从这出《宇宙锋》的戏开始，汉剧界就有了一个新名词，叫'陈派唱腔'。你知道陈派唱腔的最大特点是什么吗？"

——"我哪儿能知道啊……"

"是高音花腔，西洋唱法的那一种。"

——"怎么回事？"

"刚才不是说了吗，陈伯华嫁人之后就没上台了，但她歇在家里的那些年也没闲着。她丈夫为她从俄罗斯请来了钢琴老师、美声老师、芭蕾舞老师，她是认认真真把这些西洋的艺术学了个遍。"

——"难怪……"

"今天表演的这个邰玉，是我特别特别好的一个好姐姐。她是陈伯华的入室弟子，也是汉剧圈里第一个被送到中国戏曲学院进修的。"

——"那你的这个朋友又有什么新的看家本事呢？她还敢学她师傅当年那样，跟梅派传人、跟京剧叫板吗？"

"咱今天看看再说吧。"

首都剧场的展厅里用画架形式陈列着关于汉剧历史的介绍。

这次演出，与其说是个人专场，不如说是以邰玉这个戏曲新秀为代表，在首都这个文艺的制高点上向全国观众隆重推荐汉剧。

展览的导语借用了武汉大学艺术学院教授郑传寅的一句话作为前言：

> 汉剧是京剧的主要源头，并且是建构拥有数十个剧种的皮黄腔系的主力。

汉剧可以追溯到万历四十三年（公元 1615 年）。明代文人袁中道在他的日记中写道，中秋节后的一个夜晚，他在沙市接受了王孙的宴请，其间观看了"楚调"《金钗记》的演出。这份文献中记载的"楚调"，就是汉剧的前身。到了清康熙初年，以"楚调"为名的早期汉剧流行和传播到大江南北。因为"楚调"有襄河、府河、荆河、汉河四大河派，人们有时候又称之为"楚曲""汉调"；最后汇合于武汉，形成了今天的汉剧。自乾隆中后期起，这种发源自荆楚大地的楚腔楚调，影响和创生了京剧、湘剧、粤剧、滇剧等几十个剧种，在昆腔腔系、高腔腔系和梆子腔系之外，建构了新的声腔系统——皮黄腔系。1833 年，来自浙江余姚的叶调元，在他的《汉口竹枝词》里，记下了被称为"汉调"的皮黄声腔："曲中反调最凄凉，急是西皮缓二黄。倒板高提平板下，音须圆亮气须长。"

汉剧的兴盛，带动了汉口的戏曲文化。人们常说，武汉位于长江边，整个城市体现的就是码头文化；于是，也就诞生了另一个说法——武汉是个"戏码头"。梨园行里曾流行说，"要想大红大紫，就得'北京坐科、上海挂号、汉口闯码头'……"

1886 年，艺名"月月红"的汉剧旦贴演员吴红喜第一次在北京"搭班"表演。

所谓"搭班",指的是汉剧艺人在京剧表演中加入自己的汉剧表演环节。那是一出汉剧杨贵妃的《醉酒》戏,就是这次搭班,催生了后来广为人知的京剧《贵妃醉酒》,成为了梅兰芳最拿叫的唱段。

1900年,25岁的汉剧票友余金保舟车并行,从沙市来到汉口下海,以"余洪元"之名唱红,成为余派老生的创始人,一红就红了30年。4年后,在老汉口六渡桥著名的看戏听戏的天一茶园,余洪元和京剧老生"三鼎甲"之一的汪笑侬搭班,京汉同演一出戏,从《俞伯牙听琴》到《辕门斩子》,大有汉剧对京剧"扶上马、送一程"的意味,成了梨园史上的盛举。

1906年的一天,法国驻华武官拉里贝路过长堤街和大夹街交汇的山陕会馆,他用相机镜头记录了会馆里的演出盛况。那天上演的,是汉调《四郎探母·坐宫》。

1921年,汉江溃堤,湖北多地遭灾。应大总统黎元洪邀请,余洪元率汉剧十大行名角进京,赈灾义演。在珠市口西大街的第一舞台和大栅栏的三庆园,台上演戏的是余洪元和他的汉剧天团,台下捧场的是梅兰芳和周信芳。唱的是《状元谱》《兴汉图》《群英会》,得的是大总统手书匾额"急公好义　慷慨悲歌"……

首都剧场大厅里展陈出来的黑白史料图片,向人们介绍着近400年来汉剧发展沿革的故事,无不昭示着这个剧种曾经的辉煌:有在湖北各地星罗棋布的大小汉剧剧场、戏班的旧照。有京剧大师谭鑫培的简介,特别标注说,他出生于湖北江夏,其父谭志道是汉剧名角,是把汉剧改良成京剧的关键人物。有陈伯华在周总理家的家宴照,陈伯华与梅兰芳私淑技艺的生活照。有几部汉剧电影的片头照……

从这些黑白照片一帧一帧地浏览过去,直到展板快走完了,终于看到图片上了色——那就是成长起来的郐玉。虽然这是郐玉的个人专场,但展览中郐玉的照片,除了门口的巨幅穆桂英剧照外,只选用了两张:一张是她跟陈伯华的师徒合照,照片中她妆容标致,一身戎装戏服,英姿飒爽,便服的陈伯华用手绢为她在额头拭汗。另一张是她在日本巡演《曾根崎殉情》时,接受NHK的专访照片。两张照片的主题鲜明,前一幅,交代了她的今天师承于谁;后一幅,展示了她代表的汉剧,走向了世界。

看完了这些照片,米粒跟冷垡说:"借你的大哥大用一下,我给郐玉的call台留个言,告诉她我在门口了。"

冷垡道:"人家马上就要上场,肯定早就带着妆了。你让她顶着一头的翎子、背后插着一堆旗子跑出来找你?拉倒吧你!"

"那你的意思是?"

"咱买票去啊!"

两人走到售票窗口,冷垡问窗内:"今儿晚上的那啥汉剧的演出,最靠前的票还有吗?"

售票员说,有啊。说完又热情地补充道:"后面的票也有。就隔着两三排,价钱便宜多了。"

冷堃道:"咱就要靠前的,越前面越好。贵就贵点儿,艺术就值那个价儿,咱得尊重艺术。"

米粒在窗口边冲冷堃做了鬼脸。

在收钱交票的同时,售票员把轻蔑的眼神连同演出门票、演出节目单一并都从小小的窗口递了出来。

冷堃接过门票和节目单,用拿着它们的手,搂住米粒的肩膀说,走,咱进去吧。

米粒记着跟郑英英约好7点多在门口见面的事。看看手表,也差不多时间点了。她告诉冷堃,要不你先进去,我还要在这里等个人。

正说着,米粒就听到身后有人在喊自己的名字。她扭过头、迎着声音回应道:"郑主任好,您真准时。"

"答应的事情嘛,"郑英英笑着说。她盯着站在米粒旁边的冷堃,仔细看了两眼,问:"你是那个歌手吧?冷堃?"

冷堃笑笑,不置可否。

郑英英在喊米粒的时候看到了冷堃把手搭在米粒的肩膀上。她想到了曾经编发过米粒写冷堃的采访稿,于是问米粒:"你俩在一起了?"

米粒本能地迅速地摇头否认着:"正好都是过来看邵玉的演出,碰上了。"冷堃也跟着笑笑,不置可否。

米粒把贵宾票交给了郑英英,说:"您的票是前面的领导席,我们坐后面,跟您不在一起。"

"那好,我就进去了。"郑英英意味深长地又看了看程米粒和冷堃,识相地离开了。

"要是时间来得及的话,我们去买束花吧,等到谢幕的时候,献上去,也算捧个热闹场。"米粒提议说。

"你这么大老远地来一趟,就是为了看演出的,别误了正事。我去买花。"冷堃抽出一张票揣进了裤兜,冲米粒说:"你先进去吧,好好儿的啊……"

四十八

虽然离开演时间还有差不多半小时,但人群已经陆陆续续进了场。剧场里的观众比米粒预想得要多，米粒看到了坐在最前面的郑主任和彭老师。她按照自己的票号坐定下来，翻看着手中的节目单。今晚的表演次序是：《打花鼓》《宇宙锋》《哭坟化蝶》和《穆桂英智破天门阵》。这几出戏米粒都熟。虽然汉剧在业界号称"八百出"，意思是说保留下来的大大小小的传统剧目有800多出，但真正常年在演的，顶多也就几十出。而《打花鼓》《宇宙锋》和《穆桂英》，是戏迷们最爱的几出戏，代表了汉剧的表演高度。今晚加上了昆曲《哭坟化蝶》，这是点创意。

去买花的冷垄还没有进来，剧场就黑了——演出准点开始。

经常看戏的人都知道，在一些重大的折子戏演出中，第一出戏有暖场的作用，有种说法叫它是"开锣戏"，说的就是要像敲锣打鼓般的热闹开场，短平快地先声夺人，让观众收心进戏；但又不会抢了后面大戏的风头。俗话说，"好戏在后头"，就是指的这种给戏来排位的规矩。

通常情况下，选出来的开锣戏都是有点"打闹台"的风格——《打花鼓》如是。

这是一出民间戏。故事情节很简单，就是讲在城隍庙靠打花鼓卖艺为生的蔡老燕夫妇如何在误会后冰释前嫌。纨绔子弟曹大相公相中了蔡妻的美貌，以点小曲、听花鼓为由，把蔡妻约到家中，伺机调戏。正巧被蔡老燕撞见，夫妻间因此产生了误会。蔡老燕责怪妻子嫌贫爱富，贪慕虚荣；妻子无比委屈，道出实情说狂徒并未得逞。蔡老燕得知冤枉了妻子，及时赔罪，患难夫妻于是和好如初。

《打花鼓》的看点，戏迷们会放在丑角的身上。

丑角在汉剧里也是一大特色，细化起来有八个行当。在这出折子戏《打花鼓》中，出场的两个丑角，是汉剧里两个最经典的"茶衣丑"和"邪僻丑"。"茶衣丑"多是用来扮演社会底层的小人物，就像这出戏里的卖艺汉蔡老燕；"邪僻丑"则是那种家财万贯、整天游手好闲的人，就是戏里的曹大相公。

丑角戏，夸张，热闹，抢眼，搞笑，老少咸宜，最适合在打闹台中来开锣。而配戏的蔡妻这个人物形象，在被调戏、抱屈、自辩的表演中，也有很大的发挥空间。外行看热闹，内行看门道。对于蔡妻的戏份，外行看的是载歌载舞、又唱又跳；内行看的是，唱、做、念、打、舞、表。这时的邰玉，一身民女打扮，从俏皮，到不解，再到又委屈，直到误会解除，有着丰富递进的演出层次。

> 双携手，出庙门，
> 我和你，年少夫妻，
> 好夫妻，多恩义，
> 奔走天涯，患难相依。

> 讲什么谁高谁低，
> 谁高谁低作怎的……

听到台上的蔡老燕夫妇合唱着这段大团圆的唱腔，大幕落下，剧场灯光亮起。

两幕戏换场的间隙，冷堃抱着大束的鲜花坐了过来。

米粒问，怎么去了这么久。冷堃答，戏开场了就在外面等着，等到这出戏完了才过来。米粒说，刚才也有其他人在戏的中途进来。冷堃说，别人懂不懂规矩咱管不着，但咱自己不能坏了规矩。

米粒看着冷堃怀里的花束那么大，开玩笑说，买这么大一捧花，你干脆买个大花篮好了。冷堃笑了起来，道，嗨，买大点儿的，有诚意。再说了，咱不是只接过人家送的花，没给人送过吗，没经验。米粒反问，想要有送花的经验还不容易吗，谁叫你以前不给我送一回？冷堃说，成，只要你来北京了，咱天天送。

剧场再度暗了下来。刚才热热闹闹地开完场，正剧开演。

> 杜鹃枝头栖，
> 血泪暗悲泣——

伴着这两句定场诗，邰玉演的赵艳蓉出场了。

看汉剧《宇宙锋》，少不了会把它和京剧摆在一起类比。这是京剧里"梅派"的拿手戏，在汉剧里更是"陈派"的扛鼎之作。汉剧演员工"旦""贴"，必然是要把《宇宙锋》的赵艳蓉演得到位，才有可能成"角"儿——邰玉就是靠这个拿的梅花奖。

这句亮相的唱腔，京剧里的唱词原本是："杜鹃枝头泣，血泪暗悲啼"；汉剧里将"泣"易字成了"栖"，这是陈伯华的匠心。

故事中，赵艳蓉夫家遭难，满门入狱，而残害夫家的仇人，恰是她的亲生父亲、当朝丞相赵高。丈夫匡忠虽然幸免遭劫而潜逃在外，但生死未卜。无处投奔的赵艳蓉，不得不回到父亲的丞相府中暂住。一个封建时代的已出嫁女子，走投无路、重回娘家，也只能是暂时"栖身"，不可久留。汉剧改编后唱出的一个"栖"字，就表明了赵艳蓉如同离伴的杜鹃，暂时借栖枝头的悲凉境遇。而狡猾的赵高，在陷害了匡忠之后，又想把赵艳蓉嫁给秦二世胡亥为妾，让自己成为皇亲国戚。赵艳蓉当然是不肯从的，但她能怎么办呢？情急之下，只有靠装疯来躲了。

这台戏，观众要看的是一个"疯"字，演员演的则是一个"装"字。戏里的赵艳蓉，怎么装疯，为什么装疯，疯到什么地步，这些来龙去脉，米粒在还不怎么会说话的年纪，就听嬷一点点地讲过许多次。后来搬回去住到了母亲身边，又跟着彭老师一起听广播、看电视，从京剧到汉剧，那一招一式，彭老师可没少跟米粒念叨过。再往后，跟郤玉成了好姐妹，米粒更是反反复复地看排练、看演出……

台上的赵艳蓉，是一个年纪轻、阅历浅的大家闺秀。哪怕遭遇厄运，也依然有着丞相之女的妆仪气质。看身段，款款而行，对于父亲的宣召，似思索，似畏惧；看眼神，郁悒犹疑，似猜度，似惊恐。欲哭不敢流泪，欲呼不敢出声，如此情势下有了那两句"诗引"，似唱似念，旋律凄婉，为后面的"装疯"作了背景与情绪的铺垫。

紧跟着，就是第一台"装疯"戏——丞相府里装。

哑巴乳娘把赵高拽到赵艳蓉眼前，赵高得见女儿披头散发的模样，大吃一惊地问道：

看我儿这等模样，
敢莫是疯了?!

赵高一个"疯"字出唇，好似明火点燃了爆竹。此刻的赵艳蓉，双眼的眼珠都努力地挤向鼻梁处，做成对眼状；全身肢体语言僵硬，宛若死尸一具，步步直逼赵高。赵高吓得连连后退。细看此时的赵艳蓉，是有"眼功"特技的。她左眼珠定住不动，右眼珠则是转过来询望哑乳娘，好像是在问：我这么"装"，到底行不行？哑乳娘鼓励地急忙点头。

惊魂未定的赵高再度观望女儿，赵艳蓉又迅速将双眼对住，耸肩朝赵高逼去，直到赵高唉声叹气，完全相信女儿发了疯的时候，赵艳蓉的两眼珠才先左后右地恢复常态，唱出：

说我疯我只得随机应变，
坐至在尘埃地信口胡言。

赵艳蓉"信口胡言"的是些什么呢？
这段戏以"三笑"开始。
首先，她嘻嘻哈哈地自言自语：

这相府冷落不好玩，
我要上天，上天啦——

接着又自怨自艾地说：

哎！这天上也不好玩，
说是我要——入地！入地呀——
哈哈哈……

最后在老乳娘的授意和鼓励下，让她喊赵高为：

我的儿！

这种违反伦理道德的称呼，她如何喊得出口呢？正在她犹豫推辞之时，老乳娘急中生智，一把将她推到赵高面前，正好与回身时的赵高相撞；"短兵相接"时退无可退，赵艳蓉无可奈何地捧起自己父亲的胡须，猛地呼出一个"你——"字，随后，轻松地说道：

是我的儿啊！

赵高闻言，捶胸顿足，哼声不止。
赵艳蓉此时一面毫不怯弱地模仿着赵高，一面发出有笑无声、有气无力的苦笑，把"装疯"的戏，推到了高潮。
邰玉以反二黄唱出汉剧《宇宙锋》里最出彩的核心唱段：

事到此我只得随机应变，
学一个疯魔女扭捏进前。
……
把父亲当匡郎夫一声叫喊，
随你妻到上房倒凤颠鸾。
……
睁开了昏花眼四下观看，
四下观看，
见许多冤魂鬼站在面前，
半空中又来了牛头马面，
玉皇爷驾祥云接我上天。

紧接着进入下一场，赵艳蓉从"相府装疯"装到了皇上的"金殿"之上。

面对秦二世胡亥，赵艳蓉的"疯"，稍有不慎，则是欺君之罪，必死无疑。装疯的目的，本不是找死，而是求生。赵艳蓉要把这种与虎谋皮的求生欲，用疯态、疯言、疯语，表现出来……

观众席爆发出阵阵掌声。大幕再次落下。

直到这时，冷堃才开口说话。

"还别说，这汉剧演起来，还真是跟京剧挺像的。伴奏的那些乐器，完全是一样的。"冷堃是学音乐的，对声乐、对乐器，可算是行家。

"不是像，原本就是一套班子、同一类的声腔……京剧念白里的'湖广腔''上口字'，很多都是照搬的武汉话。比如说数字'六'，在京剧里唱的就是'楼'音，武汉人就是这么说话的。还有啊，《桑园会》里罗敷回答婆母的'我晓得'，《草船借箭》里诸葛亮回答鲁肃的'么样啊'，《坐楼杀惜》宋江向阎惜娇索还书信时念的一句'大姐，快将书信把还与我'，都是我们武汉人的调调啊。武汉人说'给我'，说的就是'把我'……"

"你怎么懂得这么多？"

"因为我是个爱看戏的武汉人啊……"

对专程赶到现场来看戏的人来说，第一次，看的是故事；第二次，看的是表演；第三次、第四次，看的就是同一个演员在每次表演时的不同层次，或者是不同演员演同一种戏之间的差别……再往后，就不光是在看戏了，是有心去共情，是从戏里来看人，看人生，看自己。

戏看得多，米粒自然想得也多。她继续跟冷堃说着自己的体会：

"有时候我觉得吧，从大类别上来说，京剧是国剧，唱大戏，所以，演的多半都是些帝王将相的铿锵题材。在这些帝王戏里头，大概也就是两种类型的故事，要么，小人得志；要么，老人干政。你要细想，和现实社会之间的关系还是很微妙的。相比之下，很多地方戏，演的多是些才子佳人，就讲些小情小调，唱点小词小曲，田间地头、街井巷道里也能口口传唱。只有汉剧，要帝王戏的铿锵，它有；要才子戏的优柔，它也有……"

说话间，第三出戏登场了。节目单中介绍的是，这是节选自昆曲《梁山伯与祝英台》中的《哭坟化蝶》。如果说《打花鼓》展示的是轻快利落的载歌载舞，《宇宙锋》表演的是疯癫其外、波澜心中的层次渲染，这一出《哭坟化蝶》，就是幽婉中的悲怆满怀——

> 往事空余梦幻，
> 渡微云斜日晚，
> 新坟苦冷，一灵犹未散，
> 梁兄若有知，
> 当感叹缘何有情人，
> 总是和泪看……

邰玉演唱的吴侬细语，声声慢，声声叹，声声悲哭，如泣如诉。昆曲听的少，米粒不太听得懂昆腔，她看的是邰玉的表演。听着悲歌，再看到那些投射在舞台两侧墙面上的文字，她想到了邰玉之前说过的唱昆曲的心得——昆曲最大的特点就是写意，让人透过它，去实现无限可能。

睁大眼睛看戏时，米粒好像看到的是一幅景随人移的山水画，简单的人物，清雅的服饰；闭上眼睛听腔调，又好像被牵引到一种如梦如幻的空灵之境，唱词并不重要，而声腔如同天籁；及至定神再看唱词，却发觉这每一行、每一句，都是一首好诗——

> 问憾恨几时残，
> 问鸳盟何日完，
> ……
> 梁祝情深千百年，
> 精魂羽化作神仙。
> 真诚一点牢相守，
> 金石三生自可怜。
> 黄鹄长天飞比比，
> 碧林双蝶舞翩翩。
> 相欣相赏还相顾，
> 琴瑟和鸣凤昔缘。

声腔至此，祝英台扑坟，坟裂。英台跃入。灯暗。雨渐停，灯渐明。起合唱，蝶舞飞。

虽然知道冷垫信守着剧场里看戏不许讲话的规矩，但米粒看到这里，还是忍不住凑到冷垫的耳旁说：

"我想到了一句话，'每只蝴蝶都是花的鬼魂，飞来飞去，寻找它的前身'。"

冷堃听到了，没说话，朝米粒点头认可。

"你喜欢吗？"米粒问。

"戏，还是你说的这话？"冷堃没听懂米粒的问题，就追问道。

"都算上。"

冷堃还是不说话，点点头。

"每只蝴蝶都是花的鬼魂"，这其实是张爱玲的一句话，是米粒看化蝶的表演时的突然联想。她先是看到"黄鹄长天飞比比，碧林双蝶舞翩翩"这两句唱词，从写意的梁山伯与祝英台，想到了现实里的冷堃和她。她曾以为他俩算是俞伯牙和钟子期吧，从汉阳的古琴台边经过时，恍惚也有那么一点知音般的默契。后来，她觉得不应该把他俩拿来跟任何一个文学形象类比，因为古今中外的那些能够流传下来的文艺作品为了感人，都喜欢把爱情写成悲剧，米粒不愿意。她想要结局，那种求婚结婚大团圆的结局，哪怕这种圆满平庸得就像俗世里万千人类的柴米油盐，没法感动任何人，但她相信，只要能圆满，就能感动到她自己。

到了现在，看了一场不需要字幕就被感动、看了字幕就开始感伤的昆曲之后，她止不住地会把自己代入到戏剧的故事里。

如果把祝英台和梁山伯放在今天的社会里，依然还是囿于门户与偏见，依然还是爱而不得，还会有哭坟化蝶的故事吗？

米粒很清楚答案——

虽然，戏外还有戏，但是，人间还是人。

米粒不知道，在她坐台下看到了这出《梁祝》，联想到自己时，台上的邰玉，也分不清自己到底是在演戏，还是借戏在演自己。邰玉坚持着要在这场演出中加上这出戏，有一个很重要的原因，就是她从祝英台身上，看到了自己。悲歌于坟头的那一刻，她想到的是，坟里埋的不是死去的梁山伯，而是自己和高强的那份大限将至的爱情。所以，她哭，是真哭。她怨，是她真为自己抱冤。她原以为高强会来现场看到她的表演，原以为还能借戏言志，说不定就能让高强再添些对她的珍视、对未来的勇气，结果，他来不了……这就是老天爷的安排吧，老天爷就这样，一声招呼都不打，就把他们的过去，都埋进了舞台上那个写意的坟头里。

在一个汉剧演员的专场汇报演出中，兀自加上了一出昆曲的表演，这事，连邰玉的恩师陈伯华开始也是反对的。其实，这也算是"搭班"戏吧，但大家却有着各种议论：说她"想出风头""混淆视听""不伦不类"都还算是轻的，重话能说到这事"欺师灭祖"。有人说，邰玉一开始还是打着学习深造的旗号从武汉跑到了北京，就算她"国戏"毕业后食了言、不回武汉了，顶多也就是汉剧团里又少了一个好演员；虽然是可惜，但少了谁地球都照样转下去、汉剧照样能演下去。但现在这种情况，难得在首都剧场登个台，打着弘扬汉剧、振兴汉剧的旗号，居然跑去唱昆曲，是想暗示说今天的汉剧就没有拿得出手的好戏了吗？——就没见过像她这么吃里扒外的。还有人拿着她选的这个曲目来评说道，昆曲里头也有不少好戏，偏要选这出哭坟的戏，这哪里是祝英台在哭梁山伯的坟呢，分明是在刨汉剧的祖坟……

　　这事，最后还是金岳书记出面，在陈院长那里帮邰玉说了好话，说这是一场汇报演出，也算是跟喜爱邰玉的观众们汇报一下她在"国戏"里深造的表演成果。"搭戏"的传统古已有之，汇报成果一说勉强也能说得过去，汉剧院这边的行政到业务的领导们才算答应了，又给了邰玉一个"下不为例"。

　　当时，陈、金、邰，这当代汉剧的三代人坐在一起的时候，陈院长摇着她那把不分一年四季都会随身携带、讲起话来就会轻轻挥动的檀香扇，用戏曲念白的长腔，慢悠悠地说道：

　　"邰玉啊，你晓得吧，有人怎么在说你得的那个梅花奖？别个说，还不是因为你蛮会'梅'，'花'言巧语，让其他人都'讲'不赢你撒……"

　　——把"梅花奖"三个字拆成这样的"梅""花""讲"，让邰玉始料不及。世间言语的恶毒，常常有着比任何武器都还沉重的分量。有时候，说话的人只是心存不满，只是在文字游戏上耍了些机巧，但被说的那个人，可能就要去承受这些言辞施加于身的千钧之重。"梅"这个音节在武汉话里，作为一个简单而明确的动词，是绝对的贬义；如果用它来评价一个女人"蛮会梅"，几乎就能指向"谄媚""低俗""下贱"这所有的含义。

　　陈院长当然比任何人都了解邰玉的功力，见证着她的成长；但是，以她师尊的身份，转述了这样一个对邰玉的评价，而且拿的是她最引以为荣的成就"梅花奖"来说事，简直比扇她一耳光还让她难受百倍。

　　难听的话也都听进去了，流出的泪再加上表下的决心，好歹换来了这出戏能被加上。邰玉在给米粒的信中说忙得焦头烂额，其实是没有点破她那些天里为了争取这段昆曲能上而承受的煎熬。

　　邰玉坚持要加这出昆戏的最重要的一个理由是，从她来到北京的第一天起，她看到了一个比武汉更开阔的视角，看到了汉剧想要往前走的另一种可能。她想到的是，要让一个古老的剧种在年轻人的世界里活下来、得到承认，它需要找到自己的根；只有探索到土地之下更深的土地，才能向上伸入到更高远的天空。在邰玉看来，比汉剧还要早200多年诞生的昆曲，有着古典主义的基因；那些浪漫和诗意，从昆曲诞生的那一天起，就梦幻般地萦绕在那些音韵和辞藻中。昆曲唱词那么唯美地传袭了600年，依然还是那么的动人心魄。而她，想让这份美的基因，植根进自己年轻的艺术生命。

一如邰玉所期盼的那样，这出昆曲戏，在专程来看汉剧表演的观众们那里，同样收获到了热烈的肯定的掌声。在汉剧经典的汇报演出中以昆曲压轴，这出戏，确实压得有新意，有分量，与众不同。

压轴戏演完，就是今晚重中之重的大轴戏。从文到武，邰玉演出《穆桂英智破天门阵》。

只要穆桂英出场，放在哪个剧种里，都是英气逼人、文武兼备的刀马旦形象。所有关于邰玉这次演出的宣传资料，都是以她的穆桂英扮相来推介，寓意不言而明。这出戏，既有唱功，又有打戏；既有挥动马鞭寓意着斗转星移，又有走小步、跑圆场代表着驰骋千里——这出戏里涵盖了传统戏曲不少舞台表演的精髓。要演好这个雄心报国、智勇双全的女英雄，在戏曲舞台上，就是全方位考验一个旦角演员"四功五法"的试金石。

《智破天门阵》讲的是杨门女将中的一段经典故事。

北宋年间，辽勾结宋朝廷投降派，又利用西夏力量，趁宋边关守将杨延昭染病之际，布下天门阵，妄图消灭杨家将，直取中原，随后再吞并西夏。穆桂英受命挂帅出征，决心智取。战前，她会见西夏的亚兰公主，揭穿了辽先攻宋、再灭西夏的阴谋，争取到了亚兰公主的配合，终于大破天门阵，歼敌锄奸。

穆桂英的出场行头是戴帅盔、穿红靠、冠上插翎、外罩袭蟒、四面靠旗、手执马鞭，邰玉这次选的是一身大红。舞台背景也是大红的幕帷上挂着个巨幅的"穆"字军牌。这种浓烈的红色渲染，象征着穆桂英领命护国的赤诚之心。

    纵单骑　出大营　夕阳西下，
    白杨枝　剩枝丫　犹带晚霞　栖了啼鸦。
    迭迭山好一似泼墨图画，
    怎奈我愁绪重心如乱麻。
    ……
    迎秋风　望星斗　残月斜挂，
    寂静夜　朔风里　传来胡笳。
    俺本是将门虎女　哪能惧怕，
    振军威　齐奋战　志保中华。
    ……

戏还在演，盛装的穆桂英还在台上旋转着，米粒知道，演出已近尾声。她开始思考着自己回武汉后的这篇写汉剧的专稿该从哪里下笔了。该从哪里写才好呢？从《打花鼓》到《宇宙锋》，再到《智破天门阵》，有民间的打闹戏，帝王殿前的斗智戏，女将军的文武戏；它们是嬉笑的开锣戏，跌宕的反转戏，铿锵的英雄戏……今晚的大戏是杨门女将穆桂英，是民间耳熟能详的女英雄。在今天的戏里，她杀敌锄奸、功成名就；而助其成功最大的亮点，就在"智破"！

米粒眼睛一亮，就像最后这出大戏的戏名那样，邰玉的这场演出，最大的亮点就提取那个"智"字啊！邰玉和其他所有的汉剧演员的最大不同在于，她是幸运的，她成了第一个公派到"国戏"去全职进修的戏曲专业的大学生。在高等学府里修为，要的是什么？不就是为了获得更多的智慧吗？

悟到了这个"智"字，关于邰玉的专稿该怎么写，还在观众席中看戏的米粒，有了主张。她甚至连标题都想好了，就叫《玉汝于成　智破天惊》。前面四个字，以邰玉的名字镶嵌着起头，移植了成语"玉汝于成"的含义；既表明此"玉"就是一颗被精心雕琢出来的宝玉，也意指站在邰玉今天的成就之上，向提携着她这一路走来的所有人致谢。而后面的四个字，是"智破天门阵"和成语"石破天惊"的融合，点到了今晚的"智破"戏，点到了邰玉的"智慧"，也描述了这场在"天京"之地表演的汉剧，达到了惊天的高度。这八个字，算起来是两个成语，都是一语多关。

大幕落下。演出结束。按照惯例会有主创演员携导师返场，向观众致谢。

冷堃问："等下你上去献花吗？"

"好像有点怪不好意思的。"

冷堃又问："花就是为演出买的，不就是这时候送的吗？"

"花是你买的，要不，你去送吧，"米粒耸了耸肩，半真半假地说，"你不是总说，咱要尊重艺术吗？"

"扯吧你！"

听到冷堃这么说，米粒有点孩子气地坏笑了一下。她想了想，说，"我们去后台，还是悄悄地送给她吧。被那么多人看着，别说你了，就是我，也不习惯。"

演员们返场，邰玉站在最前面。群体鞠躬致谢。退后。雷鸣掌声。邰玉牵起老师陈伯华的手，再次引领着所有演职人员走向台前，所有人的手都牵在了一起。再度鞠躬。观众起立答谢，掌声经久不息。随后，观众们开始缓慢退场。

米粒和冷堃起身，开始逆着人流，往舞台的方向走。

米粒看到了郑主任和彭老师，她们更早一些时间看到了米粒。捧着那么一大束鲜花的米粒站在人群之中,哪怕并不认识她,那束花也会招来旁人多朝她看上几眼。

走到彭老师和郑英英跟前时,米粒先跟郑主任打招呼说,今晚辛苦您了。

郑笑答,"看了一出好戏。这个邰玉确实演得不错。你转告她,下一次再有这样的演出,提前告诉我,我争取带摄像过来,给她留一套影像资料。"

米粒说,"这么好的事,我马上就去告诉她。"说完,又跟彭老师请示说,"刚才专门跑去买了一束花……我现在到后台找一下邰玉,把花送给她。"

彭老师看了看花,又看了看身旁的冷垄,道:"那我就先回酒店了。"

冷垄见状,也就大大方方地打了招呼说,阿姨再见。

从舞台到后台再到休息室,冷垄是熟门熟路。他更熟悉的是从化妆休息室到后台再上舞台的这条线路。

在后台到化妆间的过道中,能看到人群最集中的那一间,就应该是邰玉专用的化妆室了。进进出出的应该都是像米粒这样专门过来祝贺和道别的。冷垄指了个窗边的角落说,我就不过去了,在这儿等你。

米粒捧着花过去,见到了被人群簇拥的邰玉。她把花献到了邰玉的手中:"祝贺啊,今天真是太精彩了。"

"一鹅,还专门买这么漂亮的花啊。搞那么客气做么斯呢?"邰玉抱着花说着,又看了眼身边的人,抱歉道:"今天太忙,顾不上你啊。"

米粒想到了郑英英说的话,那是正事,于是赶紧说道:"今天啊,我还帮你邀请了中央台的一个戏曲栏目编导过来看你的戏,她说以后找机会要为你录像。"

邰玉说,我就知道,以后啊,我要牵着你的衣服角跟着你混了。讲完笑话,邰玉又道,再过两个礼拜我又要回武汉了,到时候找你去。

米粒笑说好啊,我们回头再聊。说完离开了化妆室,走到那个偏僻的角落里,拍了拍冷垄的肩膀,招呼道,走吧。

两人出了剧场,走在早春深夜的王府井大街上。店面都关张了,只有各式招牌被霓虹或者射灯勾勒着,像是一双双熬着夜的眼睛。他俩没说话,就是静悄悄地走着,她牵着他的手。

冷垄问,要不要找个地儿再吃点啥?

米粒摇头道,"算了,还是要早点回房间去。我要是不回,我妈就不会睡的。"

很快就走到了金鱼胡同的路口,王府饭店近在咫尺。

米粒停了下来。她问,有什么想跟我说的吗?

他答,俗了吧,不是?

她又问，说还是不说。

他答，"之前吧，我还能说一句，别回去了吧，或者，去我那吧。今天倒好，连这两句话也说不上了。"

"那就再想点儿新词儿啊。"米粒提示道。

"我昨晚上录的那首新歌，回头你好好去听听，那些词儿啊，估计你喜欢。"冷堃道。

米粒不说话了。冷堃说的这首歌，她没听过，不知道里面写着什么样的她可能会喜欢听的"新词"。她只是觉得，这次，她又给他拿来了梯子，他依然没有看见到。

"啥时候再来北京呢？"冷堃问。

这一次，是她摇头。

然后，沉默。

冷堃望了望天。天空中有明月。

他说："明月如霜，好风似水，清景无限。"这句诗里，装满了只有他俩才知道的细节。

她接着他的诗，又说了一句新诗道："天上星河转，人间帘幕垂。"

"这不是你写的吧？"冷堃问。

"怎么会呢？这是李清照的一首《南歌子》。我哪能写得这么好啊？我觉得，在她描绘的这种天上人间的意境里，我俩呢，就最适合苏轼的那句——'起来携素手，庭户无声，时见疏星渡河汉'……"

"嗨，咱俩开诗歌大会呢！"他自嘲地说着，俯身去吻了她。

置身于这个从"诗歌大会"中滑下来的深吻里，他和她都不知道，这将是属于他俩的告别仪式。如果她知道，也许她会让这个吻停留的时间更长些。如果他知道，也许他会在"别回去了"和"去我那吧"之外，找到第三种适合他俩这种深夜关系的言辞。可他们都不知道，一切都那么平静，正常，顺理成章。没有波澜，也看不到任何预警。

那时，拥吻的他俩，没有想过这就会是吻别——

他们曾看到过让他俩能够牵起手来的那束光，他们沿着那光牵起手朝前走了一段；但他们很快就看到了缝，缝还越来越大。因为有缝，光才能不被挡住。因为有光，缝才能被看见。纵使那束光里集合了阳光、月光与星光，纵使那束光能让他们看到了"天上星河转，人间帘幕垂"，但也终究不过是"但屈指西风几时来，又不道流年暗中偷换"。

对于程米粒和冷堃而言，他们正在经历着的，是平凡的人生。所谓平凡，不是指的他们心里的梦,眼里的光,和迎接未来、克服挫折的勇气;平凡,只是针对那种舞台上演绎的出人意表、惊心动魄和荡气回肠。在他们的生活中,所有的花开,都是因为播下了种子;所有的成功,也是因为投入了血汗。正因为他们平凡,所以,不是所有播下的种子都能发芽,也不是所有的血汗都能迎来收获。正因为平凡,活在俗世里的他们必须要接受一切为他们设定的结果。

站在王府井大街上的这两个年轻人,还来不及去掂量那些早就被命运标注好价格的一切周遭。他们也并没有意识到,两人之间的距离、错位,终究达不成那种你情我愿的大结局。但他们已然明白的是,摆在他们面前的漫长的一生,没有什么戏剧化的起承转合,没有什么精心安排的不期而遇,没有装疯求生的必要,也没有私奔殉情的可能。他们就是两个普普通通的年轻人,生活在车水马龙、水泥森林的城市中。就像今晚,他们在一起的时候,也会背诵一些诗词;好像诗词也应景。但是,他们平凡的人生,终究是世俗的,没有太多的时间和机会来给诗意留白。甚至,他能遇到她,也算不上巧合或者诗意;不过是因为,他俩的职业,兜兜转转,总有可能会相遇。就像鱼在水里,难免会遇到另一条鱼。他为她唱了一首歌,她还没来得及去听就转身离开了,原本还能去提亮这夜晚的最重要的一份诗意,也消解在了平静的夜色中。

  幽幽荧光　勇敢去追
  闪亮的温暖　让人迷醉
  爱情里的飞蛾　不顾一切
  明知是火堆　还往里飞

  温暖的笑脸　比荧光还美
  永恒的对白　是爱你的滋味
  飞奔向你的翅膀　燃化成水
  我一直以为　这是幸福的泪……

此去经年,米粒看过很多戏,悲剧,喜剧;中国的,西方的;古典的,现代的;歌剧,舞剧;她也会常常去看影视剧,有烧脑反转的,也有肥皂泡一般的。如果站在戏的规矩上讲,墙上挂着一把枪,后面一定会听到枪响;两人交换了定情物,后来一定会生离死别;如果让一个恋家的人排除万难也要再见上亲人一面,这肯定是他们人生的最后一面;如果他跟她说你等我回来,那么,他就再也回不来了……这些,都是戏的套数。观众们明知这样的套数,还是愿意接着看,跟着哭。就像　代又一代的戏迷，早就知道了结局，却还是要在剧场里，端端正正地坐好，认认真真地一看再看。写戏的人，是顺着套数，套数里才有戏；看戏的人，迷的也是套数，只有大悲大喜大冲突，戏才能算是戏。

但是，人生不是戏。不是大戏，也不是儿戏。就像米粒和冷堃，手能牵到一起，原本想的是要一直牵下去；他们的故事，平凡得就像水到了，渠就能成。

在那个深夜拥吻后，没有什么重大的意外在前方等着他俩中的某一个，让那个夜晚成为一场悲壮而遗憾的永别记忆。他们是那样的平凡，相爱了，就同行一段；吻别了，还各自安好。

人与人，有时候就是这样悄无声息地退出了彼此的生活。当米粒回望他俩这段短暂的往事，感觉更像是看了一本没有使用任何写作技巧和结构化设置的流水账一般的随笔小书。只有当你看完了书的结尾，才会联想到，书里从一开头写起的每件事，都是伏笔。

他们甚至还没来得及为对方流一次泪，牵着的手就分开了。戏里说的，谁在谁的心里留下了一滴眼泪，这事，只能是戏。

四十九

冷堃送米粒回到了饭店。走进大厅里，他说，"好了，我把你完璧归赵给你妈了。"

临别前，米粒道："真的是很谢谢你，这次给我安排了这么好的地方，我知道你的心意，但你知道，太花钱的事，都让我害怕……你真不该这么破费的。"

冷堃笑笑，看着米粒走进电梯。

彭老师给按响门铃的程米粒开了门。

"还没睡啊？"米粒明知故问。

"忙完了？"彭老师用问题回答着问题。

米粒点点头。

"忙了些什么呢？"彭老师又问。

"到后台找郗玉聊了聊。"

"她今天那么忙，还能跟你聊这么久啊？"该预热的铺垫都完成了，彭老师就不再弯弯绕了，她问米粒道，"你不觉得需要跟我谈谈冷堃吗？"

"我们是很谈得来的好朋友……"

"好像不只是好朋友那么简单吧？你妈我活了这几十年，看人与人之间打交道的分寸，去判断分析他们之间的交情深浅，我还是看得很准的。"

"真的就是好朋友。"

"算了，你莫哄我。"

"我没有撒谎啊……"米粒辩解道。好朋友可以有许多种，就算是男女朋友，那也是"朋友"，深究起来，也是没有错的。

"你们到哪一步了？"彭老师看米粒避重就轻，直接进入到下一个提问环节。

"您说的什么啊？"

"你少跟我装！从上次他到武汉来、你回家那么晚开始，我就觉察到你们之间有些不对劲。我跟你说过了，那晚上我就眼皮子直跳，总觉得有事。这一回，我眼睛看的、耳朵听的，事实都摆在这里。说你们只是朋友，你去哄鬼都行，但不要拿来哄我。"

米粒不说话。彭老师进行家教演讲时，她从不插话。

"你们没有越雷池吧？"彭老师问道。

听到这里，米粒想笑。"越雷池"这三个字，可能没有第二个人会把它当成口语说出来。彭老师提出的这个问题，要是用郗玉的口气，会说成是，"你们那个了吧？"要是换成江淼，会直来直去问，"你们上床了吧？"哪怕是刚才被郑英英撞见了，也问的是这么一句，"你俩在一起了？"只有彭老师——米粒的母亲，会这么从容、坦然地说出这么书面的、不接地气的话——"越雷池"。

把一个严肃的话题用这种更加严肃的方式来陈述，米粒怎么感觉就那么好笑呢？

"怎么可能呢？您想得太多了吧……"

米粒相信她在彭老师眼里就是一个永远长不大的女儿，所以，按照这个逻辑来扮演这个女儿的角色，"越雷池"这种事，自然是归类于"怎么可能"发生的呢？

"就是因为我想得太少了，太相信你了，才会有我现在看到的这一切！你看看，这么贵的房间，一开开两间。凭你们是好朋友，可能吗？……今天早上，那个刚子去火车站站台接我们的时候，喊了你一句什么话，我当时没听清……后来我就使劲地回忆、使劲地想，终于搞懂了，他喊的是一声'嫂子'！……他不是今天才喊你'嫂子'的吧？你不会以为我不懂什么叫'嫂子'吧？"

听到这里，米粒感受到了山雨欲来的阵势。

彭老师继续往下说着："刚才我从剧场回来的时候到前台问过了，你知道在这个房间里睡一晚上要多少钱吗？"

米粒摇摇头。她是真的不知道。

"两千多一个晚上。"彭老师给出了她的答案,"冷堃给我们开了这两间房,五千多呢。"

米粒一愣。这个价位,确实超出了米粒的想象。

"天底下从来就没有无缘无故的免费的东西。我不知道你是付出了什么样的代价,换来了这样贵的两间房。我实在想不通,我自己养出来的姑娘,怎么会这么虚荣呢?我反复在想刚子喊你的那一声'嫂子'……真的,当我意识到那一声称呼是'嫂子'的时候,我觉得我的天都要塌了……我都不敢去想,如果我不及时帮你悬崖勒马的话,你会掉进一个什么样的深渊……"

米粒在心里掂量着母亲用词的分量——"天塌了""悬崖勒马""深渊"……不要说刚子喊的那个"嫂子"并不是彭老师理解的武汉话里说的"嫂子"的意思,就算真是,也不至于就塌了天、进深渊吧?

彭老师接着说:"等你回来的这两个小时,我就反复在想,我花了那么多心血教育你,给你指了一条不会出错的正路,为什么你就是不上道呢?为什么非要跟一个唱流行歌曲的混在一起?就像武汉的那句老话说的,'把你当人,你偏不做人,非要去做鬼来黑(吓)人'?!"

"不是您想象的那个样子,"米粒为自己辩解道,"你的姑娘没有卖自己,冷堃也不是你想的那种随便占女人便宜的人。我们之间真的是清清白白的。"

"你不要跟我嘴犟!你现在已经鬼迷心窍了,就是那种'人喊不听,鬼叫飞跑'……你说你们清白,好,我还再信你一回!但是,就算是到现在你们还没有越雷池,保不齐今天过了以后会发生些什么!要不是我今天吃中饭的时候那么立场坚定地表明我不许你跟戏子沾边,今天晚上,你肯定会把他带到房间里去吧?"

——又是"戏子",母亲终于说到了这个词。彭老师从来就善于用矫枉过正的方式达到一锤定音的结局。其实在午餐时一听彭老师提到了费翔那件事,米粒就想到了母亲当年的原话——"一个会唱歌的戏子"。当时彭老师还算是客气,只是说,"演艺工作"。现在,只剩母女俩了,就不用再藏着掖着了。

"您要是觉得他为我们付了房费就是有什么不良企图,我住了他开的房间就是和他有什么不正当关系,那我回武汉以后就把房钱还给他。"

"你还他钱?你凭什么还?你哪里有这么多钱?你才参加几天的工作啊,你每个月的工资单能挣多少钱你自己不清楚吗?"

"那您就借点钱给我,让我先还给他,以后,我再慢慢地还给您。"

米粒想快速结束这个尴尬的谈话,她不想跟母亲顶嘴,也不想去算每一笔细账。事实上,自从她跟江森一起搞演出、跑赞助,加上每个月的稿费,她每个月上交给"彭老师银行"里的零花钱,早就远远超过了她的工资。如果真的把"彭老师银行"里的进账款项捋一捋，也该有五位数了吧。

"你少跟我来这一套！你那些阳奉阴违的小九九，不要以为我不知道！"彭老师说，"你可以在我面前说你还钱给他，实际上到底还了没有，我怎么可能知道?！而且，你还可以打着还钱的名义，又跟他'裹来裹去（继续交往）'；这一桩事情还没清算完，说不定又惹出什么新的麻烦来！"

"那您到底想要我怎么做啊?"米粒问。她心里想的是，母亲不就是想要他俩一刀两断嘛，直接说出来啊……

"我想要你怎么做，你难道不清楚吗？如果我生你养你一场，到现在还要听你问我想要你怎么样，我觉得我的教育就太失败了！……"

彭老师说完，意识到这种抱怨不是解决问题的办法，话还是要挑明说；于是，讲了那句米粒早有心理准备的话——

"我的话，你给我听清楚！——你们以后不要再有任何来往了。"

"我要是跟他结婚呢?"

——也不知道哪来的勇气，米粒就把这话说了出口。这大概有点像当年陈胜吴广起义的动机，不反抗，肯定完蛋；搏一把，说不定，还成了呢？利弊权衡，大不了就是玩完；拼出了全部的勇气挑战一次，管它有没有一线生机。

"不可能！"

"为什么不可能?"

"我不同意！"

"您觉得您不同意就拦得住我吗?"

"你要是非要这样做的话，那我就不许你再进我家的门！"

"他说了，他可以养我……"

——米粒索性横下一条心，豁出去了挣扎着也要把立场表明得清楚明白。

米粒的话还没说完，她的脸上就感受到了一阵火辣——彭老师一耳光扇到了她的脸上。

从小到大，米粒时常听到彭老师的恐吓；只要她有一丝忤逆的苗头，彭老师就会先上来进行言语警告说，"你信不信，小心我一巴掌'呼（扇）'过来"。虽说米粒是挨着母亲的打长大的，但在这句警告下，她还是规避了更多一些的肢体受罚的可能。到她上了大学、参加了工作，母亲也认同了跟米粒是可以讲着道理来沟通的，所以，彭老师的威仪，渐渐就退化和浓缩成这句口语——"你信不信，小心我一巴掌呼过来"；很多时候，母女俩甚至可以把这句话当成玩笑来讲。

但是，这一次，不是玩笑。

"我怀你、生你、养你、教育你，盼星星盼月亮一样盼到有你这么个'珍贵婴儿'，为了生下你还难产大出血，差点把命都搭了上去……这么不容易地让你长大到今天，能有了个像今天这样拿得出手的样子，到头来你就是图个被男人来豢养的结果？你这么多年的书都白读了吗？"

因为言语反常而挨了打的米粒，认厌也认得反常。所谓"厌"，有时候还真就是从了自己的心。听到母亲又从她出生这事开始数落起，她就冲母亲说道："那您家就只当没有生过我的吧……对不起……"

"对不起"三个字还没来得及说完，就在刚才挨打的那半边脸上，米粒又得到了一个巴掌。

彭老师是右撇子，凡事都用右手，打人也一样。生气时"一巴掌呼过来"的这种充满了激情的举动，她不可能还想着去换个手再来；当然，她也不会像打球的姿势那样，除了正手还有反手。所以，遇到了这种一而再、再而三地忤逆，她自然也就是一而再、再而三地把同一只手的挥舞动作重复多次。

彭老师的这句口头禅——"你信不信，小心我一巴掌呼过来"——挨了两巴掌的米粒是信的；哪怕不挨打的时候，她也是信的。不然，这话就不可能在他们家里葆有了这么多年的活力。彭老师在家中不容置疑的威严，就是这句话的保鲜膜。但那个晚上的米粒，在刚跟冷堃深吻过的米粒，突然意识到，站在她现在的阅历和年纪上，无论是信或者不信，路都是要自己走的。

挨了打的她，站在原地，反问彭老师道："还要不要打？是不是您打我打完了，我们之间就算了结了？"

米粒的话把彭老师给说愣住了——她还从来没见过会这样来犯上挑衅的米粒。还真是搞邪完了吧？！

彭老师怎么会是怕跟人斗狠的性格呢？

米粒听到母亲说——

"你想要什么样的了结？……我给了你一条命，要是你想了结，那你也还一条命回来。你从这个楼上跳下去，我跟你就没有任何关系了。以后你想怎么样，随你！"

在这句话之前，米粒母女间的所有对话，都像是在给对方也给自己火上浇油；但是，这句话——"你从这个楼上跳下去"——突然就像一盆冰水，把米粒头顶上可以冲冠的烈焰，瞬间给全部扑灭。

这是一个母亲说给女儿听的话吗？

米粒突然想到了父亲，想到了他们家从不藏着掖着的一个典故——彭老师能够一巴掌扇出去逼着程教授跳了楼。多么奇怪的循环啊，连米粒自己也想不到，这种事情，在几十年后，居然还能又发生一次！米粒这才意识到，虽然这个典故在他们家里说了无数次，全家人从来都不会去回避；但这两个当事人却从来没有去描述一下细节：到底是在一个什么样的场景下、有着什么样的对话、才会有那一巴掌、才会有冲出窗去的跳楼……

难道，就像今晚，也是彭老师先说的——"你从这个楼上跳下去？！"

米粒看着眼前的彭老师。她知道这是她的母亲，时常会冲动的母亲。在家里唯我独尊的母亲。一个受过了在她那个年纪上能得到的最好教育的高级知识分子，一个严于律己也严于律人的一家之主。她勤奋敬业、节俭顾家、知书达礼、善良正直、孝顺谨慎，几乎具备了生而为人的一切美德。她唯一的缺点就是爱生气，爱对着家里人发火。母亲生起气来的样子不好看。所有发火的人的样子都不会好看，因为，那些火焰烧起来的时候，烧人，也烧自己。通常，惹到母亲生气的米粒也不敢去看。

但这一次，她看了。看到了那张几乎被愤怒给扭曲了的脸庞——这是米粒的母亲。给了米粒生命。给了米粒最好的教育。给她铺了条顺风顺水顺势的坦途。米粒的生命中流淌的是她的血，带着她的基因。米粒猜想着母亲依然认为她没长大，认为她会受骗上当，认为这个世界对无知的她充满了敌意。

或许，母亲为米粒准备了一把利刃，让她杀伐果断地去朝向所有的敌人；而那把利刃，就是母亲固有的生活信条。她对米粒多年的严苛，就是时刻都在铸造着这柄刀。今晚，彭老师把这柄"刀"摆在了米粒眼前。如果米粒不接过来，那么，刀锋的对象，就是米粒——

"你从这个楼上跳下去！"

——米粒当然知道，这句话不可能是彭老师的心声。她说过为了米粒她是可以拿自己命去换的。从米粒念高二那年考试作弊、彭老师二话不说就去当了替罪羊，米粒就知道，母亲真是能够为了她豁出去舍弃一切的。这样的母亲，她怎么会真的想要逼着女儿跳楼呢？说让米粒去跳楼，无非就是悬崖勒马的激将罢了。

米粒也知道，今天的自己不是当年的程志伟。那时候的程志伟，只是彭一方的恋人，失恋了还能再找另一个；而今天的程米粒，她是彭一方的女儿，唯一的女儿。她要真跳了，彭一方的天，才是真的塌完了。米粒完全有理由相信，要是真的有选择题摆在母亲面前，彭老师会接受对一切妥协，只要能让米粒活着、活下去。

只是，母亲太冲动了。冲动是魔鬼。米粒想到，跳过楼的程教授许多次地说起过，希望米粒今后找对象、嫁人，一定要温柔些，不要像彭老师那样的坏脾气。父亲的话是对的。程米粒不能成为下一个彭一方。当然，程米粒也不能成为下一个程志伟。

"我不会去跳的。"米粒咬着牙、含着泪说。事已至此，总有一方是得要退让一步的。如果某件事情已经发展到母亲要用跳楼来警示的地步，那就算了吧。

"那你就还是我的姑娘，你就得听我的！"

米粒的眼泪奔涌而出。她不反驳，就是认可。

"翅膀都没长硬，就想飞出我的手掌心——可能吗？"

母亲的话，便是母女俩在冷堃这件事上的一个崭新的约定。

什么都不用再说了，一切就这样结束了。彭老师那句冲动的激将米粒的话，让米粒清醒地认识到，没有任何人和事，是值得要用跳楼来表决心的——人生还长，往前走，一定还会遇到很多人，很多事。一定还会有爱和被爱的未来吧。在她奔涌而出的眼泪里，她为自己和冷堃觉得可惜。因为，他还没来得及认认真真、明明白白地跟她说一句，爱她，或者，娶她。要是真的像江淼那样认定了一个男人哪怕与家庭决裂也要嫁给他，她去投奔了他，而他又不娶，那才可怕。在可惜与可怕之间，米粒还是投票给了前者。

米粒听到母亲继续说着："我早就说过，'家鸡打得团团转，野鸡打得满天飞'。伢啊，我是你妈啊，我太了解你了。"

"那我到隔壁睡觉去了。您也早点休息吧。"米粒说完，头也不回地走出了母亲的房间。

这个晚上，米粒睡不着。

屋子里的暖气很足，她却想到了苏轼的那句诗——"寂寞沙洲冷"。诗词读得多了，共情的时候，有些语句会不请自来。

然后，她又想到了大学时在露天影院看的电影《大话西游》，想到了那两段有些俗不可耐的对白。一段是，"曾经有一段真诚的爱情摆在我面前，但我没有珍惜"；另一段是，"我的意中人是一位盖世英雄，有一天他会身披金甲圣衣、驾着七彩祥云来娶我。我猜中了开头，却猜不中这结局……"

那时的程米粒，终于明白了，为什么紫霞跳到至尊宝的身体里时，会在那里留下一滴泪。平凡的人们世俗地活着，终究是难忘那些并不风雅的东西。而人们在痛彻心扉的难过面前，其实，是恸哭不出来的。

米粒坐在书桌边，在酒店提供的信纸上，开始写关于邰玉的专稿文章。

这个晚上，同样睡不着的，还有邰玉。

当她把剧场里所有的事都处理完之后，终于回到了在"国戏"的寝室里。

每天晚上钻进被窝前，她都会拿高强送给她的那个打点滴用的玻璃瓶子，往里灌上一瓶子的热开水，然后把橡皮盖子反扣住扎紧，带着暖瓶同睡。开水很烫，又被捂在被子里保温，能坚持一晚上的热度。一般在上半夜的时候瓶子热被子，邰玉不会去碰它；等到后半夜了，瓶子的热度也降了下来，她才会把脚踩上去。

邰玉一直血脉不活，如果没有暖水瓶，哪怕睡一晚上的觉，到第二天早起时，脚都有可能还是冰的。有了这个灌了开水的玻璃瓶，邰玉的被窝总是暖暖的。

那天晚上，也不知道是邰玉没扎好盖子，还是因为橡胶制品用久了就老化了，总之，邰玉刚睡进被窝时无意中伸脚，踢着滚了一下玻璃瓶，结果，里面的热水就全涌了出来。脚被突然烫到了不说，她的床褥、被子，全都泡在了水里。

邰玉在学校的宿舍里只有一套铺盖。三月份的北京，说起来是走进了春天，但到了夜里，还是冬日般的寒冷。把湿被褥、湿被子全都掀开后的邰玉，和衣躺在了光秃秃的木板床上。她被烫伤的脚，在夜里也找不到处理受伤的办法，只能生生地看着脚肿起来，起水泡……

那个晚上，是这么多天来她第一次可以放下演出、不去想戏的夜晚，她终于腾出了脑容量，可以去想些其他的事情了。她当然想的是高强。从剧场里卸完妆，带着米粒送的鲜花返校的路上，邰玉就在想高强。她又想到了米粒给高强取的那个外号——玻璃高。这个外号就是因为这些玻璃瓶子而来的。邰玉专门把它们千里迢迢地从武汉带到了北京，也是因为这是他送给她的第一份礼物。

现在，这个瓶子给她带来了这么大的麻烦……深夜中看着脚上晶莹的因烫伤而鼓起来的巨大水泡，邰玉从肉疼到心疼。失眠的她，突然想到，难道这是在预示着什么吗？

等到第二天早上天亮后，邰玉喊上了一位女同学，想让她搀着、陪着一道去医院看看，做点治疗。北京天寒，邰玉的脚是没法穿鞋了，但要是光着脚，还是会觉得冷。邰玉就想在受伤的那只脚上套上只厚点的大袜子再出门，谁知，套袜子的时候一不小心，就把水泡给蹭破了，一层皮就皮肉分离地耷拉在脚背上。那一瞬间，邰玉疼得仿佛是脚被刀给砍了一样。身旁的女同学见状，赶紧跑去找了大个子的男生过来。结果，一栋宿舍楼的人一大清早起床就都看到邰玉被同学背着上了医院。不明就里的同学们还以为她是昨晚上演出演刀马旦的戏，给摔断了腿。

五十

在这个把母亲气得都要逼她去跳楼的晚上，米粒意志坚定地告诉彭老师，我不会去跳的。她清晰地知道自己放弃了什么。她更是清醒地知道，自己就是只九头鸟，只有足够努力，终有一天，才能随所想、成所愿；只有飞得足够高，才能在人生的九龙口，有个属于她的亮相。

一夜没睡的程米粒，以她跟邰玉的交情、对汉剧的了解，完成了那篇专稿《玉汝于成 智破天惊》。这一回，她终于实现了对邰玉姐姐的承诺。

提笔前，米粒思考着行文的架构。她想把对这种古老的戏曲推介文章在形式上写得现代些，于是，米粒以一位现场观众的视角，用"兰、白、红"三个大的章节，再现了邰玉演的三出主场戏：

"兰"，可以理解成是蓝色，也还有另一层隐喻——君子兰。一出《宇宙锋》，乍一看是帝王将相戏，实则是赵艳蓉在相府金殿上的斗智戏。不为奸佞所左右，哪怕奸人是自己的亲生父亲；不为皇权改忠贞，哪怕不得不装疯。"宇宙锋"在戏里是一把宝剑的名字，它何尝又不是赵艳蓉锋芒毕现的隐喻呢？"宝剑锋自磨砺出"，这出戏中的表演，层次递进，不畏皇权的勇敢，在机锋中显露着清雅高贵坦荡的君子之风；舞台上赵艳蓉那一抹浅蓝的素装，就像清幽的君子兰：蕙兰芬引，晚云拱月。

"白"，指的是昆曲《梁祝》的诗意留白。在那个不是海晏河清的朝代，朱门对朱门，竹门对竹门；梁祝的故事，本来就不是祝英台在梁山伯与马文才之间二选一的故事，而是一个注定就无法选择的悲剧。就算梁山伯遇到的是不在乎他困顿家世的祝英台，祝英台喜欢的是不拘泥于迂腐道德的梁山伯，但也只有在化蝶的那一刻，梁祝才能生生世世长相厮守。一出祝英台哭坟，通过邰玉的表演，不是以死明志，而是歌咏着希望，从诗意的唱词幻化成诗意地化蝶。悲歌里的诗意是一份留白。那些空白，正是诗意带给观众们的爱与美的念想。

"红"，是智破天门阵的穆桂英的色彩。戎装红，马鞭红，战旗红……所有的红色，浓烈得都是为了烘托出那个火红的英雄梦和一颗红火的报国心。中国传统戏曲中的大戏，古典诗词中的美文，都善用和喜用红色。既能从"山樱晚，一树高红争熟"的过目红，到"一朵花开千叶红"的映照红；更能从"日出江花红胜火"的燃焰红，落笔到"靖康耻、犹未雪、臣子恨、何时灭"的壮志《满江红》——它们无不是诗意与情怀的凝聚与升华。驾驭住红色披挂的主人公，与演绎着红色主题的主角，在满眼满心的红色舞台上，藏山纳湖，移步换景。从红色入眼的那一刻起，观众们就知道，这会是一部关于英雄的史诗。

在文章的结语处，米粒写道：

> 古语有云，"惟楚有才，于斯为盛"。且不说那些浩如星海的楚地豪杰，单靠一部《楚辞》，就全面开启了中国式浪漫的先河。从屈原行吟之时起，我们生活的这片古楚大地，就被磅礴的诗文托举了起来；继而，以歌舞，以戏曲，在这片土地上代代传袭。

关于汉剧的诞生，史书并没有确切地描述，到底是哪一天、哪些人、在哪个场景完成了它的第一出戏。它似乎是横空出世，又宛若水到渠成。沿着奔腾不息的长江水，人们在田间地头里唱，在殿堂舞台上演。声，辽远至四海八荒；姿，萦绕于脑海胸膛。踏洪荒而来的人杰地灵，凝千百年中的物华天宝，以皮黄之名，东奔西突，走南闯北，汉剧就这样古老而又年轻地呈现于今天的戏曲舞台。

是夜，人们在首都剧场看到的这几场戏，是邰玉这位年轻的汉剧演员的倾心之作。

这是一个满足的夜晚，因为，邰玉为全国的观众们带来了一场春天里的好戏。演员为她奔赴的艺术而倾情，观众为眼前那出神入化的表演而满足。如果我们用百花齐放来形容戏曲春天的盛景，那么，汉剧这一枝，似乎就像是幽香傲然的蜡梅，香自深冬苦寒来，春天中依然盛开。

作为中国戏曲界最年轻的"梅花奖"得主之一，邰玉在戏曲舞台表演的"四功五法"中所展现的灵动与卓绝、探索与创新，代表着今日之汉剧的灵气与活力，又似乎还不能完全代表汉剧之纷繁与灿烂。因为，这个"汉调北上"、曾经在200年前点亮了京剧的传统剧种，只要坐进她的剧场里观演，聆听由她开创的皮黄声腔，你便会看到，汉剧舞台上的中国式浪漫，"像水银泻地，像丽日当空，像春天之于花卉，像火炬之于黑暗的无星之夜"。

我们期待着能为汉剧迎来一场打上新时代烙印的烟火庆典。在这一天到来前，我们需要这个舞台始终是热的。热忱的表演，热情的观众，热烈的掌声。尽管"路漫漫其修远兮"，但只要汉剧的舞台始终有着这样充满暖意的人间烟火，庆典也许迟到，但终将到来。

米粒在文章中引用的那句话，本是郑振铎对《楚辞》的评价。在米粒看来，正是《楚辞》开启的诗意精神，才在湖北这片土地上，激发和引领了汉剧从诞生到发展至今的一切古往今来。

归整了恣意汪洋的思绪，米粒落笔在酒店信纸上写下了这些文字。她对成稿是满意的。她把对邰玉的褒奖融入了对整个汉剧事业的祝福之中，寄托了她对传统戏曲古典主义的敬意以及带着理想主义精神的向往。她不便在文章中去写自己和汉剧的渊源，交代她和邰玉的交情；她也无法去告诉世人，今天的汉剧院就盖在自己家的祖业上。这些已经不重要了。她生下来的第一声啼哭，就伴随着汉剧声腔作为背景回响，这就注定了她和汉剧彼此渗透着成长。

当她写完了文稿后，窗外的天也亮了。

那时,她还不会想到,就是这么个寂寞沙洲冷的夜晚,自己无处话凄凉时完成的这篇文稿,竟然会是一把钥匙,让她由此出发,得以从纸媒走向电视这片更广袤的事业舞台。她从《楚辞》中获得的"智"的灵感,能让她从诗意的视野,领教到更广阔视野的诗意。

——世间诸事,有舍,终会有所得。

半年后,程米粒在公开竞聘中从江城晚报调到湖北电视台,担任文艺栏目的编导和撰稿。她在提交的栏目设计中陈述了自己的构想:开办一个名为《"江"与"城"的对话》的电视专栏,每期将以对话形式推出一部20分钟时长的小型纪录片,推介江城武汉的地方文化。所谓《"江"与"城"的对话》,"江",就是奔腾不息的两江(长江汉江);"城",就是从楚城名号沿革至今的江城武汉。她要借助电视节目特有的影音多视角,通过诗意的画面与旁白,让相互依存的江水与城市,彼此倾诉,共同见证着在江城生生不息的老百姓们每天在经历着的物质世界与精神生活。

在栏目导语中,她这样写道:

> 武汉是一个依"江"而生的"城"市,城市的记忆都深埋在朝夕相处的江面之下。我们眼见的所有人文风景,若是被解读成是一江之水对一城之民的对话,就能从奔腾不息的江流中打捞起这个有着2000年历史的城市的荣光与沧桑……在我们的这个对话栏目中,江水流淌的记忆会在声韵中复活,城市的文物文化将在历史与现实中辉映着光芒。

带着她对家乡武汉和地方戏汉剧的偏爱与偏心,以汉剧为题材的专题片《戏码头》,就是这个《"江"与"城"的对话》栏目的开山之作——

> 谁说时空不可穿越?
> 汉润里的神秘脸谱,隐藏着汉剧久远的风云往事,
> 梅兰芳轻叩门扉,余洪元恭迎贵客;
> 坤厚里斑驳的光影,摇曳着大师陈伯华的兰花指捻,
> 汉调楚曲四派归一,戏文戏台皆为史诗。
> 方大江南北,风流儒雅,留下数不尽的声腔字韵;
> 一末到十杂,喧天锣鼓,响彻两江四岸戏码头。
> 从汉剧,到京剧,演绎着天下一家的传奇与荣光。
> 道不明,戏里戏外,《群英会》;

看不够，台上台下，《定军山》；
　　理不清，痴心痴情，《丛台别》；
　　一戏一别离，一生一悲喜。
　　千古江山，千古风流；千年汉阳，千帆竞发；
　　百年码头，百川归海；百花绽放，武汉有戏。
　　我们从这个戏码头出发，
　　唱一出戏，水袖轻甩；
　　再次回眸，致敬未来……

　　这部《戏码头》，不光是米粒在成为电视编导后交出的第一份作业，后来也直接成了上星之后的"湖北卫视"戏曲综合栏目的栏目名。

　　回到1994年3月。在返汉的火车上，彭老师看到了程米粒写邰玉的专稿。彭老师从文字中看到了米粒的才情，又回到了以宝贝女儿为荣的状态；米粒从彭老师的笑容中看到了和谐的亲情，她知道，只要不生气不发火不失控，彭老师就是天底下最好的那个母亲。

　　火车带着母女俩回家。白天的行程，一路都是光明的。米粒重温着这趟路程，重温着自己来时曾在暗夜的星光下看到过的那些站台、隧道、原野、河道……返程的疾驰让她有一种退回到原点的错觉。也许，那不是错觉，那就是一份奢望。她情愿退回到原点，就像她从来没有出发、没有来过这一趟北京那样。如果真能实现的话，她还能去做一些甜蜜的梦，梦里有那个高高大大的大男生，说一句，"我就喜欢你这样的"。

五十一

　　身体出了状况后跑到医院去找医生求诊，很多时候是患者觉得是件大事，但医生会觉得这类伤病他们见得多了，有的是比他们严重得多的情况，患者不必大惊小怪——邰玉脚上的伤就是这样。虽然邰玉的整个右脚从脚指头到脚背全都起了泡，医院皮肤科的医生检查了伤口后却说，这就是个普通的烫伤；皮肤接触到80℃以上的热水就会起泡，不是什么大问题。水泡给蹭破了，创面那么大，疼是肯定的，但做好护理也会很快康复。

　　医生安排护士为邰玉的创面用碘伏做了消毒处理，覆盖了敷料，包扎好之后，又开了些口服的抗生素和备用的敷料,嘱咐她每天到学校的医务室清洗换药。

邰玉听医生说不是什么大问题,也就放心了。在她看来,既然只是个皮外烫伤,又不是什么伤筋动骨的事,也就是疼上一两天就过去了。

回到学校。趁着头一晚上在首都剧场专场演出的热乎劲,邰玉知道自己还有好多后续的事情要做,她先是跑到医务室里借来了一双拐杖,然后就楼上楼下地忙乎了起来。同学们开玩笑说她"身残志坚",她也用玩笑回应说,我现在开始体会古时候中国妇女去包"三寸金莲"时的那种感受了。

邰玉把被水给泡湿了的被褥搭在了暖气片上,家在北京的同学把自己的铺盖抱过来借给了邰玉。在整理好这一切之后,邰玉拄着拐杖站在寝室的中央。她的注意力放在了洗脸盆架边摆放的那几个从武汉带过来的玻璃瓶上。这几个瓶子立在那里的样子很无辜。之前,邰玉看它们,总觉得它们那么晶莹透明,那是一种骄傲的神情,就像它们曾经的主人高强。瓶子们的姿态从骄傲到无辜,也就是在被子里泼洒出了一瓶滚烫的热水的过程。

是时候跟它们道别了,邰玉想。脚伤还在隐隐地疼。这一回,邰玉意识到了,是老天爷怕她没找到心疼的痛点,就让她好好地体会一下肉疼的滋味。也许,这些瓶子真的是无辜的。但是,她不想再见到它们了。因为,只要看到它们,她就会想到"玻璃高",从脚疼到心疼——从脚到头都是疼的。

她拄着拐杖走了过去,弯下身去准备把它们捡起来扔到门外的公共垃圾桶里。结果,弯腰下去时,一个重心不稳,失衡的她扎扎实实地朝前扑着、摔了下去。因为胳膊是架着拐杖的,摔下去的那一刻,胳膊正好被拐杖给蹩住了,当她整个身体的所有重量全部压下去的时候,她听到了左胳膊骨头断裂的声音。

邰玉一天跑了两趟医院。早上去是因为脚伤去皮肤科,下午是因为胳膊伤,去的是骨科。等到她再次回到宿舍的时候,她就是右腿绑着绷带翘起,左胳膊缠着石膏被脖子上套的绳子吊挂着。同学们看到她,不再跟她开"残疾人"的玩笑了。大概是因为,大家觉得,对于真的残疾人,再去嘲笑人家的弱点,就太残忍了些。倒是邰玉挺乐观,回宿舍的路上遇到了熟人们的关切询问,她就笑嘻嘻地自嘲说,嗨,这就是武汉人老话说的"阴沟里翻船"。熟人们带着点惋惜地说道,幸亏昨天演完了大戏。邰玉继续自嘲道:"昨天那是领兵挂帅的穆桂英,今天却成了吊带加绷带的伤兵……"

医嘱说,打了石膏的胳膊,六周内不能沾水。邰玉便把所有的行动精简到最低范畴。低到她连吃饭喝水的次数也一减再减,为的就是少洗碗、少上厕所、少折腾,这样就能尽量避免各种沾到水的可能。她把活动半径也缩小到教室和寝室。她的脑子里记得的是皮肤科医生说的"这是小伤",再就是骨科医生说的"六周后复查拆石膏",很多事情在脑子里一搅乎,脚伤要每天去医务室清洗换敷料,她真是忘得一干二净。

一个礼拜后,当她的右脚疼得刺骨钻心,而且能够明显看到右小腿开始肿起来、还能从捆脚的绷带中闻到一股怪味时,她这才赶紧拄着拐杖跑到医务室去。校医用剪刀剪开那些脓血结痂后渗入到血肉里的绷带时,邰玉看到,自己的脚背,已经溃烂黑肿得不像是人身体里长出来的一部分了。

校医说,你要是再这么捂上一两天,整个脚就要烂穿了。

邰玉问,我是不是要被截肢了啊?

校医无奈地反问道:"再往后接着溃烂下去,可不就是只有这一条路可走了吗?"说完,看了一眼她左胳膊上打的石膏,摇头道:"你们这些年轻人啊,怎么这么不把自己的身体当回事呢?你看看你,从头到脚,没一处是完好的。"

校医为邰玉清洗消毒后做了包扎,她叮嘱邰玉还是要到医院再看看,毕竟被忽视后的伤口感染所导致的伤势不算轻。邰玉在医院皮肤科敷了药、也领到了请假条。遇到的皮肤科医生是位老大夫,他看着邰玉又缠绷带,又裹石膏的样子说,"你们不要仗着自己年轻就以为身体恢复得快,该静养的时候就要好好养伤。你现在就剩得头脑还是好的了,可别再折腾了。"

邰玉认真地点头。这一次,她是真的都听进去了。像她这样一个吃形体饭、吃青春饭的人,对自己的形体控制总是要求尽善尽美,她比任何人都不希望自己的身体是这种"从头到脚、没一处是完好的"情况。

医生强调了,伤要好好静养。

怎么静养呢?——回家是养伤的第一选择。那就回武汉吧。

从医院出来,邰玉第一件事就是给吴峥嵘打了个电话。她说本来是计划清明节有假期的时候再回武汉,现在受了点伤,就提前了。因为现在又是绷带、又是石膏,所以要麻烦吴峥嵘到时候进站上车来接她一下;他要是忙的话,就让他请的司机来帮个忙吧。

吴峥嵘一听到邰玉说有伤,好像还挺重,马上就问:"怎么了?出什么事了吗?"

邰玉就在电话里笑了起来,答:"说起来连我自己都不相信,脚伤是在被窝里搞的,胳膊上是在寝室的地上摔出来的。"

"怎么会这样?"吴问。

听到吴峥嵘的问话,邰玉很清楚标准回答是什么——就是因为高强给的那些瓶子——她当然没法这样去回答啊。于是,她就又嘻嘻哈哈地用一句武汉俚语回答道:

"人要是背时，喝水都能被噎死。"

"你还会有'么斯（什么）'背时的事情吗？"吴又问。

"当然啊，行时的事得到的多了，就该轮到我背时了。我爸爸还总说，淹死的都是会水的。现在放到我身上来看，是阴沟里翻了船给淹死了，你说滑不滑稽？"

"不滑稽，"吴斩钉截铁地回答道，"我就是蛮心疼你。你是哪一天出发的票？"

"我想今天晚上就走，到时候上车补票吧。我想，像我现在这个样子，走到哪里都能得到残疾人优待，上了车以后去补个卧铺票，应该不难。"

"你放心，明天早上你在站台上肯定能看到我。"吴又解释说，"我已经有得司机了，现在到哪里都是自己给自己当司机。"

从北京开往武汉的夕发朝至K38次车，早上6点就抵达武昌。

吴峥嵘在站台上见到了隔着车窗跟他招手的邰玉后，赶紧跟车厢门口礼貌送客的列车员打了招呼，进到了车厢里。见到了邰玉，怎么看怎么都为她心疼，连说好几遍"造业哟，么样搞成这个样子啊"。他还懊恼地说道，早知道你腿脚伤得都离不开拐棍，我应该带个轮椅过来接你的。

吴峥嵘那种发自内心的关心让邰玉很受用。她笑道，"冇得那严重，我目前还只是残疾，没到瘫痪的地步。还没到张海迪的那个严重程度。"

吴峥嵘帮着邰玉提她的行李箱。他掂量了一下，问，怎么这么重？装了什么宝贝啊？

邰玉笑答："还真是些宝贝呢。带了好多书回来，之前买的还没顾上看，准备这回养伤的时候慢慢读，就有事可干了。"

等到两人坐到了车里，吴峥嵘提议说："我带你去我们外贸系统的招待所开个房间吧。你现在这个情况，需要住个有电梯上下的位置才行啊。"

"又不是没有宿舍住，哪里需要去住什么招待所啊？我回武汉就是回家啊！"邰玉答。

"你那个宿舍的楼梯不好爬啊……你看看你现在，拐杖还加绷带石膏，让你去爬你们汉剧院的那个楼梯，那不是像爬天梯啊？"吴想了想，又提议说，"要不，你住到我家去吧，我住在一楼，不用爬上爬下。"

"你莫'黑（吓）'我，"邰玉道，"我去住你家，这算是个什么事啊？"

"你不说、我不说，哪个会晓得呢？你现在不是非常情况吗？再说了，你把我当个拐子，我现在照顾你一下，有么斯蛮'黑（吓）'人的事情呢？我家是一室一厅，就我一个人住。你睡房里，我睡客厅，这样安排总可以吧？"

邰玉想了想，这也确实是个特殊情况下的特殊安排。她现在需要每天到医院去换药,上下楼不便是一回事,也还确实需要有个帮手陪着进进出出;像吴峥嵘这种住在一楼、自己有车、上下班时间又机动灵活的人,是她眼下最好的选择。而且,像她这么好强的人,也不愿意自己这么狼狈得像个临阵脱逃的伤兵似的回到汉剧院宿舍里。刚在首都剧场亮了回漂漂亮亮的大相,这种闪耀着光芒的感觉还是不要这么快就给破坏了为好。好歹等过了一个星期、脚伤好了些之后,能够不要拐杖自己走了,再去单位,就不会像现在这么难堪了吧。而且,不回汉剧院的宿舍,所有人都不会知道她回到武汉了,正好让她不受干扰地躲起来养几天的伤。邰玉想好了,连父亲邰汉生都不去联系,免得他看到她这个样子,帮不上忙,还又担心着急,犯不着。

  住到吴家会发生些什么,邰玉不是没想过。但她又不愿意深想下去。从她接连受的这两次伤开始,她越来越相信这世间的很多事情是她所无法左右的。好像冥冥之中,老天爷对一切都早有安排。如果说那些玻璃瓶子就是关于她和高强之间的关系的一份谶语,那么谁能断定说,吴峥嵘一直以来的陪伴和他总能在关键时刻提供的帮助,就不是一份来自未来的召唤呢?

  那些年,人们从高小文化程度就能接受的大众读物《知音》《读者》中看到了不少奇闻轶事,什么"谈恋爱就是找个你爱的人、结婚就要找个爱你的人"这一类的洗脑哲理,能把思想单纯的头脑中那股清流给搅乎成滔滔洪水,不愁到最后不把那些简单美好的东西给彻底淹没得干干净净。那些杂志里的文章,看起来是在用一些深入浅出的真人真事去启发读者学会恋爱、学会做人,实际上,励志奋发的很难被人记住,妥协中庸的倒成了如雷贯耳的圣经。所以,平时也爱去看这些鸡汤类杂志的邰玉,是认同这样一个道理的:有时候,你拼尽全力却爱而不得,那么,为什么就不能去成全另一个同样拼尽全力也爱而不得的人呢?想想他能在你身上倾注所有你从另一个人身上得不到的那些呵护与关照,就算是不爱,那也是不能说就不是幸福吧?

  走一步看一步吧,邰玉跟自己说。

  从火车下来进到吴家的那一天起,邰玉就像是吴峥嵘千辛万苦讨回来的一个稀世珍宝,端在手里怕摔了,捧在手心怕化了;吴峥嵘一整天都没有去上班,全部时间都用来围着邰玉转。就好像那种虔诚地求佛许愿了很多年终于才得到了这样一次罕见的机会,吴峥嵘无比珍惜地把所有时间都用在了对邰玉的百般讨好上,端茶倒水、做饭洗碗、连洗脚水也是试好了温度才端过来。

  晚上临睡前他找来一个半米高的靠背椅,垂直放在床架边,再把水盆放了木床架和椅子形成的直角处。他问邰玉,你是不是要抹个澡?

邰玉摇摇头。

他又问，那你是不是要洗一下下身？

邰玉一愣。这话问得太突然了——好像他俩没这么熟吧？

"我也是结过婚的人，"吴峥嵘说，"女人的讲究，我还是懂的。"

邰玉不说话了。

吴峥嵘把邰玉扶到椅子上的水盆边，确认她是站稳的，也确认她可以随时伸出手去扶床架、扶靠背椅来固定，然后把毛巾从热水里取出来拧干，放在椅子上。做完这些后，他就退出房间，关上了房门。

等到邰玉洗好了，喊了一嗓子，他这才推门进屋。邰玉已经靠一只手和床架之间的互力支撑，让自己坐在了靠背椅上，把没有受伤的左脚泡在热水里。吴峥嵘走过来，蹲下去，用手在她的脚背脚底处轻轻擦水，又用毛巾伸进每个脚指头间的空隙擦洗。

坐在椅子上的邰玉，看着以下蹲跪拜的姿势帮自己洗着脚的吴峥嵘，她的感受是，被宠爱，被呵护——此前，她还从来未曾体验过这样被善待的感觉。

电视机在客厅里。

帮邰玉倒掉洗脚水的吴峥嵘问道，想看什么电视节目？

邰玉看了看客厅的格局，就一张沙发，如果想看电视，两个人就要挤坐在一起。晚上吴峥嵘还要睡在这张沙发上。邰玉不想因为这个沙发带来什么误会，或者把沙发变成为加速发生某种化学反应的场所，于是摇头。

吴峥嵘扶着邰玉上了床。然后，他就搬来之前给邰玉洗脚的靠背椅坐在了床边。

邰玉说，你搞得像是在医院病房里来探视病人的样子。

吴说，本来就是啊。说完，他起身，边走边说道，"我要找个苹果过来，然后再坐到你床边，一边用水果刀来削苹果，一边跟你谈人生……嗯，电影里都是这么来演的。"

"哦，你在演电影啊？那摄影机在哪里呢？"邰玉顺着玩笑道。

吴峥嵘用手在空中划了个圆圈，道："到处都是，你看，天上也有，背后也有，你跟前也有。"

"那要拍个什么故事呢？"

"癞蛤蟆想吃天鹅肉的故事吧。"

吴峥嵘一贯说话时就带着点邪痞的劲头，正话反说，或者是严肃的话以信口开河的形式来说，总之，他就是那种社会上混得久的油嘴滑舌，很多话，你当真就是真的，你要是懒得理睬他也就只当是说了句玩笑。但是，这句"癞蛤蟆想吃天鹅肉"，话一出口，连他自己也觉得这个回答好像那么妥帖地赋予了隐喻，又那么明白无误地充满了自嘲精神。

吴峥嵘的话，邰玉不好接，于是她也就不去接了。虽然她坐在他的床上，但她相信自己还是有能力去决定自己的晚上该怎么度过。

"跟我讲讲你的婚姻吧。"邰玉说。

——在洗脚之前，吴峥嵘第一次提到了"我也是结过婚的人"，既然开了题，那就让它讲完吧。

"我的前妻是我小学的同班同学。她现在出国了。"吴峥嵘说得很简单。

"就说完了？"

"完了。"

"不够，还想听。"

"听什么？"

"你们怎么结的婚？结了几年？为什么离婚？她怎么出的国？这些你都没讲啊。"

"好吧，我告诉你——"

吴峥嵘说："我跟我前妻在小学当同学的时候，都是那种老被人欺负的。我是屋里哥哥姐姐多，所以条件差，走到哪里都显得蛮尬。她的家庭成分不好，爸爸被打成了右派，坐了牢，这种人的子女肯定是抬不起头的。她长得也一般。我跟她好上，最开始算是'鱼找鱼、虾找虾、癞蛤蟆找青蛙'的那一种。我们俩是有点同病相怜吧。不过，她比我会读书、有出息，恢复高考后的第二年，她就考上了大学。她爸爸紧跟着也平了反。我们是在她上了大学之后结的婚……"

"上大学可以结婚的吗？"

"她之前当过知青，所以上大学是带着工龄去的，可以结婚啊。我们结婚的时候，她爸爸当上了省财政厅的领导。她的'老头老娘（父亲母亲）'对我跟她的事情，说不上赞成，也没有坚决地反对，反正我们结了婚以后，我也很快就到省外贸公司去报了到。大家都知道我这是靠的老泰山的面子。除了过年过节，平时，我跟她老头老娘来往都不多。他们家几个伢，包括后来伢们找的媳妇女婿，只有我一个人是没有上过大学的。我喊老丈人喊爸爸喊得别扭，估计他也不愿意我这样一个女婿在人前喊他爹……"

"后来呢？"

"后来，我前妻大学毕业了，读完了本科，又去读研究生。再后来，她有机会到美国去读博士，他们家都支持她出国。然后，我跟她就成现在这样'两不找'的情况了……"

"能出国几好啊……你怎么没想过也一起去美国呢?"

"我'克(去)'美国能搞么斯呢?扫地?端盘子?我一不会讲外语,二不会做学问,跑到美国去,闭着眼睛都能想到是混不下去的啊……"

"那你不觉得很可惜吗?你们也算是青梅竹马了。"

"可惜又不能当饭吃。"

"你前妻现在还在美国吗?"

"是啊,找了个老外,生了两个小混血。一儿一女。我看过照片,都还蛮漂亮的。"

"你们结婚的时候怎么没要个孩子呢?"

"那个时候她不是还在读书吗?一边读书一边养伢,这不现实啊……虽然没有明说,我又不是看不出来,他们全家都觉得我就是个吃软饭的'倒插门',所以,对于我们要不要伢,他们从来都不催,也不鼓励。跟你声明啊,不是我不行要不了伢啊,我的身体好得很。我是做梦都巴不得早点有个伢的啊,确实是他们家不怎么想要……他们全家上下打的那个算盘,我清楚得很:养个伢,既占她的精力、影响她去奔那个'么鬼的'远大前程,又把她跟我之间给锁死了,何必呢?生生地把我的儿子给耽误了啊,到现在还在天上、冇下得成凡……"

"你怎么把你自己说得这么惨啊?好像你跟你前妻从一开始结婚,他们全家就巴不得你离婚一样。"

"这就是事实啊。他们全家都是那种高级知识分子,说话一套一套的,看起来是给了他们姑娘婚姻自由,我看那就是欲擒故纵。他们不希望他们的姑娘变成现代版的祝英台,为了像我这样的一个梁山伯要死要活,那'几划不来(有多么不划算)'啊!他们就看着我们结了婚,再等着看我们离婚。只要冇得伢,真到了想离婚的时候,就可以'蛮耍拉(很快速)'地'噶事(办事情)'。结果,还真像他们想的那样,我那个前妻祝英台,自己就心甘情愿地离开了我这种一穷二白的梁山伯,然后,轻装上阵地跑去找了一个美国的马文才……"

"你跟你前妻现在还有来往吗?"

"有啊,她要是回武汉,会跟我打个电话,我们也会约着一起吃顿饭。"

"还叙个旧啊?"

"有个鬼的旧,可以拿来叙……又不是仇人,就当是个老熟人走动一下吧。山不转路转,她现在从国外回来了,算是个洋人'外码(外地人)',我是条千年都不挪窝的地头蛇;如果真在武汉需要有个人帮个忙跑个腿,招呼我一声还是管用的……我在她眼里,总不就是个'白板听用(像麻将牌里的白板章子那样必要时可以当成任意牌来用)'的'提提(拎包跟班跑腿的)'吗……不过,我跟她的老头老娘是冇得任何来往的。"

"你倒是拎得蛮清楚啊……"

"谈不上……我就是个小市民，心里想的是，我结这个婚本来就不是为了巴结他们家，离了婚就更是井水不犯河水……作为一个男将，这点硬气还是有的吧。人不求人一般高，我就过好自己的小日子呗。说不定哪一天，我也有能让他们高看一眼的时候呢？"

听到吴峥嵘讲了这么多，邰玉觉得自己也该坦诚点，于是就简单讲述了自己是被收养的身世。听完邰玉的讲述，吴峥嵘的第一反应是："你看看，你命里就缺个像我这样的拐子吧？还好，山不转路转，读个水货的日语班，让我把这个缺顶上来了……"

吴峥嵘如此迅速的反应和这么直达的乐观，让邰玉一直以来认为的自己那种"连亲爹亲妈都不要的"谷底人生，一下子就反弹了起来；吴峥嵘是在明明白白地安慰她，你不用那么绝望，世界上还有我这么一个能给你来依靠的人。

两人聊天聊到半夜，然后各自安歇，相安无事。

第二天一大清早，吴峥嵘就起床跑到巷子口买回了热干面、豆皮和面窝，照顾着邰玉吃完早餐。然后，开上他的桑塔纳，送邰玉去中心医院看脚伤换药。

吴峥嵘把车子停在了医院的停车场之后，他让邰玉先在车里等着，自己跑到门诊部的咨询台，租了辆手推轮椅，再才把邰玉扶下车，让她坐进轮椅，推着她进去就诊。轮椅里的邰玉说，现在的这种待遇，搞得我不承认自己是残疾好像都说不过去了。吴峥嵘说，推着这个轮椅，我冇感觉是前面坐着一个残疾人，只是觉得坐着的是个小妹妹，需要我照顾的小妹妹。邰玉听到这话，扭头看了吴峥嵘一眼。他说的这句话，和她脸上挂着的笑，都像那天清晨的阳光一样美好。

当他们从电梯中出来时，邰玉和吴峥嵘同时看到，往左走，是泌尿外科；往右走，是皮肤科。邰玉没有说话，吴峥嵘倒是哪壶不开提哪壶地开了口，道："诶，高强是不是就在这个泌尿科啊？"

邰玉说，好像是吧。说完，马上补了一句道，我们赶快走，我现在这个鬼样子，不想见到任何老熟人。

吴峥嵘也不多问，只是加快了步伐，推着邰玉进了皮肤科。

就诊。开药。缴费。取药和换药。除了看病和换药，其他的事情都是吴峥嵘一个人跑上跑下。邰玉就坐在轮椅中。轮椅停靠在一个不碍事的角落里。那个角落，抬头就是"泌尿科"的指示牌。在等吴峥嵘的时候，邰玉就望着这个指示牌发着呆。邰玉眼里的指示牌，上面写的字样似乎不是"泌尿科"，而是"高强"。当她看到偶尔有穿白大褂的人从指示牌的方向走出来时，心跳就会加速。她不知道那会不会是高强。她有多么不愿意高强看到她现在这么手残脚残的样子，就有多么希望高强能突然出现、看到她现在这种需要被关心被照顾的样子。

这个世界，虽然人们在生活中很多时候会遇到"墨菲定律"的出现——你越是不希望发生的情况，就越会发生；但更多的时候，巧合还是属于小概率事件。何况对于邰玉而言，她想见到高强和她害怕见到他的意愿是同等的强烈，就算是老天爷打算让墨菲定律在她身上显现，都不知道到底该选她的哪一种期待……

换完药了，吴峥嵘推着邰玉去了停车场。把邰玉安顿上了车，他开始折叠轮椅。

邰玉摇下车窗问道，你干吗啊？吴答，"我把轮椅叠起来塞进后盖箱啊。你行动不方便，这些天我就先把这个轮椅带着，把它当成你的个腿脚，你就舒服些。"

邰玉问，那不太好吧？吴说，"我在医院那边押了500块钱的押金，到时候等你不需要用它了，我再来医院退掉，租金就从押金里扣。冇得么斯不好的，大不了把这500块都扣光拉倒，只当把这个轮椅买下了的。"

吴峥嵘想让邰玉明白的是，总有一天你会明白，你不可能遇到比我对你更好的人。邰玉心里想说的是，你不要对我这么好，你要是再这么宠下去，我怕我会离不开你的。他俩都没把心里想的这些话说出来。

邰玉在吴峥嵘家先住了三天。每天下班后，吴峥嵘都开车回家接上邰玉去找个不一样的餐馆吃点新鲜玩意，他们像两口子一样出门，又像两口子那样一同归家。

邰玉第一次进吴家的房门时，什么都是陌生的，眼里都是新鲜的，这个家在她眼里就是"吴峥嵘的"。住了几天，跟屋子住出了感情来。乃至听到吴峥嵘在饭馆里结完账后说"我们回家吧"这样的话，她也没觉得有任何歧义和不妥当。沿着这样的脉络再往下走，以他们之前那样久的交往来垫底，哪怕就是靠着惯性往下滑，他们也会滑溜到一起。他们之间没可能不发生些什么。邰玉很清楚地知道，结局大抵就是这样的。任何一个头脑清醒、智力正常的女人，当她答应住进一个单身男人的家中时，她就有了去面对这样一个结局的心理准备。当然，若非如此，也很好。她像一个知道故事梗概、也知道剧情结尾的观众，去看一场电影，看的是过程和细节，然后，瓜熟蒂落，走到终局。

邰玉等待着。等着大幕徐徐拉开。等着细节的铺展和过程的到来。就像很多的唱腔在开嗓前会有悠长的前奏来铺垫一样，等待是必须的。有悬念的戏才好看。没有悬念的时候，拖延也是一种制造悬念的办法。她希望等，也愿意等。之所以等，因为她相信自己还没到那种要靠以身相许才能换来被人呵护的落魄境地。她要等到一个响当当的理由，值得去把自己献祭出来。这个理由就像是一场压轴戏，它和大轴戏的分量，同样的重。

吴峥嵘关照她不是一天两天了，不计回报的付出摆在那里。同类的事情他做得再多，也不过都是量的累积，都是"拐子"对"妹子"的情深义重，那不是关系突变的理由。她当然知道自己是不爱他的。有了一个"玻璃高"，哪怕她被那些玻璃瓶子伤到现在这个田地，她对任何其他人还是爱不起来。人世间的情爱也许没有戏里唱得那么轰轰烈烈，有些话也许不用唱词永远也说不出口，但是爱的那份感觉，生活里的周遭和戏里头唱的，是相通的。正因为她看见了自己的爱，那么浓，那么厚，那么重，那么无所畏惧；所以，她才会去怀疑高强到底爱不爱她。拿不出共同去奔赴未来的决心，就像米粒说过的那句话——"即使把全武汉的蛤蟆都吃完也不行啊"。她觉得她和高强之间始终就差了那么一口气，就因为这口气，他们总不能同步的呼吸。那口气，大概就是拦在他们之间的鸿沟吧。无论她怎么努力去填，都只会是要移山的愚公，想填海的精卫——鸿沟是填不平的。而且，每一次她想做的努力，回头来看，更像是在天堑中又往深处狠挖了一锹。

邰玉相信，吴峥嵘一定是爱她的。从他各种试探、到明白地提出能不能成为邰汉生的女婿，他不说那个爱字，是怕被邰玉给拒绝了之后两个人都难堪。真爱一个人，是可以退而求其次去做朋友的。比起莽撞求爱而被拒，不如慢慢地来，慢慢地等，先做成了朋友去慢慢地交往着，起码还能交往下去。邰玉当然知道吴峥嵘也在等，等着她转变。就像他去她在汉剧院的宿舍那个过程，从她推脱说"一间破寝室有什么好看的"，到主动邀他上楼喝口茶……在邰玉看来，吴峥嵘一定是认为，只要有耐心，只要他自己不变心，总能等到机会的。

就像邰玉看得懂的那样，吴峥嵘真是耐心耐烦地在等着。等的时间很有些久了，等得他都开始模糊掉了这份等待的真正意义。邰玉是那种能让大部分男人都怦然心动的女生，惊艳感的漂亮，戏腔般的娇羞，吴峥嵘承认自己对她就是一见钟情。加上她在舞台上的光彩，还有她在戏曲圈子里的盛名，邰玉几乎能满足他对女人的一切幻想。

好了，现在带着邰玉回了家，进了门，她也睡在了他的床上。所有的前奏铺垫得足够的长，好戏总该要唱起来了吧。吴峥嵘等着邰玉最后再有一个明示或者暗示。

邰玉的右腿伤好了不少，每次换药前拆开纱布看到受伤的部位时，都能看到溃烂处在不断好转愈合着。红肿在慢慢消退，新肉也能看得到成长的迹象。邰玉开始盘算着要回到自己宿舍里去住的计划了。

转眼就到了星期六晚上，邰玉和吴峥嵘照例晚饭后坐在客厅里聊天。邰玉说，过完这个礼拜天，我就该回汉剧院了。

吴峥嵘有些诧异地问，不用这么急吧？

"回来好几天了，要是武汉、北京两头都找不到我的人，说不过去啊……"邰玉道，"再说，麻烦你这几天，几不好意思额……害得你的班都冇好好去上。还是武汉那句老话说的，'客走主人安'撒……"

吴峥嵘说："你莫把自己当客人……要是都在这里住了这些天，你还冇觉得你是这个屋里的主人的话，那就说明，还是我这个拐子冇当好，我的这个家庭氛围也还冇达标。"

"不是你的问题，是我不能'鸠占鹊巢'啊！"邰玉是戏曲演员，唱词背得多了，写在唱词里的成语，她也是能够信手拈来的。

"我还巴不得被你占了'克（去）'，"吴峥嵘又开始说起了这种一语双关的话。"要真是那样的话，就是我的祖坟冒青烟了……"

听着"祖坟"这两个字，邰玉叹了口气，感叹道："我也想有个可以去拜一下的祖坟。"话说到这里，邰玉就向吴峥嵘坦承了自己被收养的身世。

听完邰玉的讲述，吴峥嵘的第一反应是："原来我们俩还真的蛮像啊……都是屋里的老幺，都是爹妈想要送出去的那一个……只是，我是冇被送成的那一个……"

难得吴峥嵘有着这么快的反应和这么直达的乐观，让邰玉一直以来认为的自己是那种"连亲爹亲妈都不要的"谷底人生，一下子就反弹了起来；这个吴峥嵘的出现，似乎就是在安慰她，你不用那么绝望，世界上还有我这么一个能给你来垫背的人。

见邰玉没说话，吴峥嵘就继续把革命的乐观主义精神发挥到极致："难怪我那天见到你爸爸的时候，就发现你跟你爸爸长得一点都不像……"

邰玉就顺着话说道："我也好奇，我的亲爸爸、亲妈妈到底长的是个什么样子。"

"你的亲爸爸、亲妈妈他们都还在世吧？"吴峥嵘问。

邰玉跳过了这个问题，直接道："那……你明天有没有时间，能不能陪我去趟黄陂啊……"

五十二

在人们都去拜祭死去的先人们的清明节，邰玉坐着吴峥嵘的车，第一次去了黄陂老家，去拜访她从未谋面过的生身父母。悬了25年的谜底，终于迈出了去揭晓的那一步。

当邰玉按照"老四"留下来的地址来到木兰山下的那一处农家小院时,她感觉,这和她想象中的老家还是有很大差距的。

首先,是"远",比邰玉想象中的还要远。

车子从汉口出发往北,一路颠簸地开到了黄陂的镇上,这段路就好像走了很长的时间;谁知道,过了镇政府大楼,还要继续往北,又朝前开了几十里地。

邰玉找过来的这个院子,不远处就是木兰山。地图上看,它属于武汉市的辖区,离汉口是不远的;但地图上的不远和出行时的实际距离是两回事。这里包括了路况的艰辛和决定出行的动力。长到这么大,邰玉还是第一次过来这边,"木兰山"的名号也是第一次听说。武汉居然有这么大,她第一次用车轱辘旋转出来的漫长路程,丈量出了这样深切的感受。

邰玉在戏里演过花木兰,印象中,那就是个虚构的人物。当然,就算是虚构,只要流传得够广够远,也都有着能找到些有说头的发源地。不要说花木兰这种多少能贴得上一点史实的英雄人物,就算是七仙女下凡和董永通婚这种纯粹的神话故事,人们也能在湖北的孝感考证出什么遗迹出来……

据说,"有据可考"的花木兰的发源地是在河南省境内,这跟武汉的黄陂又能扯上什么关系呢。邰玉有点想不明白。她甚至觉得,"木兰山",不光是距离离得远;就连这个名字,扯得也有点远。

其次,是"不穷"。

几年前,"曹老四"专门带了一大蛇皮袋的土产跑到汉剧院宿舍找邰玉,那一次他提到了一家人"穷"的处境;这让邰玉对这个曹家有着先入为主的穷到饥寒交迫的想象——如果不至于此,何至于要把家中的"老六"给送出去呢?

而今番邰玉的眼前所见,并没有那么穷。

在这个其实并没有院墙的小院落里,有着土墙砌起来的几间房,房前有泥土地的院落。那天是清明期间难得的好晴天,阳光正好,泥土都被晒得干燥,介乎于黄色和红色的土地,有一种接近于阳光被画在地上的温暖的色彩。地上摊着几个扁平的大簸箕,抢着太阳出来的时候在上面晒着些腊干菜和豆丝。房前有狗,见了生人,奋力地叫唤着。

一位老太太正坐在院子中间的靠背椅上晒太阳。狗一见到生人的那种上蹿下跳的叫唤声,既把邰玉和吴峥嵘拦在了房门外,也在提醒着老太太有访客了。

"哪个啊?"老太太问,"有么事啊?"

"我是从汉口过来的,我叫邰玉。"吴峥嵘搀着邰玉走到老人的跟前,做着自我介绍。

"伢呀,我眼睛不好,看不见,你过来些。"

乡下的土路没法推轮椅，邰玉就杵着拐杖又走近了一点。

老太太又问："伢啊，你是邰玉？"老太太虽然目不明，但耳还是聪的。"我只能看到一点点光，其他的都看不见了。"

邰玉挨着老太太身边站住，回应说："我是。"

"真的啊……我听说你长得蛮漂亮……我能摸摸你吗？"

邰玉把手伸向了老太太。她那种拐杖加石膏绷带的现状决定了她无法蹲下来和老太太一般齐的高度。吴峥嵘见状，会意地把老太太扶了起来。

邰玉拉着老太太的手放在了自己的脸上。

——这就是"母亲"吗？邰玉不敢信，又不敢不信。

她没有想到她们的见面会以抚摸开始。

老太太的手掌是粗糙的，一双长满老茧和裂纹的手抚摸到脸上，彼此的皮肤都散发着阻力。邰玉无数次地羡慕过被母亲抚摸的孩子，幻想过有一种柔顺的温软的安恬，就像广告中说的那句"丝一般的感觉"；而这个抚摸，却带着些坚硬，还有些迟钝。

"就您家一个人在家？"邰玉问。

"他们都在忙，等哈到了吃饭的那个点，他们就都会回来的。"

"您家的眼睛是么回事啊？"邰玉又问。

"医生说是青光眼加个什么黄斑吧，就像个瞎子样的。"老太太说，"几年前还有个眼睛可以'求求乎（qiù qiù hu，模模糊糊地）'看到一点，现在是连'求求乎'都不行了……"

"么样搞成这样了呢？"

"太阳看得太多了，把两个眼睛都看瞎了……唉，连你，我都看不见了……我以为我见不到你了，结果，把你等来了，还是看不见……"

在见到"母亲"的第一刻，因为面对着嚣叫着的狗，还有陌生的老妇人，邰玉头脑里一片空白。既没有积怨，也没有感念，就像是移走了所有的布景道具后腾空出来的舞台，交由演员来自由发挥。当她听到"母亲"想要抚摸她的那句请求时，她闭上了眼睛。她想让自己的眼前和"母亲"的感受是一样的，黑，且茫然。当世界被眼帘给遮盖住之后，呈现在脑海里的舞台却变得鲜活了起来。眼见的黄土泥地上盛开了许多许多的鲜花，花瓣上有露珠，花枝在轻晃。她想在花丛中找到自己，看到"母亲"；但是，脑子里就是花海，层层叠叠，无穷无尽。"母亲"的手逡巡在她的脸上，像是在帮她拨开被花儿遮蔽的景象。可她还是什么也看不见……

直到她睁开了双眼。

睁开眼才能看到这一切。看到现在。看到"母女"。看到未来。

但是,"母亲"的眼睛,就算是睁开着,也看不见。

"我以为我见不到你了,结果,把你等来了,还是看不见……"

——老太太的话把邰玉的眼泪都要给说出来了。

邰玉问:"看的是哪里的医生啊?"

"到镇上看的。"

"有没有说么样可以治你的眼睛吗?"

"说是要做手术,要到汉口'克(去)'做。好像说换个晶体,兴许就能看得着了。"

"该做手术就要做,该换晶体就换啊……那,我带您家去汉口找医生……"

"都快要死的人了,还花那些冤枉钱做什么……别个说只怕要得万把块钱哟,'黑死人滴(吓得死人的啊)'……"

我要让您看见我啊,邰玉在心里说。我从我懂事起就想看到您,而您,应该是从我离开时就巴望着能再见到我的吧;所以,您一定要看到我现在的这个样子啊!我努力了这么多年,也是为了在见到您的时候,能够让您以我为荣啊!

到了午餐时间,陆陆续续来了几个人。年长的男人有点佝偻着背的男人应该就是"父亲"了吧。在他身边的那几个农夫农妇模样的中年人,应该是"母亲"的孩子们,说起来,算是邰玉的哥哥姐姐吧。米粒看到了其中有那个和自己有过一面之缘的"老四"。这一次,她对他身上脚上的那些泥土痕迹完全没有任何嫌弃的感觉。他们看到邰玉时的惊喜与看到邰玉"残疾人"装备时的惊讶是同步的。邰玉看着他们自嘲地笑笑,他们也望着她微笑着。他们之间不称呼关系定语;言辞不便去定义的关系,笑容就是对于一切存在的肯定。

哥哥姐姐们留邰玉一起吃顿饭,说是事先不晓得也没有准备,就吃点肉圆子下面条吧。邰玉也就不讲客气地答应了。黄陂的家常炸圆子在汉口都是有名气的,街头巷尾开的家常小菜馆,都喜欢打招牌说他们的黄焖圆子从原料和手艺都是正宗黄陂师傅做出来的纯瘦肉圆子。真正到了黄陂乡里,油炸肉圆子还是蛮金贵的东西,一般的人家起心动念做一次,就会炸上一大锅,然后就储放着,慢慢吃。油炸过的肉圆子既有肉香、又有油香,还能久放,只要不被老鼠偷吃了去,一篓子圆子可以带来不少日子的油荤。它们既可以用酱油烩着青菜炒了下饭,也可以直接放到面条的碗里当做勾头。

这顿面条吃起来特别的家常,家常到确实是什么都不讲究,从杯盘碗盏,到桌椅板凳。但这顿面条吃起来是那么热闹和热乎——邰玉从来没有跟这么多"家人"一起吃过一顿饭。父亲邰汉生做饭的手艺不错,每一年的年饭都是丰盛隆重得绝对对得起"过年"这样的喜庆，但是，每一回，都是他们父女俩吃，吃了头一顿新鲜的，然后，就是天天、顿顿、去吃那么多的现菜现饭，似乎整个春节，就是要两个人合力去把那么一大桌子的年夜饭，不浪费地给解决完。要是有这么一大桌子人来吃，那该多热闹啊！那才真的是过大年的样子吧。

哥哥姐姐们问邰玉为什么受伤，说看过报纸上写她的文章；哥哥姐姐们还说他们都专门到汉口去找了那家有她照片的照相馆，说见到了真人才相信老四说的那句话，"本人比照片上还要好看一百倍"……哥哥姐姐们想把这许多年里关于找邰玉、想邰玉的所有事情都讲了出来，虽然他们带着乡音，言语也有些啰嗦和琐碎，但邰玉觉得那些话都是那么的好听和中听，比戏本里的唱词还动人。她从来没想过自己能这样被人惦记和牵挂，而且，是这么多人的这么多份的惦记和牵挂。

这一回，"父亲""母亲"让邰玉在返程中带上自己家做的豆丝、糍粑和梅干菜，邰玉高高兴兴地来者不拒。"父亲"又专程跑到地里拔了一大堆小白菜、大葱和莴苣，满满当当地把吴峥嵘的车后盖箱全塞满了。"母亲"说回头还要哥哥姐姐们再从地里拔些新鲜萝卜和莴苣做成萝卜干和莴苣干，都是自己家种的菜，施的肥料都是有机肥，所以，那些菜的个头没有吃化肥的菜长得大，但味道要好得多，吃进嘴里是甜的。

邰玉笑应着，虽然还还没吃到这些菜，但那种甜，她已经尝到了。虽然"爸爸""妈妈"这样的称谓她还喊不出口，但心里对应着这样称谓的形象，在这一天里全都具化了，活灵活现的，就像以前她羡慕过人家都有的那样。

哥哥姐姐们看到了吴峥嵘，不等邰玉介绍，就直接把他喊成了妹夫。邰玉听到他们喊出口的第一声时纠正道："这不是妹夫，是朋友。"哥哥姐姐们又说，"在我们乡里，男朋友就是妹夫。"邰玉笑了，也懒得再去纠正了。

那一天她一直都是挂着笑的，眼里在笑，心里在笑，哪怕是听到了这样的玩笑，她也就一笑而过了。生活在她面前呈现的，全是值得她开怀笑一天的美好，中间掺杂些好笑的玩笑，也无所谓了。

吴峥嵘也在一旁赔着笑，他的心里更是乐开了花。看来，凡事只要坚持下去，就总有斩获，哪怕就只是坚持着当个"提提"、当个司机，当的时间长了以后，也总能捡到些被当成是"女婿""妹夫"这样的误会；这种误会积攒得多了，也总有量变到质变的时候吧……

在从黄陂开回汉口的路上，吴峥嵘说，我去找找"同济""协和"的朋友，问一下哪里的大夫做这种眼睛手术最拿手。邰玉说，好啊，那就拜托了。

吴峥嵘又说，我再打听一下这个手术要花多少钱。邰玉说，好的，让我心里有个数，我好去做些准备。

吴峥嵘看了一眼邰玉，说："你有个鬼的钱，'莫克（不要去）'逗这个能。"邰玉纠正着吴的说法，道："我的钱肯定比那些哥哥姐姐们挣得多啊，他们手头要是有这个钱来，肯定早就拿出来了……"

"算了，你先莫为钱的事情操心，到时候我帮你来想办法，"吴峥嵘说，"你要记得，你有我这个拐子，关键时候该用就得用啊。"

虽然吴峥嵘和邰玉都没有忘记他们有个在中心医院当医生的"大学同学"高强，但在这个对话里，高强被故意地给忽略掉了。也许是因为他们想找最好的医生来给"母亲"治病，而"同济""协和"这样的医院，不光在武汉、就是放在全中国来看也是最好的；也许是他们都渐进地明白和接受了一个事实，在越来越往前走的人生中，高强会是一个弱化、淡出到消失的名字。吴峥嵘不想在自己的"临门一脚"时给自己找个段位太高的竞争对手，邰玉从来就不想让高强知道自己的身世和家事，之前没有这么多乡下穷亲戚的时候他就觉得他们之间的关系是阻力重重的，现在邰玉快快乐乐地认了亲，其实也就是快快乐乐地往天堑中再添上了一锹猛挖的功夫。无所谓了，就这样了。

吴峥嵘又说，"下一回，我们不能空手过来，带了这么一大车的东西回汉口，也要再装这么一大车的东西来黄陂。"

吴峥嵘用了"我们"，邰玉没有反驳。

吴峥嵘接着说道："下一回，等你好手好脚了，我们把时间留得充裕点，争取过来一趟还顺便'克（去）'爬一下那个木兰山。走了一回亲戚，还认识了一个景点，我们这一趟远门才叫出得值啊。"

邰玉说，好啊，我们也要去研究一下，这个木兰山和那个花木兰，到底有没有什么关系。

吴峥嵘答："管它跟花木兰有冇得关系，反正我晓得的是，它跟你是有关系的……你就是木兰山这一片的最大的骄傲。"

"你这个人呐，总是说着说着就能把我抬到天上'克（去）'了……"

一路上，两人就是这样说笑着，好像突然间彼此就有了很多的共同语言。吴峥嵘的话也不再像从前那样，让邰玉总觉得"黑哒哒（被惊吓得要晕倒）"了。这一回，邰玉终于对"家人"打开了自己，而这种打开，吴峥嵘是陪伴和见证。在邰玉还没有想好她该怎么跟世人、跟邰汉生来讲述这份"打开"时，她和吴峥嵘之间，就拥有了共同的秘密。其实，也不光是共同的秘密吧，慢慢地，她意识到他们有很多共通之处，比如都是来自贫困之家，比如都有众多哥哥姐姐，比如都是所有孩子中凭自己的努力混成了最有出息的那一个……哪怕是吴峥嵘之前的那句玩笑话——"我们都是爹妈想要送人的那一个"——听起来都有着同样的苦中作乐和笑中带泪的共鸣。

邰玉对家人打开自己的这一天，她觉得自己放下了许多，又拾起了更多。怨懑、责难，都敌不过亲情的那些叮咛和祝福。而身旁的吴峥嵘，让她无所顾忌；在他面前，她可以放松地去做她回她自己。

等到车开回了家，吴峥嵘一趟一趟地把后盖箱里的东西往下卸完之后，他看着邰玉问道："这么多菜，准备么样来吃啊？"

"还能么样吃？用嘴巴来吃啊！"邰玉又用她那种娇羞的带着些戏腔的口吻道。

"那你得在我这里住到你把这些菜吃完为止。"吴峥嵘说，"你晓得的，我平时根本就不在屋里'开火（生火做饭）'的。"

腿伤和胳膊伤，需要找个就便的住处，这是邰玉在吴峥嵘家留宿的第一个理由。从黄陂老家带回来这么多的菜要消化掉，这是邰玉要继续在吴峥嵘家留宿的理由。之后，如果想要找，还能找到更多的理由。对于吴峥嵘这么精明的脑袋瓜，只要想把一件事合理化，在事情的上面套些看起来像那么回事的理由，会有什么难的呢？

五十三

邰玉的腿脚被毁成那么糟糕的样子，只需要几秒钟的不慎，外加上不到一周的持续感染；但要等到真正痊愈，就需要数倍于此的时间和精力。邰玉决定，既然回到武汉了，不能等到腿伤好了再回汉剧院。邰玉看到自己在吴峥嵘家前后也住了快一个礼拜，就提出说，我还是要回院里跟大家打个照面，让大家看到我这副倒霉样子也没办法，实事求是嘛。于是，吴峥嵘当仁不让地继续当司机护送邰玉。

只是一个多月的时间没有过来，前进四路就变得快让邰玉不认得了。

因为过年前街道上下达了拆迁计划，过完年后，各种辞旧迎新的行动就格外目标明确地迅速推进。大家都是以密集的频率持续吃了半个月的团年饭，刚囤积的物质食粮立马转化成为接下来一整年续航的精气神；这种一年开头最饱满的能量用在任何事情上都会更加积极有效，当然也包括拆迁。眼见之下，前进四路上很多临街的铺面和住户都腾空了。楼上楼下的窗子、房门、原先封住的阳台，有卸下的、拆垮的、砸烂的⋯⋯那些大小不一的参差的孔洞陈列在马路边，整个前进四路看过去，就像是一个巨大的长满了龋齿和烂牙的牙床，又像是城区中突然咧开了一张漏风的嘴。不管剩下的房子里有没有住人，沿着一整条路的墙面上都用白石灰写着巨大的"拆"字，醒目且惊心。

几年来，这里一直都是名头响当当的"汉口电子一条街"，因为武汉一中率先搞校办三产开了一家卖电子元器件的商店，慢慢地就在路的两边，汇聚齐了所有沾得上"电"字的物件。现在，大多数像被吸铁石给吸过来的店铺又都四处发散了开去，慕名来淘那些"尖板眼（罕见和俏销）"货的人们，站在一堆"拆"字面前很有些迷茫。仍然有少量的商户还在坚持着出摊，不知是真的准备卖完了货就改行，还是就算觅了新店也不想放弃这里的最后一单生意，总之，哪怕是门面都彻底标注成了危房，他们还是把货品摆到了街面上，看上去是有着要把买卖做到最后一天的最后一刻的决心。跟货物一起摆在地上的喇叭中，循环播放的是扯着嗓子的大喊："走过路过，不要错过，真正的清仓大甩卖啊——过了这个村，就冇得这家店；老板要拆迁，恨不得要倒贴啊！"

"这繁华的前进四路，也搞得像是个城乡接合部了。"邰玉感叹着。

"马上，这里就要是个大工地了，进出会越来越不方便。"吴峥嵘说。

桑塔纳开进汉剧院的院子后，吴峥嵘先下了车，从后盖箱里把折叠着的轮椅取出来，拉开、架好；推到右前方的车门边，再拉开车门，扶着邰玉慢慢下车、上座。一下子，车子周围就都围满了人。大家看到了邰玉左胳膊裹着石膏被吊带拉起，右脚也是厚厚的绷带缠绕着，坐在轮椅上的架势又特别地强调和烘托了伤势的严重程度；于是，就都凑到近前询问和推断道："么样搞的啊？练功摔伤的？"

在戏曲演员的日常训练中，受伤是再正常不过的事情；尤其是练武功、排武戏的时候，磕了碰了摔了，或者是被刀枪棍棒给擦剐了，挂点彩，大家都见怪不怪。从邰玉在"国戏"的教务处那里请假回武汉那会儿开始，周围的同学老师们就都认为她是演戏受的伤；现在回汉剧院，同事们还是这么看。那就干脆"以歪就歪"、将错就错吧，这个理由总是要比被医院里打点滴挂水的玻璃瓶给误伤的真实情况要好太多了；关键是，就算说了真话，听起来也像是假的，如果邰玉不是当事人，连她自己也会觉得这个真相就是个笑话。汉剧院的同事们善于归纳总结，当后来的人问到前面的人，邰玉这是怎么了；前面刚跟邰玉聊过几句的马上就简明扼要地说出了原因——"工伤"。戏曲演员在排练或者演出时所受到的创伤，当然是工伤。

邰玉原以为自己这么狼狈地回到汉剧院肯定会被大家嘲笑奚落，谁知小伙伴们不仅快速帮她做出了"工伤"的定义，还都跟她表示着关切和慰问。邰玉先还担心大家会把注意力聚焦在送她过来的吴峥嵘身上、八卦他俩的关系，谁知小伙伴们理所当然地把吴峥嵘想成了是一位"爱心大使"，邰玉这么个我见犹怜的弱女子，受了这么重的伤，哪个男将见到了，不都会伸出手来帮她一把的吗？邰玉原以为自己上到二楼的寝室将会是一段艰难的旅程，结果同事们恨不得像抬轿子一样地把她托起来，顺顺当当就走完了楼梯。带着"工伤"的邰玉回到汉剧院，享受到了前所未有的功臣般的待遇——真的是回到了家啊。

进到寝室,屋子里有灰尘和扬尘。吴峥嵘走到窗边推开了窗,让新鲜空气透进来。窗外正对着的就是前进四路背后的巷道。和前面的门面房一样,同声同气地,都是大窟窿小眼的危房,墙面上写满了"拆"。

吴说:"这要是真拆起来,你这屋里哪还'住得住'人啊。就是不开窗户,也拦不住拆房子的动静、挡不住飘进来的水泥渣滓啊……"

这是事实。不光是前进四路,也不光是在武汉,放在中国的任何一个城市里,如果你是拆迁片区硕果仅存的留守户,在城市更新的那几年时间里,你就跟住在垃圾场里一样。为什么后来一上任就在主城区中拆得更凶、大型基建搞得更猛的武汉市长阮成发会从民间赢得那么个"满城挖"的外号呢,还不是掺杂了武汉人民对他又爱又烦的那份心境吗?

"整个前进四路都准备拆了,你们汉剧院怎么不干脆跟着'一锅端'呢?"吴随口问道。

"可能因为我们是文化事业单位,一般二般的人,冇得一点蛮扎实的后台,拆不动。"邰玉也是随口一答。

"要是我当你们的主管领导,我就拍板说——拆!你想一哈,到时候整条前进四路都以旧换新了,只剩得你们一家汉剧院还是这种老样子,那会'几卡眼(多么的碍眼)'啊……要真到了那个时候,领导们再转过弯来,想着说要把汉剧院拆了重盖,不是又害了别个那些才盖起来的新楼吗?好生生的一个拆迁翻新,两三年全部搞定,咬个牙也就扛过来了;但是你们这里非要和一整条街分成两批走,时间翻倍不说,几讨人嫌的个事哟!"

"那你'几门赞(什么时候)'能当上这样一个说话管用的领导呢?"邰玉笑问。

"是啊,我也该找个人问一哈这个问题……"

吴峥嵘说着,两人都给逗笑了。

"你看你准备带哪些东西走,告诉我,我来帮你清。"笑完之后,吴峥嵘回到了他们这次过来的主题上。

邰玉便指导着吴峥嵘,在这些简单的家具中该从哪里下手来挑选。

衣物。生活杂物。书籍。

寝室里有两个空的大行李箱,正好用来收纳。这两个箱子还是她从日本回来时买的。不是什么好牌子,但毕竟是在日本买的洋货,难得出一趟国,邰玉也就省着没怎么用。她去北京上学时带的箱子是邰汉生专程跑到汉正街去买回来的。一来便宜,"经踹(经得起折腾和摔打)";二来那也是父亲的心意,邰玉愿意走哪里都带着。

衣物杂物都收拾得差不多了,摆在书架上的那些日文书和戏曲理论书也都装了箱。回来之前,邰玉就特别想着说一定要把世阿弥的《风姿花传》和金子美玲的《向着明亮那方》这两本带走。"国戏"那边还有理论作业要完成,这两本书是邰玉在提笔前最想再研磨的参考书。

邰玉打开书桌的抽屉,看看这里面的东西有什么要拿走。她看到了自己这几年断断续续写的那几本日记,看到了成捆的来信。有一捆来自葛军,一捆来自程米粒,还有几捆是日本的观众们辗转着寄来的。这些信除了回忆,没有任何实用的价值。作为存念,只需要有个妥当的库房就行。邰玉拿起它们来看了看,又整捆地放到了一边——就让它们继续待这里吧。

在这些信的最底下,邰玉看到了一张孤零零的贺卡。打开一看,邰玉忍不住笑了起来。这是张普通的新年贺卡,封面是大雪中的雪人图案,点缀着"新年快乐"的字样。卡片的内页,左边简单地写了句:"程米粒,祝你在新年里心想事成,如愿考上你梦想的大学。"右边则是抄写了一首汉乐府诗词《上邪》:

我欲与君相知,
长命无绝衰。
山无陵,
江水为竭,
冬雷震震,
夏雨雪,
天地合,
乃敢与君绝!

邰玉把这张贺卡递给了身边的吴峥嵘看。她告诉吴峥嵘,这份没有落款的新年贺卡,是程米粒寄存在她这里的。当时,米粒害怕被母亲看到了后会受到责怪,就想把这张卡片给撕掉,还是被邰玉劝住了,说留着呗,也不碍事。

"你说程米粒那个鬼丫头几好玩啊,收到了情书也不敢留下来。现在再回头看,这是几有意思的纪念啊。这些诗写得几好哟!"邰玉又说道。

"要是有人也这么写给你了,你会么样处理啊?"吴峥嵘问。

"如果是我喜欢的,我就会像诗里写的那样克(去)回应他。"邰玉说完,把卡片放到了随身的手提包里。她说,下次再见到米粒,就可以物归原主了。

离开寝室锁门前,吴峥嵘走到窗边把窗户都关上、插上窗栓。邰玉看到,在窗框下摆放的洗脸架旁边，还放着几个玻璃瓶子。迟早是要都扔进垃圾堆的，邰玉知道，这次顾不上了。

吴问，就这样了？邰玉答，今天就这样了吧。

吴峥嵘接着说道："之前你是藏着掖着的，你既然今天已经在人前亮相了，是不是也要去看看你爸爸啊？"

邰玉想了想，还是摇了摇头，说，"我这个样子太'霉（倒霉样）'了，不能让我爸爸看到。他最怕我出事。"

"那你就打个电话跟你老爸报个平安呗。"吴峥嵘说着，就把大哥大电话递了过去。

"爸爸，是我，邰玉。"

"你回来了？"电话那头的邰汉生问。

邰玉犹豫了一下，答道："我还在北京。争取下个月月头回来。"邰玉说的这个计划，其实是预测着她的腿伤痊愈的大致时间表。

"在北京都还好吧？我看到了晚报周末版上写你的文章，发了那么大一整版呢！写得几好哟！我问送报纸的人想再多要两份。我指着报纸上你的照片跟那个送报过来的人说，这是我姑娘，说得他'欠死了（羡慕死了）'！结果，他第二天过来，给我带了上十份报纸过来！我都是沾了你的光啊！……"邰汉生笑眯眯地冲着电话说着，邰玉隔着听筒都能看到父亲的那份喜悦。

"哎哟，您家莫这样逢人就表扬我，搞得我都有点难为情了，难怪我前几天喷嚏直打的，"邰玉在电话里用"打喷嚏就意味着有人在想你"这种民间趣语来跟父亲撒着娇道，"您家就记得一定要把自己照顾好，莫太辛苦了，等着我回来啊。"

说完，听着父亲在电话里又唠叨着嘱咐了几句，邰玉挂断了电话。

"怎么冇说几句话就挂了呢？"吴峥嵘问。

"心疼你的电话费啊……"

"要是为了这'一滴嘎（一点点）'电话费，你的心也要疼一哈；你的这个心，该有几累哟！"

听到吴峥嵘这样的关切，邰玉笑着看看他，没有接话。

"你爸爸那边如果有什么是需要我跑腿的，就发个话。"吴又说道。

"冇得么斯，我爸爸就是跟我说，他看到了报纸上写我的文章，觉得蛮骄傲，恨不得跟天底下的人都说，我是他姑娘。"

"那是啊，我要是有个像你这样的姑娘，我也要告诉天底下的人都晓得。"吴接着邰玉的话说。

"你在占我便宜吧？"

——邰玉这句话的意思是,你刚才打的这个比方,是不是想说我就是你的姑娘那个辈分的人?她说的"占便宜",指的是言语上占了辈分压人一头的便宜。

"我像是想占你便宜的那种人吗?"吴峥嵘自问自答说,"我要真是想占你便宜的话,还会到今天吗?"

吴峥嵘把邰玉送到家、扶进了门,就赶紧跑到单位去"点卯"报到了。虽然他的工作性质决定了上班时间相对灵活,不要求严丝合缝地朝九晚五打卡坐班,但每天依然是需要出现在办公室里的;客户、合作伙伴谈业务,也多半是到办公室来协商和推进。他端的这种贸易性质工作的铁饭碗,算得上是又轻松、又舒服、又"来菜(挣钱多)",明面上有绩效提成、暗地里还有返点提成,单位开给他们的基本工资真算不得什么;但就是因为有了这份基本工资所代表的这个"档(dāng,工作岗位)",才能拥有那么多提成变现的可能。而这个铁饭碗里面装着的基本工资,理所当然地买断了他们白天要在办公室里待着熬的所有时间。对吴峥嵘们来说,单位的办公室就是孙悟空给唐僧画在地上的那个圈。这是个舒适圈,可以喝茶、聊天、看报纸、织毛衣、接电话、各种无所事事,也可以瞅个眼头出去溜达一下再回来,但原则上是不能离开那个圈子的。出了圈,就容易出事。平时迟到早退没人查考勤,但要是一整天都找不见人,然后又是接连几天还找不见人,那就会有人找你来谈考勤、扣全勤奖的事情了。吴峥嵘在单位里也就是个正科级的职员,虽然外面的人喊他喊"吴总"喊得热闹,实际上他连个明确的什么科的科长都算不上;上面能压着他的各级领导,比下面归他管的"小屁啰嗦(人微言轻的小人物)"数量还要多。在体制内,他也是靠看着人脸色来讨生活的。这一周多的时间,他连到办公室"点卯"的次数都赶不上天数,肯定不是可持续状态。

吴峥嵘赶到单位,办公室里一片岁月静好。他故意空着手走进去,装得就好像是人早就过来了,只是之前在办公楼里楼上楼下串了个门。其他同事也没有过多在意他的出现,聊着天的、打着电话的、看着报纸的,都毫无中断地继续了下去。一切平静得就像吴峥嵘所希望看到的那样。

为了尽快融入办公室的这种和谐氛围,吴峥嵘从那张没有人的桌子上堆着的一堆过期报纸中抓了几份出来,准备看报来打发时间。回到自己的办公桌前,正准备摊开去看时,他又想到邰玉提到的那期有写她文章的报纸。他马上把面前的报纸翻了一遍,没找见;于是就回到了刚才的那个报纸堆,一份一份地翻阅寻找。之后,他又跑到了隔壁办公室,在人家的旧报纸堆里也翻找了起来。

吴峥嵘这个大半天的上班时间过得非常充实和忙碌。他跑遍了他们单位楼上楼下的业务人员办公室,把能找到的那期刊载邰玉专稿的晚报周末版都给找了出来。

反正单位上的旧报纸的下一站就是废品收购站了，抢在它们被收废品的人拿走，吴峥嵘淘金般地提取了自己想要的那一期。

等到下班回家，吴峥嵘一进门就拿出了一打报纸递给邰玉。

"你还有看到这篇程米粒写你的文章吧？"吴峥嵘说，"你看，我今天在单位专门把所有我能找到的这一期的报纸都拿回来了。"

邰玉接过报纸，一边看着文章，一边带着些歉意地回应道："这些天，害得你为我都冇克好好上班。今天克上了个班，结果还是在忙我的事，几不好意思哟！"

吴峥嵘没有接话，只是又拿出了一张写了字的打印纸递给了邰玉。

他说："早上你给我看了那份别个写给程米粒的情书。我问过你，要是有人也抄下来送给你，你会么办。现在，问题摆在你面前了——"

邰玉看到，那张 A4 的打印纸上，是手写的那篇《上邪》。她一下子给愣住了。

"你写的？"邰玉问道。

让邰玉吃惊的是，接下来，她听到了这样的五个字——

"我们结婚吧。"

这天夜晚，在客厅里的沙发上睡了一个多星期的吴峥嵘，终于睡到了自己的那张床上，也睡到了他朝思暮想去睡的那个美好的身体之上，做回了卧室的主人，实现了他领她进门时就期待实现的那个愿望。在这个家里，他始终就是唯一的主人，哪怕是把床让渡出来了几天，他很清楚，他是一定回得去的。这一天，以"我们结婚吧"这五个字来承前启后的属于邰玉和吴峥嵘的新的生活，标志着他们的关系加速裂变了。她终于能够接受吴峥嵘、放弃高强的原因，其实就是那五个字——"我们结婚吧"——多么美好、又多么遗憾的五个字。

在思量如何走进这个即将到来的婚姻前，邰玉想到了她演过的《丛台别》里的陈杏元，《曾根崎殉情》里的初娘，《梁祝化蝶》里的祝英台……想到了这些爱情故事里悲壮的诗意和决绝的重生。想到了现实里的自己不是这些戏里的任何一个角色——她接受了吴峥嵘，接受了一个崭新的开始。在她 25 岁的年纪上，把对婚姻的无比期盼，变成为现实。没有任何胁迫，她是自愿的。面对自己的抉择，她不忍也不愿把高强拿来和吴峥嵘对比，但若是一定要找个坚硬的理由来面对自己的内心，她觉得高强带给她的失望，除了不敢向她求婚之外，还有一点，就是他从未进到剧场里去看过一场她演过的戏。

第二天一早，吴峥嵘给邰玉从外面的早点摊子上买回了早餐后，就赶去单位上班了。他说最近上班缺勤太多，今天赶早过去做个姿态，争取下午早点下班回家。

送走了吴峥嵘，邰玉用吴峥嵘家的座机电话给米粒打了个电话，告诉她，"我要结婚了。"

在电话另一头，米粒显然是震惊不已。她谨慎地问道："是和那个谁吗？"没有确指是谁，因为她实在不好直接去问这婚到底是和谁去结；她等着邰玉自己来说明。

"和吴峥嵘。"

意料之外，又是意料之中。米粒迟疑了一下，还是说道："这么快？"

邰玉跟米粒强调说："你是我第一个通知的人。"

"那是肯定的啊，"米粒答，"我跟你，谁跟谁啊？"米粒说这话的时候，脑子里想的是高强。

"我看了你写我的文章，写得太好了，把汉剧的过去和现在也写出来了，把我们唱汉剧的人想说又说不出来的话也都说了出来。"邰玉换了个话题，她对结婚这事的兴奋度，仿佛就像金鱼只有七秒的记忆。

"莫那客气……"

"不是跟你讲客气，真的，你说的那句——属于汉剧的庆典'也许迟到、但终将到来'，真的是我们做梦都想看到的事情。你是我身边最懂汉剧、也最懂我的人。"

听到邰玉这么说，米粒在心里又叹了一口气。最懂汉剧？似乎有些过奖。最懂邰玉？似乎也不达标——尤其是在听到了她跟吴峥嵘的婚讯时。

"你现在住哪儿啊？"米粒问。

"当然是吴峥嵘这里啊。"邰玉说得理所当然。

女人大抵就是这样，身体跟着心走；当她反复思量后愿意把身体交付于一个男人后，她就把自己当成了那个男人生命中的一部分。一旦女人的心开始跟着身体走了，连命也恨不得交给了那个男人。这样的两个人，"当然"是想方设法都要在一起的啊。

"你告诉我地址，这几天我抽空过去看你啊。"说完之后，米粒记下了吴峥嵘家的地址，两人又寒暄了一下，这才放下电话。

在这次通话中，高强是她俩都回避了的一个名字。米粒很有些怅然。她曾经以为自己是邰玉最好的朋友，但明摆着的，邰玉有很多事情没跟自己说实话。米粒感觉到了邰玉和高强之间出了问题，但问题出在哪，米粒问过，邰玉不肯说。两个多星期前，邰玉还寄了首都剧场演出的贵宾票托米粒转交给高强，到现在一回武汉就通知婚讯，这个跨度实在是太大了。

"玻璃高"的时代就这样结束了，就像是在一片巨大的人生帷幕前，眼见着一颗闪亮的星星，坠入了人海。米粒从心底里为邰玉遗憾。从高强换成了吴峥嵘，就像是王子变成了青蛙。如果说这就是爱情和婚姻的区别，米粒战战兢兢地庆幸起自己在十字路口停住了脚。

五十四

从三月下旬开始，武汉的城区里就增设了一些开往扁担山的"祭祀"公交专线。彭老师拽上程教授，抢在清明节的人流高峰前，抽了个下午跑到扁担山拜了一圈，一路磕头烧钱纸，拜得她手脚都要发抖了。她把属于她的三代祖宗的头，沿着前山后山都磕了个遍。最后，在程志伟的养父程少斋的坟前，等程志伟磕完头后，她也毕恭毕敬地鞠了三个躬。

从扁担山回家的路上，彭老师兴致勃勃地跟程教授说道："米粒这个伢还是蛮有出息的，我看啊，也是祖宗们都在保佑她。所以啊，我们也要经常过来上个坟。这么多年，我们也一直是靠着祖坟上的青烟才顺顺当当。只有祖宗们的坟头香火旺，才能一直保佑我们的米粒好上加好啊。"

程教授没有接话。他想到了自己的亲爹——连个土坟冢都没有的亲生父亲，是个从未在他们家庭中被提及过的一个名字。要是在米粒的成长中真是始终都伴随着先人们的护佑，这里面也该是包括了这个亲爷爷的吧。可是，程志伟竟然没有父亲的任何一张照片、一件遗物，他连想为父亲去立个衣冠冢的愿望都无法实现。父亲在程志伟的记忆里，也曾让他骑上过肩头，也曾为他在地上爬行逗乐，也曾抓着他的手教他怎么握住毛笔来写字，但是到了现在，想到父亲，他就只能想到那个小石头——母亲在离开父亲被关押的监狱时从地上捡起来的那个小石头——那是唯一能算得上父亲遗物的东西。程志伟和他弟弟程志强在左耳耳廓的下方，都有个比芝麻粒还要小的耳洞；母亲曾程氏告诉他们兄弟俩说，这是踏了他们爸爸的代，他们的爸爸在同样的地方也有着同样的记号。这个"踏着代（世袭祖传）"的耳洞在米粒这一代姓"程"的后人身上都没有再出现过，它就像程志伟父亲的整个生命一样，戛然而止。程志伟只要一想到自己的生父就充满了难言的遗憾，每次读到《论语》中"慎思追远"这四个字时，都会抵达到这个已然记不住具体容貌的至亲。父亲来到人间一趟，什么也没有留下。曾经也荣耀过、显赫过、富有过，曾经也有机会活下来，甚至继续着荣耀、显赫和富有，但是，他放弃了；于是，不光他的生命停止在三十几岁的年纪上，连他在这个人间的所有痕迹，都被抹去了。

彭老师前脚从扁担山回到家，冯春晖后脚就上了门。他不仅带来了彭老师要他帮忙从硚商的集资款中取出的 2 万块钱，还把彭老师存在硚商的那 21 万块钱在第一季度的一万多块钱的利息也一并带了过来。冯春晖把钱装在一个大档案袋里，递到了彭老师手上。他说，"一共是三万两千六，数字不会有错的。我是专门等到三月份过完了才让他们把钱取出来，正好一个季度过完，您家的利息一点都没有损失。不然的话，在三月中取钱，利息就拿不到这么多了。"

彭老师感动地说道："你真是太'过细（仔细、有心）'了，连一点利息的损失都为我考虑到了。你比我考虑得都还要周全。"

"这是应该的啊，您家对我的恩德，我是要记一辈子的。"冯春晖总是把这句话挂在嘴边，这大概也是彭老师迷信于冯的根本原因吧。

"您家真的就只要120平方米的房子啊？"冯又问。在冯春晖看来，能在武汉的第一个公务员小区中以500块钱的价格来买房子，实在是个难得的好机会；如果只是买120平方米，真的有点可惜了。

"这是我们老程的意见，"彭老师边说边朝里屋里伏案写作的程教授那边张望着，"他说120平方米就够了。他是户主，'这个屋里（我们家里）'的事情，他当家。"

彭老师的话，程教授和米粒都听到了。他们不插话，更不会去反驳。在人前维护一个家的太平稳定，同时也在人前树立起程教授的"户主"威信，这是好面子的彭老师的一贯做派。

把冯春晖送走后，彭老师转头就跟程教授和米粒说，"你们看，我说了把钱存在硚商就是蛮稳当的吧？说是取本金，还是没有到期就提前取出来的，人家那边还不是爽爽快快地一分不少就给取出来了；而且，利息也是一分都不少。我就说了，硚商这么大的一个国营百货公司，你们担心个'么斯（什么）'呢？况且，还有冯春晖在，他'不得（不会）'让我吃亏上当的。"

"是啊，所以……当初你说要取10万，我坚决说只取2万。我们彭老师啊，就负责掌舵，定大方向，做大决定。细节上的事情嘛，我也是能够补充点边角余料的。少取8万出来，每个月就能多有1600块钱的利息呢……"

程教授听到了刚才彭老师的"户主"言论后，心里还是很愉悦的。既然彭老师在人前给足了自己面子，那么，人走了以后，面子就要还给彭老师了。

米粒看着父母你一言我一语很满意的样子，再看看茶几上的那个鼓鼓囊囊的大档案袋，她也真心为父母高兴。一直为硚商揪着的那颗心总算是踏实了下来。能从硚商这里顺利地取出钱来，利息的支付也是一分不少，看来硚商的资金情况不像是米粒预想的那么糟。大厦将倾，或者大厦会不会倾，这些都是米粒所无法了解的事情。"硚商"这个名词，在米粒家经过了从喜悦到担忧又回到了喜悦的过程；尤其是通过了提前取款的这个至关重要的测试，他们对它的那种心理评价指数就被确定地保留在高位线上了。这对米粒、对他们家来说,当然是好事。人只要是有了欲望,很多时候连假象也是愿意去相信的,何况还有这么多真相的片段摆在眼前?

父母去扁担山上完坟的第二天,米粒在办公室里接到了父亲程志伟打来的电话。她预感到有什么不好的事情发生——父亲从来没有往米粒的办公室打过电话来。

米粒问,有什么急事?

程志伟在电话里停顿了几秒钟,然后就哽咽了起来,说:

"三嬢走了。"

——三嬢曾程氏,是程志伟的亲生母亲,这是由米粒的辈分来喊的一个称谓,全世界只有米粒和这位至亲对应着"三嬢"这个称谓。从血缘上来讲,被称作是"三嬢"的曾程氏就是程米粒的亲奶奶。她原本是杭州人,因为人长得好看、又知书达礼,在战乱中遇到了当时的国民党军官程生,就结了婚、到了汉口、生了程志伟和程志强两个儿子。1949年后丈夫亡故,她落魄到要带着两个儿子在汉口流落街头,就只好把老大过继给了在黄冈团风的夫家大哥程少斋。团风的老程家在程生那一辈有嫡生的弟兄三人,程生排行老三。20世纪30年代,程家老大留在团风老家看家护院,老二老三随着众乡亲一道参了军。那些年,仗一打起来,很多亲人就失散了,从此也就再没有老二的任何消息。估摸着老二是在战场上就没了的,不然,以中国人的传统,一个男人,只要还活着,他早早晚晚总是要回到老家上一趟祖坟的。因为程志伟过继给了程少斋当儿子,于是,程少斋夫妇就成了米粒的"乡里爹爹(乡下的爷爷)""乡里婆婆(乡下的奶奶)",而曾程氏则是回到了三房儿媳妇的身份,被米粒喊成是"三嬢"。天长地久的,程教授和彭老师也就都跟着这么喊了,就像很多个中国家庭那样,在一辈又一辈的新人出生后,人们之间的称谓往往都会递延到最后的那个晚辈的叫法,好像这样一来,既显得尊老爱幼,又显得家大业大,人丁兴旺,子孙永济。

"什么时候的事啊?"米粒问。

"就是今天早上……具体的时间也不清楚。你'嬢嬢(念 niang niang,发轻音,指的是婶婶)'说,昨天晚上睡觉前三嬢还好好的,跟嬢嬢说她突然很想吃自己家里包的馄饨;嬢嬢就一大清早赶早跑到菜场买了馄饨皮和肉馅,准备等三嬢起床了以后现包现做、吃个新鲜。三嬢每天早上都不睡懒觉的,嬢嬢等到快要到上班的时间点了,还冇看到三嬢起来,就跑到她床边去看,一看就发现,人已经走了。嬢嬢就马上跟我打了电话……"

"那我现在回来。"米粒道。

"不用回家了，直接到你叔叔孃孃家里碰头吧。"

"您家跟我妈说了吗？"

"说了，她应该已经在回来的路上了。我等她到家了就一起过汉阳那边去。"

程志伟放下电话没多久，彭一方就进了门。

彭一方问，人是在家、还是拖到殡仪馆了？

程志伟答，就在屋里，说是等我们过去了再商量。说完，又问道："你说我们带什么过去呢？"

程志伟的意思就是在问带多少钱。他想好了，不管彭一方说是带一千、还是两千，他已经把那张写在程米粒名下的三千块钱定期存单和两个人的身份证都带在身上了，今天瞅个眼头他就去把钱取出来，等到明天再过去的时候就补交给弟弟、弟妹。

彭一方没有直接回答程志伟的问题，她转身打开穿衣柜最底层的抽屉，取出冯春晖前几天送过来的那个档案袋，从里面直接拿出了一捆现金。她把这一万块钱递到程志伟手边，说："你找个信封装一下吧。"

程志伟看到这一万块钱时，异常吃惊。在他的预想中，彭一方最多会答应出两千块钱。像给三孃这样的非公职人员办后事，既不需要追悼会、遗体告别，也不需要大操大办、三请四谢，基本上就是火化、安葬、买个墓地的费用，两兄弟平摊下来充其量也就是一人两千块钱吧。

"这么多？"程志伟带着点不解，等着彭一方确认。

彭一方回答道："你是长子，三孃的后事理应由你来操办。现在你弟弟、弟媳妇他们在张罗，他们出人力，我们就出财力吧。"

"就是全部由我们出，也花不了这么多钱吧。"

"这些年一直都是你弟弟他们两口子在照顾三孃，他们的经济条件比我们差不少，我们多出一点钱，也是对他们的一点感谢吧。正好冯春晖帮忙从硚商里头取了钱，那三万多块钱还分文未动，我们拿个整数出来，既是对三孃最后一次尽孝、拿出我们一家人认祖归宗的诚意，也是你这个当哥哥的、让你弟弟念你一回好。"

听到彭一方这么说，程志伟太意外了。要知道，1994年的一万块钱对一个普通家庭来说，是一笔非常大的数字。程志伟把钱用信封装好，又递回给彭一方，道："等下还是你来负责把钱交给志强吧，让他晓得，这是你这个当嫂子的好。"

彭一方接过信封，说："我们俩中间无论哪个给他这钱，还不都一样吗？不要说这一万块钱了，就是一千块、一百块钱，要是没有我的同意，你从哪里能把钱给变出来？"尽管这话一如既往地说得盛气凌人，但这一次，程志伟听起来却一点也不觉得刺耳。

三孃和她的幼子程志强一家住在汉阳国棉一厂的一套小二居室里。房子在7楼，没有电梯。当程志伟两口子坐的出租车停在程志强家的楼下时，他们仰头看到了程米粒正在一层一层地上楼奔顶楼去。米粒看到了楼下的父母，就停了下来，在四楼半的楼梯口等着跟父母会合。

等米粒他们一家三口爬到7楼、进到屋里时，国棉一厂的家属院边上那个能够提供"殡葬一条龙"服务的小卖部老板小秦已经在帮忙布置灵堂了。他一过来就建议说，老人70多岁"过身（过世）"也算是件白喜事，四月天的武汉气温也不高，就把遗体留在家里停两天，等手续办了直接就拉到火葬场去火化，不必再走一趟在殡仪馆里冷藏的麻烦了，老人家也少一分折腾。程志强两口子听到小秦这么一说，觉得这样也好，还能再陪上老娘最后两天；要真是三孃有灵了想回家，也好找家门。于是，三孃平时睡的那张床的床架就给拆掉了，把棕垫搬到了地面上。棕垫上依然像床铺似的铺着垫絮，面上又铺了床干净床单，看起来平整而又简洁。已穿好寿衣的三孃就平平展展地躺在了上面。三孃的遗容平静而又安详，和平时看上去唯一的不同就是戴了顶印有"卍"字符图案的黑色缎面的圆帽子——三孃平时是从不戴帽子的。这顶帽子和脚上的鞋子配对，都是万字符的缎面，它们是寿衣的一部分。

彭一方一见到弟媳妇，就第一时间把装了钱的信封递了过去。在大多数武汉人家里，礼尚往来的人情账都是女主人来记来还的。弟媳妇看到信封那么厚，猜到了里面的数目，就客气道："你们这是搞么斯啊？"

彭一方得体地回话道："办大事，是要花大钱的。"

三孃的后事，自然是程家最大的后事——双方就都会意了。弟媳妇也就不推辞地说着，"谢谢嫂子哥哥了。"

妯娌们在客厅说着话，兄弟们则围在亲娘的遗体旁边。程志伟接过弟弟志强递来的香，在点香之前，他先朝米粒说道："你跟三孃磕个头。"

米粒就跪在叔叔家的水泥地板上，朝着三孃的遗体，规规矩矩地磕了三个头。

这间屋子很小，原先是平行地摆了两张单人床，一张属于三孃、一张属于志强的小儿子；在祖孙俩睡的这两张床中间，靠阳台的一边夹着张书桌，靠房门的这边夹着个五屉柜。志强有一儿一女，女儿和米粒同龄，几年前中师毕业后当上了小学老师，在学校里的单身宿舍里有一张床，平时就睡在单位了，周末回家时在客厅里的沙发上过夜；儿子头一年9月份刚去外地上大学，他的那张床就变成了这几个月来女儿回家时歇脚的地方。布置成灵堂时，给孩子们睡的单人床也给拆掉了，两套床架和一副床板都斜靠在阳台的内墙边上。房间里的五屉柜和小书桌就移到原先摆放孩子们睡床的墙边，贴着墙面联排着，尽量多腾出些可以供人走动的空间。在它们对面的墙上，挂上了三孃的黑白遗像；遗像的下方，以垂直方向摆放着三孃的遗体。

整间屋子这么调整布置成灵堂后，剩下的就只有比单人床床垫大不了多少的面积。在这样紧促的空间里，米粒跪地躬身磕头，如果不小心，她的头就会磕到床架上。

这是米粒第一次离遗体这么近。三孃本来就个子小，人也瘦，躺在棕垫上的身体装在尺寸略大的黑色缎面寿衣里，就显得更加短小了。米粒在磕头的过程中，低头时视线和遗体持平，抬头时仰望三孃遗像；目之所及，横躺在遗像下的这躯短小的身体看起来更像是一尊神圣的供品，祭献于横亘在她与米粒这祖孙俩之间再也无法逾越的那些未知。

米粒问父亲，我可以摸一下三孃吗？

父亲说，当然可以。

叔叔在旁边补充说道，只要你不怕。

父亲帮米粒回答，亲奶奶，有么斯好怕的。

叔叔半开玩笑道，有人怕鬼撒。

父亲又说道，三孃就算是真变成了鬼，也是会保佑我们所有人的。

米粒伸手去摸了三孃的脸颊，从下颌摸到颧骨。三孃的嘴角略微张开，就像她还想再呼吸一口这世上的空气，或者，还想再跟围着她的晚辈们说点什么。

米粒再摸到了三孃的皱纹，从眼角到额头。她轻轻地抚摸过去，就像小时候一边摸着、一边还想帮三孃把那些皱纹给抹平那样。这些皱纹里装了那么多的往事，细密的皱褶、层叠的沟壑，没有人能抹平它们，就像没有人能刨出那些住在皱纹里的从前。

这是米粒第一次去触碰遗体，也就是从这一天起，她在行文的任何时候写到逝者的躯体时，都只用"遗体"而非"尸体"。这是成年后的米粒自从抚摸了自己的亲奶奶的遗容后的感悟。"遗"是一个意味深长的汉字——"走"之底上一个"贵"字，带走了许多宝贵的记忆，给活着的人们留下了无尽的思念，之后，还要继续走下去。"遗"，既是逝者在这个她停留过的人间的痕迹，也是照亮后来人沿袭传承的星光。正因为如此，面对不可抗拒的死亡，"遗"是一个能触摸到人情味道的字眼：遗像中有透过这位逝者眼里看到的世界，遗物中有这个人和世界交流的声息，遗体是一个人在灵魂抽离后于这个世界的最后一次物质存在。所谓的永生，其实源自逝者的遗存。难怪会有"遗产"说，面对三孃遗体的米粒突然明白了，很多时候的书面语言用到了"遗产",并不一定是在说具体的钱或者物,其实是在说那些融入了人情世故的故事和无形的篇章。人都是有精气神的,活着的时候流转在他们的一颦一笑一举一动中;如果死去,精气神就遗留在所有的往事里,和他们生活过的那个时代一同显现着,一同被纪念。

这位安静地躺在米粒眼前的祖先,咬紧牙关过完了所有的艰难岁月后,她永远地闭上了眼睛,牙关却松开了——遗容因为嘴唇没有完全闭合而显得像是带有一丝笑意。就像她到了70多岁还要每天去爬这么高的7楼一般,她无奈而又从容地走完了自己的一生。她再也不需要那么用力地把所有的苦难都咽下去了,也再没有苦难能去打扰到她。她牵着两个儿子从监狱中离开的那个悲伤的背影,站在团风的码头上跟长子挥别时的那个无奈的剪影,带着三岁的幼子睡桥洞、睡窝棚、睡菜场的那个不屈的身影,最后就都变成了躺在两个儿子和几个孙辈眼前的这个安静的场景……

临近午时。

顶楼。

门窗齐开。

阳光慢慢向她靠近。

穿堂的风进进出出,一如她行走自如的魂魄。

在程米粒的印象中,三嬷平时总是少言寡语,也不事打扮;常年挑着扁担去卖菜的经历压得她的背有些驼,看上去就和许多古稀老太太一样,苍老地慈祥着。米粒知道,三嬷的每分钱都挣得不容易,攒起来就更难了;但逢到每个春节,她都会给专门过来磕头拜年的米粒发压岁钱。只有那个时候,她的话会稍微多一点;她会特别跟米粒强调一下,这不是你爸爸妈妈给我的钱啊,是我自己攒出来的。哪怕就是今年的春节,三嬷还是给米粒塞了50块钱的压岁钱红包。米粒推说自己已经参加工作了,不是小孩子了;三嬷坚持道,只要有成家就都还是伢,是个伢在过年的时候就是有资格找嬷来拿压岁钱的。

米粒在很小的时候就听父亲程志伟说过,三嬷是靠一把一把的小葱卖掉挣来的钱供志强叔叔读完初中的。程志伟总是念着母亲的不易。但这种反复强调着的说辞给了米粒一个错觉,在米粒最初的感觉中,三嬷就是个在菜场里"卖菜的婆婆"。米粒曾以为,这个卖菜的婆婆和团风乡下的那个还裹过小脚的婆婆没什么区别,都是很勤劳,但没文化。直到乡下婆婆过世那一次,爸爸妈妈和叔叔婶婶都赶到了团风去奔丧,就把还要上学的几个孙辈都拜托给留守在武汉的三嬷照顾。那一天,米粒放学后在三嬷身边做家庭作业。当她在练习本上抄写生字"藕"字的时候,突然听到三嬢说道,"你写错笔画的顺序了,那个'禺'字要先写完上面的'曰',再写底下的半包围,最后从上到下一笔竖划写通,不是先写一个'田'字。"说完,三嬢就拿过米粒的铅笔,找了一张旧报纸,在空白处给米粒写了个示范。看到三嬢写出来的字横平竖直、方方正正,米粒当时就愣住了。她从没想过这个"卖菜的婆婆"会懂得这么多,字写得这么好看。那一天,三嬢告诉米粒说,我小时候也是背过古诗、练过毛笔字的,我学的是颜体,临的是颜真卿的帖。米粒惊喜不已,看着三嬢说道,我从来冇听爸爸妈妈说过这些。三嬢只是微微一笑,道,你的亲爷爷也是走南闯北见过大世面的,如果我冇读过书、冇喝过一点墨水,他跟我怎么能说话说到一块"克(去)"啊……

跪在地上的米粒听到父亲在问叔叔,"怎么这么突然,难道就没有一点迹象吗?"

嬢嬢帮叔叔回答道,"真的冇看出有么斯和平时不一样。她老人家平时睡得早、起得早,只是昨天夜晚到了快 11 点钟了,她'起了个夜(上了趟厕所)'之后,转头过来跟我说,'我突然蛮想吃一碗自己屋里包的馄饨'。我说,那有么问题呢,但是今天现在这个点,太晚了,明天跟您家包啊。我说完了以后,她就睡了,我也睡了……然后,就成这样了……"

"叫了 120 冇?"父亲又问道。

"打了电话的,别个说他们是负责急救的,这种事情让我们直接找殡仪馆……"

到了午饭的时间,嬢嬢跟大家说,"等一哈我们单位上的人要过来,我们中午就在家里随便吃点吧;早上我买了馄饨皮和肉馅,包点新鲜馄饨吃一餐。"

屋里的人都知道这顿馄饨的来历。于是,动筷子之前,先盛了一碗最热乎的馄饨,恭恭敬敬地摆在了三嬢的遗体前。嬢嬢做饭是一把好手,红案白案、宴席便饭,她都在行,也难怪三嬢最后都还惦记着要吃她包的馄饨。米粒他们享受着美味,也似乎有么点帮三嬢来还愿的意思。这顿馄饨,看起来是如此的家常,就像三嬢在子孙满堂后过的这每一天的日子,却让每个子孙都格外的难忘。

陆陆续续,程志伟程志强两人的单位上都来了些拜祭的人。他们把花圈摆在一楼的楼道口,自己哼哧哼哧地带着祭烛或者礼金爬上 7 楼,冲活人打声招呼,为逝者上炷香。有的人还是心有忌讳,就只是站在摆放着三嬢遗体的那间屋子的门口看了看,随即安慰了戴着黑袖章的兄弟俩,然后就作别。过来给三嬢敬香的人都觉得自己很虔诚,因为爬这个楼梯确实费劲。他们也会有口无心地感叹一下,老人家这辈子真是不简单,也真是冇给子女们添麻烦,这么高的楼梯每天都是自己爬上爬下,走的时候也就是说走就走了,有这样的母亲,是志伟志强这两个儿子的福气啊。

送走了来客,兄弟俩开始整理三嬢的遗物。五屉柜里有两个抽屉是属于她的,除了冬天穿的厚棉衣棉裤单另放在暗楼上，抽屉里的物件基本上就囊括了三孃的全部日常用品。孃孃把抽屉里的衣物一件一件拿出来，重新叠了一遍归整到一起。她说，等到送老娘上山时就带过去在坟前烧了，老娘在那边也用得着。

程志伟站在一旁问弟妹，有没有看到有个小石头？

孃孃一边整理着一边回答说，"不晓得……家里的抽屉都是冇上锁的，但我们也从来不去翻孃的这些东西。她应该是还藏了些她的私房钱，我们也从不过问。"

等到孃孃把所有的衣物都拿了出来，在最下面抽屉的最里面，有个用手帕包着的小包裹。瘪瘪平平的，看起来应该像是那种硬纸板的存折。

孃孃把志伟志强兄弟俩都喊了过来，说道："估计这是你们老娘的私房钱，你们自己打开看看吧。"

程志伟接了过来，慢慢地轻轻地展开手帕。如他所期待的，全部打开了的手帕上呈现的是一个被活期存折给托底的小石头。石头很小，就像是个不规则的围棋子。他把存折递给了弟弟，然后，把这个小石头握在了手里——就像45年前他伸进母亲的裤兜口袋中取暖时去捏住它那样。他就知道母亲一定会把这个石头好好保存的。对于母亲来说，也许这个石头更能让她去怀念某种人生。

程志伟想好了，等到母亲下葬时，要把这颗小石头和母亲的骨灰盒摆在一起。母亲终于可以带着这个石头去找父亲了。但愿这块寄托和积攒了她45年渴望的石头，会给她引路，让她早点见到那个从来没有跟她说过分别的男人。

亲人去世的第一个夜晚是要守夜的。志强喊了司机班的几个徒弟伢过来陪夜。客厅里的餐桌变成了麻将桌，四个人在桌上打，旁边还有两个轮流"打晃晃"；打完一圈风就换个人上阵。有时候在计算大胡小胡和谁该下场时还有些意见纷争，嗓门一个比一个大。这个位于7楼的两室一厅里，就这样在深夜里灯火通明地热闹着，真像是在办一件喜事。

在这样的灯火人气中，三孃安静地躺在她曾经的床铺上。她一点都不介意年轻人们的喧嚣，一如她活着的这一辈子也从未对任何晚辈们指指点点过那样。她在30岁上就没有了丈夫，守寡了一辈子，看到周围的每个亲人能平安地活着，她就心满意足。不管是20世纪60年代末，志伟这种知识分子是"臭老九"、志强这种"咱们工人有力量"；还是到了80年代，志伟成了学术骨干、志强则成了社会上的"大老粗"；管他什么几十年的河东河西、汉口汉阳，她只要看到她的孩子们，眼里就带着笑。只要孩子们都活着，活着长大，活着超过了他们父亲的年纪（阳寿），能自食其力，她就没有任何抱怨。老话早就说了，儿孙自有儿孙福，三孃总说自己是享到了这个福分的。从亲人到亲家，团风的大哥大嫂、六渡桥的米粒的爹爹孃，一个个都走在了她前头,她早就是这个大家庭里最不害怕变数的老人了。很多年前她就知道只有一个目标是她即将抵达的远方,所以,她不疾不徐地,每天爬着7层高的楼梯,一步步地朝着比顶楼还要高远的天上走过去。她真的是一步都没有踏空,稳稳当当地走到了最后,连个搀扶都不需要。她连一句看起来像是长辈跟晚辈告别的像样的遗言也没有留下——只是说了一句想念馄饨——真是一位无欲无求又不多话的老人。连遗言也省却了的老人家,在她变成了仙人的第一夜,怎么会去嫌弃灵堂的周边太吵闹了呢?

三孃的灵堂是间房门口正对着通往阳台门的通透屋子。因为供奉着三孃的遗体,两扇门都敞开了,夜里涌进来的风很有些寒意。对活着的人来说,这是为了让新鲜的空气透进来;对逝去的三孃而言,是为了让她的灵魂在最后的别离一刻,来去自由。

天亮之后,志伟志强两兄弟分了工。志伟负责到扁担山选坟址、刻墓碑,志强负责下户口、办火化证、联系如何运送遗体到火葬场。

考虑到买墓地要预付费,这该是办后事里面最大的开销了;弟媳妇就把彭一方头一天交给她的那个信封又原封不动地还给了程志伟。

程志伟说,应该要不了这么多钱的,说着就从里面取了一半——5000 块钱出来,剩下的还是放在信封里交还给弟媳妇。

弟媳妇半推半就道:"那我就先收起来了,要是不够再补啊。"志伟说:"要是有多的剩下的,我也会再退给你。"

弟媳妇说,"莫这见外,这还都不是你们给的钱,这一给、还(hái)给了这么多,几不好意思哟。"

程志伟强调道,"三孃的这生前身后事都是你们在张罗,你们也操劳了这么多年,这是你嫂子的一份心意。钱交给你们了,就听从你们的统一安排。"他牢记着随时都不瞒着彭一方的情,彭一方在一旁都听到了——这就是她想听到、想看到的。

头一天接到了报丧的电话后,彭一方就在学校里直接请了三天的假,做好了全程参与的准备。吃完早餐,就跟着程志伟一道去了扁担山。在人生的大多时候,彭一方都是理性而知性的,她知道该怎样尽到妻子的责任、施与母亲的关爱、体现兄嫂的大度……道理她都懂,事情也都能做得非常得体周全——前提是要在她不冲动的情况下。

程志伟对彭一方主动掏出来的一万块钱充满了感激。在去扁担山的路上,他把自己藏的那个写着程米粒名字的私房钱存单拿了出来,交到彭一方的手上。他如实地说了这笔钱的来历是"曾宪梓教育奖"的奖金截留，也如实地说了攒这笔钱的初衷就是为了给三孃的后事做准备，还如实地说了之所以存单上写米粒的名字就是怕万一穿了帮、恐被彭一方责难。为了增加自己这些话的可信度，他告诉彭一方，从一开始米粒就知情，不仅知道前因后果，还知道存单藏在什么位置。他说，之所以专门放在竖版《论语》那本书中的"慎思追远"的一页里，一是为了好记，二是也寓意着这笔钱就是办丧事的用途。

程志伟跟彭一方说："你比我想象的要慷慨得多，对三孃的这份孝心也超出了我的认知，看来，还是我以小人之心度君子之腹了。现在，把三孃送走了，我也就冇得任何必要再藏么斯私房钱了……我还是蛮庆幸的，找了你这样一个老婆，让三孃摊到了这样一个孝顺的好媳妇。"

彭一方半开玩笑地问道："你真的以为这事我不知道？这个家里有什么事情能瞒得过我？上个星期我开始为了搬新家做准备，就开始整理屋子，差一点就把那一堆一百年都不翻一下的旧书当破烂全给卖掉。得亏我把每本书都抖了抖。当时我心想，说不定能有什么意外收获呢？结果，就还真看到了那个意外……我早就知道你们父女俩是一伙的，就等着你跟米粒什么时候跟我说实话……"

"早知道你这么通情达理，我就不需要这么藏着掖着了，"程志伟认真地说道，"除了为我这个亲娘我做了这么个小动作，我对你是毫无保留的。你看，现在我也主动坦白了，这说明我还是值得你充分信任的吧？"

三孃真的是一位充满人性、神性和灵性的母亲。在程志伟和彭一方两口子为了程志伟在公园里跳舞这事明争暗斗、无休无止时，她悄无声息地走了；用她的身后事的忙碌，激发了他们两人本性里的那些善良、厚道和孝悌之礼，让他们看到了彼此的不可或缺并互为支撑——就像是这位慈祥而寡言的母亲对儿子的最后一份祝福。

"你要是不去中山公园跳舞了，我就彻底地充分信任你。"彭一方的回答寸土不让。

五十五

办完了三孃的丧事，米粒第一时间就给邰玉打了电话解释说，本来说好了要过来看受了伤的"新姑娘（刚结婚的新娘子）"的，但是她的孃突然去世了，武汉的习俗说至亲去世了的一个月以内不能到人家家里去上门，免得把晦气带给了人家；所以希望姐姐谅解。

邰玉说，"我冇得那么多穷讲究，我们都是唯物主义者嘛。"

"原来我也是不信这些的，但是想到你这边是刚结婚，情况蛮特殊，就还是宁可信其有吧，不给你找麻烦。"米粒道。

"我应该要到下个月才回北京，还有时间。"

"你现在伤势怎么样？"米粒问。

"挺好，"邰玉说完她的这个"挺好"惯用词，又补充说，"恢复得不错，我现在已经不需要坐轮椅了。"

"那你准备什么时候办婚礼啊？"

"先缓缓吧，"邰玉明显不想谈这个话题，"等伤好了再说吧。反正到时候还是会第一个通知你的。"

"新郎官在忙什呢？"米粒找不出什么合适的话题，只好问着这种无油无盐的话题。

"你说吴峥嵘啊？他还不是要每天上班……"

"你每天在家干吗呢？"米粒又问。

"读书啊……我现在不能出门、不能动弹，就把读书当成是另外一种基本功的练习了。"邰玉答。

米粒问："看什么书？"

"《莎士比亚全集》和《荷马史诗》，"邰玉说着就在电话里笑了起来，"我是不是蛮'神（有些神神经经的）'啊？"

"有点像我们中文系的大学生了。"米粒应答道。

"刚把《荷马史诗》读完，"邰玉又道，"你莫笑我啊，我第一次听我们文学课的老师说到'荷马史诗'时，我在笔记本上写的是'河马'，就是水里的那种动物……"

"你以为'荷马史诗'是一部关于动物的历史故事？"米粒问。

"是啊，就是这样的……"

"看完了，什么感想啊？"

"我特别深的一个印象就是，不论是《伊利亚特》还是《奥德赛》，古希腊的这些剧本讲的事情都好宏大、又好稀奇古怪啊，"邰玉谈到了自己的体会，"什么希腊联军统帅杀来杀去直到杀出了一个特洛伊木马，什么刺瞎海神之子独眼巨人的眼睛，还有什么塞壬女妖的歌声能逼得人跳海……我看到这些情节时就想到了中国的《西游记》里的故事。我觉得啊，《奥德赛》里面的奥德修斯和我们中国的唐僧挺像的……"

"你这么一说，还真有点像。"米粒顺着邰玉的话说。谈及文学和戏剧，邰玉和米粒算是志趣相投——两人终于找到了不那么尴尬的话题。

邰玉继续道:"你看啊,他们俩,虽然一个是为了回家和老婆孩子团聚、一个是为了去西天取经得道升天,但一路上总是不断地遇到各种神仙和妖怪;男人们都想杀了他们,女人们都想嫁给他们……每一次,他们遇到打不过的敌人或者挡不住的诱惑时,就总有个法力无边的神在帮忙。唐僧靠的是观音菩萨,奥德修斯靠的是雅典娜……"

"'戏不够,神来凑',编故事的都这么干,估计这一招啊,就是从《荷马史诗》开始的……据说,这是公元前9世纪的作品,想起来也真是不简单,3000年前的古人就有这么来编故事的智慧了。"米粒说。

听到3000这个数字,邰玉感叹道:"几千年前的戏剧,怎么传下来的啊?"

"还不是靠一代一代的传人口口相传啊……你们唱的汉剧不也是这样传下来的吗?传到了今天,也快400年了吧?以后,还得要这样传下去……"

"是啊,我们这些陈院长的徒弟们,就巴不得自己被说成是汉剧的传人。"

"在我看来,要成为'传人',首先当然是自己要把这种艺术形式学到手、把戏唱好;等到技艺精湛、炉火纯青了,还要把它像接力棒一样、递到后面的人手上,那样才叫'传'……"

米粒谈及她对"传人"这个词的理解。这句解释,邰玉听了进去。她没有接话,心里掂量着"传人"这个词的分量。

在听筒里没有听到邰玉的反应,米粒又回到了之前读书的话题。她问邰玉道:"你知道荷马史诗《奥德赛》和《西游记》的最大不同在哪里吗?"

——这显然是个自问自答的引语。米粒直接说出了答案:"希腊的神话讲的是人为什么会成为英雄,中国的《西游记》讲的是人怎么能变成神仙……"

说完,看邰玉还没有吭气,米粒就在电话里问道:"那么,你是想当英雄,还是想成神仙呢?"

邰玉的脑子转得没有米粒快,她的思绪还停留在米粒之前说的那个对"传"字的解释上,于是,就脱口回答道——

"我要当传人。"

不等米粒接话,邰玉又说道:"自从我受伤之后,我也想了很多。我爸爸就总是提醒我,淹死的都是会水的。以前我对这种说法'冇打心里过(毫不在乎)',这一回算是'逢(遇)'到了。这些天里,我反复在想,要是我的伤好不了了我该怎么办?要是这一次好了又有下一次怎么办?人呐,很多事情我们是控制不了的,所以,最好是早一点确定一个大目标,然后,见招拆招。"

"所以——你就跟吴峥嵘结婚了?"米粒心底里放不下玻璃高,听到邰玉说的

"见招拆招"，就忍不住就想探个究竟。

"你是不是觉得我和吴峥嵘不般配啊？"听到米粒的提问，邰玉终于把话挑开了说，"刚才我说了，很多事情是我们控制不了的，所以，我就把我能控制的事情做好。你了解我，知道我想嫁给高强，但这件事就是我怎么使劲也办不成，那……就不勉强了……"

"你莫想多了，我不是想拆你的台啊。"米粒意识到自己不合时宜的出言不慎，补救地说道。

"我知道你的小心思。你是想维护我，觉得我嫁给吴峥嵘是受委屈了，"邰玉毫不遮掩地跟好姐妹摊了牌，道，"有些委屈啊，是外人想象的；还有些委屈，是自己的亲身体会。结婚这件事啊，真的就像是穿在脚上的鞋。我选吴峥嵘，还不是因为穿他不夹脚……"

电话这头的程米粒，从邰玉那种通透人生的语气中还是感到了无奈和不甘。她一直都知道，在邰玉的口头禅"挺好"里面，积攒了许多不为人道的"挺不好"，就像沙子进了牡蛎的生命里，不到催生出一颗璀璨的珍珠时，邰玉在任何人面前似乎都总是绷紧着、闭锁着——哪怕米粒也不例外——邰玉就是这样咬着牙一步步走到了今天的成就。但是这一次，在结婚这件事情上，邰玉呈现于世的，居然不是珍珠；要让程米粒来评说，吴峥嵘还真的就是一颗沙砾，毫无华彩，几近平庸，和邰玉的风花雪月摆在一处，总会让人禁不住联想到"酒囊饭袋"。如果说江森选择沈学庆时还有一个"帅不可挡"的亮点，那么，邰玉选择吴峥嵘这个"不夹脚"的理由，简直站不住脚。把婚姻比喻成穿鞋，难道不应该有比不夹脚更高层次的舒适度吗？当然，适龄的女孩子，看到周围的同龄人都穿上了鞋，便不想自己光脚的时光太久，于是，早早晚晚，看到了一双不夹脚的鞋，就把自己套了进去。米粒只能这么想了，无论在舞台上扮演的角色有多么光鲜浓烈，生活中的邰玉对自己的认知或许就是这么一个普通的光着脚的女孩子吧。

"你做任何事，我都相信你有你必然这么做的理由。"米粒如是说。

"其实，刚才我说那话并不是想谈我跟吴峥嵘结婚的，"邰玉解释道，"我说我想明白了我的大目标，指的是我未来的几十年该走一条什么样的路。以前，我总把我们陈院长当成我的榜样，看到她在六七十岁还在舞台上演十六七岁的小姑娘，我就希望自己也有这么经扛能演的艺术生命。这一回受了伤，我意识到，不是每个人想演一辈子就真的演得动的。但我真的爱汉剧啊，爱汉剧表演这一行啊……所以，我想明白了，今后我的目标就是做一名汉剧的传人，从台前到幕后，从表演到教学，从四功五法的研习到戏曲学术的探究，这些都是我要努力的方向。我一定要让汉剧舞台表演的'风姿花传'，通过我们这一代，继续往后代，传承下去……"

跟郜玉通完话的那天晚餐时间，郜玉成了米粒一家的话题中心。

站在程米粒的角度上看，郜玉结的这个婚未免有些草率。那些不敢跟郜玉直接挑明的话，回到家里的饭桌上还是可以敞开了说的。事不关己，不光做不到感同身受，有些反面的意见也是憋不住的。米粒说，郜玉的丈夫在外贸公司当部门经理，其貌不扬，郜玉是下嫁了。

彭老师马上纠正道："还是郜玉头脑清醒，有阅历，她知道不能找同行。现在做外贸多吃香啊，郜玉的眼光就很有前瞻性。毕竟，像她这样的戏曲演员，就算再有名，也不可能有当年梅兰芳那个时代的风光了。"

程教授表态道："衡量一个艺术家就不能用柴米油盐的标准。"

"不管多么阳春白雪的艺术，难道就能超越了柴米油盐吗？"彭老师反唇相讥，"当然了，在公园跳舞这门艺术，也许要另当别论了。"

米粒一听话头不对，马上换了个话题说，刚才回家经过硚商时，看到商场门口拉着大横幅说清仓。彭老师接话道，"是啊，我们学校的老师们今天都在说这个事。蛮多东西是打两三折的甩卖，老师们说这么便宜的价钱百年难遇，恨不得跟人调了课跑过去抢购。被子、床单、杯瓢碗盏，这些搁得住的东西都是一堆一堆的买。买了一趟回来，想想看，觉得太划得来了，又跑去第二趟；简直就像是那些东西都不花钱一样……"

"您家买了些么斯呢？"米粒问。

"我也赶过去看了看，床品、餐具这些么样都不嫌过时的东西，早就都被人买空了。只剩了些衣服鞋子，也都是别个挑剩下来的了。我是什么都没买，就克看了个热闹……感觉整个商场上上下下像是'日本鬼子进了村'，被扫荡得那叫一个干净啊……"

米粒问，硚商那边冇说是为什么这么甩卖吗？

彭老师答，好像说是要转型，我还冇留心这个事。

程教授问，我们彭老师最喜欢把事情刨根问底的，怎么这一次冇问呢？

彭老师答，光顾着看热闹去了。

就这样，差点又扯到跳舞这事上的火引，被恰到好处地化解了——今晚没有任何预期之外的爆炸。米粒看了一眼程教授，心里想说的话用眼神传达了出去——老爸，我在帮您哦！

五十六

当前进四路终于迎来了带着坦克般拖链的巨型铲车的那一天，天气是晴好的，和平日真没有什么两样。

整条街被黄色的宽边塑料带给打了围；确定了区域安全后，两台铲车轰隆隆地开了进去，稳健而又卖力地对着老房子老墙捶击和推搡了起来。黄线的外围站着些看热闹的，但更多的是唯恐避之不及的路人。

缓缓坠倒的墙面一处接一处。每倒下一面墙，就扬起了硝烟般厚重的粉尘。紧跟着，铲车碾压上去，响着刺耳的碎裂的声音。

这不是一幅美好的画卷，只有带着不破不立的决心和憧憬，才能面对着这样一条有故事的老街被彻底地碾成一片废墟。

那一天，汉剧院里排练的唱腔依然在空中回旋，它和推土车的轰鸣、老墙倒地的轰响一样，都在推演着早就写好了剧情走向的故事和故事里的每一个细节。

从那一天起，连路牌都被铲车的拖链给碾压了上去的前进四路，变成了埋葬着老汉口记忆的一座巨大坟冢。前进四路最初在1920年代中后期建起来的时候，属于未来的武汉汉剧院的，只是王家老宅地块上的一块空场子；1990年代中后期，前进四路被拆得几乎片甲不留——除了武汉汉剧院的那个窄小的铁门后的仿若深宅的大院——汉剧院成了这条路上唯一被保留下来的一处遗址。

就在它被推成废墟的这一天，彭一方的右眼眼皮跳得厉害。下班回到家，她就跟米粒说，"巧板眼啊，为什么眼皮子会这么跳。"两天后她听说了前进四路的事，回到家又专门跟米粒说道，"我早就说了，我的眼皮跳肯定就是有什么地方出问题了吧，原来啊，是那一天前进四路给拆光铲平了！——'几准哟（多么准确啊）'！老话说的，'左眼跳财、右眼跳灾'，真是一点错都有得。"

米粒反问："拆个房子，算什么灾呢？不是都说了八百年要拆的吗？"

彭老师回答："那是我从小长大的地方，把它全部拆干净了，当然是件难过的事情。说了这么久要过去看看的，再也看不到了……"

嘴上虽然这么说，彭老师的心里也还是认同米粒的看法。拆个要垮的老房子，就像送走了七老八十的老人家，虽然心里也不舍，但总归算得上是件"白喜事"。确实不值得迷信"有灾就要跳眼皮"的这种暗示。

直到听说了有人开始为砑商的事情到区政府门口上访，直到彭老师上班时路过砑口区政府门口时看到拉着"砑商还钱"大横幅的静坐人群，彭老师就又联想到了她的"右眼跳灾"；她有些牵强地把这些事都串到一起，然后想到了，为什么在前进四路被拆光的那一天，自己的眼皮会跳呢？也许是老天也在提醒我，前进四路是没了，我卖掉前进四路老房子的钱，也有可能会没了……

最开始为砑商的事情去政府门口交请愿书的，是砑商的退休职工。他们连续两个月没有领到工资了，当然要一级一级地去讨说法。于是，多米诺骨牌的效应马上就出来了。听说砺商的工资都开不出来了，供应商就急了。本来组成商业链条的就是各种三角债的连环套，只要环环相套都有信用，大家就都是活络的，产业链上的每一环也都能活着。对于供应商而言，只要砺商认了那些应付款，早点晚点总能支付，问题就不大；但要是砺商突然付不了钱了，麻烦就大了。供应商肯定是不依的，不光是他们不依，他们的上游客户、下属员工，也都不会依啊，都要是等着结账过日子、等着买米下锅吃口饭的啊！

一见到区政府的门口有"砺商还钱"的横幅，彭老师就心慌了起来。这一次，眼皮子没跳，但心脏快要从嗓子眼里跳出来。

犹豫再三，她还是给冯春晖挂了个电话。一贯伶牙俐齿的彭老师这一次说话蜿蜒着扯了不少闲话后、才把问题问出口："春晖啊，问你个事啊……是不是砺商现在遇到了'么斯'大麻烦啊？"

冯春晖早有心理准备，回应道："您家是不是看到有人在我们单位门口静坐、拉横幅啊？总有些喜欢找政府横扯皮的人，一点小事就无限放大，搞得社会影响'几（多么）'不好啊！……"

"是啊，我一看到那个大横幅，心里就直发慌……我们家的所有家当都放在砺商里头了……"

"莫慌莫慌，有我在，您家有个么斯好慌的呢？您家存在砺商的钱要是出了么事，我肯定第一时间就通知您家……"

"怕就怕真等到出了事，就来不及了，"彭老师吞吞吐吐地说出了自己的想法，"我的胆子小，看到点事就沉不住气。你帮我把钱从砺商都取出来吧……"

"我跟您家说，您家就放一万个心吧，有我在，您家的钱就不会有事的。"冯春晖虽然嘴上这么说着，心里却打起了鼓。

砺商在春节前刚换了一个姓黄的新经理上任，外调过来的，和冯不熟，之前冯春晖找黄经理说要取彭老师的那2万块钱时，就听对方说了些啰啰唆唆的过嘴话，黄说冯："你以前在这里当领导，欠了一屁股的债，结果一拍屁股就高升了，落得我现在一头的包，天天要想着怎么来帮你还债。砺商的情况你又不是不清楚，要是集资户们都这么一个两个的提前取款，砺商的日子就更不好过了，我们这每天上班也不用去干别的事情了，就光忙着去照应这些要提前取款的人算了。"那一次，面对黄经理的这些说教，冯春晖是嘻嘻哈哈地都应承了下来，从头到尾都赔着笑脸。他心里想的是，为彭老师的事求个人、低一回头——这事不丢人。

等到这一次冯春晖再找黄经理说要把彭老师剩下的19万都从砺商取出来的时候，黄经理就不是说什么过嘴话了，他直接回绝了冯，说道：

"上一回我给你了面子、破了一回例,哪能回回都这么搞呢?你又不是不晓得,这些集资款的大头其实来自硒商的员工家属,他们有些要提前取款的都被我给压下来了。我在职工大会上讲了两条,第一,硒商的现状是,稳定大于一切,不要内部制造不安定因素,我们都在这一条船上;第二,人要讲契约精神,都是签了合同的,就要对自己签字画押的东西负责任。在这种情况下,如果你非要我找财务上的人对你的这个关系户特事特办,那底下的人会怎么说、怎么看?我这不是在把自己的脸拿给底下的人去'挎(扇)'吗?"

这些实情,冯春晖是没法跟彭老师全盘托出的。如果世间真有后悔药,此刻的冯春晖太想找到一颗给吞下去了。他觉得自己当初真是不该跟彭老师说集资的事情的——真是大大的好心、办了件大大的坏事。他的本意真是想帮彭老师多挣点利息的,如果集资这事顺利,本金越多,利息越高,当然皆大欢喜;如今看来,似乎不那么顺利了……

冯春晖深呼吸了一口气,想到自己也还有5万块钱存在硒商里,想到还有不少被他拉进硒商集资这件事的亲们,那些跟他沾亲带故的投资金额累计起来超过了百万之巨——他竟然无法跟彭老师说出"我们是同病相怜"的实话。他怎么可能安慰彭老师说,不光是您的19万前途不明,连我自己也是深陷其中。

这些话他说不出口,但这就是事实。同样还说不出口的,就是他心底里的自责加后悔;他甚至想到,为什么当初彭老师要把取10万改成取2万呢,要是那时候她听了他的话、为去买公务员小区里的大房子而取出了10万块,情况肯定是比现在要好一些、损失是要小一点啊……事情如何一步步走到今天,已经说不清楚了,但事实很明确,要是彭老师的钱取不出来,他冯春晖难辞其咎。

冯春晖跟彭老师回话说,硒商的经理这几天出差,缓两天我跟他联系上了就通知您。——缓兵之计,大概是冯当时的唯一对策。

冯春晖每天都在机关食堂里吃饭。有一天中午,听到同事们边吃边聊着,议论这一次政府大院里有哪些人被安排到周边地市县里挂职锻炼;冯春晖马上蹦出了一个念头——自己也去谋求一个到下面去挂职的机会吧。

找一处穷乡僻壤,越远越穷越好。谁都不愿意去的,我去;谁都觉得待不下去、最好是连路都不好找过去的,我去;这样一来,就能远离硒商了,而且,所有人都找不到我了。

下午上班后,冯春晖扯了个汇报工作的借口,还真是去找了区委的组织部部长,咨询了下派挂职的事。得到的回复是这一批都已经搞完了,要想参与就等到明年再说。

看来，哪怕是想找个由头跑远一点来躲个风头，这种下策也都行不通……

五十七

彭老师每天上下班都会从区政府门口经过。自从第一次看到"砾商还钱"的横幅后，这个横幅就在她的心里投下了挥之不去的阴影。接下来的两天，区政府的门口好像又安静了一阵子。彭老师从大门口经过时，她的视线是又想看、又不敢去看。等到终于看过去、看到门口空空荡荡、只见正常的大门和院墙时，她又在心里暗自庆幸着，看来砾商情况还好，那个横幅也就是个偶然性的突发事件吧。

结果，到第三天，那条横幅又出现了……

接着，第四天早上，又没看到……

到了第五天，又有了……

等到后来彭老师某一天也加入横幅下的队伍中时，她才搞明白请愿的人群时隐时现的规律：拉横幅这事，是一群人分期分批、排着班来完成的。在不同日期被安排到在政府大门口出场值勤、拉出横幅的人，有着各自不同的作息时间表。有的人出勤得早，所以会被赶早来上班的彭老师给撞见；有的人出门得晚，是等到彭老师已经到校上岗了他们才姗姗来迟，所以彭老师就错过了；不论这帮请愿的班子们的早班在什么时候出现，最后都会在下午三四点钟结束，收场子走人——过了下午的这个时间点，当日行动的社会影响力也就趋零了。

基本上，自从砾商发不出工资后，每天都有人到区政府去催薪和追款。不过，去政府门口静坐的，终归还是砾商职工群的一小部分人；职工里的大多数，还是坐在家里静观事态发展，期盼能够通过别人的静坐请愿把自己被欠薪一事"一备齐"解决掉……

在等着冯春晖回话的那几个夜晚，彭老师没有睡好觉。她越来越强烈地意识到，砾商的集资款是遇到麻烦了。以她跟冯春晖的交往，还从来没有出现过这种她跟冯交代了事情后、居然能晾她这么多天也不回信的时候。

熬到第五天，彭老师实在熬不住了，一不做、二不休，跟年级组的其他老师交代了两句，就径直去了区政府找冯春晖——她要当着面要个说法，为此，她甚至做好了万一谈得不好要翻脸的准备。

等到她到了冯的办公室门口时，冯端着茶杯，正从会议室朝着自己的办公室走过来。看到彭老师，冯春晖当然明白她的来意。

"真是不好意思！我应该早两天就跟您联系一下的，"冯春晖说道，"搞得还劳烦您家专门跑过来一趟……"

"给你打了好几次电话你都没接,所以我就过来看看,"彭老师还是脸上挂着笑地解释道,"我还怕是你出差了呢……"

"最近的会多,一个接一个的,连去上厕所都要瞅眼头……"

冯春晖边说边为彭老师泡茶,虽然用的是一次性的纸杯,也不妨碍他用双手托举着递到老师跟前。能够把递上一个纸杯表演成仿佛是领到一顶王冠般那样的恭敬虔诚,这种带着戏剧夸张般的礼貌,让彭老师完全说不出任何带着兴师问罪口气的话语来。

"我晓得我找过来就是在给你添麻烦的,但是……"

彭老师犹豫着"但是"后面的措辞,词还没找到,冯就接过话来说道:"您家莫这样说,是我给您家带来了大麻烦……"

听到这个"大麻烦",彭老师的手就不自觉地开始抖起来,她等着听冯春晖讲下面的话——

"是这样的,我找到了硚商的经理,说了您家想取钱的事情。我先也以为会像上一次一样,说完了他们就去办;结果,等了这几天,都没回复。我晓得您家急,我心里也急啊,昨天我就又跟那边联系了,他们说,正在安排,要我再等等看……"

冯春晖的话说到这里,彭老师听明白了,冯所说的这个"大麻烦"里的关键词,就是一个字——"等"。还好还好,彭老师心里长舒了一口气,暗想着:是"等等看",不是"取不了"——那就还好。

冯春晖也不知道自己为什么要在彭老师面前去编这样一个故事。话不说透,彭老师就会总带着念想,总等着要取钱,一系列相关的麻烦就始终会围绕着你的生活,就会总像坨黏在指尖、甩也甩不掉的鼻屎,并不显眼、但足够让你自己恶心。

彭老师并不是第一个到办公室来堵门要钱的人。在她之前,硚商的老员工、自己父母家的亲戚……哪一个不是理直气壮、目标明确地上来就要钱——好像"黑掉"了他们钱的就是冯春晖。这些钱是那些人的家当家底,他们当然理直气壮地提要求啊;钱是通过冯春晖存进硚商的,他们当然目标明确地找冯春晖啊!

冯春晖想不通的是,自己不偷不抢不吭不骗,好心好意地为身边亲近的人提供了这样一个高息的机会,之前他们拿到利息的时候都是喜笑颜开的,为什么到头来,硚商还没彻底垮,他却成了众矢之的呢?

冯春晖也意识到,之所以陷入今天的困境,到底还是因为自己对硚商的认知执行的是双标。他的一重考量标准是,硚商要靠举债和集资度日,这里便不是久留之地,所以,他想方设法在硚商谋求转型改制前带着"公"字的身份跳了出来,跳进了区政府；另一重考量标准是，硪商是国有的，硪商对外借的钱，实在不行总会有政府来兜底，所以，趁着有月息2分的机会，那就多喊些亲朋好友来参与吧，这么高的利息，给谁不是给呢，能给到自己身边的人，对大家也是一种造福。

——若要真重视到了硪商的风险，就不应该连他自己也投了5万的本金到集资活动中；若要真对硪商充满了希望，就不会一边吃着红利、一边尽快跳槽……人在以己之矛攻己之盾时，恐怕矛与盾是分不出胜负输赢的，唯一能得出结论的是：这个拥有着"矛""盾"的人，是个骗子。

毕恭毕敬地送走了彭老师，冯春晖在自己的心里打上了一个结。

到了星期六，冯春晖还是又给硪商的黄经理挂了电话，想为彭老师再做一次争取。心底里存着一丝侥幸地想着，万一黄经理耐不住自己的这种软磨硬泡，一松口就答应了下来呢？试一试，也许办不成；但是，倘若不去试，那就肯定办不成。

接到电话的黄经理对冯春晖还算客气，先是闲扯了几句，等到冯春晖再次说到想要取钱的时候，他也没有打断冯的话，耐心地先听冯把话说完了——

"我这么一而再、再而三地打搅你，心里也蛮过意不去。你说的那些话我都记得。我还想再跟你解释一下，为什么去年我拉进来的集资户有不少，但我反复来麻烦你说想请你帮忙提前取款的、只有彭一方这一个人呢？这个叫彭一方的关系户是我的老师。她是有恩于我的。她存进硪商的这笔钱有20万，这是她把祖宗传下来的房子卖掉以后的全部的家产，是他们家几代人的积蓄。她是因为相信我才把钱存进了硪商，我不能辜负她对我的信任，不能让她的钱有什么闪失，做人不能忘恩负义呐……"

等到冯春晖的长篇大论般的陈述结束后，黄经理说的第一句话就给他后面的话定了个调子。他问冯道："你的话都说完了吗？"

"完了。"冯春晖回答了黄的提问，但他在心底里也听到了一个声音说，"完了"——这件事情可能是完蛋了、玩完了的意思。

黄经理就开诚布公地说开了：

"你是我的前任，我就喊你一声老冯吧。老冯，我跟你说句不见外的话，你跟我谈钱就说钱的事，扯个什么人情呢？你也晓得，谈钱伤感情，谈人情伤钱；两件事搅到一起，那就一件事都办不成。跟你说实话，调到硪商来、不是我想来的。老冯啊，之前我给过你一次人情，上次你为这个关系户提前取款，我二话没说就安排财务上办了——这就当是我初来乍到、跟你这个前任来拜个码头。码头已经拜完了，面子也不是冇给过你；其他的，就是桥归桥、路归路了。硪商的集资款现在谁都不能提现，情况就是这么个情况……至于你跟你的老师之间该怎么解释、你会给你的老师留个什么印象，是有情有义、还是忘恩负义，这都不是我要考虑的事情。我现在要考虑的，是怎么能帮硚商纾困解围；哪怕我能力有限、达不到这个目标，但我肯定不会搬起石头砸自己的脚、自己去砸自己的场子……要我帮你的老师来破我定的规矩、提前取款，这就是属于严重破例、是砸场子的事情，我是'干不得（干不了）'，也'不得干（不会去干）'的。"

话都说到这个分上了，冯春晖知道再也没什么能够争取圆通的空间了，于是问道："那，你就给我一个痛快话，是不是硚商的集资款基本上都取不回来了？"

"我只能这样回答你，"黄经理说道，"如果哪一天账上有钱了，这些集资款我们还是都认账的……"

刚放下黄经理的电话没过久，冯春晖又接到了一个电话。对方确认了他是曾经担任过硚商经理的冯春晖后，就明白无误地告诉他，我们是市纪委的，最近收到了一些关于你的举报信，谈到你在硚口商场当经理时的一些事情，所以，想请你明天过来纪委这边协助我们调查核实一下有些细节……

似乎是从那天之后，彭老师再也不说冯春晖是她的得意门生了。"冯春晖"这三个字，并不是米粒家的一个禁忌，但大家都不想去提及。只要想到冯春晖，程米粒就会联想到 6 岁时的那杯糖水。眼巴巴地看着当年的冯春晖喝下这杯糖水时，幼时的米粒相信他品尝到了连她都没有资格享受到的甜蜜。而今，再去回想这些往事，米粒才发觉，那杯糖水，从一开始带给她的记忆，就是苦的。

五十八

1994 年 5 月 6 日，农历甲戌年三月二十六，二十四节气里的"立夏"。刚立夏没两天，江淼就接到了从老家打来的电话。电话里，她去年才见过一面的那个老家的哥哥江鑫告诉她，咱爸没了。

江淼的父亲老江是为了救一个在水中呼救的孩子而溺亡的。

在老江的老家，有个不算大的水库，北方本来有水的地方就稀罕，加上孩子们天生爱水；只要有水的地方，就是孩子们的乐园。回到老家的江司令，是彻底解甲归田了。农忙的时候下地搭把手，村里动员全民植树的时候也去凑个人头；闲下来了，他就会去水库边坐一坐，吹吹风。看到眼前的一汪子水，会让他想到武汉；他活着的大半辈子，似乎总有搁置在异地的牵挂，总是有那么点身在曹营心在汉。

午后，天气对应着立夏的节气就热了起来。孩子们放了学，一群学生娃就背着书包跑到水库里玩会儿水，如常般准备玩到天黑再回家。几个孩子脱了衣服进了水，就追赶着朝前划，越游越靠近水中心。

老江本来是在岸边看着孩子们戏水的，料想他也在数着他们的人头数来锻炼自己的眼力——这是他经常做的事情；以前他在前进四路照看着吃了药就昏睡的齐师傅，有时一守要守好几个小时，闷了，他就会盯着飞进屋里的一只苍蝇看，追着它的飞行轨迹，训练自己还有一双不肯老去的眼睛。长久了，他就养成了爱盯着移动的小东西去看的习惯，硬是把一个习武之人练就成了一尊安静的长者。这一天，他在看着水里扑腾的这些孩子们的时候，就听到了水里有人在喊着"救命"，然后，他就不管不顾地循着声音跳了下去。

老江有多少年没游过泳了，估计连他自己也是不记得的；甚至连自己会不会水这事，或许他也不怎么记得了。当江淼听到老家哥哥江鑫在电话里问，咱爸会水吗？江淼一时竟也有些哽住了，不敢明确地去肯定。也许爸爸曾经带着江磊去游过泳吧，江淼这么想着，反正自己是没和父亲一起下过水的，无论是去江边，还是去游泳池。江淼不知道父亲的水性如何，就像她不知道许多和父亲有关的问题究竟有着什么样的答案。

不会水的淹死在水里这符合逻辑，但是，淹死的往往都是会游泳的人，更像是大家通认的道理。老江就这样在水里沉了下去，无论他会不会水这个问题有着什么样的标准答案，他都沉进了水里。

事实上，老江想去救的那个孩子也没能被他救起来，他这一生最后一次释放出来的本能的善意，没有成全他成为一位舍己救人、且救成了功的烈士。当人们循着呼救赶过来的时候，除了在惊吓中爬出水来的那几个水淋淋的发着抖的孩子外，就是等着被捞起来的两具没有生命体征的遗体——落水的老江和那个小孩子都没能被救回过来。压胸、人工呼吸，一堆人尝试着各种急救的招儿，也都回天无术。

江淼赶回了老家。比起原先她跟沈学庆约好的来年春节去老家过年的计划，提前了大半年；比起原先设想的见到老家人之后会遇到的种种尴尬局面，简化成了一种情境、一个字——"悲"。

老江没有遗书遗言，就像他从武汉离开那样，说走就走了；就像齐师傅一样，随着连通身体的显示器的指针拉成了一条直线，说走就走了；甚至就像他18岁的幼子江磊一样，说话不算数地还没把那杯老万成的酸梅汤买回家，说走就走了……老江甚至是跟所有的人连声招呼都没打就走了；在这个世界上，好像留下了许多还没有画成圆的圈，终于，是再也画不圆了。

老江这一生，参过军、打过仗、上过抗美援朝的前线、戎马生涯见多了生死；回到和平的社会里，管着一个区环卫所的几十号人，以为平安顺遂、走完余生，却又见至亲一个个生离死别。人世间除了生死，什么都不算大事；而老江，他这一辈子遇见的，都是大事。见多了大事的人，自己最后的告别，竟然看起来就像件连个招呼都不用打的小事了。

沈学庆陪着江淼一起赶回了老家去。在老家房子门前临时搭起来的灵堂中，他们俩第一次见到了那个应该被江淼喊成"大娘"的老人。她的样子比江淼想象中还要苍老，脸皮上叠起的皱褶，密集到已经无法再多加入任何一个层叠。她看起来就像是一尊雕塑，时光为雕刀，刻意地把所有的沧桑和磨难都刻成皱纹写在了皮肤之上。这是一尊可以被命名为垂暮的雕塑，即便是个活人，多数时间她也是静态的，和人们想象中的死亡只有一口气息的分别。她的身上有一股奇怪的味道，不知道是因为没有及时清洗身体，还是其他的什么属于不太健康的原因，那种味道不刺鼻，但独特地能刺入一个人的记忆。走进江淼记忆里的这个属于"大娘"的味道，也许就是死神将至的某种预警吧。大娘散发着这种味道，用一种垂死的姿态，熬着岁月；不管是不是如她所愿，她熬着看到了这桩有三个人被塞进去了的婚姻的终局。

江淼看到这位和自己没有任何血缘关系的亲人，一时竟然不知道该怎样称呼她才好。她也不知道自己该不该礼节性地伸出手去握住老人的手，或者张开手臂释放出一个抚慰的拥抱……她有些不敢动作，因为她闻到了那股味道。她本能地嫌弃着，因为面对的这位老人，看起来和闻起来，都不怎么干净。

父亲就是为了这么一位老妪而放弃武汉的家。如果不是因为她，留在武汉的父亲，此刻应该还活着。江淼这才意识到，能听到父亲骂一句"混账"、吼一声"滚蛋"，那也是一种福气——说明你还是个有爹来管教、来责骂的孩子。想到父亲最后留在前进四路老家里的那本厚厚的剪贴簿，还有那两张放大了的彩照，更像是照片上的那些明媚的色彩一样，给江淼的福气又染上了许多好看的颜色。小江想告诉老江，来自老江的、在严厉的呵斥之外的、那些五彩斑斓的父爱，她都看到了。

老江把武汉的故事留在了武汉，把其余的人生，锁定在了他的老家。这是他最初的出发地，也是魂归的故土。这样看来，老江的一生是割裂的，两份完全没有交集的婚姻，两段完全截然不同的生活，就像是他把自己的一生、活成了两辈子。

要是父亲不回来就好了。守在老江的灵堂，江淼这么想着。

大哥江鑫问江淼，"你看爸的后事怎么安排？我妈问过了，林场那边还有些空地，开个证明，可以埋棺材下去。"

江淼看了一眼身旁的沈学庆。这个眼神里的询问是关于扁担山的。他俩当然都记得扁担山上还有个合墓属于老江。江淼当然也知道，如果齐师傅还是清醒地活着，她该是有多么愿意能天天和老江厮守在一起。

但在江森眼前的，是守护着老江遗体的这个清醒地活着的大娘。在这一处既是婚堂又是灵堂的地方，她辛苦地守望着自己的男人回家，守了大半辈子。她的男人，就像古希腊神话中上过战场、又历经磨难和诱惑的奥德修斯那样，出走了半生，而后，面对卡里普索女神赐予的永生这份礼物，说一句，"我的妻子老了，我也老了，所以我想要回家，去看看她衰老的样子"……这个男人——属于她的男人——回来了。

江森隔着父亲的遗体，朝着大娘问道："我爸这事，您看怎么办？"

大娘摆摆手，说，"我的意见不作数。"

"哥，你是长子，就听你的安排吧。"江森对江鑫说。

江鑫点头应道，那好，我马上就去林场安排。

就这样，小江把老江留在了老家。这个至死都是一口北方口音的北方汉子，在武汉生活了几十年也没学会说武汉话。他把他大半生的生命留在了武汉，把完整的身体留在了北方。下葬那一天，江森听到大娘对着新拱起的那个大土堆说，好了，以后天天过来陪你。

江森看过去，那张雕像般的脸庞上，被什么东西牵扯出了一种仿若花蕾要绽开的微微笑意。那些年少时做过的梦啊，终于落在这苍老的容颜上，面对着坟头，开成了一朵凄凉的小花。江森觉得，父亲应该算是一个圆满的人。和他有关的那些遗憾，属于活着的人。将要永远长眠于故土的老江，已经没什么好遗憾的了。

回到武汉，江森做了一个梦，她梦见了爸爸、妈妈、哥哥江磊，还有少女时的自己。一家人齐齐整整地在前进四路的老房子里吃完晚饭后，爸爸和哥哥就把摆在楼道口的两张竹床扛到了马路上去。妈妈带着江森去提水，她俩一人提了一铁桶的水，呼啦啦地倒在竹床周边的地面上。天气热，水冲到地上的那一瞬间，激起的尘土中都能闻出一股带着滚烫蒸汽的味道。梦里梦外，那个味道在江森的大脑里挥之不去。

还在梦中的时候，她就知道，这是个梦；但那种围绕在竹床周边的湿热的尘土气息，又让她相信了，一切都是真的。"夜来幽梦忽还乡"，大概就是这样一种既真切、又空灵的无奈吧。

江森从梦中惊醒过来，那一瞬间忽然意识到了，在父亲跳进水里的那一刻，也许进入了另一个梦境。梦里的老江看到了江磊，看到了许多年前这个落水的儿子在水中求救而不得的那一刻。老江一定是希望自己能像去救江磊那样去救援眼前这个呼救的孩子，他把作为父亲的最大一份遗憾，化成了一次行动。

江森似乎能够想明白了，自己平凡的父亲，想做成一个怎样的凡人。他人生最后的一次善举,就是一次厚积薄发的自赎。他一定以为他跃入的是一条可以逆流的光阴之河,带他回到了1978年的那个夏天;他想赎回自己对江磊的亏欠和忽视,赎回那份被滔滔江水带走、一去不回的生为人父的责任与担当。老江用一份属于父亲的献礼,向这个世界告别。

江淼梦醒后翻来覆去,把沈学庆也吵醒了。他问她,怎么了?

江淼答非所问道,我们要个孩子吧。

五十九

郜玉再次坐着轮椅出现在汉剧院,是要来单位开介绍信去领结婚证。吴峥嵘开着车送郜玉过去,拿到了介绍信之后两人就直接去了民政局。结婚证拿到手,吴峥嵘说,这一回要是再被当成是女婿,那就是货真价实了,我是不是该正式拜见一下老丈人呢?郜玉想了想,摇了摇头说,我跟我爸爸说了,要到月底才回武汉来的,现在要是突然蹦出来了,那不就是在说我之前在扯谎吗?

又过了一个礼拜,郜玉的脚伤好得只需敷上薄薄的一层纱布了。穿上袜子,她可以把脚塞进旅游鞋里,只要鞋带系得松些就好。虽然走起路来还是踮着脚一步一瘸,但好歹找到了那种腿脚回到自己身上的感觉,不需要拐杖,更不需要轮椅了。郜玉看到可以自己走路坐车去医院换药了,就让吴峥嵘最后一次开车送她去医院时把轮椅退了租。

退轮椅的那一天,郜玉说她好得差不多了,要准备回北京去上学了,不能一直缺课。吴峥嵘的反应快,马上回了句,蜜月都还冇过完呢。郜玉纠正道,回来这一趟原先又不是计划回来结婚的。

郜玉在吴峥嵘的屋子里养伤的时候,接到了原田教授寄来的由日本同志社大学文学院发出的邀请函,正式邀请她今年秋季到日本进行为期三个月的访学。所有的事情都压在了一起,郜玉等不及了,五一节过后,她就一瘸一拐地坐着火车回北京了。

回到在"国戏"的寝室里,郜玉又回到了安心而又专心地去做一名好学生的状态,也仿佛又回到了未婚单身的状态。她在大学的寝室里也像汉剧院宿舍那样有个洗脸架,洗脸架的旁边,就是用来摆放开水瓶和那些玻璃瓶的。玻璃瓶已全部扔掉了,但那个原先安置它们的空间,还是会吸引郜玉的目光。很多时候,她都会下意识地朝那边看去。明知道玻璃瓶已不在,却还是会看看那一边,为的就是看到那一处空落。那种空间上的明明白白的空空荡荡,和郜玉心里的空落是互相对应的。之所以要看看那里，邰玉就是想知道，自己失落了那么多的美好之后，生活空成了个什么样子。

终于，邰玉还是提起笔，认真地给高强写了一封信。信很短，短短几行字：

高强：
　　给你写这封信就是想告诉你，我结婚了。
　　对你，我心存感激。
　　祝福你。从过去到未来。

邰玉

越是简短的文字，越是蕴含了复杂的内容；正因为那些百感交集无法落笔，所以，每一个能呈现出来的文字，都凝结着深思熟虑后的权衡——

我结婚了，是因为你不能娶我。
写信告诉你，是因为我不想你通过别人知道这个消息。
对你心存感激，是因为你曾带给我那么多美好的记忆。
对你始终祝福，是因为我们彼此之间，除了祝福、再没有任何东西可以相互给予。

——走笔至此，邰玉突然能够明白当年的葛军为什么会用一封信来告诉她分手的消息。当你害怕去面对、又不得不面对的时候，文字是沉默的语言。所有的无奈和不堪，行走到语言无法抵达之处，只有文字可以继续让思绪和思念乘风前行。

邰玉想到自己在舞台上常常要表演的那些大段内心独白戏，就是这些说不出口的文字，用唱腔来反复吟诵着，给无关的人去听。唱戏的人粉墨登场、声腔扭转，你的真容、你的声音，都藏在戏服与戏曲之中。于是，你就能把自己背着的包袱给卸下来，让看到它们、听到它们的人去扛。不管他/她会怎么看、怎么想，你，是已经放下了。

直到大学里放了暑假，邰玉再才第一时间回到了武汉。她牢记着自己对陈院长和金书记的承诺，只要有空，就要回武汉来参加院里的各种活动。她很清楚，自己这个带薪脱产学习的机会，是多少同事们可望却不可即的，所以，她只有随时找机会归队，才对得起自己独享的这份特殊待遇。

邰玉拿到了火车票就通知了吴峥嵘。吴说那天早上有个很重要的谈判必须要参加，没法去火车站接车；邰玉也不计较。反正也没多少行李，她就自己拖着拉杆箱走出了武昌火车站。

回到家里，放下行李。邰玉看到时间还早，想着说之前因为受伤、在武汉待了个把月都没有去看看父亲，她就又出了门，拎上了她专门从北京带回来的青花瓷新包装的红星二锅头，重新坐上了一辆专线公交车，赶到汉阳的那所小学，去看望父亲。

邰玉没有跟父亲说到自己从头到脚都意外受伤的事。她怕父亲担心，哪怕是伤好了之后的后怕也没必要让父亲去面对。

邰汉生看到女儿一切照旧，除了关切地叮嘱说"我晓得你蛮忙"之外，也没有多问一句。

作为门房师傅是不能脱岗的，邰玉到达时正好是午餐时间，邰汉生就在学校的小食堂里多打了两份菜，在传达室里父女俩一起吃了个中饭。吃饭的时候，邰玉告诉父亲，我要结婚了。——邰玉所指的"结婚"，不是领证，而是武汉人通常说的办喜酒。

邰汉生高兴坏了，马上问，"怎么不带我的女婿伢一起过来呢？"

"我才从火车站回来，我都还冇见到他一面呢，"邰玉说，"这个礼拜天我带他回家。"——邰玉所说的"家"，就是她跟邰汉生父女俩在汉阳钢厂宿舍的那个住了一二十年的温暖小窝。

邰汉生又问，是不是上次开着车过来的那个小伙子啊？

邰玉点头。

邰汉生高兴地连连点头说，"好好好，上一次我看到他就觉得他应该是我的女婿伢，看起来长得蛮壮实，身体好……"

父亲的这句朴素的"长得蛮壮实"的评价让邰玉有点哭笑不得。不过，父亲说得也"在点（抓住了关键词）"，从外观上来看，吴峥嵘除了体格健壮、还算得上人高马大之外，也很难再去承载其他的诸如英俊帅气之类的溢美之词了。

邰汉生接着说道："他们当医生的……"

"他不是医生，"邰玉马上纠正道，"上次跟您家说过的。"

邰汉生"哦"了一句，似乎明白了点什么，便不再多话，也不再追问。

倒是邰玉赶快接上话，主动向父亲介绍道："他叫吴峥嵘，是搞外贸的。就是把中国的东西卖到国外去，也从国外把一些我们用得上的东西买回来……"

"想起来了想起来了，你看看我都有点老糊涂了，我这个记性啊……上次我就想跟你说的，搞外贸的人都是蛮不起的，那都是天天跟老外、跟洋人打交道的人呢，有板眼，有'哈撒（本事）'！你们都是些人上人啊……"

475

邰汉生也不知道该怎么来表达心里的喜悦，一个劲地从脑海中抓取那些他想得到的褒义词，想在夸奖的同时也一并把自己的祝福送给自己的宝贝女儿和那个有过一面之缘的"新姑爷（新女婿）"。

邰汉生想到了自己在小学里当门房补差，好久都没在家里住了，就又问邰玉，"那你等哈还是回汉剧院宿舍吧？"

"不住汉剧院了，前进四路拆得一塌糊涂，冇得办法住了，"邰玉摇摇头道，"我住吴峥嵘那里。他们单位给他分房子了。"

"好啊好啊，你有自己的小家了，那就好啊……我现在记性不行了，人啊，不服老不行啊。最怕的就是我哪一天突然一歪，什么都还冇看倒啊……我这每天守着日子过，就是盼着这一天啊……"邰汉生呢喃着，突然停顿了一下，接着说道："伢啊，还有个事情，想跟你商量一哈……"

"您找了个婆婆？"听到父亲这么说，邰玉孩子气地问道。

邰汉生摇头道："不是这个事……还是上回跟你说的那个事……"

看到父亲变得严肃的表情，邰玉知道父亲话里指的什么。她"哦"了一声，父女之间的默契只需要这样一个语气词。还是这件事。这事，曾经是颗压在她心上的石头，但现在已经被吴峥嵘帮忙搬走了。她差点忘了，这石头还压在父亲的肩上。

"你有时候还是过去看看你亲妈……不然啊……"邰汉生说得老泪纵横。

邰玉见状，就又恢复了那种孩子气的精灵古怪，安慰父亲道："不然……不然就么样呢？……爸爸，您莫想多了，所有人都晓得，我就是您家的姑娘。"

"要不，你把这两瓶酒带上，跟你的新姑爷一起，到木兰山那边去认个亲？"

"要是您家想认这个亲戚，我们就找个时间，一起过去串个门。"邰玉得体地回复着父亲。

"好好好，你的亲戚就是我的亲戚……"

邰汉生在学校里守着门房，虽然这是个不费力的差事，却捆住了人的手脚，基本上是除了去食堂和上厕所以外的其他时间，就都陷在了传达室里。就算是邰玉一再坚持说要带父亲到周边的小馆子吃顿晚饭，邰汉生还是坚持说不能离开岗位。邰玉跟父亲道别，过江回到汉口，回到她的新家。

进门放下行李，邰玉给程米粒打电话，报告了她已返汉。

邰玉问程米粒，你在电视台上班，是不是要忙疯了啊？

米粒回答说，还好，做自己喜欢的事情，再忙也是快活的。

邰玉又说："我们有一阵子没见面了，好多事情想跟你说……前段时间，我见到我的亲妈了……"

"真的啊？太好了！"米粒回应着。"快讲讲……"

"我们见面聊吧，电话里说不清楚，"邰玉问米粒，"这个礼拜天有没有空，我们一起去黄陂郊区爬个山吧？那里有个木兰山，你冇去过吧？我的老家就在木兰山底下。"

听到这里，米粒就问道："那，就是我俩，还是有其他人？"

敏感的邰玉马上就领会到了米粒的潜台词，她知道米粒不怎么喜欢吴峥嵘，于是，脑子飞速地转了一下，马上回应道，"嗯，就我俩。"

米粒爽快地应承了下来，开着玩笑说道："好啊，姐姐你难得回来一趟，这个邀请我是'虽万死都不能辞'的啊，"然后问，"那，我们怎么去？要叫个车吧？"不等邰玉回答，米粒怕节外生枝，又扯到吴峥嵘这种让她很尴尬的话题上，就自问自答道："要不，我喊上江淼吧，前几天她刚买了台新车，进口的，甲壳虫，蛮俏皮。她买了车就邀请我试车兜风，这不，我忙得还没顾上呢。正好这趟出个远门，我们三个啊，凑成了'三个女人一台戏'……"

星期天，三位女同胞如约顶着八月的骄阳从市区驱车来到了黄陂，一鼓作气地爬上了木兰山顶。山路上，她们一边气喘吁吁地赶路，一边不断质疑着，武汉搞个木兰山，以前都没怎么听说过，好像总觉得这事有点牵强附会啊。

江淼问邰玉，"你是怎么想到要带我们跑来这个鬼地方的？"——这个作为形容词使用的"鬼"字，是江淼一如既往的口头禅，用在此时，并非贬义，只是表达了一种稀奇的观感。

邰玉答："要不是今年清明节的时候来这里认了亲，我也是不知道这里的。"

江淼笑应，"搞上'半十年（武汉话里的许多年）'，你连你的祖宗的朝向都冇搞清白。还好，总算现在是认到门了。"邰玉是养女的事情，程米粒在约江淼爬山时简单说了一下，作为局外人的江淼，只觉得都是成年人了，所谓身世都是过去式，所以，言语间并没有太多讳莫如深的讲究。

"是啊，还顺带发现了一个能锻炼身体的世外桃源。"邰玉顺着江淼的话说道。

爬山途中，她们看到一棵似乎有着千年树龄的山茶花树，地标般地矗立于山路之间，树干粗壮，树冠雄伟。树边的告示牌上写着：山茶花树有名木兰花树，此树高三丈、围四尺，在每年二至四月花期时，满树绽放着的红花，能有数万朵。

"原来，这才是'木兰山'得名的原因啊。"读完告示，米粒恍然大悟。"果真是一花一世界，一棵树就命名了一座山。"

爬到山顶。

山顶有座木兰殿，规模不算大，甚至因年久失修，外墙和内里都显得有些破败。米粒看到了庙门口的铭牌，凑过去读完之后才明白，此山真正是因唐代诗人杜牧诗作《题木兰庙》而得名："弯弓征战作男儿，梦里曾经与画眉。几度思归还把酒，拂云堆上祝明妃。"据说，此处得诗人所赞的木兰也是位女扮男装、战功显赫的木兰将军，但并非国人所熟知的《木兰辞》里的花木兰。

"我就说嘛，花木兰就是个虚构的文学形象，哪个要是把这种文学人物当真了，那不是有点'苕（傻）'啊……"同样看完解释的江淼感叹道，"但我也有个疑问啊，杜牧诗里头到的这位木兰将军怎么会连个姓氏都没有，如果她真是生在黄陂，都当到了将军这个位置上，难道就没个后代、没个家谱记载吗？这个黄陂的木兰将军，说不定也就是个文学形象啊。你说，哪有那巧的巧板眼呢？搞得好像天底下的扮男装的女将军，都有一个相同的名字叫'木兰'……"

邰玉笑了起来。在两个文化记者面前，她是不敢妄自开口的。

米粒点头道："是啊，太多的巧合，就像是假的了。"

三人走进木兰庙转了一圈，很快就回到门口斑驳的牌匾下。江淼抬头看了看牌匾上的"木兰殿"三个字，若有所思道："也许是我们的理解狭隘了。要是把'木兰'这两个字不当成是个人名、而当成是一种称谓，这就能说得通了。就像是'巾帼'代指女性、'须眉'代指男性、'九头鸟'代指我们武汉人那样，'木兰'嘛，就是指的女扮男装的那种女中豪杰……"

邰玉马上肯定说："对啊，像这样来看的话，木兰山这个名字就站得住脚了。"

"你看啊，你演过花木兰，"米粒朝着邰玉说完，又看向江淼道："你呢，就是个当代的木兰。上一次你骑行大半个中国，写了那个'没有裙子的夏天'，不也是女扮男装的壮举吗？"

被米粒这么近距离的夸赞，江淼有点不好意思了，自谦道："莫鬼款（武汉话里'款'同'侃'义，此处指的是不要胡乱说话）——"

"我'冇鬼款（没有胡说）'啊，"米粒接过话，又从杜牧的诗句中引申开去，说道："还是你厉害，一下子就看到了问题的本质。这些真的假的名人轶事，其实都是各种指代借代，就连杜牧的这首写黄陂木兰的诗里，也是用'画眉'在代指我们女同胞……"

邰玉顺势说道："那要是这么指代的话，只要爬上了木兰殿的武汉女人，下山之后，就都能把自己当成是木兰！"

听到这里，江淼笑了起来，说："我还记得，去年冬天，我带着米粒到北京出差，你跑到招待所来找我们，说是要请我们去一家叫'九头鸟'的餐馆吃饭。那一回，我们三个在前进四路长大的'女将（武汉话里的女同胞）'就像是飞到了首都的三只九头鸟。这一次，呵嚯呀嚯地爬到了木兰山顶，直接升格成了三个'武汉木兰'——规格这是越来越高了啊！"

迎着山顶的风，三个女人说笑着站在木兰山之巅眺望远方的武汉城区；没有钢筋水泥，没有人潮拥挤；只有蓝天白云下的满目葱茏，那绵延不绝的，是山外还有山。眼前的无限辽远仿佛在告诉她们，世界其实很小，就被你踩在脚下；但世界原本很大，你就在家乡的地界上，也看不到自己的家园。此刻的邰玉，觉得自己就是只被世人指代为湖北佬的"九头鸟"，翅膀上写满了她要飞跃群山的梦想，只愿不负老天爷给的翅膀，能够上下而求索地去自由翱翔。

六十

几年后，前进四路的废墟上起了新楼，马路被重新铺好了路面，"汉口电子一条街"搬了回来。甚至，在京汉大道朝前进四路左拐弯路口的巨大标牌上，还明晃晃地蓝底上漆着两行并列的白字"前进四路汉口金融街"，看起来，这条老街似乎真是旧貌给换上了新颜。要是去过北京上海的金融街的人们第一次看到这个路标，估计会有些相当高大上的联想，猜测管理着武汉的那些迈着大步走的领导们是不是想在汉口生造一条"华尔街"出来，重塑大汉口的荣光。带着这样的联想再四下里环望一圈，就会发现，除了臆想中的海市蜃楼，眼前找不到一幢超高层的高楼。事实上，夹在中山大道和京汉大道之间的这条前进四路，被与之垂直的民主一街切成了两段，后段的双号那半条街曾经是米粒老祖宗家的祖宅，单号属于武汉一中的临街门面底商，它们共同组成了"汉口电子一条街"；而前段的那半条街，因为临街的门面房全是典当铺和寄售中心，拆迁改造后就干脆将之定位成了从事各种民间小贷和典当业务的金融中心——再小再微的合法借贷也是金融行为嘛——"汉口金融街"这个不伦不类的新名字就由此而来。

因前进四路位于汉口核心主城区的老城区，翻新后的道路无法拓宽，这就明显有些跟不上城市发展的步伐了，所以，盖着新房子的前进四路从人气回归之初看起来就像是条过了时的老街。"路太窄"这三个字，恐怕是前进四路在迎接21世纪到来时的最大一处硬伤。

前进四路的拆迁改造在老汉口的城市更新中并不具备先进的典型性。它肯定不是一个成功的案例。不过，哪怕这条街被怀旧的人们写上了些事与愿违的遗憾，但也算不得是做砸了的一桩。老房子逃不过被拆的命运，盖新房子的人做好了众口难调的准备，最后交出手的成品就是这样了，一条不好不坏、普普通通的能走够用的街道，也能跟随着时代的车轮，勉勉强强向前行。

这条街被改造之后最大的进步是，所有生活在这条街上的人们，再也不用夹着憋不住的屎尿屁去排队抢厕所了；而唯一留存了旧址的汉剧院，对于周边居民的念想，也不再承载着开放内部厕所的便利性和偷窥戏曲名家日常排练的神秘性。

1920年代，程米粒的曾外祖父王校长找到这条街、买下了这片土地，一根栋梁接一根栋梁地撑架着，盖起了那些新房子，管用了70年；估计下一次再这么大规模地改造前进四路，如果不是遇到什么特别意外的天灾人祸，也该是70年之后的事情了。中国的私人房产权证上通常设定的使用年限就是70年，从这一点来看，前进四路还是典型的。

从地图上看前进四路，依旧看得出夹在繁华市井的熙熙攘攘。在靠近京汉大道的那后半厝，依然一边是"汉口电子一条街"的商铺，另一边是武汉一中。和改造前不同的是，属于路牌双号的那些商铺，一楼是门面，楼上是高层的居民楼；在路牌单号的这一边，当年镶在黑色大理石上的由书法家舒同题写的"武汉市第一中学"的金字门牌早就不见了，后面的哥特式木梁建筑也换成了贴着马赛克的砖瓦教学楼。

不看地图、以为自己闭着眼睛都熟悉这里的生活在实景里的人们，白天黑夜地持续更新着又一代人的故事和心事。不过，前半厝的"金融街"和后半厝的"电子街"加起来，也没能给翻新了的道路及周边注入新的活力。这条路，在旧人们的心里，就成了块没有英雄的纪念碑。

如果把武汉三镇里的大汉口比喻成武汉人的生活大舞台，那么，前进四路辐射开去的六渡桥在20世纪就是这个舞台上当仁不让的九龙口，商人、政客、文人、艺人，无论哪一类人来武汉，拜码头也好、打码头也罢，站定下来的第一个亮相，一定在这里。

现如今，到翻新后的前进四路"汉口电子一条街"来买配件的，越来越多是自己开车过来的人，他们习惯在路边把车子一"歪（靠边停）"，就进到店铺里办事去。被这些车遮住了将近一半宽度的路面还要同时承载着每天接送武汉一中的学生们上学放学的私家车辆，常年堵得就像是得了血栓的重症患者，吃多少阿司匹林也化不开一直延展到胸口的那种堵。都知道前进四路就是条一天24小时中有超过三分之二的时间都堵得像个停车场的交通老大难，堵到许多专程来这里买电子配件的人车子动不了、也无处可停，稍微看到了个可以插进去的路边停车处，你前脚下了车、后脚就有罚单跟着来……但总有迷信着"电子一条街"就是踏破铁鞋都比不上它好的老顾客们，不信邪地找过来、多半是来了也没辙、只好又离开、还要绕上一圈崎岖拥堵的单行线后，才能再次舍近求远地出发、奔去江那边的武昌的电子城……

只有武汉汉剧院的大招牌，几十年如一日地见证着前进四路的人来人往、车水马龙；只剩下汉剧院的大铁门，几十年如一日地以锁着门的状态迎来送往，每天进进出出其中的，总就是那些唱着汉剧发展400年中积攒的"800出"老戏的老演员们。年逾八旬的陈伯华依然会在排练场坐镇，已近中年的邰玉逐渐从台前走到了幕后，像当年的陈伯华指教她那样，言传身教地提点着那些眼神稚嫩却熠熠闪光的年轻人。

住在前进四路新建的楼房中的街坊们，偶尔也能在阳台上，听到空中飘来的幽远的唱腔：

> 舍不得我国中江山如画，
> 舍不得兄妹们情投意洽。
> 舍不得春生弟挥泪台下，
> 舍不得撇双亲海角天涯……

在这些千锤百炼的唱词唱腔中，有些人听到的是故事，有些人看到的是希望。

结　语

（一）

汉剧，又称"楚调"，诞生于荆楚大地，发源于汉中襄阳，距今已有四百多年的历史。

追溯到万历四十三年（公元1615年），明代文人袁中道在他的日记（《袁小修日记》）中写道，中秋节后的一个夜晚，他在长江边的荆州古城里，接受了王孙的宴请，看到了一出新戏："时优伶二部间作，一为吴歈，一为楚调。吴演《幽闺》、楚演《金钗》。"这份文献中记载的"吴歈"意指昆曲，而"楚调"，就是汉剧的前身。

到了清康熙初年，以"楚调"为名的早期汉剧流行和传播到大江南北。因为"楚调"有襄河、府河、荆河、汉河四大河派，人们有时候又称之为"楚曲""汉调"；最后汇合于武汉，形成了今天的汉剧。

自乾隆中后期起，这种发源自荆楚大地的楚腔楚调，影响和创生了京剧、湘剧、粤剧、滇剧等几十个剧种，并在昆腔腔系、高腔腔系和梆子腔系之外，独立建构了新的声腔系统——皮黄腔系。目前存世的有29种"楚曲"剧本，包括10个长篇及19个短篇，全部都是乾嘉年间汉口书商刻印的。书的封页上特意标注了"时尚楚曲"的字样，足见在那个时期唱"楚曲"——也就是"汉剧"——是很流行很时尚的。成立于1928年的国立中央研究院，曾是中华民国的最高学术研究机构，部分研究所和资料在1948年迁至台湾，同时随迁的重要文献中，就包含有上述汉剧前身"楚曲"的剧本。

1861年，汉口开埠。正是因为汉剧的兴盛，带动了汉口的戏曲文化。人们常说，武汉位于长江边，整个城市体现的就是码头文化；于是，也就诞生了另一个说法——武汉是个"戏码头"。梨园行里曾流行说，"要想大红大紫，就得'北京坐科、上海挂号、汉口闯码头'……"

1886年，艺名"月月红"的汉剧旦贴演员吴红喜第一次在北京"搭班"表演。所谓"搭班"，指的是汉剧艺人在京剧表演中加入自己的汉剧表演环节。那是一出汉剧的杨玉环的《醉酒》戏，就是这次搭班，催生了广为人知的京剧《贵妃醉酒》。

1902年起，老汉口六渡桥著名的看戏听戏的天一茶园，推行了汉剧和京剧的联合演出。初到汉口的京剧，常常在报纸上刊发名角来汉的消息。报纸上只要打出京汉合演的牌子，就肯定满座。最早是两位来自上海的京剧演员汪笑侬和刘孝春，他们让在座的观众，第一次听到了熟悉的皮黄唱腔，和不熟悉的京韵念白。同时，"汉剧大王"余洪元也登台演出了自己的拿手曲目。他们不光是各演各的戏，余洪元还和京剧老生"三鼎甲"之一的汪笑侬两人同演一出戏，从《俞伯牙听琴》到《辕门斩子》，成为了梨园史上的佳话。这种京汉合演的"搭班"，是继当年徽汉合流形成京剧之后的又一盛举，大有汉剧对京剧"扶上马，送一程"的意味。

1912年，"汉剧"被正式定名。整个20世纪20年代，汉剧在武汉一家独大。

1929年的岁末，上海影响力最大的报刊《申报》连续刊登汉剧公演的广告，在上海的老牌京剧剧场——丹桂第一台开始改演汉剧，登台献艺的都是汉剧界的顶流名角：福兴班的余洪元、牡丹花、大和尚。开演前15天，几乎座无虚席、场场客满。

新年除夕，也是福兴班在上海演出的第16天，大轴戏是牡丹花、大和尚的《反八卦》、余洪元的《法场换子》压轴。孰料有人在剧场外起哄，说，"余洪元是京剧的祖宗，我们是来看戏，不是来看祖宗的。"当天卖座猛降，不少包厢都退了票。最后几场的上座率骤减，福兴班铩羽而归。自此，直到1949年后陈伯华再度出山前，汉剧都没有再在上海上演过。

（二）

1937年全面抗战爆发后，武汉成为全国戏剧抗战的中心，中华全国文艺界抗敌协会在汉口成立。武汉最大的戏曲舞台"汉口新市场"随即成为一个巨大的政治舞台，汉剧名家率先响应献金号召，社会各界的爱国主义献金活动如潮奔涌。"短短的五天，参加献金者达五十万人，献金总额超过一百万元。（引自《周恩来传》）"

很快，吴天保、周天栋带领汉剧抗敌流动宣传一队近一百二十名艺人从汉口乘船去往宜昌。他们是率先第一支离开武汉的抗敌宣传队，随后，又有15支队伍先后从武汉辗转抵达重庆。这支不拿枪、不着军服的文艺兵部队开始了一场特殊的、长达八年之久的抗日战争。抗战时期，仅汉剧死亡艺人就达300余人，其中不乏身怀绝技的名老艺术家。

新中国成立后不久，位于武昌的汉剧"共和班"，以社会现实为题材创作出了新中国湖北戏曲史上第一部大型现代戏《血债血还》，点燃了时代更迭所带来的新生豪情。因社会反响强烈，紧接着他们又排了一系列新编历史戏，《屈原》《窦娥冤》等，都很受欢迎。1951年6月，"共和班"正式命名为"湖北省汉剧工作团"，也就是后来的湖北省汉剧团。武汉的汉剧市场，由此形成了"老戏看汉口，新戏看共和，江南江北皆好戏"的格局。

1954年，汉剧《宇宙锋》由东北电影制片厂摄制成黑白影片，主演：陈伯华。

1958年，湖北省戏曲研究所举办了汉剧演员进修班，湖北省和武汉市戏曲学校分别开办了汉剧科，集中各行的优秀师资，培养出一批汉剧人才。

1959年，汉剧《二度梅》由武汉电影制片厂拍成黑白影片，主演：陈伯华、童金钟。

1961年，汉剧电影《留住汉宫春》由武汉电影制片厂出品，导演：陶金，编剧：龙啸岚，改编自明代文学家冯梦龙的小说《醒世姻缘传》。

1962年，武汉汉剧院建院，地址位于江汉区前进四路。

1966年，《借牛》由珠江电影制片厂摄制成彩色影片，主演：李罗克、童金钟、姚美文。

1978年，《闯王旗》由长春电影制片厂拍摄成彩色影片，主演：杨世雄、胡和颜、童志。

同年，武汉市戏曲学校复学，临时借址于民众乐园。戏校开办了汉剧科，培养出新一代汉剧传人。

1984年，湖北省汉剧团排演的汉剧《弹吉他的姑娘》在武汉首演，从唱腔到音乐设计，从情节到表现手法都打破传统汉剧的题材限制，大胆借鉴了现代元素，用古老的艺术全新演绎了当代的社会变革。

1988年，武汉汉剧院青年实验剧团携《曾根崎殉情》赴日本大阪、尼崎两地公演一个多月，反响空前，主演：邱玲、熊国强。这是首次以中国传统戏曲形式演出日本名著。

1991年，年仅22岁的汉剧青年演员邱玲获得第九届中国戏剧梅花奖，同年进入中国戏曲学校表演系进修，1993年考入中国戏曲学院导演系，1997年获文学学士学位。1999年，邱玲毕业于中国戏曲学院首届中国京剧优秀青年演员研究生班，成了我国有史以来首届戏剧戏曲学研究生。

（三）

2006年5月20日，中华人民共和国国务院在中央政府门户网上发出通知，批准文化部确定并公布第一批国家级非物质文化遗产名录。其中，"汉剧"作为传统戏剧类的国家级非遗，编号174Ⅳ-30。

2020年10月，由武汉汉剧院牵头，联合广东、福建、湖南、陕西五省六家汉剧院团，共同开展汉剧申报联合国"人类口头和非物质文化遗产"筹备工作，合作并联合社会各界力量，拍摄汉剧申遗纪录片。

相关申遗工作仍在积极推进中。

（四）

公元前302年，屈原颂楚辞，"路曼曼其脩远兮（路漫漫其修远兮）"。

2300年来，楚国传人，秉承矢志，上下求索。

任何一个时代的舞台，都需要巨大的帷幕，让所有的信仰和信念都能呈现出它们原本的意义。穿越美好与诗意，放下荒诞与悲鸣，在那些纯色的简单的帷幕衬托下，我们既能看到夜色中的皓月当空、星河璀璨，也能看到晨曦下的云随风舞、风姿花传。

数千年来，人们开荒破土，从茅棚到营地，从村落到城池，从割据到一统天下。在我们这个伤痕累累、却又充满了重生力量的国家，艺术是她神奇魔力中的一股清流。

千百年来，每一座城邦的斗转星移，都凝聚着人们代代相传的智慧与坚韧。日出而作、日落而息，天地原是一切艺术的舞台。

生命有形，声歌无形；余音不绝的希望与梦想，是一面面旗帜，阳光下旌旗招展，吸引着同样有着光辉羽翼的翱翔飞鸟。

北冥有鱼，其名为鲲。鲲之大，不知其几千里也；化而为鸟，其名为鹏。鹏之背，不知其几千里也；怒而飞，其翼若垂天之云。

庄子一篇《逍遥游》，道尽"水击三千里""扶摇九万里"的豪迈。本是一篇有关鱼变成鸟的神话，却成为世代生活在水域的人们的梦想指引。只有化鱼脊为翅膀，才能飞到更加高远的地方。

长江边世代传袭的武汉人，孩提时是江水里的游鱼，成年后幻化成天空飞鸟，世人吟唱的"天上九头鸟，地上湖北佬"，就是逍遥游的现实写照。

一代又一代的九头鸟，怀鲲鹏之志，携吉光片羽，自在遨游于历史与未来。

倘若汉剧申报联合国"非遗"成功，我们期待着能为汉剧的传人们奉献一场打上新时代烙印的烟火庆典。在这一天到来前，我们需要这个舞台始终是热的：热忱的表演，热情的观众，热烈的掌声。我们需要在舞台的背后始终有一批为之抱薪、为之呐喊的志士；就像邰玉、米粒、江淼她们那样，无怨无悔。

只要汉剧的舞台始终有着这样充满暖意的人间烟火，庆典终将到来。

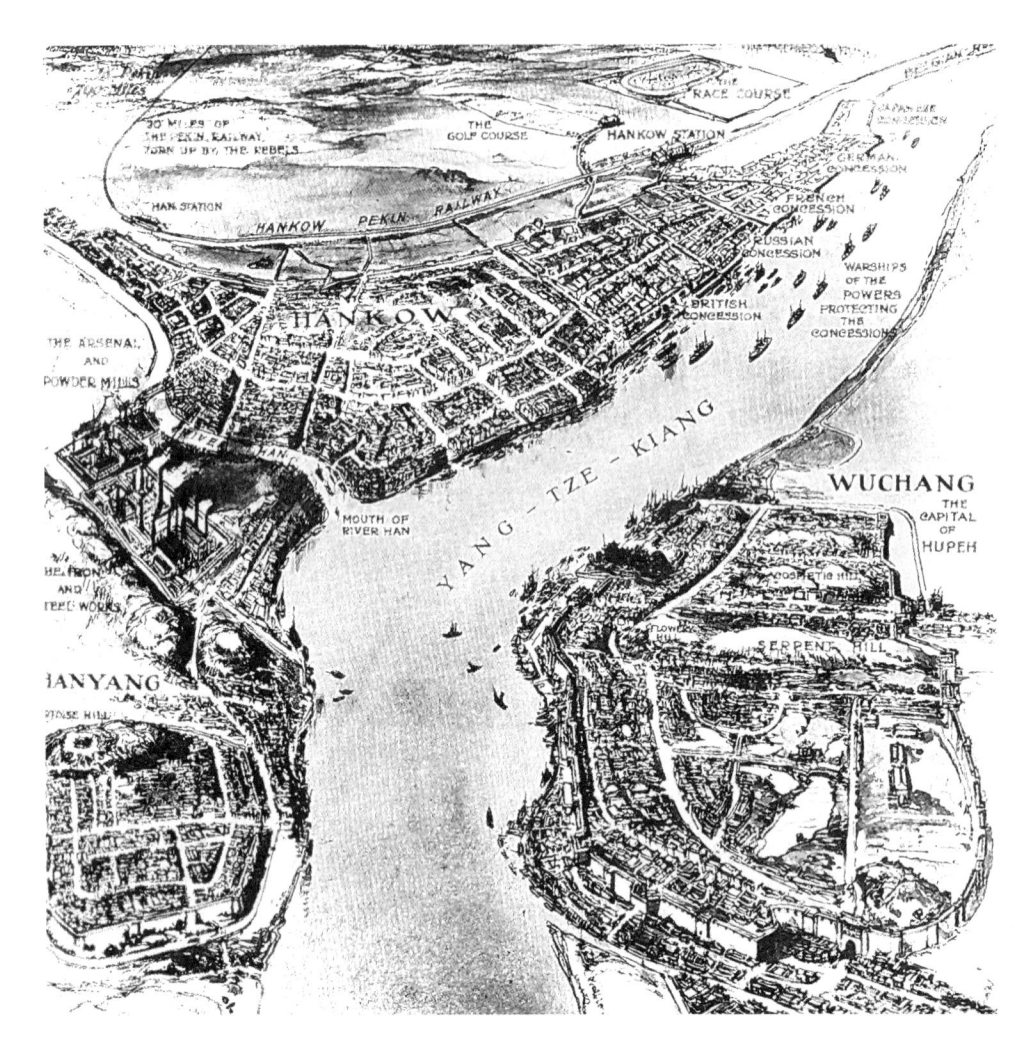

20世纪初的武汉三镇,来自1911年10月28日《环球》杂志图刊。